U0128513

蒙古女雄

满都海皇后

宋其蕤 著

内蒙古人民出版社

图书在版编目（CIP）数据

蒙古女雄：满都海皇后／宋其蕤著. –呼和浩特：
内蒙古人民出版社，2016.4

ISBN 978-7-204-14008-4

Ⅰ. ①蒙… Ⅱ. ①宋… Ⅲ. ①传记小说–中国–当代
Ⅳ. ①I247.5

中国版本图书馆 CIP 数据核字（2016）第 105930 号

蒙古女雄 ：满都海皇后

作 者	宋其蕤	
责任编辑	王 曼	
封面设计	刘那日苏	
责任校对	李向东	
责任监印	王丽燕	
出版发行	内蒙古人民出版社	
地 址	呼和浩特市新城区中山东路 8 号波士名人国际 B 座 5 楼	
网 址	http://www.impph.com	
印 刷	内蒙古爱信达教育印务有限责任公司	
开 本	710mm×1000mm 1/16	
印 张	27.5	
字 数	400 千	
版 次	2018 年 4 月第 1 版	
印 次	2018 年 4 月第 1 次印刷	
印 数	1—2500 册	
书 号	ISBN 978-7-204-14008-4	
定 价	42.00 元	

如发现印装质量问题，请与我社联系。联系电话：(0471)3946120

目　录

蒙古女雄：满都海皇后

下篇　汗廷主宰

蒙古女雄：满都海皇后

蒙古女雄：满都海皇后

蒙古女雄：满都海皇后

主要人物

满都海彻辰哈敦——名伊克哈巴尔图,原为蒙古可汗满都鲁的皇后,后辅佐达延汗,并以身相许,统一了蒙古各部。

达延汗——名巴图蒙克,巴延蒙克济农的儿子。巴延蒙克死后,他流落在草原。伊克哈巴尔图找回了他,精心抚养,1479 年 7 岁时即蒙古大汗之位,在满都海彻辰哈敦的辅佐下统一了蒙古各部。

满都鲁可汗——1474 年即蒙古大汗位,忽必烈后裔,黄金家族成员,1477 年与太师白加思兰战,败死于马克温都尔山。

白加思兰——太师,伊克哈巴尔图的继父,把持汗廷,后被伊克哈巴尔图打败。

巴延蒙克——脱脱不花汗的幼子,黄金家族,满都鲁汗的侄子。与白加思兰结盟,打败了其他蒙古部族,把大汗王位让与满都鲁之后,任蒙古济农,协助满都鲁管理蒙古事务。与伊克哈巴尔图关系密切,引起满都鲁嫉妒,被满都鲁逐出汗廷,死于流浪中。

野思马因——白加思兰的幼子,离间大汗与济农的关系,野心家,与蒙郭勒津部首领脱罗干结盟,把白加思兰逐出汗廷,自任太师。被满都海皇后的军队所杀。

格日勒——满都鲁大汗的大哈敦,与野思马因私通,被满都鲁发现,逐出汗廷,最后自尽。

其其格——满都鲁大汗的二哈敦,殉葬满都鲁大汗。

斯钦——白加思兰太师的军师。

脱罗干——蒙郭勒津部的首领,后任枢密院知院。被满都鲁夫人除掉。

脱郭齐——达延汗的大将。

图鲁博罗特——达延汗和满都海大哈敦的长子。平叛时被害。其嫡裔

1

世袭蒙古大汗。

　　察青——图鲁博罗特的夫人，其子博迪即大汗位后，成为太后。

　　博迪——满都海皇后和达延汗的长孙，图鲁博罗特的儿子。

　　乌鲁斯博罗特——满都海皇后和达延汗的次子。

　　巴尔斯博罗特——三子，后任右翼济农。

　　阿拉坦——巴尔斯博罗特右翼济农的二儿子，以后是土默特汗，史称俺答汗。

　　阿尔苏博罗特——四子，领喀尔喀万户。

　　阿勒楚博罗特——五子，与七子一起领永谢部万户。

　　斡齐尔博罗特——达延汗和满都海皇后的六子，领察哈尔万户。

　　阿伊古丽——蒙古瓦剌部首领的孙女，达延汗娶其为妃子。

　　萨仁——满都海大哈敦的使女，后做萨满。

蒙古女雄：满都海皇后

上篇　草原凤凰

第一章　凄惨童年

野蛮抢婚　血染肯特草原

1450 年的夏季,肯特草原上百花盛开,阳光灿烂,小凉风掠过,碧绿的草原上肥美的青草起伏,好像绿色的波浪翻腾。一个身穿绯红蒙古袍头戴姑姑冠的青年女子牵着一匹白色的骏马,在草原上慢慢地走。清风吹掠起她的黑发辫。

姑娘身段颀长,肤色白皙,一双水灵灵的会说话的黑眼睛滴溜溜地转动着,令人心动。她不时地踮起脚尖,眺望着草原天地相接的地平线处,她的情人巴图的矫健身影会从地平线上升起,那一匹白色的骏马会从地平线上扬起四蹄奔腾着向她跑来。蒙古部落出名的美人乌兰其其格正在心焦地等待着她的心上人。

乌兰其其格的情人巴图是这一带有名的马头琴手,他拉起马头琴,那悠扬的琴声会叫草丛中的百灵鸟嫉妒,能叫过路的牧人忘记回家。乌兰其其格最爱坐在碧绿的草原上,半靠在他的身上,嘴里轻轻咬着甜嫩的茅草根,倾听着巴图拉起如泣如诉的马头琴,倾诉着他心里对她的思念。乌兰其其格、白马、马头琴、腰刀,是巴图最心爱的。

乌兰其其格似乎听到远处草原上传来那悠扬的马头琴声。她又踮起脚尖,向远处眺望。

远方地平线上突然涌出一队马匹,马背上的蒙古人手中扬着闪亮的马刀。

姑娘心中一惊。

杂沓的马蹄声越来越近。马队呼啸着来到姑娘的面前。马背上一个黑脸大汉吹了一声尖利的口哨,用力勒住了狂奔的胯下的马的缰绳。他的坐下马口中喷着粗重的气息,高高地扑腾着扬起前蹄,停住了脚步。其他骑士也纷纷勒住马缰。几十匹马慢慢围了上来,把姑娘围在他们中间,慢慢围着她转着圈,马背上的骑士口里吹着尖利的呼哨声。为首的黑大汉在马上狞笑着,大声喊叫:"好漂亮的一个姑娘!"其他人也都附和着,狂叫起来:"漂亮! 漂亮!"

乌兰其其格吓得急忙躲到白马身后。

远处奔来一匹白马。乌兰其其格心中有些安然,情人巴图来了,谅眼前这些陌生的汉子也不敢把她怎么样。

黑脸大汉下了马,把马缰绳交给身后的马弁,自己走到乌兰其其格身边,脸上挂着淫亵的笑容,用他肮脏的黑手托起乌兰其其格的下颌,端详着。

乌兰其其格用力摆过自己的脸,大声呵斥着:"你想干什么? 大白天的!"

黑脸大汉哈哈狂笑起来,把头转向自己的同伙,说:"这姑娘还真有个性! 是个辣货! 爷就喜欢辣货! 你们说,把她抢回去做我的老婆,怎么样?"

马上的同伙一起欢狂乱叫呼啸起来:"好啊! 抢回去! 抢回去!"一边说,一边纷纷跳下马来,一个个捋袖摩拳,朝乌兰其其格围了过来。

乌兰其其格紧紧靠着自己的坐骑,一步一步往后退。她大声呼救着,呵斥着,急切地盼望着巴图前来搭救她。

"住手!"一匹白马急驰而来,马背上的青年从马镫上直立起来,圆瞪着双目,怒喝着。

黑脸大汉等人被惊得愣怔了一下,全都转回头去。

马背上的小伙子勒住马缰,白马立起前蹄,嘶鸣着,白色马鬃在凉风中飘舞。白马在原地急转了几圈,慢慢放下前蹄。巴图跳下马背,跑到乌兰其其格身边,一把抱住姑娘,怒目注视着慢慢围拢过来的人群,大声呵斥:"你们想干什么? 她是我的人,你们不能抢走!"

黑大汉嘿嘿冷笑着，一边继续往前靠近，一边说："你的人？我们蒙古人可没有这说法，谁抢去就是谁的人！成吉思汗的额娘还是抢来的，成吉思汗的哈敦还被别人抢去过呢！"说着竟狂笑起来。他的部下也都哄笑着，发出难听的嘈杂。

巴图伸出双臂，一边紧紧护着身后的乌兰其其格，一边后退。他无助地抬眼望了望远处，希望有自己的部族人前来襄助。但远方的草原上静静的，只有一阵阵凉风掠过，几只百灵鸟飞过上空。

巴图看了看自己的坐骑。那匹矫健的白色骏马正低着头在草原上啃吃肥美的青草。巴图吹了一声口哨。白马昂起脖颈朝天呼啸着，白色鬃毛倒竖，尥着后蹄。巴图又吹了一声口哨。白马扬起马鬃，四蹄飞腾，朝人群冲了过来，它四蹄飞舞，见人便踢。一时间，几个人便倒在草地上哭爹喊娘。

黑大汉急忙闪在一旁，飞身翻上自己的坐骑。他从马鞍下抽出自己的套马杆，双腿一夹，朝人圈外跑去。等马跑出一小段距离，他回身挥动套马杆，朝白马甩去。巴图正要吹口哨，套马绳索已经套住了白马的脖颈。白马凄惨地嘶鸣着，倒在草地上。几个人一拥而上，用刀子乱捅，鲜红的热血从白马身体各处汩汩流出，染红了碧绿的草原。白马痛苦地嘶鸣着、呜咽着，美丽的大眼睛极端痛苦地望着它的主人，慢慢闭上了。

巴图号叫着，扑向人群。几个人围拢上来，把他按倒在地。黑大汉在马上站立起来，大声喊："干掉他！干掉他！"

乌兰其其格哭喊着，扑了过来。黑大汉从马背上探过身，一把抓住她的蒙古袍的腰带，像老鹰抓小鸡一样把她擒了过来，扔在自己的马背上。

已经被捅了几刀的巴图在草地上挣扎地爬行着，身后拖出长长的血流。爬了一段路，他再也爬不动了，圆睁着无神的眼睛望了望乌兰其其格，拼着最后的力气大声喊："保护好我们的孩子！让他替我报仇！"

乌兰其其格望着巴图身上汩汩的鲜血流到青草地上，她拼命哭喊："巴图！巴图！"一边死命挣扎，想从马背上跳下来。

黑大汉死死抱住她，嘿嘿冷笑着说："姑娘！和我在一起，有你享不完的福！"说着，朝自己的部下吹了一声尖利的口哨，扬起马鞭，坐骑立刻扬起四蹄，在草原上奔腾起来，朝着雪山跑去。

乌兰其其格凄厉的哭声在风中飘荡，慢慢消失在草原的绿色之中。青

蒙古女雄：满都海皇后

3

草中那一摊殷红的血慢慢隐没了。

瓦剌部落弱女诞生

那一年的冬天,哈密草原的额尼克部的一个阿寅勒①驻营地里,几十顶蒙古包簇集在山窝里,抵御着强劲的白毛风的侵袭。雪花在风中飘舞,天空和山顶、草原一片白茫茫。位于最前边的白色蒙古包里,地中间的火苗舔着上面的黑色吊锅,锅里的奶茶飘出一阵阵的奶香。

那个黑脸大汉正坐在中间的羊皮座位上,头顶部分的头发剃得光光的,囟门的黑发剪得短短的,左右耳朵上各留有头发,被与脑后的黑发分别编成三条辫子垂在耳后肩头。身上穿着的白茬羊皮袍,黑乎乎地沾满油腻。

"来! 喝啊! 喝啊!"他额头流着汗,站了起来,解开白茬蒙古袍和腰带,敞开胸怀,露出黑黢黢的胸脯。他高举起银碗,用指头挑起马奶酒,分别向空中、地上和火撑弹了一下,对围坐在他身旁的同伙喊着。下面围坐着的那几个剽悍的黑脸壮汉,都和他一样的装束。他们狂叫着,欢笑着,互相猜拳喝酒,手里举着大块的熟羊肉撕啃着。

这是额尼克部的首领白加思兰的住帐。这个黑脸大汉白加思兰,作为瓦剌蒙古额尼克部一个阿寅勒的小首领,已经拥有七顶大帐,左右六顶大帐里分别住着他的三个福晋和儿女。排在后面的其他蒙古包里住着他的部下族人。

白加思兰一仰脖子咕嘟嘟又灌下一碗马奶酒,用手抹了一把满嘴的黑胡子,看看自己的这几个亲信,大声说:"这哈密草原的风雪越来越大,而且,这里的回回人、畏兀尔人,总是突袭我们。明年开春以后,我看是一定迁徙出去。大家看,往哪里迁好?"

一个说:"还是回到吐鲁番去,那里我们熟悉又富庶。"

另一个却激烈反对:"不行,我们刚从那里迁出来,哪能再回去? 那里的畏兀尔部落容不得我们。"

白加思兰点着头,说:"畏兀尔人容不得我们瓦剌蒙古人,我们不能回去

---

①阿寅勒:蒙古族古语,若干个帐幕或幌车组成的牧猎营。

受他们的气。"

又一个看起来有点计谋的亲信站起身,走到白加思兰面前,弯着腰,一副讨好谄媚的样子说:"我倒有一个想法,不知诺颜①有没有兴趣听?"

白加思兰把一双大眼睛瞪得如牛眼似的,大声呵斥说:"你有屁就快放,不要这般吞吞吐吐!"

那叫斯钦的亲信急忙说:"我听说我们瓦剌蒙古的脱欢和他的儿子也先,辅佐成吉思汗的后裔脱脱不花可汗以后,逐渐控制了可汗把持了汗廷,势力正大着呢。他们曾经在土城战役中俘获了汉人的一个什么皇帝。我们应该逐渐向东部蒙古靠拢,去投靠也先,也许将来也能像也先一样把持汗廷,大大地出人头地,壮大我们瓦剌蒙古的势力。"

白加思兰停住撕啃,诧异地望着这个叫斯钦的亲信,半信半疑。难道自己手下还有如此有头脑的人?他那一副其貌不扬的尖嘴猴腮的脑壳里竟还有如此雄才大略?自己可是没有这般野心,只是想在草原上寻找一个水草肥美的地方,扩大自己的阿寅勒,让自己的阿寅勒逐步变成有千户万户的嫩突黑、古列延②。

斯钦见白加思兰不言语,知道他不相信自己的话。他转了转贼溜溜的眼睛,接着说:"我还听说山那边的蒙古草原非常肥美,那里的蒙古部落十分稀落,而且大都很弱小。我们很容易在那里驻牧,在那里能发展壮大我们的阿寅勒。"

"是吗?"白加思兰把手中的羊腿骨扔到地上,把满手的油腻在大腿上擦了擦,一拍大腿,站起身,说:"对!这是个好主意!我们阿寅勒只有四百多不到一千人,亟须发展。在这兔子都不拉屎的地方,我们什么时候才能壮大?我看明年开春我们就动身往山那边迁移。到那边,多吞一些部落,壮大我们自己!我一定要把我们这额尼克部落领向繁荣。我们不能就这么一直像缩头乌龟一样生活!"

正说着,蒙古包的毡帘一掀,一大股冷气裹着一个十几岁的男孩卷了进来。白加思兰抱住男孩的头,问:"野思马因,这么冷的天,你不待在你的毡帐里,跑出来做甚?"

---

①诺颜:蒙古族语,官人、老爷的意思。
②嫩突黑:蒙古族语,屯营,营盘草地。古列延:有数百个帐幕的游牧集团。

男孩把自己冰冷的双手插进白加思兰胸前的大皮袍下暖和着，说："父亲，乌兰其其格在毡帐里大声哭喊呼叫，额娘让我来叫你去看看。额娘说她要生野崽了。"

"不许这么说！"白加思兰用手拍了一下儿子的脸，厉声呵斥。

野马思因不高兴，噘起嘴，大声反驳着："本来就是野种嘛，额娘都这么说。才来半年，就生孩子，不是野种是什么！"

白加思兰黑着脸，不说话，一手抓过皮帽子，戴到头上，掀起蒙古包的毡帘，钻进冷风中。冷风里，被撕成碎片的凄厉尖锐的号叫声从左边最后一个毡帐里传出来，在冷风中飘荡，传向远方。

白加思兰心里一紧，加快脚步，朝乌兰其其格的毡帐奔去。但愿不要生男孩，他在心里乞求着天神。那浑身鲜血的巴图临死的号叫总响在他的耳边。

白加思兰钻进乌兰其其格的毡帐里。

三脚青铜火撑里的火通红通红的，把这顶不大的蒙古包烤炙得十分温暖。在铺着厚厚羊毛毡的铺上躺着，痛苦呻吟了一夜的乌云其其格，头发蓬乱，脸色有些苍白。白加思兰的其他几个女人围在乌兰其其格身边，看着部落的萨满妈妈忙着为她接生。

"用力！再用力！"接生的萨满妈妈手里捧着露出的婴孩的头，继续鼓励着乌兰其其格。乌兰其其格发出几声痛苦的喊叫，使尽全身的力气。

"出来了！出来了！"萨满妈妈和女人们一起高兴地喊。

"呜哇！呜哇！"几声清脆的婴孩的啼哭，划破了草原的寂静，向蒙古草原宣告一个新的蒙古生命的诞生。

乌兰其其格无力地闭上眼睛，不再痛苦地喊叫，只是轻轻呻吟着。

白加思兰凑到萨满妈妈面前，问："男孩还是女孩？"

萨满妈妈包着婴孩，手里拿着为婴儿断脐用的沾着血的箭头，笑着说："恭喜诺颜（老爷），是个漂亮的女孩。"

白加思兰长长出了口气。他从萨满妈妈手中接过箭头，转身走出毡帐，把箭头远远抛向远方。他微微一笑：不必把箭头挂在蒙古包外，向全部落宣告他的家族诞生了一个引弓战士了。那临终的号叫再也不会影响他，叫他一想起来就心神不宁。一个小丫头片子，永远不会对他造成任何威胁。

乌兰其其格却睁开了眼睛，失望地望着萨满妈妈手里捧着的婴孩，长长地叹了口气，眼泪溢满了她的眼眶，依靠谁给她的巴图报仇呢？

受尽凌辱　有女长成

春天，黄河西套的一片广袤的草原上，虽然天气还有些料峭，寒风还不时吹过，但是青草已经从枯黄的干草下冒出了鹅黄，草根部已经显露出可爱的绿色。一大片有几千顶的毡帐簇集在草原上一个小湖的旁边。

白加思兰率领着他的额尼克部从哈密迁徙过来，不过十几年的光景，却已经大大地壮大了。白加思兰不断吞并河套西部草原上弱小的蒙古部落，他的部落已经聚集了四万多人。

这十几年，瓦剌蒙古也是一刻不得安宁。

脱欢和也先父子把成吉思汗的后裔脱脱不花扶上汗位之后，依靠黄金家族的声誉扩大了蒙古的势力，使元代灭亡之后四分五裂的蒙古有了一段相对的统一。但是，随着权力的强大，也先的狼子野心逐渐膨胀起来。父亲脱欢死后，他逐渐控制了汗廷，想以自己的外甥来替代脱脱不花，自己做舅上皇。脱脱不花不从，联合东部反对脱欢、也先的蒙古贵族和东部女真势力发兵进攻。也先联合蒙古济农共同举兵进攻脱脱不花汗，杀死脱脱不花。然后也先又杀死济农。可是，也先把持的汗廷内讧四起，反对也先的势力此起彼伏，他的同盟阿剌知院因为分配不均，终于树起反叛的大旗，设计杀了也先。蒙古地区又陷入四分五裂之中。

乱世出枭雄。白加思兰在这一片混乱之中慢慢壮大发展起来。

也先死后不久，阿剌知院又被其部下杀死，为了保存瓦剌蒙古的实力，也先的妻子率领瓦剌蒙古部落向西迁移，瓦剌蒙古在河套地区的势力已经大大削弱。白加思兰趁此大好时机兼并了不少瓦剌蒙古部落，发展壮大起来。

如今，白加思兰的部落已经成为瓦剌蒙古的第一大古列延。

春天的早晨，朝阳刚刚从东山顶上露出半个红脸，把一大片橘红色的阳光洒向山下诺尔旁边那一大片白色蒙古包。额尼克部这一大片毡帐似乎还

蒙古女雄：满都海皇后

7

没有睡醒，到处静悄悄的，连机警有灵性的牧羊犬和马匹都没有发出声响。

一个黑脸壮实的年轻人走出中间那座最大的毡帐。乍一看，这年轻人和当年的白加思兰一模一样。仔细端详才发现，这年轻人比白加思兰显得稍微白净一些，但是一样的粗野气质，却明白地显示出二人的血缘关系。

年轻人走出毡帐，四下瞅了瞅，附近没有人。天气冷，草还没有长出来，牧人们还没有开始放牧，他们在自己的帐幕中温暖的被窝里酣睡着。直到太阳升到半空，他们才会从热被窝里爬出来，喝起热气腾腾的奶茶和马奶酒，然后开始一天的劳作。女人到羊圈挤奶，男人骑马去放牧，或者在蒙古包外面擀毡、制造马奶酒奶酪等。

野思马因蹑手蹑脚，走到左边最后一个毡帐的门前。他轻轻地掀开蒙古包的毡帘，往里张望。蒙古包里，静悄悄的，一缕春日阳光从包顶的通风洞——套脑里射了进来，落在蒙古包里的卧铺上。卧铺上躺着一个气息奄奄的中年妇人，这是被他父亲抢来的那可怜的乌兰其其格。

野思马因贼溜溜的目光仔细搜索着。包里没有他要寻找的人，乌兰其其格的女儿，伊克哈巴尔图。他们都叫她巴尔图。

野思马因放下包帘，朝浩特外的诺尔跑去。

还结着薄冰的诺尔水面上，闪着光亮，映出白云的倒影。诺尔旁边的枯黄的芦苇在早晨的春风中摇曳，白色的芦花穗子在春风中飘舞。一个身穿苹果绿蒙古袍的姑娘在湖边汲水，这就是可怜的巴尔图。

巴尔图一早就起身来诺尔汲水。这小姑娘勤快得很，天天是浩特里第一个起来的，不是去汲水，就是去挤奶。虽然是诺颜白加思兰的女儿，但是野马思因的额娘，白加思兰的第一福晋，从来没有把她的母亲和她当作白加思兰的福晋和女儿看待。乌兰其其格从被抢到这里，就没有笑过，白加思兰也很快厌恶了这个不会笑的女人。生了巴尔图之后，乌兰其其格算是有了点安慰，在抱起女儿的时候，她才会对着女儿时哭时笑。白加思兰的家人都把她当疯子看待，大人、小孩都欺负她和她的女儿巴尔图。

来到湖边，13岁的巴尔图出神地望着光洁平静的湖面。清澈的水面上倒映着她窈窕的身影，也清楚地倒映着她姣好的面容。她与当年的乌兰其其格一样白皙红润，两腮的高原红把她点缀得像苹果般艳丽。一双黑亮的

蒙古女雄：满都海皇后

大眼睛被弯曲浓密的黑睫毛覆盖着,扑闪扑闪的,给人以无穷的遐想。

巴尔图端详着自己在湖水中的倒影,一边把自己带来的额娘的脏衣服慢慢浸到水里。平静的湖水的涟漪慢慢扩散开来,她的影子慢慢模糊起来。巴尔图这才恋恋不舍地开始在湖边的一块石头上慢慢地揉搓着衣服。她不断地呵着在冰冷的湖水中浸得发红的双手。

巴尔图洗完了衣服,把桶里汲满水。她站了起来,手轻轻地叉住腰,对着湖面上倒映出来的自己,袅娜地转动着。湖面上艳影在蓝天的映照下飘然欲仙。巴尔图轻快地转动起来,苹果绿的蒙古袍的衣袂飘舞起来。

来到湖边的野思马因悄悄藏在芦苇丛中,呆呆地望着眼前这部落里最漂亮的姑娘。

十几年里,他看着巴尔图长大。巴尔图一诞生,他就和自己的额娘一起叫她野种。他讨厌这野种,从小欺负这野种。巴尔图长到会到处跑的时候,他就经常借故打她,把她按在地上让她做马,供自己的弟、妹骑着玩。他用鞭子鞭打她,驱使她快跑。他扯着她一头小辫子,让她跪倒在自己的脚前,给他擦皮靴。他想着法子折磨这女孩,在巴尔图的眼泪和哭声中高兴得哈哈大笑。一天不折磨巴尔图,他就会觉得生活少了一项重要内容,而变得闷闷不乐起来。巴尔图在他的折磨中慢慢长大,他自己也在折磨巴尔图的快乐中长成20多岁的青年,成了白加思兰的接班人,被部落里的人称为少诺颜。

野思马因惊异地发现,像一朵突然绽开的鲜花一样,巴尔图在这个春天突然变了。过去单薄平板的身躯突然丰满弯曲起来,过去黄黑的面孔一下子变得白皙红润起来,过去焦黄的头发突然油黑发亮起来,一双无神的眼睛突然黑亮得像深不可测的诺尔的湖水,过去矮小的女孩一夜之间变成了颀长的亭亭玉立的姑娘。

野思马因惊呆了。他再也无法把眼睛从巴尔图的身上移开。他开始寻找接近巴尔图的借口,希望把巴尔图揽在他的怀里。但是被他欺负怕了的巴尔图见了他总是像受惊的小鹿一样急忙跳开,叫他无法得逞。这魔头已经多次领略过女人的滋味,在部落里只要他看上哪个女人,他就一定要把她搞到手。他岂能善罢甘休?

今天早晨,他抱着必得的决心来寻找巴尔图。

巴尔图舒展着自己,慢慢地停止了旋转,躺到柔软的枯草上,从草根下拔出一茎已经发绿的小草,放进嘴里轻轻嚼着。

天上的白云悠然飘荡,多么自由,多么愉快,自己要是一朵白云该多好!她要飘到没有歧视的地方去。去寻找一个自由自在的绿草原,那里有鲜花,有清澈的湖水,有肥壮的牛羊,她和额娘生活在那里,日出放牧,日落返回,夜晚母女守在羊油灯下搓羊毛、织毛布,那该多好呀!也许,有一天,一个高大魁梧的年轻小伙子走进蒙古包请求留宿,额娘把他安置在自己的旁边,中间竖起一把蒙古尖刀。到半夜,自己偷偷把那尖刀拔掉,然后……

想到这里,巴尔图脸发热,急忙用双手捂住脸。她在幻觉中似乎感到一个小伙子火热的拥抱。

野思马因从芦苇丛中纵身一扑,扑到巴尔图的身上。沉湎于幻想中的巴尔图惊叫一声,挣扎着急急往起爬,野思马因却死死地把她按倒在地上。

巴尔图大声呼喊起来。

诺尔旁静悄悄的,没有人,也没有动静,只有微风掠过芦苇丛发出飒飒的声音。

野思马因脸上流露着淫亵放荡的笑容,把自己的大嘴拱进巴尔图细嫩的脖颈,吃吃笑着说:"我的小心肝,这下你可没处躲藏了。没人来救你的,乖乖地听我的话,顺从我,我会让你有享不尽的福。"一边说,一边动手撕扯巴尔图的衣袍。

芦苇在风中摇曳,发出簌簌的声响,好像叹息又好像哭泣。

巴尔图紧紧抓住自己的衣袍,缩回双腿,猛然蹬了出去,正在得意地解自己袍子的野思马因摔倒在草地上,人仰马翻,像乌龟一样仰面朝天,一时翻不过身。

巴尔图趁机翻身跑开。

野思马因仰面朝天发出愤怒的咆哮:"你等着,跑了今天跑不了明天!看我以后怎么收拾你!"他粗野响亮的吼声惊起湖边芦苇丛中的田鼠,它们窜进草原星罗棋布的洞穴,在洞口站了起来,回过头,瞪着黑亮的小眼睛,吃惊地、惶恐地望着他。

火烧古列延为母报仇

蒙古包的毡帘一掀，一道强烈明亮的阳光涌进蒙古包，照到乌兰其其格的脸上，她从睡铺上抬起头，望着进来的女儿，柔声问："怎么去这么长时间？水打回来了？"

巴尔图轻轻地"嗯"了一声，把水桶放到火旁，便蹲在火前抽泣起来。

"你怎么啦，巴尔图？"乌兰其其格着急慌忙地问，挣扎着爬起来，挪到女儿身边，用手搂住女儿的肩头，把女儿一头黝黑秀发覆盖着的脸轻轻扳起来，急切地追问："你怎么啦？谁欺负你啦？"

巴尔图把脸贴到额娘的胸脯上，抱住额娘，放声大哭起来。十几年的辛酸委屈一时都涌上心头，她的眼泪如同决口的大江一样。

"是不是那个魔头野思马因？"额娘乌兰其其格好像明白了一切，她咬着牙问。

巴尔图用力地点着头。

乌兰其其格紧紧搂住女儿，不由得也放声哭起来。母女二人抱头哭了一阵儿，乌兰其其格抬起头，小心为女儿擦去脸上的泪水，小声说："乖女儿，仅这么哭也没有用的。我们母女的一肚子苦水，像诺尔水一样说都说不完，你现在已经长大，是让你知道真相的时候了。"

乌兰其其格喘着粗气，蜡黄的脸上浮起红晕，额头沁出细密的汗珠。

巴尔图急忙扶着额娘躺下。乌兰其其格摆摆手，摇着头，说："不躺了，我要坐着把我一肚子的血泪大仇告诉你。"

巴尔图把枕头和被子、皮袍都拉过来，塞在额娘身后，让她靠在上面，自己也偎在额娘身边。

乌兰其其格从怀里掏出一个玉坠，拉过巴尔图的手，把它轻轻放在她的手心里，一行清泪顺着她消瘦的脸颊流了下来。

巴尔图紧紧握着额娘的手，一双黑亮的大眼睛紧紧盯着额娘，催促着说："额娘，你快说啊。这玉坠是你的宝贝，为什么给了我？"

乌兰其其格抬起手，擦掉眼泪，慢慢地说："这玉坠，是你的亲生父亲送给我的定情信物。他知道我怀孕以后，对我说将来不管生男还是生女，都一

蒙古女雄：满都海皇后

11

定送给他做纪念。14年了，我一直把它戴在脖子上，贴在我的胸口上，用它来支撑着自己活下去。"

巴尔图惊诧地说；"我的亲生父亲？他是谁？为什么没有听你说过？"

乌兰其其格咬着牙，眼睛里喷出愤怒的火焰，说："你的父亲叫巴图，是喀尔喀蒙古人。他为了保护我而被魔头白加思兰杀死。我被白加思兰抢来之后半年生下你。白加思兰和他的家人，把我们母子当奴隶一样对待，让我们过着这样凄惨的日子，这新仇旧恨只有靠你去报。你要记住白加思兰和他的儿子对我们一家大山一样不可数的深仇大恨。"

说到这里，乌兰其其格剧烈地咳嗽起来。巴尔图急忙为额娘拍着后背，哭泣着说："额娘，你歇息一会儿吧。"

一阵剧烈咳嗽之后，乌兰其其格又喘息着说："巴尔图，我心目中的雄鹰。你要当着我的面向天神发誓，说你将来一定要替你父亲报仇，除去白加思兰和他的儿子，灭掉额尼克部落，就像成吉思汗为他的父亲报仇一样！"

巴尔图紧紧握住额娘的手，眼睛放射出仇恨的亮光，坚定地说："额娘，你放心，我一定记住你的话，我一定要为父亲报仇！"说着，她跪倒在火堆前，对着火焰和天空发誓说："火神、天神在上，我伊克哈巴尔图起誓，一定要亲手消灭白加思兰和野思马因，灭掉额尼克部落！"

乌兰其其格的眼睛亮了，她终于可以放心闭眼离开这世界，去天国追随她的心上人。

乌兰其其格拉着女儿的手，轻轻地抚摩着，慢慢闭上了眼睛。她实在太疲劳、太衰弱，无法继续活着承担生活的巨大压力。

蒙古包外，一阵猛烈的春风夹裹着沙石扑打着蒙古包。

巴尔图哭喊着，任是她怎样呼唤怎么摇动，也不能唤回她的额娘。她的呼喊哭叫被大风撕裂成碎片，古列延里没有人听到。

巴尔图哭喊着，慢慢放低了声音。她紧紧搂抱着乌兰其其格的身体，把头抵在额娘的胸脯上，抽泣着。

"我该怎么办？额娘！你留下我一个人，我该怎么办啊？"她推着额娘的身体，一遍一遍地问。

"我该怎么办啊？"她小声咕噜着，询问着，不知过了多久。她的眼皮沉

蒙古女雄：满都海皇后

重起来,她的头脑模糊起来,痛哭中的巴尔图慢慢沉入了睡梦。

"女儿,你睡着了吗?"睡梦中,巴尔图听到额娘的呼唤。巴尔图拼命挣扎着,想睁开眼睛看看额娘。她模模糊糊记得,额娘刚刚死去,她哭得死去活来。原来额娘没有死!她高兴得一把抓住额娘的手,问:"额娘,你到哪里去了?叫我到处都找不到你。"

额娘笑着说:"我去见你父亲,他让你替他报仇!"

巴尔图急切地问:"可我不知道该怎么做?额娘,你告诉我,我该怎么做才能替父亲报仇?"

额娘把眼睛转向蒙古包中央的生铁的四脚火撑。火撑的火烧得正旺,红黄的火焰舔着上面的挂锅。"火不是我们蒙古的吉祥吗?"额娘轻轻地说。

"额娘,你真聪明!"巴尔图高兴得跳了起来,正要扑上去搂抱额娘,额娘却突然消失不见了,巴尔图扑了个空。

巴尔图双腿一蹬,全身一颤,激灵了一下,惊醒了。

巴尔图怔怔地瞪着眼前的火。

凌晨的晨光从蒙古包顶的套脑里射了进来。巴尔图从昏睡中醒了过来。

巴尔图在火前伴着死去的母亲坐了整整一天一夜。没有人来看望她。她干涩的眼睛里没有眼泪,因为眼泪已经流干。快要熄灭的火在灶膛里忽闪着余光,巴尔图随手添了几块干牛粪,用吹火筒把它吹旺。

鲜红的火苗愉快地窜了起来,发出轻微的声响。巴尔图望着火焰出神:天快要亮了,她必须赶快行动。

巴尔图搓了搓自己的脸,擦去脸上的泪痕。她慢慢地站了起来,走到母亲的箱笼前打开箱笼,翻出母亲的全部衣物。巴尔图把那些破旧不堪的衣服一件一件扔到火堆旁。都太破旧了,它们不能成为陪伴母亲上路的最后装饰。巴尔图拿起一件比较新的橘色绸缎袍子,反复看着。这一件还算勉强可以,就用它吧,她轻轻地说。

巴尔图小心翼翼脱掉母亲身上那件肮脏破旧的粗布老羊皮袍,换上橘色绸缎袍子,把母亲的头发梳理了一下,戴上母亲生前最喜欢的那个一尺多高的锦缎和白银装饰的筒形头饰——姑姑冠。她把母亲抱到被褥皮袍堆上,上面又盖上所有的被子、袍子,把一些奶油块扔在上面。巴尔图又找来一个木棒,缠上衣服,在融化了的奶油盆里蘸湿。

巴尔图跪在母亲身边,磕着头,喃喃说:"额娘,女儿现在送你上天。"

巴尔图把火堆里火红的干牛粪挑了出来,一块一块放到被褥上。被褥慢慢燃起火焰。火焰越来越大,浓烟弥漫到整个蒙古包。

巴尔图最后给母亲磕了个头,拿起点燃的火把,钻出蒙古包。古列延的人还没有动静。巴尔图径直跑到中间大帐,用火把点燃毡篷。

火舌慢慢舔着白色毛毡。风助着火,火趁着风势,渐渐笼罩了中间这座最大、最华丽的帐幕。

巴尔图站在熊熊燃烧着的大帐前,脸上露出快意的微笑。愉快的火舌舔噬着华丽的毡帐,吞噬着眼前的一切,发出叫人愉快的噼噼啪啪清脆的响声。巴尔图喃喃地说:"父亲,女儿给你报仇了!"说完,转身跑进马圈,解开自己的白马,翻身骑上朝草原跑去。

额尼克古列延里火光冲天,噼噼啪啪的燃烧声响个不停。牧羊犬汪汪地叫着,在蒙古包之间跑来跑去。马圈里灵性的马匹也都不安地发出"咴咴"的叫声,打着喷鼻。强烈的焦糊气味和浓烟弥漫在古列延上空。

"起火了!救火啊!!"有人狂呼。

华丽大帐里高枕酣睡的白加思兰急忙爬起身,推了推身边的儿子野思马因:"快起身,有人喊着火了,快出去看看!"

野思马因揉着眼睛,不大情愿地嘟囔着:"哪里能着火?谁在乱嚷嚷?"突然他惊叫起来,大帐上面的一大块毛毡燃着熊熊大火,掉落到他的睡铺上,立刻点燃了被褥、皮袍。他一下子跳了起来,连滚带爬钻出蒙古包。

白加思兰还没有反应过来,火已经燃着了他身上的皮袍。他凄厉地喊叫着,爬出已经弥漫起大火的包帐。野思马因见他身上冒着烟,急忙拉过他,把他按倒在草地上打滚,扑灭了身上的火苗。可是,眉毛和头发已经被燎去了一大半。

男女老少都跑出来救火。着火的两顶蒙古包很快被扑灭了。

"谁干的?打死他!"白加思兰看着自己华丽的大帐顷刻之间化为灰烬,又气愤又心疼,他高举着双拳,捶胸顿足,大声咆哮着。

野思马因蹲在人群后面，双手抱头，还没有从刚才的惊吓中醒过来。突然，他像想起什么，一跃而起，跑到乌兰其其格的被烧毁的帐幕前，大声喊："这里的主人呢？谁见了？乌兰其其格呢？巴尔图呢？"他在人群中钻来钻去，一边声嘶力竭地喊。

一个牧人说："我刚才起来打水，好像看见巴尔图骑马往草原跑去。"

野思马因狠狠地跺着脚，大声喊："是她放的火！快去把她抓回来！"

野思马因一跃跳上自己的枣红马，朝马屁股抽了一鞭。枣红马四蹄飞腾，朝巴尔图逃跑的方向急驰而去。野思马因望着远方的草原，狠狠地说："你跑不了的！跑到天边我也要把你追回来！"他又狠狠朝马抽了一鞭，枣红马好像飞了起来。这匹跑得最快的好马通人性似的，用最快的速度飞驰在草原上。

巴尔图骑着马跑出额尼克古列延，往北方大山的方向跑了一阵。看着就在眼前的山还是没有跑到，还是那么遥远。她叹了口气。真是看山跑死马。马也疲累了，速度明显慢了下来。

巴尔图回头看了看，古列延的蒙古包没有了踪影，看来离它很远了。巴尔图放心地下了马，找了一个山坡背风的深草处，放开白马让它吃草，自己在干枯的深草里躺了下来。

太阳升到半空，风已经停了，蓝天上只飘着几朵淡淡的白云，好像额娘的秀发一样曼曼飘曳。巴尔图想起额娘，眼泪又流了下来。以后自己只能依靠自己，在这冷酷的世界里挣扎生活。到哪里去呢？她没有主意。这草原广袤无边，难得见到人家。她站起来，手搭凉棚向远方张望，哪里有敖包。她四下望了一会儿，终是没有发现敖包的踪影。

巴尔图深深地叹了口气，躺到青草深处。肚子开始咕噜噜地响了起来，她扒拉开身旁的草丛，从中寻找到一些已经发芽返青的嫩草，她拔出一把塞进嘴里嚼着。

到哪里去？她一再问自己。

对！投奔自己亲生父亲的部落，去寻找喀尔喀蒙古部落！她想。可是，喀尔喀蒙古部落在哪里呢？

巴尔图神色黯然地嚼着青草充饥，望着蓝天出神。她的眼皮慢慢沉重了,不知不觉中熟睡了过去。

熟睡中,巴尔图感觉到自己身上被狠狠地抽打着,她被一阵剧烈的疼痛弄醒。几只细犬露着鲜红的舌头正围着她跳跃狂吠。

"起来! 起来!"巴尔图听到一声吆喝,接着是雨点般的皮鞭落在她的脸上、身上。她一时竟不知道自己在哪里,睡了多长时间。她惊恐地睁开眼睛,用手臂抵挡着呼啸着抽向她的皮鞭。

野思马因扬着皮鞭,恶狠狠地叫嚣着抽打她。

巴尔图跳了起来,挣扎着想跑,野思马因一把抓住她的胳膊,狰狞地狂笑着:"你还想跑? 我看你往哪里跑?"说着又扬起马鞭朝她狠抽了一鞭。

巴尔图的脸上立刻肿胀起一道红色的肉棱。野思马因狠狠抽打了一阵,扔掉皮鞭,凑到巴尔图身边,一双邪恶的眼睛充满了邪恶的欲望。怒目以视的巴尔图知道他想干什么,不由自主后退几步。她宁愿让他鞭打,也不想再让他肮脏的爪子和身体接触她。

野思马因狞笑着,一步一步凑了上来。

巴尔图无助地望了望四周,周围没有可以帮助的人。只有她的白马低着头静静地啃草吃。巴尔图吹了一声口哨,白马奔了过来,尥起后蹄,把野思马因踢倒在地。野思马因号叫着,疼得在草地上翻滚。

巴尔图强忍着浑身鞭伤的疼痛,挣扎着爬上马背。白马好像知道主人受伤,曲下前腿,帮助巴尔图爬上马背。巴尔图好不容易上了马,正要勒缰绳让马奔跑。

想跑? 没门儿! 野思马因从草地上爬起来,看到巴尔图正在上马。他翻身跑到自己的马前,从马背上抓起套马索甩了出去。

巴尔图已经骑到马背上,正要打马跑去,套马索套到了她的脖子上,越勒越紧,把她拖下马。巴尔图眼前一黑,晕死过去。

"看你往哪里跑?"野思马因狞笑着,收紧套马索,把巴尔图拖到自己身旁,把她抛到自己的马背上。

巴尔图醒了过来,浑身火辣辣的疼痛不已。她睁大眼睛四处张望,不知道自己在什么地方。四周漆黑一片,什么也看不见。她小声呻吟着。"有人吗?"她挤出全部气力喊。周围静悄悄的,只有毛毡外的风声刮过。

巴尔图又一次昏迷过去。

科尔沁、瓦剌联盟

白加思兰坐在自己的大帐里,向野思马因询问关于巴尔图的情况。"你怎么处理那个小姑娘?"

野思马因恭敬地回答:"我把她囚禁在黑蒙古包里,不给她吃饭,饿死她。"

"好几天了吧?"白加思兰喝着马奶酒,"可不要饿死了。不管怎么说,她也算是我的一个女儿,也是在咱们部落里长大的,和你也是一个锅里喝了十几年奶、吃了十几年的肉。"

"饿死她活该,谁叫她这么歹毒,要放火烧死我们呢?"野思马因咬牙切齿地说。

"算了吧。她一个小姑娘,又刚死了额娘,怪可怜的。还是给她送些吃的,等我想个办法打发她离开我们。"

"好吧,就听父亲你的吧。"野思马因不大情愿地嘟囔着说:"我这就派人给她送点奶子。也许已经饿死了。"

一个护兵走了进来报告说:"报告诺颜,有一个科尔沁的使者请求见诺颜。"

白加思兰目光流露出十分惊异的神色,看了看野思马因:"科尔沁?科尔沁的人找我干什么?是不是想驱赶我们回哈密?"

野思马因想了想,摇着头,说:"不会吧?我们离他们这么远,他们不会来驱赶我们。我想,他们派使者来,可能有其他事。不妨叫来听听他们捎来的口信。"

"好!传见!"

一个科尔沁的军官走了进来,单腿跪下拜见白加思兰,说:"诺颜,赛白诺!科尔沁台吉孛罗乃诺颜派奴才前来给诺颜请安!孛罗乃诺颜送上薄礼请笑纳。抬进来!"

几个士兵抬进礼物,放到白加思兰面前请他过目。白加思兰笑着,看着面前的礼品,呵呵笑着说:"不错,不错,都是些值钱的礼物。只是,这无功不受禄,不知你家台吉诺颜有什么事情需要我们帮助?"

那军官说:"奴才的任务只是送礼,并且转告诺颜,明日台吉诺颜会亲自登门拜访,具体事情明日台吉诺颜会说的。"

"好,明日我一定会盛情欢迎和款待台吉!"白加思兰拍着大腿高声说。

白加思兰坐在大帐的高台座位上,野思马因和谋士斯钦站在他的身后,几个亲信千户长分别站在左右台下。持刀荷戟的蒙古武士威严地站在包门口守卫。现在的白加思兰,已经是中部蒙古地区一个赫赫有名的大首领,所以,要在科尔沁部的台吉孛罗乃前来见他时,摆出自己的威风和权势。

"报!"传令兵丁进来,单腿跪下报告:"科尔沁的客人在外面求见!"

白加思兰一动不动,威严地扬起手:"请尊贵的科尔沁客人!"

兵丁起身,站到一边,高高掀起毡帘。一个高大壮实的蒙古男人低头走了进来。他双手捧着一尺宽几丈长的洁白的丝帛哈达,恭身献上:"我,科尔沁蒙古部落首领孛罗乃,特意前来拜见额尼克部落首领,尊贵的白加思兰。"

白加思兰让野思马因接过哈达,站起身:"我,额尼克部落首领白加思兰,衷心欢迎尊贵的科尔沁首领孛罗乃的到来。请尊贵的孛罗乃就座。"白加思兰指了指面前的座位,一张小桌和一个羊皮座墩。孛罗乃致谢之后盘腿坐了下去。

白加思兰命令端来马奶酒和手把肉,一个盛装的蒙古姑娘向客人献酒,她那婉转清亮的敬酒歌叫孛罗乃满脸是笑。白加思兰把指头放在酒杯中挑起酒,向天、地、火各弹了一下,表示敬意,请孛罗乃喝酒。孛罗乃端起银酒杯向天、地、火和主人敬酒,然后与白加思兰同时仰起脖子喝了酒。

主人和客人边喝边谈。

白加思兰摸着黑胡子,问:"尊贵的孛罗乃,不知你前来有什么见教?"

孛罗乃放下手中的酒杯,望着白加思兰,说道:"我们蒙古人喜欢竹筒倒豆子,有话直说,不喜欢绕弯子。在老兄你这痛快人面前,我就直说我的来意。老兄,你知道,这十几年,我们蒙古又陷入四分五裂、群龙无首的局面。我们东部蒙古的黄金家族都很着急,想联合一些强有力的部落起来改变这种局面。我们科尔沁作为成吉思汗弟弟合撒尔的后裔,虽然不是黄金家族,但是也是黄金家族最近的部族。我们又抚养了脱脱不花汗的小王子巴延蒙克,我们有责任帮助他重登汗位。科尔沁部落十分敬重额尼克部落的力量和尊贵的诺颜的智慧,希望与你们联合起来,共同结束现在的混乱局面,辅佐小王子登汗位。"

白加思兰望着孛罗乃,心中乱糟糟的,一时不知如何回答。

野思马因看了看父亲,等着父亲说话。

军师斯钦轻轻咳了一声,意味深长地朝白加思兰眨了一下眼睛。

白加思兰望望野思马因,野思马因也微微点了点头。白加思兰心中有了底。他故作沉思地又沉默了一会儿,才慢吞吞地说:"辅佐小王子登上汗位,这是我们每个蒙古人不容推辞的义务。可是这小王子的身份,证实了没有?你是知道的,这些年草原上出现了不少自称是黄金家族后裔的人,我们都不知道该相信哪一个。"

孛罗乃有些着急,他就怕别人怀疑小王子的身份。他提高声音说:"小王子巴延蒙克是脱脱不花汗的小儿子,当年也先追杀他,被他的额娘脱脱不花汗的遗孀萨穆尔太后放在皮货车厢里由他的叔叔满都鲁偷偷运到我们科尔沁。是我亲自迎接,又是我亲自抚养,他手中还有大元玉玺,我亲眼见过。这还能有假吗?你要是不相信,我以后可以给你看元朝玉玺和他的家谱。"

白加思兰点着头,慢条斯理地说:"诺颜不必生气,不是我不相信你,而是这些年,冒充成吉思汗黄金家族后裔的人太多了,我不能不多长个心眼。"

孛罗乃急忙说:"这小王子还是也先的外甥呢,想必你也知道。他可也有瓦剌蒙古的血统啊。"

"这我知道。"白加思兰不耐烦地打断了孛罗乃的话,傲慢地说:"我们瓦剌的事情我还不知道?既然这小王子的身份确实可靠,我们联合起来扶他登汗位实属义不容辞。可是……"

白加思兰故意沉吟起来。

孛罗乃明白白加思兰的意思,他的沉吟不过是想讨价还价,想把所得利益讨个明白。孛罗乃站起身来,走到火前,说:"老兄可以放心,我对火神、天神发誓,如果联合行动成功,小王子成为蒙古大汗,老兄你就是最有权势的太师,你的儿子是知院。你们父子可是煊赫一时啊。"

"太师?"白加思兰想:"济农权大?还是太师权大?"他转过眼睛望了望野思马因,野思马因显然很兴奋的样子。他又看了一眼斯钦,斯钦也是一脸

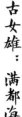

蒙古女雄:满都海皇后

激动,正朝他使劲眨眼。

白加思兰知道,这许诺得到了他们的认可。

"那好吧,我同意联合行动。"白加思兰点着头。"不过,我还有个条件。"

李罗乃说:"老兄你尽管说。我这次来,是诚心诚意想和老兄联合,你的条件,只要是我能办到的,我都会替小王子答应下来。小王子不过十几岁,还是个大孩子,他需要我们的诚心帮助。"

白加思兰见李罗乃如此痛快,也就不再故作沉吟,直截了当地说:"我想把自己的一个女儿嫁给以后的蒙古大汗。"

李罗乃搔了搔头,有些为难,说:"这可有些为难。我已经把我的三个女儿嫁给了小王子。"

白加思兰心里骂道:"老狐狸,怨不得你如此费力帮助这小王子,原来真正还是为了你自己!"他一时不知怎么说才好。

野思马因开了腔:"父亲只是随便说说而已。我的姐妹都已经许配人家,只有一个妹子不是父亲亲生的,嫁不嫁小王子都没关系。"

白加思兰不满意地瞪了他一眼,没有说话。

李罗乃想了一会儿说:"小王子的叔叔满都鲁,40多岁,是他亲自护送小王子逃脱也先的尾追,后来一直保护着小王子。他虽然有几个福晋,却也没有太满意的。如果小王子登汗位,这济农的位置,非他莫属。小王子对他言听计从,非常崇拜他。要是老兄真的有心和黄金家族攀亲,把女儿嫁给满都鲁也是很不错的。"

白加思兰白了李罗乃一眼,老大不高兴:老家伙,自己捷足先登,把一个没有多大油水的好处给我,真可恶。不过,也就只有这样了,把伊克哈巴尔图嫁给黄金家族,可是一举两得的大好事,省得把她老囚禁在古列延里,惹人说三道四。嫁个好人家,她一定会感念自己的恩德,不再嫉恨自己和自己的家人。

白加思兰端起酒杯,哈哈大笑,说:"来,让我们哥俩为我们的诚心合作,干杯!祝我们合作成功顺利!"

李罗乃站起身,端起酒杯,两个人一仰脖子,咕咕嘟嘟灌入喉咙。野思马因和斯钦也都兴高采烈。

月黑风高夜逃跑

巴尔图隔着蒙古包的哈那向外面望。外面的草原已经绿了,清风吹绿了草原,几天前的一场小春雨降下之后,枯黄的草一下子全都返青,先是鹅黄,接着是嫩绿,现在已经是满眼碧绿。肥沃的草原上碧绿的草叶绿油油地泛着油光,真是爱煞草原的人。

巴尔图叹了口气。她多么渴望到草原去驰骋啊,可是她却被野思马因关了起来,十几天都不放她出去。怎么办呢?她不能在这里等着他的蹂躏。

要想办法跑出去!一定要逃离这魔窟!

巴尔图摇晃着蒙古包的毡帘,毡帘被紧紧地捆绑着,无法弄开。她抬头看着蒙古包顶部的烟洞。套脑上露出一片蓝天,几片白云飘过,一道强烈的阳光射进蒙古包,把黑暗的蒙古包照亮了一片。

从这里也许可以钻出去,巴尔图想。

她抓住哈那的红柳条,向上攀登。刚刚爬了几个格子,她就没有力气了,掉了下来,仰面朝天摔到地上。她已经有几天没吃东西了。

巴尔图躺在地上,轻轻地呻吟起来。她的屁股被摔疼了。

蒙古包外有走路的声音。过了一会儿,毡帘掀开了,走进送饭的小姑娘萨仁。

"你怎么啦?巴尔图?"萨仁见她仰面躺在地上,急忙放下奶罐和托盘,过来扶她。巴尔图轻轻哼哼着,坐了起来。"我饿死了,快给我点儿东西吃。"巴尔图抓住萨仁的手。萨仁急忙把奶罐和托盘里的奶豆腐、奶饼递给她。巴尔图狼吞虎咽地吃起来,把托盘上的食物一扫而光。她又抱起奶罐,咕咕嘟嘟把奶罐里的半罐鲜奶全都灌进了肚。

萨仁在旁边看得目瞪口呆。"这是两天的饭食啊。巴尔图,你怎么一下子全把它吃光了?明天你又要挨饿了!"萨仁担忧地说。

"不管明天了,我都快饿死了。明天再说明天吧!"巴尔图满不在乎地说。

"我明天给你偷偷送点食物来。"小姑娘萨仁满怀同情地说。

"太好了,我的好妹妹。"巴尔图高兴感激地抱住萨仁,说:"可是,你不怕被野思马因那个魔头看见？被他看见可是要挨打的啊。"巴尔图忧郁地看着小萨仁。她可不忍心让这么小的小姑娘替自己挨打。

萨仁咧开嘴笑了一下："不怕，明天白加思兰和野思马因要率领部队到科尔沁去，我想就没有人来管你了。"

"是吗？那可太好了！"巴尔图说。今晚趁乱正好逃跑！她想。

天色暗了下来。巴尔图看着烟洞套脑，心想：到时候可以行动了。

巴尔图把蒙古包里唯一的一张高腿桌子搬到蒙古包的中央，她艰难地爬到上面，探身到套脑上。套脑烟洞口很小，她勉强钻出了自己的脑袋。外面的天色已经灰暗，暮色笼罩着周围的草原。各家的蒙古包上面都冒出了淡淡的燃烧牛粪的青烟。巴尔图用手扒拉着烟洞周围的厚毡片，试图让自己从里面钻出来。巴尔图的身体终于探出了包顶。她把双手撑在蒙古包的顶上，努力撑起自己的身体，把身体移出蒙古包。

巴尔图从顶上的洞里最后拔出双腿。自由了！她欣喜地低声欢呼。巴尔图坐在蒙古包的顶上，慢慢向下滑去。红柳枝条编就的哈那慢慢凹陷下去，她惊慌地急忙从包顶上跳到草地上。"扑通"一声，她重重地摔到地上。

哎哟！脚踝发出一阵剧烈的疼痛，巴尔图喊出了声。

"谁？干什么？"守卫在附近的两个护兵听到声响，急忙大声喊着跑了过来。

巴尔图忍着脚踝的剧烈疼痛，站了起来。她向周围望去，不远处的朦胧夜色中有一些晃动的马。那里有马圈！巴尔图心里一喜，一拐一拐地向那里奔去。

守卫跑到蒙古包前，注意听了听里面的动静。"没什么。"一个对另一个说。

"是啊，一个小姑娘，能有什么动作？大惊小怪！"

"少诺颜也真狠心，这么一个小姑娘都不放过，害得我们日夜把守，连个囫囵觉都睡不成。"一个守卫埋怨地嘟囔着，自己走开了。另一个也扛着枪，慢慢踱到一边，找了个地方坐下来，怀抱着长枪打起瞌睡。

巴尔图潜到马圈前，小心地看了看周围的动静。晚饭时候，人们都在自己的蒙古包里吃饭，四周很安静，连看家狗都和自己的主人一起吃饭去了。

夜色越来越浓,远处的蒙古包已经笼罩在黑暗中,和夜色融成一片。

巴尔图轻手轻脚,打开马圈的栏杆门,摸进马圈。拴在马槽上的马匹听到人声,开始不安静,有的喷着响鼻,有的开始从马槽里抬起头,左右张望着,有的开始轻轻踢动着地面。

巴尔图嘴里发出轻轻的安抚声,慢慢靠近马匹。她摸到马槽跟前,一匹马发出"咴咴"的叫声。从叫声中判断,这是一匹烈性马。巴尔图顾不得想很多,急忙摸着拴马绳,在黑暗中解开,拉着缰绳慢慢牵着它向外面走去。

马有些不大情愿,低着头横着身子,不肯随她离开同伴向黑暗走去。巴尔图吃力地拉动缰绳,用力把它拉出马圈。巴尔图回身轻轻掩上马圈的栏杆门。

巴尔图拉着马走进无边的黑暗。她翻身上马。

感觉到有陌生人来骑的烈性马有些发怒,黑暗中它开始扑腾起来,尥着后腿和后蹄,前颠后扑,想把骑在它背上的人甩下来。

巴尔图死死抓住马缰绳,把身子低低地伏在马背上,双手死死搂住马颈,听任烈性马扑腾跳跃,就是死不松手。马背的骨头磕碰着她的屁股,让她感到一阵一阵钻心的疼痛。不松手,死也不能松手!她知道,稍微一松手,这烈性马就会把她重重摔到地上,还会报复性地狠狠踢她几蹄,踩她几下。

烈性马在原地旋转着,颠簸着,跳跃着,和背上的巴尔图做着顽强的抗争。巴尔图几乎要晕了过去。

不能放手!她命令自己。慢慢地,她感觉到胯下马的挣扎已经没有刚才那样凶猛和有力了。

野思马因吃饱喝足以后,慢慢走出帐篷。护兵替他举着酥油火把照路。明日要随白加思兰去科尔沁,部下正在做准备。白加思兰命令他去巡视一下各千户长准备的情况。

野思马因巡视了一圈,他满意地微笑着,各千户长都已经做好了充分的准备,他们的士兵已经备好了炒米、奶饼、奶酪、奶皮、奶豆腐等食物,皮囊里已经装满了解渴用的马奶酒。箭囊里的箭簇也都装得满满的,皮革甲胄放在身边,等清晨集合的牛角号呜呜响起,他们就会一跃而起,穿上甲胄,背上全部远征的东西,跳上马出发。能征善战的队伍装备良好。

野思马因觉得自己好像好有一件事情没有办。什么事情呢?他挠了挠光溜溜的头顶。猛一拍脑门,想起一件重要事情:巴尔图!他要在临行前去看看巴尔图,有一段时间没有去看她,没有去发泄一下自己的兽欲了。因为白加思兰禁止他去打搅这小姑娘。"她还小!别去碰她!"白加思兰警告他。可是,他总是禁不住要瞅空子去那里看看转转,如果方便,顺便在虐待巴尔图中寻找乐子和开心。

野思马因急急忙忙朝那个小蒙古包走去。

小蒙古包前没有看守,两个看守已经钻进旁边的蒙古包,躺在地铺上呼呼大睡起来。野思马因从护兵手中接过火把,照亮着蒙古包的木门。木门上的绳索还系得牢牢的。他命令护兵打开,举着火把走了进去。

"巴尔图!巴尔图!"他轻轻地呼唤着,用火把照亮蒙古包。

小蒙古包里面静悄悄的,没有一点人声。野思马因往前面走去,突然被帐篷中间的桌子绊了一下。他抬起头,看见塌陷的蒙古包顶上敞开一个大洞。不好!巴尔图逃跑了!他大喊起来:"来人!来人!"他大喊着,向包外跑去:"快!叫人来!巴尔图逃跑了!"

这时,看守听到了动静,也急忙跑出帐篷。

"两个废物!你们是怎么看守的?连个小女子都看不住!"说着,左右开弓,朝看守连连扇了许多耳光。这时,护兵头领已经带领着一小队人赶来。"走!追!谅她也跑不远!"

野思马因举着火把,翻身上马,率领人马追出古列延。

一队火把闪烁奔跑在黢黑的夜色中。

第二章　黄金家族

满都鲁苦心抚养侄子

科尔沁大草原的秋日，天高气爽。艳丽的秋日照着草原上红的、白的、蓝的、紫的野花，满目绚烂。古列延白色的蒙古包，散布在蓝天下碧绿草原上，一群群白色的羊群，像珍珠一般洒落在绿草原上。白的、黑的、褐色的、枣红的、花色的骏马，低头在草地上吃草。棕色牛群在绿色地平线上蠕动，一个牧人高亢响亮的蒙古长调在草原上飘荡，几个身穿红、绿、蓝、黄鲜艳蒙古袍的牧童在草原追逐玩耍，惊起草丛中栖息的几只百灵鸟，它们叽喳鸣叫着飞到空中，盘旋着，等待降落的机会。

远处起伏的小山坡上，生长着茂密的树林。秋日的树林，真是层林尽染，万山红黄。远远望去，金黄色、淡黄色、枯黄色，交相叠映，尽显秋日风光。再仔细端详，各色深深浅浅的黄色中，还染着一片片深深浅浅、浓浓淡淡的红色，那是染霜的枫树、槭树的红叶，把那黄色秋林涂染得更加绚烂。好眼力的牧民，还会发现这红黄浓色中，还这里那里点缀着一小点一小点的碧绿、嫩绿和老绿，好像画家作画故意点缀涂抹出来似的。于是，远处起伏的小山坡，就变成了一幅令人心醉、令人向往的美丽图画，一幅秋日秋林图。

草原上，静静地躺着一个不大的诺尔，诺尔湖面上游弋着一些美丽的水鸟，野鸭、鹤、鸥、鹭鸟、天鹅不时地鸣叫着，召唤着自己的同伴。湖边不算太远的地方，坐落着一个蒙古部落的营盘。一座豪华硕大的白色毛毡的大蒙古包，被一群小蒙古包包围着，如同一簇簇雨后盛开的蘑菇，映照着绿草、蓝天、碧水，十分壮丽。

这个蒙古部落，就是成吉思汗后裔、脱脱不花大汗的小儿子巴延蒙克和

蒙古女雄：满都海皇后

他的叔父满都鲁的住帐。科尔沁王爷特意为他们准备了科尔沁最大、最华丽的大帐，以突出他们的尊贵身份。

蒙古包前，两侧竖立着高高的旗杆，杆头上安放着一柄明晃晃的日月形三股叉，那叉子中间的一股，正是一张搭在弓上的箭簇，下面有个圆板。半杆间挂着一面黑色的奔马形大旗，在风中飘荡。这正是蒙古可汗的大纛，象征着蒙古可汗的身份地位。当年成吉思汗就是打着这大纛，东征西伐，灭西夏，统一蒙古各部。

站在蒙古包前，巴延蒙克披着一身艳丽的秋日阳光，显得十分纤细苍白。几个随丁①在远处马圈、羊圈里干活，清除牲口圈里的粪便。巴延蒙克吩咐一个随丁拉出坐骑，他想骑着到草原上驰骋一番。随丁把他最喜欢的棕黄马拉过来，鞴上马鞍，扶着他上马。17岁的巴延蒙克由于长期的流亡和颠簸，身子骨不很壮实，经常需要别人的照顾。

"巴延蒙克，哪里去？"一个粗厚的声音在他身后响起。巴延蒙克打了一个激灵，这突然的声音叫他有些惊吓。

巴延蒙克转回头，看见自己的叔父满都鲁正从蒙古包里走出来。满都鲁壮实得像座黑铁塔，个头不高，却十分魁伟，肩宽腰圆，短粗的双腿略微有些罗圈，豹头环眼，高颧骨，典型的蒙古汉子模样。

巴延蒙克从马镫里抽回自己的脚，拉着马缰，说："我想骑马跑一圈。"

满都鲁走到巴延蒙克身边，说："不要出去了。孛罗乃快回来了，我们要在大帐等着他。你不想知道他出去活动的情况吗？这可是关系到我们黄金家族的大事，也是你的大事啊。"

巴延蒙克苍白的脸上浮起笑容，说："满都鲁叔叔，我可不想当什么大汗，要是能当的话，还是你来当吧。"

满都鲁脸色一沉，阴沉地说："这叫什么话？我们大家这样辛苦不就是为了让你顺利登上汗位吗？这可不是你一个人的事，这是关系到成吉思汗的蒙古国的利益。你怎么能这么说？你是黄金家族的继承人，你不当大汗，难道还想让大汗的宝座落到异姓蒙古人手中？"

巴延蒙克笑了，调皮地说："叔叔不也是黄金家族的成员吗？你是脱脱

①随丁：蒙古贵族奴隶。

蒙古女雄：满都海皇后

不花大汗的弟弟,为什么不能继承大汗汗位呢?"

满都鲁不高兴地呵斥:"不要胡说八道,我可是没有非分之想。"

其实,这种想法满都鲁也有过,不过不敢想而已。

满都鲁是蒙古脱脱不花可汗的异母兄弟。脱脱不花被脱欢太师推上蒙古可汗位置,尊称岱总汗,满都鲁做了平章知事,也享受了几天荣华富贵。脱脱不花被也先太师谋害以后,也先自己即蒙古可汗的大位,到处追杀脱脱不花的儿子,想要斩草除根。巴延蒙克的额娘,脱脱不花的大哈敦,也先太师的姐姐,担心儿子巴延蒙克遭也先迫害,把才几个月的巴延蒙克放进皮货柜里,跪到满都鲁的面前,恳求他拯救巴延蒙克。满都鲁把皮货柜放到骆驼车上,自己化装成皮货商赶着骆驼车逃脱也先的追捕。他带着巴延蒙克,来到科尔沁部落。十几年来,他像养活、照顾亲生儿子一样养大了巴延蒙克,期望有朝一日能帮助他继承蒙古大汗之位。

有时,满都鲁也想,与其让巴延蒙克继位,还不如自己继位,自己一定比巴延蒙克更能干,更能率领蒙古走向繁荣和统一。四分五裂的蒙古不是一个小巴延蒙克所能治理好的。脱欢和也先父子在辅佐脱脱不花可汗那些年里,蒙古还算比较强大稳定,可是自打也先谋害了脱脱不花,自己当了可汗,仅仅一年,又被阿剌知院杀死,这蒙古就没有了安宁。这蒙古可汗也如走马灯似的,换了许多。内讧、政变、君杀臣、臣杀君,蒙古动荡不安。前些年,孛来太师推出脱脱不花的儿子马古可吉思做了可汗,可是,这马古可吉思才七岁,结果让孛来太师拥重权,在蒙古地区为所欲为,连明朝都说蒙古诸部"唯孛来最强"。结果这马古可吉思被他害死。接着毛里孩拥立了马古可吉思的哥哥摩伦为可汗,这摩伦也才十七岁,依然没有办法掌握实权,受人挑拨,中了奸计,被毛里孩太师处死。巴延蒙克和他的两个兄弟都年纪幼小,即使被推举做了可汗,也不可能带领蒙古走出四分五裂的局面。蒙古需要一个强有力的领袖,一个像成吉思汗一样的领袖。他满都鲁就有这种能力。

作为黄金家族成员的满都鲁,心里急啊,他多想能出来安定蒙古,恢复蒙古的局势。

这想法,只能深藏在满都鲁心里,现在不是张扬的时候。如果科尔沁王爷知道他这想法,会首先结果了他。他了解这些科尔沁人,他们常常以自己

蒙古女雄：满都海皇后

是成吉思汗弟弟的后裔为荣,他们坚决捍卫黄金家族的利益,是铁杆的成吉思汗正统的保卫者,不允许任何非黄金家族的蒙古人染指汗位,对任何不利于黄金家族的事情坚决讨伐,不惜付出生命。他满都鲁不敢拿自己的生命冒险。何况,科尔沁王爷已经把自己的几个女儿都嫁给了巴延蒙克,他怎么能不拼死保卫巴延蒙克呢?

巴延蒙克看见满都鲁变了脸色,急忙扔掉马缰,走到满都鲁身边,拉住满都鲁的手,说:"满都鲁叔叔,你不要生气,我听你的话。"

满都鲁说:"这才像我们黄金家族的后代。我们在这里等着孛罗乃,他很快就回来了。"

孛罗乃和他的随行远远就看到满都鲁和巴延蒙克,他急驰而来。

满都鲁拉着巴延蒙克迎了上来。"诺颜,辛苦了。"孛罗乃把马缰绳交给跳下马的随从,自己随满都鲁和巴延蒙克走进大帐。

"这一趟,怎么样?有没有收获?"满都鲁请孛罗乃坐下,迫不及待地问。

孛罗乃接过使女端上的奶茶和马奶酒,啜了一口,抹抹嘴,才慢条斯理地说:"还不错,大有收获!已经说服了白加思兰,他已经和我们科尔沁结成同盟,决心一起实现大业。"

满都鲁高兴地拍着自己的大腿,叹息着说:"我终于可以完成一件大事了,我算对得起黄金家族了!"他有些激动,眼泪竟不由自主地流了出来,落在地毡上。

"快,好好感谢诺颜!"满都鲁对满脸迷惘的巴延蒙克说。

巴延蒙克像个木偶人一样,欠了欠身,算作对孛罗乃的感谢。他心里很奇怪,不明白他们为什么对让他当可汗这么热心。

满都鲁端起酒碗,对孛罗乃说:"诺颜,让我敬你一碗酒,感谢你对黄金家族的贡献!"孛罗乃也端起酒碗,说:"让我们为蒙古统一干了这碗酒!"

喝了一阵,满都鲁问起情况,孛罗乃才把他和白加思兰的约定说了说。

"白加思兰这人怎么样?可靠吗?"满都鲁有些不放心地问。

孛罗乃摇头说:"人心隔肚皮,现在看他是满诚实的,很豪爽,很义气。以后怎么样,就不知道了。我们只看现在,只要他现在愿意和我们联合,我们就利用他。至于以后嘛,我们自然要看情况再做决定。要是你想找一个永远可靠的伙伴来成就事业，恐怕永远也成不了大事。"

满都鲁点头："对，也是，也是。先联合起来，把巴延蒙克推上可汗之位，再说其他。他同意借兵给我们？"

孛罗乃摇头："他哪那么傻啊？借兵给我们？他要自己率领部队来科尔沁。"

满都鲁有些担忧："万一他不肯退兵，我们不是引狼入室了吗？"

孛罗乃皱起眉头："这像赌博一样，是没有办法考虑那么周全的。你现在想借助他的势力，只有答应他的条件。不过嘛，以后再想办法也是可以的。"

满都鲁点着头。他看看巴延蒙克，这小伙子一脸无奈的样子，漫不经心地自己玩弄着手中的银碗，研究着上面的花纹，好像第一次看到一样。

满都鲁和孛罗乃交换了一下目光，都无可奈何地摇了摇头。

这个巴延蒙克，好像他们谈论的事完全与他无关似的。

黄金家族后裔巴延蒙克

> 吉日格勒岱、莫日格勒岱的外甥，宝贝，
>
> 吉格森高阿的千金，宝贝，
>
> 哈日格岱可汗的孙女，宝贝，
>
> 哈日台吉的千金，宝贝。

巴延蒙克回到自己大福晋的大帐，走到帐外，就听到福晋那柔美地哼唱摇篮曲的美妙歌声。巴延蒙克微笑着摇了摇头：儿子巴图蒙克又撒娇了，大白天还要赖在额娘怀里，让额娘摇晃着，唱他喜欢听的摇篮曲。

这流传在蒙古部落中的草原摇篮曲，曲调悠扬，旋律优美，蒙古小儿从小就在额娘轻盈、柔美的浅吟低唱中慢慢入睡。

巴延蒙克掀起毡帘，二岁的儿子巴图蒙克依偎在额娘的怀里，正撒娇着要额娘再给他讲摇篮曲的故事。

"你父亲回来了，去，让你父亲给你讲，他讲得好听。"巴延蒙克的大福晋笑吟吟地对儿子说。

巴图蒙克立即扑到巴延蒙克的怀里，纠缠着让父亲给他讲摇篮曲的故

事。巴延蒙克只好把儿子抱进怀里,温柔地讲了起来:

吉日格勒岱、莫日格勒岱兄弟俩,和他们的妹妹吉格森高阿生活在一起。有一天,莫日格勒岱去参加可汗的射箭比赛。大清早,他的坐骑细腰银合马就跑到蒙古包前昂首叫了起来。吉日格勒岱急忙走出来问:"银合马,你为什么跑来嘶鸣?"银合马说:"不好了,你弟弟路上让魔鬼莽古斯抓走了。"吉日格勒岱急忙拿上弓箭跨上银合马上路去救自己的弟弟。一路上,银合马为主人引路,引吉日格勒岱来到魔鬼莽古斯的面前。银合马告诉主人:莽古斯肩胛旁有一颗黑痣,那是他的命根子。腰上挂着的那个人皮荷包,里面装着你弟弟。吉日格勒岱记住银合马的话,上前交战。吉日格勒岱与莽古斯从草地打到山冈,把草原滚成沙漠,把山冈压成平地,把平地打成水塘。打得天昏地暗,日月无光。吉日格勒岱趁莽古斯疲劳打盹时,从背后抽出箭,瞄准莽古斯的肩胛黑痣一箭射了过去。莽古斯倒地而死,化作一座沙漠山冈。吉日格勒岱把弟弟救了出来。银合马又说:"我的主人啊,前面那格勒可汗有两个公主,她们就是你们的妻子,快去求婚吧。"吉日格勒岱和莫日格勒岱按照银合马的指示,来到可汗那里求婚。经过可汗的各种考验,他们和可汗的公主成了亲。可汗要他们住在可汗那里,可是他们却惦记着自己的妹妹吉格森高阿。哥哥带着大公主,弟弟带着小公主,回家看望妹妹。到了家,他们才知道,妹妹被莽古斯抢跑了。他们开始在草原上寻找他们的妹妹。有一天,他们来到一个草原,看到一个妇人抱了一个孩子,边哄边唱……"

讲到这里,巴图蒙克却接着唱了起来:"吉日格勒岱、莫日格勒岱的外甥,他们找到妹妹。不听了,不听了。"说着跳下地,紧紧抱住父亲,喊着、叫着、跳着要父亲趴到地上装马让他骑。

巴延蒙克无可奈何地摇着头:两岁的儿子,正是好玩的时候,而他这个做父亲的倒也还像个大孩子,总想和自己的儿子一起玩耍。他喜欢让儿子骑在自己的身上,自己当他的坐骑,让他吆喝着、鞭打着在地上到处爬。父子二人好像一对玩耍的伙伴。

巴延蒙克很心疼自己的儿子,望着刚刚两岁的巴图蒙克,他经常不由自主地回想起自己不幸的童年岁月。那时候,也先到处追杀他,叔父满都鲁领着他,从西到东,从南到北,在草原上到处流浪。冬天白毛风卷起的时候,他和满都鲁几乎冻死在没膝盖的深雪地里。

他绝不能让儿子再吃那些苦头,他应该把安定、温暖的日子带给他。巴延蒙克经常这样想。

巴延蒙克就喜欢待在大福晋的帐幕中。大福晋是孛罗乃的大女儿,美丽又温柔,十分善解人意。巴延蒙克童年颠沛流离,衣食无着,经常挨饿受冻,致使身体虚弱。自从来到孛罗乃的部落,孛罗乃把女儿嫁给他,他才过上像样的日子。尤其这大福晋对他照顾得无微不至,把他的身子骨调养得强壮了许多。他还有什么所图呢?这日子多么舒服,多么惬意,有吃有喝有穿,他什么也不想。

巴延蒙克正准备趴到地上,大福晋却急忙走了过来,对儿子说:"巴图蒙克,别闹。来,过来。"说着抱起巴图蒙克。

"父亲回来了?"她温柔地问。

巴延蒙克点了点头:"可不是,走了大概有一个多月了。"

"也不知道父亲的事情办得如何?"大福晋坐到他身边,端起奶茶,喂儿子喝。

"谁知道呢。"巴延蒙克漫不经心地回答。

"你啊,你怎么会不知道呢?你不是已经见了他吗?你怎么这么不关心呢?可知道,他这样辛苦,可全是为了你的前途啊。"大福晋略嫌不满,用轻微责备的语气说。

巴延蒙克还是满不在乎的样子:"不是已经知道了吗?我都不着急,你着急又有什么用?"

巴延蒙克知道岳父和叔父整日在谋划着扶他登汗位。他只是觉得很好笑。做什么大汗?有什么用?他并不想做什么大汗,只要让他永远过着这样幸福的日子,永远守在儿子和福晋的身边,他就心满意足了。父亲脱脱不花倒是做了蒙古大汗,结果又怎样呢?自己不得好死,还搞得家破人亡,他这做儿子的沾了他怎样的光?从小饥寒交迫,流离失所,没有亲生父母的照顾,过着人不人鬼不鬼的日子。他可不想让自己的儿子和福晋步自己的后尘。他的两个兄弟,马古可吉思和摩伦,不是也被推举做了蒙古可汗了吗?又如何?不是在小小年纪就死于非命了吗?可汗这最高权力地位带给他们什么?死亡而已。所以,他对孛罗乃去联合瓦剌蒙古起事的计划很冷淡。

蒙古女雄:满都海皇后

"父亲这么辛苦,全是为了你。你将来可不要忘记他老人家的恩德啊。"大福晋又说。

"你放心好了。要是事情办成了,我一定让父亲当太师,让他老人家主理汗廷大事,和满都鲁叔父一起管理蒙古。"

"真的?你说话当真?"大福晋高兴地拉着巴延蒙克的胳膊说。

"当然,我说话当然当真了。"巴延蒙克一脸正经认真的样子说。

"那父亲的辛苦也算没有白费力,也算得到回报了。"大福晋十分感慨。确实,她父亲为了巴延蒙克,尽心尽力,十分辛苦。

一个蒙古兵丁进来报告:"孛罗乃诺颜请小王子去他的帐幕议事。"

大福晋高兴地说:"你快去吧。"

巴延蒙克站了起来,却小声嘟囔着:"又议什么事啊?真麻烦。哪有这么多的事要议?"

大福晋温柔地劝解说:"父亲叫你去,你就去一趟吧。父亲所议之事总是为了你,为了你们黄金家族的前途,你是知道的。"

巴延蒙克不好说什么,只好整整衣冠,跟着侍卫走了出去。

大福晋望着巴延蒙克的背影,无可奈何地摇了摇了头。小王子的心思她是明白的。

巴延蒙克来到孛罗乃的大帐,掀开绣着花的帐帘。岳父孛罗乃端坐在主位上,很威严的样子。左右坐着叔父和一个他不认识的黑脸壮汉。

这大概就是岳父此行结交的盟友吧,巴延蒙克猜测着。

巴延蒙克进到大帐,孛罗乃请他在自己身边坐下,指着白加思兰说:"这是瓦剌蒙古的诺颜白加思兰,他已经同意帮助我们。你前来见过。"

巴延蒙克上前执手与白加思兰行了亲切的抱见礼,互相碰了碰了脸颊。巴延蒙克坐回座位,看着白加思兰,揣摩着这人的心理和性格。不知为什么,他觉得这人不喜欢他,同时他也不喜欢这满脸黑胡子的大汉。

粗野之人。巴延蒙克很不高兴地想,心里便涌上一阵厌恶。

白加思兰瞟着巴延蒙克,望着他苍白消瘦的脸庞和单薄的身躯,不由自主撇了撇嘴:这么个病秧子怎能治理蒙古国?自己倾力襄助这么一个手无缚鸡之力的大孩子值得吗?恐怕只是为孛罗乃做嫁衣吧?

孛罗乃吩咐摆上酒宴招待贵客。酒肉摆了上来。侍卫端着马奶酒皮囊，给每个人的大酒碗里倒上满满的马奶酒。酒香溢满大帐。烤全羊的香味更是叫人垂涎三尺。孛罗乃高举酒碗，大声说："为额尼克部落诺颜的仗义相助大饮！"

孛罗乃对巴延蒙克说："额尼克诺颜已经带领着他的五千精兵前来帮助我们，我已经和诺颜谈好，将来你登上蒙古大汗之位以后，要报答他的大恩大德，封他做太师。"

巴延蒙克吃惊地望着孛罗乃，说："可是这个太师的位置我已经许诺过我的大福晋，把它封给了你，我怎么可以食言呢？"

孛罗乃脸上一阵红一阵白，十分尴尬。

倒是满都鲁见机行事，说："小王子有情有义，你许诺大福晋的太师是指汉人的太师，我们蒙古国里的太师是一个官职，按理要封给最有功劳、最有智慧、最能为国出谋划策的人。这当然要封给额尼克诺颜，他是我们的大恩人。"

巴延蒙克不敢顶撞，只是小声嘟嘟囔囔："岳父难道还不够格？岂有此理！"

白加思兰心里愤怒，却又不便发作。这么不懂事的孩子，保他做甚？他冷冷地望着巴延蒙克心想。

孛罗乃急忙出来圆场，他举起酒碗，说："诺颜，我们之间已经商定好的事情是不会改变的，他一个孩子，还不是听我们的？你不必介意他那不懂事的话。来，我们喝！"

巴延蒙克心里很不高兴：谁说我不懂事？我怎么还是一个孩子？真是！他心里不高兴，便噘起嘴，一言不发，阴沉着脸，谁也不答理，自顾自地喝着吃着。

白加思兰看了看巴延蒙克，扭过头，不再理会他。对他来说，这只是一个乳臭未干的小犊子，一个无足轻重的小孩子，他不会帮助他，也不会把他放在心上。

白加思兰收敛起自己的不满，满脸喜笑颜开，与孛罗乃和满都鲁一起划拳喝酒，高吆二喝地喝着吃着。不过，他开始注意观察满都鲁。也许，满都鲁是一个合适人选。他成熟，有主见，更重要的是，他是一个有野心的人。

蒙古女雄：满都海皇后

一见如故结交新联盟

满都鲁和白加思兰一见如故。满都鲁的母亲也是瓦剌蒙古人,如今见到母亲的族人自然感到分外亲切。正是他竭力怂恿孛罗乃去联合白加思兰的。虽然觉得白加思兰为人粗野,可是满都鲁依然为他的英武所吸引。成就事业,这白加思兰是最好的帮手。随他而来的几千精壮蒙古兵可以横扫草原一切反对势力。

是不是应该和白加思兰单独见见面谈一谈?满都鲁骑马在草原上跑了几圈以后,一边往自己营帐走,一边想。

自从见了白加思兰以后这几天,他总是在想这个问题。不过,他总是没有机会。白加思兰被孛罗乃安置在他自己的营地里,他单独去见他,会引起孛罗乃的误会。满都鲁不敢贸然行事。

这时,满都鲁身后响起马蹄声。满都鲁回过头去,看见白加思兰骑马走过来。

"赛白诺! 白加思兰诺颜!"满都鲁大声问好。

白加思兰也问了好。

"你这是到哪里去? 诺颜?"满都鲁问。

"清晨起来到草原上跑一圈,也希望见到满都鲁诺颜啊!"白加思兰笑嘻嘻地说。

"有事找我吗?"满都鲁好奇地问。

"我看诺颜是个痛快人,我有一种一见如故的感觉,想和满都鲁诺颜交个朋友。"白加思兰说。

"是吗? 我也有这种感觉,看来我们真是前生有缘啊!"满都鲁高兴地说。他四下看了看,没有见到其他人,"走! 到我的大帐去! 让我们开怀畅饮一顿!"满都鲁热情地邀请。

满都鲁把白加思兰请到自己的大帐,二人开怀大饮,无话不谈,很快就引为知己。白加思兰也喜欢满都鲁。满都鲁的豪放,正对自己的劲。至于小王子,他一见面就没有把他放在眼里:一个乳臭未干的毛头小子,能成就什么大事？当然，如果他能封自己成为真正的太师，让自己把权政都把持在手中，这黄毛小子做大汗倒是最合适的人，不必担心他会与自己为敌。可惜，字罗乃应允的太师只怕是有名无实，他字罗乃才是实际的太师。

白加思兰一边喝酒，一边冷眼观察着满都鲁。白加思兰虽然表面粗野，其实在搞阴谋诡计时，心细如发。

白加思兰举起酒杯，说："来，满都鲁，为我们的相识饮一杯。"

满都鲁举起酒杯，说："我代表巴延蒙克小王子感谢诺颜鼎力相助。"

白加思兰一饮而尽，用手抹了抹胡须，放下酒杯，试探着问："你是小王子的叔叔，他听不听你的话？"

满都鲁说："现在还是听的，只是以后登上汗位就难说了。那时他人长大了，手中大权在握，就说不准了。"

白加思兰又为满都鲁倒上马奶酒，叹了口气，说："是啊，人心隔肚皮，亲生儿子都难以琢磨，何况是侄子？要是不听你的话，你的心血可是白费了。你扶持他，还不是图个他听话？"

满都鲁心里有些感动，难得有人这么了解他、同情他。自己担心的何尝不是这一点呢？巴延蒙克登上汗位，如果不听自己的话，而是与字罗乃联合起来，自己的地位能有保障吗？

想到这里，满都鲁不由自主深深叹了口气。

白加思兰心中一喜：果然如自己所料，这满都鲁不是个庸常之辈，这人其实是有他自己野心的。

不过，白加思兰依然放心不下。他用眼睛在满都鲁脸上小心地睃巡了几遍，粗鲁直率的满都鲁，心里事情都在脸上写着。

他不是在演戏，白加思兰心里想。白加思兰放心了。他又小心翼翼地进一步试探着问："你也是黄金家族的成员，难道你没有继承汗位的机会吗？"

满都鲁连连摇头说："你知道的，传位传长子长孙的规矩是忽必烈爷亲自定下来的，我们黄金家族不敢违背。巴延蒙克是脱脱不花汗的儿子，我只是脱脱不花的弟弟，当然没有他巴延蒙克有号召力。你看，字罗乃一心支持的是巴延蒙克。"

白加思兰微微一笑，说："什么规矩？这规矩，不是被打破了吗？忽必烈

蒙古女雄：满都海皇后

和阿里不哥哪个是长子？何况我听说巴延蒙克也是次子。你是脱脱不花的弟弟，在我们蒙古当中，弟弟继承汗位的不是没有先例。你想，是不是？"

满都鲁听到这里，明白了白加思兰的意思。他急忙起身到包帘旁，掀起包帘朝外张望了一下。包外没有人走动，只有士兵站在两边守卫。他放心地缩回头，走回自己的座位，为白加思兰满上酒，望着白加思兰，说："我在高人面前也就不说暗话了。我势单力孤，寄人篱下，有贼心却没有贼胆。我只能打着辅佐脱脱不花之子的旗号来号召东蒙古部落。"

白加思兰哈哈大笑。

满都鲁急忙摇手示意："老兄，小声一点，小心隔墙有耳。"

白加思兰收敛了笑声，说："老兄，你的主意很不错嘛。打旗号嘛，当然要捡最鲜艳、最漂亮、最有号召力的打。等旗号打出以后，事情办成以后，不会改换旗帜吗？"

满都鲁激动起来，一把拉住白加思兰的手，急切地问："你愿意助我一臂之力？"

白加思兰说："我当然愿意助你一臂之力。看那个黄毛小儿，哪是成就大事业的样子？我们蒙古已经四分五裂了一百多年，我们需要成吉思汗一样伟大的领袖。可惜我自己不是黄金家族，要不我就揭竿而起，从头收拾这破烂局面。所以，我愿意辅助一个真正强有力的人物来复兴我们蒙古国。"

满都鲁一骨碌爬到白加思兰的面前，长跪不起，一连磕了几个响头，激动得泪流满面。他哽咽着说："诺颜要是真心助我成功，我一定以死相报诺颜的大恩大德。"

白加思兰急忙扶起满都鲁，笑着说："我可不是什么大公无私不要回报的人物，我是有条件的。"

满都鲁连声说："你快说，什么条件？不管什么条件，我都会答应你。只要我登上蒙古大汗汗位，还有什么办不到的？"

白加思兰拉着满都鲁坐下，说："我要你娶我的女儿伊克哈巴尔图，封我做太师，封我的儿子野思马因做济农。"

满都鲁连声说："没问题，我答应你。"说完以后，他沉吟了一下，望着白加思兰笑，征询似的："既然我们谈妥了，那么是不是来个歃血发誓，向翁衮①

---

①翁衮：蒙古族语，指萨满教中的保护神。

和腾格里①发誓把这事定下来？"

白加思兰笑了笑，爽快地说："好！拿刀来！"说着拿起面前几桌上的蒙古刀，朝自己的手腕划了一刀，鲜红的血立时涌流了出来。他把自己的鲜血滴进自己的酒杯，又拿过满都鲁的酒杯，把自己的鲜血滴了进去。

满都鲁也拿起蒙古刀，在自己的手腕划了一刀，把血分别滴进两个酒杯。二人同时举起酒杯，跪到翁衮神位前，对着翁衮和长生天发誓饮下血酒。二人紧紧拥抱在一起，结成生死同盟。

瓦剌父子野心谋未来

白加思兰和他的五千兵丁开进呼伦贝尔大草原的消息立即传遍了每一个古列延浩特。东部蒙古王爷台吉们骚动不满起来。也先的重臣哈喇沁王爷孛来听到了风声后很不安，他知道科尔沁王爷孛罗乃暗地里养着脱脱不花的儿子。

他想干什么？难道想拥立大汗不成？他孛罗乃想干什么？

哈喇沁王爷孛来私下串联了几个部落，决定先下手为强。他们在哈喇沁拥立了一个叫火赤来的黄金家族成员做蒙古大汗，然后集合起几千士兵，悄悄开进呼伦湖畔，准备把瓦剌蒙古撵出科尔沁地区。

这消息传到科尔沁孛罗乃王爷的耳朵里。孛罗乃叫来白加思兰、巴延蒙克和满都鲁一起商讨对策。

巴延蒙克一听说大军压境，脸都吓得发白："这可怎么好？都是我不好，为科尔沁招来大祸！"

白加思兰不屑地白了他一眼，从牙缝里挤出一个词：脓包！他满不在乎地说："水来土掩，兵来将挡，有什么了不起？我们蒙古哪个部落不是从征战厮杀中过来的？你怎么吓成这样？"

孛罗乃也有些担心，说："孛来集合了五万人马，声言要把你们瓦剌蒙古一个不留地除掉。我们一共只有一万兵丁，如何能抵挡他们的进攻？"

满都鲁也有些紧张，连声说："是啊，是啊。五万人马，我们怕是抵挡

---

①腾格里：蒙古族语，长生天，指天神。

蒙古女雄：满都海皇后

不住。"

白加思兰说："号称五万,其实不过五千而已。这种虚张声势的把戏我们大家都玩过。我自有办法。他们不是驻扎在呼伦湖畔吗?那里的芦苇不是很茂盛吗?只要我们这般……"他伏在孛罗乃的耳边小声说了几句。

孛罗乃一个劲儿点头,喜笑颜开。

孛罗乃叫来自己的千户长,向他交代了一番。千户长得令而去。

白加思兰开始部署自己的兵丁。

孛罗乃和白加思兰穿上牛皮盔甲,骑马率领着部队,悄悄向呼伦湖包抄过去。不一会儿,湖边芦苇丛冒出白烟和火光,火见风而长,越来越旺,很快就沿着湖边的芦苇一直烧了过去。半个湖面蔓延着熊熊火焰和浓烈的黑烟。火势立刻蔓延到对岸,对岸芦苇丛中抱头鼠窜出许多士兵,在熊熊的烈焰和浓浓的黑烟中,号叫奔跑,四下逃窜。

白加思兰和孛罗乃率领的部队赶了过去,把那些正抱头鼠窜的士兵一个一个地挑翻在地,消灭了。

孛罗乃和白加思兰骑在马上,巡视指挥着兵士进攻。

千户长带来一个俘虏兵,把他按倒在白加思兰的面前。白加思兰跳下马来,一把抓住那兵士的盔甲,厉声问："孛来呢?他在哪?"

兵士浑身发抖,他指了指一堆士兵的死尸,递了个眼神给白加思兰。白加思兰一挥手,斯钦带着几个士兵跑了过去,从一堆死尸下面抓出一个大活人,浑身血污和黑烟。

孛罗乃一看哈哈大笑,狂笑一阵之后,孛罗乃也跳下马,走到那人跟前,说："我的王爷,太师,你怎么这般模样?你的大汗火赤来呢?"

孛来嘟囔着说："今天运气不好,被你抓住了,要杀要剐,都由你处置吧。"

白加思兰说："你只要答应交出蒙古玉玺,我们可以免你一死。"

孛来说："玉玺在火赤来那里,我没办法拿到手。"

斯钦伏到白加思兰耳边嘀咕几句。白加思兰黑脸一沉,朝自己的兵士喊："来人!把他拉下去砍了!"几个兵士一拥而上,捆起孛来的手脚,横放到马背上,准备拉到远处执行。孛来在马背上挣扎呼号,声音凄厉尖锐："饶命啊!瓦剌爷!我这就回去交出玉玺!"

白加思兰对士兵说:"放下他!"士兵又七手八脚一阵忙乱,把孛来从马背上拖了下来,让他跪在白加思兰的面前。

白加思兰说:"现在就领着我们去取玉玺。要是耍任何花样,小心你的性命!"白加思兰命令手下解开孛来的绳索,叫人给他换了衣服,洗去脸上、手上的血污黑烟,打扮得整头齐脸。然后自己和几个部下都换上哈喇沁蒙古士兵的衣服,推着孛来,说:"走!取玉玺去!"

一阵急驰,他们来到哈喇沁部落,新立的大汗火赤来听说太师回来,急忙迎了出来。白加思兰一听他喊"太师",就知道这是火赤来,他不等孛来答话,拍马抢上前去,从腰中掣出带环的大弯刀,手起刀落,结果了火赤来。他带着自己的兵士冲进中间的华丽大帐,帐中女人尖叫着四处逃窜。

白加思兰见人就砍。大帐里热血飞溅,血腥冲天。白加思兰在大帐里翻检着,终于在宝座下面一个镶金嵌玉的锦缎大盒里找到玉玺。

白加思兰捧着玉玺,哈哈大笑:玉玺啊玉玺,只闻其名,却不识其面,今日终于有缘得到了你!

这玉玺是成吉思汗登可汗时发现的宝物。传说红虎年(公元1206年),在木华黎和部下拥戴下,铁木真决定成为蒙古可汗。在登基的十一月初一那天,盛装的铁木真在木华黎陪同下登上大祭坛,点燃檀香佛灯,祈祷国运亨通。忽见祭坛前的草地上芳草萋萋百花盛开,前几天出现在驻地上空并且高叫"成吉思""成吉思""成吉思"的那只五彩缤纷的巨鹏又冉冉飞来,落在祭坛前的卧牛石上,面对铁木真又高叫三声"成吉思",然后绕祭坛三圈向东南飞去。木华黎请铁木真在祭坛上等待,自己走下祭坛察看卧牛石。卧牛石的牛背上中间有一条缝隙,里面发出灿灿亮光。木华黎命令手下士兵撬起大石,木华黎和众人都齐声欢呼起来。卧牛石下的青草里有一块闪闪放光的大玉石,龟背上面篆刻着两条戏珠的飞龙,下面是九曲连环的印文。这是上天赐予的镇国玉玺!木华黎欢呼着把它敬献给铁木真。铁木真便以它为玉玺登上蒙古可汗的宝座。

白加思兰欣喜地抚摩着玉玺,小心翼翼地把它放进锦缎盒子,把玉玺盒子夹在腋下,转身跳上马,连夜驰回科尔沁。

野思马因抚摩着白加思兰面前的玉玺,心里激动得难以抑制。他一下

蒙古女雄:满都海皇后

子蹦了起来,大声喊了起来:"我们得到了玉玺! 大元玉玺在我们手中了!"他抱起玉玺把它紧紧贴在自己的心窝上,又紧紧贴到自己的脸上,喃喃地说:"这是我们的! 是我们的!"

白加思兰把玉玺从他手里夺了回来,不满意地呵斥着他:"瞧你那癫狂样! 看来就不是做大事的人! 做大事的人要喜怒不行于色,你什么时候才能做到这一点? 真是小儿做派! 难成大气候!"

野思马因被白加思兰兜头一瓢冷水的责骂浇灭了刚才的兴奋。他讪讪地慢慢蹭到白加思兰身边,讨好地坐到父亲身边,小心恭谨地问:"父亲,你打算咋办?"

白加思兰却直直地望着他反问:"你说咋办?"

野思马因以为父亲要征求他的意见,又一下子神气起来,梗起脖颈,提高声音:"依我看,大元玉玺在我们手中,父亲你应该自己立刻宣布做可汗!"

白加思兰白了儿子一眼,没有说话。

"怎么? 又说错了?"野思马因看到白加思兰的白眼,好像泄气的皮球,很沮丧地噘着嘴问。

"说你没头脑,你就是没有头脑! 永远没出息的犊子!"白加思兰断然地责备。他一点也不给儿子留情面,也一点不顾及他的脸面。

野思马因垮下脸,嘟囔着:"你就会骂我! 你不说明白,我哪知道该怎么办?"

白加思兰这才慢腾腾地说:"这可汗,不是你我现在就能宣布做的! 我们要是现在宣布自己做大汗,恐怕我们跑不出这科尔沁。这科尔沁的台吉们要是不马上联合起来对付我们才怪呢! 我们现在这点人马,对付一个孛来还行,要是科尔沁台吉们都联合起来,我们可是招架不了啊! 我们只有暂时忍耐,等时机成熟再说!"

"那我们就这样拱手把自己得来的玉玺送给那个毛孩子? 那个病快快的病鬼?"野思马因很不满意地嘟囔着。

"是啊,我也正这么想。我也不愿意把这么好的玉玺送给那个小孩子。不过,还是要选一个黄金家族的成员,要不,这忽里勒台①大会是通不过的!"

---

①忽里勒台:蒙古族语,指部落首领的议事大会,有的译作呼里台。

"哪有那么多的黄金家族成员啊?"野思马因直摇头:"我看你是一厢情愿。"

白加思兰哈哈大笑起来:"说你没头脑,你还不服气!跟你说吧,我早就策划好了。这大汗让满都鲁做,我们父子,你是大元帅,我是脱欢太师,你将来就是也先。怎么样?将来这蒙古还不是我们父子的吗?"

野思马因用怀疑的目光看着白加思兰:"你敢肯定那满都鲁能听你的话?也许你这么费心部署,很可能是竹篮打水一场空!满都鲁恐怕不是好控制的!"

白加思兰大手一挥:"你放心好了,我们完全能控制这满都鲁!我敢说,不出几年,这汗廷一定会把持在我们手中!只要大权在握,当不当名义上的大汗都一样!也先要不是急于称可汗,也不至于完蛋得那么快!"

"倒也是。"野思马因想了想,同意了父亲的看法,"那就听您老的安排吧。"

白加思兰见儿子这么服从,高兴得又哈哈大笑起来。

满都鲁遂心愿成大汗

白加思兰的态度一下子傲慢起来,孛罗乃感觉到这种变化,但是他也害怕白加思兰和他的五千兵丁。从这一仗里,他知道白加思兰的瓦剌蒙古兵的英勇善战。这叫他心里有些发怵。请神容易送神难,他有些后悔自己的行动,他这一次也许真是引狼入室。可是,不和白加思兰联合,他怎么可能如此轻易打败哈喇沁的孛来呢?

孛罗乃前来见白加思兰。白加思兰很傲慢地把他迎进自己的大帐。

"有什么事吗?孛罗乃台吉诺颜?"白加思兰看了一眼孛罗乃,指了指旁边的坐位。

孛罗乃看看白加思兰不阴不阳的脸,鼓起勇气,说:"诺颜已经取到蒙古玉玺,这玉玺可是黄金家族的宝物。诺颜是不是该早日把它交给巴延蒙克小王子?"

白加思兰傲慢地一撇嘴,说:"为什么交给他?他还不是蒙古大汗哩。等我们召开忽里勒台之后,决定他当大汗才能交给他。"

蒙古女雄:满都海皇后

41

孛罗乃大吃一惊，说："我们不是已经有盟约在先了吗？你怎么可以反悔呢？"

白加思兰说："我们要立即召开忽里勒台商讨立汗的大事。"

孛罗乃说："召开忽里勒台的时机还不成熟，我们需要自己先有统一意见之后再到忽里勒台上宣布才好。要不，大家争来争去，很可能会兵戎相见。"

白加思兰说："你的意见很好，我们需要先统一意见。我这就去找小王子和满都鲁商量一下。"白加思兰说着，就往外走。

孛罗乃急忙跟了出去，心里十分不满意地想：你想把我撇到一边不成？他看白加思兰往满都鲁毡帐走去，在后面大声喊："到小王子毡帐去！到小王子那里！"

白加思兰既不回头，也不答腔，径直来到满都鲁的毡帐。白加思兰掀起毡帘走了进来，看满都鲁正一人坐着喝酒，便哈哈大笑着说："满都鲁老兄，你可真会享福，我们征战你喝酒，坐享其成啊。"满都鲁急忙起身让座。孛罗乃也跟了进来。白加思兰大大咧咧地坐到满都鲁身边，威严地说："去请小王子过来议事。"满都鲁命令守卫去请小王子巴延蒙克过来。

过了一会儿，巴延蒙克来了，一脸不高兴的样子。他还没有睡醒，被人从热被窝里叫了起来，总是这副阴沉不高兴的嘴脸。他噘着嘴，问："又有什么大事要商议？"

白加思兰看着这个大孩子，沉着脸说："坐下来，听我们说话。"

孛罗乃指着满都鲁的右手位置，说："坐下来，我们要商议你登基做蒙古大汗的事情。"

巴延蒙克还是不高兴，嘟囔着说："大汗，大汗，有什么可商量的？你们想叫谁当，就让谁当算了。"

孛罗乃急忙大声呵斥："你胡说什么？这么重大的事情，能是说让谁当谁就当的吗？你们黄金家族的地位要不要了？"

巴延蒙克阴沉着脸，不再说什么。

白加思兰微微一笑，说："还是小王子开通，这蒙古大汗的位置都不想坐。"

孛罗乃急忙立起身，涨红着脸，辩护说："他总是这脾气，什么大事都不放在心上，尤其在没有睡醒的时候，什么话都能够胡说。我们可不能听他一个小孩子的孩子话！这拥立蒙古大汗的事，可是需要认真仔细斟酌的，万不可掉以轻心，以致酿成大祸！"说着，他看了满都鲁一眼，补充了一句："王叔，你说呢？"

满都鲁趁势说："台吉的话很对，这蒙古大汗的拥立，是要仔细斟酌，不能随便从事。拥立一个能干的大汗，才能够振兴我们蒙古国，让我们这个四分五裂的蒙古重新回到成吉思汗的黄金时代。"

孛罗乃吃惊地瞪着眼睛，望着满都鲁。

这话，怎么听着不对劲，好像话里有话一样？他满都鲁怎么回事，心中有了其他念头？

白加思兰看着巴延蒙克，说："你想一想，当大汗要率兵打仗，要主持忽里勒台，要上朝见大臣，和他们商量大事，是不是很麻烦的？"

巴延蒙克点着头。

孛罗乃想要插话，白加思兰却一点也不理会他，继续对巴延蒙克说："你是黄金家族的成员，你叔父满都鲁也是黄金家族成员，你能当大汗，他也能当大汗，你看能不能让他当？"

巴延蒙克看了看孛罗乃，又看了看满都鲁，正要点头，孛罗乃却抽出腰刀，大声说："不！谁要改换大汗，我和谁拼命！"

满都鲁急忙站了起来，站到白加思兰前面，说："台吉，有话好好说嘛！不要动武！"孛罗乃扬着亮晃晃的腰刀，还是大声吼叫着："不行！这大汗一定是小王子的！他是脱脱不花汗的儿子！这汗位只能传给大汗的儿子！"

白加思兰也站起身，冷笑了一声，说："为了蒙古国的未来，我们只能选黄金家族中有本领、有能力的人，不能让这么一个乳臭未干的黄毛小儿来继任大汗位置！"

孛罗乃扬着腰刀，冲了上来。

白加思兰大声喊："来人！"声音刚落，野思马因就领着几个全副武装的护兵从毡帐外冲了进来，夺掉孛罗乃手中的刀，把孛罗乃一把按倒在地，五花大绑地把他绑了起来。

巴延蒙克浑身颤抖，哆哆嗦嗦地立起身，向白加思兰求情，说："诺颜，你不要这么生气，有话好好说嘛。台吉把你请来，可不是要你结果他性命的。"

他又转向满都鲁,说:"叔父,你替台吉说几句好话吧。台吉可是有恩于我们的啊!"

白加思兰向野思马因一摆手,说:"好了,你们先下去。"

野思马因狠狠地瞪了孛罗乃一眼,恶狠狠地说:"放老实一点,不要不识抬举。我们可是有五千兵丁在外面排列着,等待着你们的商量结果!要是选不出我们满意的大汗,你们这个科尔沁部落就别想存在一天!"

孛罗乃看着野思马因那凶狠的面孔,双腿有些发抖。

巴延蒙克急忙说:"你们不要这样。这大汗我原本就不想当,我让给叔父当,你们满意不满意?"

白加思兰笑了,说:"还是小王子识时务,识时务者为俊杰啊。你们出去吧。"

野思马因摆手让自己的护兵出去,自己却立在原地不动,手按腰刀,虎视眈眈地望着孛罗乃,看得孛罗乃心中一阵阵发毛。

白加思兰走到孛罗乃身边,手重重地按在他的肩头,又使劲压了压,说:"小王子主动让位给满都鲁,台吉你的意见呢?"

孛罗乃知道,今天他要是不表态,恐怕是难以走出这大帐。他无助地望了望巴延蒙克,巴延蒙克也直直地望着他,催促着说:"台吉,你就同意了吧。满都鲁叔父也是我们黄金家族的成员,他能干,一定能把蒙古管理好。"

孛罗乃无奈地说:"我同意,只是这大汗位置让给满都鲁,那小王子也一定要出任济农之职,否则我不能保证蒙古其他部族的拥戴。科尔沁其他王爷台吉的势力也不是很弱。"

满都鲁急忙说:"那是当然的,济农之职也是黄金家族成员出任的。我任命巴延蒙克当济农。"

白加思兰恼怒地瞪了满都鲁一眼:还没有当大汗,就开始任命了。这济农一职不是约定给自己的儿子野思马因了吗?怎么马上反悔了?他正要说话,孛罗乃又说:"这济农一职如果不给巴延蒙克,我只好任科尔沁人铤而走险了。我们科尔沁人也不是好欺负的。大不了打起来两败俱伤,大家一起玩儿完。"

白加思兰想了一会儿,只好点头。

这可惹恼了野思马因,他脸色一变,往前走了几步,正要对父亲白加思兰发火,白加思兰却先发制人,用严厉的眼光制止了地,声音虽小,却十分威严地说:"下去!不要乱来!"野思马因不敢违抗父命,只好不满意地瞪了白加思兰一眼,退到门口。

白加思兰笑着说:"科尔沁的英名流传在草原,我们蒙古人都知道。台吉的意见我也同意,封小王子做济农是可以的。但是这太师一职可是没有商量的余地,满都鲁已经答应过我,我想他是不会也不想再改变了吧?"白加思兰恶狠狠地看了满都鲁一眼。满都鲁急忙赔着笑脸说:"那当然,那当然。诺颜德高望重,自然应该出任太师一职。"

"那我呢?"野思马因手按腰刀阴沉着脸问。

满都鲁看了看白加思兰,搔着头,结结巴巴,说不出话。白加思兰趁势说:"我这犬子打仗英勇无比,出任大元帅是再好不过的。"

满都鲁连声说:"那好,那好。"

巴延蒙克见他们一个个有了官职,心中有些不愤:孛罗乃为自己忙碌了这么多年,居然什么官也没有封,这怎么行?他大声说:"台吉封什么职务啊?你们不能过河拆桥啊。"

白加思兰不满意地白了巴延蒙克一眼,说:"你怎么这么说话?谁过河拆桥了?这不是正商量了吗?小孩子这么不会说话!"

满都鲁急忙说:"我看台吉可以出任知院。这知院正需要台吉这样足智多谋的人。"巴延蒙克不知道知院是什么官职,看了看孛罗乃,孛罗乃点了点头,表示同意。

白加思兰望了望大家,举起酒碗,高兴地说:"好啊!我们已经取得了一致意见,来,给诺颜松绑!让我们大家畅饮一阵。"白加思兰给孛罗乃松了绑。

满都鲁举起酒碗,眼睛里流下激动的眼泪,他抽泣着说:"我们黄金家族能够再登汗位,全靠你们几位的鼎力帮助,以后蒙古的兴盛,也还要靠你们的齐心协力。来,让我代表蒙古的黄金家族来敬大家一杯!"说着,他双手高举酒碗,唱起了敬酒歌。

巴延蒙克也随着满都鲁粗犷低沉的歌声唱了起来。那一刻,在座的人都很感动,心里也似乎都涌上一股很崇高的团结一心振兴蒙古的豪情壮志。

夏日的草原,风光旖旎。察哈尔大草原,一望无际。碧绿的牧场上散布着一群群吃草的牛羊。一个圆顶高大的敖包上插满五颜六色的小旗幡,在风中飘荡,发出呼啦啦的声音。敖包不远处,竖起几十顶大型的蒙古包,穿盔甲的士兵把守在栅栏里。

蒙古的忽里勒台要在这里举行。

经过紧张的筹备,在察哈尔召开了东部蒙古的忽里勒台。得到消息的几十个蒙古部落的王爷台吉都骑着马带着扈从从四面八方赶到察哈尔。在高高的敖包的顶部搭起了祭坛,祭坛上,悬挂着蒙古大纛,在夏风中猎猎飘扬。

穿白衣的大萨满带领着满都鲁、孛罗乃和王爷台吉们祭拜了腾格里和翁衮以后,满都鲁向大家宣布说:"在腾格里的保佑下,蒙古大汗的传国玉玺到了我们手中,这就是说,我们蒙古的祖先和成吉思汗爷要我们继承他们的事业,继承大元的大统。我们宣布,从今天开始,我,满都鲁,黄金家族的成员,脱脱不花汗的亲兄弟,愿意继承大元的事业,继承脱脱不花汗的事业,做我们蒙古的大汗。大家同意不同意?"

祭坛下的人们举起腰刀,脱掉帽子,齐声欢呼起来:"大汗万岁!大汗万岁!大汗万万岁!"

接着,就在忽里勒台的大帐里举行了登基大礼。满都鲁和他的正后居中,宗王巴延蒙克和其他王公居右,后妃居左,白加思兰、孛罗乃、野思马因和其他台吉等各职务高低排列,齐刷刷地跪倒在满都鲁的面前。大萨满主持着登基仪式。全体人员脱掉帽子,把腰带搭在肩上,双膝着地,向新汗九跪九叩首,然后又向腾格里太阳跪拜九次。大萨满向太阳高呼三遍:"你的儿子,光荣的成吉思汗的子孙,崇高的黄金家族成员,满都鲁,即日登上大汗宝座!"

身穿蒙古大汗服装的满都鲁汗在两位蒙古宗主,年老的孛罗乃和年轻的巴延蒙克的扶持下,慢慢登上大汗的宝座。大萨满向大汗敬献了大元大宝,登基仪式算完成。依照蒙古惯例,新汗向宗王贵族颁发赏封,任命了汗廷的太师、大元帅、济农、知院等官员,也算完成了一次统一建国的宏大工作。

北方的其他民族都派使臣前来朝贺。在宣后金的使臣进大帐之前,护卫把使臣带到两堆熊熊燃烧着的火堆旁,把使臣带来的一些礼品投入火中焚化,让使臣向矮树丛和张挂在大杆上的成吉思汗的画像行鞠躬礼。后金使臣开始拒绝,护卫马上从腰间掣出亮晃晃的腰刀,大声呵斥着:"你不要命了?"使臣只好行礼。行过礼之后,护卫从头到脚,搜过使臣的全身,这才带领着使臣进入大帐。进帐之后,使臣跪下左膝,宣读了后金的贺文,送上礼品。满都鲁汗让站在身后的书记官收过礼品,才传令让使臣退下。所有登基礼节都是按照成吉思汗规定的仪式进行。

满都鲁得到东部蒙古的承认,继任了蒙古可汗的汗位,成为满都鲁汗。

蒙古女雄:满都海皇后

第三章　汗廷生活

太师妙计　弱女入汗廷

巴尔图隔着卷起的毡帐从哈那①的眼里往外望去。满眼碧绿的大草原，青草肥美，远处一片湖光波影。好美的大草原！巴尔图感叹着。自从迁移到察哈尔，她总是隔着哈那的眼往外瞭望，欣赏着那美丽的景色。她被严密地关押着，不能走出毡帐一步。她已经被关押了好几个月了。

巴尔图把脸紧紧贴在蒙古包红柳编制的哈那上，向外面张望。送饭的时间到了，该送饭来了。巴尔图热切地盼望着。

巴尔图一直被关押在这个狭小、黑暗的毡帐里，外面有人把守。送饭时间一到，那个叫萨仁的小姑娘就把饭送来，也没有饿着、冻着她，只是失去了自由。

这时，小萨仁提着食盒从那边转了过来，这是一个比她小一点的小姑娘。

"萨仁，你主人在不在？"巴尔图隔着哈那接过小萨仁送来的炒米时，小声问。

萨仁急忙四下看看。周围静悄悄的没有人，萨仁说："他们都出去围猎了。"

巴尔图小声说："小萨仁，能不能帮我个忙？给我带一把羊毛剪子来？"

小萨仁眨巴着眼睛，问："你要剪子干什么？"

"我的头发太乱太长，我想把这些辫子剪一剪。"巴尔图摇晃着头上那十

---

①哈那：蒙古族语，蒙古包的骨架，多用柳条编制而成。

蒙古女雄：满都海皇后

几条好像乱草堆似的小辫子说。

萨仁眨巴着机灵的大眼睛,有些怀疑地问:"真的? 你不是想自杀吧?"

巴尔图笑了,说:"傻蹄子,我干吗要自杀呢? 我还有许多大事没有做呢。"

正说着,看守走了过来,他厉声说:"萨仁,你在这里干什么? 送完饭,还不赶快离开? 叫主人看见不活剥你的皮!"萨仁急忙拿着提盒走了。

巴尔图看着萨仁的背影,心里祷告着,希望萨仁能给她带来一把她需要的剪刀,帮助她逃出这可怕的牢狱。

她曾经试图逃跑过几次,却都失败了,只好老老实实待在毡帐中,每日靠搓毛线织毛毯度日。

守卫走开了。巴尔图还是把脸贴在哈那上向外张望。萨仁的身影在远处闪了一下。巴尔图心中一紧:萨仁? 她是不是来给自己送剪刀的?

萨仁四下张望了一会儿,然后突然向这里跑来。她跑到蒙古包的哈那前,从怀里掏出一把剪刀,急忙从哈那眼里塞给巴尔图,一句话也不说,慌慌张张跑开了。

"将来有机会我一定要重谢你。"巴尔图手握着剪刀自言自语。

"那小蹄子今天没有捣乱吧?"一个男人的声音从蒙古包外传来。

巴尔图心中一惊:野思马因那魔头又来了。

那个黢黑的夜,逃跑被抓了回来的巴尔图,被野思马因毒打一顿。不过,由于第二天他们父子急急率领部队离开古列延到科尔沁去,她倒是安静了差不多一个月。现在,她也养好了身体。没有野思马因严密监视,看守也都可怜这小姑娘,睁一只眼闭一只眼的,让萨仁给她多送食物。现在,巴尔图脸上有了些红晕。

可是,这平静的日子结束了。白加思兰和野思马因回来把古列延搬到了距离可汗斡耳朵不远的地方。野思马因又有了骚扰她的时间和机会。

巴尔图急忙回身到里面,从自己的地铺羊皮褥子下摸出剪刀,把它揣到怀里。然后又若无其事地走回哈那旁,继续把脸贴在哈那上向外看去。巴尔图用手摸着怀里的利剪,"看你还敢再来找我的麻烦?"

迁移到东蒙古以后,巴尔图渴望着骑马到大草原去驰骋一番,看看草原的美丽风光。可是野思马因坚决不放她出去。他害怕这野性的姑娘再放火烧他。但是他对她并不死心,有几次想来找她的麻烦。巴尔图就是想找把武器来防身。

"你好啊,巴尔图?今天好天气,要不要同我出去玩一玩?"

野思马因见巴尔图的脸紧紧贴在毡帐的哈那上,一双乌黑明亮的眼睛望着蓝天、绿草发呆,心又是禁不住一阵狂跳。

他疾步走了过来,隔着哈那嬉皮笑脸地说:"巴尔图,要是听我的话,就放你出来看风光。你看,远处那打鱼儿湖多美,我放你出来。"野思马因凑到哈那前,嬉皮笑脸地说,同时伸出手来隔着哈那捏了巴尔图一把。

巴尔图急忙把脸扭开。

野思马因开心地哈哈笑着,对守卫说:"开开包门,让我进去劝劝她。"

守卫听话地打开蒙古包的门。野思马因心花怒放,他兴冲冲地小心抬脚迈过门槛,十分小心上下都不碰神圣的门框和门槛。

"你在哪里?巴尔图,小心肝。"野思马因轻轻地呼唤着,止不住心里激动。野思马因一进毡帐,就迫不及待地向巴尔图扑去。

"你敢靠近我一步,我就扎死你!"巴尔图咬牙切齿,举着一把锋利的大羊毛剪刀朝他刺来。

野思马因"哎呀"一声,急忙停住脚步。这不要命的疯女子,是什么也做得出来的。野思马因急忙赔着笑脸,说:"好妹子,不要生气,哥哥是逗你玩的!"边说,边向门口退去。

"想扎死我?我看你要先死在这里了。我要关你一辈子,让你老死!"野思马因退到蒙古包外,隔着哈那嬉皮笑脸、得意洋洋地逗引着巴尔图。

巴尔图恨得直咬牙,隔着哈那,吐了野思马因一口唾沫,转身离开哈那。

野思马因擦着自己的脸,破口大骂:"你给我等着,等着我收拾你!"说着又要冲进毡帐。突然,后面咳了一声。野思马因转过身,看见白加思兰。

"父亲!赛白诺!"野思马因急忙问好请安。

白加思兰看着儿子野思马因,问:"你来这里干什么?说过多少次,让你约束自己,不要去招惹巴尔图,她好歹是你的妹妹,你就是不听话!"白加思兰十分不满意地教训着。野思马因嘴里诺诺,心里却十分不服气。

白加思兰命令护兵打开毡帐的木门，走了进去。

巴尔图以为是不死心的野思马因来找她的麻烦，早就躲在门后，手里紧紧握着一把锋利的剪刀，准备着随时刺向来犯者。

白加思兰没有看到黑暗处的巴尔图，就轻声呼唤着："巴尔图，巴尔图！"巴尔图听出白加思兰的声音，便从黑暗的门后走了出来。

白加思兰见巴尔图手里握着剪刀，笑着说："巴尔图，是我啊。"

巴尔图勉强地从嘴里挤出一声"父亲"，便走回自己的卧铺，坐下来搓毛线。

白加思兰知道巴尔图讨厌自己和自己的儿子野思马因，也不勉强，自己坐到中间的主人位置上，开门见山地说："巴尔图，你已经不小了。你额娘虽然去世，可我还是你的父亲，我要把你照顾好。现在，我给你找了个好人家，那可是你以后享福不尽的好人家。你可要好好感谢我才是。"

巴尔图有心不搭理他，可是又抗拒不了好奇心的驱使，她抬起头，看着白加思兰，冷冷地问："什么好人家？"

白加思兰见巴尔图好奇，自己高兴起来，继续大卖关子，撩拨着巴尔图。"什么好人家？那是你想不到的好人家和好人。他可是我们蒙古的第一人啊！"

巴尔图冷然说："蒙古第一人？难道是蒙古大汗不成？"

白加思兰一拍手，说："好聪明的巴尔图！叫你一下子就猜着了！确实要把你嫁给大汗满都鲁，让你去做他的哈敦。你愿意吗？"

巴尔图的心猛烈地跳动起来，她早就想离开这个家，哪怕嫁给谁都行。她却从来没有幻想过嫁到大汗那里做大汗的哈敦。难道这是真的吗？恐怕是白加思兰这老家伙故意来骗她拿她寻开心吧。巴尔图不说话，依然低头搓毛线。

白加思兰催促着说："你为什么不说话？同意不同意啊？我这可是想给你找个好出路，让你额娘在天国安心啊，你不要不识好歹。"

巴尔图终于相信这消息的真实，她慢慢抬起头，眼睛里满含着泪水点了点头。她能不同意吗？这么好个逃开野思马因纠缠的机会！这么好一个逃离这魔鬼一样家庭的机会！

白加思兰放心了。他站起身走到巴尔图身边，摸着巴尔图的黑发，说：

蒙古女雄：满都海皇后

"到了满都鲁大汗那里,你要记住,大汗有什么事情都要及时报告我,我需要你的帮助。"

巴尔图只是机械地点着头。她的头脑很乱,心里响着一个声音:自由了!自由了!这是她向往已久的事,今天终于可以实现了。她还没有工夫去想其他事情。

一切忙过之后,白加思兰开始着手筹办满都鲁和他女儿伊克哈巴尔图的婚事。早一天把巴尔图送进汗廷,早一天在满都鲁大汗身边多一个耳目。

白加思兰按照蒙古嫁女的风俗为巴尔图准备起嫁妆。满都鲁汗派人送来聘礼,他自然也要风风光光地准备一份相当分量的嫁妆,才不会被人笑话。白加思兰的几个福晋,特别是正妻大福晋,野思马因的额娘,嘟囔着,唠叨着,心里揣着一百个不满意张罗巴尔图的嫁妆。

秋天,牲口入圈以后,满都鲁大汗来迎娶巴尔图。几千架高车,连绵几里的马队、驼队,披红挂彩,载着迎亲的队伍。健壮的白马、高驼,在草原的小径上行进,脖颈上挂着的金、银、铜铃铛,在艳丽的秋阳中发出清脆的叮当声,脖颈上挂着的白色和彩色绸带在秋风的吹拂下随风飘荡。迎亲的队伍演奏着喜庆的蒙古长调,响在科尔沁的金黄色草原上。

巴尔图坐在毡帐里,使女正在紧张地为她梳妆打扮。巴尔图注视着铜镜中自己那染上红晕的脸庞,注视着自己顾盼自如的水汪汪的一双大眼睛,头脑中还是一片空白。最初的喜悦已经过去,她开始恐惧未来的日子。绝不会比这里更坏,她想。这里的日子她都已经熬了过来,还怕什么呢?她安慰着自己,极力赶走心中杂念。

使女用牛角梳梳理着她黑黝黝的头发,把它们编成两根发辫。巴尔图看着使女把她的头发一绺一绺地梳拢起来,把它们从脑后挽到头顶上,再梳成一个发髻。使女把一个姑姑冠戴到她的头上,把发髻塞进姑姑冠的兜帽里。现在流行的姑姑冠不再用桦树皮,有钱人家都用纯银做,也比过去小了许多,只有几寸来高,比头宽不了多少,上面垂着宝石翡翠琥珀珠串和纯银的缨穗,顶端只缀着宝石。这姑姑冠远看不再像插着一根长矛的武士头盔。

使女把姑姑冠戴好了,拿起铜镜让巴尔图自己欣赏。

巴尔图突然想起额娘那个破旧的桦树皮做成的姑姑冠。活着的额娘多么羡慕白加思兰大福晋那些华贵的姑姑冠，可是她到死也没有戴过一顶像样的。

巴尔图深深地叹了一口气。可怜的额娘！为了让自己生活得好一点，她忍受了多少痛苦和折磨。

梳妆打扮一新的新娘巴尔图，穿着粉红色织锦绣金翠蒙古长袍，窄袖小口，外罩翠绿锦缎无袖比肩，比肩是忽必烈皇后察比设计的，上面绣着珠翠牡丹和金凤，大红大紫锦缎捻成的腰线束腰，把窈窕身材衬托得更加袅娜。足登橘黄的皮靴，脖颈上挂着一串串珊瑚、翡翠和金银串挂，头戴白银姑姑冠，垂下一串串银白的珠串缨穗，走动起来，浑身金银翻动，叮叮当当，脆声一片，煞是好听。

陪嫁使女萨仁小心地搀扶着巴尔图走出自己的毡帐，慢慢登上迎亲的大红高车。她没有忘记萨仁的帮助，向白加思兰要求，让她做了自己的陪嫁使女。

迎亲队伍在一阵阵鞭炮和热闹的音乐声中慢慢启动了。

坐进高车的巴尔图，掀起绣着大红喜字和龙凤图案的大红毡帘，最后回首望了望草原上这个部落，望了望站在白色毡帐前的那些哈敦们。眼泪突然涌上她的眼眶。那里没有她熟悉的额娘的身影。要是额娘看到这盛大的迎亲场面，她该多么高兴，多么欣慰，她一生的辛苦也算有了回报，可惜她却看不到这一切！

可怜的额娘！巴尔图摸着胸前的玉坠，呼唤着自己的额娘。

我一定为你报仇！这念头再一次强烈地涌上她的心头。

巴尔图目光冷峻，面沉似水，轻轻地放下毡帘，带着永不回头的誓言和决心离开这蒙古部落。

惺惺相惜　建立友谊

满都鲁大汗的驻帐地安在水草肥美的察哈尔大草原，几百顶白色圆形穹庐毡帐簇集在湖边，坐北朝南。满都鲁汗的大帐华丽宽大，位于最前面。后面的几个稍小一些的斡耳朵是他的哈敦的住所。正妻大哈敦的斡耳朵在右手的首位，而作为最后一个的第五小哈敦的巴尔图，住在左边最后一个斡

蒙古女雄：满都海皇后

耳朵里,离大帐一至二射箭路程。大汗大帐有固定的拴马桩,不经许可,任何人不能靠近这叫其列思的拴马处。离大帐一段距离,停放着几百辆高车。在大帐周围,分布着大小不等的毡帐。这是大汗的随从护卫和阿勒巴图的住所。

巴尔图的毡帐里,像满都鲁汗其他的哈敦一样,全都覆盖着金色锦缎。帐中央放着火炉,帐顶天窗上射进的光线,把大帐照得亮堂堂的。大帐里正中安放着一张紫檀木做成的宽大的卧榻,上面铺着明黄锦绣缎褥,平常她就坐在上面。正中的哈那前,摆放着神龛,供着天神腾格里,前面的几桌上摆放着长明的祭灯和各种供品。

巴尔图跪在翁衮前面,喃喃地祷告着,乞求着平安。使女萨仁也陪着她祈祷。

进入汗廷之后,巴尔图才发现这里并不是像自己想得那样幸福安全。大哈敦格日勒年纪较大,肥胖高大,是成吉思汗母亲诃额伦部落的后裔,孛罗乃的侄女,十分傲慢骄狂。二哈敦其其格是她的妹妹,姊妹二人沆瀣一气把持着汗宫。三哈敦年轻美貌,是东部科尔沁部落的姑娘,依仗着孛罗乃收留满都鲁和扶持他登基的功劳,也十分嚣张,常常与大哈敦、二哈敦姊妹对着干。四哈敦倒是显得良善,又不喜欢惹是生非,整日守在自己的毡帐里与自己的一儿一女相伴。巴尔图感到自己孤立无援。

突然,一个小男孩趔趔趄趄冲了进来,他到处看了看,站在巴尔图对面,直瞪瞪地望着巴尔图,嘴里喃喃喊着:"额娘,额娘。抱抱,抱抱。"

巴尔图急忙站了起来,小心地抱起这男孩,轻轻地亲吻着他柔嫩光滑的小脸蛋,温柔地问:"你叫什么名字啊?"

小男孩却"哇"的一声哭了起来,他发现眼前的女人并不是他的额娘。

巴尔图轻轻地摇着他,从毡帐门口酒桌上的银盘里拿起一块奶豆腐来哄他。

小男孩在巴尔图的怀抱里挣扎着只是哭,清脆的哭声越来越响。巴尔图慌张失措,不知道如何才能叫这孩子停住他响亮的哭声。"别哭,别哭。"她为男孩子擦着脸上的泪水,"好孩子不哭,我抱你去找你的额娘。"巴尔图的声音温柔得像草原上刚刚挤出的新鲜牛奶。

哭声还是那么响亮清脆，这个男孩子，自己跑出自己的毡帐，在毡帐间穿梭，不知不觉，远离了自己家，跑进这陌生的毡帐。他的眼里充满恐惧，害怕永远找不到自己的家，再也见不到额娘。眼前这陌生的女人这么慈祥和蔼，叫他渐渐不那么恐惧，他的哭声也逐渐小了起来。

巴尔图高兴了，亲着孩子的嫩脸蛋，连声说：“真是个乖孩子，你叫什么名字？”

男孩从巴尔图的怀抱里挣扎出来，站到地上，用手背擦去自己脸蛋上挂着的一串晶莹的泪珠，怯生生地说：“巴图蒙克。”

巴尔图拉着巴图蒙克，问：“你父亲是谁啊？”

巴图蒙克扭动身子，小声回答：“他们叫他济农。”

巴尔图吃惊地“哦”了一声，心想：原来是济农巴延蒙克的儿子。真没想到，自己还像个大孩子的巴延蒙克居然有这么大的儿子！她见过济农几次。济农苍白瘦弱的样子叫她心底里生起几分怜悯和同情。她听说过巴延蒙克的身世，她觉得和自己的身世有几分相仿，从心底里产生一种惺惺相惜的感觉。

“来，巴图蒙克，喝碗热奶子，等一会儿我送你回去，我认识你父亲。”

“真的？”巴图蒙克笑了，一下子抱住巴尔图的双腿，蹭来蹭去，好像老熟人似的。巴尔图的心暖洋洋的，怦然一动，这孩子与她有天然的联系。

巴尔图倒了碗热奶子给巴图蒙克，巴图蒙克接过来一口气喝了下去。“真好喝。”巴图蒙克用手背擦着下巴，咂着嘴说。所有的小孩子都认为别人家的东西好吃。

“巴图蒙克，来坐到这儿，我们玩挑线线。”巴尔图拉着巴图蒙克，坐到床上。巴尔图拿出红丝绳，撑在手上，说：“挑吧，巴图蒙克。”

巴图蒙克却把自己的一双小手背到身后，摇着头，噘着小嘴说：“不，挑线线是女孩子玩的，我们男人不玩这个。”

“哦？那你们男人玩什么？”

巴图蒙克往地中间一站，摆出个蒙古壮士摔跤的架势，仰着头，得意扬扬地说：“看，我们男人就玩这个，你敢和我摔一跤吗？”

巴尔图大笑起来，也站起身，走到地中央，学着他的样子，架起胳膊，模仿着壮士的样子和声音，说：“来，让我们比试比试！”

巴图蒙克小脸沉了下来,亮闪闪的黑眼睛紧紧逼视着巴尔图,架着胳膊,跳着摔跤步伐,围着巴尔图转,寻找着下手的机会。

巴尔图心里好笑,脸上却是一本正经,面对着他也以摔跤步伐转了起来。这姐弟似的一大一小虎视眈眈地对峙着,面对面地跳着脚步,转来转去,寻找摔倒对方的机会。

这时,毡帘掀开,一个人在毡帐外喊:"巴图蒙克,巴图蒙克!"

巴图蒙克转过身,高兴地大喊:"父亲!"

巴尔图趁机一下子抱住他把他轻轻地摔倒在厚厚的地毯上,像个小孩子似的,欢笑着大声喊:"我赢了! 我赢了!"

巴图蒙克着急地大声喊了起来:"不算,不算! 我刚才没有防备! 我回过头去喊我父亲了! 重来! 重来!"

刚进来的济农巴延蒙克急忙呵斥巴图蒙克,说:"巴图蒙克,不得对五哈敦无礼!"

巴尔图笑着摆摆手,站起身抱着巴图蒙克,望着济农巴延蒙克,说:"这是你的儿子? 真好玩。"

巴延蒙克急忙低下头道歉:"我这儿子淘气,给五哈敦找麻烦了。我们以为他走丢失了,到处去找他。听一个护卫说他来了五哈敦这里,我这才过来带他回去。"

巴尔图看着苍白消瘦的巴延蒙克,心里又涌上一股同情怜悯的热流。这小王子,把汗位让给满都鲁,可真够善良的。她关切地笑着问:"济农身体是不是不大好? 怎么这般瘦弱?"

巴延蒙克勉强一笑,说:"还好,只是天生如此,再不会胖起来。"

巴尔图轻轻说:"满都鲁大汗有许多事情还需要济农协助,济农还是要多注意身体才好。"

这句关心的话,突然感动了巴延蒙克。他自己的福晋,那孛罗乃的女儿们,见他没有登上汗位,态度已经大不如从前,连最温柔的大福晋,也因为没有让孛罗乃当上太师,成天拿脸子给他看,不再像过去那样关心他。

巴延蒙克的眼睛一时竟有些发热发潮起来。他望着眼前这比自己小许多的小哈敦,感到她的美丽和善良。

巴尔图见巴延蒙克有些发呆地望着自己,倒有些不好意思,脸颊有些发热,急忙掉转目光,低下头看着小巴图蒙克,温柔地嘱咐说:"巴图蒙克,以后常来我这里玩好吗?我还想和你比试摔跤呢!"

巴图蒙克睁着明朗的黑眼睛望着这大姐姐似的年轻的巴尔图,朗朗说:"我还想和你比试比试呢!刚才不算数!"

巴延蒙克不敢在这里久留,急忙拉着巴图蒙克告辞出来,巴尔图的倩影和她温柔的声音久久萦绕在他眼前。

大帐议事　初识争斗

满都鲁汗并不放心。

虽说东部蒙古王爷台吉们拥戴他登上汗位,但是西部和喀尔喀蒙古部落还是常常骚扰他的驻帐地。探马刚刚来报,说西部瓦剌蒙古的一个部落前来进犯察哈尔的西部。忧心的满都鲁不知道该如何处理,是不是出兵去剿灭他们?还是任由他们骚扰边界?

满都鲁在大帐里等着太师白加思兰和大元帅野思马因父子的到来。只要紧紧依靠这父子二人,他的汗位就有保障。

满都鲁汗的圆形大帐,用几十条绳索拽着,大帐四周竖立着一道木栅,木栅上画有各种各样的图案。木栅开着两个门,较大的门只有大汗才能出入。这个门虽然经常开着,没有护兵把守,也没有人敢从这里出入。获准去见大汗的人都要从另外的小门出入,这里有手持剑和弓箭的护卫把守。

大帐里,几根帐柱有的裹以金箔,有的镏金雕花,金碧辉煌。四周和帐顶上衬着色彩艳丽的织锦绸缎。地面上铺着厚厚的地毡,上面是颜色艳丽图案美丽的纯毛提花地毯。在正北面搭着一个高台,装饰华丽,上面放置着大汗的宝座。高台前有三道阶梯,正中是大汗的专用,其余两道供大汗的臣属上下。半圆形的高台后面,还有一道阶梯,那是大汗亲人上下通道。宝座旁有时放着他的正妻的座位,当然要低于大汗的宝座。宝座的左右,排列着几排座位,右边就座的是他的儿子和兄弟,左边就座的是他的后妃、女儿。

今天议事,满都鲁的几位哈敦也都来到大帐。大哈敦带领着四个哈敦从高座后面的阶梯登上高台。满都鲁汗高坐在中间的金黄色宝座上,这宝

蒙古女雄：满都海皇后

座是镀金的,金光闪烁,耀人眼目。上面铺着厚厚的紫貂皮,覆盖着金黄色绣着团龙的金黄色缎褥,坐着十分柔软舒服。大哈敦格日勒领着四个哈敦向大汗请安以后,自己坐在他旁边的座位上,其他哈敦在左边依次坐了下来。济农巴延蒙克和满都鲁汗的儿子、女儿也都上来在右边座位上坐下。

太师白加思兰、野思马因、孛罗乃、大将脱郭齐从前门进来,跪拜了大汗之后依次在高台下前面的凳子上坐了下来,其他将领诺颜就在地毯上依次就座。

满都鲁汗穿着夏天朝服,头戴红缨夏帽,威严地端坐在镀金宝座上,先用目光扫视了一下台下的群臣,他清了清嗓子,说:"近日的探马报告,瓦剌蒙古的一个部落正在向察哈尔西部的河套地区移动,同时掠夺了我们的两个部落。今天召集大家,就是想商讨一下对策。你们以为该如何应对才好?"

坐在高台上的巴尔图是第一次参加这种议会,心里难免紧张。她不大敢抬头看下边,可是她又能感觉到下面有双火辣辣贼溜溜的眼睛总在偷窥着她。那是谁的目光呢?白加思兰的吗?她摇了摇头。白加思兰虽然坏,但是他对自己倒没有什么不轨之举。那只能是野思马因。进汗廷几个月来,她已经没有再见过他。今天这可是冤家路窄,又跟他相遇。

巴尔图还是不敢抬眼望下面,可是台下那两道贼溜溜的目光总在她脸上扫动,叫她不安。

现在你还怕他什么呢?巴尔图在心里对自己说。

是的,他再也伤害不了你,以你现在的地位,应该让他怕你才对。巴尔图对自己说。看着他,用目光直视他,瞪着他,盯着他,显示你不怕他,让他不能得意!你不能这么胆怯!

巴尔图轻轻地咬着嘴唇,慢慢抬起头。她强迫自己把目光固定到那个她讨厌的人的脸上。笑一笑,她在心里命令自己。

巴尔图的脸像绽开的牡丹、玫瑰一样展开了灿烂的笑容。就像一道灿烂的阳光,这笑容,吸引了所有人的目光。人们都惊叹着这个小哈敦的美丽。

野思马因的心激烈地跳动起来。这女人比在部落时更加艳丽,那时像

蒙古女雄:满都海皇后

朵含苞欲放的牡丹,而现在却实在是一朵刚刚绽开的牡丹,那芬芳、那艳丽、那吸引狂蜂浪蝶的诱惑力,都不是那时可以比拟的。

啊!我的小心肝!野思马因在心里呼唤。他恨不得立时把这艳丽的少妇搂进自己的怀抱。

野思马因淫亵火热的目光更是一刻也离不开巴尔图的脸。

巴尔图静静地端坐着,仪态大方,但是冷峻的目光却经常固定在野思马因的脸上。她微笑着,逼迫自己平静地去接受野思马因那邪恶的喷火一样的目光,极力压抑着心头的慌乱和惊惧。

镇静!镇静!巴尔图告诫自己。你等着,我总有报仇的一天!她的目光在警告野思马因。

野思马因看到巴尔图正微笑着注视他,心里不由一阵狂喜:小乖乖,你还是喜欢我的!他极力把自己感情倾诉到眼神里去,让自己的眼神表现出温柔甜蜜和含情脉脉。

巴尔图厌恶地掉转自己的目光,不愿再看到他那讨厌的色眯眯的眼睛。

满都鲁大汗背靠着龙椅,等待着大臣发表意见。

孛罗乃直人快语,雷霆般的声音回响在毡帐里:"打过去,踏平这个部落,杀他个片甲不留!"

满都鲁汗望着太师白加思兰,问:"太师的意见呢?"

白加思兰望望大元帅野思马因,见他目光直呆呆地喘着粗气,轻轻地碰碰他。野思马因意识到自己的失态,急忙收回目光看着白加思兰。白加思兰小声问:"你的意见呢?打还是不打?"

"什么?"野思马因根本没有听到满都鲁的话,含混地说:"你说吧。"

白加思兰狠狠地瞪了他一眼,望着满都鲁说:"依我之见,西部蒙古骚扰河套地区,只不过是顺手牵羊,他们并不想与可汗和汗廷为敌。我看不必大惊小怪大动干戈去征伐。"

满都鲁大汗不大高兴,反问道:"他们掳了我们几千人、上万头牲畜,我们难道能够坐视不管?那以后他们会不会登鼻子上脸得寸进尺啊?"

白加思兰平静地说:"谅他们还没有这个实力。"

孛罗乃忍不住说:"万不可这么看。瓦剌蒙古从来是狼子野心,总想侵犯我们东部,想慢慢蚕食我们肥美的草场,我们不能不防。"

满都鲁点着头,说:"是啊,瓦剌蒙古实在野心太大。你们都是从那边过来的,应该了解这些情况,这几十年,瓦剌蒙古可是从没有放弃吞并我们的野心。"

野思马因见满都鲁反驳白加思兰的话,心中已是不悦,又听到这一番指责瓦剌蒙古的话,他再也压不住心中的火,"腾"的一下站立起来,大声说:"这是什么话?口口声声瓦剌蒙古野心,瓦剌蒙古有什么野心?不是瓦剌蒙古,蒙古大汗能当大汗吗?"

白加思兰自己也一肚子气,正要发作,见野思马因说了话,便捻着胡须不做声,脸上泛着得意和傲慢。

满都鲁大汗满脸通红,左顾右盼,寻找支持。大臣都垂着眼睛,没有人看他。他尴尬地干咳了一声,却不敢反驳。

巴尔图心中十分生气,却不敢说话,这里没有她说话的份。大哈敦虽然有些不高兴,但是她不知道这种场合该怎么说,只是呆呆地坐着。娇纵的二哈敦、三哈敦,只能在后宫里兴风作浪,却没有任何决断大事的能力。善良的四哈敦,更是聋子的耳朵——陪衬一个。她们都沉着脸,木头人似的不说话。她这最小的哈敦,哪敢开口呀?

巴尔图白皙的脸孔泛出绯红,她轻轻咬着牙,冷眼观察着这汗廷上的明争暗斗。好骄横的太师父子!不能永远这样!她在心里说。

毡帐里死一般沉寂,孛罗乃呼呼哧哧喘着粗气,左右看着同僚寻找支持,左右同僚全都低着头眼睛只看地面。

满脸绯红的大汗满都鲁瞅着自己的部属,知道今天的议事无法再进行下去,他默不做声地站了起来,从中间的阶梯走下高台,结束了这不愉快的议事。

哈敦们也站了起来,从高台后面的阶梯走下去,离开毡帐。

野思马因的眼光一直追随着巴尔图窈窕的身影,目送她走出毡帐。他急忙站立起来,慌慌张张跟了出去。

蒙古女雄:满都海皇后

纠缠不休　自寻死路

巴尔图在绿草地上慢慢地走。蓝天上飘着白云，阵阵清凉的小风吹来，叫人心旷神怡。她不想立刻回到自己的毡帐去。她走回自己的毡帐门口，对护卫说："备马！"

护卫从马圈里牵来她的白马，巴尔图正要上马，看见济农巴延蒙克走了过来，她放下脚，满面笑容，热情地打招呼："济农，巴图蒙克呢？我今天还没有见他呢。好想他。"

巴延蒙克走过来，抚摩着白马的脖颈，望着美丽的巴尔图，说："这孩子野得很，我不敢叫他经常去打搅你。这些天，他已经差不多天天往你那里跑一趟，一去就是好几个时辰，你不烦他吗？"

巴尔图咯咯地笑了起来，一脸顽皮的样子，她用拳头轻轻地捶了济农一下，说："济农说哪里去了？我喜欢还喜欢不过来，哪能烦他啊？你不知道，我们俩在一起玩得有多高兴！"

"是吗？"济农巴延蒙克好奇地问。

"是啊。我们俩有时玩摔跤，有时玩射柳，有时玩抓嘎拉，有时还玩挑线线。不过他并不喜欢玩挑线线，他说他是个蒙古的巴特尔，不玩女人的玩意儿。"说到这里，巴尔图又咯咯地笑了起来。

跟着巴尔图出来的野思马因看到巴尔图和巴延蒙克站在一起说笑，心中泛起一阵强烈的嫉妒。他们在谈什么？说得那样高兴？他急忙走了过来。

济农巴延蒙克赶快打招呼："大元帅，赛白诺。"

野思马因眼睛只盯着巴尔图，他看着巴尔图明亮的水汪汪的大眼睛，涎着脸，满脸坏笑，说："巴尔图妹妹，好久没有见面了，近来可好？"

巴尔图一看见他走过来，就收起满脸的笑容板起面孔，心里涌上强烈的仇恨。她冷冷地横了野思马因一眼，一言不发，拉着马就走。走了几步，她才回过头，看着巴延蒙克，叮嘱道："记住，一会儿让巴图蒙克来找我玩，我等着他呢。"说完，翻身上马，一勒马嚼子一抖缰绳，白马朝草原奔去。

讨了个没趣的野思马因，并不甘心受巴尔图的冷落。他见巴尔图骑马

蒙古女雄：满都海皇后

61

向草原驰去，自己也赶紧回到拴马处，解开马绳，翻身上马，朝巴尔图的方向赶去。

来到诺尔旁边草原上，巴尔图放慢了速度，放松马缰绳，信马悠悠，让白马在草原上漫步。白马有时慢走，有时慢跑，有时抵抗不住青草的诱惑，低下头来在草原上啃吃那些肥美的紫花苜蓿。

巴尔图骑在马背上，任马儿载着她漫游。草原一望无际，洒落着白色的羊群、棕色的牛群。放牧的牧人和牧童躺在草原上，唱着悠长、高亢、响亮的牧歌。多美啊！

巴尔图就喜欢草原这美丽平和的景象。可惜有些人并不珍惜这和平景象，经常挑起战争，破坏草原这美丽和平和宁静。要是蒙古草原能够恢复成吉思汗时代的统一，就应该永远保持这景象。可惜啊！巴尔图叹了一口气，摇了摇头：和平是要用战争和鲜血来换的。

巴尔图正胡思乱想着，突然有人从另一匹马上伸过手，抓住她的马缰，把她的马拉到自己的马旁。

巴尔图抬头，气得脸都白了。野思马因正一脸坏笑，一脸奸诈，把巴尔图的马拉到他的身边。

巴尔图紧紧拉住马缰绳，怒目圆睁，大声呵斥："你想干什么？放手！"

野思马因依然淫亵地笑着，把马靠近巴尔图的白马，他伸过壮健有力的双臂，来一个老鹰擒小鸡的动作，把巴尔图抓到自己的马背上。巴尔图在他怀里一边挣扎一边大骂："你这个大胆的奴才！放开我！等大汗知道不活剥你才怪！"

野思马因把巴尔图搂到怀里，哈哈笑着说："大汗？他敢？我们父子辅助他登上汗位，也就能把他拉下汗位。他巴结还来不及呢，敢动爷一根汗毛！"

巴尔图一惊：这奴才，确实心怀野心！看他刚才在议事大帐的猖狂样儿，根本就没把大汗放在心上！非除去他不可！巴尔图暗想。

不过，现在已经落在他的手中，只有智取，不能硬来。

巴尔图在马背上坐了起来，堆起满脸妩媚的笑，娇滴滴地说："阿哥实在是太性急了。这马上颠颠簸簸的，亲热起来也不方便。我们何不下马到诺尔旁的草丛中去玩一玩呢?"

野思马因一听,高兴得大笑,说:"巴尔图妹妹实在知冷知热,我们就在这里下马。"说着,勒住马缰,自己先跳了下来,又从马背上抱下巴尔图。巴尔图朝后看了看,只见她的坐骑白马跟着跑了过来。

"别着急嘛,让我先站起来。"巴尔图笑着从野思马因怀抱里挣扎出来,向诺尔旁的草丛跑去,一边喊:"这里青草茂盛,好像毛毯一样柔软。到这里来! 去找一块好地方!"

野思马因急忙奔了过去,钻进草丛,寻找一块可以成其好事的地方。

巴尔图见野思马因进了草丛,急忙打了个呼哨。白马迅速奔了过来,巴尔图抓住马鞍,飞身上了马,敏捷得像猎鹰一般。

野思马因回过头,看到这一切,急忙伸出双臂想抓住白马,白马已经像箭一样飞出一丈多远。野思马因全身扑了个空,脚下一个趔趄跌进湖水里。

"再见!"巴尔图在飞奔的马背上转过身,朝野思马因调皮地挥起手。一串朗朗的嘲弄的笑声在草原上飘荡。

野思马因从湖水里挣扎着爬了起来,又陷进芦苇丛的淤泥里。等他带着两腿黑泥爬上干草地时,骑着马的巴尔图已经跑向远处。

野思马因跺着脚,咆哮着,朝远去的巴尔图挥着愤怒的拳头,浑身湿淋淋的他,活像一只落水狗。

摆脱了野思马因纠缠的巴尔图在草原上漫游了许久。草原的旖旎风光让她忘记了刚才野思马因的骚扰。当火红的落日接近草原地平线,西方天空燃起火红的火烧云,把半边天空和草原都染上火焰般的颜色时,巴尔图才上了马,信马由缰,慢慢她打马回到自己的毡帐。侍卫上来扶她下马,把马拉进马圈拴了起来。站在门外的使女掀起毡帘,巴尔图进了毡帐。

巴尔图刚迈进毡帐,一双大手突然紧紧捂住了她的嘴。一个人从门后冲了出来,抱住了她。巴尔图大惊失色,想喊叫,却被那一双有力的大手捂得气都出不上来。

又是他! 野思马因! 巴尔图愤怒地想:这家伙,总是不死心,非得想办法除去他。可惜她新来不久,在大汗那里没有说话的机会。

巴尔图知道,在这双孔武有力的男人的臂膀里挣扎无济于事,只有等待机会。她很顺从地任他把她抱了起来,抛到卧榻上。

巴尔图娇媚地说:"阿哥,你可真是性急得很。瞧你,累出了一头汗,让我给你拿手巾来擦一擦。"说着,想挣脱野思马因站起来。

野思马因把脸凑近巴尔图,咬着牙小声说:"你给我老老实实躺着别动,别想耍什么花招,爷可不再上当!"说着就去撕扯巴尔图的衣服。

巴尔图突然暴怒起来。当年湖边那屈辱的一幕浮现在巴尔图的脑海里,一股愤怒的热流冲上巴尔图的脑门,巴尔图顿时浑身充满愤怒的力量。她缩回双腿,积聚全身力量猛然朝野思马因的下身蹬去。

哎哟!野思马因大叫了一声,双手紧紧捂住下身,侧身倒在一边。

巴尔图站了起来,凤目圆睁,指着野思马因骂:"野思马因,瞎了你的狗眼!你以为我还是当年你部落里那个任你欺负的奴隶!我是当今蒙古大汗的哈敦!你居然欺负到我的头上。等着瞧,我不报此仇,誓不为人!萨仁!叫人来!"

野思马因见巴尔图动了真怒,心中还是有些发慌。他捂着肚子,哼哼唧唧地挣扎着站了起来,讨好地说:"妹子你可真狠心,出手这么重。我可是真心喜欢你,哥哥我为你吃不下睡不着,才来找你。你怎么狗咬吕洞宾不识好歹啊!"

巴尔图心想,这人奸诈狡猾,不可不防他先下手,还是先稳住他,等待以后时机到了再想办法。她勉强压抑住自己的满腔愤怒,逼迫自己换上笑脸,弄柔了声音,说:"我可是讨厌哥哥这么硬来,男欢女爱的,不能不讲究个情调气氛。你这么乱来,跟我们的驴子有什么两样?再说,哥哥如今也是大汗廷里的大元帅,是有身份的人,还是文明一点的好。"

野思马因嘟嘟囔囔:"我们祖祖辈辈不都是这么来的?什么情调气氛的,听也没有听说过。"

巴尔图扑哧一笑,用手轻轻拍打了野思马因的手,娇嗔地说:"那你以后就听我的,我来教你情调和气氛。比如唱唱情歌什么的,你会吗?"

巴尔图一脸的妩媚和娇嗔,叫野思马因的心旌摇荡。这小狐狸,到底是恨我呢还是爱我?他竟没有了主意。管她的,反正她逃不出我的手心!

巴尔图拉住野思马因的手,娇滴滴地说:"我们蒙古有那么多的情歌,哥哥唱一支给我听听呀。"

野思马因满脸通红，小声嘀咕了一声："我不会。"说实在的，他只会驰骋马上杀人打仗，从不会唱歌弹马头琴。那是行吟艺人和放马的奴隶小伙子在无聊时的瞎叫唤而已。

巴尔图清脆地笑着，笑声充满诱惑。她轻柔地往外推着野思马因，说："回去学会一首情歌，再来找我。"

野思马因还想赖着不走，无奈被巴尔图连推带搡地来到门口。

一个小男孩撞了进来，脆生生地喊："五哈敦，我来找你玩。"一个粗重浑厚的男人的声音在后面喊："巴图蒙克，听五哈敦的话，不要淘气！"

巴尔图急忙把野思马因推出门外，自己拉着巴图蒙克的手，朝门外说："巴延蒙克济农，进来坐一会儿吧。"

巴延蒙克济农朝巴尔图一笑，说："我担心巴图蒙克自己又走丢了，把他送过来。等一会儿，我派人来接他，让他在你这玩到睡觉。"

巴尔图说："济农，你就放心吧，巴图蒙克很听我的话，是不是啊？"

巴尔图低下头亲热地抚摸着巴图蒙克的头，温柔地问。巴图蒙克双手环绕着巴尔图的身子，撒娇似的拧来拧去。

野思马因怔怔望着这一幕，心里像塞了茅草一样不舒服。济农和巴尔图有什么关系？他猜测着慢慢离开。

巴延蒙克济农看着离去的野思马因的背影，有些狐疑地问巴尔图："大元帅有事吗？"

巴尔图轻轻一笑，说："他来看看我，我进汗廷以来，一直没有见过他。"巴延蒙克这才想起来，他们是兄妹。

聪明小妃争宠夺爱

走出自己大帐的满都鲁汗，站在斡耳朵前，有些游移不定。

羊车停在面前，侍卫长正恭敬地等待着他的决定。到哪里过夜呢？大哈敦格日勒的凶悍叫他心悸。每次到其他哈敦那里过夜总要招致她歇斯底里的打闹，叫他耳根几天不得清静。可是他又实在不愿意到她那里去。肥胖高大，健硕，好像肉山似的压在他身上，叫他气都透不来，真可怕！

想到这里，他摇了摇头。不去！

蒙古女雄：满都海皇后

二哈敦？满都鲁又摇头。

这二哈敦是大哈敦格日勒的妹妹，姊妹都一样，好像一个模子里出来的。

三哈敦？满都鲁心里一动。三哈敦倒是年轻漂亮一些，有些魅力。可是她总是像个木头人一样仰面躺着一动不动，没有一点味道！

满都鲁可汗太渴望和其他哈敦的亲热，特别是刚娶过来不久的太师的女儿巴尔图，十五六岁豆蔻年华，好像含苞待放的牡丹花，叫他怎么不想她？可是大萨满说他占卜过，这女子不吉祥，有克夫的凶相，需要独处半年才能圆房。这叫什么规矩？满都鲁汗知道这都是大哈敦装神弄鬼，假借大萨满的什么占卜来控制自己。哪能听任她摆布自己？可是大萨满的话还是叫他心生顾忌。万一要是真的呢？只好先相信他的说法吧。

还是去四哈敦那里吧。尽管她也不算年轻漂亮，可是她温柔体贴，为他生了几个儿女，也算有功于他。

满都鲁大汗决定了。

"走！去四哈敦那里！"满都鲁汗吩咐侍卫。

巴尔图知道现在是可汗走出自己的大帐到哈敦那里的时候。她精心地打扮着自己，走出自己的大帐，站在可汗要经过的路上。几天来，她虽然都没有遇到可汗，可是她并不灰心。她决心一定要碰上大汗，然后用自己的妖媚去征服大汗，让他到自己的毡帐里宠幸自己。这机会只能靠自己去争取。凶悍的大哈敦格日勒绝不会允许可汗到自己的毡帐，她还会千方百计阻挠可汗到自己这里来。这可恶的老蹄子！作为一个排名末尾的小哈敦，她要是不想方设法争得可汗的宠幸，她在汗宫里有什么地位？有什么前途？说不定，她还会成为大汗去世时的殉葬人。

想到这里，巴尔图禁不住打了个冷战，浑身有些轻微的颤抖。她不能成为任人宰割的牲畜！她还要为母亲和父亲报仇呢。

巴尔图把自己打扮起来，袅袅婷婷地走出毡帐，在附近的草地上慢慢地走来走去，不时地眺望着大汗的大帐的动静。

大汗大帐前聚拢起人马。巴尔图的心剧烈地跳动起来。大汗要动身了！她眼巴巴地瞅着大汗羊车，心里企求着：从这里走吧，来这里吧。

羊车久久不动,巴尔图有些失望。今天看来又是没有指望了,大汗还是要去大哈敦那里,他不会从这里经过!

巴尔图轻轻地叹着气,低着头,慢慢向自己的大帐方向走去。

身后响起车马的滚动声。巴尔图一惊,急忙停住脚步,退到一边,站了下来,等待车人经过。

巴尔图低下头,不敢看过来的车人,要是可汗怎么办?虽然她那么期望遇到大汗,可是作为一个小妃子,她又不能随意走动,万一大汗怪罪她不守汗宫规矩,可怎么办?

车轮声越来越近。巴尔图紧张得有些浑身颤抖。

希望是可汗,又希望不是他,她心里激烈地斗争着。她抬眼偷看着越来越近的羊车。是可汗!她更加紧张起来,是避开还是走上前去问安?

巴尔图的上下牙齿轻轻地磕碰着。她几乎要转身跑开,可是已经来不及了。羊车上的人已经看到了她,她要在这个时候跑开,一定会引起可汗的猜忌,也许还会给自己招来杀身大祸!

不!巴尔图用力咬了一下嘴唇,不能跑开!迎上去!大大方方地向可汗问安!这不是你期待已久的机会吗?为什么要临阵逃脱呢?要是这都不敢做,你将来还能成什么大事?你怎么为自己的父亲报仇?

巴尔图深深地吸了一口气,让自己平静下来。笑起来!她在心里命令自己。

巴尔图的脸面和眉眼立刻舒展开来,嘴角和眼角都显出美丽的曲线。她慢慢抬起头,昂起头,挺起高高的胸脯,袅娜地慢慢迎着羊车走上去。

"可汗,赛白诺!"巴尔图站在羊车前,清脆地说。

满都鲁看到美丽妩媚的小妃子五哈敦站在面前,很是高兴。这哈敦,他还从没有临幸过,所以也没有多深的印象。刚才虽说也闪了一下念头,可是又惧怕大哈敦的淫威而打消了念头。没想到,她自己来到自己的面前,竟是这样妩媚,这样袅娜。她的亭亭玉立,她的娇羞的模样,一下子令满都鲁激动。

"走!去你那里!"满都鲁说。

巴尔图慌张起来。大汗要来?她高兴、紧张、害怕,急忙吩咐萨仁去准备大汗幸临的酒馔果品。

巴尔图对满都鲁大汗的来临，既害怕又向往。她知道，大汗长期不幸临，自己就没有受宠的机会，作为大汗的最末位的小哈敦，没有大汗的宠爱，还有什么地位呢？没有地位，就没有一切。她多么渴望着在汗廷里具有举足轻重的作用，可以和大汗一起决定汗廷大事，像她所崇拜的成吉思汗的大哈敦孛尔帖哈敦一样，像成吉思汗的额娘诃额伦一样。

可是，从野思马因强占了她以后，她对男女之事具有一种本能的恐惧。想起来就叫她全身发抖。

满都鲁大汗满心喜悦地来到巴尔图的毡帐。巴尔图向大汗问安以后，请可汗入座。满都鲁大汗拉着她的手，把她揽入自己的怀抱，充满爱心地轻轻抚摩着她，温柔地说："五哈敦，让你受委屈了。入汗廷这么久，还没有来过，你一定埋怨我了吧？"

巴尔图感动得轻轻抽泣起来，除了她的额娘这么和她说话以外，没有谁这么温柔地对她说过话。这满脸黑胡子的大汉，竟有这么温柔好听的声音。巴尔图把脸贴在满都鲁的手上，眼泪也流到他的手上。

满都鲁紧紧地搂着巴尔图，把她拥在自己宽大壮实的怀抱，亲吻着她的黑发，轻声蜜语地安慰她："小傻瓜，我会常来的，不要哭嘛。我这人最见不得女人哭，女人一哭，就会把我搅得心慌意乱，自己倒会流起眼泪的。"

听到这话，巴尔图破涕为笑。她对大汗的恐惧烟消云散，好像见到亲人一样，轻松、惬意、愉快，她一下子恢复了小姑娘的天性，活泼起来。她端起盛马奶酒的大银罐，为满都鲁斟上满满的一杯酒，双手高举到大汗眼前，恭着腰，唱起额娘教给她的劝酒歌：

> 马奶酒香又甜呦，
> 醉倒草原上的勇士。
> 敬上一碗给勇士啊，
> 巴特儿勇敢又坚强，
> 心中蜜一样香甜。

满都鲁接过酒杯，向天神腾格里和翁衮、火神弹过三下之后，仰起头，一饮而尽。这杯香甜的酒，叫他心里已经醉了。他扔掉酒杯，紧紧抱着巴尔图，亲了又亲。

表面顺从　暗藏心机

太师白加思兰知道这几天满都鲁汗一直在巴尔图那里，非常高兴。机会来了，他要到巴尔图那里去探探消息。

他来到巴尔图的毡帐，巴尔图急忙把他迎进毡帐。不管怎么说，巴尔图还是感激白加思兰把她送进汗廷。这恩德，她是不敢忘记的。蒙古人憎恨那些恩将仇报的小人。

巴尔图把白加思兰让进毡帐，使女为他倒上马奶酒，端上奶酪、奶豆腐、奶皮子，又拿出海棠果和栗子等干果。

白加思兰含着微笑看着巴尔图，问："这几天满都鲁大汗在你这里过夜？"

巴尔图红着脸，点点头。

白加思兰饮了口马奶酒，说："那你要趁机摸一摸大汗的想法。最近有些人鼓噪大汗出兵打瓦剌蒙古，我可是不希望看到这种情况的发生。不管怎么说，你也是我们瓦剌蒙古的成员，瓦剌蒙古已经开始衰落，我们不能见死不救。"

"我才不是瓦剌蒙古呢。我是喀尔喀蒙古人。"巴尔图心里说，嘴上却含混地答应着，点着头，十分认同的样子。

"你听大汗与大哈敦们议论过这事吗？"白加思兰盯着巴尔图关切地问。

该怎么回答呢？这些天，满都鲁和几个哈敦都来她的毡帐吃饭、议事，大哈敦少不了要打听汗廷的事，满都鲁大汗也少不了要把一些事情和自己的哈敦们商量，可是该怎么说呢？是如实说，还是撒谎？和狐狸打交道的猎人知道如何对付狡猾的狐狸，和豺狼打交道的猎人知道豺狼的凶残。那么该撒谎时则一定要撒谎。

巴尔图认真想了一下，说："大汗曾经和我们几个哈敦议论过出兵的事情。大哈敦、二哈敦都同意出兵。你知道，三哈敦总是和大哈敦对着干，所以三哈敦不同意出兵。四哈敦是不管这些事情的。我是新来乍到的，还没有说话的资格。"

白加思兰点着头。巴尔图说得很符合情理，他自己也这么估计。大哈敦和二哈敦姊妹是孛罗乃亲侄女，东部蒙古人，她们自然不会喜欢瓦剌蒙古人，主张进攻西部瓦剌是一定的。三哈敦虽然也是东部科尔沁蒙古部落的姑娘，可是因为不服从大哈敦的管教，常常和大哈敦作对，故意对着干，但是满都鲁并不看重她的意见。

那大哈敦的意见还是要影响满都鲁大汗的。白加思兰沉思着，啜着美味的马奶酒。

汗廷里的马奶酒清纯黄亮，味道纯美，比自己部落里酿制的好得多。他不免贪杯，饮了一杯又一杯。巴尔图殷勤地为他斟酒。

白加思兰抬起眼睛，看了巴尔图一眼。巴尔图更显风韵，绯红的脸颊，白皙的皮肤，明亮的眼睛，高耸的胸脯，苗条的身段。他心里一动，想起她的额娘乌兰其其格。当年她的美貌，叫他着迷，可惜抢到手后，他就不再喜欢她，像穿过的皮靴似的扔到一边。他突然明白为什么自己的儿子野思马因死死地纠缠她，实在太诱惑了。白加思兰倒吸了一口气。

白加思兰放下酒杯，说："你要想办法阻止大汗做出发兵的决断。"

巴尔图犹犹豫豫地说："我没有资格和大汗谈论大事情。大哈敦不会允许大汗常来我的大帐，她很厉害的，连大汗都怕她几分。"

白加思兰慢条斯理地说："只要你真心帮助我，我会替你想办法帮助你除去大哈敦，让你做大哈敦。"

"真的？"巴尔图惊喜交加，急忙追问："父亲准备怎么做？大哈敦可是很厉害的。她有孛罗乃知院和科尔沁几个台吉的支持，势力大着呢。"

白加思兰轻蔑地一笑："我倒想看看是他孛罗乃的势力大还是我太师的势力大。"他又板起脸加上一句："怎么做你不必知道。总之我有办法，让你慢慢变成大哈敦。"说到这里，白加思兰死死盯着巴尔图："你可得发誓答应我，永远帮助我们瓦剌蒙古。"

答应不答应呢？巴尔图的心里翻腾起来：当大哈敦，是多么不容易的事，又是多么幸福的事。进入汗廷，谁不渴望能当上说话行事具有决定权的大哈敦呢？大哈敦的诱惑叫巴尔图心动。

巴尔图急忙站起身，跪到腾格里面前，发誓说："我发誓，一定听父亲的话，为父亲办事。"

白加思兰捻着胡须满意地说："这我就放心了，你就等着当大哈敦吧。

不过，你一定要拿出你所有的本事伺候好大汗，让他为你着迷，为你吃不下睡不着，让他听你的话。你这么迷人，一定要把大汗迷住才行，就像野思马因为你着迷一样。"他笑眯眯地加上这么一句。

巴尔图的眼睛一下子黯淡下来。她突然为自己刚才的行为感到一些羞耻，为自己刚才涌上的感激感到羞耻。眼前这人，还是她最痛恨的敌人的父亲，是自己亲生额娘的敌人，是亲手杀死自己亲生父亲的不共戴天的仇人，自己怎么能忘记这一切呢？

巴尔图抚摩着胸前温热滑腻的玉坠。

白加思兰并没有觉察到巴尔图的变化，继续说："你要做到对大哈敦百依百顺，她怎么命令你，你就怎么做，绝不要违背她的意愿，你懂吗？要想除去一个人，首先要取得她的极端信任，不能让她发觉你的一丁点真心，否则，你就无法达到自己的目的。记住了吗？"

巴尔图微笑着，点着头，坚定地说："父亲，你放心，你的教导我永远不忘。我会按照你的话去做，让她到死都不明白是谁要了她的命。"

白加思兰满意地点着头。巴尔图最后一句话里的仇恨和恶毒叫他心里一动，但是巴尔图甜蜜地微笑着为他斟酒，殷勤地劝慰着他。白加思兰终于没有继续想下去，端起酒杯，继续品味着醇美的好酒，继续教导巴尔图。

太师计谋　大哈敦中招

野思马因一个人在毡帐里喝闷酒，思谋着如何把巴尔图弄到手。巴尔图就像一朵带刺的玫瑰，芳香迷人却长满了尖锐的刺，引诱着他，让他摘不到又能嗅着她的芬芳。

还得去找巴尔图。巴尔图搅得野思马因睡不着吃不下，心里经常像猫抓一样不得安宁。

野思马因换上一双轻便的皮靴，偷偷走出毡帐。

天已经完全黑了下来，各毡帐都放下了毡帘。站岗的士兵和护卫们也大多撤离了岗哨，只留下不多的士兵保卫着大汗和大哈敦的斡耳朵。风轻轻吹过，留下轻微的沙沙声。大帐里的欢声笑语透过厚实的毛毡在静谧的草原上飘荡，没有战事的蒙古草原是这般美丽！

蒙古女雄：满都海皇后

野思马因根本不理会草原的美丽,他是那种一心破坏美丽的家伙。没有人走动,没有人注意到他。他加快脚步,正想偷偷溜过白加思兰的毡帐。白加思兰却从毡帐里走了出来。"谁?"他大声喝问,然后走了过来。

黑暗中的野思马因只好站住脚步,回答说:"是我,父亲。"

"这么晚了,干什么去?"白加思兰好奇地追问。

野思马因吞吞吐吐,哼哼唧唧,没有说出明白话。白加思兰明白了,大约又是去勾引哪个女人。他不满意地哼了一声,说:"你进来,我有事和你商量。"

野思马因十分不情愿地随白加思兰进了毡帐。白加思兰指了指座位,说:"坐下吧,我们要说一会儿呢。"野思马因只好勉强坐了下来。

白加思兰沉着脸,说:"你都已经20多岁了,该懂事了,不要成天偷鸡摸狗的,不务正业。这大元帅职务也不是好当的,你要是没有真本事,很可能被大汗撤掉。"

野思马因嬉皮笑脸地看着白加思兰:"他哪敢? 有您老做太师,他怕是没有那个胆。"

白加思兰严厉地呵斥:"不许胡说! 他是大汗,想撤谁还不是一句话! 你要是不能帮助我干点正事,说不定哪一天,我们一起玩儿完!"

"有那么严重?"野思马因收敛起一脸的无赖,问:"那我该怎么办?"

白加思兰递给他一碗马奶酒,说:"叫你来就是想和你商量办法的。这满都鲁做大汗,虽说是我们支持的,原想他会绝对听我们的话。可是从这几个月我的观察来看,我已经不能那么放心了。他开始有点想摆脱我们的意思,你难道没有觉察出来吗?"

野思马因摇了摇头。白加思兰不满意地白了他一眼:"非死到临头你才能觉察? 愚蠢之极! 斯钦已经提醒我好几次,你可真比不上斯钦!"

野思马因不高兴地嘟囔起来:"我怎么比不上他? 要不,让他当你儿子算了。"

白加思兰懒得理会,接着说:"我已经和巴尔图商量好了。我们帮助她成为大哈敦,她再帮助我们慢慢控制满都鲁,不让他疏远我们。"

野思马因不耐烦地说:"这么多麻烦,我们干脆干掉满都鲁,你来当大汗,岂不省事省心?"

白加思兰提高声音呵斥："瞧，你又犯浑了是不是？我们不是黄金家族，就算是当上大汗，还不是要被东部蒙古推翻？你忘了也先的教训了？也先的下场如何？要是我们宣布自己登汗位，恐怕下场还不如他，比他还要凄惨，恐怕连一个子孙后代也留不下。你不怕灭了我们一族？"

野思马因挠着后脑勺，满脸疑惑，反问："有这么严重？我看不至于吧？再说，巴尔图可靠吗？你敢保证她和我们一心？你忘了她放火的事？"

白加思兰又白了他一眼，说："你还有脸说呢！我看巴尔图可靠。她放火，还不是因为你的缘故？你太叫她恨了，今后你不要再去骚扰她。听见了没有？"白加思兰提高声音说。

野思马因含混地答应了一声。

父子俩沉默地对饮着。

野思马因心里有事，终于忍耐不住，放下酒碗："父亲，要是没有别的事，我就告辞了。"

白加思兰白了儿子一眼，说："我还有事要说，过来。"他把嘴凑到野思马因耳朵边，小声嘀咕了几声。

野思马因一脸惊诧，反问："这么做行吗？要是被他发现了，可是要砍我的脑袋啊。"

白加思兰不满意地瞪了他一眼："刚才还在充英雄好汉，怎么马上就下软蛋了？你要是不敢去，我另外派人去，不过，别怪我无情。"白加思兰一脸恶狠狠的表情。

野思马因心中一惊：他是说得出做得到的，要是有谁影响了他的计划和利益，他可是翻脸不认亲的。野思马因只好点了点头。白加思兰立刻转怒为喜，亲昵地拍着野思马因的肩头，赞不绝口道："这才像我的儿子。我说嘛，虎父无犬子嘛。"

野思马因精心打扮着自己，换上新衣服、新皮靴，走出自己的毡帐，向大哈敦格日勒的大帐走去。

大哈敦格日勒这几天正为满都鲁不来自己毡帐而烦恼。她在自己的大帐里闷坐着，一会儿吩咐使女做这，一会儿交代使女做那。

使女托着黄金托盘端来热茶，跪着举过头顶："大哈敦，请用茶。"

蒙古女雄：满都海皇后

大哈敦格日勒接了过去，抿了一口。"该死的奴才！你想烫死我啊？"她大声尖叫起来，把一碗奶茶兜头泼到使女身上。

"来人！"大哈敦格日勒大声喊。门口的侍卫急忙跑了过来。"把这贱人拉出去，鞭打五十皮鞭！"

蒙古包外受鞭刑的使女凄惨地号叫着，大帐里的使女和侍卫都屏息静气，不敢发出一点响动。这些天，大哈敦的脾气特别大，受鞭打棍打的使女、侍卫接连不断。

听着使女的号叫和哭喊，大哈敦格日勒觉得好像舒坦了一点。可是很快，她又烦躁起来，浑身上下哪里都不对劲，不舒服，浑身上下没有一处自在。没有男人的滋润，她就这般模样。四十岁的她，正如虎似狼，加上肥美的牛羊肉和奶制品的滋养，使她的性要求和性能力都十分了得。

"大哈敦在里面吗？"大哈敦听到帐外有一个既熟悉又不太熟悉的男人的声音问使女。使女回答说在，马上进来通报。

"原来是大元帅啊。"大哈敦格日勒满面笑容，接受了野思马因的问候，接过他送上的洁白哈达和一匹上好的绸缎。大哈敦抚摩着光滑细腻的上好杭州云缎，脸笑成了一朵花。

"大哈敦可好？"野思马因揣摩着格日勒的心思，满脸堆上讨好奉承的笑容，走上前去，把几颗光华四射的宝石递到大哈敦的手心里，十分小心地轻轻在她的手心里划了一下。

大哈敦喜眉笑眼，摊开手一样一样欣赏着宝石的光华和色彩，嘴巴都笑得合不拢。"这是什么玉石啊？"大哈敦指着一件晶莹剔透的黄色玉珏，抬起头问野思马因。

野思马因凑了过去，把头轻轻地靠在格日勒的肩头，说："大哈敦，这是最好的黄玉，也叫黄精，最有灵气的，大哈敦戴上它，会更漂亮动人，大汗会更喜欢大哈敦。"

格日勒气恼地说："不要提他了。他啊，已经被小狐狸勾引去了。"

野思马因故作惊奇地说："大汗放着大哈敦这样绝代佳人不心疼，可真不公平。我看大汗也是一时糊涂，马上会后悔莫及的。"

这一番话安抚了格日勒的忿忿不平。她对野思马因嫣然一笑，用手指戳着他的鼻子，嗔怪地说："看不出大元帅年纪不大，倒是很会说话，还挺会安慰人的。好了,直说吧,为什么事来求我啊?"

野思马因一脸的不好意思和难为情,他吞吞吐吐地说:"没有什么事情要求大哈敦,只是想和大哈敦亲近亲近,为的是将来在大汗那里有个关照。"

格日勒说:"那容易,大汗那里我自会替你说好话,你就放心吧。"

野思马因趁势跪倒在格日勒的面前,把头伏在格日勒的膝头上,慢慢蹭着,小声说:"大哈敦就是我的亲额娘,我真想变成一只绵羊小羊羔,伏在大哈敦的面前,与大哈敦长相厮守。"

格日勒轻声笑了起来,笑声中有几分淫荡和诱惑。野思马因的脸蹭起她的欲望,她的心头突然涌上一种渴望和骚动。她就势抱住野思马因的头,说:"好,我就收下你这个干儿子。"

野思马因在格日勒的怀抱里扭动着,把自己的脸紧紧地贴在格日勒丰满柔软的胸脯上,撒娇似的用嘴在她高耸的双乳中拱撞着。

格日勒的心痒酥酥的,说不出的激动和舒坦。她微微发喘,脸色发红,心头发热,一股战栗一股热流从体下升起,慢慢升了上来。

格日勒控制不住自己激动的情绪,把野思马因紧紧地搂进自己的怀抱里,仰面躺到卧榻上。

野思马因却激动不起来。

要是身下是另一个女人该多好。他遗憾地想。

太师挑唆三哈敦捉奸

白加思兰也不闲着,野思马因去了大哈敦格日勒那里,他要立刻去拜访满都鲁大汗三哈敦其其格。白加思兰知道,大汗的三哈敦是个头脑简单又心直口快、尖酸刻薄、做事不顾后果的人。这正是他需要的合适人选。

白加思兰准备了一份丰厚的礼物,来到三哈敦的大帐前,要求拜见。

"太师求见?"三哈敦又惊又喜,"快请进。"她亲自把太师白加思兰迎进自己的大帐。

三哈敦爱不释手地翻看着白加思兰送来的绸缎和首饰,殷勤地招待慷慨的太师。太师从自己的身世谈到自己眼下的家庭,长长叹了一口气,说:"今日前来拜访三哈敦,是听说三哈敦是科尔沁人,我知道科尔沁的姑娘都

蒙古女雄:满都海皇后

很漂亮,想请三哈敦做我的大媒人,替我在科尔沁找个可心的像三哈敦一样漂亮的知冷知热的福晋。"

心直口快的三哈敦笑了,说:"太师原来是为这事啊!嗨,这还不容易啊,科尔沁的姑娘多得很,我立马就可以为你介绍一个。"

白加思兰说:"我听说大哈敦还有个妹妹,已经到了出嫁的年龄,大哈敦是不是有意再把她接进汗廷配给大汗啊?"

三哈敦一惊:"真的?我可是不知道的,你听谁说的?"

白加思兰捻着胡须,狡黠地微笑着说:"我听科尔沁台吉说的。"

三哈敦生气地站了起来,在帐中走来走去,说:"不能让她得逞。再来一个,我们就别想活了。姊妹俩已经把持了汗廷,再加一个,还了得?不行!"

白加思兰火上加油,同情地说:"谁说不是呢?姊妹仨,可不是好对付的。总是血比水浓,她们自然会结成死党。"

三哈敦着急地反问:"太师,你说这可怎么才好?你给出个主意吧。"

白加思兰一笑:"主意?主意不就在眼前吗?"

三哈敦看着白加思兰意味深长的目光,突然明白过来,她指着白加思兰,大笑着说:"太师,你可真狡猾,你这不是火中取栗吗?"

白加思兰也大笑:"我这可是一箭双雕啊,主要是帮你的忙,顺便为自己沾点光。"

三哈敦戳着白加思兰的额头:"顺便沾了点光?你可真会得了便宜卖乖。"

白加思兰提醒着:"这事要立即着手办理,否则,大哈敦抢在我们前面,你可没有补救的办法了。"

三哈敦点着头,连声说:"是的,是的,要立刻去办。"说着抬脚往外走,边走边说:"我这就去找大哈敦提亲。"

白加思兰走出毡帐,大声说:"我等着三哈敦的好消息。"

三哈敦走到大哈敦的斡耳朵,使女正要通报,三哈敦却摆着手制止了她。使女见是三哈敦,也就掀起毡帐,让她进去。

金黄色绣着龙凤的锦缎团花帷幕低垂,后面的卧榻上传出一阵呼呼唏唏的喘息声。

"还没起床啊？大哈敦？"三哈敦大声说着，径直走到帷幕前掀开帷幕。

卧榻上一双赤条条的男女正紧紧搂抱作一团。

三哈敦惊异得一动不动了片刻。突然，她发出了惊天动地的尖叫声："来人啊！快来人啊！"

卧榻上的赤裸男女被惊散，野思马因急忙站立起来，抓过袍子罩在身上，用手捂住脸，转身想往外冲。

三哈敦一把抓住他。野思马因紧紧捂着脸，低着头猛烈撞去，三哈敦摇晃着一屁股坐到地上。野思马因跳跃着冲破她的阻拦，迅速跑出毡帐，跳上马，向草原急驰而去。

三哈敦坐在地上，发疯似的继续尖叫着："快来人啊！来抓奸夫淫妇啊！"

外面响起杂沓的脚步声，一些侍卫跑了过来。

"快去报告大汗，快去报告大汗！"三哈敦爬了起来，守在毡帐门口，对跑过来的侍卫长说。

满都鲁大汗在大帐里与济农巴延蒙克商量如何对付瓦剌蒙古的挑衅，侍卫长斯钦匆匆进来报告，说大哈敦斡耳朵里发生了大事，三哈敦请大汗过去处置。

"什么事啊？这么紧急？"满都鲁大汗不大满意地问，他知道三哈敦的毛病，常常大惊小怪，搞出一些叫他哭笑不得的事情来。

侍卫长斯钦吞吞吐吐地说："还是请大汗立即过去看看的好，要不，一会儿可能把事情搞得不好收拾。"

济农巴延蒙克说："叔父还是去看看吧，我们等一会儿再商量也不迟。"

满都鲁汗站了起来，说："那么你陪我一起去看看吧。"巴延蒙克和斯钦随满都鲁出了大帐，来到右手的大哈敦的大帐。

大帐前已经积聚了一大堆人，侍卫、使女和几个哈敦，他们都交头接耳、窃窃私语。见满都鲁大汗过来，全都马上闭上嘴巴，跪了下来。但是眼睛里神色却全都怪怪的，好奇、惊诧、幸灾乐祸。

满都鲁心中一惊：确实出了大事。

济农巴延蒙克跟着叔父满都鲁，小声安慰着说："叔父，你要沉住气，不要叫外人看热闹和笑话。"满都鲁点着头,命令侍卫长斯钦将所有闲杂人员赶走,自己和巴延蒙克走进毡帐。

三哈敦一见大汗,便大声号哭起来,一把鼻涕一把眼泪,边哭边说:"大汗,这可怎么了得啊?出了这种不要脸的事,叫大汗的脸往哪里放啊!"

大汗看着卧榻上蒙头的大哈敦,立刻猜测到什么。他一把拉开锦缎被子,全身赤裸的大哈敦簌簌抖成一团。

"是谁?"他把被子扔到大哈敦的身上,问三哈敦。三哈敦立刻谄媚地凑过来,想拉大汗的手。满都鲁一甩手,厉声问:"他是谁?说!"

一心讨好大汗的三哈敦碰了一鼻子灰,又不敢发作,一肚子委屈泛到脸上,噘起嘴,嘟囔着说:"我没有看清楚,被他跑掉了。你可以问她嘛。"

满都鲁狠狠瞪了她一眼,一句话没说,转身离开了毡帐。

遂心愿　小妃成新后

满都鲁抽出腰刀,在大帐里乱砍。济农巴延蒙克和侍卫长斯钦极力地劝慰着。"去!查一查,看他是谁?"满都鲁命令斯钦,斯钦急忙退了出去。

斯钦悄悄叫来大哈敦的使女:"今天谁来过大哈敦的斡耳朵?你要实话实说!有一句谎言,小心我灭你全家!"战战兢兢的使女交代了野思马因。

斯钦一惊:大元帅?他心里有些为难:这可怎么好?白加思兰是他的恩人,是白加思兰推举他做了可汗的侍卫长,这目的不说自明。之所以把他安插在这个重要位置上,不就是为了互相照应吗?

一直在暗中注意观察情况的白加思兰见斯钦找到大哈敦的使女,知道事情真相要暴露。他急忙走了过来,拍着斯钦的肩头:"侍卫长,在这里看风光啊?"

斯钦看见太师,急忙敬礼问安:"太师,赛白诺。"

白加思兰问:"这里发生什么事情?好像乱哄哄的。"

斯钦满心疑惑地望望白加思兰,他是真不知道,还是明知故问?这事情和他的儿子有直接关系,是如实报告大汗,还是先透露点口风给他,报答、讨好他的主人——这有权势的父子?

白加思兰关心地询问:"侍卫长有什么公干吗?"

斯钦四下看了看，小声说："可不得了了，大哈敦出了大事。"

"什么大事？"白加思兰一脸平静，漫不经心地问："生病了？"

斯钦又四下张望了一番，周围没有人。他拉着白加思兰的手臂，张皇失措地说："哎哟，我的太师爷，大哈敦与人通奸，被三哈敦捉了个正着。大汗让我来调查奸夫呢。"

"啊？有这事？"白加思兰扬起声音，很吃惊地问："奸夫是谁？调查出来了吗？"

斯钦犹豫了一阵，直直地望着白加思兰，慢慢说："当然调查出来了，我正在想怎么向大汗报告呢。"

白加思兰亲昵地拍着斯钦的肩头，笑着问："侍卫长能不能先告诉我？他是谁啊？吃了熊心豹子胆，敢跟大哈敦通奸？"

斯钦怪异地望着太师，神神秘秘地说："太师爷，这事怕是要连累到你啊。"

"什么？怎么会连累到我？不是说我是奸夫吧？"白加思兰哈哈大笑起来。

"是你的儿子大元帅野思马因啊，刚才使女已经交代了出来。"斯钦满脸同情，苦楚着脸，凑到白加思兰的耳边小声说。

白加思兰急忙拉着斯钦，装作害怕的样子哀求说："侍卫长能不能救救小儿？"

斯钦为难地搔着头发："怎么救他啊？大哈敦的使女知道这件事，别人也会从她那儿得到这消息的。"

白加思兰伏到斯钦的耳边，说了几句。斯钦摇着头，说："那使女会说出真相的。"

白加思兰急忙从胸前的蒙古袍里掏出几锭金元宝，塞到斯钦的袍子里，说："侍卫长只要救小儿一命，我们父子会报答你的大恩德。你知道，小女巴尔图正得大汗欢心，也许新的大哈敦就是她。那时，侍卫长想要什么，我都会满足你的。"

斯钦想了一下，点了点头。

"什么？孛罗乃？"满都鲁大汗大惊失色，像一头愤怒的雄狮，头上囟门的短发都竖了起来，垂在肩头的两条辫子晃动着，头顶上剃光的地方也因为愤怒变得和脸颊一样通红。

"大胆孛罗乃！竟敢欺负到本大汗头上！滚！"满都鲁朝地上跪着报告消息的斯钦大吼一声。

"来人啊！"满都鲁朝外大喊。侍卫急忙跑了进来。"去把孛罗乃给我拿下，把他的全家都给我杀死，一个不留！"侍卫想说什么，见满都鲁大怒的样子，只得答应了一声抬脚着去执行大汗的命令。

济农巴延蒙克不相信这消息，他伸出双手想阻止侍卫。满都鲁猛力一拉，济农趔趄了一下。

"快去！马上提孛罗乃的头来见我！"满都鲁又命令侍卫。侍卫急忙跑了出去，率领着一队侍卫去执行大汗命令。

巴延蒙克想回去通知自己的哈敦，叫她们去给孛罗乃通风报信。满都鲁大声呵斥着："你给我站住，今天你不准离开这里一步！"他脸色狰狞地冷笑着："怎么？想去给你的岳父通风报信？休想！"

巴延蒙克试图劝解盛怒的满都鲁，他急急地说："叔父，我看孛罗乃不是这样人，他收留我们叔侄多年，又是他主持我们叔侄的婚事，他怎么能做出这等事？会不会是弄错了？我亲自替叔父去调查调查。"

满都鲁冷笑着："你去调查？你能调查出真相？你当然对他感恩戴德啦！他可是一心支持你的！"

满都鲁从高台上下来走到帐中间，背着手，走来走去，等着侍卫的归来。

巴延蒙克像热锅上的蚂蚁，不知道如何救恩重如山的岳父一家的性命，只是流着泪颤抖着，哀求着满都鲁大汗："大汗，求求你，看在我的面子上，看在他收留我们十几年的情分上，饶他一次吧，饶他全家吧。"

"再唠叨，我连你也治罪！"满都鲁站在巴延蒙克的对面，眼睛里喷着愤怒的火焰，大声喊叫着，挥舞着拳头。

"报告！"侍卫在外面大喊。"进来！"满都鲁大汗朝外喊。

侍卫进来，把几颗血淋淋的人头放到大汗面前。花白头发的孛罗乃脸上带着震惊的表情，眼睛睁得大大的，直直的一动不动，瞪着面前得大汗，好像在问："为什么你恩将仇报？"

济农巴延蒙克大叫一声，晕了过去。

满都鲁在自己的大帐里走来走去,思虑着近来这一连串令人心烦的事情。

按照蒙古大札撒的规矩,是容不得与人私通的女人的。"废掉她,把她永远赶出汗廷!"

满都鲁马上命令侍卫长去传自己的命令,把大哈敦格日勒赶出汗廷,永远不许回来!

处理了大哈敦,满都鲁满腔的愤怒好像平息了一些。可是立谁为大哈敦呢?满都鲁又烦恼起来。

二哈敦是格日勒的妹妹,不能立她。四哈敦倒是温柔贤良,只是没有头脑,一心只管照料她的儿女。

侍卫进来通报,说三哈敦求见。满都鲁厌恶地想:又来邀功了,近来她是每天来一次。她自恃捉奸有功,天天跑到可汗大帐来请示处理后宫事务,俨然已经代替大哈敦行使大哈敦的权力了。

"不见!"满都鲁厌烦地说。

"大汗,赛白诺!"三哈敦扭动着身躯,进到大帐,给满都鲁行礼问好。

满都鲁沉着脸问:"有什么事?"

三哈敦满脸媚笑,妖娆地说:"我来向大汗报告关于格日勒的情况。她已经被打发走了,她想临走前见可汗一面,可汗可愿意见她?"

"不见!她有什么脸面见我?不要脸的东西!"满都鲁一挥手。

三哈敦得意扬扬地撇着嘴说:"是啊,我就这么对她说,她也太不知羞耻了,居然还好意思提这要求!"

满都鲁不满意地瞪了三哈敦一眼,讨厌!满都鲁厌恶她火上浇油、落井下石。瞧她近来那自以为有功的扬扬得意的样子!她大约已经以为自己是大哈敦了!

"还有什么事情?"满都鲁阴沉着脸,皱着眉头,眼睛望着远处,问。

三哈敦走上前,接近满都鲁,伸出手,为满都鲁押了押皱在一起的蒙古袍。满都鲁却毫不留情地伸手拨开:"说!还有什么事?"

三哈敦心中不高兴,却也不敢放肆,急忙尽量做出娇媚的样子,说:"汗廷后宫现在没有大哈敦主理,我觉得有些不大方便,事事需要大汗操心,恐怕大汗不胜其烦。如果大汗不嫌弃的话,我愿意替大汗……"

"以后再说!"满都鲁决然打断三哈敦的话,不让她说下去。"去吧,我有事与太师商量。传太师!"满都鲁高声对侍卫长说。三哈敦只好打住为自己谋取大哈敦地位的话头,告辞走出大帐。

满都鲁望着三哈敦的背影,厌恶地想:这大哈敦也不能给她,这个讨厌的女人。

太师白加思兰兴高采烈地前来见满都鲁可汗,他知道今日大汗传见他,一定是要与他商量立大哈敦的事情。汗廷不能没有大哈敦主理后宫。

满都鲁客气地请太师白加思兰坐到自己旁边,让使女端来马奶酒。他知道白加思兰最喜欢汗廷里的马奶酒。

"太师,今天请你来,是想和你商量商量大哈敦的事情。格日勒已经被撵出汗廷,这后宫现在没有大哈敦主理,很是不方便。太师,你看,这大哈敦,是从现在的几位哈敦中定,还是重新选定为好?"

白加思兰喝了一杯清香的马奶酒,擦了擦胡须,慢吞吞地说:"依我之见,还是从现有的哈敦中选定为好。她们已经在汗廷中生活多年,知道汗廷的各项规矩,熟悉汗廷事务,管理起来得心应手。要是选个新手,只怕是摸不着头绪,难免出各种错误,搞得后宫混乱。"

满都鲁点头:"是这样,是这样。可是我这几个哈敦,实在难合我的心意。二哈敦是格日勒的妹子,自然不能定她。三哈敦又叫我讨厌,四哈敦太老实。这还有谁呢?"

白加思兰哈哈笑了起来:"大汗这是怎么啦?你身边那么得你喜欢的哈敦,你怎么偏偏忘掉了?"

满都鲁摸着脖颈:"还有谁啊?"

白加思兰说:"小女伊克哈巴尔图啊,你最近不是刚刚临幸过她吗?"

满都鲁一拍大腿:"可不是,她很可爱呢!可是她太小,我之所以没有提到她,因为在我心里她还是个小姑娘,根本不适合做大哈敦。"

白加思兰笑着说:"年少不是理由,我们蒙古谚语说:初生牛犊不怕虎,小鹰飞得高。她虽然年纪小一些,可是她聪明、能干,我保证她一定能治理好后宫。"

满都鲁满怀温柔地想起了巴尔图。这女子年纪虽小,却聪明、温柔、可人,这几天给了他全新的感受。她身上散发着好闻的气息,不像其他哈敦那样总有一股羊膻气。不知为什么,她的衣服总是干干净净,没有那么多的油腻。真是一个奇怪的哈敦。

"可是,那三哈敦能服她吗?"满都鲁还有些不大放心,"她有足够的威望和能力吗?"

白加思兰笑了:"什么威望? 你立了她,她就有了威望。你不立她,她永远没有威望,权力就是威望。她有了权力,就有了能力,能力是权力的孪生兄弟。"

满都鲁点着头想:确也是这么个道理,就立这伊克哈巴尔图为大哈敦。

满都鲁在大帐里向他的臣属宣布了这个消息。台上的巴尔图已经坐到了大哈敦的位置上,穿着大哈敦的衣服,显得更加动人。

满都鲁宣布了消息之后,巴尔图命令自己抬起眼睛。台下那么多双眼睛正看着她,有善意的,也有恶意的,有鼓励的,也有嫉妒的。她时时感觉到旁边的二哈敦和三哈敦的眼睛里喷出的毒焰,就像燃烧的火一样,想把她烧死。她不能害怕,更不该害怕。想到这里,巴尔图抬起美丽的眼睛,带着幸福的甜蜜,静静地扫视着台下的臣属。

那是白加思兰的眼光,扬扬得意,目光里分明在提醒她:记住我们的协定。

望着台下的白加思兰,巴尔图有些感激:白加思兰终于把她推到大哈敦的位置上,他怎么办到的呢? 白加思兰使用什么方法这么快就达到目的的呢? 这里一定有蹊跷。巴尔图不动声色,目光扫了过去。

那是野思马因的目光,喷着欲火,邪恶,充满占有的欲望,恨不能用目光抚摩她的全身,把她拥抱进他的怀抱。

巴尔图厌恶地赶快转过目光。她的目光突然变得温柔,充满了怜悯和母爱。

野思马因顺着她的目光看过去,原来是济农巴延蒙克吸引了巴尔图的注意。

济农巴延蒙克缩在自己的座位上,显得更加单薄衰弱。苍白的脸上挂着一丝硬装出来的笑意,可那笑是一种比苦笑还难看的笑,叫人看了伤心、

蒙古女雄:满都海皇后

83

心痛。拱着肩头,一副心不在焉的表情,说明他沉浸在悲痛中,似乎在想自己的心事。

可怜的济农!巴尔图又有些内疚地想。是啊,这位置的得来,是用几条人命换来的。孛罗乃一家几口人死于毫不知情的情况下。

巴尔图望着更加苍白虚弱的济农巴延蒙克,眼睛竟有些湿润。

野思马因看到巴尔图这充满同情的目光,产生了许多嫉妒和恼怒。

心生疑虑　济农追查真相

巴延蒙克始终不相信自己的岳父会做出和大哈敦通奸的事情。谁陷害他?他跪在天神像前发誓:"尊贵的腾格里帮助我,让我替孛罗乃一家报仇申冤!"

巴延蒙克好像一下子长大起来、成熟起来。他瞒着自己的福晋,开始寻找大哈敦通奸的线索。

他来到大哈敦的斡耳朵,寻找大哈敦的使女。巴尔图告诉他,原来的使女已经完全被大汗换过,现在的使女全是她的使女和新近从草原征来的新人。

"那原来的使女呢?"济农追问。

巴尔图说:"原来的使女有的被送回原地,有的被分配给大汗的随丁嫁了人,都四散了。"

巴延蒙克还是不甘心,继续追问:"大哈敦知不知道她们的名字? 她们一共有多少个?"

巴尔图摇着头,说:"我也说不准,我现在一共有十个使女,想格日勒也有十个吧。她们的名字我说不上来。"

巴延蒙克失望地低下头,深深叹了口气。

巴尔图心中又涌上一阵怜悯。她猜到济农的用意,只是也不说破。她想了一会儿,说:"济农也不必失望,我这里有个使女叫乌云,她是个老人,在我进汗廷之前就来到汗廷当使女。她也许认识格日勒的使女,能告诉我们几个名字。"

巴延蒙克的眼睛一亮,急忙催促着,说:"大哈敦,快把她找来问问。"

巴尔图瞥了巴延蒙克一眼,温柔地说:"济农,不必这么急嘛。你这一脸着急慌忙的样子,会叫人误会的,可能会误你的大事的。"

巴延蒙克不好意思地笑了笑,感谢大哈敦的提醒。是的,需要沉住气。他调整了自己的情绪,收敛起一脸的急切,平静地微笑了一下,望着巴尔图问:"这样可以吗,大哈敦?"巴尔图点点头,命令使女叫来乌云。

乌云说出几个名字,并且告诉济农巴延蒙克一个重要的消息,出事那天,她知道是一个叫那木其的使女在格日勒的斡耳朵伺候。后来,那木其不见了,不知道是回家还是嫁人了。乌云又说,她那天看见侍卫长斯钦找过那木其,后来又看见太师把她叫走,以后再没有见过那木其。

"太师?"巴延蒙克吃惊地反问。

巴尔图更为吃惊:果真与太师白加思兰有关?

巴延蒙克骑着马来到一个很偏僻的浩特,找到乌云所说的一个使女的家里。这使女和那木其是同乡好友。这使女说:"出事那天不久,那木其被太师叫走,我再没有见到过她。大汗遣散我们,我到处找她,哪里也找不到她。我到太师驻地找一个同乡使女询问,她也是一点消息也不知道。"那使女难过地说:"我们很担心她,她可能出事了。要不,怎么会一点消息都没有,谁都见不到她呢?"

巴延蒙克知道,使女的担心是有道理的。在蒙古汗廷里,做使女奴隶的,经常会因为一点过失被主人活活打死,然后拖到荒无人烟的草原上去喂狼、喂野狗、喂老鹰。

应该进太师府去打探一下,看最近有没有拖出死人的事。巴延蒙克暗自决定。

巴延蒙克见到太师白加思兰,笑着说:"听说太师新近结了新缘,我可是要去给太师贺喜啊。我准备了一份薄礼,准备亲自送到府上,不知太师爷什么时候方便?"

白加思兰哈哈大笑,很放肆地拍着济农的肩头,说:"小济农长大了,懂事了,知道给人送贺喜了,这可真是可喜可贺的事。好吧,既然济农有这份心意,那就随时来好了,我随时欢迎。"

巴延蒙克高兴地说:"那我现在就去。"说着转回头命令随从,"快回去把我为太师备下的贺礼拿来!"

白加思兰的部落扎营在靠近湖边的一个山谷里,风光旖旎。围着他的大帐的几百顶毡帐雪白,都涂着白石粉,十分整洁好看,远看过去,好像碧绿草原上盛开的白花。

"真美啊!"巴延蒙克不由得赞叹。白加思兰高兴地把马一夹,马儿轻快地跑了起来。巴延蒙克也让自己的坐骑跑了起来。

来到白加思兰的大帐,白加思兰和巴延蒙克下了马,随从把他们的马拉到拴马处去照料。白加思兰领着巴延蒙克来到自己的大帐,侍卫掀起毡帘。

"请进来吧,济农诺颜。"白加思兰把巴延蒙克让了进去。巴延蒙克站在门口,眼前的富丽堂皇叫他大为吃惊。蒙古包四周覆盖着金黄的杭州锦缎,上面绣着麒麟、孔雀、牡丹、蔷薇、月季,柱子上贴满金箔,包顶上张盖着薄如蝉翼的碧绿罗纱,罗纱上也绣着各色美丽的图案。镶金的桌子上摆满金银器皿,镶金的两头上翘的宽大胡床上堆满织锦被褥,坐榻上铺着紫貂皮织锦坐垫。

比大汗大帐还华丽,巴延蒙克想。

"济农,寒舍还说得过去吧?"白加思兰拍了拍巴延蒙克的肩膀,得意地哈哈大笑着问。

巴延蒙克赞叹不已:"太师府可真漂亮! 没想到! 没想到!"

白加思兰拉着济农巴延蒙克走到镀金坐床上,说:"来,坐下来! 让我们喝几碗!""敬酒!"

几个身着华丽锦缎、头戴金银姑姑冠的年轻女人鱼贯而出,这是白加思兰的几个小福晋。一个手捧哈达;一个手托银盘,上面放着银碗;第三个手托银盘,上面放着银酒壶;第四个年轻的福晋,手持铃铛;第五个福晋就是白加思兰新近纳的小福晋,她艳妆浓抹,空手。她们来到济农面前,大福晋敬献了哈达,二福晋和三福晋倒酒,四福晋手敲铃铛,唱起敬酒歌,五福晋端起酒碗恭身敬献给济农,巴延蒙克接过酒碗,向腾格里和翁衮神像献过之后,自己仰头喝了下去。福晋接着敬酒,一连三次。

敬酒之后,福晋退了下去。白加思兰命令上了烤全羊,他和巴延蒙克慢慢喝着、吃着。巴延蒙克询问着太师的家庭情况,说着各自的牲口。

野思马因掀起门帘进来。白加思兰说："来,今日我们有贵客上门,你过来见过济农。"

巴延蒙克急忙站立起来,接受野思马因问候。野思马因心里奇怪,脸上挂着笑问了好,坐到白加思兰左手边一起饮酒。野思马因喝着酒,心里一直猜测着济农的来意。

巴延蒙克见野思马因一直用疑问的眼光探究自己,就说:"我今天特意来为太师新婚贺喜,送上一些薄礼不成敬意。蒙太师不嫌弃,盛情招待。"

野思马因的疑团消失了,他端起酒碗,说:"济农既是前来祝贺,自然是上宾,请接受我的谢意,来喝一碗。"

巴延蒙克仰起脖子又喝了一碗。野思马因继续劝酒,巴延蒙克感觉头有些发晕,推辞说:"大元帅进来之前,我和太师已经喝了不少,大元帅知道我身体比较弱,不胜酒力,请大元帅见谅,容我少喝。"

野思马因不满意地瞟了他一眼,说:"我们蒙古男人喝酒是要一醉方休的,哪有你这般推推托托的,好不爽快。"

巴延蒙克心中有事,也不顾他的嘲弄,只是推托,不肯再喝。白加思兰也说:"算了吧,济农酒量有限,还是不必勉强的好。"野思马因只好端起酒碗自己大口喝了起来。

喝了一阵,巴延蒙克对白加思兰说:"刚才看见太师的营地十分美丽,能不能容我在周围转转,看看周围风光?"

白加思兰刚刚撕下一大块焦黄的羊羔腿肉塞进嘴里,满手满嘴油光,他把手在膝盖裤子上擦了一把,拍了一下大腿:"你尽管去转悠,转悠饿了再回来吃饭,要不要我陪你去转啊?"

巴延蒙克急忙说:"太师年纪这么大,已经劳累了半天,哪能劳驾你啊!我一个人出去转就可以了。不过,我不认识路径,太师只要找个随从为我指路就感激不尽了。"

"那好办,来人!"白加思兰喊。一个随从兵丁跑了进来。白加思兰吩咐说:"你陪济农出去转转,一路上小心伺候济农!"

"是!"随从鞠躬,站到巴延蒙克身后。巴延蒙克站了起来,向白加思兰和野思马因告辞,走了出去。

"父亲,你怎么允许他独自来我们营地乱转?要是让他打探到什么消息怎么办?"野思马因望着走出去的巴延蒙克的背影,不大放心地问白加思兰。

白加思兰哈哈笑着,用沾满油的手戳了儿子一下:"你太过虑了,狐狸狡猾也狡猾不过你啊。他一个小孩似的病鬼,能有什么能耐。就算是他打探到什么,又能奈我们何? 何况他能打探到什么呢?"

野思马因嘟囔着说:"我对他不放心,孛罗乃可是他岳父,还是小心为好。"

白加思兰继续撕啃着羊腿,点着头,说:"你说的也是,我们小心就是了,你一会儿去看看他在干什么。"

巴延蒙克在随从的引领下,走出营盘,来到湖边。这是锡林郭勒大草原上一个美丽的诺尔,湖边长着茂密的柳树和芦苇,湖心一个小岛上茂密的芦苇丛里栖息着成群的大雁、斑头雁、野鸭、鸳鸯、天鹅、灰鹤、白鹤、丹顶鹤。几只美丽的白天鹅和黑天鹅在澄碧的湖面上游弋,美丽的身影倒影在湖面上,和蓝天白云交织成一幅鲜明的图画。

"真美啊!"巴延蒙克又惊呼,打马朝湖边跑去。

随从在后面大声喊:"济农诺颜,不要太近,那里危险!"

"危险?"巴延蒙克急忙勒住马缰,回过头,惊异地问:"这么美丽的地方,有什么危险?"

随从拍马上来,与巴延蒙克并排走,说:"诺颜有所不知,这芦苇丛里是一大片沼泽,马啊狗啊,只要走进去就会陷到里面拔不出腿,然后就有野狗和狼从那边跑过来撕咬吃掉,牧民把这里叫作死亡之地。"

"啊? 这么可怕啊! 有人死在这里吗?"巴延蒙克随口问。

随从说:"我们这里的牧民都知道这里危险,很少有人到这里来。我们部落没有人死在这里,除非是被主人拖到这里为了结果他性命。"

"有这事吗?"巴延蒙克问。

"有,这就多了。犯了过错的奴隶常常被拖到这里喂狼。前几天,还有一个女奴被少爷拖到这里。瞧,就在那里。看,那片黄布,就是她的衣服。"随从指着芦苇丛中一片挂在芦苇秆上的破布说,脸色很难过。

"噢,你们认识她?"巴延蒙克见随从那真心难过的样子,继续问。

"不认识,她不是我们营盘的人。听说是老爷从外面带回来的,犯了什么规矩我们也不知道。没有人知道她的姓名、年纪,也不知道她是哪里人。很年轻的一个姑娘,也挺好看,我还见过一眼,真可怜。"爱说话的随从叽叽咕咕地说。

巴延蒙克急忙说:"我们过去看看,行不行?"

"不行,不行。过去就会陷进去出不来的。"

巴延蒙克站在原地,远远望着那片黄色的破布出神。大汗使女都穿黄色绸袍,那可是大哈敦的使女?为什么被太师带到这里杀害?他怕什么?怕使女说出真正的奸夫?

远处传来马蹄声,随从向后面望了一下,说:"济农诺颜,少爷来了。"

巴延蒙克急忙说:"我们回去吧,大元帅可能不放心来接我了。"说着急忙打马往回走。

野思马因满怀疑虑,看着跑过来的巴延蒙克,不好再继续往前去,只得勒马站着等他们过来。他们在那里看到什么啦?野思马因极力猜测着。

巴延蒙克走到野思马因前,极力掩饰自己的激动,拼命挤出笑容:"大元帅,你这里可真美,我都不想回去了。不过我突然想起家里有点事情要办,只好赶快返回去。感谢太师和你的盛情招待,我这就回去了。"说完,打马飞奔而去。

野思马因问随从:"你们到哪里去转了?看到什么了?"

"没有——到——只——到诺尔。"随从一见野思马因凶恶的样子,就心惊胆战,说话战战兢兢、结结巴巴,说不出完整的话。

还是多加提防的好,野思马因想。

巴延蒙克相信自己的推断:白加思兰害死了使女,因为使女知道真正的奸夫是野思马因。他要把这惊人的消息告诉满都鲁大汗,他的叔父,来为他冤死的岳父一家洗去冤屈,替他报仇。

巴延蒙克直接到大汗的大帐去。

"叔父,我知道谁是真正的奸夫了。"巴延蒙克问过安之后,对满都鲁直截了当地说。

"谁?不是孛罗乃吗?"满都鲁漫不经心地随口说。他早已没有了那时的愤怒。逐走了一个大哈敦,新的大哈敦给了他更多的温柔和体贴。那巴尔图使出浑身的解数，把他伺候得浑身上下无处不舒坦。旧的不去，新的不来，要是没有奸夫这事，他还没有办法处理大哈敦，自然也不能叫巴尔图成为大哈敦来掌管汗廷的内务。

"不是，不是孛罗乃。"巴延蒙克着急地说，不由得提高了声音。

满都鲁有了几分不高兴。什么腔调?! 来找我兴师问罪的? 他把脸沉了下来，也微微提高声音说："不是他? 是谁?"说完走到卧榻前，面向里面躺了下来，闭起眼睛养神。

心急如焚的巴延蒙克没有留意到满都鲁声音里的不快，急忙说："我刚打听出来，出事那天，有人见过野思马因进了大哈敦的斡耳朵，好久没有出来。事后侍卫长斯钦去找过大哈敦的使女，不久，太师也去找过那使女，而且还把那使女带走了，以后那使女就失踪了。刚才我到了太师的营盘，在那里听说几天前太师从外面带回一个姑娘，把她拖到诺尔沼泽里喂了野狗。就是那使女。可见，奸夫是野思马因，他们杀人灭口。"

"哦?"卧榻上的满都鲁发出含混不清的声音，在似听非听中，他的眼皮已经慢慢沉重起来。

巴延蒙克继续说："他们为了加害孛罗乃，就收买了斯钦，让他诬告孛罗乃，说他是奸夫。大汗，他们这是一箭双雕啊，既保护了真正的奸夫野思马因，又除去了孛罗乃。你知道，孛罗乃是真正忠于我们黄金家族的啊。"

卧榻上的满都鲁不说话，偶尔发出一声响亮的鼾声。

巴延蒙克失望地跺着脚。他上前去推了推满都鲁，轻轻呼喊着："叔父，叔父，你先不要睡觉，我说这事可是十分重要的，你听听吧。"

满都鲁睁开眼睛，很不高兴地说："你把我摇醒，究竟想干什么?"

巴延蒙克说："我刚才说的你听清楚没有? 我找到了真正的奸夫。"

满都鲁坐了起来，阴沉着脸，说："我已经听清楚了，你不是说你找到真正的奸夫了吗? 那你就去把他拉来处死算了。你是济农，我的副手，也有这个权力嘛。"

巴延蒙克摇着头，说："叔父，你还是没有听清楚我说的话。这奸夫可不是我所能处置的，这要你来下命令。"

这时，侍卫通报，说侍卫长斯钦来见。满都鲁坐起身，不大高兴说："传他进来。"

斯钦进来,向大汗和济农行礼之后,站到一边。满都鲁问:"你去找过的大哈敦的使女在哪里?"

斯钦心中一惊:大汗为什么提起这事?好在那使女已经由太师处理,没有人能再找到她。

斯钦平静地说:"已经遵照大哈敦的命令把所有旧使女都打发了,有的配了人,有的遣返回家。这个使女的下落我不大清楚。"

满都鲁说:"济农听说这个使女知道谁是真正的奸夫,你可知道谁是真正的奸夫吗?"

斯钦大吃一惊,急忙跪下,说:"大汗命令我去调查,我找到这个使女,她说只有孛罗乃进了大哈敦的毡帐,再无他人。大汗如不相信,再去找这个使女追问。"

巴延蒙克说:"这使女早就不在人世,如何追问?我想侍卫长是知道事情真相的,还请侍卫长说出真相,以免大汗错以为侍卫长有心欺骗。"

斯钦磕头如捣蒜:"奴才不敢欺骗大汗,奴才所说的都是使女的原话。天神腾格里可以作证。要是有半点谎话,让天神降炸雷于我,劈死我全家!"

满都鲁不耐烦地摆着手:"好了,不必说了。反正事情已经过去,大哈敦已经处理了,再追究也没有什么意思。"他转向巴延蒙克,说:"你的好心,孛罗乃在天上会感谢你的,他也已经死了,就算是找出真正的奸夫也救不活他。以后你多拨一些牲口给他的家人,让他的小儿子继承他的台吉,也算对得起他了。"

父子狼狈为奸暗害济农

斯钦离开大汗大帐,翻身上马,抽打着坐骑,向白加思兰的营盘飞驰而去。到了白加思兰的营盘,他翻滚下马,直闯白加思兰的大帐,侍卫拦都拦不住。

"太师!不好了,济农知道了真相!"他高喊着冲进毡包。

白加思兰正和野思马因饮酒,观看舞女的舞蹈。

白加思兰见跌跌撞撞进来的斯钦,急忙命令舞女停下:"下去!下去!"他挥着手,舞女急忙离开。"别慌,别慌!来,坐下先喝碗酒,压压惊,慢慢说。"白加思兰起身扶住斯钦，拉他坐了下来。野思马因端上一碗清冽香醇的马奶酒。

斯钦接过酒碗，咕咕嘟嘟喝了下去，用手背擦了一下嘴巴，还是惊魂未定的样子，满脸张皇失措。他说："太师，刚才大汗把我叫去，追问大哈敦那个使女的下落，说济农发现了真正的奸夫。"

野思马因一下子站了起来，浑身簌簌颤抖着，如落叶筛糠似的，结结巴巴地说："这可怎么办？这可怎么办？"

白加思兰不满意地白瞪了他一眼："熊包！他说是谁了吗？"

斯钦摇了摇头："我在的时候没有听到他说。"

白加思兰沉思了一会儿，说："我估计巴延蒙克已经知道了真相，也向满都鲁说明了真相，可能没有引起满都鲁的关注。反正都是他同意处理的，即使他知道了真相，也不会承认这事实。他没这个肚量！就算他知道了真相，我们还有巴尔图的帮助。让她在满都鲁那里吹吹枕边风，估计没有什么大不了的，他满都鲁现在不敢把我们怎么样。"

白加思兰捻着胡须，站起身，在大帐中慢慢走动，沉思着说。

"巴尔图会帮忙吗？这死蹄子可是挺记仇的。"野思马因担忧地看着白加思兰。

"她可是因为这事才成了今日的大哈敦，这个人情，她不能不还。"白加思兰断然说。

野思马因急急追问："父亲，我们该怎么办？"

白加思兰把他按在座位上，说："你先沉住气坐下来，让我们一起想想办法。办法总是有的，只要满都鲁不承认这事实，我们就不怕。一个乳臭未干的黄毛小子，终究斗不过我们。只是你要遇事不先乱了方寸才能成就大事业，像这般样子，真是没有出息之极！"

野思马因在白加思兰的责备下变得安静下来，端坐到自己的座位上，拿起酒碗喝了几口，为自己压惊。

白加思兰走回自己的座位，也端起酒杯，一边喝一边想着对策。

"有了！"他"啪"的一下放下酒杯，大声说。

野思马因和斯钦都吓了一大跳，一起问："什么办法？"

"满都鲁很害怕瓦剌蒙古人打过来，要是他知道自己汗廷里有人勾结瓦刺蒙古人,他该做何反应?"白加思兰若有所思,捻着有些花白的胡须问。

斯钦立刻说:"肯定气得七窍冒烟,立刻兴师动众大肆追查,然后把那人处死。"

野思马因点着头,同意斯钦的分析。

白加思兰眼睛里闪着狡诈和得意的亮光,满脸笑着问:"这不是有办法了吗?"

野思马因迟疑片刻,说:"办法好是好,可是怎么能搞到他和瓦剌蒙古勾结的证据呢?"

白加思兰白瞪了他一眼:"真是猪脑子! 满都鲁处理哪个人要看证据?何况汉人早就说过:欲加其罪,何患无辞,谎言重复多次就成了事实。哪个搞政治的不懂这些? 再说,我们难道不能制造出证据事实?"

野思马因又受白加思兰的教训和抢白,心中十分恼火。可是又不敢顶撞,只好发出几声沉闷的咳嗽声,把一腔闷气发泄出来。

白加思兰还是不放过他,因为他恨铁不成钢,将来他要这个儿子成就大事,能不严格要求他吗? "怎么? 你还不服气? 不服气就想出一个好办法来,证明你的本事啊!"白加思兰故意激他。

野思马因只好安静下来,低头想办法。斯钦讨好地说:"太师爷的话叫我茅塞顿开。我们可以找一个可靠的士兵,让他假扮成瓦剌蒙古人,来给济农送信,信上写着请济农帮助共同起事的事项,然后让我们捉住,连人带信一起交给大汗,不就行了吗?"

野思马因急忙喊道:"这也是我想到的办法,我正要说,被他抢了先。我们这是英雄所见略同啊。"说着自己哈哈笑了起来。

乖巧的斯钦急忙责备自己:"太师爷,不好意思,我失礼了。大元帅谋略过人,自然会想到这如此简单的办法,我真是多嘴多舌,真该打嘴巴的。"

白加思兰笑了,说:"不必多说了,就是这办法。你——"他转向野思马因,"尽快找一个可靠随从,我来写一封请求济农协助配合举事的信,然后由侍卫长去报告大汗。怎么样?"

又是我! 斯钦想。万一事发我的脑袋可要搬家了。但是他又不敢直接拒绝,便吞吞吐吐地说:"只是怕大汗怀疑我,不相信我的话。"

白加思兰朝野思马因努了努嘴,野思马因急忙走到卧榻的箱笼旁,揭开

蒙古女雄:满都海皇后

93

箱盖,拿出一锭金元宝,放到斯钦的面前。斯钦的眼睛立时闪闪放了光,急忙改口说:"既然太师爷这么相信我,我愿意为太师爷肝脑涂地。"说着,从几桌上抓过金元宝就想往自己怀里揣。

白加思兰用手中的银筷拦住他的手,刚才满脸堆笑的他好像变了一个人,阴沉着黑脸,眼睛里闪出凶恶狠毒阴险的光,咬着牙,从牙缝里慢腾腾挤出几个字:"你听着,我们现在是一根绳上拴着的几只蚂蚱,跑不我也跑不了你,要是你走漏风声,小心你全家人的性命!"

斯钦媚笑着:"我绝不会走漏一点风声,太师爷尽管可以放心,上有天,下有地,我斯钦不会背叛太师爷!"他跪到翁衮面前发了一个毒誓:"要是我背叛太师爷,让天神降炸雷把我全家劈死烧成灰!"

白加思兰换上笑脸,亲自扶起斯钦,给他敬了酒,把金元宝亲自放进他的胸前袍子里,拍着肩头,亲热地说:"老兄,今后我们要有福共享、有难同当啦!"

"那是,那是。"斯钦手摸着胸前硬硬的金元宝,连声说。

慧眼识奸计　保护济农

大哈敦巴尔图的斡耳朵里,像大汗大帐一样的装潢,满眼金碧辉煌。巴尔图已经起身,使女萨仁正在为她梳洗打扮。萨仁把她乌黑发亮的头发编成辫子,塞进姑姑冠。姑姑冠上那高耸的塔形装饰,纯金镶着宝石,熠熠生辉。下面垂着珍珠、宝石、水晶、璎珞。巴尔图从铜镜里注视着自己,发觉自己是越来越娇艳了。一双大眼睛流光溢彩,脉脉含情,自己都为之动心,何况大汗?

巴尔图从镜子里看了看大汗,躺在卧榻上的满都鲁正直呆呆地瞪着眼睛入迷似的看着她。巴尔图羞红了脸,羞赧地用手捂住脸,娇嗔地撒起娇:"大汗,你看什么嘛?"

满都鲁好像被搔到痒处似的,心里顿时感到痒酥酥的,他从卧榻上翻身起来,一把抱住巴尔图,在她的脸上、脖子里胡乱亲吻着。

巴尔图咯咯笑了起来,用手拍打着满都鲁:"你这谗鬼,玩了半夜,还没有个够?"

满都鲁的嘴拱在巴尔图柔软温暖的胸脯里，声音嗡嗡，说："哪能有个够？我还饿着呢，恨不得吃了你。"

巴尔图假意推着满都鲁，说："那可不行，大汗还有大事要处理，哪能一天守在我身边？快起来吧，一会儿就有人来报告事情啦。"

满都鲁依然赖在巴尔图的怀抱里，哼唧着说："我才不管呢，我们出去跑马。"

巴尔图笑着推开满都鲁："大汗不要瞎说。你是蒙古的大汗，蒙古的繁荣统一全靠你呢。"正说着，侍卫进来通报，说侍卫长斯钦有要事报告。

巴尔图扶起满都鲁，说："看，让我说准了吧，你还不赶快穿衣接见他。"

满都鲁嘟囔着让使女给他换上质孙袍，戴上帽，正襟危坐到前面的坐榻上，宣进斯钦。斯钦向大汗跪拜问安之后，站了起来，恭身立在大汗面前。

"你有什么要事？说吧。大清早就来打扰，还不快说？"满都鲁沉着脸，说，"我还没吃早饭呢，肚子饿得咕咕响。"

斯钦心里好笑，却不敢放肆，赶快说："大汗恕罪，实在是有紧要之事，要不也不敢在大清早来打扰大汗。臣的部下昨夜巡逻，逮住一个偷入营地的瓦剌蒙古奸细，从他身上搜出瓦剌蒙古台吉的一封密信。请大汗过目。"

斯钦从胸前掏出一封密信双手捧着递给满都鲁。

"有这事？"满都鲁接过密信，展开读着。密信是用八思巴蒙古文写成，满都鲁认识，小声读着：

> 济农诺颜：近来可好？自上次分手以来，十分想念。商议之事已经就绪，需要诺颜的帮助。于十五月圆之夜，待月升中天之时起事。望诺颜做好准备，一举成功。事成之后，定践前言，尊诺颜为大蒙古国大汗。
>
> 瓦剌蒙古克舍·乌可鲁尔汗

满都鲁从坐榻上一跃而起，跺着脚咆哮起来："来人！来人！把叛徒巴延蒙克抓来见我！"

巴尔图在后面一直关注着前面的动静，她已经听到斯钦的报告，正琢磨着。忽听满都鲁咆哮着要派人去抓济农。她急忙走出来，走到大汗满都鲁身旁，在他耳边轻声说："大汗冷静一点。叛徒之事还须仔细研究之后再做定夺，万不可轻率从事。"她轻轻扶着满都鲁坐了下来，满都鲁在她面前像个听话的孩子。巴尔图抬眼望着斯钦，斯钦急忙掉过目光，不敢直视她那清澈

蒙古女雄：满都海皇后

95

得似乎可以洞察一切奸佞的眼睛。

巴尔图沉下脸，严厉地说："侍卫长先下去，等大汗用过早饭以后去大帐商议此事。不过，侍卫长要暂时严守秘密，不可走漏风声，要是走漏风声叫叛徒跑掉，拿你是问！"

"是！大哈敦！"斯钦喏喏着退了下去。

满都鲁看着巴尔图，疑惑地问："你为什么阻止我去抓济农？你看这信，难道罪证还不确凿吗？这可是铁证如山！"

巴尔图接过密信读了起来。她在白加思兰家学过一些八思巴蒙古文。她轻轻地有些艰难地读了起来，不过也基本读懂了。读完之后，她低着头沉思了一会儿，说："看样子好像是真的。"满都鲁高兴了，赶快说："怎么样？你信了吧？这兔崽子吃里扒外，居然和瓦剌蒙古勾结在一起，想把我搞下去，他来当大汗！快去把他抓起来！"说着，站起来，又要喊侍卫。

巴尔图急忙拉住他的手："大汗，再等一会儿，让我们再琢磨琢磨。你认识瓦剌蒙古汗吗？"

满都鲁坐了下去，摇着头说："不认识。"

巴尔图又问："你见过他写的字吗？"

满都鲁不耐烦地说："你可真啰唆，我怎么会认识他的字？我又没有和他打过交道。"说到这里，他拍着自己的额头："你的意思是……"

巴尔图握住满都鲁的大手，轻轻摩挲着，十分温柔地说："是啊，大汗这么聪明，不能不想到这里的蹊跷。要是有人想陷害济农，不能冒充写信吗？"

满都鲁点了点头："有可能。"

巴尔图继续说："济农和你一样是黄金家族的直系成员，他为什么要和瓦剌蒙古勾结呢？如果他想当大汗，他完全可以依靠黄金家族的号召力从东部蒙古中寻找支持，何苦这么舍近求远呢？"

满都鲁频频点头。

巴尔图问："根据你的观察，巴延蒙克是这种有野心的两面三刀的小人吗？"

满都鲁轻轻地摇着头："不大像。我是看着他长大的，他的性格脾气我还是了解的。"

巴尔图摩挲着满都鲁的大手："既然大汗这么认为,我相信大汗的判断。那就不要太相信斯钦的话,我看他贼眉鼠目的心怀鬼胎。"

"可是,万一?"满都鲁还有些不放心。

"大汗要是不放心,我倒有个办法,既不会冤枉济农,也不会让大汗蒙受损失。"巴尔图微微一笑说。

"那你就快快说来。"满都鲁急切地站起身,想立刻去办。

"大汗不要急,还是坐下来先吃过早饭,我们再说。"巴尔图拉着满都鲁,回到后面。萨仁已经命令使女摆好早饭。热气腾腾的鲜牛奶散发出诱人的香味,烤羊肉流着焦黄的油。

萨仁为满都鲁和巴尔图倒好牛奶,伺候着他们吃饭。满都鲁喝了一碗热腾腾的鲜牛奶以后,撕了一块烤羊腿,一边啃一边问:"你快说,有什么高招?"

巴尔图笑着放下碗,说:"我只是想叫大汗先放下这件事来吃饭,我哪有什么办法啊?大汗胸有韬略,自有好办法检验真假。"

满都鲁哈哈笑着,手指点着巴尔图的额头,说:"你这死蹄子,还真狡猾,把我都哄骗了。让我想想,一定有办法。"他低头慢慢撕咬着香喷喷的羊肉。突然,他扔掉手中的羊腿,说:"有了,你听听。"

巴尔图立刻拉着满都鲁的手摇晃着,娇媚地夸赞道:"我说大汗自有韬略吧?说给我听听,让我也向大汗学习一点治国的办法。"

满都鲁的心美滋滋的,他一脸得意地说:"我准备在十五那天月圆之时派人把守巴延蒙克,看他有没有动作。要是有,就当场抓住他,要是没有就把斯钦抓起来。"

巴尔图说:"大汗的办法实在好,不过……"巴尔图沉吟着。

满都鲁催促着:"不过什么?你说啊。"

"你不怪罪我?我这么多嘴多舌?"

"看你说到哪里去了?你都是为我好,我怎么好歹不分怪罪你呢?"满都鲁亲昵地拍着巴尔图的脸颊。

"好,那我就直说了。我以为不必抓斯钦,这事恐怕不是他策划的。如果抓了他,可能会引起主使人的恐慌,也许会搞出更多的阴谋诡计,让我们防不胜防。不如干脆当没有这回事似的不理睬,让那些人放心。这样我们

蒙古女雄:满都海皇后

97

可能会少些事,也可能对巴延蒙克更好一些。要不,也许他们会使出新的办法来陷害他,万一我们识别不了,济农他可能要倒霉。"

满都鲁连连点头:"对,就这么办。巴延蒙克毕竟是我的亲侄子,我确实不想让他出事。"

巴尔图高兴地说:"我们想到一起去了。当年诃额伦福晋就教导成吉思汗兄弟要团结一致。我想你们叔侄团结一致,黄金家族将来才会兴旺,才能结束蒙古纷争的局面。大汗和济农携手,才能把蒙古国治理好。"

满都鲁惊讶地看着巴尔图:"没想到你小小年纪,竟有如此高明的见解。佩服,佩服!"

巴尔图红着脸,不好意思地说:"大汗过奖了,过奖了。"

一计不成再施一计害济农

白加思兰听过斯钦的报告后,十分高兴。济农巴延蒙克可是逃不掉满都鲁的惩罚,这一下,他一箭双雕,既除去济农巴延蒙克,又削弱满都鲁的势力。如今,孛罗乃这颗眼中钉已经拔去,巴延蒙克又成了他的心头大患。为了能够在汗廷中独揽大权,在适当的时机像也先一样取代满都鲁,自己登上蒙古国大汗的宝座,他白加思兰,一定要想方设法实现这个阴谋。

白加思兰得意地坐等着听好消息。

他派出探子去济农营盘打探。探子回来说,济农巴延蒙克那里很安静,没有大汗的侍卫抓人。第二天,第三天,探子还是带回同样的消息。

白加思兰坐不住了。他派人把斯钦叫来,生气地问:"这是怎么回事?已经几天过去了,为什么没有动静呢?你是不是没有把信送到满都鲁那里?"

斯钦指天划地,大叫冤枉,把当时的情景又详细复述了一遍。白加思兰沉思了一会儿,问:"你说大哈敦巴尔图出来制止了满都鲁?"

斯钦唾沫星儿四溅,连声说:"是的,大汗正要命令侍卫去抓济农,巴尔图出来劝说大汗不要急躁,还让我不要走漏消息,大汗可能是听了她的话,改变了主意。"

白加思兰"腾"的站了起来,咆哮着说:"这死蹄子,恩将仇报,怎么不为我说话,反倒破坏起我的好事来?"

野思马因冷笑着:"父亲料事如神,怎么也有马失前蹄的时候?她巴尔图怎么知道这是你部署的?"

白加思兰大声呵斥:"你给我闭嘴!你还幸灾乐祸呢?你!我这不也是为你?"

"为我?为我?谁知道你到底为谁?"野思马因嘟囔着,很不服气的样子。

斯钦不想听他们父子争吵,担忧地说:"十五一到,我们的计谋就可能露馅,那,那可怎么才好?大汗会追究我的。"

白加思兰有些烦躁,他在毡帐里走来走去,一时竟想不出合适的办法。

野思马因说:"我还有个办法,不知父亲愿不愿意听?"

白加思兰急躁地打断他,说:"这都到了什么时候,你还吞吞吐吐,有屁你就快放。"

野思马因附到白加思兰耳边嘀咕了一阵。白加思兰阴郁的脸色放晴,频频点着头:"值得一试,值得一试。"

济农巴延蒙克在自己的毡帐里喝着闷酒。岳父一家蒙冤被杀,他的几个福晋都难过得生病卧床不起。营盘各处都笼罩着阴郁,他自己的心情更坏。事实真相已经调查出来,他却无能为力。太师父子手握兵权,他这个没有实权的济农根本不敢去兴师问罪。所有这些情况他不敢与福晋讲,害怕她们歇斯底里发作去找太师算账,引来杀身之祸。所有一切,只有放在自己心里,憋得他心发痛。

巴延蒙克手握成拳头,咚咚地擂着桌子,酒洒了一桌,流到地上。

"报告济农,斯钦前来拜见济农。"一个兵丁进来报告。

"斯钦?他来干什么?"巴延蒙克略一沉吟,"请他进来!"

斯钦跪拜了济农,双手献上哈达,赔着笑脸说:"太师听说济农家发生不幸的事,特派我前来慰问,送上一些薄礼,请济农笑纳。"几个士兵捧着丰厚的礼品敬献在济农面前。

斯钦又说:"太师听说济农对大元帅野思马因有些小小误会,特意派我前来修好,希望济农不要听信谣言,太师和大元帅都希望与济农携手共进,共同治理大蒙古国。"

巴延蒙克冷笑一声:"哼!这怕是黄鼠狼给鸡拜年,没安什么好心吧?我岳父全家被杀,我岂能坐视不管?这深仇大恨不能不报!回去报告你家太师,多行不义必自毙!希望太师好自为之!滚!滚出去!不要猫哭耗子假慈悲!"

济农命令自己的兵丁进来把斯钦抬了起来往外扔去,斯钦大叫:"济农,你会后悔的,太师这可是好心好意修好,你不要敬酒不吃吃罚酒啊!"

"去你的!"兵丁把他扔到地上,又把礼物全都摔了出来。

斯钦从地上爬起来,龇牙咧嘴地哼唧着,揉着屁股,恶狠狠地指着大帐,说:"好个巴延蒙克,你等着,我回去报告太师,有你的好果子吃!"说着翻身上马回去报告太师。

儿子巴图蒙克从毡帐外跑了进来,猴到巴延蒙克的腿上,看父亲在吃什么。巴延蒙克给了他一块奶豆腐,他接过来慢慢咬着,指着银酒碗,说:"父亲,我要喝。"

巴延蒙克慈爱地呵斥:"小孩子,长大再喝。"

"不嘛,我要喝,只喝一小口。"巴图蒙克猴在他身上像糖胶一样摇晃着撒娇。

济农巴延蒙克无可奈何地摇着头,苦笑着,把马奶酒碗放到他的嘴边:"喝吧,只许喝一小口。我们蒙古勇士从小就说话算话,不许撒赖。"

巴图蒙克点着头,只喝了一小口,推开酒碗,说:"父亲,我要学骑马。"

巴延蒙克笑着说:"你还太小,过几年再说吧。"

"那,我要去巴尔图哈敦那里找她玩。"

巴图蒙克又不失时机地提出另一个要求。

济农巴延蒙克苦笑着摇了摇头,这才是他的真正目的,刚才其他的要求都是借口。他近来天天都这么说,可是自己都严厉地拒绝了。巴尔图如今已经今非昔比,她封了大哈敦以后,地位显赫了,事情也多了,能不能容忍一个调皮男孩的胡闹,他心里没有底。他不敢让自己的儿子去打扰尊贵的大哈敦。可是小孩子哪里知道大人的变化和心事呢?他只是闹着要父亲带他到巴尔图哈敦那里玩。

"父亲,带我去找巴尔图哈敦嘛。你说过的,过几天一定带我去,已经几天了。"巴图蒙克扯着济农巴延蒙克的袍子,在他身上扭着、脸上蹭着。

巴延蒙克说:"再过几天吧,巴尔图哈敦一定很忙。"

"不嘛。你说蒙古勇士说话算话,父亲说话就不算话,父亲骗人。"巴图蒙克撒起赖,哼哼唧唧着,眼泪也好像夏季的暴雨,说来就来。

济农巴延蒙克最怕儿子这一招,这是最厉害的一招,暴雨倾盆,雷声也会立刻大作,并且还有打滚一类法宝,叫他招架不住。

"好,好,带你去。"济农巴延蒙克只好举手投降。

巴图蒙克立刻破涕为笑,乖乖地爬下济农膝头,自己抹干眼泪,等着父亲动身。

大汗带着侍卫出去打猎,巴尔图自己在大帐里看使女搓羊毛。

"大哈敦,赛白诺!"三哈敦其其格走进大哈敦的大帐,拜见巴尔图。她自以为有功于巴尔图,常常过来套近乎,心里却一百个不服气,还揣着个见不得人的小心眼:万一抓住巴尔图的什么把柄,岂不是又能立一大功? 说不定大汗会封她做大哈敦呢。

巴尔图并不怎么喜欢这三哈敦,嘴尖毛长的,不是什么省油的灯。可是作为大哈敦,大汗斡耳朵的主妇,她应该学会团结各个哈敦,不让大汗后院起火。这是她的责任,也是她的义务。

巴尔图热情地欢迎其其格,让使女摆上瓜子、松子、榛子、栗子等干果招待,拉她坐到坐榻上说着闲话。

毡帐外一个男人的声音问使女:"大哈敦在包里吗?"同时一个清脆的童声响亮地喊:"巴尔图哈敦! 巴尔图哈敦!"

巴尔图一拍手,"腾"的站了起来,对萨仁说:"小巴图蒙克来了,快叫他进来。"

三哈敦并不认识巴图蒙克,好奇地问:"谁是巴图蒙克?"巴尔图来不及回答,巴图蒙克已经冲进毡帐,冲到巴尔图身边,一把抱住她的腰,亲热地喊着:"巴尔图哈敦,我好想你呦。"

巴尔图紧紧抱着巴图蒙克:"我也好想你,你为什么这么多天不来看我?"

巴图蒙克小手指了指刚进来的济农巴延蒙克，噘起小嘴说："我父亲不让我来。"

三哈敦其其格急忙向济农巴延蒙克打招呼问好，说："这是济农诺颜的儿子，与大哈敦这么熟啊。"

巴尔图朗朗笑着："我们是好朋友，是吧，巴图蒙克？"

巴图蒙克调皮地抱着巴尔图，又摔起跤来。

三哈敦其其格见大哈敦只顾和巴图蒙克玩，心里不免有些酸溜溜的，只好起身告辞。巴尔图也不送，任她自己离开。三哈敦边走边想，巴尔图怎么会和济农的儿子这么好？这么亲热？里面可有什么蹊跷吗？

两人抱着疯了一阵，巴尔图才让济农巴延蒙克坐下，自己也抱着巴图蒙克坐了下来。巴尔图把干果银盘推到巴延蒙克的面前，自己抓了一大把瓜子，替巴图蒙克嗑着子儿，喂巴图蒙克吃。

巴尔图嗔怪地问："济农为什么不让他来玩？我真的很想他。"

济农巴延蒙克说："你知道最近我心情不好，另外也担心你事情多，怕他调皮。"

巴尔图想起他的家事，无限同情地点着头，关心地问："你的福晋身体好些了吗？"

巴延蒙克谢过巴尔图的关心，对还猴在巴尔图身上的儿子说："下来玩吧，小心累坏大哈敦。"

巴尔图说："别管他。我来问你，你上次调查的事情有没有结果？"

济农想起巴尔图和白加思兰、野思马因的关系，不敢说什么，只是含混地说："没有什么结果。"

巴尔图听满都鲁说起巴延蒙克的怀疑，她相信济农的判断。白加思兰和野思马因是什么事情都干得出来的。可是她不敢在满都鲁面前说白加思兰和野思马因的坏话。她觉得现在还不是自己公开自己的身份和白加思兰、野思马因对着干的时候，满都鲁不会相信自己。

巴尔图不再追问。她故意十分随意地问："听说瓦剌蒙古在西边不断骚扰我们，可是有这事？"

济农巴延蒙克说："是的，很气人的，瓦剌蒙古总是找麻烦，我主张打他一次，挫挫他们的威风，可是太师和大元帅反对，我也没办法。"

巴尔图沉默不语。巴图蒙克从巴尔图的腿上跳到地上，说："父亲，不要坐着说话嘛，我要和巴尔图大哈敦出去玩射柳。"

巴尔图站起身，说："好，像个蒙古勇士，从小就喜欢弯弓射箭。走，出去玩。"说着拉起巴图蒙克的手，和济农巴延蒙克一起走出毡帐。使女立好柳树靶子，"你先来。"巴尔图对巴图蒙克说。

不远处，一个白色蒙古包的后面，露出一双阴险狡诈的眼睛。野思马因正在偷偷地盯着巴尔图和济农巴延蒙克，寻找合适的时机。刚才斯钦的报告叫他十分恼火，他下决心尽快置济农于死地。他看了一会儿，自己上马朝草原方向跑去。

满都鲁大汗打猎回来，侍卫报告说大元帅有事求见。满都鲁大汗走进自己的大帐，大元帅野思马因进来求见。野思马因走到大帐中间，甩下马蹄袖，曲了曲膝盖，向大汗问了安。"大元帅有什么事情？"满都鲁满脸堆笑问。对大元帅，他有一些敬畏。他的父亲白加思兰把他扶上这大汗的宝座，手中的兵力远远超过他，今日听说又兼并了几个部落，号称五万人马。他这个大汗只有几百个侍卫士兵。力量的悬殊，叫他惧怕这位太师。

野思马因径直走到大汗坐榻旁，大汗指了指旁边的座位，野思马因坐了下来，说："刚才我得到一些机密消息，探子报告说瓦剌蒙古今日在西边集结，似乎有进犯我们的准备，不知大汗有什么防范措施？"

满都鲁大汗说："我已经命令济农巴延蒙克做好准备，随时出击。他的兵力还是比较强劲的。如果大元帅觉得还不够的话，大元帅是不是可以调出一部分兵力去支援济农？"

野思马因冷笑了一声："济农？只怕他勾结瓦剌蒙古。"

满都鲁笑了，说："这怎么可能？济农是黄金家族的后裔，他怎么会和瓦剌蒙古勾结？大元帅过虑了。"他想起斯钦告密信的事。

野思马因眨巴着眼睛，想了一会儿，说："但愿是我的过虑。我刚才派斯钦去和他商量共同抵抗瓦剌蒙古的事，他态度粗暴，把斯钦撵了回来。大汗，你看这不是很奇怪的事吗？他为什么对抵抗瓦剌蒙古的事情这样反感？"

满都鲁大汗惊奇地扬起浓黑的眉毛，吃惊地问："有这等事？"

蒙古女雄：满都海皇后

103

野思马因转动着眼睛，说："大汗若是不相信，明天可以派人去和他商量抵抗瓦剌蒙古的事，去向他借兵，看他表现如何？我想，他一定很生气，一定拒绝发兵的。"

满都鲁大汗点了点头，说："就依你的办法。如果他拒绝发兵，我一定要问罪于他。"

野思马因又想了一下说："其实济农现在就在大汗营盘里。"

"喔？"满都鲁大汗很是惊奇，"他在哪里？"

野思马因压低声音，十分神秘的样子，说："他和大哈敦正在营盘里玩。"

"喔——"满都鲁的声音里充满了不满。

"要不要现在去叫他过来？"野思马因嘴角闪过一丝狡猾的微笑，问。

"不必了，我们过去看看。今天打了几只鹿、几只黄羊，顺便让大哈敦也看看。"满都鲁说着，起身离开大帐，野思马因急忙跟着满都鲁一起走了出去。

"他们在哪里？"满都鲁问野思马因。

野思马因指了指大帐后面的草地，说："就在那里，和济农巴延蒙克，还有他的儿子，仨人玩得正高兴。"

满都鲁的眼睛里闪过一丝不高兴的光，加快脚步走。

巴尔图和巴图蒙克玩得高兴，一个个笑容满面。满都鲁大汗来了，侍卫喊。巴尔图急忙停止玩耍，走回毡帐迎接满都鲁。满都鲁一脸不高兴，径直走进毡帐。

野思马因拉过济农，十分关心的样子，小声说："大汗想借你的兵，你可要想好，借兵可是好借难还啊。我都吃过这哑巴亏。"济农点点头说："我知道。"野思马因又说："不过大汗说，你愿意借自然好，要是万一不愿意借，他就会对你不客气，也许还要采用威力相逼呢！"

济农巴延蒙克有些不高兴，刚才的一脸阳光罩上了阴沉，嘟囔着说："他怎么能这样说？想威胁啊！"

满都鲁大汗让侍卫来叫济农，济农巴延蒙克急忙进了大帐，见过满都鲁。满都鲁阴沉着脸，说："探子探到瓦剌蒙古已经集结在河套西部边缘，有进攻我们的意图，你的兵力可准备好了？"

济农大声说："报告大汗，已经准备好，待瓦剌进犯时一定狠狠打击，请大汗放心。"

满都鲁白瞪了他一眼，不高兴地说："为了做好准备，以防瓦剌打我个措手不及，我想调动你的兵力来把守白帐，明日就来！"

济农巴延蒙克不高兴，说："大汗的部署有些不大妥当。瓦剌现在还没有动作，我们却先调动士兵。我的士兵，平时都是牧人，需要在家里放牧打草休养生息。征调太早，会影响士气和战斗力的，我以为，等瓦剌进犯时再征调也不晚。"

满都鲁突然发起火来，他咆哮着："等瓦剌进攻再征调？那时恐怕我的脑袋已经被人砍了下来，你是在配合瓦剌是不是？"

济农也生了气，提高声音说："叔父，你怎么这么说话？我怎么配合瓦剌？你可不要血口喷人啊。"

满都鲁"腾"的站了起来，手指着济农大叫："反了你个小兔崽子！你早就心怀不满了！你等着，我一定发兵去讨伐你！"

济农气得脸色煞白，他浑身颤抖着："你，你，你已经杀了我岳父一家，还想害我啊！你可真狠毒！"说完，掉头离开大帐。

满都鲁咆哮着，在大帐里摔打着东西。巴尔图注意倾听着前边的争吵，慢慢地走了过来。野思马因本想再火上加油挑拨几句，把满都鲁满腔怒火拨拉得更旺一些，好一下子借满都鲁的刀除掉济农，可是巴尔图出来了，他只好赶快溜走。

巴尔图扶着满都鲁大汗坐了下来，为他斟上一碗马奶酒，温柔地劝说着："大汗，不要这样生气，这会伤身体的。和济农有什么事，都该好好商量，你们两个可是血脉相连啊。"

满都鲁大汗还是余怒未消，粗声粗气地说："血脉相连？他可没有把我这叔父放到眼里。他如今翅膀硬了，就恩将仇报。向他借点兵力他都不肯，他哪有一点维护我这大汗？看来他确实有勾结瓦剌的狼子野心。"

巴尔图款款地说："大汗不必过急嘛，十五不还没有到吗？我们暂且忍耐到十五，看斯钦的密信是不是真实？如果真实，大汗再动手也不迟嘛。你不是已经部署好了吗？他济农也没有太多的兵力，我们还是对付得了的。"

"小蹄子可真会哄人高兴。好，还是依你所说，暂且不发兵讨伐。"满都鲁大汗一把搂住巴尔图，端起酒碗大口灌着，打猎归来，他还没有好好喝一顿呢。

蒙古女雄：满都海皇后

105

巴延蒙克寝食不安，派出许多探子去打探满都鲁大汗的动静。满都鲁那里很平静，没有什么动作，巴延蒙克放心了。到底是自己的亲叔父，和自己相濡以沫生活了十几年，彼此有着深厚的感情。他只是在气头上喊叫一下，威胁一下而已，巴延蒙克安慰自己。

一个侍卫来见济农巴延蒙克，说大哈敦巴尔图想让济农带着儿子去她那里玩。济农巴延蒙克想了一下，正好借这个机会去向叔父道歉。他爽快地答应下来，领着巴图蒙克骑马就走。来到大哈敦巴尔图的斡耳朵，大哈敦并不在斡耳朵里，使女说大哈敦骑马到山脚下的草原上追狐狸去了。

巴图蒙克一听，急忙拉着父亲的手，说："父亲，我们也去追狐狸，去找大哈敦一起追狐狸。"巴延蒙克说："不行，那不合适。大哈敦自己打猎，别人应该避讳的。要不，大汗会生气的。"

巴图蒙克开始哼唧，然后开始"打雷"，接着就躺到地上耍赖。巴延蒙克只好举手投降，同意了儿子的要求。既然是大哈敦派人来找他，让他带儿子来，那就是要他们陪她打猎吧。去就去吧，自己的亲叔父不会见怪的，等一会儿再去向他道歉吧。

济农巴延蒙克让随从备好马，自己抱着巴图蒙克骑马向草原奔去。

巴尔图带着自己的几只细犬正在追赶一只火红的狐狸。"我的玛尼罕①，保佑我打到它！"巴尔图喊着，指挥着细犬去包抄红狐狸。草原上传说红狐狸是狐仙，谁能猎到它可以大福大贵。巴尔图和侍卫们打马拼命追赶。

训练有素的细犬蒙古族语叫台嘎瑙亥，是一种骟犬。这种狗长到一岁时，就被主人用毛袋蒙住头，割去睾丸净身。净身之后的细狗不吃屎，不追逐母狗，一辈子跟着主人专心打猎。细狗是经过严格考察后挑选出来的根正苗红的红五类，必须是出身于纯正的猎狗世家，祖上几代都必须纯种，他自己要身长、腿细、耳竖、鼻尖、尾长。挑选出来之后，还要对细狗进行严格的调教和训练，要教给它跟踪、追捕、撕咬的全套本领，因材施教，用活动物来培养它擒拿格斗。有的猎人，用刚打到的狐狸或狼的热血喷进它的鼻孔，训练它敏锐的嗅觉，让它从小和狐狸、狼结下深仇大恨。普通的狗，只能嗅

①玛尼罕：蒙古人的狩猎神。

出雪地下几寸的野兽踪迹,而训练过的细狗却可以嗅出一尺上下的雪下野兽踪迹。

红狐狸藏到深草丛中,趴伏在草丛中一动不动。狡猾的狐狸骨碌转着小眼睛,支棱着耳朵倾听着动静。马蹄声远了,红狐狸才一跃而起,朝相反方向拼命逃去。

敏锐的细狗发现了红狐狸的踪迹,立即向红狐狸扑了过去。几只细狗追上一只已经钻入洞穴的红狐狸,准确地把它从洞穴里抓了出来。另一只红狐狸却从草丛中溜跑了。

"父亲,你看,红狐狸!"巴图蒙克大声喊。巴延蒙克急忙拍马追去。那边的巴尔图听见这边的喊声,也看见一个人正骑马狂追一只火红狐狸,急忙掉转马头,朝这边追来。

巴延蒙克已经追上红狐狸,他站在马镫上搭弓瞄准,一支利箭"嗖"的离弦飞了过去,一箭封在红狐狸的喉上,红狐狸应声倒下。巴图蒙克在马背上大声欢呼起来。

巴尔图拍马跑了过来,见巴延蒙克已经射中红狐狸,十分高兴,勒住马缰,下了马。巴图蒙克也吵吵着要看红狐狸。巴延蒙克只好抱着他下了马。巴图蒙克跑到巴尔图身边,拉着她的手,高兴得又蹦又跳。三个人高高兴兴地一起跑向红狐狸倒毙的草丛。

巴尔图和巴延蒙克拉着巴图蒙克的手,朝红狐狸跑去。

满都鲁和野思马因骑马飞奔而来。"怎么样?大汗?我说得没错吧?他们私自约会在这里。"野思马因在马背上大声说。

满都鲁满脸怒容,抽出腰刀,挥舞向济农砍去。

济农巴延蒙克和巴尔图拨拉着草丛,寻找着红狐狸。"倒在哪里了?怎么就找不见呢?"济农自言自语。突然,他感到身后有马的鼻息和一阵风。"哎哟!"他大叫一声,倒在草丛中,肩头上流出一股鲜红的血。

"怎么啦?济农?发生什么事?"巴尔图急忙扶助巴延蒙克。她回过头,看见马上的满都鲁,脸色狰狞,又挥起腰刀向济农头上砍来。

"大汗,你疯了吗?"巴尔图尖锐地大叫着,勇敢地举起双手,保护着济农。济农巴延蒙克见发疯似的满都鲁又向他砍来,挣扎着爬起来,拉着儿子巴图蒙克跌跌撞撞没命地跑。满都鲁打着马挥着刀,追赶着。巴延蒙克和儿子在草丛中拼命地东跑西闪,躲避着愤怒的满都鲁的大刀。

巴尔图哭喊着叫满都鲁住手,可满都鲁像一头发疯的骆驼一样,继续追砍着巴延蒙克。"快上马!"巴尔图终于拉住了满都鲁的马缰,死命扯住不放。巴延蒙克急忙抱起儿子跳上马背,朝东方跑去。

愤怒的满都鲁在后面咆哮着:"看见你就砍死你!"

巴尔图拉住满都鲁的马哭着问:"大汗,这是怎么回事啊?"喘着粗气的满都鲁咆哮着:"你们干的好事,还来问我?"巴尔图泪眼蒙眬中看见那副她最厌恶、最憎恨的狡诈面孔,野思马因正挂着得意的微笑。又是他的阴谋!巴尔图咬着牙发誓:一定要报这新仇旧恨,不管用什么手段,一定叫你父子自相残杀,家破人亡!

太师谋汗位不择手段

白加思兰倒背双手,昂首挺胸,在自己的毡帐里走来走去,等待野思马因和斯钦的到来。他的脸上一派灿烂,很是踌躇满志,也很志得意满。由不得他不得意,一手策划的阴谋已经得逞,济农巴延蒙克逃走了,下落不明,他部落的人口、牲畜全都被满都鲁收归自己所有。他巴延蒙克已经彻底完蛋了。现在该他白加思兰驰骋草原了,他要加快自己的步伐向自己的目的挺进。

除去满都鲁,取而代之,自立为大汗,这声音总响在白加思兰的耳边。这是天神腾格里的声音,白加思兰想。应该把这声音传遍草原,用什么方法呢?白加思兰沉思着。

野思马因和斯钦来了。白加思兰把自己的计划和他们说了一遍。

野思马因暗想:你都这么大年纪了,时间不多,为什么不说把大汗的位置让给我呢?我才需要这位置呢。有了这位置,巴尔图自然会归我所有。想到这里,他翻了一下白眼,不满意地白了白加思兰一眼。

"野思马因,你不喜欢这主意?"注意到这眼光的白加思兰直望着野思马因,问。

"哪里,哪里,父亲的主意很好,我当然喜欢。"野思马因急忙微笑着,一脸顺从。

"那好,下一步我们要加紧制造舆论,找一些萨满,给他们一些金银或者牲口,让他们到草原上到处游说,制造长生天要蒙古大汗换人的舆论。对!最好编成顺口溜或者儿歌好来宝什么的,让孩子歌手到处传唱。再派人装扮成红狐狸在半夜到草原上喊'白加思兰,蒙古大汗'。你们看行不行?"

"太好了,太师真是聪明过人,能想出这么多的锦囊妙计。"斯钦佩服得五体投地的样子。

野思马因苦笑了一下:"姜是老的辣嘛,老谋深算、老奸巨滑嘛。"

白加思兰听出儿子话语里的酸味,哈哈大笑,拍着儿子的后背,说:"你别不服气,老子过的桥比你走的路还多,吃的盐比你吃的饭还多,年纪就是智慧。你啊,还嫩着点,要向你父亲学习,这样你才能接好我的班。我是脱欢,你就是也先,你可记住,只要我活一天,你就要听我的话。我死了以后,你要像也先一样大干一场,超过我。"

野思马因说:"父亲你放心,我一定听从你的调遣。上阵父子兵嘛,我们不齐心还能指望谁和我们一心啊。"

斯钦急忙插话:"我也和你们一心啊。"白加思兰重重地拍着斯钦的肩头说道:"对,还有斯钦,我们是父子三人。汉人说三个臭皮匠顶个诸葛亮,何况我们三个聪明的诺颜,还顶不住一个满都鲁吗!"

"第二步怎么办?"心情舒坦了一些的野思马因主动征求父亲的看法。

白加思兰说:"第二步就是对付满都鲁,我想,这么办……"他搂过二人的脑袋,头对头小声嘀咕起来。

满都鲁在大哈敦巴尔图的毡帐里吃早饭。济农事件以后,满都鲁还是在巴尔图的毡帐里过夜。他实在舍不得巴尔图,所以也没有因为济农怪罪她。

济农事件以后,巴尔图好像突然长大了,她变得沉静了,脸上常挂着沉稳的微笑,但是那微笑不是发自心底的喜悦,只是一种礼貌的形式,一种假面具似的表情。她那双乌黑明亮的眼睛,似乎濡着一些忧郁一些幽怨,有一些东西被沉进灵魂的深处,但是却永不能忘怀。

沉静的巴尔图命令萨仁使女伺候大汗早饭,她自己坐在大汗对面。部下进来报告，说几个部落的台吉来拜见大汗。

满都鲁让侍卫放他们进来。部落台吉送上礼物之后，纷纷张皇失措地诉说着草原闹鬼的情况。

"闹鬼？闹什么鬼？"满都鲁瞪着眼睛吃惊地问："哪来的鬼？捉几个给我看看。"

一个台吉说，近来在他们那个浩特里，每到半夜就听到狐狸的长嗥，然后就有一个声音大喊："蒙古大汗，白加思兰！"另一个台吉说，在他的浩特里，每到半夜就听到苍狼的号叫，然后一个苍狼大号：蒙古大汗，白加思兰！第三个台吉说，在他的浩特里，半夜听到白鹿的呦呦叫声，那叫声好像是：蒙古大汗，白加思兰！"有这等事？这不是我们的成吉思汗爷登基时的天兆吗？"满都鲁急躁起来，推开桌子，站了起来，来到前边，在坐榻上坐下来。

矮粗壮实罗圈腿的蒙郭勒津部首领脱罗干台吉走上前，说："童谣也到处传唱什么：

> 要想蒙古安宁，
>
> 换掉满都鲁汗。
>
> 选上一个新汗，
>
> 苍狼白鹿欢唱。"

"啊！这童谣一定是什么人编造的！"满都鲁咆哮起来，挥舞着手臂。

台吉们七嘴八舌说：

"牧民很害怕，说又要换大汗了。"

"说蒙古又要大乱了。""说白加思兰是圣人。"

"大汗，你看这该怎么办？"

台吉们一个个惊慌满面，瞪着眼睛盯着满都鲁，期待着他的决策。

怎么办？走来走去的满都鲁也在问自己。自从济农逃跑以后，他遇事真还没有商量的地方。

有时他也后悔，后悔自己不该那么冲动，那么容易被人利用。后来巴尔图温柔地抚摩着他、搂抱着他，给他娓娓分析了整个事情，他也感觉到自己是上当了，自己中了别人的离间计，错怪了济农。但是他却死不认错。我们这个民族没有自己主动认错的习惯，越是被人指出错误，越是坚持自己的做法和看法，越是嘴硬；越有地位、越有权力的人这毛病越根深蒂固不可更改。

满都鲁正是这种人的代表,所以他绝不会签发赦免济农巴延蒙克的命令,他要不断追杀他,让他巴延蒙克永远流落在外,永远不能归来。

是不是找太师白加思兰商量商量? 满都鲁摇着头。这是不是白加思兰的阴谋? 他想干什么? 这伎俩可不新鲜。成吉思汗不是用过吗?

满都鲁严厉地说:"派人在草原上守着,逮住那些狐狸、苍狼、白鹿,逮住那些鬼,我到要看看他们什么模样?"

脱罗干台吉为难地搔着头皮:"大家都怕得要死,谁敢去逮这些圣物啊? 它们可是天神派来的。"

"那你们自己亲自去守着,直到他们不出现为止。"满都鲁气恼地站起来,挥着拳头咆哮。

台吉们你看我我看你,只好点着头,应承下来。

脱罗干有些不满,心想:既然来了,还是去拜访一下太师,也许会有用的。

巴里昆草原的边缘地区,骑马的野思马因和斯钦满面灰尘,疲惫不堪,马匹和他们一样拖着疲乏的步伐,有气无力地在沙漠戈壁滩上走。一阵强劲的北风吹来,卷起漫天的沙尘,遮天蔽日。长空中传来嘎嘎的鸿雁叫声,一队大雁排成人字形的队伍飞过这片戈壁,又变换成一字型队伍温暖的南方飞去。远处白皑皑的雪山屹立着,冷峻雄伟。

野思马因手遮额头,抬头望着远去的大雁,叹了口气。白加思兰派他和斯钦来西部寻找瓦剌蒙古首领。他们沿着河套向河西走廊的方向走了一个多月。走着走着,碧绿的草发了黄,树叶落了,草原上的草枯黄了,鸿雁开始一队队往南方飞去。小群的蒙古部落遇到许多,但是还是没有瓦剌蒙古首领的踪迹。秋风越来越大,天气越来越冷,有时还夹杂着雪花。野思马因害怕大雪来临,大雪封住山口,封住草原,他们别想回到自己的家。

"那土墙是干什么用的?"野思马因指着戈壁南端的一道迤俪的破旧的土墙,问斯钦。

斯钦说:"那是汉人修的长城,为了防御我们这些北方民族的进攻。"

野思马因在风中大笑,一阵大风噎住了他:"就这么一道破烂不堪的土墙就能够抵挡我们蒙古的进攻? 真是笑话!"说着打马向长城跑去,"看我如何翻越过去!"他回头对斯钦喊。

跑了一阵,来到土墙不远处,野思马因勒住马缰绳。面前一道几丈深几丈宽的壕沟挡住了他的去路。斯钦赶了上来,笑着问:"大元帅翻越不过去了吧?"

野思马因苦笑着:"这破土墙还真翻不过去。"

斯钦又开始卖弄他的渊博:"是啊,你不要小看这土墙。汉人在土墙外面挖了深沟,用挖沟的土垒起了高大坚实的土墙,我们的骑兵是冲不过去的。有的地方,他们利用地形,把面向我们的这一面劈削成陡峭的笔直的墙,我们也翻越不过去。你看,汉人还是很聪明的吧?"

野思马因嘟囔着:"聪明什么!聪明也没有抵挡住成吉思汗爷的进攻!"

斯钦笑了一下,指着远处一座高大威武的城楼,说:"诺颜,你看那座城楼,那是嘉峪关,明朝洪武皇帝坐皇帝之后就开始修建的,至今已经快百年了,那是他们修的长城的起点。"

野思马因以手搭篷瞭望了一番,说:"还真挺雄伟。"

斯钦说:"可不是,建筑在嘉峪山的东南麓,周围二百二十多丈,城墙高三丈多,城楼、垛口、烽火台都是大青砖砌的,很坚固。其余虽是土夯的,却也很坚固。关城有三重,城楼有三层。关城的四角有砖砌的城堡式的角台和角楼。西面最外的一个城楼上,挂着一块极大的匾额:天下第一雄关。"

野思马因瞭望着,回过头问斯钦:"他们的守军力量如何?我们的骑兵能不能攻进去?"

斯钦摇头:"怕是难。这里有守卫关兵一千多人,听说装备着各种火器,有带支架的流星铁飞石、钩头铳、铁巨斧、旋风炮飞车、金刚腿大炮、冲枪飞火车连珠双头枪。还有什么大将军、二将军、三将军鸟咀铳。你看,我们的弯刀怕是难以冲进去的。"

"汉人还是有些好玩意的。哪天我们从他们那里弄一些回来装备我们,那我们就厉害了。"野思马因向往地说。

一阵大风卷过来,噎住了野思马因的咒骂。野思马因看看灰蒙蒙的戈壁滩,大声对斯钦喊:"我们不能继续寻找了。天气这么糟糕,再走几天下了大雪,我们可能就永远回不去了,我们现在开始返回去。"

斯钦有些担心:"我们没有完成太师交代的任务,回去如何交差?"他的声音被大风撕裂成碎片,断断续续地飘到野思马因的耳朵里。

野思马因背着大风说:"我们这样没有目标地找下去,要找到猴年马月?再不返回去,我们可能要冻死在路上。"

斯钦手搭凉棚往草原方向瞭望了一会儿,高兴地说:"那里有一片蒙古包,可能是瓦剌蒙古部落,我们过去打听一下。"说着勒了一下马缰,马儿朝蒙古包奔去,野思马因急忙跟了上去。

蒙古包前有几个蒙古男人在忙着收拾干枯的牧草准备过冬。野思马因和斯钦下马拉着马走了过来,把手轻轻按住左胸低头行了问候礼,询问瓦剌蒙古首领部落的行踪。那些蒙古男人停住手中的活计,直起身还了礼,告诉他们,瓦剌蒙古部落的大太师如今在查汉一带驻牧。

天啊!查汉?太远了。需要穿过哈密走过吐鲁番,也许还要走过许多地方才能找到他们。

野思马因摇着头苦楚着脸,望着斯钦。斯钦无可奈何地摇了一下头,叹口气,说:"只有返回去了,不过总算打听出他们的驻牧地点,太师也不至于责骂我们无能了。"

"走吧,回去以后我们再想办法自己动手除去满都鲁吧,不要指望借刀杀人了。这一趟可真是累死人了!"野思马因嘟囔着上了马。

两匹马顶着大风行进在枯黄的草原上。

傍晚,太阳已经落山,只留下半天的晚霞映红了草原。

巴尔图伫立在毡帐外,踮脚翘首瞭望着草原。她在等待自己派出去的侍卫归来。从济农逃离以后,巴尔图瞒着满都鲁不断派人出去打听济农巴延蒙克和巴图蒙克的消息。可是,没有一个人能够带给她一个好消息。茫茫草原,失踪的人就像湮没在沙漠中的沙砾,难觅踪影。

天边地平线上出现两个骑马人的黑色轮廓。回来了,巴尔图满心欢欣地想,她眼巴巴地望着两匹奔腾的快马。

野思马因和斯钦终于望见自己那庞大的蒙古包群,他们欢呼着用马鞭抽打马臀,终于让已经精疲力尽的马儿奔跑了起来。

马儿越来越近,马背上的人已经能够分辨出面孔,不是自己的侍卫,巴尔图有些失望。

蒙古女雄:满都海皇后

113

马背上的野思马因看见了包外站着的巴尔图,心一下子狂跳起来。"巴尔图!巴尔图!"他忘乎所以地高喊着,催马朝巴尔图奔去。斯钦想阻止他,却来不及了。

巴尔图认出野思马因,正想扭头回去。野思马因却一直高喊着她的名字追了过来。巴尔图想了一下,改变主意,停着脚步,换上平静微笑的脸孔,大声说:"野思马因大元帅,你好啊?你这是从哪里回来?"

野思马因从奔跑的马背上跳了下来,奔到巴尔图面前,气喘吁吁,紧紧握住巴尔图的手,连声说:"回来第一个见到的是你,看来我俩真是有缘。"巴尔图也不放开手,任他摩挲,看他衣衫肮脏破旧,满脸灰尘,好奇地追问:"你从哪里回来?这么劳累的样子。"

野思马因见巴尔图这么关心,很有些受宠若惊,急忙压低声音说:"父亲派我去寻找瓦剌蒙古首领,离家两个多月,想你想死我了。"野思马因还握着巴尔图的手不住摩挲。巴尔图轻轻抽回手,娇媚地斜了他一眼,眼光满是娇嗔,小声说:"叫大汗看见小心你的小命。"

野思马因的心好像融化了,一时竟心猿意马浮想联翩:巴尔图终于改变了对自己的看法,济农逃走以后,她没了相好,感到虚空了吧?那满都鲁已经四十多快五十岁的人,怎么能满足这小姑娘旺盛的情欲呢?他也斜着眼睛,用甜腻的声音小声说:"妹子,想死哥了。什么时候见你一面呢?"

巴尔图心里骂嘴上说:"等机会吧。哎,你去找瓦剌蒙古做甚?"

一心想讨好巴尔图的野思马因把嘴巴凑到她耳边,说:"想让他们帮助父亲登上大汗宝座。"

"啊?"巴尔图大吃一惊,突然明白为什么前几个月草原上会出现那么多古怪的声音和童谣。满都鲁追查了一阵,台吉们只是支吾搪塞,其实他们都害怕天神的惩罚,没有谁敢去逮那些被蒙古族视作祖先的苍狼、白鹿。原来如此!又是白加思兰和野思马因鼓捣的诡计。他们想把满都鲁搞下去,自己做大汗。怎么办?如何帮助满都鲁?向满都鲁告发他们?揭穿他们的阴谋?满都鲁那火暴脾气很可能打雁不成被雁啄。白加思兰可不是济农巴延蒙克,他和野思马因手中有上万的能征善战的兵士,哪能轻易灭了他?

野思马因见巴尔图变了脸色,急忙威胁着说:"你可不要走漏风声,父亲也是你的父亲,我们可是一家人。要是你走漏了风声,小心我找你算账!"野思马因一下子变得狰狞可怕,用手在腰刀上做了一个抽刀的动作。

巴尔图颤抖了一下。这家伙杀人如杀鸡,凶恶残暴,说得出做得到,到真正威胁到他自己的利益时,他会连自己亲生父母都一起杀的。

野思马因感觉到巴尔图的颤抖,立刻换上甜腻的笑容,凑到巴尔图耳边,用挑逗的语气说:"妹子不必害怕,只要妹子严守秘密,当哥的哪舍得动你一根汗毛啊? 哥心疼还来不及呢。"

巴尔图转着眼睛,立刻换上甜美的微笑,假意敷衍着:"我知道,父亲为我操了不少心,我当然感激父亲,哪能恩将仇报呢? 你就一万个放心。"

"好妹子,什么时候我们单独会会啊? 哥好想你呦!"说着,野思马因又伸出手,还想继续纠缠。

巴尔图指着奔来的两匹快马,说:"你看,那是谁来了? 是可汗吧?"野思马因吓了一跳,急忙缩回自己的手。

"我的侍卫回来了,你快走吧。"巴尔图催促着。野思马因只好恋恋不舍地上马,朝自己营地走去。

巴尔图轻轻地唾了一口。

中奸计　满都鲁之死

"什么? 没有联络上?"白加思兰暴躁地走来走去,恨恨地咒骂着:"真是两个笨蛋、蠢驴,连这么点小事都办不了。"

野思马因不服气,梗着脖子红头涨脸地顶嘴说:"我们在外奔波了两个多月,吃尽苦头,你不说一句慰问的话,还一直骂个不停,以后你自己去办你的事好了!"说着甩袖而去。

"反了! 反了!"白加思兰跺着脚喊。

"活该!"斯钦心里幸灾乐祸,嘴上又不断安慰着白加思兰,"他年纪轻,嘴上没毛,还不懂事,太师不必生气。过一会儿他的犟驴脾气过去,就没事了。"

白加思兰呼呼喘着粗气,坐到坐榻上,喝着奶茶。几口奶茶进肚,他终于控制住自己,拉着斯钦坐下来,说:"还是你忠心,你来帮我谋划谋划,看我们该怎么行动。"

蒙古女雄：满都海皇后

斯钦受宠若惊，急忙皱起眉头，装出竭力想办法的样子讨好白加思兰。白加思兰却轻轻皱了皱眉：何必呢？他想。

"你去把那犟驴找来，我们还是要一起商议个办法。"白加思兰说。

斯钦把还在生气的野思马因硬拉了回来，一边劝说着："你父亲就这么个赖脾气，你是小辈，就让他说几句骂两声，又骂不坏你，你何苦要耍小孩子脾气呢？我们商量大事，不还是为你？你别这么不懂事！"

野思马因又支棱起眼睛，不满地说："谁不懂事？你才不懂事呢！"

斯钦急忙说："好，是我不懂事，是我不懂事。"他小声嘀咕了一声："犟驴！"

"你说什么?!"野思马因挥舞着拳头，朝斯钦打来："你敢骂我？"斯钦闪到一边，急忙辩解："我哪敢骂大元帅，我是说快走。"

白加思兰看着气呼呼的野思马因，和解地说："算了，我知道你辛苦，今天叫下人多准备点酒菜，给你和斯钦洗尘。现在我们要部署一下以后的动作，看来只能靠我们自己了。"

野思马因终于消了气，说："可不是，当初就应该靠我们自己，我们有上万的士兵，还对付不了一个满都鲁，他才不过几千兵力嘛。"

白加思兰说："这我知道，可是我想尽量做得让人说不出什么。你知道，名不正言不顺，言不顺就有人反对讨伐。我只想让名正言顺。如果是瓦剌蒙古来进犯掳走满都鲁，东部蒙古还有什么话好说？那我们登大汗位就是名正言顺的了。"

"管什么名正言顺？其实你怎么做也不会名正言顺，因为你不是黄金家族的成员，总会有东部蒙古出来反对的。"野思马因不屑地说。

白加思兰也点了点头，同意野思马因的说法。

"既然如此，我们何不干脆动手呢？"斯钦问。

"我们想想，该怎么动手？要是没有周密的部署，满都鲁现在几千的兵力也不是很好对付的，我们要将损失减少到最小。"

野思马因和斯钦都低下头，各自想着自己的办法。不大一会儿，斯钦抬起头，说："我想出一个办法。我们借打黄羊把满都鲁领到羚羊峡，事先在那里埋伏好兵力，然后……"斯钦不往下说，用手做了一个劈砍的动作。

"不错。"野思马因说："不愧是军师，点子真多。"

白加思兰想了一会儿,说:"不知他上不上钩?他最近好像嗅出点什么,对我们很有戒备,轻易不和我们一起出去。"

野思马因说:"我有办法,可以让巴尔图出面说动他,我们让巴尔图邀他去打猎。"

斯钦有些不放心:"巴尔图是他的大哈敦,要是叫她知道这计划,她怎么能同意这么做?万一她把这告诉满都鲁,我们还想活吗?"

白加思兰说:"军师所虑很有道理,这计划不能叫任何人知道,包括巴尔图。我们只能想办法欺骗巴尔图,让她带满都鲁去打猎。可这该怎么办呢?"白加思兰一时想不出好办法。

野思马因笑了:"我去邀请她到羚羊峡打黄羊,她是最爱打黄羊的,然后故意让满都鲁知道,他是个醋篓子,一听说巴尔图和我出去打猎,他一定要跟着去。这不就成功了吗?"

斯钦和白加思兰都拍手叫起好来。

"什么?你要和白加思兰一起去打黄羊?"满都鲁不高兴地嘟囔着:"这怎么行?你自己去,我不放心。"

巴尔图温柔地抚摩着满都鲁肥胖的肚皮,说:"那有什么不放心的?有我父亲白加思兰和大元帅野思马因跟随着,没有什么危险的。我在白加思兰家,常常出去打黄羊。初冬正是打黄羊的好季节,这时的黄羊多肥美啊。想起来就流口水。"

"你想吃叫士兵去打,不就行了吗?何必你自己亲自去?"满都鲁抱着巴尔图,问。

"自己打黄羊多好玩啊。我已经好久没有出去打猎了,在家里有些闷,你就让我去吧,就这一次。"

"不行,我实在不放心。"满都鲁说。"要去我和你一起去。"他补充了一句。

"太好了,太好了。"巴尔图一把抱住满都鲁,高兴地说:"我正等着你这句话呢。你要愿意陪我去打黄羊,我可真是太走运了。有大汗陪我打黄羊,我可是受宠若惊啊。"说着,她把脸颊拱进满都鲁肥胖的胸脯间,蹭来蹭去,撒着娇。

蒙古女雄:满都海皇后

"那好，就这么说定了，明天我和你一起去打黄羊，还要多带些士兵保护我们，以防万一遇到瓦刺蒙古的进犯。"满都鲁说完，搂紧巴尔图，进入欢天喜地的欢喜佛的境地。

第二天，太阳刚刚升上东山顶，大汗斡耳朵就沸腾起来。大汗和大哈敦要去打黄羊，自然要兴师动众做好准备。草原高处的敖包下，已经点燃了篝火。

白加思兰带着几个随从，猎妆小帽，来到满都鲁的营地。满都鲁大汗和巴尔图已经做好准备，旗帜飘扬，几百个精壮士兵都是从每个千户里挑选出来的精兵强将，最善于战斗的强悍壮士。

大汗满都鲁在大萨满的率领下，来到敖包下，把自己带来的黄油、牛肩胛和羊腿，扔进了火堆。大萨满大声祈祷着：

> 从身旁跑掉的，把它赶回来，我的玛尼罕！扭头逃跑的，让它再归返，我的玛尼罕！眼看远去的，请往近拦，我的玛尼罕！让前面人的脚板下全是猎物的鲜红血迹，让猎物堆满眼前，我的玛尼罕！

大萨满唱完之后，大家一起呼喊起来："呼瑞，呼瑞！"满都鲁把弓箭放在火上旋转地炙烤了一下，高喊着："阿利古恩，阿利古恩！"，驱除了邪魔，翻身上马，率领着队伍出发。

满都鲁大汗和巴尔图骑马走在侍卫的中间。"你带路，走到最前边吧。"他对白加思兰说。

白加思兰拍马跑到队伍的前边，带领着大汗的狩猎队伍走出营地，向北面马克温都尔山进发。羚羊峡在山的入口处，正是草原通向山地的走廊，是大群黄羊聚集栖息的地方。

初冬时节，北风呼呼地吹，阴霾的天空飘着稀疏的大片雪花，草原上一片枯黄，显得没有生气，没有活力。马队走来，惊扰了还没有冬眠的草原小动物。在枯黄的草丛中，有时窜出一只野兔，像箭一般跑向远处。草原上星罗棋布的田鼠洞，不时探出一只只小田鼠，蹲踞在洞口张着警惕的小眼睛四处张望。老鹰在低空盘旋，寻找着跑出洞穴的田鼠或野兔，一只野兔跑过，老鹰一个漂亮的向下俯冲，便抓起一只挣扎的野兔冲上天空。

巴尔图喜欢这草原的景象，虽然它没有夏日的碧绿和斑斓，但是那种肃杀的雄浑给她另一种全然不同的感受。这肃杀草原上的美丽,是一种强者生存的美丽,是竞争的美丽,与夏日草原的和谐完全不同。

巴尔图在满都鲁身边指点着,不时发出银铃般的笑声。她喜爱骑马,喜爱打猎,喜爱这游牧的生活。

队伍越来越接近山口。

走在前边的白加思兰越来越紧张。他不时回头张望,巴尔图呢?她可不能跟满都鲁在一起。巴尔图还是和满都鲁并排而行,怎么办?要想办法让巴尔图离开满都鲁,用什么办法呢?

白加思兰在马上急得直冒汗。他把头上鲜艳的红色皮帽掀了起来,擦着额头上的汗。

马上的满都鲁对巴尔图说:"快进山口了,我到前面去看看白加思兰,看他准备把我们带到什么地方去。我看就在这里围猎就可以了。"

巴尔图说:"还是我去看吧。"说着一勒马嚼子向前跑去。

白加思兰见巴尔图自己跑了过来,高兴地迎了上去。巴尔图喊:"太师,大汗问你准备到哪里围猎?他说这里就不错,想在这里围猎。"

白加思兰和巴尔图并马前进,说:"黄羊都集中在山峡里面,在这里是打不到黄羊的。你看,这里哪有黄羊?"

巴尔图从马镫上站起来,四下瞭望着。奇怪,这里怎么一只黄羊都看不到?它们都跑到哪里去了?"真的,怎么一只黄羊都没有了?它们哪里去了?"巴尔图坐回马鞍,看着白加思兰说。

白加思兰笑了一笑:"我们事先都来勘查过,黄羊群已经进入山峡了。我们只有进去才能找到它们。走吧,我们先进去。"

巴尔图正想掉转马头回到满都鲁身边,白加思兰却一下子拉住她的马缰绳,说:"先跟我进去看看情况,你再回去一并回复大汗。"巴尔图点了点头。"走!"白加思兰一夹马肚,胯下马加快步伐跑了起来,巴尔图急忙跟了上去。

白加思兰和巴尔图跑进山峡,后面的队伍也跟着进了山峡。山峡两边高耸着峭壁岩石,峭壁山坡上长着松树、白桦。一条淙淙作响的山溪沿着山峡从山涧流出,从岩石上跌落下来,溅起洁白美丽的水花,溪边已经结起晶莹剔透的薄冰。

巴尔图左右张望，只管欣赏着山涧风光。她从来没有到过这里，这山峡风光吸引了她。"真美啊！"她赞叹着。

山峡越来越狭窄，白加思兰走到一个比较宽阔地方，勒住马回头观望。队伍已经全部进入山峡，满都鲁已经走在最狭窄的山涧小道上。他抬起头，看了看山坡上，在山坡的树林里，在峭壁的岩石后，有他的士兵埋伏着。

白加思兰看了看了前面的巴尔图，巴尔图还在欣赏着山峡景象，没有察觉什么。白加思兰抓下头上的红皮帽，向山坡树林方向来回挥舞起来。

山坡上的野思马因看见了白加思兰的信号，他从岩石后站立起来，大声喊："射箭！开炮！"刹那间，山峡两旁，密密麻麻的飞箭向山峡的士兵射去，一声大炮在山峡里炸开，巨石从峭壁上飞滚而下。山峡里，人哭马叫，血肉横飞，马践踏着从马上掉下来的士兵，士兵争着掉转马头，互相挤撞，互相践踏。

刚走进山峡的可汗满都鲁不知前边发生什么事情，正要上前去察看，一支从山坡上飞来的箭射中了他的胸膛，他忍受着剧烈的疼痛，在马背上晃动着，紧紧抓住马鞍。山坡上一块大石头翻滚而下，落到一块凸出的悬崖上，然后腾空落下，正好落在满都鲁的身上。满都鲁从马背上仰面跌落马下。他呻吟着挣扎着想爬起来，一匹受惊的马从他身上踏过，另一匹马的马蹄把他的头踢爆。满都鲁挣扎了一下，不动了。他的眼睛大睁着，无神地望着天空。

走在前边的巴尔图被身后的巨响、惨叫声惊动，她勒住马头，回转身去。满都鲁落马的惨相叫她惊叫起来。"大汗！大汗！"她惊慌失措地呼喊着，夹马朝满都鲁奔去，想去帮助她的满都鲁可汗。白加思兰伸出强健有力的臂膀，猛得拉住她的马嚼子，急忙大叫："你不要命啦！不能过去！那里危险！"

巴尔图哭喊着："可汗！可汗！"她挣扎着。

白加思兰死死抓住她的马嚼子不放手。"太师！这是怎么回事啊?!"巴尔图哭喊着问。

"我们遇到了瓦剌蒙古的埋伏。你看，山坡上那些人！"白加思兰指着山坡上的士兵给巴尔图看。

巴尔图抬起头，看到山坡上树林里到处都是穿瓦剌蒙古衣服的士兵。"这可怎么好啊？快去救满都鲁大汗，他还在在地上，没有起来啊！快去救他！！”

白加思兰说：“好，我派人去！”

白加思兰看着后面山峡，活着的士兵越来越少，只有不多几个还在四处逃窜寻找活路。山上的飞箭一个一个射倒他们。

可以收兵了。白加思兰慢慢举起手中的红帽，在空中扬了扬，戴到头上。

山坡上巨石后面指挥的野思马因把手一挥：“停止射箭！撤退！”

山坡上的射箭完全停止了。白加思兰才掉转马头，嘴里大声喊着：“大汗！大汗！”一边下马去寻找。巴尔图哭叫着，下了马，在血肉模糊的人堆马匹里翻腾拨拉着。

“在这里！大汗在这里！”白加思兰大声喊。

巴尔图跌跌撞撞地跑了过来。白加思兰抱起血肉模糊的满都鲁，大声呼喊着：“大汗！大汗！”

巴尔图扑到满都鲁的身体上，眼前一黑，晕了过去。

忍悲痛　小皇后送葬

“水！水！”巴尔图翕动着满是燎泡的嘴唇。

“好了，大哈敦醒过来了。”

“快，快拿水来。”

一股清凉的酸奶子流进巴尔图干燥火热的喉咙，浸润了她的头脑。巴尔图慢慢睁开了眼睛。周围模糊的面孔渐渐清晰了，这是满都鲁其他哈敦们的脸孔。

“大汗，大汗。”巴尔图喃喃着。

三哈敦抽泣起来，四哈敦极力控制着自己，说：“大哈敦醒过来了，这下我们姐妹就放心了。”

“我这是怎么啦？”巴尔图挣扎着想坐起来，四哈敦急忙按住她：“大哈敦不要动，你还很虚弱，还是躺着静养几天。你已经昏迷了五天了，五天水米不沾，你哪有气力动弹啊。”

“五天？我昏迷了五天？”巴尔图吃惊地问：“为什么啊？”她揉着自己的

蒙古女雄：满都海皇后

121

太阳穴说。

"太师说你和大汗去狩猎,路上遇到了瓦剌蒙古的伏击。"四哈敦终于按捺不住,抽泣着说。

"大汗? 大汗他怎么啦?"巴尔图抬起身子焦急地问。

几个哈敦一起号哭起来:"大汗中了瓦剌蒙古人的伏击,去世了。"

巴尔图大叫一声,又昏迷了过去。

"大哈敦! 大哈敦!"几个哈敦急忙呼叫着,有的掐人中,有的往她脸上喷冷水,手忙脚乱,抢救着。"快叫萨满来!"三哈敦说。

头戴高帽身穿花衣的萨满围着巴尔图又跳又唱,不断摇动着手中的铜铃。

巴尔图在一片嘈杂声中,慢慢睁开了眼睛。

四哈敦哭着说:"大哈敦,你可要爱护自己的身体啊,我们现在都指望你了。只有你还是蒙古的主心骨,你大哈敦的地位,是别人不能代替的,效忠大汗的蒙古士兵和台吉会听你调遣。你要是倒下去,大蒙古国就要被异性蒙古人占据了。"

"是的,是的,四哈敦说得对,现在蒙古黄金家族只靠你支撑了,你要坚强起来。"三哈敦也带着哭腔说。

"他们听我调遣?"巴尔图吃惊地反问,"不会吧? 我这么年轻,那些千户长、万户长,那些宗王台吉诺颜能听我的话?"

四哈敦拉住巴尔图的手,抚摩着,温柔然而坚定地说:"会的,这是我们黄金家族的规矩,大汗的大哈敦在大汗去世以后具有监国的权力,当年窝阔台大汗去世后,大哈敦脱列哥那做了三年监国,直到忽里勒台选她的大儿子贵由为新汗。贵由大汗去世,他的大哈敦海迷失全做了监国,直到忽里勒台选出蒙哥为新大汗。这是我们黄金家族的规矩。你看,现在那些万户长、千户长和台吉就在外面等候着大哈敦的召见呢。"

"原来这样!"巴尔图轻轻地说:"看来我们不能因为大汗去世,就把黄金家族的权力拱手送给异姓蒙古,是吧?"

"是的,是的。"二哈敦、三哈敦也急忙迎合着说。二哈敦其其格在大姐格日勒死后,早就失去了过去的威风和锋芒,变得唯唯诺诺了,她当然也顺着大家表了态。

"好，有姐姐们的支持，我就把这重担担起来。"巴尔图声音虽然轻，但是语调里的坚强、果断和勇气叫这几个心急如焚的哈敦们放心了。

"通知各万户长、千户长和各部台吉，下午在大汗大帐召见他们，商议给大汗出殡之事。"巴尔图闭上眼睛，突然又睁开眼睛，补充说："还要通知太师和大元帅。"说完，她疲乏地闭上眼睛。那天在羚羊峡的情景涌进脑海。她仔细回忆那天的情景？瓦剌蒙古的伏击？怎么可能？他们怎么知道大汗的行踪？

巴尔图在自己的斡耳朵里为满都鲁大汗举行殡殓仪式，她为大汗穿上貂皮皮袄，戴上皮帽，换上白粉皮做的靴袜，系上丝缎腰带。侍卫捧来殉葬金壶瓶两个，金盏一个，黄金碗碟匙筷一套，巴尔图把它们小心地放到大汗身边。然后用黄金箔条把大汗的身体从上到下箍了四圈。

"让谁做殉葬？"四哈敦悄悄问巴尔图。按照蒙古习俗，要有侍卫、爱仆、爱妾和一些牲畜随同大汗做陪葬。据说成吉思汗下葬时，有四十个陪葬人，他们被放在挖好的大坑的底部，活活饿死以后，然后安葬成吉思汗的棺椁。

巴尔图沉思了一会儿，看看围着自己的哈敦和使女，摇摇头，都是一些活生生的女子，让谁去当殉葬人呢？多么残酷的习惯啊！应该废止它才好。可是自己暂时还不能这么做，以防激发黄金家族成员的不满，也不想给反对自己的人以一个有力的口实。

巴尔图想了想说："看有谁愿意追随大汗到天国去，大家自愿吧。"

三哈敦急忙掉转目光，四哈敦犹豫了一下，说："大汗对我素来不错，按说我应该追随大汗去。只是儿女太小，割舍不下……"

巴尔图急忙打断她的话，说："妹子不要这么说，你的儿女离不开额娘的照顾。你要是去了，我可照顾不了你的儿女。"说着把目光盯住二哈敦。

二哈敦心中大惊：我完蛋了。她大哈敦正好借此机会报我们姐妹当年欺负她的仇了。她想避开巴尔图的目光，却没有躲藏之处。

三哈敦自以为明白了巴尔图的心思，多嘴多舌，说："大汗总是最疼二哈敦，二哈敦无儿无女没有牵挂，正好去照顾大汗，二哈敦去我们姐妹才放心呢。"

二哈敦狠狠地瞪了三哈敦一眼，支吾着说："是，可是，没有孩子的哈敦不符合大汗心思。大家知道，为了过去那个大哈敦，大汗早就讨厌我了。自那以后，大汗更喜欢三哈敦，三哈敦立了头功了嘛。"二哈敦越说越气愤，也越说越流利。

三哈敦又惊又气,脸色煞白,全身颤抖起来,她伸出哆哩哆嗦的手,指着二哈敦,结结巴巴说:"你……你……"

二哈敦反倒不害怕了,她得意地大笑起来,说:"怎么?你不想为大汗殉葬啊?那你可就是蒙古的叛徒啦!"

巴尔图厌恶地看着二哈敦,语气坚定地反问:"这么说,你是愿意追随大汗去了?"

二哈敦脸色转白,微微颤抖着说:"大哈敦要是命令的话,我会执行的。"

巴尔图低下头,想了一会儿,抬起头,慢慢地说:"我是不会下这样残酷的命令的,你愿意追随大汗,我会成全你对大汗的一片情意,也会厚葬你,厚待你的家人。如果你害怕,我绝不勉强。只是要你以后不再以大汗二哈敦的身份住在大汗的斡耳朵里,也不许你对我说三道四,你自己选择吧。"

二哈敦咬着嘴唇:这样屈辱地活着又有什么意思呢?算了吧。追随大汗而去,至少还能搏得个好名声!

她一声不吭转身回到自己的大帐,戴上自己最漂亮的姑姑冠,穿上自己最喜欢的衣服,戴上所有的金银、翡翠、珍珠、玉器首饰,拿出一条红色绸带,挂在哈那的支架上。二哈敦一跺脚,踩着桌,投缳自尽,追随满都鲁大汗去了。

侍卫飞快前来报告。巴尔图轻轻摇了摇头,叹息了一声,心想:我还是逼死了她,可怜的女人!今后一定要禁止这种陋习!

巴尔图命令侍卫把二哈敦抬进大帐,与满都鲁大汗装殓在一个大棺里,把大汗生前喜爱和使用的衣服、甲胄都放在他的旁边。

"还要不要殉葬的将士和仆从?"四哈敦小心翼翼地问。

"不必了,已经有几百将士陪大汗死了。把和大汗一起遇难的几个忠心将领和大汗的战马抬来做殉葬吧,不要再用活人和活牲畜了。"巴尔图沉痛地说。她静静地看着侍卫把满都鲁大汗的楠木棺合上,用三道黄金圈固定。侍卫把死去的将士盛装收殓,与满都鲁大汗的棺木放在一起。

巴尔图通知王公台吉将领都来参加满都鲁大汗的葬礼。

初冬,西北风夹杂着雪花,唢呐、马头琴鸣咽,出殡的队伍从大汗营盘出发。身穿白衣头戴白帽的萨满骑着白马,牵着准备殉葬的金灵马和它的小马,金灵马配着黄金鞍辔,背上披盖着锦缎,走在送葬队伍的最前边。锦缎灵车缘着锦缎边的白毡帘,巴尔图浑身素衣,摘掉姑姑冠,护送率领着送葬的马队、驮队、高车队伍,缓慢向圣主成吉思汗祖陵起辇谷走去。

葬着圣主成吉思汗圣母诃额仑、元世祖忽必烈及许多黄金家族成员的祖陵起辇谷,一片葱绿的树林,成吉思汗的守陵人成年守卫在那里。

巴尔图静静地站着,看着士兵把棺木放进墓穴,填上土,把连草一起挖起的土块又小心翼翼地排列在上面,把挖起的多余的土运往远处扬掉。牵着马士兵在上面轻轻地踩踏着,让这埋葬着大汗的草地如平地一样,叫人看不出埋葬的痕迹。明年春天,这里同其他祖先的墓穴一样,只有一片芳草萋萋,与大草原融为一体。

一头母骆驼不断地哀鸣着,这是在开穴下棺时杀的那头小骆驼的母亲。她在儿子被杀的草地上低头号叫着,呜呜咽咽,流着眼泪,不停地用嘴拱着松软的草地,寻找她的儿子。

巴尔图叹了口气,走过去用手抚摩着母骆驼,安慰着她。拜托你了,明年要靠你寻找大汗的墓穴前来祭祀,只有你,能牢记住自己儿子被杀的准确地点,你踯躅悲鸣的地方,就是大汗的陵墓。唉! 这风俗! 巴尔图感叹着,还是该变化一下才好,她又这么想。

巴尔图在萨满的带领下,祭洒了马奶酒。萨满举行了祭祀仪式,留下送葬官烧饭祭祀三年。

坐在高车上准备返回的巴尔图最后回头望了望那片树林,默默地说:"圣主圣母,你们放心,我一定要让黄金家族的事业后继有人,坚决不让异姓人染指大汗宝座!"

下篇　汗廷主宰

第四章　汗廷抚孤

流落草原一孤儿

　　鄂尔高斯高原上,大雪飞舞,白茫茫的天地之间,两个黑点在移动。雪地上,两行歪七竖八的脚印通向那移动的两个黑点。一个中年男人牵着一个七八岁的男孩,歪歪斜斜地在雪地里艰难拔步。他们衣衫褴褛,面容黎黑,形容枯槁,骨瘦如柴。走着,走着,中年男人一个趔趄,身子一歪,倒在雪地里。

　　"父亲,父亲!"男孩子急忙用力拉他起来,大声呼喊着。

　　男人艰难地挣扎了几下,终于起不了身。男孩子趴到男人身上大声呼叫着:"父亲,你醒一醒啊,你会冻死的。"那男人慢慢睁开了眼睛,颤巍巍地拉住男孩的手,说:"巴图蒙克,父亲怕是不行了。"

　　巴图蒙克紧紧抱住父亲巴延蒙克,用劲摇晃着,大声哭喊:"父亲,父亲,你不能丢下我啊! 我害怕!"

　　巴延蒙克流着眼泪,也抱着儿子不放。他们父子自从逃离汗廷,已经在蒙古草原上流浪了多半年。巴延蒙克小心掩饰着自己的身份,不让人知道他的来历。他不敢在一个部落停留时间太长,经常流浪在草原上。草原上的人家都很大方,都肯收留他们住上十天半月。如今,他们走到这没有人家的地方,严寒的天气放倒了巴延蒙克。他是也先的外甥,是脱脱不花汗的儿子,可是,也先自己想当蒙古大汗时,害死了脱脱不花,差点也害死他,只是脱脱不花的哈敦,他的母亲,拜托他的叔叔满都鲁把他救了出来,让他在草原流落了许多年。如今,他的儿子巴图蒙克又走了他的路,也被人追杀,有家不能归,流落在草原上,过着可怜的日子。当年他放弃了大汗位置,就是为了保全自己有一个安定温暖的家。可是,到头来还是什么也没有保住,他也许错了。

他艰难地抬起手,为儿子擦去脸上的泪水,抽泣着说:"巴图蒙克,你要坚强地活下去,你是成吉思汗的后裔,是黄金家族的成员,你要回到汗廷里去。"说着从怀里掏出一个锦缎盒子,交给他,说:"这是我的济农玉玺,也是我们黄金家族的凭据。你要好好保存它。有一天,你就要凭着它回汗廷里去。"

说完,头一歪,闭上了眼睛。

"父亲!父亲!"巴图蒙克抱着巴延蒙克的身体号啕大哭。

寒风呼呼地吹,雪花飘舞,一会儿就掩盖了死去的巴延蒙克的尸体。巴图蒙克渐渐失去了知觉。

风雪中,一个老牧人骑着马艰难地行进。一路上,他骑马走一段,下马步行一段,来暖活着身子。这鬼天气出门,可真受罪。他把嘴捂在皮帽和白羊皮袍高竖起的皮领子里,嘟囔着。可是,诺颜命令他去,他又不能不去。为了那一小袋炒米的报酬,他也只能去。

马背上,他又感到蒙古靴里的脚趾像刀子割似的锐利的疼痛。他跳下马背,牵着马,跳跃着,暖和他的脚。脚下踢住一堆软绵绵的东西。他低下头,用脚踢开白雪。"啊?是人!"老人吓了一大跳。

毕力格太急忙放下手中的马缰绳,弯下腰,扒拉开覆盖在他们身上的白雪。还有一个孩子!老人的心痛了一下。没有孩子的他总是心疼孩子。他急忙用手试了试男孩子的鼻子,"还有气!"他心中一喜,自言自语,急忙抱起孩子把他裹进自己的破旧的皮袍里。又试了试大人的鼻子,叹了口气,摇摇头,上了马,朝不远处自己的蒙古包走去。

蒙古包里的老额娘听到包外的脚步声,急忙掀起蒙古包的毡帘,让老父亲毕力格太进来。"你抱了个什么东西？小羊羔、小牛犊还是小马驹啊？"

老额娘满是皱纹的脸上堆起开心的笑，问老伴。

老牧民毕力格太紧抱着孩子，说："你猜猜看？"

老额娘乌云笑了，说："你卖什么关子啊？我猜是小马驹，小羊羔没有这么大。来，让我看看。是儿马吗？"

毕力格太哈哈大笑起来，说："这可是比羊羔、牛犊、马驹贵重一百倍的珍贵东西！"

乌云笑着拍打着毕力格太身上的雪花，说："我们这穷命，能有什么珍贵东西给我们？"

毕力格太笑了，"真的，长生天见我们老两口孤苦伶仃，无儿无女，可怜我们，给我们送来一个小孙子，是不是比什么都珍贵啊？"

"真的？"乌云惊喜万分，急忙接过毕力格太手中的皮袍，抱到火盘跟前，揭开皮袍。皮袍里的巴图蒙克还在昏迷中，乌云把他轻轻放到铺着厚厚羊皮的铺上，为他盖上老羊皮。

"快，去弄一盆雪来！"乌云对毕力格太说。

毕力格太拿着一个瓦盆，到蒙古包外装了一盆雪回来。乌云用刀割开男孩子的冻成冰坨子的蒙古靴，割开他的毡袜，捧起白雪包到他的脚上。"来，快点帮我一起给他搓。要不，他的脚就会被冻坏了。"两个老人分别用雪揉搓着男孩子的脚和手。

"他要醒了！"一边搓一边紧紧盯着男孩子小脸的乌云惊喜地说。

巴图蒙克的眼睫毛轻轻地颤抖着，眼珠在紧闭的眼睑下轻轻动了动。乌云自言自语："醒了！醒了！"说着，声音竟哽咽起来，两行热泪流了下来。

毕力格太急忙过来替她擦着眼泪，一边轻声说："老太婆，你这又是咋的啦？你流什么泪啊？"

乌云抽噎着："要是我们巴特尔活到现在，我们的孙子也有这么大了。"

毕力格太说："要是他和乌云其其格成亲，孙子比他还大，大概有十五六岁，成了大小伙子了。"

昏迷中的巴图蒙克感到几滴清凉的水珠滴到他的脸颊上，他动了一动。

"老太婆，他醒了！"毕力格太高兴地喊："快拿酸奶子来。"

乌云急忙端来酸奶罐，毕力格太把巴图蒙克抱起来，乌云用调羹把酸奶

蒙古女雄：满都海皇后

慢慢灌进他的嘴里。一股清凉甜丝丝的酸奶流进巴图蒙克干渴的喉咙,巴图蒙克又吞咽了一口。

毕力格太看了看乌云,喜笑颜开,脸上的皱纹舒展开来:"他活过来了,不要紧了。"乌云喃喃说:"感谢长生天!"说着要去向翁衮磕头,毕力格太赶快阻止:"老太婆,你老糊涂了,还不再喂他多喝一些?"乌云不好意思地嘿嘿笑了笑:"你看我是老糊涂了,只管高兴,忘了这小羊羔还需要多喝酸奶子才能恢复过来。"她拿个碗,倒了多半碗酸奶,喂巴图蒙克喝。

巴图蒙克的眼皮动了动。"他要睁眼了!"毕力格太抬眼看了看乌云,乌云正一眨不眨地盯着巴图蒙克:"是的,他要睁眼了。"

"醒醒,孩子。"毕力格太轻轻呼唤。

乌云推了毕力格太一把:"你别乱喊,让他自己慢慢醒来,小心惊跑他的灵魂。"

毕力格太笑着拍了乌云一把,说道:"就你讲究多。"

巴图蒙克的眼皮又动了一下。毕力格太和乌云急忙凑过去,屏气凝神,注视着这张肮脏却眉清目秀的小脸。两个孤苦的老人心里爬上一种说不清的感觉,他们觉得自己突然年轻起来,觉得黑乎乎的蒙古包里有了亮光。

昏昏迷迷中的巴图蒙克感觉到有两道慈爱的充满同情和怜惜的目光在注视着他,在温暖着他。他的冰冷的麻木的肢体一点点温暖、一点点融化、一点点柔软。他慢慢地慢慢地抬起沉重的眼皮,眼睛一点点睁开。从他睁开的眼睛缝里射来昏暗的黄色灯光,灯光下似乎有两个黑色的晃动的人影。

那是父亲和额娘。他们在干什么?

他努力把眼睛睁得更大一些。他看到了,看到两个花白头发的老人的慈爱的眼睛和满是皱纹的脸。我在哪里?巴图蒙克想。

他翕动着嘴唇。

"快,他还想喝。"毕力格太推了一下乌云。乌云抖抖索索又倒了半碗酸奶子。"不,给他喝碗热奶。"毕力格太说。

乌云到蒙古包中央的火盘上,从吊锅里舀了半碗热牛奶,特意从锅里的牛奶上揭下一张奶皮,放在碗里。

"来,小嘎子,喝热奶。"乌云把奶碗放到巴图蒙克的嘴边。一股热气腾腾的奶香冲进他的鼻子,有多长时间没有喝这香喷喷的热奶子了?他鼻子一酸,眼泪成串地滚落下来,他想起了自己这几个月的遭遇。

毕力格太抱着巴图蒙克,轻轻地摇晃着,说:"不要哭,小嘎子。从今以后,你就有家了,不用再流浪了。"乌云替他轻轻擦去脸上的泪水,问:"你叫什么名字? 家住在哪个浩特?"

巴图蒙克轻轻说:"我叫巴图蒙克,是巴延蒙克济农的儿子。我父亲呢? 他和我在一起的。"

毕力格太难过地说:"你父亲冻死在雪地里,你也冻僵了。"

巴图蒙克号啕大哭:"父亲,剩我一个人,我可怎么办啊?"

毕力格太和乌云一起搂住他:"巴图蒙克,我们就是你的父亲和额娘,以后就和我们住在一起。"

巴图蒙克问:"这是在哪里啊? 离我家有多远?"

毕力格太和乌云都摇着头:"这里叫塔尔根敖包,我们不知道你家在哪里,也不知道离你家有多远。我们从没有离开过这里,也不知道济农是谁,可汗是谁。这里人很少,很少有诺颜过来。"

巴图蒙克又哭了起来,他抽抽搭搭地说:"我再也回不了家了,也见不到我的额娘了。"

乌云搂着巴图蒙克的头,说:"你放心,以后老父亲会骑马到有诺颜的地方去替你打听你家,你放心。来,把这碗热奶子喝了,再吃了这奶皮,你就有力气了。"

"对,对。等你有了力气以后,等天气暖和,我带你到草原上去打听你的家,好不好?"毕力格太抚摸着巴图蒙克乱糟糟的头发说。

巴图蒙克听话地喝着乌云老额娘喂他的热奶子,心里的恐惧和寒冷慢慢地被驱散了,几个月东躲西藏躲避满都鲁大汗追杀的担惊受怕也慢慢地消融了。

千里草原寻孤

白加思兰听到这消息,十分吃惊。巴尔图召见全部汗廷官员? 她想干什么? 她想当监国? 不过,转念一想,又觉着没有关系。一个小姑娘,又是他的女儿,就算她宣布自己当监国,还不是聋子的耳朵,是个陪衬? 她还不是和自己一心？对自己一定言听计从？还不是要受他的摆布。白加思兰高兴地想，先让她当几天监国吧。

巴尔图高坐在大汗的高座上，右边空着，左边坐着三哈敦和四哈敦。太师、大元帅白加思兰父子坐在最显赫的位置上。其他官员都依次坐在自己的位置。一些人互相交换着意味深长的目光，有些还交头接耳在议论着什么。

第一次坐在大汗的宝座上，巴尔图的心有些跳得厉害。她极力抑制住自己的紧张，命令自己抬起眼睛直视着在座的所有男人。这些男人都是手握兵权的粗野蛮横的武夫，他们大碗喝酒大块吃肉，打起仗横冲直撞，杀人如杀鸡。他们哪个人不是妻妾成群，把女人看作衣服，想扔就扔，想换就换，他们谁把女人当作一回事哪？瞧他们眼光里泄露出不屑和嘲笑了吧。看看白加思兰和野思马因，他们多得意。是啊，他们以为我不过是个傀儡，将来还不是他们说了算？

想得美！咱们骑驴看唱本，走着瞧。

巴尔图对自己说。

让他们笑去吧，谁能笑在最后，谁才笑得最美。巴尔图的嘴角浮起一丝笑容。

巴尔图抬眼望着前面，极力不和那些男人的目光相遇。她的目光掠过太师白加思兰和野思马因，停留在一个壮实高大的蒙古汉子的身上。这是脱郭齐大将军。听说他刚刚处死一个小福晋，仅仅是因为那小福晋跟一个随从站在一起说了几句笑话。不过这脱郭齐，打仗十分勇猛，又很忠心于大汗和汗廷，是一个值得依靠的将军。要想方设法把他笼络住，让他成为自己的有力臂膀。

巴尔图的目光在脱郭齐大将军身上稍加停留，便转了过去。那是蒙郭勒津部首领脱罗干，矮胖粗壮罗圈腿，经常往大汗这里跑的一个小人，善于钻营，善于跑关系通路子，是那种狡诈、势力、唯利是图、善于逢迎的小人，听说与太师关系也很密切，把自己的一匹号称"草上飞"的宝马送给太师，来拉拢和太师的关系。不过，这种小人也不妨利用一下，先与他搞好关系。

巴尔图收回目光，清了清喉咙，这时她的心已经完全平静下来。

"各位诺颜。"巴尔图镇定的声音响在大帐里，清脆响亮悦耳，如山涧溪

蒙古女雄：满都海皇后

水在山岩上跳跃一般抑扬顿挫。刚才还在交头接耳、议论纷纷的诺颜们的注意力不由自主被吸引过去,他们端坐起来,注意倾听这令人心旷神怡的声音。

"各位诺颜。"巴尔图又亲切地喊了一下。她的目光在全场扫了一遍,特意在脱郭齐大将军的脸上停留了一下,然后嫣然一笑,继续说:"今天召见大家,是为了与大家商议一些大事。大家知道,我们敬爱的满都鲁大汗不幸遇到瓦剌蒙古的伏击而遇难,我们作为大汗的亲人和臣属,都非常悲愤,大家都想替大汗报仇雪恨。至于怎么报仇雪恨,想听听大家的意见。"

太师白加思兰在巴尔图还没有说完时,立刻插嘴说:"我认为现在说替大汗报仇去打瓦剌,时机还不成熟。"

"是吗?"巴尔图很感兴趣地问,"太师,说说你的看法。"

白加思兰很有些得意:监国如此重视他,可见她是个有情义的女儿,毕竟是一个锅里吃过饭的,还是有感情的。这巴尔图没有让他失望,她不是那种没有良心的白眼狼。

白加思兰继续坐着,大声说:"瓦剌离我们很远,我们发兵去打,要劳师远征,恐怕要挫伤士气,得不偿失。"

脱郭齐大将军有些不高兴,他打断白加思兰的话,说道:"太师所言差矣,我们蒙古人何尝怕远征打仗?圣主成吉思汗时代,我们蒙古军队征服了多少地方?远征几千里,横扫亚洲打到欧洲,南边打到云南,我们的士气何尝被挫伤?瓦剌就在我们西边,离我们不过几百程,我们的队伍几天就卷了过去,算什么远征?"

巴尔图心里赞叹:这脱郭齐确实如我所料,是个值得依靠之人。只是这太师多有阻挠,看来打瓦剌还是有些麻烦。内部不稳,外敌难灭。这当务之急看来还是要先稳定内部。

巴尔图看了看太师和野思马因:这父子俩勾结瓦剌,害死大汗,不能不除。怎么除呢?是武力讨伐还是智取?

白加思兰正与脱郭齐唇枪舌战。野思马因却目光直勾勾地色眯眯地只管看着巴尔图。巴尔图心里一恼,正想发作。这不是机会吗?巴尔图转念一想:父子俩团结一致,叫她更为难办,让父子互相攻击关系破裂,各个击破,她不就容易达到目的了吗?

巴尔图把一个嫣然笑送给野思马因,飞给他一个意味深长的眼光。

野思马因的心醉了。

巴尔图见白加思兰和脱郭齐大将军争吵不休,摆了摆手,说:"二位诺颜不必再争论下去,看来打瓦剌确实还时机不够成熟,我们就依了太师暂且放一放。"说到这里,巴尔图抬眼望了望白加思兰。白加思兰面露得意之色,向大将军脱郭齐挥了挥拳头,显示他的胜利和得意。大将军脱郭齐皱着眉头,面露不悦。

巴尔图急忙补充:"大将军脱郭齐的意见也很好,特别是大将军的忠勇志气更叫我敬佩,我希望以后在座的诺颜中有更多像大将军脱郭齐一样忠勇可嘉的好将士,这样我们蒙古振兴也有希望。"

脱郭齐的脸色渐渐平和下来,露出了些微的得意。巴尔图微微一笑:这些男人,好像小孩子一样争强好胜,又像小孩子一样喜欢别人的夸奖。

巴尔图继续说:"今天要商议的第二件大事,就是关于我们蒙古新汗的人选问题。大家知道,我是满都鲁大汗的大哈敦,按照我们蒙古的扯比克规定,继位的新汗必须是大哈敦的儿子,可是我没有儿子,所以满都鲁大汗没有继位人。我想和大家商议,看这事该怎么办。"

太师白加思兰又说:"那就由你先任监国好了。大哈敦任监国是有许多先例的,是不是啊?"他转身问其他人。

蒙郭勒津部首领脱罗干急忙迎合说:"那是,那是,像忽必烈大汗察比大哈敦,像成吉思汗的大哈敦,像拖雷的……"他还想说下去,白加思兰却打断了他,不高兴地说:"你净胡说,成吉思汗的大哈敦孛尔帖什么时候做过监国?拖雷自己做监国,选举窝阔台任可汗,他的大哈敦唆鲁和帖尼什么时候做过监国?不懂装懂!"

蒙郭勒津部首领脱罗干遭太师当众的抢白,虽然很不高兴,却不敢在脸上显露出来,只是打着哈哈说:"太师说得对,说得对。"

野思马因见太师拥戴巴尔图,自己岂甘落后?他不愿意放弃这么一个向巴尔图讨好的机会。巴尔图已经对他开始有好感,以后只怕少不了接近自己。一个这么年轻的寡妇,怎么会独守长夜?他急忙站立起来,大声说:"对,我同意太师的意见,由大哈敦任监国。待以后有了黄金家族的成员,再召开忽里勒台,选举新汗。"

脱郭齐和其他一些台吉也都表态支持巴尔图出任监国。

巴尔图站了起来，响亮地说："感谢大家的厚爱，请接受我巴尔图的感谢。"说着，把手放在前面，向大家鞠了一躬。

这一躬，让在座的许多热血汉子热泪盈眶。从来是他们向大汗和大汗哈敦鞠躬、敬礼、下跪，今天大哈敦却向他们鞠躬。脱郭齐和一些部落首领台吉心里发誓，一定要捍卫巴尔图大哈敦，她命令他们干什么，他们就不怕流血牺牲为她赴汤蹈火在所不惜。

巴尔图又说："我巴尔图，还很年轻，没有经历过许多事，我需要各位诺颜的支持和帮助。希望大家多给予我支持！"

野思马因和脱郭齐同时高喊："大哈敦放心！我们支持大哈敦！"野思马因甚至高举起拳头，带领着大家一起高呼口号："大哈敦万岁！万岁！万万岁！"大帐里热血沸腾、激情洋溢。

巴尔图放心了。她有些感激地看了看野思马因，野思马因又用那种剥光了她的衣服来抚摩她的裸体的眼光痴迷迷地望着她，巴尔图的气恼又潜升起来。她努力控制自己的感情，依然微笑着，说："我为蒙古黄金家族监国，但是我向大家保证，我一定会把大汗的宝座交还给黄金家族的合法继承人。下面，我想让大家商议商议谁可以做大汗的合法继承人？"

白加思兰心里有些不快：让你当监国，你就当你的监国好了，这样的大事只需要和我私下讨论，这般大事岂能在这样公开的场合让大家议论？这定接班人的大事，总是暗地里由最有权势的人操纵指定的。真不懂事！他有心制止，却又怕引起大家的不满，只好先按捺不动，静观事态的发展。

脱郭齐站起来说："我以为济农巴延蒙克是脱脱不花汗的亲生儿子，是最合法的继承人。"

太师白加思兰马上打断他的话，说："你是糊涂还是故意捣乱？你不知道济农巴延蒙克已被满都鲁大汗逐出汗廷，取消了他黄金家族的称号？"

脱郭齐还是继续说："虽然济农被逐出汗廷，但是他的身份是改变不了的，他身上流淌着成吉思汗的血液，这是不可改变的。他的儿子，依然是成吉思汗的后代，他要比你我合法得多。"脱郭齐故意这么说，大家都笑了起来。白加思兰十分恼火，却不便发作。

"那么依你之见，应该怎么办？"巴尔图急忙询问，她的脑海里出现了那个可爱活泼依恋她的男孩。

　　"应该派人去把济农父子找回来,如果济农被人所杀,我想他的儿子一定还流落在草原上,要是把他找回来,他就是很有号召力的合法继承人。大哈敦就可以主持召开忽里勒台,选举他为新汗。"

　　巴尔图点着头。那可怜的济农!大汗不清不楚地冤枉了他,自己却没能够拯救他,这一直成为她的一个遗憾。对!找回巴图蒙克,辅佐他成为大汗,把大汗之位交还给黄金家族,补偿满都鲁恩将仇报对济农的伤害!巴尔图的决心已定。

　　白加思兰说:"那不行,济农巴延蒙克已经被黄金家族除名,他的儿子也就不属于黄金家族的成员了。大哈敦,这事需要慢慢的从长计议,万不可草率行事!"他转向巴尔图,脸色十分严肃,口气具有不容置辩的威严。

　　巴尔图看了他一眼,慢慢然而坚定地说:"我看脱郭齐大将军说得有理,济农被黄金家族除名的事,只是满都鲁大汗生前一时之气话,其实他还没有叫史官写进黄册。他对我说过:济农是不能从黄金家族中除名的。那他的儿子,自然还是黄金家族的合法成员。太师,你的说法自然也不错,不过,我们还是可以派人去寻找济农和他的儿子。其实,我想,找到他们的希望很渺茫,我曾经派出多人去寻找,总是没有一点踪影。这次,我们再试一试,尽到我们对济农和黄金家族的心意,如果再找不到,我们再重新计议也不晚。太师,你说呢?"巴尔图温柔、恭敬、和蔼地询问白加思兰。

　　白加思兰没有什么好说的,只说:"好吧,就这么着吧,听你的。"

　　巴尔图说:"那好,今天议事就到此为止,各位诺颜退下吧。"诺颜行过礼纷纷离去,巴尔图特意使了个媚眼给野思马因。野思马因心花怒放,一时手舞足蹈。

　　巴尔图对脱郭齐大将军说:"大将军,你请留步。"

　　茫茫大草原上,北风怒吼,卷起的枯草树叶沙尘扑打着一个骑马人的脸。虽然戴着貂皮皮帽,可是刺骨的寒风还是把额头吹得生疼,冷风刺得眼睛直流泪。哈出的热气在脸部周围的皮毛上结满白色的霜花,胡子、眉毛也已经雪白一片。

对面来了一个骑马人。他急忙拍马迎上去，恭敬地问："巴可什①，你在这几个月里可见过一个领着一个七八岁男孩子的男人？"

骑马人摇摇头，走了。

这人叹了口气，继续在风中前行。前边远处，模模糊糊一片白色，旁边有一个高耸的敖包，看来那里有一个浩特，他要到那里去询问。

他就是脱郭齐大将军，受巴尔图大哈敦的私下委托，出来寻找济农和他的儿子。巴尔图大哈敦虽然年轻，却十分干练，那么温柔又那么刚强果断，是一个外柔内刚的能干女人。脱郭齐佩服这样的女人，也愿意为这样的女人卖命。

巴尔图让他一定要找到济农和他的儿子，她相信他们还活着，还流落在草原的什么地方。"一定要严守秘密！"巴尔图叮嘱着。脱郭齐向巴尔图大哈敦发誓，一定找回他们。

一个多月，在刺骨的寒风中，在茫茫的大雪里，他沿着巴尔图指示的当初济农出逃的东北方向走，见人就问，见蒙古包就下马，见浩特就拜访浩特诺颜，但是还是没有打听到任何消息。难道他们真的已经不在人间？脱郭齐有时也动摇了自己的决心和想法。是不是要返回去？

不，再坚持几天，再走一个地方，他总是这么鼓励说服自己。结果他走了一天又一天，走了一个地方又一个地方。

脱郭齐感觉自己的脚已经冻得发僵，他急忙跳下马，紧紧偎着枣红马温暖的肚皮抵挡着呼呼大风，继续往前走。

这里果然是个大浩特。围起来的这个库仑里大约有几百顶蒙古包。脱郭齐拉着马走进库仑，把马拴在一个拴马桩上。他四下看了看，等着人出来。一个蒙古包的毡帘一掀，走出一个年轻人。脱郭齐急忙上前询问。他鞠了躬，问："巴可什，你们这里有没有来过一个男人，带着个小男孩？"

"什么时候？"那年轻人问。

"就在这几个月里。"脱郭齐满怀希望地问，他多希望年轻人说来过啊。可是年轻人还是摇了摇头，说："没听说过，我们浩特要是有陌生人来，我们每家都会知道的。我们蒙古人好客，哪能不去请客人到家喝碗奶茶呢。"

---

①巴可什：蒙古族语，先生、老师、师傅一类尊称，内蒙古一带流行说的把什，便来源于此。

"是啊。"脱郭齐点头，失望地转回身去拉马。

蒙古包又钻出个老人，大约是年轻人的父亲："巴特尔，你和谁说话？是不是来客人了？远方的客人来了，要请他进包里的。你怎么这么不懂事？怎么能让客人在包外站着说话？"

年轻人说："父亲，他只是来打听一个人的，不是投宿的客人。"

"那也该把他请进来，让他喝碗热奶茶，天这么冷。来，远方的客人，先进来喝碗热奶茶，烤烤火，暖暖身子再走吧。"

脱郭齐说："谢谢父亲，我还要赶路呢。"

老人让叫巴特尔的年轻人过来拉住脱郭齐，说："年轻人，进来吧，你看这天，恐怕夜里有暴风雪，过了这浩特，这方圆几十里都找不到人家的。你还是在这里过了夜明天再走吧。"

脱郭齐抬头看看天。确实，天空已经布满灰黑色的沉重的云团，好像棉絮一样把天空压得低低的，脱郭齐犹豫了。老人又催促着："进来吧，不要犹豫了。你是不能走的，你要是走了遇到暴风雪，没有投宿的人家，出了好歹，我们一家这辈子都不能安生，长生天会惩罚我们的。"老人絮叨着说。

脱郭齐知道，老人说得没有错，暴风雪确实要来了。脱郭齐把马交给年轻人，让他把马拉进马圈，自己随老人走进蒙古包，一股温暖的热气扑面而来，一下子驱走包外的严寒。脱郭齐摘下帽子，放下自己的马蹄袖，向包里的主人鞠躬问好。

老人的蒙古包收拾得干净，看来家道还不错，虽然不是诺颜，也是阿拉哈图，那种具有自己人身自由的牧民。包里还有一个大姑娘和一个老妇人，看来是老人的妻子和女儿。

"乌兰花，来客人啦。"老人朝女儿喊。正在搓羊毛线的乌兰花抬起头，看了看脱郭齐，急忙站立起来去为客人张罗着倒奶茶。脱郭齐觉得这姑娘长得还不错，细皮嫩肉的，眉眼很清秀。

老妇人让位给脱郭齐，脱郭齐急忙坐到右手的客人位置上，接过姑娘递来的奶茶。脱郭齐用指头蘸了奶茶，分别向翁衮、天神和火神弹了过去，然后才自己喝，他确实又冷又渴又饿。

老人慈爱地看着脱郭齐一口气喝完了奶茶，知道客人冷饿交加，对女儿说："乌兰花，再给客人拿点手把肉和炒米。"

乌兰花听话地照父亲的话,为脱郭齐端来一大盘热气腾腾的羊肉,端来一碗泡着奶油的炒米。脱郭齐香香美美的饱餐了一顿。脱郭齐打着饱嗝,在膝头上擦着自己的手,乌兰花静悄悄地把一碗马奶酒放到他的面前,在自己父亲面前也放了一碗。

"刚才那个青年巴特尔呢?"脱郭齐问。

老人说:"他是蒙郭勒津部首领脱罗干台吉的护兵,要去台吉那里值守,不能在家。"

"这是蒙郭勒津部的营地?"脱郭齐惊奇地问。

"是啊。"老人点着头。

脱郭齐这才知道自己到了哪里。

老人啜饮着马奶酒,问:"刚才听你说找人,你找什么人啊?"

脱郭齐小心地说:"我找我哥哥,他带着他七八岁的男孩离家出走,有好几个月了。我额娘为他哭瞎了双眼,父亲派我出来寻找,说让我走遍草原,也要找到他的下落。"

老人听了,十分同情地叹口气,说:"草原这么大,人家又这么少,到哪里去寻找他啊?只怕是早被狼吃了。你听,这草原的狼嚎,有多怕人。"

脱郭齐听到蒙古包外呼呼的风声中夹杂着一阵又一阵野狼的嗥叫,凄厉尖锐令人毛骨悚然。

一直在搓着羊毛的老妇人突然说话:"一个多月前我妹妹来,她说她捡了一个男孩子,她特意来从我这里找几件巴特尔过去穿的旧衣服。那男孩子不知道是不是巴可什找的人?"

老人奇怪地看着自己的老妻,嘟囔着说:"她来过,我怎么没有听你说起过?"

老太白瞪了他一眼,说:"你不是讨厌老毕力格太嘛,你不是不准他们夫妻上你的门吗?我不是不想听你唠叨和发脾气,就只好不告诉你了。都七老八十的人啦,还记着年轻时的那点陈年旧账!"

老人正要发脾气,脱郭齐急忙答茬,问老太:"那男孩子可是跟着一个男人?"老太回答说:"我当时只害怕被他撞见,只给她几件衣服就让她走了,没有细问。"

老人不满地嘟囔着:"真是,什么也不细问,就让她走了?真是个老糊涂。"老太却也不搭理，又低下头继续搓自己的羊毛线。

脱郭齐焦急地问："你妹妹家在哪里？我现在去找她，看看是不是我要找的人？"

老人急忙摇头："不行，不行。他们像孤魂野鬼在草原上飘荡，他们不和别人住在一起，总是自己一家住。他家离这里至少要走两天。你只能等明天天好以后再走。"

不大说话的乌兰花也开口说："现在走不了，你听，白毛风暴来了。"

脱郭齐担忧地说："这下，恐怕三两天都走不了。这可怎么好？要叨扰你们好多天，我可真过意不去。"

老人嗔怪地说："我们蒙古人可不兴这么说。到家都是一家亲，你就只管住着，等风雪停了，我和乌兰花陪你一起去，也顺便去看看毕力格太那老家伙，已经几十年没有见他啦，也还挺想他的。"

老太惊奇地抬起头，说："这可是太阳从西边出来了。你要见毕力格太？你不怕他把我抢走？"

老人呵呵地像个孩子一样不好意思地笑起来，说："你都什么年纪啦？那老家伙还会抢你啊？"

老太不服气地嘟囔着："那可说不定，乌力吉，你别小看我的魅力。"

乌兰花笑了，脱郭齐也笑了。

乌云老额娘从被窝里抬起头，倾听着蒙古包外呼呼的风声，满面忧虑自言自语："又是一夜过去，还不见他回来，这场白毛大风暴已经刮了三天三夜，他都是在哪里度过的啊？"

巴图蒙克听到乌云老额娘的念叨，睁开了眼睛，小脸在热乎乎的老羊皮被窝里暖得红扑扑的。他从被窝里坐了起来，乌云急忙为他穿上衣服。巴图蒙克关心地问："父亲还没回来？"乌云摇着头。

巴图蒙克穿好衣服，走到火盘那里，往火撑里添加了几块干牛粪，拨旺了火。蒙古包立刻变得暖洋洋。"我出去看看。"巴图蒙克说着，掀起毡帘走了出去。

草原上一片白雪茫茫，尺把厚的白雪覆盖在草原上，被大风吹出海浪般的波纹，一串一串的梅花瓣似的野兔、狐狸的足迹印在雪原上，通向远处。

一些枯草尖弹出雪浪,在风中摇曳。东方天边已经露出一片蔚蓝的天空,一轮大圆红日正从地平线上升起。东边的雪原被映成极漂亮的粉红色,东方的蔚蓝色正慢慢向天空中间扩散,蔚蓝色天空越来越大,笼罩在天空中的暗黑色阴云正慢慢散去。

"风停了,天晴了。"巴图蒙克在外面大声喊,"额娘,出来看啊。"他跳着,在雪地上跑来跑去。

乌云走出蒙古包,向东方望了一会儿,叹口气,说:"巴图,来把门口的雪扫一扫,也许父亲快回来了,我去挤点奶子。"乌云从蒙古包里拿了牛奶桶,沉重的脚步踏着松软的雪地,发出吱吱声,走向蒙古包后面的羊栏。羊栏里的牧羊犬见主人过来,立刻冲出羊栏的木栅,摇头摆尾哼哼唧唧围着主人撒欢儿。几匹瘦马看见主人也喷着响亮的鼻声,蹄子在地上轻轻刨动,欢迎主人。牛栏里的十几只奶牛安静地吃着草,嘴里不断反刍着,慢慢消化牧草的养分。乌云轻轻抚摩着奶牛的脖颈,把奶桶放在它低垂的硕大的乳房下面。

巴图蒙克蹦蹦跳跳着过来,说:"额娘,让我来帮你挤奶吧。"

乌云笑着拍拍他的肩头:"奶牛不喜欢男人碰它,你快走开,去扫雪吧。"

巴图蒙克好奇地说:"奶牛还害羞啊。"

"是啊,牛啊马啊,都是有灵性的动物,它们和人一样,是有感情的。你可要善待它们。"乌云笑着,蹲了下来,开始轻轻抚摩奶牛的乳房,准备挤奶。

巴图蒙克去扫雪。扫了几扫帚,他直起身子,问:"父亲还不回来? 他到哪儿去了?"

乌云大声说:"他到最大的诺颜浩特去了,那里有集市,去换盐巴,还去为你打听你的家。"

巴图蒙克嘟嚷着说:"这里就是我的家,我不想回家了。父亲死了,额娘也没有了,我就在这里住着。"

乌云叹口气,摸着巴图蒙克的头上的黑发,说:"还是打听出来的好,也许你的额娘还活着。"

巴图蒙克扑到额娘怀里,紧紧抱住她。

雪原上,乌力吉老人带领着脱郭齐和女儿乌兰花,骑马向毕力格太老人的蒙古包方向跑。积雪太厚,马儿跑不快,老人也心疼自己的马,舍不得用马鞭抽打。通人性的马也就放慢脚步，走了起来。脱郭齐心里着急，可劲抽打自己的坐骑，无奈坐骑见同伴不跑，自己也不跑，四蹄交替走了起来。

乌力吉笑着说："你不要着急，反正我们天黑才能赶到。要是他搬了家，我们还得找地方过夜，你急也没有用。"

乌兰花用含情脉脉的眼睛望着脱郭齐，温柔地安慰说："诺颜不要着急，我父亲心中有数。毕力格太老父亲经常到一个诺颜浩特去换取盐巴、炒米，也许我们会在半路遇到他。"

"哦，是这样，那就听父亲的吧。"脱郭齐和乌兰花并排走着，关心地问："你累不累？冻不冻？"乌兰花挂着霜花的眼睛扑闪闪的，流露出羞涩的光。

脱郭齐在乌兰花家整整住了四天，在风雪停了以后的第二天，才动身起程到毕力格太家。就在这短短的几天里，老乌力吉看中了脱郭齐，这壮实高大的蒙古汉子叫他心里打起小九九，把女儿乌兰花许配给这察哈尔来的蒙古人。他私下和老伴商议了一下，老伴也认为不错，是个不错的主意。那时草原蒙古人早婚，十三四岁都已经有了人家，十六七岁不出嫁就叫人笑话。而他的女儿乌兰花已经十八岁，因为照顾他们，耽搁了许多好婚事。如今附近难以找到合适的人家，他们两个老人很着急，生怕耽误了女儿的青春。眼前这年轻人，虽然来自远方，可蒙古人嫁女不怕远，只要有好人家，远又怕什么？再远也还是蒙古大草原。乌力吉注意观察女儿乌兰花的表情，似乎她也有些喜欢这年轻人。

昨天吃过晚饭以后，乌力吉和脱郭齐一边饮酒一边聊天，乌力吉问起脱郭齐的家庭情况。脱郭齐还是不敢暴露自己的身份，只是说自己来自察哈尔，是一个有几十个毡包几个羊群的小诺颜。

"有几个哈敦啊？"乌力吉关心地问。

"只有一个。"脱郭齐不好意思地说。

"一个诺颜有几个妻子不为过，看来你是个好人。"乌力吉感叹。在多妻制的蒙古人里，有钱的诺颜都是三妻四妾的，像牛羊马的数目一样，是财富的象征。

脱郭齐说："妻子多了事多，整日吵闹不休，怪讨厌、怪烦人的。"

支棱着耳朵注意听他们谈话的老太停住手中搓的羊毛大穗，插话说："要是再娶一个，你可愿意？"

"再娶一个？"脱郭齐摇了摇头，"我还没想过。要是那姑娘我喜欢，她为人贤惠，娶到家不惹是生非，那也可以考虑。"说到这里，脱郭齐把眼睛望着乌兰花。这几天，乌兰花无微不至的照顾已经让他动了心，这么美丽贤惠的姑娘，到哪里寻找呢？

听到这里，又看到脱郭齐火辣辣的目光，乌兰花急忙捂住自己发热的脸。

乌力吉和老伴互相对视了一下。乌力吉说："要是诺颜不嫌弃小女，我愿意把小女乌兰花许配给诺颜，不知诺颜可愿意？"一番话，说得乌兰花满脸绯红，急忙埋下头。脱郭齐却一本正经地站了起来，跪倒在乌力吉面前，磕头感谢老人的厚爱，从自己怀里掏出一个银锭，算作聘礼。

"诺颜准备什么时候迎娶乌兰花？"乌力吉老人关心地问。

"我现在的任务是寻找我的哥哥和侄子。等找到他们之后，我马上前来迎娶，带乌兰花一起回察哈尔。"

正是这样，一路上乌兰花对脱郭齐分外温柔，处处关心。乌力吉看到女儿这样喜欢脱郭齐，脱郭齐也喜欢女儿，心下自然欣喜不已。

"哎，父亲，你们看，那里站着一匹马。"乌兰花突然呼喊起来。前面一个小敖包下的雪原上，一匹棕色的鞴着鞍辔的骏马低着头在雪地上喷着热气，四蹄不断刨着地面，似乎很着急的样子。

"它的主人倒毙了。"脱郭齐摇了摇头，同情地说："这么大一场暴风雪，草原上不冻死几个才怪。"

乌力吉打马走过去，"我们去看看，也许他还没死。"说着下了马，踩着松软的白雪一步一步走了过去。雪地里躺着一个衣服破旧的蒙古老人，正呻吟着，嘴里喷着强烈的酒气。

乌力吉抱起他，问："兄弟，你咋了？"

那人艰难地回答："我肚子疼得很，走不动了。"乌力吉喊："乌兰花，拿药袋来。"乌兰花从马上解下一个牛胃做的皮袋，掏出一种草药，解下腰里的马奶酒皮袋，给他灌了下去。然后又为他揉着太阳穴和上腹部。那老头哼哼着，喃喃着。乌力吉一边揉着他的肚子，一边责备说："饮醉酒不能走马，你这蒙古人连这也不懂？你醉酒后走马，天又这样冷，你当然要肚子疼。幸亏遇上我们，要不你非冻死在这里。"

老头紧闭着眼睛哼唧着："过去到集上去，总要大喝一顿，从没有发生过这样的事情。唉，真是老了。当年年轻的时候，可不这么熊包。"

乌力吉说："年轻时候？看你现在也有六十岁了吧？年龄不饶人，你还逞什么能啊？"

老头突然睁开眼睛看着乌力吉，说："你的声音怎么这么耳熟？你是……？"

乌力吉也端详着怀里的老人。

"乌力吉！"老头大喊。

"毕力格太！"乌力吉大叫。

"怎么是你？乌力吉？"毕力格太嘟囔着，挣扎着想从他怀里站起来。

乌力吉按住他："你不想活了？让我再给你揉一会儿。

毕力格太嘟囔着："看来还是输给了你，让你看到我这熊样。"

乌力吉哈哈笑了起来："你总是要输给我的，你不是没有抢走乌云的姐姐吗？"

毕力格太立起眉毛，梗着脖子，说："不，我没有输给你，那是我把乌云姐姐让给了你，乌云可是比她姐姐漂亮得多。不信，我们比试比试。"

乌力吉摇着头："你可真是牛蹄筋，煮不烂嚼不动，死不服输。咳，我们这么一把年纪了，还比试什么啊？你说，我们多少年没见过面了？"

毕力格太伸出手指掰算，说："总有二十几年啦。"

乌力吉摇着头："看你头发都白了。"毕力格太感叹地说："你不也一样？也白了。"毕力格太想起什么似的，从乌力吉怀里抬起头："你这是到哪里去？让我遇见了？"

"就是去看你啊，没有想到，在这里遇到。感谢天神。"

乌兰花呵着手跺着脚，见两个老人絮絮叨叨说个没完，急忙催促着说："父亲，上马吧，这里太冷。"

毕力格太从乌力吉怀里爬起来，说："我好多了，我们上马，到家再说。"

脱郭齐急忙问："听说你收留了一个男孩，可有这事？"

毕力格太说："有这事，你认识巴图蒙克？"

脱郭齐高兴得蹦了起来，在雪地上跳着高声欢呼："找到了！终于找到了。"

蒙古女雄：满都海皇后

乌云流着眼泪，把乌力吉和客人让在客人座位上。这么多年，这两个犟牛似的男人谁也不让步，让她和姐姐无法好好团聚。她们姐妹伤心难过流泪，可谁也不敢违抗男人的意志，只好暗地里偷偷来往，一年半载偶尔去见上一面，说一会儿话，然后匆匆离开，生怕被男人发现。如今这乌力吉主动来了，还在半路上救了老毕力格太。她高兴得直流泪，拉住外甥女乌兰花的手，禁不住又想起自己死去的巴特尔，伤心的眼泪又止不住往下流淌。

　　"哎呀，乌云，你可真是老糊涂了？怎么只顾流眼泪啊？你倒是招待客人啊。"

　　"巴图蒙克呢？"毕力格太问。

　　巴图蒙克在蒙古包后面的马圈里刷马。天放晴了，他要骑马跑一会儿。在这里，他已经学会骑马，虽然欺生的马把他几次从马背上摔了下来，摔得他屁股青一块红一块。可是他还是坚持着学下去。现在，这匹烈性的蒙古马已经和他十分亲热。这不是，巴图蒙克一来，它就喷着响鼻朝他跑来，把头靠在他的脸上，美丽的大眼睛流露着依恋喜爱的温柔，甩着长长的马尾，向他诉说自己的感情。巴图蒙克抱着马脖子，和蒙古马亲热着。

　　"巴图蒙克，回来，家里来客人了。"乌云站在蒙古包前喊。

　　巴图蒙克清脆地答应着，跑了回来。乌云拉着他的手，把他领进包里。巴图蒙克向客人鞠躬问好，然后走到毕力格太身前，抱着毕力格太，欢喜地说："父亲，你可回来了，额娘都急坏了。这么大的风雪，你在哪躲避啊？"

　　毕力格太把巴图蒙克拉进自己的怀抱，用自己的脸颊轻轻蹭着巴图蒙克的脸，对乌力吉说："你看天神多照顾我，给我送来这么好一个儿子，我真舍不得让他走。"

　　巴图蒙克从毕力格太怀里抬起头，惊奇地问："父亲，你找到我的家啦？我家离这里有多远啊？"

　　脱郭齐拉过巴图蒙克，说："我就是来寻找你回去的。你还记得巴尔图大哈敦吗？就是她让我来带你回去的。"

　　巴图蒙克点着头，望着脱郭齐："我记得大哈敦，就是和她追狐狸的时候，满都鲁大汗赶来砍杀我父亲，我父亲死了。"巴图蒙克说着哭了起来。

　　脱郭齐为他擦去眼泪，说："巴尔图大哈敦让我带你回去。"

　　巴图蒙克连连摇头，说："我父亲死的时候嘱咐我，永远不要回去，回去大汗还要杀我的。"

脱郭齐说:"满都鲁大汗也死了,巴尔图大哈敦不会杀你的,你跟我回去吧。"

巴图蒙克看看脱郭齐,又看看毕力格太和乌云,摇着头,说:"我不回去。我离不开他们,他们也离不开我。"

乌云已经靠在乌兰花身上啜泣起来,毕力格太也泪流满面。

乌力吉说:"这孩子真是个有情义的好孩子。可也是的,他们孤苦伶仃,天神可怜他们,给他们送来这个好孩子,又要把他带走,真是叫人受不了。"他沉思了一会儿,对毕力格太说:"老东西,你们都老了。这孩子走了以后,你们搬到我那里,她们姐妹也好互相照顾。你看行也不行?"

巴图蒙克说:"要是让父亲、额娘和我一起回去,我就回去。"

脱郭齐想了一会儿,拍着大腿说:"就这么办,让他们和我们一起回去,回去以后,要是大哈敦不收留,就到我家里,我还养得起他们。"突然,他拍拍额头,说:"看我说到哪里去了? 他巴图蒙克回去就是大汗的继承者,哪能不收留这对好心的救命恩人呢?"他看了看毕力格太,问:"父亲,你们同意不同意?"乌云急忙说:"那可太好了。要是乌力吉一家也搬到那里,我们就更好了。"

脱郭齐说:"没问题,乌兰花是我的人了,他的父亲就是我的父亲,只要父亲不嫌弃,我们就这么决定。乌兰花,你同意吗?"

乌兰花早就羞得粉脸通红,急忙藏到乌云身后,小声说:"看我父亲的意思。"

乌力吉哈哈大笑,说:"我同意,我同意。我们蒙古人不就是搬来搬去吗? 明天我们把蒙古包一拆,放到勒勒车上,赶上羊群,不就可以出发了吗? 趁暴风雪刚过去,这半个多月的好天气,我们正好走。到了我家,再和老伴、儿子商量商量,要是他们同意,我们就搬家。"

巴图蒙克抱住毕力格太,又跑过去抱住乌云,说:"这下好了,我又能见到亲额娘,又能和你们在一起。"

脱郭齐摇了摇头,想说什么,终于没有说。巴图蒙克早就没有了家,济农的部落、人口、牲畜、财产,都已经被满都鲁收归所有,他的亲人已经四下逃散,他的额娘也已经病死了。

脱郭齐对几位老人说："你们要替巴图蒙克保守秘密,他的身份不能叫任何人知道。要不,我担心他走不出草原。"

乌力吉和毕力格太都点着头。

太师父子追杀巴图蒙克

白加思兰这几个月总是心惊肉跳,他请来萨满为他做仪式,也还是无济于事。自从巴尔图召见全体诺颜商议大事以后,他总觉得巴尔图有什么事情在瞒着他秘密进行。什么事呢? 他猜了好长时间都没有猜到。后来,他发现大将军脱郭齐似乎失踪了,见不到他的踪影。他派斯钦去脱郭齐的驻地打听,那里人说,脱郭齐奉巴尔图的命令出了远门,要好久好久才能回来。什么命令? 却再也打听不出来。

白加思兰在自己的大帐中喝着闷酒。

野思马因慌里慌张地闯了进来,他上气不接下气地说:"父亲,大事不好了。我安排在脱郭齐那里的人带回消息说,脱郭齐是寻找什么人去了。"

白加思兰白了他一眼,极为不满地说:"这有什么可大惊小怪的? 他寻找什么人与我们有什么关系?"说到这里,他突然站了起来,大声说:"不对,是与我们有关系。"

"是啊,你这么精明,还说没关系?"野思马因不满地嘟囔着。

白加思兰背着手走来走去,自言自语:"找人? 找谁? 那天脱郭齐建议把济农的儿子找回来,可是去找他?"

"是的,一定是去找那个济农的儿子去了,所以我才来报告你啊,你还不以为然。"野思马因不肯善罢甘休,继续嘟囔着埋怨。

白加思兰大吼一声:"你给我闭上你的臭嘴。叨叨咕咕的,像个女人似的,还能干什么大事?"

野思马因乘兴而来,却讨了一鼻子灰,气得七窍冒烟,也大吼起来:"你这老东西不识好歹,我为你打听出这么重要的情报,你不感谢我,还这般骂人!"说完,甩开毡帘走了。

"这孽种!"白加思兰在后面指着野思马因的背影大骂,跺着脚咆哮。白加思兰倒背双手,走过来走过去,分析着。他到哪里去寻找济农的儿子呢?

草原这么大，济农当时逃跑时跑到哪里去？喀尔喀蒙古那里？不可能，太遥远，而且喀尔喀蒙古与黄金家族没有太多的联系。西部额鲁特蒙古？更不可能。当年成吉思汗把西部大部分地方分给他的异母兄弟，当时就联系不紧密，何况这三百多年之后。他还是往科尔沁方向逃跑的可能性最大。可是科尔沁的孛罗乃已经被铲除了，其他部落会收留他吗？应该和蒙郭勒津部的首领脱罗干联系一下，让他在嫩科尔沁一带打听留心一下脱郭齐的动静才好。

"叫斯钦来！"白加思兰回到座位上，传侍卫。

"太师叫我？"急忙来见白加思兰的斯钦曲了一下腿拜见过后，问："太师有什么急事？"

白加思兰讲了情况，说："派你带几个可靠的人赶到蒙郭勒津部去见蒙郭勒津部首领脱罗干，在他那里打探打探，看脱郭齐去了没有？有没有找到济农的孩子。他叫什么？"

斯钦说："巴图蒙克。"

"要是他已经找到那个巴图蒙克，就想法子除掉他，一定不能让脱郭齐把他带回察哈尔，听清楚了没有？要是没有完成我的命令，小心你和你家人的性命！"

斯钦面露难色："这么大冷的天，到蒙郭勒津部去，太艰难了。再说，草原这么大，谁知道他到什么地方去找？我看还是算了吧，就算是他找到了，等他把那孩子带回来，我们再想法子也不晚啊。"

"放屁！"白加思兰猛一拍桌子，桌子上的盘碗都跳了起来，"这是什么混帐想法？要是带回来，我们还有什么法子可想？去！现在就动身！给！拿去！"白加思兰从自己怀里掏出一锭金元宝，扔在桌子上，"事成之后，赏你十匹大苑骏马。你不是最羡慕我的大苑马身材高大、速度快吗？"

斯钦急忙拿起来吹了吹，揣进自己的怀里，谄媚地笑着说："好吧，为太师我愿意赴汤蹈火。"

脱罗干首领在自己的浩特里看女人跳舞。冬天的生活，只是饮酒看跳舞。侍卫巴特尔前来告假，说自己要陪父母搬家到远处。

"搬家？这么大冷天搬什么家？搬家也要等到春天嘛。"脱罗干的横脸

蒙古女雄：满都海皇后

上长着一对小眼睛，一个小鼻子，把一张宽阔的横脸衬托得十分不合比例。

巴特尔支支吾吾说不出理由。因为他也不十分清楚父亲乌力吉为什么要搬家到察哈尔去。父亲只是说，舍不得离开女儿乌兰花，如今女儿乌兰花要嫁给脱郭齐，想搬到脱郭齐那里去住。

"往哪里搬？"脱罗干一挥手，让舞女下去，继续撕咬着手中的羊肉，一边问。

"察哈尔。"

"什么？察哈尔？你们那里有亲戚？"脱罗干惊诧地放下手中的羊肉，瞪着小眼睛问。

"是的，我妹子嫁给了察哈尔的一个小诺颜。"巴特尔十分自豪地说。

"什么时候？我怎么没有听说乌力吉嫁女儿？"脱罗干继续追问。

"刚刚嫁的，诺颜自然不知道。"

"喔，原来是这样。那你还回来不回来我这里当差啦？"脱罗干不高兴地问。乌力吉不是他的奴隶户，他没有办法制止他搬家。可是乌力吉也是他部落的成员，如今居然说搬就搬，这令他十分不悦。

搬到察哈尔？脱罗干想，那可是他日思夜想的好地方。察哈尔象征着大蒙古国的权力，是大汗的地方。他要是能到那里去该多好，自己是不是也应该动动脑筋，看怎么能到那里去，在大汗的地方找一个安身的地方？

脱罗干沉思着。他的儿子火筛，一个像他一样壮实罗圈腿的青年走了进来。"来火筛，帮我想想办法，看我们是不是也应该向察哈尔发展？"

斯钦带着一小队士兵，向鄂尔多斯方向赶去。走了几天以后，这一天，斯钦和士兵在路上，遇到几辆黑毡篷高车，几个骑马人赶着羊群、牛群。这是搬家迁徙的蒙古牧人。斯钦心里奇怪：怎么大冬天的搬家？

迎面而来的脱郭齐，突然认出斯钦，急忙拉过大皮帽遮住半边脸。对巴特尔、毕力格太和乌力吉说："我们赶快走，这家伙可能是派来追我们的。千万不要让他知道我和巴图蒙克的身份。"说着，自己故意让马走到他们身后。

斯钦迎了上来，问："大哥，牲畜平安。天这么冷，搬什么家啊？"

乌力吉急忙说："托诺颜相问。是啊，女儿出嫁，这是送女儿去，没有办法，萨满算出的好日子，说春天往西搬会搬进天坑，不吉利啊。"

斯钦说："那可是没办法的事,萨满说话代表天意,不听不行啊。"

"是啊,不听不行啊。"乌力吉说,向斯钦扬了手："大哥,这么冷的天,你这是到哪里去啊?"

"去蒙郭勒津部,还有多远啊?"

"大约还要走半天。"乌力吉说："大哥,祝你好运。"

"祝你牲口平安。"斯钦也扬手告辞。这时,脱郭齐打马从斯钦身边跑了过去。斯钦瞥了他一眼,没有起什么疑心。

"那汉子好像有些眼熟,"走了一程多路,斯钦突然想起什么,对自己的手下说："你们刚才注意那个高大壮实的骑马汉子了没有?"

大家摇头。

"笨蛋!蠢驴!"斯钦大骂,"我看那个不说话的家伙正是脱郭齐。你们没有认出来?"大家又摇头。

"转回去!快转回去!掉头!"斯钦喊。一小队士兵急忙掉过马头,朝刚才过来的方向奔去。

雪原上没有那一队搬家人的踪影,他们跑到哪里去了?雪原上的路通往远处一片白色毡帐的大浩特,一定是投奔那浩特去了,斯钦想。"走,我们到那浩特去找!"斯钦勒转马头,朝浩特奔去。

浩特里停着几辆黑毡篷高车,正是路上遇到的那几辆。车辕上的套马还没有卸下,正喷着热气吃草料。羊群、牛群都还停在浩特库仑外面。"好,就在这里!"斯钦惊喜地喊着,命令他的一小队士兵包围了浩特。

浩特里家家户户的牧羊犬全都狂吠起来。牧民从自己的毡帐里纷纷跑了出来,他们都拿着武器。浩特的千户长在护卫的保护下,来到浩特的栅栏门前,看发生了什么事情。

斯钦下了马,来到千户长面前,行过见面礼之后,说明了来意："我们奉太师之命,前来捉拿一个人,他刚刚进入诺颜的浩特。"

千户长问自己的随从："有这事吗?"随从报告说,刚才有一户搬家的牧民前来投宿,被安排到几户牧民家。

"一共几个人? 千户长问。

浩特门口的守卫说："骑马的有三个男人,两个老人,一个年轻人。车里坐着一个老额娘,一个姑娘,好像没有其他人。"

"有你说的人吗?"千户长转过脸问斯钦。

斯钦摇摇头,说:"好像没有,不过还是要进去看过才知道,我们刚才在路上看到其中一个人好像是我们要找的人。"

千户长说:"我们蒙古人的规矩想诺颜是懂得的,凡是前来投宿的都是我们尊贵的客人,你是不能在我们浩特里抓人的。不过,既然是太师的命令,我可以允许你守在浩特之外,等他们动身时再抓不迟。"

斯钦为难地看看部下:天这么冷,在外面守候一夜,不冻死也要冻僵不可,部下都苦着脸轻轻摇着头。

斯钦小心赔着笑脸,说:"请诺颜开恩,允许我们进去看看,如果不是,我们马上离开。如果是,我们明天在外面捉他。"

千户长想了一会儿,说:"好吧,不过你们要是扰乱了牧民的生活,可别怪我不客气,你们一个也别想活着从这个门走出去!"

斯钦让自己的手下人下了马,自己带领几个士兵进到浩特。在浩特守卫的指引下,一户一户地查看。进到一个蒙古包里,路途中遇到的那两个老父亲正和那个青年人在喝着热奶茶。

乌力吉看到斯钦,愣了一下,马上大笑起来,招呼说:"诺颜,你怎么又返回头来? 是不是丢了什么东西?"

斯钦厉声问:"老东西,和你一起的那个人在哪里?"

乌力吉急忙站立起来,说:"我们几个除了女人都在这里。诺颜说的是哪个人啊? 是他,还是他?"乌力吉指着毕力格太,又指了指儿子巴特尔。

"你的女婿呢?"

"你说他啊,他已经快马飞奔先回去安排我们的住处了,想现在已经快到他的浩特了。"乌力吉高兴地继续说:"他怕我们年纪大受不了路上的颠簸和寒冷,就安排我们在这里过夜。他可真是个好人,体贴周到啊。"乌力吉唠唠叨叨说个不停。

"他叫什么名字?"斯钦打断他的话。

"他叫什么来着?"乌力吉转过头问自己的儿子,"他的名字古怪,又很长,我总是记不住。"

"拜因巴图朝克鲁。"巴特尔想了一下说。

"对,就是这名字,古里古怪的,我们往后只叫他朝克鲁算了,谁能记住那么长的名字?"

乌力吉还在不停地唠叨。斯钦一摔门走了,"白跑了一趟! 走!"他生气地带领着自己的士兵上马走了。

乌力吉对毕力格太眨巴了一下眼睛,小声说:"还真让脱郭齐说对了,幸亏他有所准备,要不……"他轻轻摇着头,嗫了一下牙花。

汗廷里苦心育孤

大哈敦巴尔图一把搂住衣衫破旧肮脏的巴图蒙克,说:"你吃苦了,巴图蒙克。你还认得我吗?"

巴图蒙克把头偎依在巴尔图的怀里,伤心地呜呜大哭起来,"父亲,父亲,他死了。"他断断续续地说。"我的额娘呢? 我的妹子呢? 他们都在哪里?"

巴尔图替他擦去脸上的泪水,说:"巴图蒙克,你已经是个男子汉,要学会不再哭泣。告诉我,你能做到吗?"

巴图蒙克点点头,大哈敦叫他做的事,他都能做到。他和大哈敦巴尔图之间有一种心灵的感应,他觉得她是他唯一的亲人,是他最亲的亲人。

"像个蒙古汉子。"巴尔图微笑着说,把他脸上最后一滴泪水擦去,"我告诉你,你额娘也已经死去,你的家人都没有了,你们家的所有人员全被送到遥远的喀尔喀部落去,你永远也见不到他们了。"

巴图蒙克想起慈爱的额娘的笑容,他的眼泪一时又溢满了眼眶,嘴角一撇,正要哭出声来。他看到巴尔图大哈敦正睁大眼睛望着他,光亮有神会说话的眼睛好像在说:"怎么? 说话不算话?"巴图蒙克咬住自己的嘴唇,把哭泣缩进喉咙压到心底,"不能哭,不能哭!"他在心里命令自己。眼眶里的眼泪慢慢流进泪囊,堵在喉咙的硬块慢慢沉到心底。

"好孩子! 好孩子! 像个蒙古汉子!"巴尔图把巴图蒙克又紧紧搂抱在自己的怀里。她要保护这可爱的小弟弟,她想。这个比自己小9岁的男孩像她自己一样,孤苦伶仃,没有依靠,他们以后要相依为命。

巴尔图命令使女萨仁为巴图蒙克换上新衣,把旧衣服全都扔掉。巴图蒙克换上新衣服,显得漂亮英俊,只是还太肮脏,巴尔图命令使女为他洗了脸。

蒙古女雄:满都海皇后

151

"把他带到他自己的大帐里去,把伺候他的使女和侍卫一起带去。"巴尔图对萨仁说。

巴图蒙克却不顾一切地喊着说:"我要和毕力格太父亲和乌云额娘住在一起。"

巴尔图心里一动:这巴图蒙克是这般有情有义的人,真难得!"好,听你的。让毕力格太父亲和乌云额娘和你一起住,让他们来照顾你!"

巴图蒙克抱着巴尔图欢呼,说:"大哈敦,你可真好!我真喜欢你!"说着,他紧紧抱住巴尔图,把他自己的小脸在巴尔图胸脯上蹭来蹭去。巴尔图的心突然剧烈地跳动起来。除了满都鲁大汗,能叫她的心这么跳动以外,还没有哪个男人能引起她这种感觉。巴尔图感到自己的脸有些发热。你这是怎么啦?她责备自己,强迫自己抑制住心跳。他只是个孩子罢了,你激动什么?巴尔图这么想,心慢慢恢复了原来的平静。

巴尔图转向脱郭齐,询问了他寻找巴图蒙克的经过。听他说了简单的过程之后,特地召见了乌力吉和乌兰花,赏赐了乌兰花绸缎,作为她和脱郭齐结婚的贺礼。又奖励了脱郭齐十匹大苑马。大苑马高大壮实,速度快,是当年成吉思汗征西方时俘获来的优良马匹。脱郭齐高高兴兴带着乌兰花和马匹回到自己的营盘。

初春,天气依然很冷,冬天的残雪还堆积在那些背阴的土堆和山坡上,堆积在坑坑洼洼的地方。诺尔的水面上还结着厚实的冰,小孩子还可以在上面滑冰车打出溜。天还刚刚亮,勉强可以看见对面的人。

巴尔图走出了大帐。自从满都鲁大汗死了以后,她做了监国,她就再没有睡过一次懒觉。她早早起身,让侍卫拉来她的坐骑,打马在草原上奔驰几程,在马背上练习一些套马、翻身、离镫、倒立、马肚藏身等技艺,然后在天放亮以后,练习马上射箭,百步穿杨。近来,她马上功夫已经大为长进。四哈敦劝她爱惜自己的身体,她都笑着拒绝了。以后,她将要带兵打仗,要在马上驰骋,她怎么敢懈怠呢?

巴尔图来到巴图蒙克的大帐,巴图蒙克还在酣睡。巴尔图脸色阴沉下来,说过多少次,他还是这么懒惰,天天早晨留恋热被窝,这怎么成?这如何能成就大事业?

"起来！起来！"巴尔图推着酣睡的巴图蒙克。巴图蒙克哼唧了一下，翻个身又睡了。"起来！起来！巴图蒙克！该起身练习骑马了！"巴尔图用劲推着巴图蒙克。

乌兰额娘和毕力格太父亲都说："大哈敦，天还没亮，让他再睡一会儿吧。"

"不行！一个蒙古汉子说的话，是九匹马也拉不回头的，要让他从小记住这句蒙古谚语。你们不要把他惯坏了，要是再这样随他的性子，小心我把你们撵出他的毡帐！"巴尔图沉下脸，声音很严厉地说。乌云和毕力格太急忙跪下告罪。

"巴图蒙克！起来！"巴尔图大声呼唤了一声，猛地把巴图蒙克拉了起来。巴图蒙克揉着眼睛，哼唧着："干什么？我还没睡醒呢。"

"懒骨头！我把你接回来是让你睡懒觉的吗？你忘了跟我的约法三章了？你再要这么懒、这么不自觉，小心我用黄金家族的家法惩罚你！"巴尔图把巴图蒙克拉了起来，严厉地说："赶快穿好衣服，和我去练骑马。到现在连个马都骑不好，亏你还是成吉思汗的后代呢！真给他丢脸！"

巴图蒙克急忙穿起衣服，随巴尔图走了出去。巴图蒙克已经行了去发仪式，脑后和左右都拖着一条小辫子。

侍卫从马厩里放出那匹巴图蒙克骑熟了的驯马。这马已经和他有了感情，十分温顺听话，见了他便"咴咴"叫着向他跑来，把喷着热气的嘴伸到他的脸上嗅着表示亲热。巴图蒙克把脚伸到马镫里正要上马，巴尔图命令说："等一下，今天换匹马。"

巴图蒙克舍不得这马，哼唧着要赖，"不嘛，不要换嘛。我喜欢巴特尔，它是我的英雄。"

巴尔图脸色一沉，声音严厉，说："不行，换一匹烈性马。一个蒙古汉子只会骑驯服的马，将来如何打仗？侍卫！把这马拉走！拉一匹烈马来！"

巴图蒙克小心翼翼地看了看巴尔图的脸色，不敢再说什么，只好噘着嘴眼睁睁看着侍卫拉走他心爱的巴特尔。

侍卫费力地拉一匹高大的棕色大苑马过来，大苑马响亮地喷着鼻息，拗着头，在侍卫牵着的时候横着走，叫侍卫很费劲地拉着缰绳。看样子就不是一匹驯服的马。走到巴图蒙克面前，大苑马喷着响亮的鼻气，发出"咻咻"

蒙古女雄：满都海皇后

153

的声音,后蹄不断在地上刨动着,十分不安生。

"上马!"巴尔图命令巴图蒙克,同时使了个眼色给侍卫,让他们在后面小心保护着他。巴图蒙克看看大苑马,大苑马也睁着明亮的大眼睛充满敌意地瞪着他。他的心怦怦直跳,他抬眼求救式地看了看巴尔图,巴尔图还是沉着脸,说:"上马!还愣着干什么?"

巴图蒙克大着胆子,走到大苑马前。大苑马见巴图蒙克走过来,就烦躁地尥着蹶子,几个侍卫急忙拉紧缰绳,把马嚼子拉得死死的,不让它跳跃。巴图蒙克看看侍卫,说:"扶我上去。"侍卫刚伸过手,巴尔图的马鞭狠狠抽在他的手背上,说道:"放手!让他自己上!"

巴图蒙克几乎要哭了出来,他极力忍着,没有让眼泪掉下来。他要是一哭,巴尔图大哈敦更要责骂他,说不定也会抽他一鞭,这是常有的。巴尔图容不得他哭。

巴图蒙克把脚小心地伸进马镫,刚要翻身上马,大苑马却疯狂地尥着蹶子。巴图蒙克想抽回脚,巴尔图大声喊着:"上去!骑上去!"几个侍卫拼命拉住马嚼子,用身体挡着马的挣扎。巴图蒙克赶快身子一缩,上了马背。大苑马感到背上有了负重物,感到有人高高凌驾于它的背上,它觉得自己的尊严受到侵犯,变得十分狂怒。它扑腾着,身子时而缩起来,时而伸展开来,时而跳跃起来,极力想把敢于骑在它背上的人甩下来。

"抓紧马鞍!死死抓住!千万别松手!"巴尔图高声喊。

巴图蒙克死死抓住马鞍。屁股被马颠簸得生疼,他几乎忍受不了这疼痛,差点从马背上掉下来。

"放松身体!随马起伏!"巴尔图又喊。

巴图蒙克听话地按照巴尔图的吩咐去做,屁股不那么疼痛了。大苑马扑腾了一会儿,终于没有把身上的人甩下来。它屈服了,不再扑腾跳跃,只是有点不大甘心,喷着响亮的鼻息表示它的抗议。

"行了,你们放手吧,让他自己驾御。"巴尔图对侍卫说。侍卫把马缰绳交给巴图蒙克。巴图蒙克接过缰绳,心里升腾起一种从没有过的豪气。他情不自禁地大喊起来:"我驯服了大苑马!我驯服了大苑马!"一边喊一边拍手。这得意的喊声激怒了大苑马,大苑马突然一个蹶子把毫无防备的巴图蒙克甩到地上,巴图蒙克的屁股被摔得生疼。

"你没事吧?"巴尔图急忙走上来拉起巴图蒙克,关心地问。

巴图蒙克揉着屁股,愤激而红着脸,指着大苑马,高声喊叫:"我非要驯服你!我一定要驯服你!"说着,大踏步朝大苑马跑去,毫不犹豫地一跃翻上马背。大苑马又跳跃了几下,终于长叹了一口气,安静地低下头。

巴尔图含着微笑看着巴图蒙克:她就要培养他的这种精神。这才是蒙古人的精神,将来驯服所有蒙古部落的精神。

"把套马杆拿来!"巴图蒙克喊。侍卫从蒙古包西边专门放置套马杆的地方拿来套马杆,双手捧着交给巴图蒙克。巴图蒙克左手接过套马杆,翻身上马,把套马杆拖在左侧的草地上。

巴尔图严厉地呵斥道:"不行!不能这么拿杆!套马杆是男子身边的吉祥物,畜群中间的召福杆,你不能这么随便随便地拖它。"

巴图蒙克愣怔了一下。巴尔图对侍卫说:"做样子给他看!"

侍卫右手拿着套马杆翻身上马,右手横握杆,放到马背上。然后变换了一个姿势,把右手套进杆上的绳环里,拖着杆在马的右侧。

巴图蒙克瞪着眼睛,认真地看。心想:蒙古人说打猎离不开狗,放马离不开杆,这拿杆都有这么多讲究,看来我要学的东西还很多啊。

巴尔图翻身上了马,清脆地在空中甩了一鞭。两匹马向草原上飞奔而去,保卫的侍卫急急赶了去,他们要去练习套马。

一大群剽悍的蒙古马在草原上啃吃着青草,一大群牧人集合在马群旁,个个都欢天喜地地说笑着。

"他们在干什么?"巴图蒙克好奇地问巴尔图。侍卫急忙代替巴尔图回答说:"牧人正在给马分群。"

"我们去看看。"巴图蒙克说着,打马跑了过去。

一个老马倌点燃了一堆香柏叶,牧人们向袅袅升起的烟堆泼洒着马奶酒,嘴里念叨着祝福。一个年轻的牧人牵来一匹健壮的小儿马,一边走一边把它的粪蛋撒向草原,老主人手端一盘鲜奶,面向北方,把鲜奶抹到小儿马的口鼻、额头、马鬃上,把一块黄油塞进它的嘴,唱诗般唱了起来:

出牧时仔细观察/从它的鬃毛上/腾起一抹祥云/从它的脊梁上/升起一道彩虹/它一撒欢跑跳/仿佛万马奔腾/它一昂首嘶鸣/仿佛万马的回音/它尾巴长/毛起旋/腿儿壮/肚儿扁/肩胛宽/牙口好/它领群的大

公马/是千群之首/万群之冠/马中之王/聚拢马群/敢跟恶狼搏斗/呵护幼小/保卫马群/愿你的后代/从一千到一万/从一万到一亿/数也数不完。

唱过之后,老主人把鞭子在空中抽了几下,儿马扬起四蹄,跑进新马群。那些被父亲老儿马咬出群的小母马都纷纷围了上来,咴咴叫着,欢迎自己的首领。

巴尔图笑着对巴图蒙克说:"看到了吧?你也是匹儿马,要担当起自己的责任。走!我们去套马!"

巴图蒙克欢笑着,把右手套进套马杆的绳套,把套马杆拖在马的右侧,向马群奔去。

虚与委蛇巧周旋

白加思兰听说巴尔图找回了巴图蒙克,非常生气。他在自己的大帐里走来走去,把桌子踢翻在地,胡乱发泄自己的愤怒。

这可怎么好?巴图蒙克回到汗廷,又多了一个障碍。暂时是无法除去他了,他生活在汗廷里,有那么多的侍卫保护着,自己纵有千方百计也无济于事,无法施展拳脚。

坐等巴尔图把汗位让给巴图蒙克?白加思兰暗自思忖。他估计巴尔图暂时不会那么傻,主动放弃大权在握的机会,放弃这多少人梦寐以求的荣华和高贵地位,把监国的尊荣让给巴图蒙克。可是有这巴图蒙克在,就给他白加思兰实现自己取代巴尔图的计划增加了更多的困难,也给那些反对他的人提供了一个很有利的口实:黄金家族有接班人在,异姓人不能登汗位。

不行!白加思兰捶着自己的大腿,要赶快想办法。优柔寡断,当断不断只能受其害。可是到底如何行动呢?他还是没有主意。

"叫野思马因来。"白加思兰向自己的护兵喊。护兵转身跑步去叫野思马因。

"不,还是我去找他吧。"白加思兰在护兵走了之后又改变了主意。这魔头一定又在饮酒作乐,打断他的好事,他只会拧着脖颈跟你对着干,一点也不顺从,使自己要同他商量的大事受影响。

这犟犊子!

白加思兰小声骂着,步出自己的大帐,向野思马因的大帐走去。

野思马因正在自己的大帐里拥着几个蒙古姑娘喝酒欢笑,听护兵说父亲叫他去,心下十分不悦。他皱着眉头嘀咕着:又有什么事啊?真讨厌。他有心不去,可是又惧怕父亲的惩罚。按照蒙古的规矩,作为最小儿子的他有权继承父亲的一切财产,包括父亲的哈敦。可是父亲万一不高兴,也可以把所有的财产不留给他,而分给其他儿子。白加思兰的一个大儿子,还驻留在哈密,另一个儿子驻留在河套,只有他随白加思兰来到察哈尔,在湖旁安下营帐。他还是有些害怕白加思兰。

野思马因嘟嘟囔囔,磨蹭着不肯起身。

白加思兰掀起毡帘走了进来。

野思马因赶快推开那几个蒙古舞女,站起身来,赔着笑脸,向白加思兰行礼问好,把他让到上座上。

白加思兰坐了下来,挥挥手,舞女急急退了下去。他看着野思马因,说:"什么时候了,你还有心在这里享乐?你知道不知道,巴尔图把巴图蒙克找了回来?"

野思马因刚才的紧张一扫而光,说道:"我还以为父亲有什么紧急事呢?回来就回来吧,一个七八岁的小毛孩子,有什么可大惊小怪的?他回来怎么样?大权不还是在我们手中?"

白加思兰不满地瞥了野思马因一眼,说:"你总是这么没有脑筋。他可是黄金家族的成员,有了他,你我还能代替巴尔图登汗位吗?"

野思马因头一扬,脖子一梗,说:"哼!黄金家族又怎么样?这年头,谁厉害谁当大汗,我们手中有那么多兵力,大汗才有多少兵力啊?我们不如干脆起兵算了,料那巴尔图也不是我们的对手。"

白加思兰端起酒碗,啜了一口,抹了抹嘴巴,说:"巴尔图确实不是我们的对手,但是科尔沁、察哈尔、土默特、鄂尔多斯几个支持黄金家族的大部落联合起来,我们也难于取胜。"

野思马因点了点头说:"也是,也是。那我们怎么办呢?"

白加思兰说:"这就是要和你商量的事,你有什么妙计没有?你年轻脑子活络。"

蒙古女雄:满都海皇后

野思马因很少受到白加思兰的夸奖,今天听到父亲这么夸奖他,真有些受宠若惊,顿时高兴得手舞足蹈,说:"真的?父亲这么看我?你可老是看不上我的啊,今天怎么啦?"

白加思兰笑了,说道:"看你小子,骂你你不高兴,夸你你又不相信。真是难对付。你本来就有些小聪明,不过是不好用心罢了。你认真想想,看我们该咋办,既能顺利掌握汗廷,又能尽可能避免招来众怒,尽可能名正言顺。"

野思马因笑了:"父亲说的可是叫人为难,这就是汉人说的,既要做婊子又要立贞洁牌坊。"

白加思兰沉下脸说:"臭小子闭上你的臭嘴!死犊子,不像话,连个话也不会说!谁是婊子?!"

野思马因吐了下舌头,急忙做了个鬼脸,不敢再多言,手托腮帮,做出沉思默想的样子。

"有了!"过了一会儿,野思马因一拍桌子,桌子上的酒碗震动了一下,泼洒出淡淡的马奶酒香。

"哦?有了?快说说。"白加思兰眼睛放出光芒,一把抓住野思马因的马蹄袖子,说。

野思马因炫耀地说:"去向巴尔图求婚,把她弄到我的手,我自然就可以接替大汗了。"

白加思兰眼睛里的光芒黯淡下来,失望地说:"我以为是什么神机妙算呢,却是这般臭办法。你和巴尔图是兄妹,她如何能与你成亲?"不过白加思兰心里的不满却不是因为这。哼!这逆子!原来也有这狼子野心。他竟然为自己谋了这么一条妙计!根本没有为他老子考虑。不像话!

白加思兰心中大为不满,暗暗思谋:这犊子,还要防他一手啊。

野思马因却大咧咧地不以为意,他辩解说:"谁不知道巴尔图是带过来的野种,并不是你的亲生骨肉,我和她没有血缘关系,为什么不能成亲?只要她答应了,我就可以代替她做大汗,这多名正言顺啊。这恐怕是最好的办法。"

白加思兰轻轻摇头说道:"她会答应吗?"

"会的。满都鲁死了,她年纪轻轻地能守住空房吗?她一定在盼着我去找她呢。你没看见她向我使眼色吗?"野思马因喜气洋洋地说,一脸得意。

"真的?"白加思兰半信半疑。

"真的。我已经去找过她,只是她那里每次都有侍卫在,没有机会和我表示亲热。机会总是有的,我正在寻找合适的机会呢。"

"原来这样。"白加思兰沉思了一会儿,说:"既然这样,我看确实可以试一试。要是巴尔图答应了你的要求,你就可以名正言顺地替代她做大汗。我也可以省去许多气力。其实我这么做,还不是为你吗?"白加思兰假惺惺地说。你不会得逞的。他内心却响着这个声音,挥之不去。你替我走了第一步,第二步到时候再说,除去你还是容易的,这内心的声音又说。

野思马因手舞足蹈地说:"那好,我明天就去找巴尔图。"

巴尔图一个人在大帐的卧榻上躺着,迷迷糊糊的。这几天处于女人的非常时期,她感到有些疲乏和困倦。早晨练过马术和射箭之后,她吩咐巴可什去教巴图蒙克学习蒙古文字,自己便回到大帐里歇息。

野思马因悄悄地溜了进来。大帐里静悄悄的,点燃的龙涎香的香味飘逸在大帐里。他四下望了望,没有使女,她们被巴尔图斥退,在大帐外忙着活计,野思马因偷偷撩开黄色龙凤丝缎帷帐。他的心狂跳起来,巴尔图面朝里静静地躺着,似乎还在熟睡中。

野思马因蹑手蹑脚,走到巴尔图的卧榻前。熟睡中的巴尔图似乎更加妩媚迷人,黑发披散下来,衬着桃红色的脸颊,使白皙的皮肤更为白净。侧卧的巴尔图好像一尊放倒的花瓶,凹凸分明,曲线优美。

野思马因怔怔地注视着巴尔图微微起伏的丰满胸脯,呼吸逐渐急促粗重起来。他感觉到自己体内那一股不安分的热流好像蠢蠢欲动,慢慢上行,在冲击着他的命门,冲击着他的心脏。他觉得自己的头有些眩晕,他像一头扑食的饿狼纵身扑向卧榻。

一串银铃般的笑声响了起来,巴尔图已经起身坐到卧榻一头。扑食的野思马因一头栽倒在卧榻上。

巴尔图其实根本没有睡着,她只是闭着眼睛休息。野思马因一溜进来,她就警惕地注视着他的一举一动。不过她不想惊动他,也不想叫侍卫把他撵出去,她想看看野思马因想干什么。其实她也知道他想干什么,他那双贼

蒙古女雄:满都海皇后

溜溜的眼睛早就把他的企图出卖了。

巴尔图眯着眼睛，脑海中翻腾着新仇旧恨。满都鲁的遇害是太师白加思兰一手策划的，巴尔图早就断定这一点。没有什么瓦剌蒙古的伏击，有士兵认出晃动在山坡树林的身影是野思马因。太师白加思兰派出斯钦去追杀巴图蒙克，巴尔图就完全明白了他的狼子野心。尾大不掉，巴尔图明白这一点。如今太师的势力已经足以压倒汗廷力量，硬拼是拼不过他的。她只能智取，不能硬来，饭只能一口一口吃，肉也只能一口一口咬，这父子联合阵线只能一个一个击破。

巴尔图笑着站起来，扶起野思马因，说道："大元帅行礼也不看清方向，大哈敦我在这里呢。"野思马因站了起来，就势拉住巴尔图的手，想把巴尔图拉进自己的怀抱，"巴尔图，好妹子，你可是想死我了。"

巴尔图也不推辞，顺势倒在野思马因的怀抱里，摸着野思马因的脸，说："哎哟，我的大元帅，你可真会瞅空子，今天我可是正闷着呢。"

野思马因低下头，想寻找巴尔图的嘴唇，巴尔图掉转头，把头搁在他的肩膀上，向他的脖颈里吹着热气，说："大元帅，你难道不害怕太师吗？太师可是不允许我们这么乱来的，我们可都是他的儿女，我们是兄妹啊。"

野思马因紧紧抱住巴尔图，把自己的胸脯紧紧贴在巴尔图柔软、温暖、高耸的胸脯上，心旌摇荡，神迷意弛，只是胡乱应付着："兄妹？我们这兄妹没有任何血缘关系，你嫁给我吧，我真想死你了。"

"嫁给你？你这是向我求婚？"巴尔图推开野思马因，微笑着，一双黑眼睛含情脉脉地望着野思马因。

"是的，我是向你求婚。满都鲁大汗死了，你年纪轻轻独守空房，为哥我心里难受，好想替你分担孤独，我多心疼你啊。"

"让我想想。"巴尔图调皮地跑开，来到帷帐前面的坐榻上坐了下来。"来人！"她向外面大喊。萨仁和使女急急走了进来，托着银托盘，放着热气腾腾的鲜牛奶，黄澄澄的奶油、奶皮和炒米。

"我还没有吃早饭呢。"巴尔图对野思马因说，"来，坐下来和我一起吃吧。去，为大元帅端早饭！"

野思马因受宠若惊，说道："多谢大哈敦的恩赐！"拜谢过，在巴尔图下手坐了下来。使女端来牛奶、奶茶、奶油和炒米。

巴尔图一口气喝了热牛奶，对野思马因说："嫁给你确实是个不错的主意。嫁给你，你就可以代替我做监国，将来忽里勒台上选举你做大汗，那可多荣耀啊。你不知道，我有多忙多累啊。这汗廷里事情还真多，这个部落，那个部落，今天你打我，明天他打你，今天你抢了他的马群，明天他又抢了你的草场。哎，真是乱七八糟的，烦透了。"巴尔图絮絮叨叨地诉说着自己的烦恼。

野思马因急忙说："是啊，这么多烦心的事情是需要一个知冷知热的人来替你操劳。为哥我真愿意为你肝脑涂地。"

巴尔图长叹了口气，满脸忧伤，说："可惜你晚了一步。太师也因为我不是他的亲生女儿向我提出求婚。你知道，太师有恩于我，我可是不能拒绝太师的请求。"

"啊？有这事？"野思马因惊诧得"腾"的站了起来，推翻了面前的桌子，奶茶流到地毡上。

巴尔图急忙摆着手，十分惊慌的样子说："你小声一点，你知道太师的权力有多大，我这里到处都有他的耳目。叫他知道我把这消息告诉了你，你我都会有麻烦的。"

野思马因梗起脖子，说："我怕他做甚！他这么不讲父子情，就不要怨我。我们讲好的，由我向你求婚的，没想到他居然捷足先登。这不行！不行！你一定要嫁给我！"

巴尔图满脸惊慌失措，连连摆手摇头，说："不行的。太师说我只能嫁给他，谁要是敢再向我求婚，他首先要结果他的性命！你不知道太师的势力有多大！你敢跟他对抗？"

野思马因通通地擂着桌子说："不敢？我这就回去先杀了他，看他还敢跟我抢你？"说着就要向外走。

巴尔图急忙站起身，绕过桌子，走到野思马因的身边，拉住他的袖子，温柔地劝说着："你不要这么冲动嘛。他是你的亲父亲，你怎么说杀就杀了呢？你要是真杀了他，你还如何在汗廷里立足啊？我也不敢嫁给一个杀父的逆子，你说是不是啊？"巴尔图说着，把野思马因拉回座位，把他按到座位上。接着说："再说，就算你把他杀啦，他还有那么多亲信部下，还有其他儿子，他们不会来找你拼命？你能打过他们？"

蒙古女雄：满都海皇后

野思马因满脸怒色，说："那你说怎么办？就看着他和你成亲？"

巴尔图娇媚地笑了一笑，又换上一副忧伤的样子摇着头，说："我看你没有实力和太师打，还是算了吧，一切听你父亲的安排。"巴尔图看了看野思马因，眼睛里流出几滴眼泪，有些哽咽，继续说："其实我还是喜欢你的，你这么年轻英俊，他那么大年纪，又是我父亲。哎……"她长长叹息着，用手指点着他的额头，说："谁叫你没本事呢？"

野思马因又"腾"的站了起来，一脚踢翻眼前的桌子，像一头发怒的狮子咆哮起来："从今天起，我要召集兵马，把这老不死的家伙赶出察哈尔，赶回哈密去！"

巴尔图很害怕，说："你可千万不要透漏出这消息，要是叫太师知道了，你可要先丢了小命！你知道我们蒙古人可是没少出现亲人仇杀的事情，你要小心行事。"

野思马因跺着脚，咬牙切齿，说："你就放心吧！我知道应该怎么办，你就等着瞧，看我如何收拾这老东西！"

巴尔图温柔地说："那好，我等你的消息，要是太师来催逼，我先拖延着时间，等你把他赶走！把他的势力赶走！但是，不要杀他，他还是有恩于我的。"巴尔图犹疑不决地补充了这么一句。

拒绝求婚　心有别许

脱罗干和斯钦在大帐中饮酒作乐。斯钦知道自己没有完成白加思兰的任务，回去是无法向他交代的，好在他已经拿到白加思兰的赏赐，那锭金元宝，所以也不后悔这一趟徒劳无功的长途跋涉，但是他不敢回去。脱郭齐找到了巴图蒙克，已经把他安全带回汗廷，他回去，白加思兰肯定会要了他的小命。斯钦十分了解白加思兰的凶残。好在蒙郭勒津部的首领脱罗干十分慷慨，愿意收留他。留在蒙郭勒津部，脱罗干赏赐给他羊群、马匹和老婆，还把他引为知己，常常和他商议部落的大事。有奶便是娘，斯钦也就决心死心塌地跟着脱罗干。

脱罗干喝着酒，突然长叹了口气。斯钦急忙趋前为脱罗干斟酒，满脸堆笑，谄媚地问："诺颜有什么心事？为何长叹啊？"

脱罗干看了看斯钦,说:"你看我的部落如今也算科尔沁草原一支强大部落,可是就是不能在汗廷里捞个一官半职,不能光宗耀祖,总是感到不舒服。你说说,我如何办才能像白加思兰那样,弄个太师当当。"

斯钦小眼睛一转,挤出满脸笑容,说:"当个太师有何难的?他白加思兰还不是靠心黑手狠,能杀人敢杀人?那算什么本事啊?有本事当大汗才厉害、才威风呢?太师还不得听大汗的?"

脱罗干笑了,说:"听你的口气,好像当个大汗就好比是囊中探物一般容易?口气可真不小。你要是能先替我想个办法当个知院,我就大大赏赐你。"

斯钦满脸不屑,说:"当个知院实在太委屈诺颜你了。我有个主意,保管你能当上大汗。"

"真的?"脱罗干"腾"的站了起来,碰倒面前的桌子。他一把抓住斯钦,摇晃着他说:"什么主意?你快说出来我听听。"

斯钦却不紧不慢地端起酒碗,慢慢啜饮。

这家伙!故意吊我的胃口!看他这副尖嘴猴腮的样子,会有什么当大汗的主意!吹牛骗我的财物罢了。脱罗干不满地扫了他一眼,慢慢坐了下去,也端起酒碗,大声喊:"继续跳舞!"

斯钦急了,拉了拉脱罗干的袍襟,讨好地问:"诺颜不想听我的妙计了?"

脱罗干一把甩开他的手,说道:"哼!你不是拿架子吗?老子不想看你拿架子的熊样!"

斯钦赔着笑脸:"诺颜不要生气嘛。你大人不记小人过,宰相肚里能撑船。"

脱罗干向舞女挥手:"退下!"转过脸,阴沉着脸面对斯钦,"有屁快放,再摆架子,小心老子叫人鞭打你!"

斯钦这才说:"你可知道满都鲁大汗已经去世啦?"

脱罗干大怒,拍着桌子喊道:"说什么废话?老子不知道满都鲁死了?老子是白痴啊!"

斯钦说:"是,是。我是想问,你知道现在代替大汗的是谁吗?

"我当然知道,不是满都鲁的大哈敦吗?她做监国,不是吗?"脱罗干不屑地撇着嘴。

蒙古女雄:满都海皇后

163

"诺颜没有想出个办法吗?"斯钦眯着眼睛看着脱罗干,耐心启发。

脱罗干眨巴着小眼睛,摇着头,不耐烦地催促:"有屁你就放好不好? 打什么哑谜?"

斯钦摇了摇头,心里骂着蠢驴,嘴上却恭维道:"诺颜那么聪明的人,怎么就没有想出办法呢? 这大哈敦如今是寡妇一个,她能不想找个男人吗? 她一个十七八岁的少妇,能守空房多长时间啊? 假如诺颜……"

脱罗干一拍大腿,大声说:"我知道你的意思了,你是想让我去替儿子火筛向她求婚,是不是? 要是她答应嫁给火筛,我不就是太师了吗?"

斯钦摇头。

"不是? 那你的意思是什么? 你总不是让我去向她求婚吧?"脱罗干眨巴着眼睛,犹犹疑疑地问,站了起来,一把抓住斯钦前胸的袍襟,瞪着眼睛问。

斯钦哈哈大笑:"诺颜为什么就不能去试一试呢? 诺颜还在青春年少中啊。"

脱罗干像被搔到痒处,哈哈笑了起来,放开斯钦,笑得上气不接下气,说:"可不是,为什么我不能去试一试? 我还不老嘛。"

斯钦凑到脱罗干身边说:"可不是嘛,诺颜你比成吉思汗娶阿必合时年轻多了。当年成吉思汗征服了克烈部,把克烈部首领王罕兄弟扎木敢不的三个女儿一次纳入宫中,把他的二女儿给了术赤,三女儿唆鲁和帖尼给了拖雷,自己留下大女儿阿必合做哈敦。他那时都已经快六十岁了。诺颜不刚刚五十岁嘛。为什么不可再娶一个妻子呢?"

脱罗干坐回座位,端起酒碗慢慢啜着,沉思着自言自语:"要是大哈敦答应了我的求婚,那我就可以替代她做监国,然后想办法控制忽里勒台,在忽里勒台的选举上选我做大汗,那不就圆了我的梦吗?"说到这里,脱罗干激动起来。他"咚咚"擂着面前的几桌,大声欢呼道:"真是个好主意! 来人,赏斯钦骆驼十峰!"

斯钦急忙跪下磕头感谢脱罗干的赏赐。

脱罗干对斯钦说:"你再替我计划计划,带些什么礼物去求亲。我明天就动身。"

斯钦笑了:"诺颜不必如此性急,可以等到天再暖和一些动身也不迟。"

脱罗干急躁地扯开皮袍,说:"等不得,也许别人也想到这好主意,抢在我前面去求亲,我不是白费一番心计了吗？这么好的机会,我不能让别人抢去。我一定要抢在别人前面行动。"

巴尔图冷笑了一下,把面前的礼物一下子全都划到地上。她强按捺着的怒火终于像火山一样爆发了。她在那些绫罗绸缎、金银珠宝上发泄着自己的怒气,用脚使劲踩着。珍珠在脚下发出噼啪噼啪的清脆的破裂声。这破裂声叫巴尔图的怒气消了不少。她开始哈哈笑了起来。

"大哈敦,你怎么啦？"上完课跑进来的巴图蒙克急忙上前抱住巴尔图,关切地问。

刚才那个粗矮壮实罗圈腿、满脸横肉小眼睛的脱罗干跪在她面前向她求婚的形象出现在眼前。"一个人向我求婚。"巴尔图说着,又哈哈大笑,眼泪也笑得流了出来。

"什么叫求婚？"巴图蒙克好奇地问。

"求婚就是男人向女人提出要求,希望和她生活在一起,住在一起,睡在一起。"巴尔图笑着坐回自己的坐榻,让巴图蒙克坐到自己身边,向他解释说。

"那多好,能和你住在一起,能和你睡在一起。那我向你求婚,行不行？"巴图蒙克抱住巴尔图。

巴尔图心一动:他脱罗干为什么向我求婚？不就是为了这大汗的宝座吗？我已经在孛尔帖大哈敦面前发过誓,要把大汗的宝座还给黄金家族。如果我和巴图蒙克结婚,那谁还敢打这主意？可是,他还那么小。

巴尔图笑着问:"你说的可是真心话？你不怕我年纪比你大？"

巴图蒙克双手紧紧抱着巴尔图的腰,说:"大哈敦像我的姐姐,能比我大几岁啊？我才不怕你比我大呢！我喜欢大姐姐。"

巴尔图把自己的脸紧紧贴在巴图蒙克的黑发上,喃喃着:"那太好了。我们就这么说定,你现在要好好学习,等明年你再向我求婚,然后我再决定是不是嫁给你。"

"啊？"巴图蒙克不满意了,"你还没有决定是不是嫁给我啊？不,我要你现在就答应我,我一求婚你就决定嫁给我,永不反悔！你说嘛,大哈敦。"

蒙古女雄：满都海皇后

巴图蒙克撒起娇来，像麻糖一样沾在巴尔图身上，扭来扭去。巴尔图笑着，拉住巴图蒙克："好，我答应你。你快去学习骑马射箭吧，巴可什在外面等着你呢。记住，你的武艺不好，我还是不嫁给你。"

巴图蒙克急忙放开巴尔图，说："我一定练出超人的武艺，大哈敦等着瞧，我要打败所有的人！"说着一溜烟儿跑了出去。

巴尔图望着巴图蒙克的背影若有所思，久久地站立着。

激励幼小发奋学习

"拜见大哈敦，大哈敦找我？"汗廷里最有学问的史官八思巴进入大帐，甩掉马蹄袖跪下向巴尔图报告。

"巴可什八思巴，你请坐，"巴尔图指了指旁边的座位："今天请你来，是想和你商量商量巴图蒙克的学习。你看一个蒙古大汗应该学些什么呢？"

八思巴想了一会儿，说："我以为应该首先学习蒙古文字和蒙古历史，然后学习蒙古札撒①。"

巴尔图点着头："那就有劳巴可什为他制定一个学习计划，请巴可什来教他。"说到这里，巴尔图停住话头，她看着八思巴，问："蒙古文字和历史难学吗？你看我能不能学会？"

八思巴急忙说："大哈敦那么聪明一个人，怎么能学不会呢？何况大哈敦已经学过一些。"

巴尔图摇着头："我对蒙古历史的了解很不够，只是小时候听额娘讲过一些，听弹唱好来宝的艺人们唱过一些。我还是想从巴可什这里认真系统地学一些。以后巴可什就来我这里给巴图蒙克上课，我和他一起上课。"

这时，巴图蒙克从外面气喘吁吁地跑了进来，他擦着额头上的汗，大声喊着："大哈敦，累死我了。又一匹烈马被我征服了。看，我的膝盖都被它摔流血了。"说着，他撩起袍子给巴尔图看。巴尔图有些心疼，急忙喊使女拿蒙古草药来给他敷，一边大大地夸奖着："这才像个蒙古汉子，这才能做蒙古的巴特尔。"

---

① 札撒：蒙古族语，指成吉思汗制定的蒙古法律。

“我能做蒙古大汗吗？”巴图蒙克天真地问。

“你想做蒙古大汗吗？”巴尔图故意问。

“当然想当了。做一个圣主那样的大汗，把我们大蒙古国再统一起来，打进汉人地区，重新建立大元，那有多好啊！”巴图蒙克眼睛亮了起来，脸上现出景仰向往的神情。

巴尔图心中一喜：这小家伙终于有了理想和大志，看来蒙古复兴有了指望。她不露声色，平淡地说：“不过，你恐怕当不了蒙古大汗。”

“为什么？为什么我当不了？我不是黄金家族的后裔吗？”巴图蒙克梗起脖子，小脸涨得通红，很不服气地问。

“当蒙古大汗要认识蒙古文字，要懂得蒙古历史，要知道蒙古札撒，要知道大元的许多事情，这些你知道吗？”巴尔图冷冷地说。

巴图蒙克一屁股坐了下来，很沮丧地噘起嘴，什么也不说了。

“看，你自己也承认当不了吧？”巴尔图故意激他。

“谁说我当不了？我不会，还不能学吗？我敢保证，用不了多长时间，这些我全能学会。”巴图蒙克“腾”的站了起来，大声说。

“真的？你敢保证？”巴尔图也站了起来。

“当然，我敢保证。我们蒙古人说话从来不会不算话，我敢向长生天发誓。”巴图蒙克攥着拳头说。

“那好，现在我就让你拜师学习。”说着，巴尔图拉着巴图蒙克走到巴可什八思巴面前，把他按倒跪下，说：“给巴可什磕头，拜师。”

巴图蒙克一连磕了三个头，八思巴急忙把他拉了起来。

巴尔图说：“现在我们就上课。”

“啊？现在就上课？”巴图蒙克一脸惊奇，“从明天开始还不行啊？”他涎着脸想要赖皮。

巴尔图把脸一沉，说道：“怎么？刚才说的话，现在就想赖啊？说从现在开始就从现在开始，我和你一起学。”

“今天学什么？”巴图蒙克无可奈何，噘着嘴问。

八思巴说：“今天先学习我们蒙古的起源和历史，学习《蒙古秘史》。”

巴图蒙克不屑地说：“这还用学？我们蒙古人谁不知道是苍狼、白鹿的后代。我在毕力格太老父亲那里听他说唱过的。

八思巴摇了摇头。

"不是？我们不是是苍狼、白鹿生的？"巴图蒙克惊讶地问。

巴尔图也觉奇怪："是啊，我也是这么听的。"

八思巴说："我们的《蒙古秘史》开头就说，奉天命而生的孛尔帖赤那，其妻豁埃马阑勒，渡腾吉思而来，营于斡难河源之不儿汗山，而生巴塔赤汗。说唱人就解释做天生一个苍色狼，与一个惨白色的鹿相配了，生了一个巴塔赤汗。这里的解释是错误的，狼怎么能和鹿相配呢？怎么能生一个人呢？这里是说，信奉苍狼的部落人和信奉惨白色鹿的部落的人相配生出我们的祖先巴塔赤汗。我们的祖先巴塔赤汗的父系部落以苍狼为图腾，我们祖先的母系部落以白鹿为图腾。他们崇拜的神物一个是草原上最凶猛的苍狼，一个是草原上最多又最美丽温柔的白鹿。所以我们蒙古人既凶猛又美丽温柔。"

"原来是这样。"巴尔图微笑着，"我也曾觉着奇怪，狼和鹿相配怎么会生了人呢？叫巴可什这么一解释，就全明白了。"

巴图蒙克瞪着一双明亮的眼睛望着八思巴，问道："巴可什，什么是图腾？"

八思巴说："你真聪明，一下子提出了最主要的问题。我给你解释什么是图腾。在远古时代，我们这些生活在森林、草原、大山里的部落，没有文字，也没有什么可以标志自己的符号，我们的祖先就从自己生活中找出一种自己熟悉又喜欢的动物啊植物啊，画在一面大纛旗上做他们自己部落的标志，有的用狼，有的用虎，有的用云彩，有的用水、火，有的用树、草、花，有的用虫、鸟。我们高原、森林、草原上的狄族，像高车、突厥、蒙古，都是用狼做我们的标志。这些成为部落民族象征和标志的东西受到全部落、全民族世世代代的喜爱和爱戴。部落和民族还编造出关于它们的各种美丽动听的神话传说故事流传给后代。这种被当作部落民族崇拜对象的神物和对这种神物的崇拜就是图腾和图腾崇拜。懂了吗？"

巴图蒙克点了点头，说："我们蒙古是崇拜狼和鹿。鹿很美，可是狼那么凶残，经常进攻我们的羊群，我们为什么还要以狼为图腾呢？"

巴尔图笑了，说道："你正提了我想问的问题，看来我们俩人一起学习太好了。"

蒙古女雄：满都海皇后

巴图蒙克朝巴尔图做了个鬼脸。

八思巴看他这两个学生学习得这样有兴趣，讲起来越发有劲头。他清了清自己的嗓子，继续讲道："狼本来是很勇敢、凶猛的，它并不残忍，也不祸害人。它只是在没有食物的情况下偶尔去进攻羊群。现在的牧人咒骂它，是因为它偶尔叼走了他们的小羊羔。可是草原要是没有了狼，野兔、黄羊就会大量繁殖起来，把我们的草场全破坏了，我们还是无法生存。要是没有狼，草原上死去的牛羊就没有人来清理，那么草原上就可能会闹瘟疫，人和牲畜都会遭殃。你们看，狼好啊还是坏？该不该我们蒙古人崇拜？"

巴图蒙克使劲地点着头说："好，好，狼是好动物。"

巴尔图也不断点头说："这还真不知道，原来狼有这么多的好处。看来我们人也真是太欠公道心，只是叼了我们一两只小羊羔就把人家咒骂得一无是处，真不公平。"

"下面我接着讲。"八思巴呷了一口萨仁送来的奶茶，说："我们蒙古叫忙活勒，你们知道这是什么意思吗？"

巴尔图和巴图蒙克一起摇头。

八思巴得意地眨巴着眼睛，说："知道这的人真还不多。这忙活勒，就是永恒的天族的意思。可见我们的祖先认为我们蒙古是永恒的天族。"

"这意思好，我们这名字起得真好。"巴尔图拍着手，高兴地说，"既然是永恒的天族，我们就更应该振兴我们的民族。你一定要记住你的话，当一个能够让蒙古统一的蒙古大汗。"巴尔图抚摩着巴图蒙克的肩头，温柔而坚定地说。

巴图蒙克郑重地答应着。

"今天我们学习蒙古文字。"八思巴对巴尔图和巴图蒙克说。他拿出自己为大哈敦和巴图蒙克编写的学习课本，一人发了一本。

"我们蒙古在大元以前，没有自己的文字。我们常常使用畏兀尔文字，圣主成吉思汗时代就把畏兀尔文字确定为全蒙古的通用文字。由于使用了统一的文字，所以我们的蒙古语能够把九个使用相同语言的部落融合成大蒙古。在大元时代，我们的忽必烈汗让那个和我同名的八思巴喇嘛创造了自己的文字，叫八思巴蒙古文，有42个字母。忽必烈大汗非常推崇这八思巴

蒙古女雄：满都海皇后

文字,他在全国推行这种文字,在大都办了专门的蒙古学校让蒙古贵族子弟来学习八思巴文字。大约推行了四十多年,有了一些成效,可惜我们蒙古地方太大,游牧地区太广,无法在更多的蒙古人中推广使用它。所以大元以后,八思巴蒙古文字又逐渐消失了。喏,这就是八思巴蒙古文字的字母。"八思巴巴可什指着他编写的课本说。

巴尔图和巴图蒙克看着书本,跟着巴可什读着字母的发音。

"现在,我们通用的蒙古文字是在畏兀尔文字基础上加以改进的蒙兀儿文字,与畏兀尔文字有一些相同,但是又有许多不同。这就是我们蒙兀儿文字的字母。我们现在就来学习这种文字。"八思巴说。

八思巴领着巴尔图和巴图蒙克读,又教他们书写。

奸诈太师父子反目

野思马因一直在寻找机会向白加思兰下手。可是白加思兰近来好像故意似的,偏偏对野思马因很好,野思马因一直找不到机会动手。不过,他对白加思兰的仇恨并没有消失。他像一只豹一样,眯着眼睛,寻找机会,等待机会,他不能任凭白加思兰抢他的巴尔图。

脱罗干从那边走了过来,野思马因觉得有些奇怪,他来察哈尔干什么,他为什么向自己的营地走来,是不是要去见白加思兰?

野思马因急忙迎上前,说:"赛白诺,脱罗干诺颜,哪阵风把你吹来了?"

脱罗干垂头丧气地看了他一眼,摇着头,没好气地说:"大元帅就别问了,我这一次来是倒霉透了,碰了一鼻子灰。"

野思马因好奇地问:"诺颜为什么事情碰了一鼻子灰啊?说出来也许我能帮助你。"

脱罗干抬起头,看了野思马因一眼,眼光里满是不信任的神情,"你?"

野思马因急忙指天划地地说:"诺颜怎么会连我都不相信啊?我可是最好帮助人的,不信你打听打听。"最近,野思马因在部落里到处招兵买马,拉拢人心,正在积聚力量准备和白加思兰较量一番。他到处游说,到处施恩惠,为的是多联合一些力量。

脱罗干看了看他,想,或者这大元帅真的能助我一臂之力?说说也无妨,反正这巴尔图已经明确地拒绝了,没有什么指望的事,说说心里也痛快,他停住脚步。

野思马因上前拉住他的衣袖,说道:"走,到我的大帐里去喝几碗。我那里有上好的马奶酒,刚酿出来的,是汗廷里的酿酒师酿制的。"

脱罗干跟着野思马因来到他的大帐。野思马因把脱罗干让到客人座位上,命令使女拿出酿制马奶酒的酒囊,使女把酒倒在一个青瓷酒罐里,为他们每人斟了一碗。清醇的酒香立刻溢满大帐。"好酒,好酒。"脱罗干吸着鼻子,连声赞叹。使女端上大盘的烤肉、煮肉,放在客人和主人面前的几桌上。

脱罗干端起酒碗,按蒙古规矩敬过天地火神,便仰起脖子一口气灌了下去。野思马因替他斟满,慢慢地询问:"诺颜为何事而来啊?"

脱罗干不假思索,生气地说:"我来向大哈敦求婚的。"

"啊?"野思马因大惊失色,手一哆嗦,把手中的酒洒了一桌。

"你怎么啦?"脱罗干好奇地问。

"没什么,你该知道,大哈敦是我的妹子,我关心她啊。"野思马因掩饰着自己的失态,用衣袖擦着几桌,又急急地问:"她答应了吗?"

"答应了我还这么生气啊?那我该开祭敖包庆祝才是啊。她不仅不答应,还把我赶了出来。你说气人不气人?"脱罗干声音里充满了愤怒,看来确实受到巴尔图的斥责,野思马因不禁轻轻地笑了起来。

"你还笑?有什么好笑的?我都气死了。"脱罗干不满意地白瞪了野思马因一眼,又端起酒碗,咕咕嘟嘟地饮了一碗。

野思马因一边给他填酒,一边劝慰着说:"你不知道,我这妹子就这臭脾气,你不要生她的气。"说到这里,他压低声音说:"你还有不知道的呢,她不敢答应你的要求。"

"为什么?"脱罗干不解地问,"她为什么不敢答应我的要求?她不是监国吗?谁敢限制她的行动?"

"哎……"野思马因长长地叹息了一声,面露难色,摇着头,犹豫地说:"这话真难以启齿,这话我不该说。"

脱罗干急躁起来,说道:"看你这人,你把我邀来,可又吞吞吐吐,真不痛快不仗义。你就说说吧,将来我会回报你的好处。"

野思马因说:"将来我有用到诺颜的地方,诺颜会鼎力相助?"

蒙古女雄:满都海皇后

脱罗干指了指大帐哈那前的天神神龛，说："天神在上，我脱罗干说话从没有不算话的时候。你要是有用着我的时候，我脱罗干一定会竭尽全力帮忙。你就说吧，别这般绕弯子拿架子。"

野思马因又打了个咳声，说："好吧，我这就告诉你，谁叫我们是朋友呢，我实在不想瞒你。反正这事迟早也会叫人知道，我还是说给你吧。咳！我真是难以启齿！"野思马因又打住话头。

"你这人真不爽快！算了，既然你不想说，我这就告辞了！"脱罗干一拍大腿，站了起来，抬脚就走。

"你听我说，听我说。"野思马因急忙拉住脱罗干的胳膊，把他按回座位。一拍自己的大腿，说："得！我也就不怕丑了，说给你吧，我父亲已经向她求了婚，她当然不敢再接受别人的求婚了！谁不惧怕太师的威风啊。"

"真的？你父亲？他们是父女关系，如何能求婚啊？我们蒙古人只有继婚的习俗，可那是兄弟继承兄弟的老婆，也没有老子继承女儿的啊。"

野思马因故意说："不还有儿子继承老子的老婆的吗？"

脱罗干还是摇头，说道："不像话，不像话。"

野思马因这才解释："巴尔图大哈敦并不是我父亲的亲生女儿，她是她额娘带来的野种，与我父亲没有任何血缘关系。你看，这不是可以了吗？"

"大哈敦答应他了没有？"脱罗干喷着酒气，红着眼睛问。

野思马因摇了摇头，说："巴尔图虽然没有答应，但是她惧怕我父亲的势力，自然也就不敢答应任何人的求婚，这不是明摆着的吗？巴尔图实在可怜，被那个老家伙恐吓得惶惶不可终日，我真想帮助他。"

脱罗干直起脖子，咆哮着："原来这样！白加思兰这老家伙老牛还想吃嫩草。我可不怕他，等我回去召我的士兵来，非打败这老家伙不可！"说到这里，他突然意识到什么，急忙捂住自己的嘴，说："你看我这臭嘴，喝了点马尿就胡说八道，太师是你的父亲，我怎么可以这么胡说！你千万不要相信我的胡说八道。"

野思马因拍拍脱罗干的肩头，轻轻地说："诺颜放心，这也是我的心里话。他早就不把我这儿子当儿子看，总想找机会除去我，我还维护他做什么？要是诺颜有心的话，我们联合起来一起把他撵出察哈尔，这样，你就可以向巴尔图求婚，我也可以有自己的财产、马匹、奴隶了。我现在是一无所有,穷光蛋一个。他把所有的财产都紧紧把在自己手中。"野思马因咬牙切齿地说。

脱罗干相信野思马因的话。蒙古部落里父子相残的事情多如牛毛,为争夺财产,为争夺女人,骨肉之间的战争屡见不鲜。他并不吃惊,只是同情地点着头。

"怎么样?诺颜,愿不愿意和我联合起来共同对付太师?"野思马因急切地问。

脱罗干想了一会儿,说:"联合是可以的,我有足够的兵力打跑太师。不过事成之后,你如何感谢我呢?"

野思马因说:"诺颜你只管提出你的条件,只要我能办到,我都可以答应。事成之后,太师一职由我做,其他的职务任你选。"

脱罗干点了点头,说:"大元帅是我的,知院一职给我的儿子火筛,行不行?"

"行!当然行!"野思马因不假思索,斩钉截铁般答应下来。

脱罗干用拳头一擂桌面,说:"要办就赶快办,要是时间拖久了,走漏了风声,你我就竹篮打水一场空。"

野思马因把自己的手压在脱罗干的拳头上说:"好,我们约在半个月后起兵,你的部队能不能赶来?"

脱罗干说:"没问题,我马上起程,半个月后一定赶来!"接着,两人歃血为盟。

四月上旬,春天的气息已经很浓。察哈尔草原上已经见到鹅黄的嫩草,迁徙回夏营地的黑毡高车拉着拆卸的蒙古包或者没有拆卸的整蒙古包在草原上吱扭吱扭地响着滚过,骑马的牧人扬着马鞭和牧羊铲赶着肥壮的羊群在草原上跑来跑去。一大队武装的士兵扬鞭跃马从东方飞驰而来。

白加思兰正在自己的营盘里看着士兵和牧人装车,准备春季的迁徙。牧人和士兵把他的大帐整个搬到高车上,十几头黄牛拉着的几辆高车共同装着这个完整的大毡帐,里面的摆设一点也不用动,他白加思兰还可以在大毡帐里饮酒睡觉,不必骑马忍受颠簸之苦。上了年纪,他不愿意在马背上颠簸受罪。

蒙古女雄:满都海皇后

173

"小心一点！蠢驴,摔坏这个青花瓷瓶小心你的脑袋!"白加思兰向一个士兵咆哮。

一个探子跑了过来:"报告太师! 有一大队骑兵向这里奔驰而来!"

"谁的队伍?"白加思兰眼睛盯着那几个搬运家具的士兵,生怕他们摔坏他心爱的瓷器。那些瓷器,是他在抢掠长城边汉人地区时得到的。

"报告太师! 看不出是哪里的队伍。"探子说。

"那就不用管他们,可能是围猎的吧。"白加思兰挥挥手,漫不经心地说。

这个夏天,白加思兰准备返回河套地区驻牧,那里经过几年的休息生养,草场已经恢复得极好,牧草肥壮茂盛,足够养活自己部落的羊群、牛群和马群。而且,那里距离哈密近一些,哈密瓦剌的势力他还要控制住。不过,他没有战争的准备,他暂时不准备通过打仗来扩张自己的势力。十几年在河套和察哈尔的扩张,他已经占据了绝对的优势,他白加思兰太师如今怕谁?

"野思马因呢? 白加思兰问身边侍卫。

"没有见到大元帅。"侍卫说。

可能是去找巴尔图了,他最近常往那里跑。白加思兰一边监视着装车,一边沉思默想。

白加思兰希望野思马因的计划成功,他心中还是恋恋不舍放不下那大汗的宝座。只有等野思马因向巴尔图求婚成功,秋天归来后操办了野思马因和巴尔图的亲事之后,他才可以开始实施自己登汗位的最后行动计划。他询问过野思马因的进展情况,野思马因却吞吞吐吐的没有什么肯定答复。是啊,巴尔图不会立刻答应野思马因的要求,不过他有信心,野思马因最终能把巴尔图搞上手。自己儿子是个色鬼,讨女人欢心还是很有一套的。而蒙古大汗的宝座最终一定还是属于他白加思兰。

白加思兰笑了,笑得很甜,很得意。

白加思兰在侍卫的簇拥下,去巡视整个营地的迁徙准备工作。营地最后面的西北角的草场上,聚集着他全部的士兵。披挂着甲胄的士兵拿着大刀,骑在马上,随时都可以出发。白加思兰看到野思马因,他也是一身甲胄,骑马跑到队伍的最前列,指挥着队伍准备出发。

"你干什么？你要把队伍拉到哪里？"白加思兰奇怪地走上来问。

骑在马背上的野思马因大声说："我率领队伍先走一步，去清清道路。"

白加思兰点了点头，目送着野思马因率领着骑兵奔驰而去。

野思马因的队伍和脱罗干的队伍会合在黄岗梁处，那是通向河套地区的必经之路。野思马因和脱罗干打马来到一起，互相致意，并马奔上山冈。这里山势不太险峻，没有山峡可以埋伏。野思马因用马鞭指着长满松树的山冈，说："看来我们只好埋伏在这里，等着太师的车队过来。我带着队伍埋伏在南面山坡，你带领着队伍埋伏在北面山坡。等车队一出现，你率领着队伍截头，我带队伍截尾，我们前后夹击，可以消灭他全部人马。"

脱罗干指着山坡说："是哪里吧？我们要一起出动。既然让我截头，你就得听我的指挥。我的队伍冲下山坡，以发炮为号。炮声一响，你的队伍就冲出来。"

野思马因说："好，一言为定。不过，对太师……"他沉吟了一下，"不要伤他性命，放他一条生路让他独自逃生吧。"

脱罗干斜了他一眼，说："这不是放虎归山嘛？将来他万一东山再起，我们不是反受其害吗？"

野思马因长嘘了一下，声音沉痛地说："他毕竟是我的亲生父亲。"

"好吧，听你的，放他一马。"脱罗干一勒缰绳，朝自己的队伍跑去，部署队伍上到山坡的松树林里，掩蔽下来等着白加思兰的车队。

野思马因指挥着自己的队伍掩蔽到南面的山坡树林里。

山坡的松树林在春风的吹拂下发出飒飒的响声，山坡下的草原还是一片静谧。远处出现了马队，马背上的侍卫披挂着甲胄，手执长枪，腰中挂着大刀，背上背着箭囊。接着是执旗幡的马队。十几头黄牛拉着的四辆高车上是白加思兰那顶大帐，大帐后依照地位顺序排列着全部落各家庭的勒勒车。最后面是长长的牛群、羊群和马群，连绵十几里。

白加思兰在大帐的卧榻上躺着，搂着一个年轻美貌的女子，另一个使女正在给他轻轻地捶打着双腿。卧榻前的几桌上摆满酒肉和果品奶食。大帐在高车的颠簸中轻轻地摇晃着，倒也很舒服。长长的高车队伍的后面，有牧民唱起高亢响亮的蒙古长调，传进大帐。白加思兰也随着这旋律轻轻哼了起来。

蒙古女雄：满都海皇后

175

外面的旗幡在春风中猎猎作响，迁徙的队伍长长地绵延在青青的草原上。

白加思兰突然听到大帐外面传来马嘶人喊，好像有千军万马冲了过来。白加思兰一翻身坐了起来，大声问："什么事？出了什么事？"说着他走到大帐门前，掀起包帘向外张望。这一望，叫他魂飞魄散。只见漫山的山坡上冲下来人马，好似漫山的洪水，他们呐喊着，挥舞着手中的大刀、长枪，直冲进他的护卫队伍，见一个挑一个。一时之间，护卫队伍大乱，毫无准备的兵丁哭爹喊娘四处逃窜。山上冲来的队伍冲进车队，不分青红，见人便砍见人就挑。

白加思兰顾不得多想，从大帐壁上扯下他的佩刀，跳下高车，一纵身跳上后面跟随的马匹，挥舞着自己的大刀，呐喊着，召集他的队伍。一些兵丁重新聚到他的前后，在他的指挥下奋力抵抗冲过来的敌人，保护着车队。

冲过来的士兵截住了白加思兰，和他厮杀起来。失去指挥的车队陷入群龙无首之中，四下逃散，寻找生路。

车队后部，同时受到野思马因队伍的攻击，羊群、马队、牛群，都被冲击得七零八落，溃不成军。

被围着厮杀的白加思兰终于杀出重围，他望了望自己的车队，长叹一声，打马朝人少的地方奔去。他知道自己大势已去，只有先逃命要紧。他伏身马背，双腿夹着马肚，催促着马向哈密方向逃去。

野思马因看着逃跑的白加思兰，冷笑着。脱罗干也拍马跑了过来，问："可以收兵了吧？"野思马因点点头。

脱罗干命令鸣锣收兵。脱罗干命令自己的士兵收拢牧人、羊群、马匹，准备把他们赶到自己的部落去。野思马因不高兴，沉着脸说："你也得分给我一半吧？"

脱罗干笑着说："那当然，你一半我一半。"他们哈哈笑了起来，命令部下清点战利品。

"下面，我们该怎么办？"脱罗干问。

"回去安顿好你的部落，带着你儿子火筛来汗廷上任吧。"野思马因拍着他的肩头，"从现在开始，我就是太师，你就是知院，你儿子火筛就是大元帅。这下汗廷就是我们的啦！"他喊叫着，欢呼着，抓起头上的帽子向天空抛去。

蒙古女雄：满都海皇后

脱罗干也欣喜若狂，从马镫里抽出脚，站到马背上，接着来了个倒立，双脚双腿扑腾着，在马背上玩起马术。他疯了一会儿，从马背上放下双腿，坐回马背，他问野思马因："这一下我可以去向大哈敦求婚了吧？"

野思马因支吾着说："你还是先回去安排你的部落，先来上任。要不别人强占了你的位置，我可无能为力。"

癞蛤蟆想吃天鹅肉，野思马因心里觉得好笑。

以身相许　扶立汗位

巴尔图召集了脱郭齐和几个忠于黄金家族的官员，说："野思马因和脱罗干联合起来把白加思兰赶出了汗廷，我们现在要趁他父子互相争斗的空隙，先把巴图蒙克扶立汗位，以绝他们的野心。"

脱郭齐站起身说："监国大哈敦放心，我们还是有号召力的，只要大汗是黄金家族的成员，料想脱罗干不敢跟着野思马因胡来。就是野思马因的兵士，现在也有许多是拥戴黄金家族的，不怕他闹事。即使他敢于闹事，我向圣主天神、地神发誓，一定要拼死保卫大汗和监国！"

"好，那我们就这么办！马上以我监国的名义向全蒙古发昭示，说我监国扶立黄金家族的后裔成吉思汗的十代孙巴图蒙克登立汗位。这新汗还是大元的可汗，我看就叫大元汗吧。马上派使者快马到东部昭示各部落。号召他们支持新大汗大元汗，按时向新大汗进贡。"

"把大元大汗扶出来！"巴尔图喊。

巴图蒙克穿着大汗的质孙服走了出来。巴尔图率领着全部官员向新大汗行叩头礼。叩头宣誓完毕，巴尔图向全体官员宣布："我向大家宣布，从今天起，我，伊克哈巴尔图，在天神、地神、火神面前宣布，我把自己许给了达延大汗巴图蒙克，封号为满都海彻辰哈敦，永不改变。"

穿戴一新的巴图蒙克在座位上拍手叫起来，说："你同意嫁给我了，太好了，太好了。我可以和大哈敦一起吃一起睡了。"官员们都禁不住想笑，却又不敢笑出声来，一个个咬牙瞪眼做出许多怪象，拼命抑制自己。

巴尔图粉脸一时羞得通红，她羞涩地瞪了巴图蒙克一眼，小声但严厉地呵斥着："不许胡说！"急忙挥手让官员退下。

蒙古女雄：满都海皇后

177

巴图蒙克见人们都走了,他更加高兴,从自己的座位上站立起来,手舞足蹈地抱住巴尔图的脖子,得意扬扬地说:"我可以搂住你睡觉了,那多好啊。"巴尔图不得不用手狠狠地掐了他一把,巴图蒙克痛得"哎哟"一声,收敛了自己。

巴尔图说:"不许你胡说八道。你还要听我的话,每日勤学苦练武艺,学习蒙古文字和蒙古历史,学习治国之道。你要是不听话,我还是不嫁给你,不和你一起睡觉。"

巴图蒙克嬉皮笑脸地说:"你放心,我一定好好学习。你什么时候才和我一起睡觉啊?"说着,又猴到巴尔图的身上,把自己的脸蹭着巴尔图的脸,小声问。

巴尔图羞臊地亲了亲巴图蒙克,说:"等你长大以后。"

巴图蒙克也亲着巴尔图的脸,在她身上扭来拧去,说:"我已经长大了嘛,今晚就让我睡到你的大帐里,行不行?"

"不行!"巴尔图断然说,一边把他从自己身上抱了下来,沉下脸,说:"别胡闹了,去找巴可什学习射箭吧。"她朝大帐外高声喊道:"来人!带大汗去上课!"侍卫和巴可什一起走了进来,拉着巴图蒙克走了出去。

巴尔图微笑着听野思马因述说那场战斗。"把白加思兰赶走了?"巴尔图问,"是真的?他永远不会再回来了?"

野思马因走到巴尔图身边,想和她亲热亲热。巴尔图却走回前边的坐榻,指了指旁边的座位,笑着说:"大元帅辛苦了,我已经准备了酒食美馔犒劳大元帅,大元帅请坐。"

野思马因无可奈何,只好走到自己的座位上,坐了下来。巴尔图举起酒碗,说:"大元帅,请接受我的感谢,饮了这碗酒。"说着,几个使女鱼贯而入,每人端起一碗酒,高高举到野思马因面前,唱起敬酒歌。野思马因只好一碗一碗地接过来,敬过天神、地神、火神,又到大帐外敬过百鸟,一碗接一碗地饮了起来。

巴尔图又说:"大元帅这次为除去太师立下汗马功劳,作为监国,我要重重赏赐于你!来人,拿赏赐来。"一队使女鱼贯而入,每人手里托着银托盘,上面放着赏物:五色彩缎,红粉皮圈金云肩膝袖衣,金锭元宝,珠宝首饰。使女把它们放到野思马因面前,鞠躬离去。野思马因手舞足蹈,连声说:"感谢大哈敦! 感谢监国!"

巴尔图看了看得意忘形的野思马因,微笑着,十分关切地问:"大元帅,你看这太师一职以后应该由谁来任啊?"

野思马因眯着微醉的眼睛,说:"要是监国不嫌弃的话,我愿意帮助大哈敦治理蒙古汗廷。"

巴尔图赞许地点着头说:"这也正是我的意思,大元帅任太师,我就放心了。那知院和大元帅的职务,你看谁接任比较好呢?"

野思马因急忙说:"知院让脱罗干接任,大元帅职务给脱罗干的儿子火筛吧。"

巴尔图心里一惊:这脱罗干和他已经勾结起来了,这可是没想到的。她身边可以依靠的有本事的人太少,当年满都鲁完全被白加思兰控制,所用的人全是白加思兰和野思马因的人。如今白加思兰被除去,已经少了一个政敌,可是这野思马因又想独揽大权。这可不行!

巴尔图心里翻腾着。哪些人可用呢? 她把那些官员拨过来拨过去,总挑不出合适的人选。巴尔图有些烦躁,站了起来,在大帐里来回走动。

"怎么? 监国不同意我的意见?"野思马因斜着眼睛问,语气有几分强硬。

"啊不,我只是在想,如果让脱罗干当知院,他会成天缠着我,要我嫁给他,那多麻烦。加上他儿子做大元帅,父子俩一起逼我,我怕是难以招架。"

野思马因"哎哟"一声,直拍打自己的脑门:"你看我多混,我怎么就没有想到这一层呢? 大哈敦考虑得很有道理。确实不能叫他父子同时入汗廷。那就这么着吧,知院还让脱罗干任,大元帅就另外委派。如何?"

巴尔图很高兴,说:"这正合我意。大元帅由脱郭齐任,这是个很能干的将军。太师,没有意见吧?"

巴尔图目光炯炯,望着野思马因,像期盼,又像企求,似乎在诉说着什么似的。野思马因急忙说:"没意见,没意见,我听大哈敦的。"

巴尔图站了起来,脸色变得很庄重,她一字一句坚定地说:"我还有一事相告太师。我已经扶立黄金家族的后代巴图蒙克登上了汗位,而且他向我求婚,我已经以身相许了,希望太师能够尊重我的选择,说服脱罗干不要再

蒙古女雄:满都海皇后

179

来纠缠。让我们携手一起辅佐巴图蒙克做好这个大汗。"

"什么？你？你？骗了我！你这个可恶的女人。"野思马因气冲冲地摔门离开了大帐。

带领着儿子火筛前来上任的知院脱罗干大失所望。野思马因的许诺只兑现了一半，儿子火筛的大元帅职务早已被新大汗巴图蒙克任命给脱郭齐。为了这次上任，他已经把他的蒙郭勒津部迁移到离察哈尔近一些的鄂尔多斯。

脱罗干来找野思马因，野思马因正在大帐中喝闷酒。他一见脱罗干，急忙起身相让。脱罗干一定是来找他讨账的，看他那阴沉的脸色。野思马因拉着脱罗干坐下，为他斟上酒，自己率先赔罪："知院诺颜，实在对不起你。没有完全兑现我的承诺。可是，我也是有苦难言啊。巴尔图那狐狸精耍了我。我正想办法要报这仇呢。"

"她怎么耍了你？"脱罗干气哼哼地问。野思马因眼睛转了几转，没法说出事情真相。他支吾着："不说它，说了我气就不打一处来。她也耍了你，不是答应你的求婚吗？"

脱罗干说："这倒没有，她当时就没有答应我，是我想入非非。"说到这里，脱罗干说："我把火筛也叫来了，队伍也带来了，却没有大元帅给他做。你这才是耍我呢。"

听到这，野思马因高兴起来。他这几天是越想越气，觉得自己完全被巴尔图耍弄了。她借自己的手赶走了白加思兰，却没有答应自己的要求。他一定要报复。好在他还是汗廷的太师，具有一定的权力。他把自己的军队拉到围猎场，开始加紧操练，准备和巴尔图大干一场。但是他觉得自己现在的势力有些孤单，担心不足以对抗巴尔图。巴尔图近来任命了脱郭齐做大元帅以后，脱郭齐以大汗的名义联合了科尔沁、乃蛮、土默特、鄂尔多斯几个部落，兵力大增。野思马因正愁没有联军呢，这脱罗干是送上门的好伙伴，一定要说服他帮助自己。野思马因转着眼睛思谋对策。

脱罗干又饮完一碗酒，野思马因急忙为他斟满，谄媚地说："知院不是想叫儿子当大元帅吗？那何不想想办法呢？"

脱罗干没好气地瞪了他一眼，说："什么好办法？现在已经有了黄金家族的大汗,还有什么借口来反对监国?总不能让我去发兵打黄金家族的大汗吧?"

野思马因嘴一撇说:"什么黄金家族?谁说这大汗就一定要黄金家族的后代来当?我们都是蒙古人,也都算是成吉思汗的子孙,为什么就不能当大汗?他成吉思汗不也是靠武力取天下吗?前几十年,这大汗可也不是黄金家族的人,我们难道不能靠我们的武力来打天下?"

脱罗干大惊失色,他浑身颤抖着,结结巴巴地说:"你,你,大逆不道的家伙!你想造反啊?我可不想跟着你倒霉,让蒙古人千代万代唾骂!"

野思马因笑了,说:"瞧你那熊样!成吉思汗把你吓成这样!我只不过是说说而已,又没有动手,你就吓成这样!我只是想把我们的兵力联合起来一起训练,将来我们一起做点事情。"

脱罗干端起酒碗啜饮着,不说什么。野思马因也不敢再往深处说。脱罗干起身要走,野思马因也不挽留,他突然想起什么:"哎,听说斯钦投靠了你?告诉他,让他回到我这里来,我会保证他的安全。"

脱罗干答应着离去。

脱罗干从野思马因那里回到自己的大帐,思前想后,总觉得不大放心。他一个知院没有多大权力,当年孛罗乃不是知院吗?还不是被太师加害了吗?野思马因会不会像他父亲一样,加害于他呢?

脱罗干把儿子火筛和斯钦叫到大帐里商量对策。斯钦说:"野思马因最近还不会加害知院诺颜,因为他只想对付大哈敦巴尔图。他没有得到大哈敦,这一肚子窝囊气没有发泄出来。他把白加思兰赶走,结果是竹篮打水一场空,他能不报复吗?你看吧,等秋天他一定要挑起一场大战。他现在正加紧练兵做准备呢。"

火筛说:"那我们该怎么办?"

脱罗干转向斯钦:"他今天已经开始在拉拢我,这仗打起来,我们是站在哪一面好?野思马因一定想和我们联合起来。"

斯钦点了点头,说:"我也这么想,不过,我以为,我们还是坐山观虎斗的好,哪一方也不加入。等局势明朗以后,再决定我们的动向不迟。"

"可是,野思马因要是再来纠缠,我该如何说才好?"

斯钦低着头,走来走去,走了一会儿,想了一会儿说:"既然没有任命火筛职务,火筛可以返回蒙郭勒津部去,同时带走自己的队伍。要是野思马因来,知院就说你已经把部队交给了火筛小诺颜,他就没有什么说的。"

脱罗干点着头说:"好,就这么决定。火筛,你马上带着队伍回蒙郭勒津部。回去以后,加紧操练兵士。如果大汗宝座不再属于黄金家族的话,我们也可以乱中夺权,当几天大汗过过瘾。"

脱罗干说完,看着斯钦,很有点恋恋不舍的样子,说:"斯钦,你真是个好军师,可是野思马因要你回到他那里,我实在舍不得你。"

斯钦叹了口气,想了一会儿,说:"我只好回去了。我是他家的人,没有办法。"

定疆土　挥师河套

巴尔图静静听着脱郭齐大元帅的报告。根据他的情报,野思马因在围猎场加紧练兵,似乎有什么企图。而逃跑的白加思兰在哈密召集了他留守在哈密的大儿子的军队,又联合了瓦剌部落,正在向河套方向进逼,很快就会到达河套。

巴尔图听完汇报,问大元帅:"你是怎么想的?"

脱郭齐说:"野思马因可能心怀鬼胎,但还没有真正的行动,我的意见是先不要管他,我们需要集中力量对付白加思兰的瓦剌势力。如果白加思兰到了河套,再联合河套的势力向我们打过来,我们就要被动挨打了。"

巴尔图沉思着,慢慢点着头,"是这样,看来我当时真应该让野思马因打死他。我念他抚养我多年,虽然杀了我亲生父亲,我还是想保留他一条性命。没有想到,他还是不死心,真可恶!这一次一定要完全消灭他!"巴尔图咬牙切齿地说。

巴尔图想了一会儿,又说:"要是我们发兵去打白加思兰,那么野思马因会不会趁机攻打我们?"

脱郭齐说:"这正是我所担心的,我们的兵力不足以同时前后作战,我现在一时还不敢保证野思马因的动向。"

巴尔图说:"这是个大问题。野思马因不老实,会给我们带来许多麻烦。

我们现在先消灭他,行不行?"

脱郭齐摇着头说:"他现在和他的士兵一起在围猎场,我们无法消灭他。只有把他调出来,来个调虎离山,也许可以做到。"

"调虎离山?"巴尔图自言自语。她轻轻捶着自己的拳头,皱着眉头,思考着这难题。突然她的眼睛一亮,转过头问脱郭齐:"你记得当时他设计要杀济农巴延蒙克的情形吗?"脱郭齐摇了摇头。

"是这样,当时斯钦拿来一封信,说是瓦剌蒙古写给济农的,约济农在十五那天起事。满都鲁很生气,立刻要派兵去杀济农。我觉得其中有诈,劝满都鲁先证实以后再行动不晚。结果还没等证实,大汗就遇害了。你不觉得这里有什么阴谋吗?"

脱郭齐眼睛也亮了,说:"这很明显是白加思兰的反间计,是白加思兰和野思马因一手策划的。另外,满都鲁大汗遇害也是他们父子的阴谋。根据我这些天的调查,已经查实,当大汗走进峡谷时,山峡里白加思兰向山上挥红帽子,野思马因在山坡的大石后面。"

巴尔图咬了一下嘴唇,愤怒地说:"所以,我要报这新仇旧恨,我要来个以其人之道还治其人之身,让野思马因去杀白加思兰。"

"大哈敦,你的意思是?"

"学习白加思兰的方法,以白加思兰的名义写一封信给野思马因手下的大元帅,约定和大元帅起事的时间,那时间、地点正是我们准备打击白加思兰的时间、地点,然后让这信落入野思马因的手中。野思马因一定会将计就计,准时配合我们出兵的。"

脱郭齐说:"这是个好办法,只怕野思马因不上当。"

巴尔图微笑着说:"我了解他,他害怕白加思兰卷土从来,所以他一定想先下手为强,先消灭白加思兰。你估计他到河套以后驻扎在哪里呢?"

脱郭齐想了想,说:"我估计他一定要驻扎乌梁素海,他喜欢驻扎在水边。可是我们没有白加思兰的字条啊。"

巴尔图笑出声,说:"你以为白加思兰会写字啊?他根本就不会写字。"

脱郭齐脸上的忧虑一扫而光,说:"我这就去办理。"

巴尔图又不放心地叮嘱道:"大元帅千万要保密,不能走漏一点风声,这野思马因也是一只狡猾的老鼠,疑心很重,让他听到一点什么,他就不会上当了。"

"大哈敦,你放心,我知道如何办。"脱郭齐行过礼离开大帐,去着手布置。

"报告太师!"野思马因的护兵进大帐跪下,"巡逻士兵抓住一个奸细,从他身上搜出一封信。"

"带进来!"野思马因说。一个多月,在围猎场亲自监督兵士的训练,他比在营地时显得黑瘦了许多。

护兵把抓到的奸细带了进来。野思马因亲自审问,"谁派你来的?"他拍着桌子厉声问。

战战兢兢的奸细说:"白加思兰太师。"

"闭嘴!老子才是太师。他派你来干什么?不说实话,老子砍你的头!"野思马因站起来,走到奸细面前,抓住奸细的衣领,狰狞地逼视着奸细。奸细哆哆嗦嗦,说不出一句完整话:"我……不知道……信……"

野思马因把他摔在地上,咆哮着:"拉下去,先关起来!"他拿出那封密信,读了起来。野思马因比白加思兰强一些,他认识八思巴蒙古文字。

> "摩尔根大元帅:来信收悉。定于月圆第二天在乌梁素海旁会兵的建议可行。会兵之后,你我合兵,一起打将过来,一举消灭野思马因和巴尔图。你我大愿可足。顿首。白加思兰。"

读完,野思马因把手中的信撕了个粉碎。好一个白加思兰!居然准备反攻倒算,秋后算账!他跺脚,狠狠捶打着自己的胸脯:"为什么放了他?为什么不杀他?蠢!太蠢了!好一个摩尔根,你吃里扒外!去!把摩尔根给我叫来!"

正在围场上指挥训练的大元帅摩尔根策马来到太师野思马因的大帐。进帐叩礼之后,野思马因阴沉着脸问:"河套的乌梁素海你熟悉不熟悉?"

摩尔根回答说:"我当然熟悉,当年驻牧在那里,水甜草肥,实在是个好地方。"摩尔根十分向往地说着。

"你是不是很想回去啊?"野思马因压抑着愤怒,问。

"是啊,要是我们能回到那里驻牧,一定能兵强马壮。要是能回去,当然好了。"摩尔根虽然不明白太师询问的目的,还是回答说。

"哼，回去只怕我性命没有了。"野思马因咬牙切齿，咆哮起来："拖出去，把这内奸砍了！"几个侍卫一拥而上，把摩尔根架了出去。"冤枉啊！太师！冤枉啊！"摩尔根一路号叫着。尖利、刺耳、绝望、恐怖的号叫声慢慢低了下去，围猎场又恢复了平静。

野思马因背着手在大帐里走来走去，急躁愤怒。白加思兰，我饶你一条命，你却想要我的命！好，既然你无情，也别怪我无义。我正好来个将计就计，打过去，夺回哈密和河套的财产，彻底消灭你这老家伙！

野思马因高兴起来。将计就计，多好的主意！好，马上派人把信送给白加思兰，同意他的计划。到时候，野思马因做了个刀劈的动作，自言自语：到时候你白加思兰可就别想逃出我的手心！

乌梁素海湖畔，芦苇水草茂盛，白花花的芦苇花在夏风中随处飘荡，落在清清的湖水上，湖面好像结了一层薄冰。湖心小岛上栖息着多种水鸟，野鸭、鹳鹤、天鹅、鸳鸯、鹭鸶、鸥鸟，在树丛里栖息，在草丛里产蛋筑巢生儿育女，在水面上游弋嬉戏，在湖中捕鱼捞虾。它们之间没有争斗，没有残杀，大家和平共处和谐生活在这水上乐园。可是，它们不知道，凶残的人类的自相残杀会摧毁它们的家园。

白加思兰率领的瓦剌部队已经来到乌梁素海湖畔，驻扎下来。这里水草肥美，他不担心部队的给养。白加思兰骑马慢慢巡视着自己的营地。营地里大纛飘扬，士兵士气高扬。这些剽悍的瓦剌士兵，早就垂涎漠南的富庶，垂涎漠南丰富多彩的文明，一听说进军漠南，他们一蹦三尺高，欢呼声直冲霄汉。他们一个个摩拳擦掌，一个个壮志满怀，一定要在这一次难得的进军中建功立业，多多俘获人马羊牛，多多抢掠金银财宝，让自己早日脱贫致富。这是他们进军打仗的最原始的动力，没有这动力，他白加思兰无法驱使他们从哈密来到河套，行程几千里。

白加思兰继续巡视着。战马在肥美的草原上悠闲地啃着紫花苜蓿，采花蜜的蜜蜂绕着它们飞舞。战马经过长途跋涉，虽然有些疲累，但是依然骠肥马壮，匹匹都是剽悍的骏马，奔跑如飞，在血雨腥风中冲杀无可抵挡。

白加思兰捻着胡须自得地微笑着。好一个逆子野思马因，居然受了一个女人的挑拨离间把自己亲生父亲置于死地，真应该叫天打雷劈。这一次，

蒙古女雄：满都海皇后

185

一定要报仇血恨,把野思马因和巴尔图一起消灭干净,实现自己当蒙古大汗的梦想。这一次,他觉得自己稳操胜券。

一阵东南风吹来,身后的大纛旗帜呼啦啦响,湖畔的芦苇在风中倒伏下来。白加思兰心中一动,他想起自己当年火攻毛里孩的情景。驻扎在湖畔的东南方向,夏季是安全的。萨满已经祭天企求天神的保佑,萨满也占卜问过天意,不会有问题的。一阵阴影仅仅从心头轻轻一掠而过,他没有留意,继续得意地巡视着。

阴山山岭的蜈蚣霸的崎岖山路上,一大队骑兵正静悄悄地行进着。巴尔图率领的达延汗的队伍,选择了这条最艰险又最秘密的通往河套地区的路,避开所有的注意,悄悄来到土默特敕勒川,然后悄悄包抄乌粱素海。为了寻找这条路,巴尔图秘密派出脱郭齐和侦察人员到土默特部住了半个多月。

"快到了吗?"戎装的巴尔图问大元帅脱郭齐。脱郭齐看看手中的地图,指指自己所在的位置,说:"快到了,出了这阴山大青山的蜈蚣霸坝口,就进入了土默特部的敕勒川,再有一天的路程就到乌粱素海。"

满脸征尘有些疲倦的巴尔图打起精神,问:"可是那首有名的北朝民歌《敕勒歌》所说的敕勒川?"

脱郭齐说:"对,就是那个敕勒川,属于土默特部,又叫丰州滩。"

巴尔图说:"你会不会背那首民歌? 我可是从小就由我额娘教着背诵。你听,是这样写的:敕勒川,阴山下,天似穹庐,笼盖四野。天苍苍,野茫茫,风吹草低见牛羊。你看,把敕勒川写得多美,等我到了敕勒川,一定要好好欣赏欣赏那里的美丽风光。"

脱郭齐笑着说:"大哈敦已经看不到那里的美丽风光了。这七八十年里,敕勒川同漠南地区一样,被战火烧得千疮百孔,很萧条,人烟稀少,羊牛也很少。你看,丰州滩上那辽代建立的白色金刚塔,还很雄伟地屹立在黑河河畔,看见了吗?"脱郭齐指着东南的平原说。

巴尔图顺着脱郭齐的手指方向望去,一座白色的九层高塔依稀屹立在东南的一片绿色草原上,远处有一条蜿蜒的银色河流闪动在绿色中。"真美丽啊! 与古诗写的一样!"巴尔图赞叹着。

蒙古女雄:满都海皇后

脱郭齐说:"可惜这里已经遭到战争的破坏,那塔大概也已经废弃了。"

"原来这样。怨不得我额娘最讨厌战争,经常咒骂战争,可我们偏偏也是为打仗而来的。"巴尔图有些忧伤。

脱郭齐说:"有些战争是为了没有战争才打的。我想,我们今天就是这样,等我们消灭了这些闹事的部落,我们蒙古才可以统一,统一才有安宁。大哈敦,你说对吗?"

巴尔图十分赞许地点着头说:"大元帅的看法同我一样。等我们以后把蒙古统一起来,我一定要和达延汗一起,把我们蒙古治理得妥妥帖帖,让我们蒙古人好好生活,安定生活,再也不受战争之苦。对,和平以后,我一定要派一个最能干的人来治理土默特部,让敕勒川的美景再现。"

脱郭齐十分敬佩地说:"有大哈敦的聪明和智慧领导,这一切都一定能实现。那时蒙古人会永远感激你的。"

巴尔图笑着说:"你先不要夸奖我,你要好好帮助我实现这些。大汗年纪还那么小,这些大事只能靠我来做,我又需要你的帮助。"

脱郭齐说:"大哈敦,你放心,我一定尽我的全力帮助大汗和大哈敦。"

巴尔图指着远处一条河流,问脱郭齐:"那可是黄河?"

脱郭齐看了看:"那是昆都伦河,黄河还要远,这里看不到。"

巴尔图又指着远处的一段破旧的土城墙说:"怎么这里也有长城?"

脱郭齐笑着:"这不是汉人所说的万里长城。这是当年赵国的赵武灵王为防御匈奴的进攻修的一段土城墙。不过后来匈奴还是占领了这一带,这里变成了匈奴人的摇篮和故乡。"说到这里,脱郭齐看看巴尔图疲乏的面容,关心地说:"大哈敦,我看你很疲劳,我们是不是可以在这里休息吃饭?"

巴尔图也不隐瞒自己的疲劳,她爽快地说:"我是第一次骑这么长时间的马,走这么远的路,屁股都磨破了,可真有点受不了。"

脱郭齐摇了摇头说道:"我就劝大哈敦不必自己亲自来,由我率领队伍就可以了,可是大哈敦就是要自己来。"

巴尔图笑着说:"作为监国,一定要亲自率兵,才能激励士兵的士气。野思马因的队伍现在到哪里了?"

脱郭齐笑了,说:"他的行动比我们迅速,听探子报告说已经过了阴山,正向乌梁素海前进。"

蒙古女雄:满都海皇后

"好，我们就地休息吃饭，让野思马因去拿头功吧。"巴尔图说。脱郭齐立刻传令队伍在山沟里休息。

野思马因骑马站在阴山山脉的狼山山坡上，向下望去。狼山山麓下，横卧着平坦的河套平原。黄河像一条黄色的绸带飘在绿色的草原上；像铜盆一样大的落日火红火红的，正在慢慢向绿色地平线靠拢，一点一点没进地平线下。

野思马因很得意自己的部署，从西面进入河套，白加思兰肯定意料不到，一定会给白加思兰一个措手不及。他的秘密行动瞒过了所有人，当然更精心地瞒着巴尔图和大元帅脱郭齐。等消灭了白加思兰之后回师来打巴尔图，这是他打的如意算盘。

野思马因回头看看自己的队伍，战旗东倒西歪，战马耷拉着头，不停地甩着尾巴，马背上的士兵眼睛半闭，随马的颠簸摇摇晃晃。看来士兵和战马都十分疲乏，已经马不停蹄奔驰了十几天，许多战士的屁股都磨破了，许多战马的脊背被马鞍磨得出了血。

"歇歇吧，太师。"千户长们驱马来见野思马因，提出要求。"不行！我们今天一定要连夜赶到乌梁素海！"野思马因说。

士兵乱纷纷地吵嚷起来："太师，歇息一个时辰吧。"

野思马因把鞭子在空中甩出响亮的声音，大声喊叫："谁要是再提出休息，先抽他十鞭！"心怀不满的千户长只好继续督促着自己疲乏不堪的人马在山坡上颠簸前进。士兵们在马上骂骂咧咧，发泄自己的不满。

山麓实在崎岖难行，野思马因只好下了马，让护兵牵着马走在山坡上。身后的骑兵也都纷纷下马牵着马慢慢通过山麓。

来到平原，太阳已经落了下去，天色有些朦胧，趁着夜色的掩护赶到乌梁素海，给白加思兰一个措手不及。野思马因翻身上马，抽打着坐骑向乌梁素海奔驰。他身后的骑兵队伍扬起马蹄，几千匹快马在草原上奔腾，黄色尘土飞扬。

落日沉到绿色地平线下，半天的红霞把草原映照得半红半绿，镶嵌在草原上的大湖乌梁素海，湖面是半湖瑟瑟半湖红。水鸟在傍晚的湖面上飞翔，盘旋着落入自己的巢穴。一大群归巢的乌鸦遮天蔽日,从东边飞来,喳喳乱叫着,飞向远处。

在大帐中歇息的白加思兰传出命令,明天清晨队伍开拔,向阴山方向出发,准备穿过阴山,直扑察哈尔蒙古大汗的营地。"好好歇息,吃饱喝足,好好睡他大觉。"传令兵在营帐里传着太师的命令。

半夜时分,酣睡中的白加思兰突然听到地面上传出朦胧的马蹄声,他急忙翻身起来,把耳朵伏在地上倾听着。轰轰隆隆的马蹄声越来越近,听声音有几千匹战马奔驰。白加思兰继续倾听,飞驰的马队声从西方传来,越来越近,越来越近,好像正是直奔这里。

"不好!"白加思兰站起身,急忙命令侍卫吹号。嘹亮的号声划破静谧的草原夜空,惊醒了营地帐篷里熟睡的瓦剌士兵。他们一骨碌翻身爬起来,在黑暗里摸到各自的武器,冲出帐篷,翻身跳上自己的战马,按照各自的队伍集合起来。队伍里点起了火把,照亮了营地。

千户长集中到白加思兰总指挥的大帐前,等候命令。白加思兰披挂起来,手拿长枪,骑在高大的大苑马上,声音有些嘶哑,说:"有一支四五千人的队伍正在向这里奔来,来的是谁,还不知道。听声音来者不善,我们要做好准备。他们远道而来,一定人困马乏,我们要趁他立足未稳把他们消灭了!"

白加思兰把队伍部署好,熄灭了火把,让队伍在黑暗中静静地等待着。不一会儿,派出的探马飞快回来报告:"敌人到了前面的敖汉敖包,正在歇息。听说话声,是察哈尔蒙古部落,领头的元帅是太师,叫野思马因。他正在向队伍部署战斗方案,确实是冲我们来的。他对士兵说:俘获太师你赏骏马五十匹,如果能取太师性命,赏骏马六十匹!"

白加思兰喉咙里直冒气,他恨不得抓着野思马因活剥了他的皮。他好不容易才抑制住自己,没有大声喊叫出来。"我们摸过去打他个片甲不留!"白加思兰命令。他的副手急忙说:"太师不可这么莽撞。夜色这么黑,我们混战起来,分不出敌我,恐怕伤亡惨重。我们只可以胳膊上缠上白色布条,等着他们打过来,然后消灭他们。"

白加思兰接受了这建议,让士兵在自己的左臂膀和马颈上缠上白布条,等待战斗。

蒙古女雄:满都海皇后

189

野思马因的队伍摸了过来，紧紧包围了营地。白加思兰的营地里静悄悄的，没有一点声音。看来他们还在熟睡中。野思马因挥着闪亮的马刀，大喊一声："冲进去！"他的马队跳过营地栅栏，冲上营帐，士兵挥刀乱舞。可是营地还是静悄悄的。野思马因有些纳闷：莫非是空营地？不会吧？探马报告，说白加思兰的队伍确实驻扎在这里啊。

突然，营地外的草丛中跳出战马，战马脖颈上有一条白色的布条在夜色中闪烁，战马上闪动着黑幢幢的人影，胳膊上也闪烁着白色。战马嘶鸣，士兵呐喊，冲营地冲来。一时间，刀枪乒乓，人声沸腾，呐喊声、叫骂声、呻吟声、哭爹喊娘声、刀枪撞击声、战马嘶鸣声，惊起了湖里的水鸟，水鸟扑扇声、惊慌的鸣叫声，也混合到这战斗中。营地里，乒乒乓乓的刀枪在夜色里闪着白光，撞击出一道道刺眼的火花，在雪亮的火花刀光的短暂照耀下，一道道血红的光喷涌四溅，黑幢幢的人影随着噗噗的声音摔落倒地，刺鼻的血腥笼罩在上空。

遭暗算了！野思马因惊慌失措，急忙命令收兵回撤。杀在重围中的士兵艰难地从黑暗中撤了出来，在野思马因带领下在黑暗中慌不择路向西方奔去。

白加思兰也不敢追赶，鸣金收兵，让自己的士兵点燃火把，照亮营地，打扫战场。

天亮以后，白加思兰已经重新安置了自己的营地，让士兵好好睡觉休息。派出去的探马时时回来报告野思马因的下落。

野思马因败走了几程，见没有追兵，才命令队伍停下来把营地扎在山脚下一个树林里。他的士兵伤亡不少，有的吊着胳膊，有的少了一条腿，马匹也都伤了许多。野思马因不停地咒骂着。狡猾的白加思兰，他怎么知道我们到来的消息？莫非我们内部还有他的奸细不成？这原本属于白加思兰的队伍难免还有忠于他的人！"好好休息！"他喊着，"过几天再打过来找白加思兰算账！"

巴尔图的队伍在第二天傍晚才到乌梁素海的北面。她和脱郭齐早就叫士兵下了马，牵着马轻轻地行进在草原上。队伍贴着大青山的山麓，悄悄靠近了乌梁素海的北面，安营扎寨在一个树林里。

巴尔图在自己的大帐里和大元帅商议部署战斗。探马前来报告白加思兰和野思马因的战斗情况。

巴尔图和脱郭齐相视而笑。"我们要趁他们打得最激烈,双方伤亡惨重时再出击,一箭双雕!"巴尔图说:"多派出几个探子,化装成放牧的牧人去小心打探双方消息,千万不要耽误了军机。"巴尔图对脱郭齐说:"我们还是先静静地等待在这里,等待野思马因和白加思兰决战之后两败俱伤了,我们再趁机出击,这样可保证我们获取大胜利。"

脱郭齐佩服地直点头,说:"大哈敦的部署实在英明,我一定按照大哈敦的指示部署。不过,我有个请求。"

"哦?"巴尔图有些感到意外,"什么请求?不是请求奖赏吧?"巴尔图笑着开了个亲切的玩笑,她懂得要取得部下的爱戴,就要让部下感到自己的亲切和信任。"奖赏可是在打了胜仗之后才能论功行赏啊。"说完,巴尔图得意地笑出声来。

脱郭齐不好意思地搔了搔后脑勺说:"大哈敦把我看成什么人啦?我请求大哈敦留守大营,让我带领部队去打这一仗,不知大哈敦同意不同意?"

听了这话,巴尔图心里很高兴,部下的关心叫她感动。她接着继续刚才的玩笑,故意说:"怎么?大元帅怕我抢你的头功啊?"

心眼实在的脱郭齐涨红了脸,急忙分辩:"不是,不是,大哈敦千万不要误会,我实在是为……"

巴尔图心里好笑:可真是个实在人,拿个棒槌当个针了。她清脆响亮地高兴地笑了起来,说:"大元帅,我知道你的用意。不过我实在想和士兵一起去挥刀杀敌大战一场。我这么远来,不就是想消灭这老鼠般狡诈豺狼般凶残的白加思兰和野思马因吗?如今大元帅却叫我留守大帐,多不公平啊!"

脱郭齐诚恳地说:"大帐是士兵的后方,这里有我们的大纛,万一这里被敌人占据,士兵就失去了战斗力。大哈敦善于据守大帐,还是留守大帐的好。"

巴尔图明白脱郭齐的心思,他担心她没有参加过战斗,害怕万一发生什么情况。她想了想,自己的力量有限,武艺也有限,还是留守的好。她点头答应下来。

脱郭齐这才安下心。他已经下定决心不管如何也不能让巴尔图亲自上

蒙古女雄：满都海皇后

战场。大蒙古国离不开她,蒙古的统一离不开她,达延汗更离不开她。

脱郭齐叫来巴尔图的侍卫和使女,命令说:"你们要用心伺候大哈敦,不要让她上前线,要是出了问题,我拿你们是问!"

报仇雪恨　奸父子覆灭

清晨,东方的天边刚刚抹上一抹浅淡的鱼肚白色,几缕浅淡的粉红在鱼肚白色下闪烁。野思马因的营地里一片紧张,马圈里的战马饮足吃饱喷着响亮的鼻气,抖动着长长的马鬃,蹄子不安地刨动着地面,等待着出征。营帐里吃饱喝足的戎装士兵,背上背着装满利箭的箭囊,坐在营帐里用心擦拭着他们的蒙古弯刀和长枪,不时交换着不安的眼神。

营地里突然响起响亮的号声。士兵从地上一跃而起,抓起自己的武器,冲出营帐,牵着自己的战马,翻身而上,排成队伍。

野思马因站在队伍最前面的大纛下。身穿白衣的萨满口中念念有词,在队伍前杀了白马、黑牛祭奠天神、地神和大纛。祭祀完毕,野思马因战刀一挥,大队出发,向白加思兰的营地卷了过去。草原上掀起滚滚黄沙潮,扑向乌梁素海湖畔的白加思兰营地。

白加思兰这些天也没有闲着。他每天亲自监督,让士兵日夜兼程,在营地前挖了一条十丈宽两丈深的战壕,他要把野思马因的队伍挡在沟壕之外。

白加思兰正在大帐吃早饭。探子前来报告说野思马因的队伍已经出发,离这里不过三四程路。"这个混账!"白加思兰把面前的几桌踢翻,大声喊:"传令,准备上马!"护兵急忙为他拿来腰刀、箭囊、头盔和牛皮甲胄,帮他穿戴起来。虽然头发、胡须已经白多黑少,但是披挂起来的白加思兰依然还是威风凛凛的,自觉精力、武力不减当年。

白加思兰走出营帐。"上马!"千户长们各自呼喊着自己的部下。队伍很快就各自据守在自己的位置上。弓箭手藏在壕沟后的高土后,拉弓搭箭,等待着敌人的出现。骑兵骑在战马上,躲在远处,随时准备打马越过战壕冲向敌人。

草原地平线上涌出骏马奔腾的身影。马背上骑士的身影已经看得清楚。骏马四蹄飞腾,鬃鬃飘扬,骑士高扬着战刀,越来越近。

白加思兰逼视着越来越近的马队,向弓箭手们喊道:"准备射箭!"弓箭手拉开满弓,瞄准着自己选定的目标。

几千挥舞着战刀的士兵铺天盖地像草原旋风似的卷了过来。壕沟这边有个弓箭手扔了手中的弓箭回头逃命。白加思兰疯狂地咒骂着赶了过去,一刀劈了他。"放箭! 放箭!"他嘶哑着喉咙喊。飕! 飕! 如蝗虫般的飞箭密密麻麻飞过壕沟,射中飞腾而来的骑士和战马。骑士从马背上摔了下来,战马倒在草原上。野思马因的队伍大乱。

野思马因挥舞着战刀奔了过来,咆哮着组织着新的进攻。

狂飙般的战马卷到壕沟前。不少战马带着背上的骑士栽进壕沟。不少骑士悬崖勒马,战马嘶鸣着,前蹄腾空,急转身,把背上的骑士甩到地上。

野思马因前进的队伍阻滞在壕沟前,正好成为白加思兰弓箭手的目标。飞蝗般的箭纷纷射了过来,骑士和战马纷纷倒地。

"冲过去! 冲过壕沟!"野思马因在远处挥舞着战刀咆哮。一队骑兵冲了过来,骑士紧紧夹着马肚,勒紧缰绳,伏在马背上冒着飞箭飞了过来,矫健的骏马一匹接着一匹腾空飞跃起来,转瞬间一匹接着一匹纷纷掉入深深的壕沟中。壕沟里传来哭爹喊妈的号叫和战马的呻吟。

又一队的冲越壕沟的企图失败。

野思马因咆哮着命令队伍后撤到小树林里。

白加思兰决定向野思马因发动攻势。弓箭手立刻运来木板搭在壕沟上,营地里的骑士高声呐喊着鼓噪着,一时杀声四起喊声冲天。白加思兰指挥着自己的队伍向野思马因的队伍冲了过去。

小树林里野思马因和他的队伍刚刚下马,他叫来千户长准备和他们研究作战方略,却听到传来连天的杀声。"不好了,敌人反扑过来了。"士兵喊叫着,纷纷上马,乱糟糟地四下逃窜。野思马因和千户长翻身上马,试图阻止士兵混乱来,组织抵抗,可是立足未稳的队伍已经溃不成军。

白加思兰呐喊着:"活捉野思马因! 活捉野思马因!"他的部下一起呐喊着冲了过来。

野思马因打着马追随着逃窜的队伍逃生去了。

白加思兰指挥着自己的士兵把野思马因的队伍打败,收拾着战场。俘获了许多野思马因的马匹和士兵返回自己的营地。

巴尔图听着脱郭齐的报告心烦意乱:没想到,这白加思兰打败了野思马因。这该怎么办?她自言自语着,在大帐前来回踱着。

大帐后面的旗杆上大纛在风中猎猎飘扬。巴尔图看着高高飘扬的绣着金龙的大旗愣了一下,她转过头,看着脱郭齐问:"今天刮什么风?"

脱郭齐随口答道:"还是东南风吧,夏天不都是东南风吗?"

巴尔图摇摇头,说:"好像不是东南风,你看大纛飘扬的方向?"

脱郭齐抬起头看了一下,"哎哟"一声惊叫起来:"西北风! 西北风!"

巴尔图吃惊地盯着大纛,说:"真是西北风?"

脱郭齐大叫:"此乃天助我也!"急忙跪了下来向天空方向叩头。

"为什么? 难道你想借东风?"巴尔图好奇地问。

脱郭齐说:"大哈敦,你是大福大贵之人,也来感谢天神的保佑吧。我不借东风,要借西风了。"

巴尔图马上明白了脱郭齐的想法,急忙跪下来,向天空方向磕了几个响头,恳求天神保佑今晚行动的成功。

巴尔图望着风中猎猎飘扬的大纛,明白脱郭齐要把硬攻改成智取。她听过汉人三国的故事,知道有个火烧连营。早年间也听过成吉思汗的故事,知道成吉思汗当年用过火攻。就是这白加思兰打毛里孩时也不使用了火攻吗? 白加思兰在夏季把营地驻扎在东南,就是防范敌人的火攻,他自以为万无一失。可是人算不如天算,天神要灭他,大夏天突然吹来了西北风,看来他白加思兰是惹了天怒。

白加思兰,你死期到了。巴尔图微微冷笑着。

天刚刚黑下来,脱郭齐带领着一小队人马,悄悄摸到靠近白加思兰营地的湖畔。湖畔的芦苇茂密,水草旺盛,都长得一人多深。湖畔的草地上,茂密的牧草可以隐没羊群。

脱郭齐带领着士兵摸进草丛,在草地上放起火来。

大火在干燥寒冷的西北风的吹拂下,立刻熊熊燃烧起来,噼噼啪啪响着,火蛇舔着草丛,飞快地向远处蔓延过去。一阵风吹来,飘动在草丛上空的火焰跳动着,向更远处窜去,立刻草原和湖畔被大火吞没。水鸟被大火烧得四下飞窜,有的刚飞起来就被大火吞没。有的扑扇着翅膀,拼命飞窜,但是还是逃不过大火的热浪的灼烧,掉在湖水里。草丛中的野兔、野鹿被热气炙烤出来,在大火中逃窜跳跃,终于没有大火的速度快而葬身于火海之中。

火蛇和火焰欢呼着跳跃着,飞过草尖,窜过草原,在西北风的推动下一路吞噬着所有的植物草丛,向远方向东南方飘去。

"着火了!""着火了!"白加思兰营地里喊声四起。熟睡中的士兵睡眼惺忪,稀里糊涂地从睡铺上一跃而起,跟着混乱的人群跑出营帐。

大火已经包围了营地,营地上空弥漫着刺鼻刺眼的浓烟。士兵们流着眼泪,掩着口鼻,四处逃窜,想冲出大火包围圈。战马嘶鸣,士兵喊叫,火焰窜到了帐篷的毛毡,立刻卷起火红的火舌,火舌发出嘶嘶的声音,把一座座帐篷舔噬化作灰烬。一些人倒在火焰中,立刻化作一团跑动跳跃的火焰,在一阵疯狂的跳跃之后,倒在地上冒着白烟。

白加思兰惊呆了,他久久移动不了自己的脚步。部下死命架着他、拖着他把他拖到马上,保护着他向火焰卷来的方向跑去。草原大火速度极快,没有人能跑过它。它连跑带跳,刹时扑向十几里外,想逃过大火只有这些逆大火方向逃生的人。他们跳跃着冲向熊熊大火,拼命打着马冲过火海,冲出浓烟,跑向已经烧成一片焦黑的草原。

白加思兰和几个随从浑身冒着黑烟,终于冲出熊熊燃烧的火海。他们下马在地上打滚,扑灭身上的火。

身上冒着白烟的白加思兰跪在地上,望着还在燃烧的营地,看着火光中逃窜的士兵,听着士兵凄惨的号叫,他大声号啕大哭起来:"天啊,你为什么这样对待我啊?夏天哪来的西北风啊?"

"大哈敦和萨满求来的!"一个冷冷的声音在他背后响起。白加思兰打了个冷战,站了起来。黑暗中,一队士兵来到他们身边,把他们紧紧包围住。

"拿下!"骑在马上的脱郭齐大声喊。几个士兵跳下马来,把白加思兰和他的随从牢牢捆了起来。

巴尔图坐在大帐的坐榻上,坐榻上铺着绣金龙的花缎坐褥。她也是一身戎装,只是头上还戴插野鸡翎的姑姑冠,表明她的性别。脱郭齐和几个手按腰刀的大将站立在左右,几个手持长枪的戎装侍女立在她身后。

"带上来!"巴尔图稍微提高了声音喊。脱郭齐大声朝门口的侍卫喊:

蒙古女雄:满都海皇后

"带上来!"两个武装的侍卫把一个五花大绑的人推进大帐。

"跪下!"侍卫把白加思兰推到巴尔图脚下,踹了他一脚,大喝一声。

被踹倒跪在地的白加思兰抬起满是花白头发的头,看着巴尔图,说:"巴尔图,你就忍心这样对待你的父亲啊?父亲把你养大,为你付出多少心血,你就这样恩将仇报?"

巴尔图冷着脸,说:"给他松绑,叫他站起来。"脱郭齐正要说什么,巴尔图摆了摆手。

松了绑的白加思兰站在巴尔图面前,哭丧着脸,说:"这都是那逆子野思马因的罪孽。巴尔图,看在我养了你十几年的情分上,饶过我吧。"他扯了扯自己的花白的发辫,"看在我这一把年纪上,饶了我吧。"

巴尔图心中升起几分恻隐:是啊,他毕竟抚养过自己,如今已经年过六十,要不饶了他?巴尔图心中翻腾。

白加思兰看了看巴尔图的脸色,巴尔图那阴郁的眼光已经有些柔和的样子。他用一种颤抖的好像带着哭泣的声音,接着说:"巴尔图,你小时候父亲可是最疼你的,你忘了在你额娘那里,我经常抱你玩,你就饶过父亲吧,父亲回哈密去居住,再也不回来闹事。行不行?"

巴尔图沉吟着:额娘的苦,亲生父亲的死,满都鲁大汗的死,济农的死,全都涌上心头。额娘、父亲、满都鲁大汗、巴延蒙克济农,他们似乎都站了出来,一起指着白加思兰大喊:"死去吧!死去吧!"巴尔图咬着嘴唇,看了看面前的白加思兰:他好像一下子衰老了许多,佝偻着背,脸上满是黑烟,满是皱纹,花白的头发,花白的胡须,可怜巴巴的目光像狗一样流露着乞怜。巴尔图的心紧缩了一下。算了,饶过他这一次,算是我对他十几年养育之恩的报答。从今以后,她再也不欠他任何情分。

想到这里,巴尔图看了看脱郭齐。脱郭齐明白巴尔图的心思,他轻轻地摇了一下头,随后又无可奈何地点了一下头,毕竟是女人,心太软,他想。不过,他还是同意了巴尔图的决定。反正他跑不过我的手心。他想:总有一天,他白加思兰还会闹事,不过,他还得被我俘获。

巴尔图感激地看了看脱郭齐,对白加思兰说:"好吧,这次饶你不死,是我报答你的养育之恩。如果再被我俘获,我可是要给我额娘、给我亲生父亲、给满都鲁大汗和济农报仇,你别想再逃过惩罚。你走吧,好自为之,不要再被我逮住。"

白加思兰千恩万谢,连声说:"我再也不敢与大哈敦为敌了,这就回哈密去养老。"他急忙逃出了大帐。

"你说他说话算话吗?"巴尔图沉思地问脱郭齐。脱郭齐摇了摇头。巴尔图苦笑着说:"我也是这么想,他还要打过来,那时一定要消灭他!"巴尔图用手做了个刀劈的动作。

祭成吉思汗陵海誓山盟

巴图蒙克练完骑射,回到巴尔图的大帐。巴尔图命令使女给他换了衣服,伺候他喝着奶茶。巴图蒙克坐在桌儿后,已经显出了威风和气势。在大汗位置上坐了几年,13岁的他已经学会了大汗的举止和做派。他已经长大了许多,敦实壮健。

"大汗,赛白诺。大哈敦,赛白诺!"脱郭齐大元帅进来,行过礼,恭敬地站在一旁。

"大元帅有事要报告吗?"巴图蒙克抬起头,看了看脱郭齐,问。

"是的。"脱郭齐恭敬地低下头,说:"刚才接到探子报告,说白加思兰在哈密东山再起,又吞并了几个瓦剌小部落,目前正准备翻越天山向河套地区进军。请示大汗和大哈敦,看我们要不要有所行动来对付他?"

巴图蒙克看了看巴尔图,巴尔图也正看着他,问:"你的意见呢?大汗?"

巴图蒙克皱着眉头,说:"讨厌的白加思兰,害死我的父亲,又害死满都鲁大汗,我岂能饶过他?打他!我们要先下手为强,翻越阴山去消灭他!"

巴尔图微笑着点了点头,说:"既然大汗有此意思,我同意大汗的想法。大元帅,目前瓦剌内部势力如何?我们有没有胜利的把握呢?"

脱郭齐说:"现在瓦剌内部争斗剧烈,丞相养汗和太师阿沙嗣兄弟二人与他们的小弟阿里古多正互相混战,势力正衰。白加思兰在这几个人的夹缝中艰难生存,不会得到他们的帮助。我们应该趁此机会攻击白加思兰,同时也迫使瓦剌舍弃漠北东部,转回漠西,制止他们向我们漠南和漠东蚕食的野心。我同意大汗和大哈敦的意见,我们抢先,要比他打过来主动得多。现在正是初春,时间正好,我看可以不日起程。"

蒙古女雄:满都海皇后

197

巴尔图想了想,问:"可有野思马因的下落?"

脱郭齐摇了摇头:"没有很准确的消息。听说他活动在阴山北麓一带,自称汗廷太师,也吞并了几个小部落。"

巴尔图说:"派出探子去寻访他的下落,如果确实在阴山北麓活动,我们争取一次解决他和白加思兰。我实在不想让瓦剌势力依然与我们作对,影响大汗的统一大业。"

脱郭齐说:"我这就去着手准备,请大汗和大哈敦放心。"

巴尔图见脱郭齐退了出去,便揽住巴图蒙克的肩膀,十分温柔地问:"巴图蒙克,我去出征,你想不想去啊?"

巴图蒙克见没有大臣在眼前,又像过去一样耍起赖来。他凑到巴尔图的身上,紧紧抱住巴尔图,说:"大哈敦,我不想让你去。每次出征都很长很长时间,我真想你啊。"

巴尔图用指头刮着他的脸蛋,说:"不嫌害羞,大男人还这么耍赖?你呀,难道就不想去带兵打仗?"

巴图蒙克还是粘在巴尔图身上,不肯离去。他把头抵在巴尔图柔软的胸脯上,仰着脸说:"谁说我不想带兵打仗?我都想死了,每次不是你不让我去嘛。"

"要是让你去呢?"巴尔图托起巴图蒙克的脸,严肃地问。

"真的?"巴图蒙克一下子从巴尔图的身上跳了下来,摇着巴尔图的胳膊,急切地追问:"你真的让我去?不骗我?"

巴尔图郑重其事地点了点头,缓慢地说:"你已经13岁了,应该学着带兵打仗了。你要想统一大蒙古国,振兴成吉思汗的事业,就必须能够亲自带兵打仗。你要身先士卒,否则没有人为你卖命。你除了要让他们在战争中得到财宝、女人、牛羊、奴隶之外,还要自己能打仗会打仗。你懂吗?"

巴图蒙克乖乖地点着头,他站了起来,走到大帐中间,双手叉腰,十分威武的样子,大声朗读起来:

> "祭罢遥望的大纛,
>
> 擂起牛皮的沉鼓,
>
> 骑上黑脊的快马,
>
> 披戴穿皮的甲胄,

握住有柄的环刀，

扣搭有扣的箭矢，

我要与白加思兰，

舍生厮杀，决一死战！

巴尔图笑了："你到挺会学以致用的。刚学了这一段《蒙古秘史》，就会背诵了。你有札木合的武功吗？"

巴图蒙克说："我现在还没有，但是将来我一定会超过他。"

"好！有志气！那么我们说好，这一次征战白加思兰，我们一起带兵去。在去哈密之前，我们正好以参加3月21日圣主忌辰去祭拜成吉思汗和孛尔帖夫人的苏鲁锭为理由，来掩护我们的行动。然后我们去祭拜我们蒙古的圣地哈剌和林，沿着当年太宗西征的路进入哈密。大汗，你同意吗？"巴尔图问。这想法在她心中已经酝酿了许久。体会祖先创业的艰难，锻炼锻炼幼小的达延汗，让他具有祖先那样的体魄毅力和雄心壮志，才能实现她的理想：辅助达延汗统一四分五裂的大蒙古。

巴图蒙克跳了起来，拍着手喊叫："太好了，太好了。我早想去看哈剌和林。巴可什教我《蒙古秘史》时，经常提到这个地方。"

"你知道什么是苏鲁锭吗？"巴尔图又问。

巴图蒙克满不在乎又很自豪地炫耀说："我当然知道。苏鲁锭就是长矛的意思，象征着成吉思汗的赫赫战功。相传成吉思汗在土拉河战斗中被击败，他跪下来叩头请求长生天保佑和援助。这时，天上飞来一杆又黑又大的苏鲁锭。成吉思汗正要去用手接，那苏鲁锭却停留在空中。成吉思汗急忙跪下许愿，答应用一千只绵羊祭奠。这样，苏鲁锭才落了下来。以后蒙古人就保持了祭奠苏鲁锭的传统。是不是，大哈敦？"巴图蒙克滔滔不绝地把从巴可什那里听来的故事讲述了一遍，调皮地问。

"对，很对。"巴尔图爱怜地抚摩了一下他的脸蛋，心里涌上一阵爱意，却又挟裹着几分遗憾：你什么时候才能长大啊？我的巴图蒙克？她感觉到自己的脸有些发热。

猎猎飘扬的旗帜，浩浩荡荡的马队和勒勒车队，全都集合在汗廷外大草原的大敖包前。大萨满主持祭拜了敖包。巴尔图和达延汗上了马，脱郭齐赶了过来,他大声说:"大哈敦和大汗乘坐勒勒车吧,路途很遥远。"

巴尔图望着达延汗:"大汗,你决定吧。"

达延汗摇着头:"不,我要和你们一样骑马走。"说着,扬起马鞭,在空中响亮地抽了一鞭,他的白马奔腾起来。巴尔图朝脱郭齐笑了一笑,也扬起马鞭。

达延汗和大哈敦满都海率领着蒙古汗廷朝东北方向前进,说是去祭奠上都哈剌和林和蒙古起源的圣地及成吉思汗陵墓。队伍出发了,浩浩荡荡,向东北方向的捕鱼儿海前进。

平阔的鄂嫩草原,经常可以看到远处人家,黑黑的勒勒高车,白色的蒙古包,星罗棋布。地势低洼的草原上,却没有一棵树生长。四处张望,早春时节,只有黄尘如云,枯草泛白。走了几天,才看到一条沙多水少的河流,水边还结着薄冰,在阳光的照耀下闪着亮光。河水不深,只及马腹。河旁长满一丛丛红柳。有时也要穿过一小片一小片的沙漠,沙漠里,东一丛西一丛稀疏的还没有发芽的芨芨草在春风中摇曳。

十几天以后,抵达捕鱼儿海地区。这时,冰开始融化,草芽刚刚往外钻,远看有些淡淡的鹅黄般的绿意。一支婚嫁的队伍,从蒙古包前边经过,几百里之外的首领,都载着马奶酒前来祝贺。黑车毡房,有时排列数千。

这里曾是成吉思汗南下中原灭金时驻扎军队的地方,湖的东岸建有行宫,成吉思汗在这里避暑。离湖不远,有古塔倾塌,汉文残碑。这个湖,是蒙古高原上东南部最大的湖,周围 65 公里,湖面海拔 1280 米,四月中旬,湖面冰封才开始融化,五月全部开化。每年春天,各地的捕鱼者纷纷汇聚而来,每天都可以打到大鱼。这里的鱼叫滑子鱼,肉味鲜美,是宴席上的佳肴。这时已是清明,春色依然渺茫,凝冰未化。当年沿着这条路去拜见成吉思汗的全真派道教的道长丘处机写诗描写:

> 北陆奇寒自古称,沙陀三月尚凝冰。
>
> 更寻若士为黄鹄,要识修鲲话大鹏。
>
> 苏武北迁愁欲死,李陵南望去无凭。
>
> 我今返学陆敖志,六合穷观最上乘。

巴尔图和达延汗的拜祭队伍来到成吉思汗的行宫遗址处,设了祭台,由大萨满主持祭礼,向天神、地神洒了马奶酒。在停留了一天之后,队伍启程向西北方向去。

正西有驿路从呼伦湖通向上都哈剌和林,西北有驿路通向鄂嫩河上游的不而肯山的起辇谷。成吉思汗生于斯葬于斯,这里是蒙古的根。

向西行四驿站,看到长城颓址,望之绵延不尽,是前朝所筑的外堡城墙。自外堡行十五驿,抵一河,叫陆局河,两岸长着红柳,水流湍急,水中时有大鱼游动。河的北面有座黑色大山,从远处观望,黯然似乎有茂林,到近处看,全是苍石,上面覆盖着阴霾之气。

又四程,西北渡河,是一片平野。这儿,山川秀丽,水草丰美,东西各有一座废城基址,版筑的墙壁如新,巷子道路清晰可辨,造作的规模很像中原。

"这是什么时代建造的城?"巴尔图问脱郭齐和知院脱罗干,他们都摇着头。巴尔图下了马,从地上拾起几片古瓦残片,上有一些文字。

"这是什么文字?"巴图蒙克也跳下马,凑到巴尔图身边看。

巴尔图说:"好像是契丹文字,看来这里是一座契丹城。辽亡以后,耶律大石等人不肯屈服,带领残部人马西征,在这里又建立了一座城,可能就是这里。可惜已经残垣断壁,人去城破了。"巴尔图叹息着上马。由城四望,地势平旷,百里外皆有山。山的背面长满郁郁葱葱的松树,一条河流弯弯曲曲通向远方,河流两岸青杨丛柳。

巴尔图和达延汗的队伍沿着河流向西北方向行去。一条西北流来的河流蜿蜒流入呼伦湖。"这是克鲁伦河,它发源于漠北的肯特山。"脱郭齐向他们介绍着。

"那里是肯特山的哈岱山和不而肯山,"脱郭齐指点着,"过了哈岱山,就是起辇谷。"脱郭齐用马鞭指着远处苍茫的大山,说:"起辇谷在哈岱山山阴不而肯山山阳,克鲁伦河通过的一个山谷小平原上,叫鄂特克。"

巴尔图望着远方连绵起伏的山岭,欣喜不已,又激动不已。可不是,这里就是我们蒙古部落的发源地,是我们母亲、父亲生长的地方。每一次来到这神圣的地方,巴尔图都抑制不住澎湃的心潮。她沉思地说:"圣主离我们太远了,我们来祭拜一次花时间太多。我想以后应该把他迁回我们漠南去,让圣主与我们近一些,这样我们可以每年多举行几次祭拜大会。让我们蒙古人永远在他的精神照耀下生活。你说呢,大汗?"巴尔图转向达延汗说。

小达延汗急忙说:"对,大哈敦说得极是,等我们祭拜回来就着手办这

蒙古女雄:满都海皇后

件事。"

巴尔图说:"我们来一次不容易,我看还是这一次就开始办吧。让守陵的达尔扈特人开始准备回迁。"

脱郭齐插了一句:"大哈敦想把圣主迁回何处呢?"

巴尔图想了一会儿说:"我好像记得我们喀尔喀蒙古有一个传说,说当年圣主西征西夏时路过鄂尔多斯草原,见那里碧草茵茵,一望无际,洁白的羊群像天边的云朵,在草原深处漂浮,鸟鸣鹿奔。圣主骑在马背上,被这美丽的景象陶醉,情不自禁地赞叹说:这里是衰亡之朝复兴的好地方,是太平盛邦久居之地,梅花幼鹿成长之所,白发老翁安息之乡。我看这里很美,死后就把我葬在这里吧!说完将手中的马鞭投向草地,然后对木华黎说,马鞭落的地方就是安葬我的地方。既然这样,我们就把圣主迁回鄂尔多斯圣主自己选中的地方吧。等我们从哈密回来的时候,我们沿着丝绸之路走,顺便到鄂尔多斯去看看,挑选一个好地方。"

脱郭齐急忙叫史官八思巴记下大哈敦的指示。

克鲁伦河蜿蜒穿过起辇谷小平原,河边红柳丛生,河水清澈见底,铺着鹅卵石。铺满白色卵石的河滩上和两岸草地上都已经搭起了白色蒙古包。许多蒙古部落首领带领着队伍来到这里,山谷的草原上、河谷里到处是马队勒勒车和白色毡帐,祭拜的蒙古人都穿着崭新的鲜艳的蒙古袍,在草地上安下自己的毡帐,等待着祭拜的开始。

今年因为蒙古大汗达延汗和监国巴尔图大哈敦亲临祭拜,听闻消息远道赶来的蒙古部落分外多。整个河谷平原上布满黑车白帐,到处是人群马匹。

守卫八白室的达尔扈特千户士兵,穿着蒙古铠甲,一动不动地站立在通向八白室的路上。八白室,八座白色的大蒙古包,号索多博克达明成吉思汗。中间那座最大的白色毡帐,是圣主成吉思汗的陵寝。正殿殿前竖着两根高大旗杆,上面挂着的白色大纛迎风招展。旗杆中间安放着一尊一米多高的黄铜塔形香炉,上面缀满铜铃,清风吹过,铃声叮当,余音袅袅。进入正殿,高悬着成吉思汗的大幅画像,两侧竖立着 3 米多高的银戈红缨长矛。画像前的紫檀木供桌上摆放着成吉思汗生前用过的马刀铠甲,地面铺着红色地毯。

后殿停放着成吉思汗和他的三位哈敦的灵柩,这是象征性的,据说里面放着一团白色的骆驼毛,那是成吉思汗临终时的灵魂吸附物。蒙古人在临终时,家人用一小团轻盈的绒毛放到他的鼻子下面作为气绝的标志,当绒毛不再抖动,说明人已经归去,家人就把这团绒毛收起来,放进达拉勒根苏勒嘎——召福的香斗中珍藏起来。这个民族的风俗正是来自成吉思汗这里。东殿安放着成吉思汗最小儿子拖雷和哈敦的灵柩。

主祭大萨满走在达延汗和监国巴尔图的前面,率领着前来参加祭礼的全体蒙古诺颜们来到正殿前。悠扬的蒙古祭奠乐曲响起,殿前的香炉里飘起袅袅的青烟,散发出特有的香味。达延汗和巴尔图向成吉思汗陵寝敬酒。他们把银碗里的马奶酒恭敬地慢慢浇洒在大殿前。三巡之后,主祭率领着大家一起高声唱起赞美成吉思汗的《出征歌》《苏鲁锭歌》。主祭在音乐声中,率领着达延汗和巴尔图进入大殿,大家跪倒在成吉思汗的大画像前。"向圣主敬酒!"主祭端起盛满马奶酒的银碗,大声喊着,跪着上前把马奶酒敬献到画像前。达延汗和巴尔图率领着全体人员向成吉思汗像跪下行九跪九叩大礼。达延汗和巴尔图向圣主敬献了贺词以后,献上了祭礼,各地的宗主依次向圣主敬献贺词和祭礼,血淋淋的白马、青牛、黑羊都敬献到圣主面前。

大殿里散发出一阵阵血腥味。巴尔图突然感到一阵恶心,眼前一大堆血淋淋的还在蠕动抽搐的牺牲,这恶心更加强烈。她勉强抑制着自己,拼命不叫胃里的翻腾冲出喉咙。她不等牺牲全部献完,就急忙离开大殿。她一边往大殿外面走,一边想:这种血淋淋的祭祀是不是可以换成一种更文明的方式呢? 把这种红祭改成使用熟肉的白祭不是更好吗?

从大殿出来,在大殿外的草地上举行"米勒格"仪式。一个高大的几乎和人一样高的大木桶摆在正中,蒙古族语叫宝日温都尔,离大木桶27步远的地方,站着一个一动也不动的青年。他一手牵着溜圆白骏马,当年成吉思汗的坐骑,一手拿扁羊角,脚下沙土埋住了他的蒙古靴腰,沙土上有济农的印记。

主祭率领着达延汗和监国巴尔图走到他的面前,向圣主的坐骑祭拜。巴尔图和达延汗把自己的赏封放到他的脚下。

蒙古女雄:满都海皇后

"成吉思汗的金马桩,你辛苦了。"巴尔图轻轻地对他说。青年的脸抽搐了一下,泪水涌上他的双眼。他感到一切的辛苦都是值得的,为了替祖宗赎罪的举动,已经成了他和他的家族的荣光。尽管他还要这样静静地一动不动地站到仪式全部结束,以至于站得双腿双脚肿得像大冬瓜,可是却那么光荣。为了这一天的大祭,他的家族已经这么做了几百年。他的祖先是圣主的一名亲兵,曾经跟随圣主南征北战,屡立战功。可是在攻打西夏时,却鬼迷了心窍,趁黑夜偷走成吉思汗拴马的金马桩。天亮以后,被成吉思汗发现,被抓获,他发誓永不盗窃,还愿意以身代替成吉思汗的金马桩,并且发誓世世代代做圣主的马桩。于是,成吉思汗念他功劳,准许了他的要求。他以后变成为成吉思汗的拴马桩。他的后代子孙接替了他的工作。每逢大祭,他的族人和他的嫡传长子便集中到专门供奉他老人家的帐篷里,祭祀了他,然后从檀木盒里,请出他的画像,由族人帮助,一同往成吉思汗陵去。一路上,这帮人不住蒙古包,不吃牧人饭,住自己搭的帐篷,自己做饭。这年轻人,经常不吃不喝,手里牵着马,一动不动地练站功。是啊,他以后要建议自己的家族干脆改姓金,达延汗和监国,这蒙古国的新大汗,没有轻视自己。自己的辛苦全部得到了补偿。为了这荣耀,他感动地想,以后应该以金马桩命名自己的家族和驻地,要在鄂尔多斯自己祖先被圣主擒拿的地方,建立自己的家园,要在那里建立一座敖包,叫金桩。

　　达延汗和巴尔图把自己带来的几大皮囊的马奶酒倒进大木桶。各部落的代表把自己带来的马奶酒倒进大木桶中。当最后几个代表把自己带来的马奶酒倒进木桶里的时候,马奶酒从木桶里溢了出来。"好啊!丰收啊!"四周响起热烈的欢呼声。

　　巴尔图推了推欢呼的达延汗,说:"你来祭天吧。"达延汗拿起勺子在桶里盛满了满满的一勺,在不断的欢呼声和歌唱声中绕着酒桶慢慢走了几圈,然后扬起勺子,向天泼酒。白色清亮的马奶酒在空中四散飘洒开来,人们都欢呼着仰着脸去接那洒下来的甘甜的美酒。

　　达延汗做了三次以后,人们欢呼着围起酒桶,手拉着手欢唱着丰收歌跳起舞。

　　达延汗拉着巴尔图,也来到欢歌曼舞的人群中,和大家一起唱着跳着。

　　跳了一会儿,巴尔图拉着达延汗走出人群,说:"我带你去拜祭孛尔帖夫人。"他们来到孛尔帖夫人的灵柩前,拉着达延汗跪了下来。巴尔图说:"在尊贵的孛尔帖夫人面前,我,达延汗未来的大哈敦,向你宣誓,一定要坚决辅助达延汗实现统一蒙古的大元天下,要把蒙古治理得繁荣昌盛。如果我有一点异心,就叫天神降下炸雷劈死!"

达延汗也叩头发誓说:"长生天啊!我,达延汗,蒙古黄金家族的后裔,一定要誓死保卫大蒙古国,让大蒙古国走向统一和富强,实现圣主的遗愿!"

巴尔图郑重地说:"你达延汗,还要在孛尔帖夫人面前再发誓,说你永远忠于我一人,永不变心!"

达延汗又叩头发誓说:"长生天啊!我,达延汗,一定永远忠实于大哈敦一人,永远爱她,永远喜欢她,永不变心!要是变心,也叫长生天降炸雷劈死!"

巴尔图见达延汗这样认真,感动得热泪盈眶。她情不自禁的一下抱住达延汗,在他的脸上用力地亲吻了一下。达延汗却急忙抱住她,把自己的嘴唇紧紧吻在巴尔图的嘴唇上。巴尔图的心狂跳起来,她极力抑制着自己的激情,拉着达延汗走出孛尔帖夫人的大帐。现在还不是她和达延汗亲热的时候。

千里长征磨炼小可汗

翻过阿尔泰山长满青松的长松岭,就看到蜿蜒山脉包围着的平原地区,这里就是哈剌和林的旧址。《蒙古秘史》所说的苍狼、白鹿的部落就是从这里渡过腾吉思(湖)到达鄂嫩地区,从这里走出森林来到鄂嫩草原,从游猎民族走向游牧民族,从温顺的森林人变成凶悍的草原人。

巴尔图和达延汗快马加鞭,进入哈剌和林。

哈剌和林又叫斡耳朵八里。成吉思汗时期,这里是他的第一斡耳朵,那时这里车帐千百,车舆营帐,望之俨然,日以醍醐马奶酒奶酪为供。1235年,窝阔台即大汗位以后,开始修建城池。城内有宏伟壮观的宫殿,两个商业区,十二座佛教寺院,两座清真寺,一座基督教堂。全城设有东西南北四座城门。窝阔台居住的万安宫位于城区的西南部,四周有二里长的宫墙环绕,皇宫的正殿,朝南有三个门,两旁有圆柱,两条走廊,殿的正面靠北有高台御座,其右侧平台为诸王的座位,左侧为后妃的座位,御座前的空地为臣僚或使臣朝拜晋见的地方。皇宫四周,是窝阔台为其兄弟、儿子和其他宗王修建的华丽住宅。这些宫殿彼此连接,形成一大片非常壮观的建筑群,形成哈剌和林无比的雄伟和壮丽。

窝阔台喜欢围猎,他命回回工匠在哈剌和林以北70里的湖畔修建了春季围猎的行宫,称作扫邻城。在哈剌和林以东30里的山腰上建造了图苏胡迎驾殿。这工程持续了十几年,耗资巨大。作为都城的哈剌和林,在蒙哥汗时期,达到全盛,市里有两个市区。靠近宫殿的是回回市区,聚集着大批的蒙古人和回回色目人,中心设有大市场。另一个是汉人聚集区,多是手工业工匠。东门是出售农作物谷物的市场,西门出售绵羊和山羊,南门出售牛和车辆,北门出售马匹。从南方来的汉人和从西方来的波斯人、意大利人,都在这熙熙攘攘的市场上溜达,购买和出售商品。

1307年,大德十一年,大元皇帝铁穆耳设立了和林中书省,简称岭北省,哈剌和林改名和宁路。在哈剌和林,又修建了仓廪和学校,使哈剌和林更加繁荣。

站在哈剌和林故址的城墙废墟上,看着前面那些残垣断壁,抚摸着花岗石的御座地基。巴尔图竟一时无语凝噎:当时那繁荣,如今哪里去了?扫邻城,这名字有多好,可是却被什么人扫了个一干二净。不过三百年,这里已经是满目废墟,当年的一切都不复存在。哪里有永恒呢?成吉思汗追求的永恒的大蒙古,如今已经不再,自己追求永恒的大蒙古,将又在何方?又能持续到何时?

巴尔图心中一时纷杂,竟想不明白这些问题。她不知道,大约也是在这前后,在她北面的汉人王朝里,有一个叫马中锡的文人,站在北京城大元王宫的废墟上,面对元世祖庙也发出相似的感叹:

> 世祖祠堂带夕曛,碧苔年久暗碑文。
>
> 蓟门此日瞻遗像,起辇何人识故坟。
>
> 棹楔半存蒙古字,阴廊尚绘伯颜军。
>
> 可怜老树无花发,白昼鸮鸣到夜分。

达延汗只是在废墟中跑来跑去,寻找当年祖宗的遗物。

杭爱山脉连绵起伏,长松岭上百年老松森森如海,干云蔽日。山阴、山坡、山涧处,有一堆一堆洁白的积雪,白雪衬着碧绿苍翠的粗壮茂盛的松树。通向南方的驿道盘盘曲曲,穿过山涧和松林,翻越过山。五月初夏,天气很冷,河水依然结冰,早晨起来,薄冰环帐。当地的向导说:"这里是有名的寒冷地区,叫大寒岭。长年积雪,今年天气还算不错呢。"一条浅河绕过山麓,流出山脚。石河两岸高十数丈,河水清凌凌,拍打石岸,清脆叮当如鸣玉,峭壁之间,生长着三四尺高的青翠野葱。涧间长着巨松,皆十余丈高,一人合抱。

在杭爱山里走了三日,才峰回路转,巴尔图和巴图蒙克欣赏着林峦秀茂,溪水绕路,来到生长着桦树的平地。这里虽然是平地,但是依然云霭笼罩,远看好像有人家。走过平地,又进入山地,山峦叠嶂,登山像登天沿着长虹旋转一样,陡立笔直的石壁,高约千仞,下临深渊大湖,湖水黑绿不可见底,令人心惊胆战。

西行几日,过大山,经大峡谷。这里是通向镇海城的驿路,是阿尔泰山脉的北部。镇海城,是成吉思汗的大将田镇海的驻地,是通向西域的重要关隘,如今也已经衰落。这里山高路窄,十分难行。

两个月以来的马上颠簸,巴尔图和达延汗都疲惫不堪。脱郭齐拉着马走到巴尔图车前请示:"这一段路山高谷深路窄,车不能过,大哈敦和大汗看如何是好?"

巴图蒙克从车里跳了出来,四处看着,高山密林,一条小路盘旋其中,两旁石壁陡峭,探头看去,幽深暗黑,霭气飘忽,深不见底。"这么难走的路啊?为什么不找一条好走的路呢?"达延汗巴图蒙克嘟囔着说。

史官八思巴对他解释说:"这就是圣主和太宗当年西征走过的路。太宗窝阔台建立的汗国就在山南的也米里城。他们走的时候,连这条小路都没有,是太宗窝阔台的军队修整填补过的。当时积冰千尺许,太宗命砍冰为道,伐木为桥,才使部队过去。现在这条路,已经算很好走的了。"

达延汗叹息着:"祖先开辟事业可真不容易啊!可惜我们这些不肖子孙没能够守住他们的事业。"

巴尔图也下车,看着山涧中的飞瀑,参天松桧树,漫山坡上开放的野花,赞叹着:"这么美丽的山,却又这么难走,真是可惜。祖先开创的路我们来

蒙古女雄:满都海皇后

207

走，一定会走得更快更好。是不是？大汗？"

达延汗点头，说："既然车子过不去，我们就扔了车子，牵马走吧。"

巴尔图关心地问："你能行吗？爬山可是很累的。"

达延汗一拍胸脯："大哈敦，你放心好了。我，窝阔台的后裔，成吉思汗的子孙，一个蒙古汉子，没有过不去的火焰山。"

巴尔图舒心地笑了，说："好，我们扔了车，牵马过山。"

脱郭齐摇着头："还是要保留几辆车，不能全扔的。"他命令士兵用长绳拴住车辕，由几十个士兵拖拽着慢慢上了山。下山时，几十名士兵把绳子拴在车轮上，用力拖着，控制着车轮，防止它滑下山。

过了镇海城，渡过一条小河。经过一座小山，这是一座五色相杂的石山，没有树木，没有花草，只有红、黄、蓝、白、黑五色岩石覆盖。远处的几座山红红的，光秃秃的，没有一丝绿，远看竟像是燃烧的火焰。

"这山真有意思，全是红色的，像火焰一样，我们就叫它火焰山如何？"巴尔图指着远处的山对达延汗说。

"我正在想，还是叫你先说了出来。"达延汗颇不服气地说，"那就叫它火焰山吧，这名字形象，好记。"史官八思巴急忙记下。

过了两座红石火焰山，来到一片盐碱地。眼前的景象又叫人触目惊心。一大片干枯的胡杨树倒卧在沙漠中，它们赤裸着白花花的树干，没有皮，中间被掏空，干枯的枝桠直刺苍穹，好像在诉说呼喊着自己的悲惨命运。几百年前，它们葱郁茂盛碧绿，生机勃勃充满活力。曾几何时，它们被历史遗忘，被大自然遗忘在这荒凉的戈壁中。那时，这里流水潺潺，鸟语花香，也许还有一个突厥的小部落生活在这里。战争爆发，毁灭了这里的人，也就毁灭了这里的自然。这古战场，被人破坏的古战场上，留下的只是残骸白骨，树的和人的。

巴尔图抚摩着死亡胡杨的枯干，禁不住又感慨万千。人，自以为是万物主宰的人，破坏了这美丽的自然，等待人的将来又是什么样子呢？

脱郭齐来请示巴尔图和达延汗："这一段是最难走的地方，大汗和大哈敦看怎么办？"

"为什么难走？"骑在马上的达延汗问。

脱郭齐回答说："前边是白骨甸，地上都是黑色的石子，二百多里，没有人烟，没有水草，天气又热，恐怕人马支持不住。"

"什么是白骨甸？"巴尔图问。

八思巴回答说："白骨甸是一片大戈壁，是古代的战场。作战疲惫的军队一到这里，十个有十个倒毙在这里，难得有几个走出去，这是死亡之地。成吉思汗时代，圣主和乃蛮军队打仗，乃蛮的主力走到这里，全军覆没。白天这里太阳很毒，白花花的能晒死人和马，只有傍晚起身，夜间通过，才能走这白骨甸的一半路程，走到第二天的中午，正好到了有水草的地方。可是夜间行走，据说这里有许多倒毙的死人夜里会出来活动，会害人害马的。"

巴尔图说："我们不怕什么死人鬼怪。那就按照你们的安排，傍晚出发。"

过了白骨甸，部队加快了行军的速度。他们转向东北，向火洲方向前进。这里是一片尽是浪形丘和盐碱地的戈壁滩，只有几十户人家，南有盐池，池沼向东北迤俪蜿蜒而去，自此往北没有河流，多数是挖沙井取水。几百座沙山沙岭起伏，像大海里的波涛巨浪。人马行进在这沙岭中，犹如一叶小舟颠簸在波峰浪谷之间。一阵大风吹来，就卷起遮天蔽日的黄沙。旋风卷起的黄沙柱在戈壁上旋转着旋转着，大大小小，这里那里，不时扑向军队。

马背上的达延汗感到十分疲惫，他的嘴唇已经干裂，出现一个个小水泡。他的头有些发昏，勉强睁大眼睛，看着前方的道路。突然，他看到前方的大沙漠里出现一处绿洲，绿树上开着红黄鲜花，树林环绕着一个碧绿的大湖，湖面上游弋着白色的天鹅，一对对野鸭、鸳鸯互相嬉戏。

"看！前面有个绿洲！"达延汗欢呼起来，他身后的人也欢呼起来。达延汗打起精神，策马要跑过去。

史官八思巴赶了上来，拉住达延汗的马缰，说："大汗，去不得，那是沙漠的幻影，叫海市蜃楼，传说是一种叫蜃的动物吐出的气幻化而成。你看这沙漠里的白骨，有许多就是看见这海市蜃楼跑过去，结果累死、渴死、晒死在大沙漠里。"

达延汗顺着八思巴手指方向看过去。大沙陀里，被流沙半埋着一些白骨，有的好像坐着，有的好像跪着。骷髅头骨在大风中到处滚动，这里那里，横七竖八，抛掷着白花花的胳膊腿骨。达延汗心里一阵抽搐。他掉转自己

蒙古女雄：满都海皇后

209

的头,不敢再看。

巴尔图看着达延汗,心里涌上一阵同情。他毕竟才 13 岁,还是个孩子啊。是不是该叫他坐车了? 她问自己。不过,她马上否定了自己的想法。还是继续磨炼他的好。他不是普通的孩子,他是要担负起统一大蒙古的蒙古大可汗,他没有过人的像圣主一样的钢铁意志怎么行呢?

巴尔图舔了舔自己干裂的嘴唇。使女急忙送上皮囊。巴尔图摇了摇头。戈壁还很长,宝贵的水只能在最困难的时候喝。不过,她还是转向达延汗,温柔地问:"大汗,喝点水吧。"达延汗舔了舔自己干裂起泡的嘴唇,看看大哈敦通红的眼睛,疲惫的身姿和沙尘满面的蜡黄的脸,坚定地摇着头。

大哈敦一个女人和所有的男人一样远征万里,疲劳干渴,可是她却还是硬撑着自己,拒绝脱郭齐和八思巴要她坐车的请求。他知道,大哈敦是在用她自己的行动来鼓舞、带动部队和他,她用她自己的坚持,给达延汗以力量和鼓舞,使他学会坚持和忍受一切艰难困苦,这大哈敦的良苦用心还不是为了大蒙古吗?

达延汗抹了一把额头上的大汗珠,在马上直起脊背,迎着白花花的烈日,打着马,在沙陀中缓慢然而坚定地走着。

巴尔图疲惫的脸上露出舒心的笑容,她也勒紧缰绳,坐骑加快脚步,紧跟着达延汗跋涉在起伏的沙丘中沙浪里艰难地向前走去。

马队过后,在起伏的波浪一样的沙丘、沙壑中留下了深深的杂沓的马蹄。一阵风吹过,沙沙的流沙运动起来,掩埋了所有的痕迹。

巴尔图回过头,想再看看刚才经过的路线。她不由倒吸了一口冷气。刚才经过的沙丘正在缓缓地向前移动,填平了那深深的沙壑。沙漠中移动的沙丘好像一张吞噬的怪兽的大口,它可以吞噬一切停留在沙漠里的生物。

用兵哈密歼太师

哈密草原边缘地区的一小块草原上,坐落着白加思兰的营地。远处雪山像屏障一样保护着这绿色小草地。

白加思兰正指挥自己的部下搬家。他正在安排动身前往河套,准备沿河西走廊逐步向河套地区前进,为的是不引起汗廷的注意。进入哈密几年,他从没有甘心过。总有一天他还要回到察哈尔地区,回到汗廷去执掌汗廷大权。他不甘心败在一个小女子手里,趁达延汗现在还幼小,一定要打回去。当达延汗长大以后,他自己恐怕就不是达延汗的对手了,所以他一直秣马厉兵,休养生息,在附近地方抢掠发展自己的势力。到底是白加思兰,他很快又壮大起来,成为哈密地区瓦剌中的强大部落永谢部。他白加思兰很为自己得意。

可惜不能和儿子野思马因联合起来,要不势力恐怕更大。野思马因这犊子,是个天生的反骨犊!一想起野思马因,白加思兰就生气。几年前的失败,皆由他而起,要不是他听信挑拨离间,他父子怎能到这种可怜田地?现在这小子不知道情况如何?听探子回来说,他现在在甘肃的戈壁边缘地带活动,也有了几千户兵力。

白加思兰指挥着兵士们搬迁帐篷,高车上已经装满了箱子,他的帐篷也已经搬放到几个大车上,整个运走。哈密驻牧地只留下一些妇孺老人看守牲畜,精壮兵力都随他东去。

突然,护兵前来报告:"报告太师,监国大哈敦派人前来慰问。"

"啊?"白加思兰大惊失色。

"什么?巴尔图?她在哪里?"白加思兰一把抓住护兵。

"在山那边!"护兵说。

"快!卸下东西!搭起帐篷!我们不走了!准备打仗!"

白加思兰气急败坏地喊,他的声音都变了样。

来到哈密之后,他经常受瓦剌养汗丞相、阿沙嗣太师的攻击,他们并不把他这个汗廷太师放在眼里,反把他视作眼中钉肉中刺,总在那里处心积虑想拔掉他,把他挤到哈密草原最边缘的山脚下。要不是他们弟兄互相混战,他恐怕连这一个落脚地都难以占有。如今正当他打算向东发展,没想到巴尔图又来找他的麻烦。她从哪里来?为什么来得这样神速?这样神不知鬼不觉?

白加思兰跺着脚,挥动着拳头,声嘶力竭地大喊大叫:"备马!快备马!准备出发!"

白加思兰带领着仓促上马的队伍奔向博尔河滩。

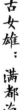

211

达延汗和满都海彻辰哈敦巴尔图的部队沿着乌伦古河下游向别思马城方向去，离开丘处机觐见成吉思汗的路线，直接转向别思马城，从别思马城偷偷进入吐鲁番。他们要从吐鲁番直扑哈密，从白加思兰的后面包抄上去，消灭他。

来到塔斯博尔图，巴尔图命令脱郭齐传令扎营在山脚下的一片密林中。茂密的树林已经郁郁葱葱，新绿的枝叶掩盖了人马的踪迹。两个多月的长途跋涉，部队人困马乏，急需休整。前面就是哈密草原和一片戈壁，两条小河蜿蜒穿过，消失在戈壁滩上。

派出去的探子打扮成当地人的样子，带回几个当地人做带路人。探子说白加思兰的正准备迁移，却又匆匆改变了计划，正率领着队伍向博尔河奔来。

巴尔图看了看达延汗，对脱郭齐说："立刻命令部队上马，打白加思兰一个措手不及。"

脱郭齐马上命令传令官吹响集合号，部队立刻集合起来。脱郭齐指挥着部队冲出密林。白加思兰的队伍刚来到河滩上，正要渡河，只见对面山脚的密林里冲出一支队伍，扬刀跃马，喊杀连天，冲过河流，跃上河滩。

白加思兰的队伍一下子乱了，有些士兵开始打马回身逃跑。白加思兰扬着刀，大声咒骂着，威逼着逃跑的士兵转回战场，去面对扑来的士兵。

河滩上战马嘶鸣，喊声震天，刀枪撞击出清脆响亮的乒乒乓乓声。白加思兰的士兵后撤逃离的越来越多。白加思兰咆哮着，催马赶上，一刀劈死一个逃离的士兵。一群士兵急忙掉转马头，加入到厮杀的队伍中。河滩上倒下一个又一个士兵和一匹又一匹骏马，汩汩鲜血从他们的断肢伤口处流出，慢慢渗入到河滩的砂石中。河水慢慢变成了红色，河滩上弥漫着强烈刺鼻的血腥。

脱郭齐挥舞着马刀，率领着队伍杀入白加思兰的队伍腹部，左砍右杀，把白加思兰的队伍截成几段。白加思兰的士兵呐喊着："阿卜！阿卜！①"开始掉转马头，像洪水般奔跑起来。

白加思兰扬着马刀，咆哮着左右劈杀，试图阻止后退的洪流。洪水般涌

---

①阿卜：蒙古族语，跑啊。

上来的马队挤着、逼着、夹裹着，白加思兰的马一步一步后退着，他不得不勒住缰绳掉转马头，在后退的马队洪流中向后跑去。

脱郭齐看见人群中的白加思兰，他奋力打马，朝白加思兰追赶过去。

白加思兰回头看着这争相逃跑的队伍，咒骂着，却也毫无回天之力，只好随着人群拼命逃跑。

脱郭齐在马上搭弓，射出飕飕的箭矢，朝白加思兰飞来。白加思兰在马背上左右晃动，躲避着飞箭。一支飞箭射中马肚子，他胯下的马长啸一声，扑腾着倒了下去，把白加思兰压倒在地。白加思兰挣扎着从马肚子下爬了起来，正要跳上侍卫的马，脱郭齐纵马赶了上来，扬起手中的大刀，把白加思兰斩在马下。

"主帅死了！主帅死了！"白加思兰的士兵号叫着，有的争相逃命，有的干脆下马投降。

脱郭齐和他的士兵一起高呼："投降吧！投降吧！"那些逃跑的士兵都停了下来，全都丢下手中的武器，下马接受投降。脱郭齐指挥着自己的队伍，把投降的士兵收拢起来，带着他们回到自己的营地。

巴尔图和达延汗见俘获了这么多士兵、马匹，高兴极了。脱郭齐向他们汇报了杀死白加思兰的经过。巴尔图咬着牙低声说："终于为我父亲报仇雪恨了，可惜没有抓住野思马因。"

达延汗说："总有一天，他会落在我的手里，大哈敦，把他留给我，让我来消灭他。"

巴尔图说："好，我等着这一天。现在，我们立刻进驻白加思兰的驻地，趁胜追击，最好能大挫瓦剌势力。"

脱郭齐命令队伍开拔，越过特思河与博尔河，来到白加思兰的驻牧地德格都那，白加思兰的部族已经听说了白加思兰的死讯，营地里哭声连天，混乱不堪。脱郭齐指挥队伍包围了营地，收缴了武器，征收了无数的财货，兼并了这个永谢部部落。其他瓦剌部族见永谢部被消灭，自然不敢对抗，都纷纷归附。

巴尔图和达延汗召集这里的瓦剌首领，她坐在白加思兰的座位上，向前来投降的瓦剌首领下令："嗣后，这里的房屋不得称殿称宅，冠缨不得过四指，居常许跪，不得坐，食肉许啮，不得割，改乌克苏（酸奶）为扯格。其部众

蒙古女雄：满都海皇后

以食肉用刀跪请,许之,余悉如令。"

众首领喏喏。

万里长征回汗廷

哈密的日子过得十分惬意,归附的瓦剌部和畏兀尔部的首领每日想着取悦满都海哈敦和小达延汗,肥嫩的羊肉,甜美的哈密葡萄和蜜瓜,叫满都海哈敦和达延汗真有些乐不思蜀。豪华的毡帐里飘着瓜果香味,荡漾着娇媚的畏兀尔女子的嘹亮歌声,手鼓敲打出清脆欢快的节拍,轻纱缭绕的畏兀尔舞女甩着一头黝黑发亮的长辫子,晃动着肩膀脖颈,与敲击着手鼓的男子互相对跳着,让人眼花缭乱。

满都海欢快地笑着,轻轻地拍着手掌。畏兀尔姑娘的舞姿漂亮极了,叫她也是看了又看,总也看不够。

满都海转过头,看看身旁达延汗。达延汗目光痴迷,嘴巴半张,呆呆地瞪着面前半露肚脐的美丽妖艳的舞女。舞女腰肢晃动,跳到达延汗面前,把娇媚迷人的脸慢慢凑近达延汗,在离他不到二尺的地方疯狂地抖动着柔软的腰肢,那雪白的肚脐和肚皮在达延汗面前快速地抖动着,发出极有诱惑的魅力。达延汗手舞足蹈,心花怒放,他拍打着座位,高声叫着好。

满都海心里咯噔一下。这样可不行!

"下去!滚下去!"满都海大声喊了起来,猛得推翻眼前的几案,几案上的美酒佳肴全都倒在图案美丽的地毯上。畏兀尔舞女惊吓得赶快退了下去。

达延汗还没有从刚才的兴奋里恢复过来,他从座位上探起身子,嬉皮笑脸,向舞女招手:"唉,怎么不跳了?再跳一个啊?"

满都海哈敦用力拉扯了一下达延汗的衣襟,厉声说:"看你什么样子?还有没有蒙古大汗的威严?不像话!"

达延汗愣了愣,急忙看了看满都海的脸色,满都海一脸怒容,眼睛好像喷着怒火。达延汗心里发毛:这是怎么了?刚才还那么高兴?怎么转眼间就发怒了?他的心怦怦直跳,急忙老老实实地坐到座位上,怯生生地看着满都海,小声问:"哈敦,你怎么啦?为什么生气啊?"

满都海深深地出了口长气,把刚才突然升腾起来的满腔怒火浇熄灭,慢慢地说:"大汗,我们在哈密已经休整了一个多月,我们离开汗廷差不多半年了,我们应该返回去了。要是再耽搁下去,冬天就来了,万一下起大雪,风雪封锁道路,那就麻烦大了。我看,我们明天就动身启程吧。大汗,你说呢?"满都海尽量用温柔的声音问。

达延汗的耳朵里常常充满着满都海粗重深沉的声音,这声音经常压迫着他,叫他感到自己的幼小和无力。

达延汗机械地点着头。满都海的声音里的盛气凌人的命令语气,叫他只能点头。

"那好,现在就传令。来人!"传令官急忙跑了进来。"马上传大汗令!明日早晨动身回汗廷!现在开始准备!"

"是不是太仓促了一点?"达延汗小心翼翼地看着满都海哈敦问。

"仓促什么啊?这就是我们蒙古人的特点,说走就能立刻动身,说打仗就能立刻投入战斗!只有这样迅雷不及掩耳的本事,这样雷厉风行的作风,我们才能打败敌人!要是拖拖拉拉,磨磨蹭蹭,我们就别想重振圣主时代的雄风!"

满都海看着达延汗。达延汗眼睛流露着惶恐和不安,脸上也流露出不大高兴的神色。满都海知道自己有些过分,就安慰似的轻轻抚摩着达延汗的手,说:"别这么垂头丧气的!拿出大汗的威严和威风来!我们打了大胜仗,要威风八面地沿着明朝边界,沿着从哈密到内地的丝绸之路的河西走廊回去,顺便看看明朝边界的防卫工事搞得如何,要是不怎么样的话,我们还可以顺手牵羊,攻掠几座城池,搞一些财宝、丝绸、兵器回去。另外,我们要去鄂尔多斯为圣主选择一个风水宝地做陵寝,好让圣主离我们更近一些。"

达延汗默然,只是点着头。

满都海的队伍出发了,哈密的畏兀尔部落首领率领全体人马前来送行,他们一直把达延汗和满都海的队伍送到烟墩,望着他们的队伍踏上通往嘉峪关的道路,才返回哈密。

沿着明朝边界走了几日以后,过了星星峡和红柳园,向安西方向行进时,脱郭齐和向导走到满都海哈敦和达延汗面前,再一次请示行进路线。脱

蒙古女雄:满都海皇后

郭齐大元帅担心以后接近嘉峪关,行进路线太接近明朝边界,会招来不必要的军事冲突。

这一带实在荒凉,很少数的村落实在没有什么财富可掠夺,比较像样一点的城池都在明朝边界的界墙里面,经过洪武以来一百多年的修复,明朝的边界都已经比较完善,界墙基本都相连起来,高高地矗立在风沙中,界墙外面都挖掘出几丈深、几丈宽的壕沟,战马很难突击进去。满都海已经放弃了当初的想法,不准备去袭击明朝城池,她只想安静地经过这条近路,返回察哈尔,她不想和明朝挑起事端。

"好吧,转向马鬃山,向阿拉善行进,从阿拉善过贺兰山,进鄂尔多斯。"满都海同意了脱郭齐的意见。

过了马鬃山,队伍进入沙漠,在沙漠戈壁上行进。这是一片不太大的沙漠,叫巴丹吉林沙漠。又是茫茫沙海,静止不动的黄色波浪,起伏绵延,向北望去,可以看见远处茫茫黄色的沙海中,处理着斑驳地被雨水冲刷出道道沟壑的黄土烽火台。有的是西夏古国的遗迹,有的是成吉思汗时代的遗迹。往南望去,可以看到雄伟的嘉峪关飞拱斗檐、雕梁画栋,高高地沉默地耸立在天际,左右蜿蜒的长城好像起伏的巨龙的脊背,捍卫着明朝的边陲。

"真雄伟啊!"满都海哈敦在马背上,遥望着嘉峪关,不由自主地赞叹着。

达延汗也赞不绝口:"汉人真够伟大的,能修建这么庞大的城楼! 真不简单! 真不简单!"

满都海见达延汗这么夸赞汉人,心里有些不是滋味。她斜睨了达延汗一眼,想说什么,终于又按捺住自己,没有让自己的责备说出口。她不断提醒自己,以后要尽量控制住自己,要注意尊重达延汗,她要开始树立他的威信。不过,她知道自己的脾气太过急躁,经常控制不住,像在哈密,就叫达延汗几天默默地不想说话。

进入贺兰山山地,连绵起伏的贺兰山在湛蓝的天空的映衬下,泛着玫瑰色的光彩,好像巨龙一样。队伍在向导和史官八思巴的带领下,顺着山麓下的戈壁慢慢进入山脉包围的腹地。这里是一片平坦平原,长着稀稀拉拉的芨芨草,一簇一簇的马莲,开着紫蓝色的花朵,给这荒凉的荒漠增添了几分生机和美丽。

"应该就是这里了。"史官八思巴对满都海哈敦说:"哈敦和大汗先在这里歇息一下,让我先去前方看看,探探路。"

脱郭齐命令队伍停下来,将士们纷纷下马,各自牵着自己的战马在草滩上溜达,各自方便着自己和马匹。到处发出哗啦啦的声音。满都海哈敦不由得微微笑了。她勒了一下缰绳,让自己的坐骑慢慢向前方走去,她也需要方便。达延汗已经跳下马,马背上的颠簸叫他的屁股生疼,他早就想下马活动活动双腿。尽管他感到疲劳,却也支撑着自己,不让满都海哈敦看出他的疲劳。满都海哈敦又叫侍卫给他在马背上特别制作了一个舒适柔软的木箱似的坐椅,可是他一路上还没有使用过。他要锻炼自己。

达延汗在草滩上奔跑着,像个撒欢的小马驹儿。有时采摘着马兰花,有时在草滩上打个滚。

满都海满怀爱意地看着达延汗撒欢,她的心里感到很甜蜜。一路上达延汗的表现叫她十分满意,像成吉思汗的接班人! 是条蒙古好汉! 是蒙古的雄鹰!

史官八思巴和脱郭齐很快就返了回来,他兴奋得脸色发红:"是这里! 是这里!"他在马背上摆着手,大声高呼着。

"走! 我们过去!"满都海哈敦急忙翻身上马,朝八思巴的方向跑去。达延汗急忙抓着马鞍上马,他几乎站立在马镫上跑了过去。他们跑上高原,不由得被眼前的景象震惊了。

贺兰山山脚这片辽阔平坦的高原戈壁上,南北二十多里,东西十来里的戈壁上,矗立着几十座高大巍峨的黄色圆锥形土堆,大大小小,按照一定的方式排列着,沉默地傲视着苍天和群山。蓝天、白云映衬着这苍凉的土黄色,显得十分苍凉悲壮,似乎在诉说着一个古老的消失的文明。背后玫瑰色的贺兰山山脉,似乎都被踩在脚下,显得那样苍茫遥远和渺小。

满都海心潮难平,这就是叫蒙古人永远憎恶的西夏王朝的王陵,叫蒙古人咬牙切齿诅咒的西夏王朝的遗迹!

她沉思地望着眼前这些高大的黄色土堆,已经残破,裸露着黄色的夯实的黄土,有些地方还有些镶嵌的金黄色、碧绿色的琉璃砖瓦,它们的根基前堆着被打碎的金黄碧绿的琉璃砖瓦的残片。

他们来到了西夏王陵遗址,这是她一定要来的。之所以选择这条路,就

蒙古女雄:满都海皇后

是要利用西夏遗址对达延汗进行一次传统教育。圣主攻打西夏,受伤而死,这家史、这民族史、这国家史一定要叫达延汗知道,而且要让他亲身体验和感受那种民族感情。这民族感情是最为珍贵的东西,是一个民族永远不败的最强大的力量。

西夏王朝有近200年的灿烂历史,又是一个十分彪悍顽强的北方少数民族王朝,赵宋对她毫无办法,她也是蒙古的心腹大患,成吉思汗几次征伐没有结果。1227年成吉思汗开始最后一次讨伐西夏,可是,成吉思汗也在征伐西夏的战斗中受了重伤,不久就死在返回的途中。

蒙古人发怒了,复仇的怒火燃烧在成吉思汗儿子的心里,他们终于让蒙古马的马蹄踏扁了党项人的头颅,用蒙古弯刀血洗了西夏王国。西夏消失在蒙古铁蹄下。

是啊,不是圣主成吉思汗的征伐,她可能还会继续她的辉煌。可惜,党项人的辉煌终于抵不住蒙古人的铁骑,在蒙古马和蒙古弯刀下,李元昊建立起来的西夏王国衰落了。

满都海哈敦拉着达延汗的手,听着八思巴史官用沉痛的声音讲述这一段叫人悲痛心碎的历史。满都海落了泪,达延汗也极力忍着胸中的悲痛,拼命咬着自己的嘴唇,不让眼泪滴在西夏人的陵墓前。

八思巴指着黄土堆中最大的几座,说:"这就是西夏国几位君主的陵墓,那座,"八思巴为达延汗指着,"就是那座,那座最高大的,你看,有十几丈高呢。那是李元昊的陵墓,最大,没有谁敢超过他。当年豪华无比呢。有角台、鹊台、献台,陵墓前有碑亭,还有宽大的围墙,多气派!"

达延汗气愤地说:"为什么还保留它们?应该完全踏平它们才解气!"

八思巴苦笑了一下:"当年我们蒙古军队已经踏平了这里!怀远城就是被拖雷血洗,党项人一个不留,全都砍头。这里也被破坏过,你看,这陵墓原本是砌着琉璃砖瓦的,全被气愤的拖雷军队捣毁了。瞧,那些低矮的角台上,原本都有流光溢彩的楼阁的,也全被愤怒的蒙古军队捣毁了。看,脚下这些碎片,"八思巴说着,弯腰捡起一片金黄的琉璃瓦片,"看,多漂亮!和汉人的烧制水平一样高!他们受汉人影响很深,所以他们各方面都很先进。"

达延汗弯腰在脚下瓦砾堆里拨拉着,突然,他惊呼起来:"这是什么?"他捡起几个圆圆的古钱币。八思巴接过来,仔细辨认着,古钱币上,已经铜锈斑斑,不过戈壁地区干旱,锈迹并不严重,上面的文字依然清晰可辨认。

"这是开元通宝,是唐朝的钱币。这是淳化通宝,是宋代的钱币。说不定还有我们大元的东西呢。大元时代,也还有蒙古将士来这里破坏解气呢。"八思巴说着,也低头到瓦砾堆里拨拉着,寻找着。

"算了吧,找什么啊?"脱郭齐嘲笑八思巴的做派。八思巴并不理会托郭齐的嘲笑,他依然低头仔细地找寻着。他高呼起来:"我找到了! 看,这是大元通宝! 大元通宝很珍贵的!"

他说着小心翼翼地擦拭着上面的锈迹,然后小心地揣进自己的怀里。

满都海哈敦说:"我们今天来到这里,也应该留下点什么才好。我们也应该表示一下我们对西夏人伤害我们的圣主的一番愤怒!"

"对! 应该!"达延汗喊着:"来,将士们,动手把那最高大的李元昊的陵墓前的碑亭全部推倒! 把石碑打烂,砸得一点痕迹也不留! 把他的墓顶铲平!"

将士们纷纷跳下马,呼啸着,涌向那座最高大的陵墓,有的砸着墓前的碑亭,有的向这石碑和陵墓撒尿,有的砸着还镶嵌在陵墓上的琉璃砖瓦,大家咒骂着,说着粗话,亵渎着这曾经是极庄严神圣的地方。有些士兵想攀登上陵墓顶,去铲平这高大的陵墓。他们奋力向上爬去,可惜陵墓太高,太陡峭,他们没有云梯,也没有绳索,大多纷纷跌落下来。一些身手较矫健的勇敢者,终于爬了上去,可是那坚硬的如石头一般的夯实的黄土,任他们用铲子挖,就是挖不起来。一个个气喘吁吁,却怎么也无法减低它的高度。

"算了吧。"满都海叹了口气,"下来吧,这陵墓实在太坚硬了,我们无法铲平它们,就让它们屹立在这里吧,做西夏曾经存在过的证明吧。"

说到这里,满都海心里又潜升起那种经常涌上心头的一种莫名的惆怅。英雄业绩到底是什么? 它究竟能存留多久? 到底有多少意义?

第五章　统一蒙古

洞房花烛圆房

　　巴尔图坐在自己的寝帐里,对着一面银镜发呆。华丽的姑姑冠放在台上,头戴也放在一旁,她不想把这沉重的饰物放到自己的头上。那练垂上的金银饰挂,那玛瑙珍珠翡翠的垂挂,那些面颊两旁左右对称的吊挂,自上而下穿着大珊瑚、银束子、大珊瑚、松绿石、大珊瑚,最后是一个黄金制的陶那勒嘉:黄金莲花中镶着一颗鲜红的珊瑚。一共5条。每条下面还有垂穗,又穿缀着一两颗珊瑚的金银链儿,一朵铃铛形的金银花,从花心和花瓣上,又穿出三条银链儿,中间一条最短,坠着一块鸡心翡翠碧玉,两边两条各分出三股蝶花金链。中间一条长,坠着一条金鱼,分出三股小金索,都吊着一只小银铃铛。垂穗全长差不多一尺,有几斤重。当年额娘渴望得到这么一顶姑姑冠和垂挂,可惜到死都没有如愿。如今她巴尔图却懒得戴这些沉重的负担。垂挂戴在头上,走起路来,叮当作响,倒是挺好听的。只是沉重的压迫叫巴尔图受不了。她倒喜欢挑选一条鲜艳美丽的绸缎,把它随便扎到头上,收拢住满头黑发,然后在侧面留下长短不齐的两段,骑到马上随风飘曳,很是好看。

　　巴尔图让萨仁挑选出一条嫩绿的绸带给她系到头上。她仔细端详着银镜里的面庞。眼角已经出现了细碎的皱纹,虽然别人也许看不到,可是她自己却感觉到十分刺眼。征讨白加思兰以后,从河西走廊回到察哈尔的汗廷,又过去了3年。这3年里,虽然没有太大的征战,可是一些小部落的反抗还是有的。有的抗税,有的抗兵,有的抗拒汗廷的征调。马上得天下,这是颠扑不破的真理。她还得经常带兵去讨伐那些不听话的部落。

达延汗在这些年的马上征战中已经悄悄长大了,16 岁的巴图蒙克已经长成一个健壮高大的小伙子。

23 岁了。巴尔图注视着镜子里的自己。"看我是不是又老了一些?"她问萨仁。

"哪里话?主子,你与原来一样,还是那么漂亮。不过,我看大汗爷已经长大,是不是该与大汗爷圆房了?"萨仁一边为主子梳头,一边笑着说。

巴尔图对着镜子端详自己发红发热的脸。她把自己的脸颊捂在自己的手掌里,不敢看自己。从满都鲁去世到现在,她已经独守空房好多年,男女的欢爱对她来说好像已经十分遥远。可是那消魂荡魄的感觉还依稀在心头。

这时,满都鲁大汗的四哈敦走了进来。满都鲁去世以后,她成为巴尔图最贴心的亲近,巴尔图喜欢她的忠厚本分和老实。

"你在想什么啊?满都海彻辰大哈敦?"四哈敦喜欢用新封号称呼巴尔图。她走了过来,坐到巴尔图的身旁。

巴尔图急忙捂住发红的脸,摇了摇头。

"你大概是在想达延汗吧?"四哈敦笑着问。

巴尔图轻轻地捶了四哈敦一下,说:"你就胡说。"

四哈敦把胳膊搭到巴尔图的肩膀上,说:"满都海彻辰哈敦,依我看,达延汗已经 16 岁,长得又高又壮,是可以圆房的时候了。你还要等到什么时候啊?早圆房早生子,你也守了多年空房了。是不是啊?萨仁?"

萨仁替巴尔图梳好头,笑着说:"四哈敦说得是啊。我刚才也正这么劝说主子呢。"

巴尔图轻轻叹了口气,没有说话。是啊,她的内心里早就渴望着和巴图蒙克在一起,可是,她又老是把他当作一个孩子,当作她的一个小弟弟。她不好意思提出这要求。她知道,巴图蒙克已经和几个使女胡闹过,她只是不愿意提出。

那一天,她到达延汗的寝帐去,只见达延汗正搂着一个使女亲嘴。她打了那个使女一个嘴巴,把她逐出了汗廷。

"达延汗围猎回来了,我们去看看他。"四哈敦说。

"真的?什么时候回来的?"巴尔图高兴地站了起来,马上往外走。四哈

蒙古女雄:满都海皇后

221

敦急忙跟着她走出寝帐。

巴尔图和四哈敦来到达延汗的寝帐前。帐前侍卫神色慌张地急忙向大哈敦跪下行礼，然后就要去报告。巴尔图摆了摆手，侍卫不敢乱动，只是抓耳挠腮，好像有什么事情似的。巴尔图心中有些奇怪，也不理会侍卫，自己和四哈敦一起走进大帐。大帐里龙涎香袅袅飘着好闻的香气，达延汗卧榻前的黄金织锦帷幕低垂，里面飘出女人咻咻的艳笑声："别嘛，叫彻辰大哈敦知道了，还不要我的命。"达延汗浑厚的中音也咻咻笑着，说："她不会知道的，你放心吧。"

巴尔图脸色大变。四哈敦犹豫地停住脚步，看了看巴尔图，不敢往前走。巴尔图挥了一下手，四哈敦急忙退了出去。

巴尔图自己疾步走到帷幕前，一手扯开帷幕。

卧榻上一个少女半裸着仰面躺着，达延汗也赤裸着上身，趴在少女身上，两个人紧紧搂在一起。

巴尔图一把扯住达延汗的腰带，把他从卧榻上拽了起来，扔在一边。她拽住少女的发辫，把她从卧榻上拽到地上，抡起巴掌一边一个嘴巴的左右扇了起来。少女跪在地上，匍匐着抱住巴尔图的双腿，哇哇哭着，请求大哈敦饶命。

达延汗呆呆地站立着，不知道该做什么。巴尔图怒喝道："还不穿上衣服？"达延汗急忙从卧榻上抓起自己的衣服，胡乱穿了起来。

地上的少女还抱着巴尔图的双腿。巴尔图抬起一脚，把少女踢出几步以外，从寝帐哈那上抽出刀鞘里的大刀，朝少女砍去。达延汗哭叫着扑了过去，说："大哈敦，饶了她，都是我的错，不要伤害她。"

巴尔图铁青着脸，只是不说话，用手挡住扑过来的达延汗，又抡起刀向少女砍去。少女哭着，在地上到处乱爬，躲避着巴尔图的追击。达延汗扑过去抱住巴尔图的胳膊，大声哭喊着，死命拖住巴尔图，让她不能去追赶那几乎已经昏厥过去的少女。

达延汗急忙命令侍卫把少女拖出去。

"用乱棍打死她！"巴尔图在后面咆哮着喊。

四哈敦终于不放心，她带领着萨仁，前来探视。她扶住巴尔图，让她坐到卧榻上，为她轻轻地捶着背，一面劝慰着："大哈敦，不要这么生气，小心气坏身子。大汗他年纪小，免不了胡闹，你就不要见怪了。"

巴尔图气咻咻地说："上一次叫我遇见过，他已经向我保证不会再犯，瞧，这才几天？他又犯了毛病，像偷吃的老鼠，真没有出息。"

达延汗擦干眼泪，走到巴尔图身边，小心赔着笑脸，讨好地说："大哈敦，你就再饶我一次吧。以后我真的不敢了，再也不敢了。"

四哈敦对达延汗使了个眼色，说："大哈敦，我先走一步。"说着拉起萨仁急忙走出达延汗寝帐。达延汗见没有人，立刻凑到巴尔图身边，涎皮涎脸地用头抵着巴尔图的胸脯，在她丰满柔软的胸脯上蹭来蹭去，像他小时候一样。巴尔图的愤怒被这熟悉得叫她心动的动作扫荡了。

她深深地叹了口气。达延汗急忙紧紧搂住她，巴尔图心潮激荡，一颗动荡的心好像小鹿在胸脯里顶撞着，她有些难以自持。

达延汗紧紧搂住巴尔图，把自己健壮年轻的躯体压在巴尔图的身上。巴尔图浑身软绵绵的没有一点挣扎的力气，更没有拒绝的勇气。她盼望着这一刻，已经盼望得太久太苦了。

达延汗喘息着，喃喃地说："大哈敦，我想死了，谁叫你总是拒绝我呢？我想死了。"在这喃喃声中，两个人已经搂作一团，嘴唇贴在一起，如胶似漆，上下缠绕着蠕动着。

巴尔图从卧榻上坐起身，一边整理着自己的头发，一边说："从今以后，我们就是真正的夫妻了。我要约法三章，你听不听？"

还躺在卧榻上的达延汗懒洋洋地说："我哪敢不听大哈敦的命令啊。大哈敦对我这么严厉，我当然要听了。"

"好。这第一条，你以后只能在我的寝帐里过夜；第二条，不能多娶哈敦；第三条，这后宫的事情永远由我做主。"

达延汗从卧榻上撑起身子，看着巴尔图笑着说："大哈敦，这都依了你。我绝不违背这约法三章。"

巴尔图有些不大相信，瞥了达延汗一眼，说："你敢发誓？"

达延汗满不在乎地说："有什么不敢发誓的？我这就发誓给你。"说着，跳下卧榻，正要跪倒在天神神位前。

"贺喜！贺喜！给达延汗贺喜！"四哈敦在寝帐外高声喊着，走进了寝帐。

四哈敦率领着脱郭齐和许多诺颜，前来祝贺达延汗和大哈敦的圆房。随着四哈敦，走进一队端着盘子的使女和侍卫，盘子上放着了烤全羊、马奶酒。

"今天我来给大汗和大哈敦做圆房喜宴。"说着向帐外一挥手，一队盛装的蒙古舞女走了进来，乐队和乐手也走了进来。火拨思、马头琴、胡琴、沙锤等乐器一字儿排开，叮叮当当悠扬的琴声中，蒙古姑娘翩翩跳起了喜庆的舞蹈。

脱郭齐和一些诺颜听说了，也陆续前来贺喜，送上珍贵的礼物。乌云和毕力格太老人，前来祝贺，达延汗把他们请到上座，巴尔图扶着他们坐下，为他们献了酒，感谢他们对达延汗的救命之恩。

明大理　通贡明朝

达延汗在满都海大哈敦的斡耳朵里与大哈敦巴尔图吃着早饭，一边说着闲话。达延汗圆房之后，达延汗便住进满都海大哈敦的大帐，这里是他的第一斡耳朵。

天气已经热了起来，达延汗脸上渗出了密密的汗珠。达延汗脱去袍服，换上薄软的绸外衣。"汉人的东西确实好，这绸缎衣服穿着真舒服，吸汗轻软滑爽。我们的毡裘抵挡了严寒，却没有办法耐受炎热。"达延汗说。

"是啊，可惜我们蒙古人不会织造这样的绸缎。"满都海彻辰哈敦巴尔图显出十分臃肿的样子。达延汗微笑着，好奇地注视着她挺出的大肚皮。"你快要生了吧？旦愿生个能征战的小巴特尔。"

巴尔图不好意思笑了一下："看把你急的，还有个把月呢。"

达延汗说："我真有点等不及啦。你要给我多生几个儿子。"

"我准备给你生十个儿子。怎么样？这样你可以把大蒙古的主要部落长都给儿子们，让他们管理各个蒙古部落，这样我们才可以避免太师专权，是不是？"巴尔图调皮地说。

"好主意,好主意。你可要说到做到啊。"达延汗揽住巴尔图的肩膀,温柔地说。

"那还要看你的本事。"巴尔图开心地大笑着。

达延汗拍了拍巴尔图的肩膀说:"我的本事大着呢?"然后又接着他刚才的话说:"我们从汉人地区俘获一些工匠,让他们来替我们织造绸缎如何?"

巴尔图摇着头:"恐怕不行,我们蒙古地区没有织造绸缎的原料,我们只有羊毛,羊毛织造不出这么细、这么薄、这么滑腻的绸缎。"

"看来我们应该和汉人王朝通贡,修好边关,打通边关互市才好。这样,我们可以从汉人那里换到我们需要的绸缎。"达延汗说。

"主要是铁器,你看我们蒙古的铁器多缺乏。没有铁,就没有武器,牧民连铁锅都没有。"巴尔图为达延汗倒上一碗热奶,继续说:"一些牧民家,分子嫁女,要把一口锅分成两半来用,有的没有铁锅,只好还用皮囊盛水煮肉。

达延汗点着头:"可不是,我们征讨白加思兰,损失了许多武器,需要补充。可是,汉人王朝对我们一直防备甚紧。他们这几十年一直在修筑长城,投入许多财力、人力加固修缮秦长城,阴山到察哈尔这一大段,已经完全相连,有万里之长。又沿长城设了九个镇,分区防守,在每个镇那里都又增修几重长城,把我们蒙古完全拒之于长城以外,我们很难越过这万里长城。"

巴尔图喝着热奶,说:"长城不过是一堵墙而已,活人还能叫死墙挡住?我看汉人皇帝挺愚蠢的。与其花那么多钱财人力去修那么一堵大墙,还不如花些钱和我们北方的大蒙古国搞好关系,支援我们一些生活用品,我们可以保证不去攻打他们。这样双方都和平共处,有多好。"

达延汗笑了起来:"汉人皇帝如何敢这么做?当年圣主的铁蹄把他们的国家都消灭了。也先太师在土木堡还俘获了他们本朝的皇帝,他们能信任我们蒙古吗?"

巴尔图也笑了:"是的,我们蒙古人的威力实在吓怕了汉人皇帝。不过,要是我们做出友好的姿态,主动去交好他们,我想他们一定会接受的。"

达延汗端起碗,啜着热奶,想着大哈敦的话。他放下碗,抹了抹嘴,说:"是啊,和明王朝建立比较友好的关系对我们蒙古只有好处,我想对他们也没有什么害处。"

巴尔图说:"哪里会有害处呢?他们汉人也需要有一个安定的边关,也需要我们蒙古人的皮货羊毛,他们那边的汉人也需要羊肉、牛肉,更需要耕地、犁地拉车的马和牛。我们互相交换一些东西,互通有无,互相帮助,有什么不好呢?只是几十年前瓦剌强盛吓怕了汉人皇帝了。我们可以和他们修好,这样我们也可以一心去对付那些反对我们统一蒙古的势力,去对付那些老想搞分裂和独立的瓦剌。我同意大汗的想法,去和明王朝修好。"

达延汗说:"那只有我们先派使者去向汉人皇帝表示我们的服从,表示我们愿意通贡,才能修好,你说是不是?"

巴尔图站了起来,说:"对,就这么办,我们一定要尽快得到铁器补充我们的武器。我们还要准备去征讨野思马因,没有武器怎么行?"

"好,我们马上派使者去汉人皇帝那里联络通贡。"达延汗也站了起来。

"不。"巴尔图摆着手,"我看最好是你自己带着我们的大臣去拜见汉人皇帝,这样才显出我们通贡诚意,才能比较快地办成这事。今年是明朝新皇帝登基的元年,正好借口去贺喜进行通贡。我们联合归顺我们的瓦剌部落一起去朝见。"

"可是,万一明朝皇帝起了歹心怎么办?他会不会扣押我作为人质来攻打我们蒙古?"达延汗皱起眉头,担忧地说。

"这……确实不好说。我们蒙古和他们明朝隔绝这么久,一点也不摸底,是叫人放心不下。"巴尔图面露难色。

达延汗站了起来,在大帐中走来走去,思考着。他站住脚步,转过身,对巴尔图说:"没关系,舍不着孩子套不了狼,我就走它一趟,我们蒙古人常说,不打送礼人嘛。我看,明朝皇帝不会把我怎么样的。"

巴尔图咬着嘴唇说:"我也是这么想的。你尽管去,我这里做好准备,万一有什么不测,我会发兵去救你的。"

"好,我这就召知院脱罗干来朝,商讨通贡。"达延汗说。

17岁的达延汗英姿飒爽地骑在马上,率领着他的通贡队伍向南方出发。他现在满心喜悦。满都海大哈敦一个月前给他生了个大胖小子,他给自己的第一个骨肉起了一个响亮的名字:图鲁博罗特。

知院脱罗干很高兴地跟在达延汗的后面,与史官八思巴并辔而行。马队和驮队满载着通贡的礼品,走在侍卫部队中。脱罗干以知院身份参与汗廷之事的次数很有限。虽说他的儿子火筛没有当上大元帅,但是他的知院职务还是保住了,大哈敦没有因为他是野思马因和白加思兰举荐的而罢免他的职务。所以这一次,他决心好好表现自己,要给达延汗留下好印象。

队伍走出肥美的察哈尔草原,来到达来诺尔。达来诺尔也叫捕鱼儿海。湖畔有成吉思汗公主的行宫。湖水清澈,湖畔开着小黄花。水鸟在湖面上游弋,在湖的上空盘旋。过了美丽的达来诺尔,越过西拉木伦河,队伍进入一片沙漠地带。低洼的沙石滩上,长着胡杨,小叶似榆,大者可合抱。

"这是什么地方?"达延汗指着这千里大沙漠,问知院脱罗干。脱罗干见大汗问自己,急忙驱马上前。他在马上欠了欠身子,说:"这里是浑善达克沙地,方圆几百里,人家很少。过了这沙地以后,过了闪电河,就进入张北高原。然后就是汉人的长城把我们挡住。进长城有好几条路,我们可以从古北口也可以绕大同从居庸关进。大汗准备从哪里入汉人地区呢?"

达延汗想了想说:"我听八思巴巴可什讲过,汉人道士丘处机到漠北觐见圣主时,是从居庸关出关,我们就从居庸关入关,走大元时代的那条驿路吧。当年瓦剌也先是不是从这条路线进汉人地区呢?"

脱罗干知院说:"也先是从古北口攻破长城直接到土木堡俘获了明朝皇帝英宗的。"

走了几日,来到金章宗时代修建的明昌界墙,它西南起于静州(陕西米脂),东北达混同江,长三千多里,经过山西、察哈尔、河北、辽宁、黑龙江等。如今这金壕堑已经坍塌废弃,留下一堆一堆的土墙遗迹。这里是一片沙石起伏的高原地带。丘处机曾作诗记实:

> 陂陀折叠路弯坏,
> 到处盐场死水湾。
> 尽日不逢人过往,
> 经年惟有马回还。
> 地无木植惟荒草,
> 天涯丘陵没大山。
> 五谷不成资乳酪,
> 皮裘毡帐亦开颜。

明昌界墙的高原地带的黄土崖上,生长着一丛丛荆棘,荆棘上挂满着一

蒙古女雄:满都海皇后

227

簇一簇密集的黄豆大小的金黄色小果,远远看去,灿烂一片,耀人眼目。达延汗指着那灿烂的小果,问侍卫长:"那是什么果实?"

侍卫长说:"那是沙棘,它生长在这种半沙半土的高崖山坡上,沙棘又酸又甜,很好吃哩。我去给大汗摘一些来。"说着,拍马向山崖跑去。过了一会儿,他便抱着一抱沙棘枝条跑回来,递给大汗一把。达延汗摘了几颗丢进嘴里,脸立刻皱成一团,一个劲揉着自己的腮邦子,"酸死了!酸死了!"他连声喊着,把嘴里的沙棘果全都吐了出来。

侍卫长笑了,说:"这是那些怀孩子的女人最喜欢吃的果子哩。"大家都哈哈大笑起来,也都龇牙咧嘴地吃着沙棘果。

又走了一程,见起伏蜿蜒的群山横亘。史官八思巴驱马上前,向达延汗指点着道路:"这是太行山脉,一直延伸到大都,和大都的燕山山脉相连。我们已经进入了汉人地区。这太行山和燕山挡住了漠北大风,使大都暖和许多。"

队伍进入大同,见集市上熙熙攘攘,各路商人的商号云集。马市有汉人也有蒙古人在交换马匹换取一些生活用品。达延汗问史官:"汉人王朝不是严禁与蒙古人贸易吗?为什么这里还有这许多蒙古人在交换东西?"

八思巴说:"明朝皇帝是一再下令严禁和蒙古人的贸易。官府害怕把铁器、武器传入蒙古。可是,边关上的板申(百姓)才不管那么多呢。汉人板申需要蒙古人的羊毛皮货,蒙古人需要汉人的绸缎、粮食、铁锅,他们就自动走到一起,形成各种集市。"

"那官府难道不禁吗?"达延汗奇怪地问。

"咳!"八思巴讥讽地笑了一下继续说:"汉人狡诈,官员更为狡诈,他们故意制定出各种禁令,却又没有人认真执行,都把那些禁令变成收取钱财的好门道。汉人、蒙古人双方只要向他们交一些买路钱,那些官员就睁一只眼闭一只眼假装没有看到,除非有上边的官员来检查,他们才会装模作样地禁它几天。等上头的检查一过,一切还是老样子。这些禁令,只是为那些不懂敛财的笨人设的。"

达延汗点着头,沉思了一会儿,说:"那太好了。我们以后就想办法来打通这里的集市,从这里换取一些我们需要的武器铁器。你说呢,知院?"

脱罗干正在思谋这事情。他的部落正在这蒙汉交界的地方,是不是可以利用这贸易从中为自己谋一笔利益呢？值得想想。"是啊，是啊，这事我可以替大汗办。"他急忙应承下来。他本能感到，这里是有利可图的。

第二天，达延汗一行来到南度野狐岭得胜口。野狐岭在张家口膳房堡口北五里，是张家口西第一隘口。

史官八思巴策马上前，为达延汗介绍这里的历史。他指着起伏的山峦说："这里是当年太祖南伐时入关的地方。《元史》卷一写着：太祖六年辛未二月，帝自将南伐，败金将定薛于野狐岭。"

达延汗兴奋起来，策马登高南望，俯视太行诸山，尽收眼底，远山晴岚分外可爱；回身北顾，只有寒沙败草。中原的和风，都被隔离在大山之南。达延汗感叹到："这里确实比我们蒙古地方气候暖和湿润得多。圣主南伐确实十分英明，而元太宗更是力排众议，定都大都。可惜我们没有占住这大好河山。"

八思巴趁机说："大汗正好来从头收拾旧河山嘛。再打进大都，重新占领它，恢复我们大元天下。"

达延汗苦笑了一下，轻轻摇着头："谈何容易。我们大蒙古已经四分五裂，我的当务之急是统一我们全蒙古，在我们蒙古的地方重振我们蒙古的威风。现在我们只是一个民族，我们不可能像圣主那样驰骋中华大地。"

八思巴不敢多说。知院脱罗干凑过来谄媚地说："大汗年轻有为，一定能够打进大都，让汉人再尝尝我们蒙古的厉害。"

达延汗脸色一沉，严厉地说："我和大哈敦都是真心想向明王朝修好的，这是为了我们蒙古好。我们这是去向明王朝通贡，又不是去下战书，这话以后不许再提！"知院脱罗干碰了一鼻子灰，讪讪地退了回去。

同行的瓦剌知院很欣赏达延汗的看法，他赶了上来，说："大汗很有谋略，愿意向明王朝通贡。我们瓦剌里面有些死硬派不但坚决反对向明朝通贡，而且坚决反对承认大汗的蒙古可汗的地位，他们是非要搞分裂不行。"

达延汗说："我们和明朝通贡以后，也希望能够和瓦剌修好，但是瓦剌一定要承认我蒙古可汗的地位，接受可汗的领导，和蒙古形成一个统一的联盟，不要在蒙古中搞分裂。"

知院说："这正是我所希望的。当年圣主额娘诃额伦哈敦总是教导圣主

蒙古女雄：满都海皇后

弟兄要齐心,可是,她的后代还是违背了她的教导,把蒙古搞得四分五裂,兄弟阋于墙,搞窝里斗,自己把自己斗败了斗垮了。"

达延汗频频点头,说:"是啊,说得太好了。我跟巴可什学习蒙古历史时,也常常感叹我们蒙古人为什么总是在兄弟相残中。要不是经常搞窝里斗,兄弟之间互相残杀,我们蒙古何至于走到今天这地步呢?我们一定还在主宰着大元,主宰着东西几个大汗国。"

八思巴接着说:"好斗尚武是我们的天性。当年丘处机道长曾向圣主秘密进谏,让圣主戒杀生。可惜我们这些不肖的后代没有接受这些告诫。虽说太宗已经开始接受佛教,可惜佛教的教义并没普及到全体蒙古人中间。要是以后能够普及佛教,也许就可以改变这种情况了。"

达延汗摇着头:"我看不是这原因。大元时代佛教挺盛行,我们黄金家族中更虔诚信奉,可是这并没有抵挡住黄金家族内的互相残杀。"他沉思了一下,接着说:"也许一个新的教可能改变人性?"

没有人能够回答他这问题。风声吹过,一片沙沙树叶声。

居庸关北口设在深沟关沟的北面,岭口是个小小的关城,关城已经残破。东西两面各有一座破旧的关门,东面的门额上刻着"居庸外镇",西门门额上是"北门锁钥"。关门有重兵把守。达延汗一行来到关门前,被关门守卫阻拦,八思巴上前,交验了文书度牒,守卫才予以放行。

达延汗一行进入八达岭的深沟中,这沟叫关沟。抬头望去,关沟两侧石壁陡峭,直上蓝天。石壁上镌刻着两个大字:天险。山脊上,蜿蜒着巨龙一般的长城,只见一队队民夫,背负着齐头高的一摞砖,艰难地向山上爬去。山顶上,有许多民夫正在修建长城。有些民夫正喊着号子,把一块块大条青石向山上拖去。已经修好的城墙上有女墙、垛口、望洞、射眼、城堡和烽火台。山坡上,有牛马骡驴驮着石头砖头来回穿梭搬运。

"看来汉人皇帝还在加紧修长城啊。"达延汗对知院脱罗干说。

"是啊,这汉人皇帝还是对我们不放心。他们的长城已经修了一百多年了。"知院脱罗干苦笑着。

"可不是嘛。从洪武开始,就修嘉峪关,一直修到现在。"八思巴说。

"他们汉人皇帝还是不相信我们!"知院脱罗干气愤地说。

"这也是可以想到的。国家和国家之间,哪有什么真正的信任呢?兄弟各自主持了一个国家,就变成了互不信任的敌人,何况我们和汉人朝廷之间?"达延汗笑着说,"瞧这里戒备森严,几乎没有蒙古人从这里过,等这长城修好了,我们关外的蒙古人就更难进入关内了。"

八思巴说:"在辽金元时,这里是行旅热闹的关口,大元皇帝从大都到上都过夏,来回都一定要经过这里。商人、旅人也都经过这里到蒙古地区。元初有个诗人写了一首诗描绘这里的情景:

> 断崖万仞如削铁,鸟飞不度苔石裂。
>
> 查岈枯木无碧柯,六月太阴飘急雪。
>
> 寒沙茫茫出关道,骆驼夜吼黄云老。
>
> 征鸿一声起长空,风吹草低山月小。

虽然有点凄凉,可是还是说明有蒙古人过来的。"

"巴可什,你看,他们什么时候能修好这居庸关?"达延汗问八思巴。

八思巴看了看那些正在忙碌的民工:"看来工程规模还不小,总得十年八年吧。"

达延汗说:"看来,我们与明朝通贡,还要抓紧进行。在他们没有修好长城之前,我们来通贡,看出我们有诚意,等他们修好长城以后,汉人皇帝大约以为他们的长城吓怕了我们,也许拿起架子,还怕他们不允许我们通贡了。"

八思巴笑着说:"是啊,大汗的决定很英明。不过,一堵墙的作用有多大,我总表示怀疑。汉人皇帝只是寄希望于这长城,而不注意修理内政,总有一天还是会出现问题。历史上几个王朝都曾凭借过这里的天险,结果都没有挽救自己的失败。国法不行人心去,高城险地都不足凭。"

"对,有道理,有道理。有人评价耶律楚材时说:蒙古有公方用夏,从此居庸不为关。可见,居庸关并不能保护汉人皇帝。国法行人心齐,这才是治国之道。"达延汗拊掌赞同。

说话间,他们来到居庸关的中心。"大汗,你看,这块石座,可是大元时代的遗留啊。"

八思巴策马跑到中间的一块白色的石台前,对达延汗说:"这石台叫云台。原来是一座过街塔的基座,建于大元朝至正五年以前。你看,座上精美的浮雕雕刻着四大天王和许多佛像。大汗,下来看看吧。"八思巴下马,走到

蒙古女雄:满都海皇后

石台前,仔细观看着上面的浮雕。达延汗也下马来到云台前,听八思巴解说上面的浮雕。

"大汗,看这文字!"八思巴惊喜地说,用手小心地抚摩着白色大理石上面的浮雕文字,"这是梵文,这是藏文,这是畏兀尔文,这是汉文,这是西夏文,这是我们蒙古文。"八思巴一个接一个地用心抚摩着这些文字。达延汗也景仰地随着八思巴认真地端详着。

"巴可什,这里雕刻着的文字是什么意思?"达延汗看了一阵,很谦虚地问八思巴。

"这里雕刻的文字是佛教经文陀罗尼经咒和造塔公德记。"八思巴认真地读了一会儿,对达延汗解释说。

出了居庸关南口,就走上通往京畿的大道。

久别胜新婚　欢笑草原

满都海拍着怀里的婴儿,婴儿正睁着黑豆似的小眼睛望着她,嘴里咿咿呀呀,用头拱着她的胸脯。

满都海哈敦笑了。她解开自己的蒙古袍,让婴儿斜躺在自己的胳膊上开始给婴儿喂奶。婴儿一口裹住满都海塞过来的奶头,大口吮吸着,乳白色的奶汁从他的小口旁边流了下来。满都海哈敦用手擦着奶汁,一边说:"小乖乖,慢点吃,小心呛着。"突然,婴儿猛地咬了她一下,满都海哈敦"哎哟"喊出了声。使女萨仁急忙上前。满都海哈敦摆了摆手说:"没什么,他咬了我一下。"满都海哈敦的脸上漾着幸福光芒,好像是圣洁的圣母一样,那光芒照亮了她的脸,她显得更加美丽温柔。

怀里的婴儿吐出奶头,小手在她的乳房上乱抓乱摸。"吃饱了。"满都海哈敦逗弄着婴儿的脸,婴儿咯咯地笑着。她把婴儿交给萨仁,说:"抱起来拍拍他的背,不要让他吐奶。"自己起身走出大帐。

满都海哈敦踮起脚尖,翘首望着南方。草原上,牧民正忙着在库仑里收割牧草。勒勒车上金黄色的苜蓿草捆,垛成小山似的,吱扭吱扭地在草原上滚过。湛蓝的天空中飞过一字形人字形的大雁雁阵,嘎嘎叫着向南方飞去。

达延汗怎么还没有回来?是不是被汉人皇帝扣留下来作为人质?她忐

忐不安地猜度着。

达延汗走了已经三个多月,这三个多月里,她度日如年。年轻壮实的达延汗给了她多少快乐和满足,与他相拥而卧,躺在他结实的肌肉、饱绽的胳膊上,紧紧偎在他肌肉饱绽的胸脯上,她满都海哈敦才能安心入睡,才能睡得香甜。嗅着他浑身的汗味,她才觉得心里舒坦蹋实。有达延汗在身边,她才能不害怕黑暗、不害怕寒冷、也不害怕探子报告的敌情。过去,她是没有成年的达延汗的砥柱,现在,她却觉得自己正在变得软弱起来,年轻的达延汗成了她的主心骨和砥柱。这是怎么回事?满都海哈敦觉得奇怪,觉得不可思议,自己怎么就会变软弱了呢?满都海哈敦摇着头,好像要摇去她的软弱和依靠。但是满都海哈敦还是觉得心里空落落的。快点回来吧。她在心里期盼。她更高地踮起脚尖,向南边眺望,应该回来了。"萨仁,大汗快回来了吧?"她掐着指头计算着行程,这几天正是归来的日子。

满都海哈敦揉着自己发酸的脖颈,对侍卫说:"牵马来。"侍卫牵来她最喜欢的白马。她抚摩着白马漂亮的马鬃,等侍卫鞴好马鞍,她翻身跃上马背,一勒缰绳,朝草原奔去。侍卫、使女急忙翻身上马,跟着她急驰而去。满都海哈敦的骑术,要他们全力以赴才能紧紧跟上。

满都海哈敦向南方急驰了一程,才放慢速度,信马由缰,让马在草原上漫步。满都海哈敦从马镫里抽出脚,站到马背上,向远方眺望。

这时,派出去的探马回来报告,说达延汗大汗已经平安返回,马上就到。

满都海哈敦长长舒了口气:终于回来了。她那颗时刻提悬着的心总算是安稳了。她从马背上一跃而下,对侍卫长说:"我在这里等候迎接大汗。你派人回去通知四哈敦,准备欢迎大汗归来的欢迎仪式,准备给大汗洗尘的大宴。"

远处的地平线上,出现了一队人马。

满都海哈敦慢慢迎了过去。马队越来越近,马上的人已经依稀可辨。满都海哈敦的心狂跳起来,她的步伐越来越快、越来越大。

马上的达延汗看见走过来的哈敦,便高高扬起手,勒了一下缰绳,坐骑在金黄的草地上小跑起来。

满都海哈敦也小跑起来,她粉红色的丝绸袍裾在秋风中飘扬。

两队人马相会在草原上。满都海哈敦率领着侍卫向大汗行礼。达延汗正要下马，满都海哈敦却一跃上马，坐在达延汗的身后，紧紧抱住达延汗。达延汗大笑着，把哈敦抱到自己怀抱里，一夹马肚，马在草原上快步跑了起来。

知院脱罗干和八思巴相视而笑，命令队伍开回住帐营地。

达延汗和满都海哈敦驰骋着，疯跑到小湖边。达延汗跳下马，从马背上抱下满都海哈敦，把她轻轻地放到一片干枯的草地上。几尺高的枯草齐齐倒伏在地上，像厚厚的柔软的毛毯，黄黄的，散发出好闻的草味。满都海哈敦咯咯地笑着，仰面躺在枯草的毛毯上，看着俯身注视她的达延汗。"你瘦了。"她轻轻地抚摩着达延汗的脸颊，心疼地说。

达延汗把脸拱进哈敦柔软温暖的胸脯，蹭来蹭去，像他小时候一样。满都海哈敦紧紧抱住他的头，用自己嘴唇亲吻着他的黑发，他的脸颊，最后紧紧贴在他肥厚湿润的嘴唇上，再也不愿意离开。两个人在柔软的金黄色枯草毛毯上滚来滚去，开心地哈哈大笑着。

两人疯狂了半个时辰。满都海哈敦才坐了起来，把达延汗抱在自己怀里，抚摩着他的黑发，问起通贡的情况。

"好极了！"达延汗从哈敦怀里挣扎出来，搂住哈敦的肩膀，兴奋地说："汉人皇帝对我们很客气，见我们主动去通贡他很高兴，在北京的金銮殿上亲自接见了我们，还赏赐了我们许多好东西，许多金银绸缎。有你喜欢的五色彩缎，织金蟒龙文绮彩绢，虎斑绸，还有蟒龙直领褡护曳比甲贴裹，有麂皮靴，还有什么销金伞、兽面五山屏风，锦褥花枕，筹筹，火拨思，金银碗，脂粉什么的，可全换了。你自己回去看吧，那些绣衣真漂亮。对，那个紫檀木龙凤屏风坐床漂亮死了，你以后就坐它吧。"

满都海哈敦见达延汗那么兴奋，自己也高兴起来。她抚摩着达延汗的手，问："北京漂亮吗？"

"漂亮极了，你想象不到有多漂亮。那金銮殿，金碧辉煌的，那么大，那么高，那么坚固，都是用石头、砖头和瓦造的。北京的皇城建在北京城的中轴线上，皇城四周是护城河，前面有一个浩大的皇城广场，三四道大门。最先进的是一个很大很高的门，叫大明门，下面是门，上面是个非常漂亮的楼台。然后过广场，过金水桥，又进一个大红门，叫承天门。过去是午门，才算进了皇宫，又走过一片空地，才见到金銮殿。北京城里到处是亭台楼阁，人很多，真是壮观。路都是用青石板铺成的，没有尘土。汉人皇宫比我们的蒙古包气派多了。汉人的东西确实好，怨不得当年圣主决定要向中原地区发展，太宗要把都城定在北京，大元的皇帝都舍不得离开，我都羡慕汉人皇帝。"

满都海哈敦刮了一下达延汗的鼻子，说："别羡慕别人，等我们把蒙古统一起来，我们也可以建造这样美丽的大都。不过，坚决不能过汉人的生活，大元几代皇帝还不是因为舍弃了蒙古人的游牧生活，贪恋定居的城市生活把自己的体力、武力都消磨掉了吗？奢侈安逸享乐只能断送我们蒙古民族。"

"对，还是哈敦志向远大。"达延汗佩服地说。他拍了拍满都海哈敦的肩膀，说："下次去通贡时，一定带你去看看北京。"

满都海哈敦高兴地蹦了起来，说："那太好了，让我也去看看汉人皇帝，去拜谒我们大元上都汗八里。你看到了没有？"

达延汗摇了摇头："没有了，看不到了。汉人皇帝的皇宫就建在当年大都的基础上。原来的汗八里皇宫，成了当年燕王朱棣的燕王府，有的被拆了，有的被火烧了，只剩很少的遗迹，根本看不出当年的宏伟气势和宏大规模了。"

满都海大哈敦有些丧气，那种经常困扰她的无常情绪似乎又潜升到心头：什么是永恒？永恒到底在哪里？

达延汗拉了她一下，说："怎么啦？难受啦？我还有一个好消息要告诉你，你先猜一猜，看是什么好消息？"

满都海哈敦把自己从沮丧情绪里拉了回来，她歪着头，调皮地说："想考考我啊？告诉你，我可是个能掐会算的萨满。"

达延汗故意激她，说："别自吹自擂了，我就不信。你猜吧，要是猜出来，我背你回去。"

"真的？你可是说话算话？那我就猜啦。"满都海哈敦笑着，摇晃着达延汗的手。

达延汗笑着催促："你就猜吧，别光说不练。"

满都海哈敦故意做出沉思的样子，想了一会儿，说："肯定是汉人皇帝同

蒙古女雄：满都海皇后

意开放边境马市。是不是啊？大汗？"

达延汗一把抱住满都海哈敦，在她的脸上响亮地亲吻了一下，说："大哈敦真是绝顶聪明。他们同意在几个地方设马市，全面开放边境他们还不同意。"

满都海哈敦拍着手笑了："同意开放几个也就够了。这样，我们蒙古人就可以换到我们需要的铁器、绸缎和棉布，也可以换到我们需要的盐茶粮食一类的生活用品了。这样，蒙古人的生活会改变一些。这也算是我们对蒙古人的一些关心。"

"走，我们回去好好商量商量，看怎样利用边关的马市。我们蒙古人好打架，好抢掠，我们要好好约束他们，不要让几个害群之马破坏了马市。"达延汗拉着满都海哈敦的手，站了起来，说。

满都海哈敦说："是的，这很重要。确实要制定一些规定，防止破坏事件出现，让马市能够长期存在下去。马市对我们很重要，我们需要从马市上交换我们蒙古人需要的生活用品，特别是铁器、武器。"说着，他们一起上马，向汗廷方向急驰而去。

设马市暗含玄机

达延汗和满都海哈敦商量之后，让知院脱罗干和八思巴写好命令，派了许多传令兵，到草原边境的各个部落传达。命令说：凡去参加马市交易的蒙古人，必须遵守下列规定：不许打架；不许抢掠；交易要遵守互相自愿，不许武力强迫交换；交易要服从汉人官员的指挥；进市下马脱弓矢，不许喧哗。

脱罗干离开自己蒙郭勒津部在察哈尔的驻帐已经有半年光景。他陪同达延汗到北京通贡，然后又在汗廷停留了一个多月，办完了达延汗交付的筹办马市的各项汗廷事务，终于可以在初冬赶回自己的驻地。他急急忙忙赶回蒙郭勒津部，要和儿子火筛商量重大事情。

回到蒙郭勒津的驻帐地，脱罗干没有顾上休息，急忙派人去传唤自己的儿子火筛。火筛正在自己的大帐里看舞女跳舞，听说父亲回来要见他，挥手赶走了舞女，自己起身到脱罗干的大帐去。

火筛像脱罗干一样，长得壮实矮粗，一双罗圈腿，使他本来就矮小的身材更显得矮小。他扁平的脸庞更像是脱罗干的复制品,短小扁阔的鼻子,一双小眼睛。但是这双小眼睛却目光炯炯,总是闪烁着贪婪和攫取的光芒。

"父亲,回来了。"火筛走进高高卷起毡帘的大帐,甩下马蹄袖,向脱罗干跪下一条右腿请安。

脱罗干瞥了火筛一眼,火筛的鼻子红红的,脸颊颧骨上也飞着两片红晕,嘴里还冒着强烈的酒气。"又在喝酒。说过多少次,让你少喝一点,你就是不听。总有一天,你要喝死的。"脱罗干不高兴地嘟囔着。

火筛站起身,走到脱罗干身边,说:"我们蒙古男人,哪有不喝酒的? 你就不要叨叨啦。"

脱罗干阴沉着脸,说:"你听说最近要开放马市的消息了没有?"

火筛含含糊糊地说:"好像听说一点。"

脱罗干白了他一眼,说:"好像? 这是可靠消息。我和八思巴亲自起草的命令。你难道没有想做点什么?"

火筛高兴地说:"真的? 要开放马市了? 这可是件好事。我们已经多少年没有马市了,开放边境马市,我们可以挣很多钱换很多好东西啊。"

脱罗干点着头,说:"马市一开放,你就有事可做了。你可以在马市上开设一个蒙郭勒津部中转站,凡是到马市上交换的东西,必须经过这中转站,我们就可以通过它大捞一把。"

"父亲,你利用你知院的身份来开设这中转站,做起来更方便一些。"火筛说。

"方便个屁! 死脑筋!"脱罗干恼怒地瞪着火筛骂道:"你不知道大汗的命令是禁止任何人私设中转站吗? 我们只能以蒙郭勒津部的名义在马市上设办事处,假公济私,你懂不懂? 你这木头脑瓜。来,把火绳拿来。"脱罗干说着,从腰间拿出一个绣着精美牡丹花的荷包,从中掏出一些黄色碎末,然后又拿出一件带着一个金黄头和翡翠嘴的竹管,把金黄色碎末装进金黄锅里。

"是,我懂了。假公济私,假公济私。就是打着为部落、为大蒙古国的名义为自己捞钱捞物,是吧? 父亲?"火筛走上前,把火绳递给脱罗干。

"你这是什么呀?"火筛见父亲用火绳点着锅里的碎末,让它冒出烟,自己用嘴吸另一头的翡翠嘴,把一大口浓烟吸进嘴里,又慢慢吐了出来,十分

蒙古女雄:满都海皇后

好奇地问。

"这是我从北京带回来的烟叶,这叫吸烟。汉人都吸这玩意,我也设法弄了一点,回来尝尝新鲜。你也来一口试试?"脱罗干说着把烟袋递给火筛。火筛也学着脱罗干的样子狠狠吸了一口,被热辣辣的烟呛得剧烈地咳嗽起来。

"什么鬼东西,这么呛人。"火筛急忙把烟袋递回给脱罗干,嘟囔着说。

"这东西,刚一吸,是有点呛人,可是吸惯了以后,能给人提神呢。"脱罗干自己美滋滋地吞吐起来。

"父亲,关于设办事处的事,你的打算是?"火筛见脱罗干只顾欣赏烟味,便有意识地提醒着。

"哦,关于办事处嘛。"他说着,把烟袋里的灰烬磕在面前的桌子上,"我想让你在大同这最好的地方设。大同离我们蒙郭勒津部最近,大同又最热闹,历代都在这里设马市。那里离北京也最近,是最好的马市地点。另外在宣府一带也可以筹备我们的办事处。这办事处,最好是公开与私下结合,明里为汗廷做,暗地里为我们自己做。明的、暗的贸易同时做,哪个利益大做哪个,你懂不懂?"

"我懂,父亲,我又不是傻瓜。"火筛不满意地嘟囔着。他心里已经有了个初步打算。

满都海哈敦抱着她刚出世的二儿子,坐在紫檀木龙凤屏风坐床上。一年多以来,汗廷还算安定,她要抓紧时间为达延汗多生几个儿子。这些儿子才是将来蒙古的希望。

达延汗走进大哈敦的大帐,看着满都海哈敦正喂奶。他走了过来,一年多,他似乎又长高了许多,脸上已经长出许多黑胡须,原本柔嫩的没有棱角的脸庞已经开始有了棱角。

满都海哈敦满怀爱意地看着他,眼睛里装满了温柔和爱,说:"大汗,来,看看你的小巴特尔。"

达延汗疾步走到满都海哈敦跟前。满都海哈敦把婴儿抱起来递给达延汗。达延汗笨手笨脚地接了过来,小心翼翼地托在手上,不知道也不敢随便乱动一下。这婴儿的小手透亮粉红,细小的好像一碰就碎。他害怕折断婴儿的手脚胳膊和小腿。他像端着一盆滚烫的水似的，平举着胳膊，怎么也不敢把婴儿抱进自己的怀抱，虽然他心里痒痒的，想把婴儿抱进自己怀抱，想去摸摸婴儿柔嫩的肌肤。

"没有关系的，你可以把他抱进你的怀里。"满都海哈敦看着达延汗小心紧张的样子，不由大笑起来："你都当过一次父亲了，怎么还这么生疏，好像第一次见婴儿似的？"

"那次我不是没有在这么小的时候抱过他嘛。"达延汗分辩着，稍稍放松了一点，把婴儿慢慢抱进怀里。

"马市开张了吗？"满都海哈敦问。

"开张了。听探马说可热闹了，大同和宣府一带的汉人和蒙古牧人都欢天喜地去赶马市。牵骡骑马的，挑担背筐的，成群结队的，马市上男男女女，老老少少，熙熙攘攘，摩肩接踵的。"

"真的？那么热闹？比我们祭敖包还热闹？"满都海哈敦抬起头，好奇地问。

"探马和大臣都说比祭敖包热闹多了。祭敖包上只有蒙古人，那里有许多汉人，汉人装束跟我们不一样，女人打扮得花枝招展，十分好看呢。"达延汗十分向往地说。

"是嘛？汉人女人好看？"满都海哈敦有些醋意地反问。

达延汗没有领会到大哈敦话里的意思，继续说："可不是。汉人女人头上插满珠翠花朵，穿着绫罗绸缎，走起路来，衣服飘飘，头上花枝颤动，珠翠摇曳，很是好看，谁见了都说好看呢。你不知道知院脱罗干，在北京街道上，见到那些汉人女人，眼睛都变成直勾勾的，恨不得把那女人吃到肚子里去。"达延汗大笑着。

"那你的眼睛呢？是不是也直了？"满都海哈敦斜了达延汗一眼。

"我嘛，我才不会像他那么没出息。我的大哈敦比哪个汉人女人都好看，都漂亮。我还用去看她们吗？"达延汗急忙说，在满都海哈敦的脸颊上亲吻了一下。

刚刚有些不高兴的满都海哈敦心里的不痛快一扫而光。

"听你说得这么好，我这几天一定要去亲眼看看。你陪我去，行不行？大汗？"满都海哈敦故意用几分撒娇的口气说。

蒙古女雄：满都海皇后

"行，当然行，我也正想去看看呢。明天要是天气好，没有大风，我们就去。"达延汗说，"你去看看那些汉人女人的打扮，回来也学学样子。我们这一身大皮袍实在不够好看。"达延汗微笑着说出心里话。

天气好得出奇，没有一丝风，真可以说是风和日丽。达延汗和满都海哈敦穿上普通蒙古人的衣服，只带着通事和少数随从侍卫，一行人骑马赶车，与路上那些到马市交易的蒙古人一模一样，驰向大同马市。

路上，见牧人驱赶着牲畜，赶着勒勒车拉着帐篷，成群结伙地向大同或宣府方向去，塞下络绎不绝。

马市设在大同北门市场，那里人欢马叫，人群穿梭，叫卖声此起彼伏，不绝于耳。进场交易的汉人、蒙古人来来往往，这里走那里站，这里问问那里说说，各自寻找着自己的交易目标。

满都海哈敦和达延汗在侍卫的暗中保护下，在市场人群里游逛。他们站到一个米豆摊前，满都海哈敦对通事说："问问交易的行情。"

通事上前，穿汉人服装的摊主立刻笑容满面迎上来，说道："先生可是要换粮食？看，我这糜子米一流，看这颜色，黄澄澄的，像金子一样，瞧这米粒有多饱满，这市场上可难寻啊，做炒米是最好的。先生，用牛还是马换？一头牛易米一百，易豆一百，一只羊易杂粮六斗。价钱公道，最好的价格。"摊主滔滔不绝地说着，把通事拉到滩前，抓了一把糜子米放到通事的手掌里。

通事把价钱向达延汗和满都海哈敦用蒙古话讲了一遍。满都海哈敦继续向前走。

"没有马牛，皮衣皮张马尾也行，也可易杂粮。白板老羊皮皮衣一件，换杂粮三升。"摊主见他们要走，急忙又喊了起来。

"铁器可以易吗？"满都海哈敦问达延汗。达延汗摇了摇头。

满都海哈敦想了一会儿，说："我们要想办法换到铁器，采取私下交易可能行。"

达延汗摇了摇头说："恐怕不行，你看，这里有官兵管理监视着。"达延汗指了指市场里在人群里走来走去巡视的官员和士兵。

满都海哈敦撇了撇嘴说道："我就不信他们能看管住所有交易的人。来试一试看。"

满都海哈敦走向一个蹲在市场上的一个汉人，他的面前摆放着一袋杂粮，一把锄头，好像是刚从农田直接到这里来的样子。

满都海哈敦指着锄头，又指了指自己的马匹。那意思很明确，要用自己的马匹换他的锄头。那汉人老农十分惊喜的样子，也指了指自己的锄头和马匹，说道："真的？用马换我的锄头？"

满都海哈敦肯定地点点了头。那汉人看了看周围，指了指巡视的官兵，摇了摇头。

满都海哈敦看了看那官兵，又做了个手势，自己走出马市，她的随从牵着马走了出去。那汉人急忙收拾了自己的东西，用锄头担起自己的粮食袋子，急急跟了出去。

满都海哈敦在一个角落里等着他。汉人把锄头递给她，她让随从把马匹交给汉人。汉人急忙离开。

满都海哈敦对达延汗笑着："看，不是办成了吗？"她让随从把锄头从木把上退下来放进马鞍上的袋子里，又转回马市。正在这时，看见那个汉人正在一个拐角处向她招手。满都海哈敦朝达延汗挤挤眼，调皮地笑了一下，急忙过去。那汉人身边还站着一个另一个汉人，地上放着一个筐子。他揭开上面盖着的青菜叶子，筐子里装着几个锄头和铁锹。

那汉人指了指马匹，又指指筐子里的铁锹锄头，说："换不换？"

满都海哈敦摇摇头，做了个手势，意思是说一匹马换他所有的铁器。那汉人望着自己的伙伴，征求意见。他们嘀咕了一会儿，新来的汉人终于点了点头。那汉人对满都海哈敦做了个手势，说："换了。"说着，他把筐子里的铁器全都搬了出来，递给满都海哈敦的侍卫。侍卫急急收进口袋，把另一匹马交给那汉人。两个汉人欢天喜地地走了。

"怎么样？"满都海哈敦笑着问达延汗，"我估计，明天会有更多的汉人来找我换铁器。我们可以让一些士兵装作牧民，到马市上和汉人私下交谈，然后悄悄私下交易，换一些生熟铁器回来。我们要尽快建立一个秘密的地点，专门换取铁器武器，但是一定要秘密，不要让官府知道。要找几个专门的汉人来做联络人。对，还要想办法寻找一些汉人工匠，把他们悄悄弄到我们那里去。我们太需要工匠了。"

正在说话之间，那汉人又和一个士兵过来，士兵背着一个袋子。那汉人

蒙古女雄：满都海皇后

241

说:"我的兄弟,马市上的看守。"他替士兵打开口袋,里面装着一些生锈的武器头,"换不换?"

"换!"一个会说几句简单汉话的侍卫替大哈敦回答。侍卫问那士兵:"你叫什么名字?"那士兵四下看了看,说:"刘六。"

"我叫巴图。"他指指自己。

满都海哈敦看着这机警的侍卫,说:"就让他巴图负责这里的秘密事务。赏他马五十匹,骆驼五十峰。"

满都海哈敦看看穿着市场巡视服装的士兵,点了点头,问:"是市场巡视吗?"

巴图说:"是的,还是个小头目。"

满都海哈敦点点头,说:"赏他一些钱财,以后要靠他。"巴图接过赏钱,塞进士兵刘六的怀里,说:"交个朋友,朋友。"

刘六急忙把钱揣进怀里,对巴图说:"你们蒙古人仗义,以后有什么事情,只要我刘六能帮忙,一定两肋插刀。"

满都海哈敦和达延汗相视一笑。他们的私市已经建立起来了,用不了多久,他们的私市一定会给他们带回大批的生熟铁器,足够他们制造各种箭头和武器,甚至可以在马市上换回他们需要的各种兵器、硫磺。

这时,走过来几个年轻女子。达延汗碰了碰满都海哈敦的胳膊,小声说:"你看,那些汉人女子。"

满都海哈敦白了达延汗一眼,却也看着走过来的女子。这几个汉人女子,20多岁的样子,头上插着绢花,戴着金银钗钿,脸上白白净净,搽了脂粉胭脂,白里透着红,穿着绸缎衣裳。走起路来,确实是花枝摇动,珠翠闪烁,衣袂飘摇,好似仙女一样,叫人神迷目痴。满都海哈敦不由自主地赞叹了一声:"好看。"

达延汗得意地笑了:"看,不是我瞎说吧?一会儿我们也去找着买一些首饰,你回去学着打扮起来。"

满都海哈敦不高兴地说:"我们可是蒙古人,不要让汉人的东西坏了我们的传统。"说着掉头而去。

亲率兵再征瓦剌

满都海哈敦的大帐里欢声笑语。陪嫁使女萨仁把满都海还在吃奶的婴儿交给奶母,照顾着两个在大帐里互相追逐着的小孩子,满都海哈敦自己也跟在他们后面喊着:"慢点跑,慢点跑,小心摔着。"三岁的大儿子图鲁博罗特欢快地追逐着他的弟弟乌鲁斯博罗特,两岁的乌鲁斯博罗特步履蹒跚,东倒西歪,跟跟跄跄地跑着。满都海哈敦一脸焦急和不放心,她伸着两只手,躬着腰,时刻准备扑向跌倒的儿子,准备把他们揽到怀里。奶母抱着她的三子巴尔斯博罗特走了过来。婴儿巴尔斯博罗特在奶母怀里咿咿呀呀学舌,见到母亲,伸出两只白胖的小手,扑腾着小脚,想让母亲抱他。

满都海哈敦站起身,从奶母那里抱过三儿子,在他白胖的笑脸上亲了又亲。这孩子落生时,接生的萨满妈妈说,这个儿子天庭饱满,地颏方圆,是大贵大福之相,将来要成就大事。她虽然半信半疑,却也情不自禁地多了几分喜爱之心。

"萨仁,大萨满人不错吧?"满都海笑着问萨仁。她和达延汗做主,把萨仁许配给了大萨满。刚度过新婚的萨仁回到满都海身边,满都海问。

萨仁羞涩地笑了。她跟随大哈敦已经差不多20年,她并不想结婚,可是大哈敦一定要把她许配给大萨满,她只能服从。大哈敦是想用她笼络大萨满,让大萨满更用心地为汗廷服务,这心思她明白。所以,她听大哈敦的话,为大哈敦,她可以献出一切。只是以后不能经常和大哈敦在一起,叫她心里难受。

这时,老大图鲁博罗特绕过火撑,跑到额娘身后躲了起来。老二乌鲁斯博罗特站在大帐中,左看右看,找不到哥哥的影子。他咧开嘴,准备号啕大哭。奶母急忙把他抱了起来,抱到母亲身边。乌鲁斯博罗特咧开的嘴又合拢起来。他看见奶母怀抱里的巴尔斯正张着小手向他摇摆,好像在向他致敬一样。这可爱的小弟弟逗笑了乌鲁斯,他忍不住咯咯笑了起来。

达延汗从外面走了进来。图鲁从母亲身后窜了出来,扑到达延汗的腿上,紧紧搂抱着不肯放手。乌鲁斯也从奶母怀里挣扎着下了地,蹒跚地跑到达延汗身边,伸张着两手,叫父亲抱。达延汗把两个可爱的儿子一起搂抱进怀里，一只胳膊抱起一个，左右亲吻着，走到卧榻前，把他们轻轻放到卧榻上，说："在卧榻上玩一会儿，父亲和额娘有事说。"

满都海哈敦走了过来，抱着巴尔斯，坐到达延汗身边，说："什么事？"

达延汗抚摩着巴尔斯的小手，轻声说："刚才探马来报，说野思马因联合了瓦剌部落，组成一个联合兵团，正在向河套靠拢，一路上骚扰抢掠我们的部落，侵占了我们的牧场草地。你看，该怎么办才好？"

"这家伙，还是不死心。以为消灭了白加思兰，他会老实一些，自己远走去放牧，我们也就不必去穷追，谁知他还是这般不老实。"满都海哈敦恼怒地说。

"是啊，这就是狗改不了吃屎的本性嘛。"

"现在他到了哪里？"

"探马说，他刚到阿尔泰山东面，离我们已经不太远了。"达延汗说。

"事不宜迟，我们要趁他们立足未稳，抢先打他个措手不及。"满都海哈敦站了起来，把孩子交给奶母，说："还是我带兵去。"

达延汗急忙拉住她的手："不行，你有身孕，还是我带兵去。"

"不行，这野思马因，非要我亲手来消灭他，否则，我不甘心，会寝食不安。你就答应我吧，这算最后一次带兵打仗了。"满都海哈敦央求着达延汗。达延汗无可奈何地点了点头。

"快去传大元帅脱郭齐。"满都海哈敦命令侍卫。

阿尔泰山东面的草原上，坐落着一片新安下的白色营帐。这是前不久刚吞并了这里一个小部落的野思马因的部落。

在乌梁素海被白加思兰打败后，幸亏他腿快，趁着夜色的掩护，带着他的残余人马抢先跑出包围，流落在阿尔泰山一带。这些年，他并没有放弃报仇，只是觉得自己的力量还不足与达延汗抗衡。他已经听说父亲白加思兰在哈密被巴尔图打死的消息，不过这并不影响他的部落的发展。他利用自己太师的身份，在阿尔泰地区还是有些影响和号召力。一些瓦剌和喀尔喀小部落主动向他投诚，归附到他的部落里。如今他的部落已经有上万的人马，他把它号之永谢部。作为永谢部的首领和领主，随着永谢部的壮大，他的野心又随之膨胀起来。他不甘心屈居于阿尔泰山的一隅，他需要向东部蒙古地区扩张。他要越过大沙漠向河套进军,然后向察哈尔、向鄂尔多斯、向蒙郭勒津、向敕勒川土默特扩张。春天来了,雪山的雪开始融化,草原的牧草开始发芽,马匹有了食物,就可以开始打仗了。他决定今年开始实施他向东扩张的计划。

野思马因坐在雕刻着龙凤的紫檀木坐榻上,欣赏着刚安顿下的豪华的白色大帐。这大帐里面布置得像他父亲当年的大帐一样,金碧辉煌,到处是金光闪闪的绸缎和黄金,到处是抢掠来的珍贵瓷器和各种碧玉雕刻。他的坐榻和卧榻是最好的紫檀木,精细雕刻着龙凤,扶手和靠背都包金。他抢来的几个年轻美丽的哈敦,有的为他梳头,有的正为他摆放食品。几个哈敦谄媚地伺候着野思马因,为他斟酒,为他捧杯,野思马因很是得意,可惜这里没有巴尔图。

一想起巴尔图,野思马因就心疼,咬牙切齿。巴尔图把他撵出了汗廷,把他撵得像野兔子似的四处逃窜,夺取了他的部落和财产。可是他心底里还是想着巴尔图,想着如何把她揽进自己的怀抱。他经常幻想着把巴尔图揽进怀抱的情景。所以,在没有把巴尔图搞到手之前,他绝不放弃进攻巴尔图的企图。要不,这会成为他终生的遗憾。

"太师,坐好一点嘛。"梳头的那个最年轻的瓦剌哈敦媚笑着,轻轻地拨弄着野思马因的头。野思马因就势把她揽进怀里。几个女子,都有一点像巴尔图,但这个18岁的察青最像当年的巴尔图,这察青,还为他生了个小姑娘,也叫察青。他抱着察青,脑海里又浮出那个叫他又恨又想念的倩影。

总有一天,我要叫你跪在我的脚下,我要把你抱进我的怀抱。他喃喃自语。

吃饱喝足之后,野思马因命令侍卫传来他的军师斯钦。斯钦从脱罗干那里回来以后,一直都跟随着他,从乌梁素海逃跑到阿尔泰山。

斯钦进来,跪拜之后,野思马因问:"瓦剌军队到了哪里?"

"回太师,探马报告说瓦剌部队已经到了毛乌素一带,信使的信约定下月十五在敕勒川会合。"

"瓦剌首领是谁?谁带兵?"野思马因问。

"是瓦剌太师克舍。"

"太好了。听说克舍带兵有方,会打仗。"野思马因一拍手说。

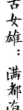

蒙古女雄:满都海皇后

"我们什么时候动身？"斯钦问。

"不着急，我们要在这里歇息歇息。这里水草肥美，让我们的马在这里多养几天。"野思马因说。

天已大亮，野思马因还搂着他最年轻的哈敦，睡得正香。夜里几次颠龙倒凤，他感到很疲乏。

太师！太师！快起来！"大帐外面一片嘈杂。

"谁在外面喧哗？"野思马因揉着惺忪的睡眼，从卧榻上抬起身，问。他的小哈敦察青却一把把他又按倒在床上，嗲声嗲气地说："再睡一会儿嘛，还早着呢。"

"太师！太师！"外面又喊了起来。

"是军师斯钦！"野思马因听了出来，急忙爬起来，"可能有情况！"他急忙披上衣服，跳下地，向帐门口走去。

"什么事啊？这么慌张？"他掀起毡帘，探出头，问。

"太师！探马报告说发现了达延汗的部队，已经到了山口。"斯钦慌慌张张，失去了往日的镇静。

"什么？有多少人？也许只是一个走牧的部落吧？"

"不，不，不是的。全是，全是士兵，披着盔甲的马。"

野思马因见斯钦大惊失色的样子，知道确实情况紧急，从蒙古包哈那上抽下弯刀、弓箭箭囊，大声喊："备马！传令集合！"护兵拉来他的坐骑，他一跃而上，在传令兵牛角号的呜咽声中，率领着部队向山口急驰而去。

满都海哈敦率领的汗廷精兵已经通过山口，奔驰在平坦的草原上。汗廷的白色狼头大纛在风中猎猎飘舞，汗廷的士兵意气风发。他们愿意追随满都海哈敦征战。跟随满都海哈敦征战，每一次都有收获，女人、牲畜、财物。财宝，任由他们自己抢掠，只要他们能带走，都可以归他们所有。他们愿意在哈敦一个女人面前表现他们的勇敢善战，害怕自己被同伴耻笑打仗不如哈敦一个女人，他们在哈敦督战时更加奋勇当前。

满都海哈敦和脱郭齐并辔行进在队伍的前边。脱郭齐指着前边远处一片蒙古包营地，说："到了。那就是野思马因的驻地。啊，他们来了！"脱郭齐喊了起来。他回转过头,大声命令着:"准备战斗!"他抽出腰间的弯刀,在头顶上挥舞,指挥着队伍冲过去。

满都海哈敦也抽出自己的弯刀,跟随着脱郭齐冲了过去。队伍呐喊着,弯刀在阳光下闪烁着,大纛战旗在风中舞动着,战马嘶鸣着,马蹄下扬起沙尘,绿色草原上的两队洪水似的队伍立刻汇作一处。

鲜血飞溅,肢体乱飞,一场血战,在草原上展开。一时间,双方杀得天昏地暗,绿色草原染成血红,太阳都变成了血红。马腿上,人的身上,脸上,手上,到处沾着鲜血。

野思马因看见了队伍中的满都海哈敦,他挥舞着弯刀扑了过来。

"大哈敦!小心!"脱郭齐大喊着,夹马挥刀奔了过来。

满都海哈敦身旁的侍卫和使女都冲了过去,围着野思马因拼杀起来。

野思马因见一时得不了手,只好打马冲出包围,继续指挥自己的士兵厮杀。

满都海哈敦看见野思马因,新仇旧恨一起涌上心头:野思马因,你的死期到了!她从箭囊里抽出一支锋利的箭,搭在弓弦上,拉弯了弓,向野思马因瞄准。"飕"的一声,离弦的箭飞了出去,朝野思马因飞去。

野思马因听到飕飕的风声,急忙来了个马镫里藏身,把身子藏到马肚下躲过了飞箭。

好你巴尔图!老子不生擒你誓不为人!红了眼睛的野思马因挥舞着弯刀,再一次拍马朝巴尔图冲去。

巴尔图的坐骑被野思马因的马冲撞了一下,白马嘶鸣着,前腿腾空而起,巴尔图被白马掀了下来。

使女和侍卫急忙上前,团团围住坠马的巴尔图,拼力厮杀,抵抗着扑过来的野思马因和他的士兵。

脱郭齐赶上前来,挥刀向冲过来的野思马因砍去。野思马因闪避开来,落下的一刀正砍到他的腿上。他哀号着,打马带着自己的部下向阿尔泰山跑去。

脱郭齐担心大哈敦,急忙下马来到满都海哈敦身边。大哈敦躺在草地上呻吟着,腿下流出一滩鲜血。"大哈敦,你怎么了?"他着急地问。

"我怕是要流产了。"满都海哈敦艰难地说。

脱郭齐急忙让使女抱起大哈敦上了马,命令队伍收兵。满都海哈敦气恼地望着野思马因逃跑的方向,咬着牙说:"该死!又让他逃掉了!"

脱郭齐安慰说:"他逃不掉的。把大哈敦送回去之后,我自己去追他,我向腾格里发誓,不杀死野思马因,坚决不回去见大汗和大哈敦!"

满都海哈敦无力地微微笑了一下,说:"那就交给你了,大元帅,一定要消灭野思马因!"

保一统分封领地

今天是双胞胎满月庆祝的日子,达延汗来到大哈敦的大帐。八个儿子已经一字排开,等着给大汗、父亲请安。

望着面前这一字排开的儿子们,达延汗笑得合不拢嘴。大儿子已经 14 岁,最小的双胞胎儿子刚刚满月,正躺在卧榻上满都海哈敦的怀里。满都海哈敦没有食言,她确实为自己生了八个儿子。这八个儿子便是他最好、最可靠的接班人,大蒙古国的未来就掌握在他们手中。成吉思汗把几个汗国分给他的四个儿子。他达延汗也要效法成吉思汗,把已经统一的大蒙古国分成几个部分,分给儿子去管理。如何划分呢?是不是也效仿成吉思汗,把大蒙古分成几个汗国?

"你看,儿子已经长大了。"达延汗抚摩着长子图鲁博罗特,拉着次子乌鲁斯博罗特和三子巴尔斯博罗特的手,说。

"可不是,他们都已经过了 12 岁了,已经是大男子汉了。"满都海哈敦抱着双胞胎儿子,其他几个年纪幼小的还依偎在她的身边。

"你看,我们是不是可以分封了?"达延汗坐到大汗坐榻上,问满都海哈敦的意见。虽然他已经进入了中年,可是他还是习惯询问大哈敦的意见。

"是啊,我最近也在想这个问题。"满都海哈敦把双胞胎递给奶母,移到大汗身边,让奶母把几个小儿子带到大帐前边玩耍,招手叫过三个儿子,让他们围坐在地上。

"你看我们该如何分封他们?是像成吉思汗那样把我们大蒙古分成几个小汗国呢还是用其他办法?"达延汗望着满都海哈敦问。他注视着满都海哈敦,突然发现她的眼角已经出现了许多细密的皱纹,丰满的脸颊出现了松垂的坠肉。达延汗心中有些吃惊，大哈敦好像老了许多。他怎么没有注意到呢？是啊，她比自己大七八岁之多，她已经四十多岁了。男人四十一枝花，女人四十老疙渣。达延汗摇了摇头，奇怪自己怎么突然想到这句蒙古俗语。

满都海哈敦皱着眉头，想了想，说："我看，像成吉思汗那样分封并不好。把一个好端端的大蒙古划分成几个小汗国，不是又把一个统一的蒙古分割了吗？将来会不会重蹈覆辙？我看，还是另想办法的好。"

"想什么办法呢？"达延汗自言自语。等了一会儿，见大哈敦没有想出什么办法，他说："依我看，把大蒙古划分成六个部分，一个儿子主理一个部分，这两个小家伙是最小的看家儿子，还依我们蒙古的老规矩，把察哈尔我们自己的这一部分给他们。"达延汗说。

"这办法不错，你准备怎么分？"满都海哈敦微笑着问，心里想：大汗是越来越有主意了。她当然高兴，但是却也有那么一点点悲哀。

"你看，我想这么分。东部科尔沁是圣主成吉思汗弟弟合撒尔的后裔，我们不能派儿子去，那里只能由原来的台吉掌管，这是黄金家族和成吉思汗的规矩。然后我们把蒙古分成左右两大翼，一翼各管辖三个兀鲁思万户。这左翼的三个兀鲁思，由我直接管辖，而右翼的三个兀鲁思，就要交给我的副手管辖。你看，是不是让太师管辖？"

"不！"满都海哈敦高声说，"不要设太师职务！我讨厌太师！这些年蒙古的太师欺负大汗幼小，专权霸道，为非作歹，把好端端的蒙古搞得四分五裂。我看要坚决取缔太师职务！"满都海哈敦愤愤地说。

"我也这样想，我认为还是恢复我们蒙古传统职务济农吧。右翼的三个兀鲁思万户让济农代大汗管辖。"达延汗说。

"我同意，同意。"满都海哈敦高兴地说，"你快说说你的划分。"三个儿子也都拉着达延汗的手，催促着他快说。达延汗哈哈笑着，说："你们这些小雄鹰，能不能挑起我交给你们的重担啊？"

"能！"三个儿子异口同声喊了起来。

"好！我这么分。老大图鲁博罗特协助我全面治理左翼三个兀鲁思，他的儿子和后裔继承大汗汗位。老二乌鲁斯博罗特做济农，代理我管辖右翼三个兀鲁思。三子巴尔斯博罗特领右翼的一个兀鲁思，蒙郭勒津兀鲁思万

蒙古女雄：满都海皇后

户。四子阿尔苏博罗特领蒙郭勒津万户的博罗土满鄂托克,五子阿勒楚博罗特领喀尔喀万户,六子斡齐尔博罗特领永谢部万户,七子格雷博罗特领察哈尔万户的克什克腾鄂托克和浩奇特鄂托克,八子领察哈尔万户的敖汉鄂托克和乃蛮鄂托克。你看如何?"

"要是以后我再生几个儿子,你分给他们什么呢?"满都海哈敦笑着说,"我可是答应要给你生十个儿子的呀,你忘了?"

"我怎么会忘了?"达延汗笑了起来,"现在这只是计划,我先分封我们这三个大儿子,那些小家伙要等他们到 12 岁时才一个一个分封,要是又生了小家伙,我们再重新划分嘛。你还担心我不给他们封地不成?"达延汗笑着拍了拍哈敦的手,"别担心,手心手背都是我们的亲骨肉,我不会偏心的。嗨,你们这几只小雄鹰,你们有没有意见啊?"达延汗转过头问他的儿子。

"没有!"他们又异口同声回答。

满都海哈敦也高兴笑着说:"看咱们的儿子多心齐,我不用学习成吉思汗的额娘诃额伦哈敦,用一把箭来教育儿子了。"

"那有什么用处啊?成吉思汗还算听他额娘的教育,可是他自己的儿子呢? 不是在他死后斗得一塌糊涂吗?"达延汗摇着头说。

"是啊,我们蒙古人这分家和窝里斗的习惯,把自己搞得越来越衰弱。希望我们的儿孙们能记住这教训。"满都海哈敦深情地望着自己的儿子,语重心长地说。

图鲁博罗特看看自己的弟弟,大声说:"父亲、额娘你们放心,我们兄弟会团结一心,帮助父亲把蒙古治理好的。"

达延汗和满都海哈敦都微笑着点头称道。

满都海哈敦看了看达延汗,好像要说什么,不过她没有说出来。达延汗问:"你有什么要说的?"

满都海看了看三儿子巴尔斯,小声说:"他是个能干的家伙,看能不能委以重任?"

达延汗也小声说:"你想让他干什么?"

"济农。"

达延汗没有立即回答,只是说:"以后再商议吧,反正现在没有正式任命。"

右翼叛乱痛失长子

"什么？要把我的蒙郭勒津部分一部分给他的儿子？"脱罗干从自己的座位上"腾"的站了起来，大声吼叫了起来。他踢开面前的矮几，在蒙郭勒津部自己的大帐里来来回回地走着，像一只愤怒的狮子，吼叫着。

火筛站在一旁，看着脱罗干来回走动，脖子都扭得有些发痛。

"这不行！坚决不行！凭什么把我们的土地和财产分给他？蒙郭勒津是我们自己的蒙郭勒津，是我们脱罗干家族的蒙郭勒津，为什么要让别人来掌管？"脱罗干从喉咙里发出低沉的咆哮。

"可是总得想个办法啊！"火筛交换了一下他站得发酸的罗圈腿，嘟囔着。

"你就会催！你从来就自己想不出一个办法来！窝囊废！"脱罗干猛地停住脚，站在儿子火筛面前，向他挥舞着拳头。

火筛缩着脖子急忙连连后退了几步，盛怒的脱罗干往往会朝他脸上扇一巴掌，他可不愿意白白挨打。

脱罗干扬起的巴掌只好落了下去。他狠狠地瞪着火筛，好像火筛是他不共戴天的敌人，"你说说该咋办？你有什么好主意说出来我听听啊。"

"我有什么好主意？你什么时候愿意听我的主意？"火筛嘟嘟囔囔地说。

"窝囊废！"脱罗干吼了一声，转过身，又疾步在大帐中间走了起来。

"打他！"脱罗干大吼一声，一拳头砸在大帐的哈那上，把哈那上挂着的翁衮像和箭囊都震了下来。

"罪过！罪过！"脱罗干急忙弯腰捡起翁衮像，小心擦拭着，诚惶诚恐地说。

"怎么打？"火筛却突然高兴了起来，他很有兴致地走到脱罗干身边，弯腰捡起箭囊，把它重新挂到哈那上。

脱罗干大约是怕得罪翁衮，声音轻柔了许多，说："我们宣布不接受右翼济农的领导，拒绝达延汗的儿子进我们蒙郭勒津部。"

"那达延汗一定要派兵前来镇压的。"火筛忧心忡忡。

"没关系，我们蒙郭勒津部蒙古人什么时候害怕过打仗？他达延汗也不

251

过万把兵马，没有什么可怕的。何况他还担心西部瓦剌趁机打过来，不敢把军队全调过来打我们。我看，这仗只有打下去，要不我们蒙郭勒津部一定会被他达延汗慢慢吞掉。"

"对！不打，听任达延汗吞并我们是死路一条，打他一下大不过也是一死。为什么不打一下呢？也许还能打赢他呢。"火筛突然来了情绪和勇气，他迎合着脱罗干喜欢地说。

"不过，我们还是应该鼓动右翼三万户一起叛乱，这样，我们足可以打败达延汗。对，就这么办。"

"你能鼓动起右翼三万户一起叛乱？"火筛有些不相信。

"为什么不能？右翼三万户的鄂尔多斯部是瓦剌也先的孙子野不拉和克拉忽兄弟控制的，他们总想复辟也先时期瓦剌的统治，才不服从达延汗呢！只要一鼓动，一劝说，保管他们响应。只要鄂尔多斯一动，不怕其他那两个万户不响应，他们总是听鄂尔多斯的。"

火筛满脸喜悦，手舞足蹈，说："那就动手吧。我们已经从马市上偷偷搞到许多兵器，还有几门火炮，也有许多粮食，恐怕比达延汗搞到的还多得多。我们可以和达延汗大干一场！要是我们打赢了，这一次可要在汗廷里给我搞个职务啊！"火筛一想起上次野思马因许诺的大元帅没有到手，心里就有气。他看着脱罗干。

脱罗干笑了，说："你小子还嫉恨着那件事啊。那又不是我言而无信，那是白加思兰和野思马因父子说话像放屁，害了我们！这一次你就放心，我们父子谁跟谁啊。打断骨头还连着筋，我不为你还为谁？"

脱罗干走回自己的座位，继续说："要是打赢了达延汗的儿子，我们就顺势夺取右翼这三万户兀鲁思，我做济农，你做太师。这下行了吧？"

火筛嘿嘿傻笑着。他需要的就是脱罗干的许诺。听到这许诺，他感到心中踏实了许多。依附脱罗干的生活他已经开始厌倦，他渴望独立，可是吝啬的脱罗干不能容忍独立的他分去他许多家产牲畜和奴隶家丁。一听火筛暗示独立分家，他脱罗干就好像被人剜去一大块心头肉似的，咆哮如雷，口口声声用武力威胁，吓得火筛对分家噤若寒蝉，心里却又想得要死要活。

"报告！"护兵进来，甩下马蹄袖，单膝跪下："报告台吉！可汗派来使者传送可汗命令，请求见台吉！"

"知道了,先把他们送到驿帐里保护起来! 传我的命令,不许任何人接近!"脱罗干对护兵说。

"你准备咋办?"火筛问脱罗干。

脱罗干用手在自己脖子上抹了一下,说:"干掉他们,连夜去鼓动联络右翼三万户。"

"脱罗干叛乱了? 右翼三万户叛乱了?"

达延汗惊叫起来。满都海哈敦也吃惊地扬起眉毛,看着前来报告的使者。使者蓬头垢面,衣衫褴褛,身上脸上满是斑斑伤痕,两只耳朵被割得只剩一点连在耳根上,在辫子后面晃来晃去。

"这是怎么回事?"达延汗满面怒容,站立起来问。

"报告大汗!"使者跪倒在地,哭诉着说:"脱罗干把大汗派去的使者全都囚禁起来,不让我们传达大汗关于派济农去管理蒙郭勒津部的命令,也不容许我们去接管博罗土满鄂托克。把大汗派去的官员使者全部杀害。只留下我一个人让我回来送信,他叫我告诉大汗,说蒙郭勒津部永远只属于他脱罗干,谁也别想进去对他说三道四。右翼三万户的三万士兵已经集合起来,在鄂尔多斯等待着大汗!"

"反了他!"达延汗怒喝一声,跺着脚,大帐的哈那上挂着的幕帘轻轻地发出簌簌的声响。

满都海哈敦站了起来,走到使者面前,细心地查看使者的伤势,打赏了一些金银,命令护卫把他搀扶下去养伤。达延汗走到在满都海哈敦面前,愤怒地说:"这还得了,这不是已经向汗廷下了战书了吗?"

"可不是,是战书。"满都海哈敦轻轻咬着嘴唇,说。声音虽然不高,但是已经蕴含着极大的风暴,"只有派兵去打了,没有别的办法。风不让树安静,豺狼不让猎人歇息,那就去打吧。"满都海哈敦看着达延汗,很平静地说。

"我以为我们已经把蒙古统一了起来,以后只要找机会把瓦剌征服了,就不用打仗了。谁知,偏偏我们身边就不能平静。这窝里斗,要斗到什么时候,才是头啊。"达延汗叹息着。

满都海哈敦微微笑了笑,碰了碰达延汗的胳膊,说:"你也厌倦了这打仗的生活? 我可是从小讨厌打仗,却还是打了几十年的仗。没办法,你不想打,你想和平统一,他却想夺取你的权力。你就只有打下去,直到消灭他为止。这脱罗干,我早就看出他的野心,你不记得他曾经向我求过婚吗?那时他就在觊觎这大汗的位置。后来当了知院,恐怕更调动起他的野心,他就更蠢蠢欲动了。现在听说要派济农去管理蒙郭勒津部,又要从他蒙郭勒津部分出一个鄂托克给可汗的儿子,他能不狗急跳墙吗?这也怪我没有估计到这一点,白白让这么多人丧失了性命。"满都海哈敦轻轻叹息着,懊恼地拍着自己的额头。

达延汗安抚地摇着哈敦的手,说:"不要责备自己了,我们谁也没想到这一点。知人知面不知心嘛。他脱罗干这几年一直在我身前身后鞍前马后跑动,我还一直把他引为心腹呢。谁知他竟第一个跳了出来,反对我们的分封。好,是脓总要流出来,越早越好。我去征讨他,他不会有什么好果子吃。"

这时,大儿子图鲁博罗特和二儿子乌鲁斯博罗特、三儿子巴尔斯博罗特大汗淋漓气喘吁吁从外面走进大帐。他们从草原上奔驰射箭了好一个时辰,才回来休息喝茶。兄弟三人已经和达延汗一样魁伟壮实,和达延汗一样高大,父子几个站在一起,好像几座黑铁塔一样,叫满都海哈敦看着就心里高兴。有这么几个虎狼一样的儿子,还怕什么脱罗干叛乱?

"父亲、额娘,什么事?"图鲁博罗特向父母问好之后,问。父母脸上罩着的阴郁,叫他们明白汗廷发生了什么严重事情。

达延汗咬牙切齿地说:"脱罗干叛乱了。"

图鲁博罗特轻松地一笑,满不在乎地说:"脱罗干叛乱?真可笑?就那个罗圈腿的酒糟鼻子的糟老头子,还想叛乱?让我们兄弟去,不把他打个落花流水哭爹喊娘才怪呢。"

"是吗?我儿子这么有本事?牛皮可不是吹的哦。"满都海哈敦和达延汗相视一笑,既为儿子的英武自豪,又有些担心这毛头小子吹牛。到是应该把这些小鹰放出去,让他们到天空去搏击一番,受受战火的洗礼和锻炼。可是他们这样毛躁,能不能担当这样的重大的任务呢?让他们带兵去征讨脱罗干,行吗?

满都海哈敦心里想,眼睛望着达延汗。达延汗明白哈敦的心思,是的,是该叫儿子们带兵打仗去了。自己在他们这个年纪,已经在亲自去征讨白加思兰,而且打了漂亮的胜仗。他们是该放飞的时候了,这些雄鹰们。

达延汗对满都海哈敦轻轻眨了眨眼,同意哈敦的想法。满都海哈敦的眼睛亮了一下,却立刻罩上一层忧郁。他们毕竟年纪还小,打仗可是动真刀真枪的,万一有个闪失,失去蒙郭勒津部事小,儿子性命事大。他们有个三长两短,可如何是好?

达延汗微微一笑:这哈敦确实偏心眼,我当年这么大年纪,她赶我上战场,如今对儿子却这般犹豫不决?这母亲的心啊,真是柔肠万种。

"咳,我的小鹰们,你们愿意代替父亲去征讨脱罗干吗?"达延汗问兄弟仨。

巴尔斯博罗特抢在图鲁博罗特之前,大声说:"我们愿意!"刚才哥哥抢先的回答叫他有些嫉妒,他生怕父亲和额娘误会自己不说话是害怕打仗的表现。

"你们能不能打赢他,夺取蒙郭勒津部的领地呢?"满都海哈敦走到兄弟面前,看着儿子英俊年轻的面孔。图鲁博罗特作为长子,更像她。一双明亮的大眼睛,炯炯有神,面庞清秀,白皙,是个十分好看的年轻的蒙古小汉子。刚刚才娶了哈敦,还不知有没有身孕?他的儿子,可是准备接替可汗位置的啊。要不然先不要让他去?等他有了儿子之后再派他出征?

满都海哈敦犹豫着。

"没问题,额娘,我们兄弟去,一定大胜而归。是吧?乌鲁斯、巴尔斯?"图鲁博罗特见母亲一脸犹豫不决的样子,就故意挺起胸膛,紧握拳头,在空中摇晃着,一派豪迈坚定和胸有成竹的样子,对满都海哈敦说。

巴尔斯博罗特不甘落后,也学着哥哥的样子举起拳头,大声说:"没问题,不打败脱罗干,绝不收兵!"乌鲁斯没有说什么,只文静地笑着。

达延汗满意地点着头说:"不错,像我们黄金家族的后代!像成吉思汗的子孙!像我达延汗巴图蒙克的儿子!"

满都海哈敦微笑着轻轻反驳:"难道就不像我的儿子?"

达延汗急忙说:"怎么会呢?才像满都海哈敦这巾帼女英雄的儿子呢!你们可不要辱没这英名啊。瞧你额娘,一个女人,多了不起,打了多少次漂亮的胜仗。你们一定要像她一样英勇善战啊。"

"我们知道,我们是额娘的儿子,一定要像额娘一样英勇。"巴尔斯博罗特又抢着说。

满都海哈敦微笑着说："还是要像大汗那样勇敢才好。你父亲在战场上，就像雄狮像猛虎一样英武。他不光勇敢，还很有计谋，你们可要像你父亲那样有勇有谋。打仗不能只靠勇猛，那样也不行，还要有计谋。"

图鲁博罗特有些不耐烦地说："知道了，知道了。我们已经不是小孩子啦。"说着拉起巴尔斯博罗特往外走，"走，巴尔斯，我们立刻去部署。"

满都海哈敦还想说什么，达延汗却拉住她的手，说："算了吧，让他们自己去安排吧，他们需要锻炼。"满都海哈敦轻轻摇着头，叹口气，说道："我总有些不大放心。"她的目光追随着出去的儿子们的背影。"乌鲁斯不要去了，我们这里也需要一个年纪大的儿子留守。"

蒙古高原的风，一阵紧似一阵，横扫过黄河，卷起的腾格里大沙漠的黄沙，把天空染成了一片昏黄。一轮火红的太阳在昏黄的天空中好像一团暗红火球。这天空好像蕴含着一团杀气。

达延汗和满都海哈敦并肩站在敖包旁边，不远处的木桩上拴着准备祭祀用的牺牲，黑牛和白马。拴在木桩上的黑牛流着眼泪，白马美丽的大眼睛流露着阴郁，它们垂着头，有时抬起眼睛，可怜巴巴看看经过的人。预感到自己的死期已到的生灵，无限留恋着人生。

挺着大肚子的满都海哈敦望着这可怜的生灵，心中又一次翻腾起怜悯，对萨满的红祭祀，又潜升起一阵厌恶。可是，这是关系到她两个儿子命运的大事，她又不敢不举行这仪式。万一得罪了腾格里天神，把惩罚落到儿子的身上，那可如何是好？所以，她还是同意可汗的提议，在出征前，按照蒙古大萨满的意见，举行盛大的祭祀。她自己过去出征，却常常省略这仪式。

满都海哈敦掉转目光，实在不忍心看萨满捅死黑牛、白马的惨状。黑牛哞哞地哀叫着，白马撕心裂肺地嘶鸣，一阵扑腾，冒着热气的殷红的血河流到敖包前的绿草上。萨满割下牛腿、马腿，摆放到敖包前战旗下。身穿白袍，白袍前后缀满银的、铜的圆片，头戴白色高毡帽子，白色毡帽上绣着花纹，大萨满一身祭祀的盛装，率领着几个小萨满，手里高举着单柄单面羊皮铜鼓，挥舞着铜刀，摇动着铜铃，拍打着羊皮铜鼓，合着节拍来回跳着，大声背诵着谁也不懂的咒语，祈求着天神的保佑。

蒙古女雄：满都海皇后

战旗在风中猎猎作响。一枝旗杆在风中倒了下来。满都海哈敦心中一沉:这可不是什么好兆头。她抬起眼睛,望着天空,昏黄天空中那一个火球似的太阳好似一团鲜血。

满都海哈敦悄悄往达延汗身边靠了靠,小声说:"你看这天气,是不是改日再出征?"

达延汗抬头看了看天空,摇摇头,也小声说:"我们蒙古高原这天气还不是常见? 没有什么值得大惊小怪的。改日期可是要影响士气的,兵家大忌。"

祭祀完毕,图鲁博罗特和巴尔斯博罗特在马上向大汗和哈敦挥了挥手,率领着军队朝蒙郭勒津部进发。

满都海哈敦目送着马背上雄赳赳气昂昂的儿子们的背影,心里一阵忐忑不安。身穿白衣骑着白马的大萨满经过,满都海哈敦急忙叫住了他:"巴可什,你看,这次出征顺利吗?"

大萨满满脸得意,说:"大哈敦,这次出征得天时地利,肯定大获全胜。你就等着看把脱罗干绑来见你和可汗吧。"

满都海哈敦忧虑地说:"元帅年纪小,大萨满要多提醒他才好。要是大元帅脱郭齐在,我就放心啦。可惜他还在瓦剌地区寻找野思马因。"

达延汗安抚地拍了拍哈敦的手说:"算了吧,我们回去吧。"

脱罗干已经听说达延汗派儿子发兵前来讨伐叛乱的蒙郭勒津部。"要先发制人。"脱罗干对火筛说。

脱罗干召集了自己的队伍,在大青山的坝口子设下埋伏,等待着图鲁博罗特和巴尔斯博罗特的队伍。

"乳臭未干的小儿,何足挂齿?"脱罗干和火筛站在山坡上的一块大青石上,瞭望着山下那条狭窄陡峭的山峡,那是从东部蒙古通往西部蒙古的唯一通道,是进入鄂尔多斯高原的一个门户。他预计图鲁博罗特一定要走这里。他把自己的队伍隐蔽在山上,静静地等待着。

图鲁博罗特和巴尔斯博罗特率领着军队来到大青山山阴。他抬头望着险峻的赭色青山,竟不由自主赞叹起来:"好雄伟的山!"大青山连绵起伏,东西走向,像一面屏风,挡住北方的寒风,荫蔽着敕勒川平原。

"叫大萨满来,让他看看这里的地形,算算我们的行程情况。"图鲁博罗特命传令官。

大萨满打马前来。"巴可什,看看地形、天气,我们现在要不要进山。"

大萨满看看天空。天空已经放晴,只是东边天边日头下镶着一道浓重的黑云。"没什么,天象很好,红日高照,无风无雨,预示着我们进军吉兆。大元帅,我们可以放心进山。"

巴尔斯也抬头看看天空,他指着红日下的乌云,问大萨满:"巴可什,那黑云,是不是要刮大风的样子啊?我听牧人说:红日镶黑边,大风连三天。"

大萨满看看巴尔斯博罗特那充满稚气和鲜嫩的脸,颇不以为然,说:"没关系,那些牧民懂什么?"

图鲁博罗特便命令队伍进山。

队伍行进在山涧那条蜿蜒的小道上。两边是悬崖峭壁,山坡上长满桦树、松树。"要注意埋伏。"巴尔斯博罗特提醒哥哥图鲁博罗特。

图鲁博罗特正轻松地欣赏着山涧风光,特别是山坡上林间点缀着的盛开的鲜艳的山丹丹,吸引着他的注意。他漫不经心地"喔"了一声,注意力却马上被山林里窜过的野鹿吸引过去。在这里打猎,一定不错。他想,那野鹿的肉,一定鲜美可口。

队伍慢慢通过了蜈蚣坝。天气却慢慢昏黄了起来,一阵挟裹着沙砾的风吹了起来。风越来越大,旗幡发出呼啦啦的响声,把举旗士兵从马上吹了下来。一时间,风裹着黄沙,铺天盖日,卷了过来。马上的士兵只好下马顶风弯腰,艰难行进。

图鲁和巴尔斯也只好下马,跟在马后,慢慢行进。

天越来越暗,巳时却好像黄昏时分,灰蒙蒙的,看不到前边的情景。有马匹和士兵坠落山崖,有士兵跌落山谷。

队伍有些混乱。

轰隆!

轰隆!

轰隆!

山坡上传来三声火炮的炮响,一队伏兵从山坡的树林里冲了出来,士兵呐喊着,挥舞着武器,像洪水一样,从山坡上冲下来,冲进山峡的队伍里,见

蒙古女雄:满都海皇后

人便砍,见马就劈。

图鲁博罗特急忙命令士兵抵抗。狭窄的山道,陡峭的悬崖,昏暗的光线,队伍立刻乱作一团,哭喊,号叫,逃跑,失去了抵抗能力。

巴尔斯带领着士兵奋力厮杀,边战边退。

图鲁博罗特挥舞着腰刀,率领着士兵抵抗。脱罗干和他的随从紧紧包围着图鲁博罗特,把他逼到一个山崖的死角。图鲁博罗特身边的士兵一个一个倒了下去。他背靠着山崖继续厮杀着,与慢慢围上来的士兵拼杀。最后一个侍卫倒在血泊中。图鲁挥舞着大刀,抵抗着围拢过来的士兵。一支锋利的长矛刺穿他的牛皮甲胄,鲜血喷出了他的胸腔。

且战且退的巴尔斯到处张望,看不到图鲁博罗特的影子,只好自己继续率领着队伍向山阴来路退去。

"图鲁博罗特!""巴尔斯博罗特!"达延汗迎着归来的队伍放马跑去,一边大声喊。地平线上升起散乱的旗帜,一队疲惫散乱的马队出现在察哈尔草原上,迎面向大汗营帐奔驰而来。

巴尔斯看到父亲迎来的身影,打马迎了上来。一路上想好的话语突然全都消失,他全然不知道该怎么跟父母讲。一个月前,从这里出发时,兄弟二人并肩,意气风发,壮志冲天,怀抱着建功立业的踌躇满志,挥手告别父母的英姿还在眼前。如今归来,却只剩下自己一个,哥哥图鲁博罗特的尸体在后面的马背上。他可如何向父母交代这一切?

"巴尔斯博罗特!"达延汗冲到前面,大声喊。

"图鲁博罗特!"达延汗在巴尔斯马头前勒住马缰,在马队中寻找。

巴尔斯跳下马,扑通一声跪倒在地,大声号啕起来。

达延汗跳下马,巴尔斯扑进达延汗的怀抱。达延汗一切都明白了。他紧紧抱住巴尔斯,眼泪已经涌出他的眼眶,他呜咽着问:"图鲁,他,他,在哪里?"

巴尔斯抽泣着,指着后面缓慢过来的马匹。马背上驮着一个没有生命的尸体。

达延汗慢慢走到马前。这是图鲁的坐骑,一匹白色的骏马。通人性的生灵在达延汗面前停了下来,它美丽的大眼睛流着眼泪,深深地低下头,一

蒙古女雄:满都海皇后

动不动地站在达延汗面前,然后慢慢跪下前腿,好像在向达延汗致哀。巴尔斯和达延汗从白马背上抱下僵直冰冷的图鲁,轻轻放到草地上。达延汗命令侍卫把图鲁抬到华丽的高车上,脸上挂着泪水的他一言不发,推开车夫,坐到车辕上,扬起马鞭,亲自驾着车向大汗斡耳朵驶去。

走了一段路,达延汗停住勒勒车,向马上的巴尔斯招了一下手。巴尔斯急忙赶了上来。

"父亲,什么事?"

"我想把图鲁的事情瞒住你额娘,她刚刚生了孩子,还在月子里,我怕她受不了这打击。你见了她就说图鲁留在蒙郭勒津部正在治理叛军,不要告诉她实情。"达延汗阴郁的眼睛望着巴尔斯。巴尔斯的脸上明白地写着悲哀和伤心,眼睛红红的,一看就是痛哭过的样子。达延汗轻轻地摇了摇头,这嫩小子还不会抑制自己的感情。

"不要这样垂头丧气,挺起胸膛,精神起来。"达延汗命令着,"从今以后,你就是我的左膀右臂,要协助我治理蒙古,不能这样经不起打击。"

巴尔斯急忙调整了一下自己的面容,竭力做出轻松的样子,在马背上挺起胸脯。达延汗满意地点了点头。"走吧。"达延汗扬起马鞭,赶着勒勒车向远离营帐的河谷去,那里是一个美丽的地方,他要把儿子先安放在那里。

躺在大帐里的满都海哈敦不断地侧起耳朵倾听着外面的动静。使女不时出出进进,为她带来消息。刚刚又为达延汗生了个小儿子的满都海哈敦终于完成了自己亲口说的诺言,她为达延汗生了第十个儿子。这最小的敖特更①正静静地躺在她的身边,闭着眼睛,嘴角流着一股乳白色的奶汁,呼呼地酣睡着。他并不知道他诞生的时候,正是他额娘失去自己的第一个儿子的时候。

使女欢快地跑了进来,口里喊着:"回来了!回来了!大汗回来了,都回来了。"

满都海哈敦急忙从卧榻上支起身子,萨仁扶住她,卧榻旁的几个使女往她身后塞了个大靠枕。满都海哈敦靠在柔软的金黄色锦缎靠枕上面,问:

———————————

①敖特更:蒙古族语,最小的儿子。

"看见图鲁和巴尔斯了吗?"图鲁领兵出征这一个多月,她总是梦见他们,有时梦见图鲁受了伤,有时梦见巴尔斯摔下马。还有一次,她梦见图鲁和巴尔斯满身是血,站在她面前,她大叫一声,醒了过来,再也睡不着。第一次领兵打仗的儿子,叫她牵肠挂肚。

侍卫大声传呼:"大汗到!"

达延汗走了进来。

满都海哈敦想下地去迎接大汗,达延汗疾步上前,轻轻按住了她,说:"不要下地,下地太早,脚后跟要痛的。"

满都海哈敦不由自主地微笑起来:这婆婆妈妈的话语从五大三粗的魁梧壮实的达延汗口中说出,可是第一次。粗心的可汗什么时候变得这么温柔细心体贴起来?

达延汗坐到哈敦身边,伏下身端详着熟睡的婴儿,故意躲避着哈敦的注视。"瞧,这敖特更那么小,小手小脚都是粉红透亮的。"可汗用稍有些夸张的赞叹语气说。

满都海哈敦心中正急着,她想听可汗讲儿子出征的情况。但是可汗却偏偏说起这般不重要的话。满都海心中无奈,却也只好敷衍着,说:"是的,他比他的几个哥哥要小一点。"说着,拿眼睛望着达延汗,目光乞求着:快说说儿子出征的情况吧。

达延汗却及时地掉转目光,望着哈敦身后的使女和萨仁,说:"你们要好好照顾哈敦,不要让月子里的哈敦随便下地,听到了没有?"

使女们一起跪下,齐声回答:"是! 大汗!"

达延汗站起身,眼睛望着婴儿,对哈敦说:"我先走了,汗廷还有些大事需要处理。"说着就要离去。

满都海一直在仔细观察达延汗。今天他很反常,急性子直肠子的他,总是一见面先说重要事情,总是先和自己商量了大事之后才说家常话。今天他却一反常态。他的目光始终躲避着自己,闪闪烁烁的,这是为什么?难道?

满都海的心不由自主颤抖起来,那一直笼罩在她心头的阴影又掠过心头。她浑身轻轻战栗起来。

满都海欠起身,一把拉住正要离去的达延汗,说:"图鲁和巴尔斯呢? 他

蒙古女雄：满都海皇后

们为什么不来见我？"

达延汗支支吾吾，闪烁其词："喔，他们呀，他们征途太劳累，我让他们先回去休息，等你满月以后再来拜见也不迟嘛。"

满都海摇着头，脸上罩上阴云，说："我感觉不对，一定是出了什么事。你不要瞒我啦，我知道一定是出了什么事。"

达延汗垂下头，只是说："没什么，你不要瞎想，好好坐月子吧。"

"不，不要瞒我。是不是图鲁和巴尔斯受了伤？要不，他们怎么不来见我？"

满都海的声音开始颤抖起来，眼睛、鼻子也开始发酸。直觉告诉她，儿子确实出事了！

见大汗不说话，满都海喊了起来："他们怎么啦？快告诉我！图鲁、巴尔斯，他们出什么事啦？"满都海喊着，挣扎着要下地。

达延汗终于控制不住自己，豆大的泪珠从他的眼眶里滚落出来，从脸颊滚落到胸前，又洒落到地上。

满都海全都明白了。她扑到达延汗怀抱里，勉强抑制着，但是一声哽咽还是从喉咙里冲了出来，把她的声音揉皱，"是谁？图鲁？巴尔斯？"

达延汗紧紧抱着满都海，抽泣着说："图鲁。"

满都海大喊着："图鲁！图鲁！图鲁！"眼睛一闭，失去了知觉。

"巴尔图哈敦！巴尔图哈敦！"达延汗抱着失去知觉的满都海，急切地呼喊着，把自己满是泪水的脸紧紧贴在哈敦的脸上。他的哈敦是那么坚强，她不会像一般女人那样号啕大哭，也不会像普通女人那样抽抽搭搭，泪流不止。今天，他才第一次看到一个失去儿子的母亲的伤心欲绝，不管那女人多么强悍，只要她是一个母亲，面对失去儿子，她是悲伤欲绝的。

满都海哈敦慢慢睁开了眼睛，她艰难地翕动着嘴唇。使女急忙端来热奶子，达延汗接过来亲自喂她。偎在达延汗怀里，她轻轻啜了一口甘甜的热奶，眼泪禁不住又流了下来。"图鲁！我的图鲁！我的儿啊！"她轻轻呼唤着，低沉的声音从她宽阔的深厚的胸膛深处涌出，带着血，和着泪，带着破碎的心的颤动。

达延汗涕泪交流，脸上一把鼻涕一把泪。他紧紧抱着自己的哈敦，想用自己的爱抚减轻她的痛苦。

"他现在在哪里？我想去看看他。"满都海从达延汗怀里抬起头，小声说。

"等你满月以后再说吧，我已经把他葬在河谷里。"达延汗安慰着。

"不，我现在就要去看看他。他见不到我，心里一定很伤心。"说着，满都海就下地。达延汗扶着她，一边继续劝说着。满都海抬起脸，很平静地说："不要担心我，我能挺得住。看过图鲁，我要亲自去征蒙郭勒津部！"

"应该由我亲自挂帅才好。"达延汗平静地说，"他是我的儿子。"

满都海哈敦苦涩地一笑，说："他也是我的儿子。"

"不要争了，这是一次恶战，让我们好好部署一下。左翼三万户军队全部出征，再调集科尔沁部和瓦剌部前来支援。

"那我也要去！"

平息叛乱为子报仇

达延汗和满都海全身披挂，站在高台上，率领着大军宣誓。左翼三万户的万户长、科尔沁首领额儿多古海台吉和他的儿子布尔海以及瓦剌派遣的色古色队长，全都披挂起来，站在各自队伍的最前方。

"征讨蒙郭勒津！踏平蒙郭勒津！血洗蒙郭勒津！为图鲁报仇！"如雷鸣一样的声音在察哈尔大沙窝子草原上空轰响。

宣誓之后，达延汗率领着征召来的几万大军，浩浩荡荡，向蒙郭勒津部进发。

脱罗干和火筛听说达延汗和满都海哈敦亲自率领大军前来，立即动手部署迎战。火筛说："上次在大青山打死达延汗儿子，这次还在那里埋伏等待他们的到来。"

脱罗干不屑地瞟了他一眼，说："笨蛋！难道你不知道达延汗和满都海很会打仗吗？哪能还走他儿子的老路啊？我们一定要重新部署！我料定她不走大青山，而是绕道狼山进军蒙郭勒津。我们不能去狼山伏击她，只能在鄂尔多斯高原上部署我们的弓形推车阵来打败她！我们蒙古人害怕腾格里的惩罚，这弓形推车阵一摆开，就会让她的军队不战而溃！那弓形就好像腾格里的神示一样，他们害怕着呢。只要他们的前头部队的阵脚一乱，我们的推车手就会趁胜前进，把他们打个落花流水！"

脱罗干和火筛亲自部署他们的军队。右翼三个万户也都派出了精兵强将来支援他们。"我们一定会赢！"脱罗干和火筛互相打气、互相鼓励，但是心中难免发慌。

"快到了。"马上的达延汗站在山坡上，指点着前面的黄河对满都海说："渡过黄河，就是鄂尔多斯高原，我估计脱罗干不会让我们渡河。"

"是的，我想也是。"满都海看着远处的黄河，沉思地说："上次他阻挡图鲁在大青山。这一次，我看他要把我们阻挡在这一带。你看，这里地势开阔，我们没有地方隐蔽，他也许会把主力部署在这里，与我们决以死战。我们要提高警惕。"

"对，命令探马随时来报！"达延汗命令大元帅脱郭齐和传令官。

"报告大汗！"脱郭齐骑马奔了过来，"刚才接到探马来报，说前面高原上发现了脱罗干的队伍，已经在前面的开阔处布阵等待！"

"好！准备战斗！"达延汗发出了威严的命令。牛角号声呜呜响起，战鼓咚咚，白色狼头大纛旗哗啦啦地摇动着，指挥着千军万马投入战斗。

达延汗的军队如狂飙飓风卷过，冲向脱罗干的队伍。

高原上，一个巨大的弓形推车阵挡住了达延汗的队伍。

"腾格里显灵了！腾格里显灵了！"达延汗的队伍里有人大喊。

果然如脱罗干所料，迷信的蒙古士兵一见草原上摆出一个巨大的弓形，心中就发了慌，士兵们大声喊着，四散逃命。

脱罗干和火筛率领着队伍冲进达延汗已经混乱的队伍中，左砍右杀，把达延汗的队伍打得七零八落。达延汗和满都海也被混乱的队伍裹挟着向后退去。

"大汗呢？"满都海在人群里左右奔突，寻找达延汗。脱罗干的队伍已经冲散了她和达延汗，她急切地寻找着大汗。

达延汗和大元帅脱郭齐被凶悍的蒙郭勒津士兵追赶着，几百个侍卫簇拥保护着他们，越过小河，在河滩上奔跑。坐骑纷纷陷入泥淖之中，侍卫们无法让马脱离泥淖。达延汗只好下马，和部下一起在河滩上徒步向山谷跑去。河滩的泥淖，让他们深一脚浅一脚，踉踉跄跄，艰难行进。

"达延汗在那里！别让他跑了！"火筛大喊。他发现了达延汗，指挥追兵扑了过来。一队人马从河里奔了过来，溅起的白色浪花扑打着马肚。

"大哈敦，快看！"一个侍卫喊。满都海顺着侍卫手指的方向，看到正在小河河滩上挣扎着的达延汗。

满都海挥刀大喊一声"快去救大汗！"便打马追了过去。后面的侍卫队伍也掉转马头，向小河扑去。来到河边，满都海搭弓，朝河里的人射出几箭。火筛"哎哟"一声，头上的盔帽上挨了一箭，身旁的一个将领倒了下去。火筛不敢再追，急忙向草原奔去。

满都海打马赶到河滩。"大汗！"满都海声音颤抖地喊："你没事吧？"

已经走出泥淖的达延汗跳上满都海哈敦的马背，紧紧搂住她，小声说："谢谢你救了我！"满都海回过头，也小声说："夫妻之间，说什么谢谢。"

达延汗和大元帅脱郭齐好不容易才把队伍集合起来，在安全的地方安营。

达延汗在营帐里召集将领开会，商量击败脱罗干的办法。

"要先把敌人脱罗干和火筛从他们营地里引诱出来，把他们诱到我们的阵地，才好消灭他们！今天，我们冲进他们阵地，就吃了大亏。"达延汗说。

"是的，要引诱敌人出来，到我们阵地来。可我们摆个什么阵法，才容易打败他们呢？"满都海说。她坐在达延汗身旁，用心倾听将领们的意见。一定要打败脱罗干！为图鲁报仇！她心中只有这一个念头。她觉得自己有些头晕，眼前金星飞舞。产后还没有调养过来，在马上颠簸了十几天，刚才又激战了一番，她感觉自己很虚弱。但是她能挺住。为图鲁报仇，活捉脱罗干和火筛，把他们撕成碎片！这是她现在唯一的愿望。

达延汗说："先派布尔海、巴尔通和巴嘎三将领，率领一支小股骑兵为先锋，冲进敌军阵营，引诱脱罗干和火筛出来，你们看怎么样？"

科尔沁首领额儿多古海台吉看看自己的儿子布尔海，捻着胡须说："我看可行，不过……"他没有说下去。

满都海明白他的意思，安慰着说："没关系的，他们都是英勇善战的将领。只要把敌人引诱出来，就是胜利。"

大元帅脱郭齐说："我刚才命令士兵化装成牧人，到蒙郭勒津的驻地向

蒙古女雄：满都海皇后

牧人打探了一些情况,并且带回一个老萨满。他们说脱罗干狡诈奸猾,善用巫术,他经常采用带经咒的阵法打仗,尤其善用弓形推车阵,摆出这种阵法以后,我们的士兵恐惧腾格里的惩罚,往往心里害怕,不战自败。"

满都海脸色一沉:"什么萨满? 全都是骗子! 给我赶走!"

脱郭齐急忙说:"大哈敦息怒! 这萨满早已经不做巫师了,但是他有很丰富的破阵经验,有很好的办法破除脱罗干的弓形推车阵。"

"是吗? 他有办法破除这阵法?"满都海半信半疑。她现在对萨满已经是忍无可忍了,因为她觉得她的儿子图鲁就是被那个萨满害死的。

"是的,大哈敦。不妨叫来试一试。"脱郭齐劝说着。

"不妨叫来听他说说。"达延汗开口说。

"好吧。"满都海看看大汗,答应了。

脱郭齐命令侍卫把一个老人带了过来。达延汗和满都海哈敦命令赏赐老人一些金银,问老人。那老人有些害怕,战战兢兢的,说不出什么完整的话。

满都海和蔼地说:"父亲,不必害怕。我们只是想请教你,如何才能破了脱罗干的弓形推车阵。"

老人见面前的哈敦和蔼可亲,说话语气亲切温柔,心里安定了许多。想起脱罗干凶神恶煞逼迫他交牲畜的情况,心里就来气。他决定把自己知道的破阵方法说出来。老人招了招手,说:"过来。"满都海哈敦伏身到老人身边,老人凑了过去,伏在她的耳边,说了一会儿。满都海哈敦的脸上有了些许的微笑,她不断点头。老人说完,满都海命令侍卫把他带出去歇息。

"他有什么好办法?"达延汗问。

满都海笑了,说:"也是一种萨满的办法罢了,没有什么用处的。他建议使用公牛角,我们蒙古人崇拜公牛角嘛。"

瓦剌队长色古色说:"大汗,我有个想法,不知当讲不当讲?"他有些犹豫,他是瓦剌的援兵,并非汗廷的主力,而且他只是一个队长,在蒙古大汗面前,讲自己的建议不知是否合适?

达延汗说:"讲吧,有什么想法你只管讲出来。我们大家一起研究研究。"

色古色说:"我建议把我们的队伍分成 61 个小组,排列成公牛角一样的队形,来迎战右翼三万户的弓形阵法。公牛角阵法正好可以化解他的弓形阵法。然后把我们的大纛竖在边线的一个小队里,吸引他们的弓形阵法朝我们的边线移动,然后我们趁其不备,大汗再竖起真正的大汗大纛,指挥公牛角阵包围他们,一举歼灭他们!"

达延汗拍着面前的桌子,说:"好办法! 就按照色古色队长的建议,把我们的队伍编成 61 个小队,击破他们的弓形阵法! 谁愿意承担竖旗吸引敌人的任务呢?"

色古色说:"如果大汗信任我们瓦剌人的话,我愿意承担这个任务!"

达延汗感动地说:"瓦剌还是我们蒙古兄弟啊! 只是有些人总想搞分裂而已! 好! 就把这重任交给你们! 你竖起一面白色的大纛吸引敌人。等看到黑色大纛举起时,就是我们大家发动总进攻时! 大家记住了没有?"

"记住了!"在座的将领同仇敌忾。

满都海插嘴说:"我看也可以把老人的萨满办法配合进去使用,起一个鼓舞士气的作用。"

"好! 这个交给你办! 只要能叫我们的士兵士气高扬,能叫他们奋勇杀敌,什么办法都可以用!"达延汗笑着说。

满都海命令士兵割下公牛利角,让身强力壮的士兵把公牛利角绑在自己头上,把他们分配在队伍最前边。满都海哈敦集合部队训话。

满都海哈敦站在高台上,大声说:"弟兄们! 今天,我们请来了我们蒙古最古老的萨满,他是天神腾格里的传言人。他给我们带来了破解弓形推车阵的神法! 我们一定能打败脱罗干和火筛! 大家一定要记住,公牛利角是我们击破弓形推车阵法的武器! 紧紧跟着公牛利角! 天神就在我们头上! 紧紧跟着公牛利角,我们将无往不胜!"

头戴公牛利角的士兵跳上了马背,头上的公牛利角昂然挺立,直刺青天! 士兵都欢呼起来。

"带上来!"

达延汗和满都海哈敦坐在大帐的高座上,两排几十个士兵手握弯刀站在帐下。右翼三个万户的万户长和蒙郭勒津的诺颜们都跪在他们的面前,等候大汗对他们的处理。

蒙古女雄:满都海皇后

几个士兵把脱罗干和火筛父子带了进来，一把推倒在大汗和大哈敦的脚下。

脱罗干和火筛像一滩烂泥一样瘫倒在达延汗和满都海面前，浑身如筛糠一般颤抖着。

面对着杀害自己儿子的凶手，满都海眼睛冒火，她推开面前的桌子，踢倒椅子，冲到脱罗干面前，一把提起脱罗干的衣领，把他从地上提溜起来，大声喊道："还我儿子！还我儿子！"

脱罗干面如死色，瞪着金鱼眼睛，什么也看不见，只看到满都海那双喷火的可怕的眼睛。

满都海把脱罗干扔到地上，命令侍卫："把他们拖出去，跑马拖死他们！"

达延汗和满都海走出大帐，侍卫把坐椅搬到大帐外，他们要坐在那里亲眼看着杀死他们儿子的仇人的下场。

士兵拉来两匹矫健的烈性蒙古马。蒙古马咴咴嘶鸣着，不断地用前蹄刨着地面，不时地尥着后蹄，一看就知道性子烈。

侍卫像拖死狗一样拖出脱罗干和火筛，把他们分别用绳子绑到鞍马上。士兵翻身上马，打马飞奔起来。脱罗干和火筛被飞奔的快马拖倒在地，马在草原上飞奔，开始还能勉强跟着马跑的脱罗干和火筛渐渐站立不住，他们被跑马拖倒在草地上，拖着，拖着，草地上渐渐拖出两道血痕。

士兵骑马在草原上奔了一圈，回到达延汗和满都海面前。

马后拖着的那血肉模糊的两团血肉，已经一动不动。

达延汗和满都海走到跟前，用靴子猛踢那血肉团，血肉团还是一动不动。达延汗命令士兵把脱罗干的脸翻过来。脱罗干的脸已经血肉一片，只有一双金鱼眼睛还在散乱的白发中微微转动。

满都海用马鞭拨开脱罗干的发辫，拿起一把锋利的蒙古刀，朝脱罗干那双还在微微转动的眼睛刺了下去，把一双眼睛从眼窝里挖了出来。那一双眼珠，滴着鲜血，一滴一滴的，滴落在青草上。满都海把眼球扔到身后，一只凶狠的大狗扑了上去叼跑了。

达延汗也扬起蒙古刀，朝脱罗干的胸膛刺去，一刀剜出一颗还在怦怦跳动的心脏。

满都海把血淋淋的刀子在自己的靴子底上擦了擦，插回腰间的刀鞘，一边转身一边命令:"拖去喂狗!"

士兵上来,拖起尸体,向远处荒原拖去。

一群野狗正从四面八方慢慢围拢过来,吐着鲜红的舌头,嗷嗷号叫着等待美餐。天空中盘旋着几只凶猛的秃头秃鹫,瞪着凶猛的眼睛,等待寻找俯冲的机会,去与野狗争食美味。

达延汗和满都海走回大帐,登上可汗高台。满都海看着台下跪着的狗一样的首领,十分气愤。她端坐到达延汗身边,面容威严冷峻,她扫了他们一眼,那眼光里流露出的仇恨叫台下的人浑身都颤抖起来。她恨不得把他们全都拖出去喂狗。因为他们帮助了杀害她儿子的不共戴天的仇人。但是她压抑着自己。她不能太残忍,为了需要,她还要表现出大度宽容和仁慈,这样才能收拢人心,才能实现统一蒙古的大业。

满都海看了看达延汗。达延汗小声问:"要不要都处死?"

满都海轻轻摇了摇头。达延汗很佩服地握了握她的手。他开始宣布他的决定:

"从今以后,右翼三万户归乌鲁斯博罗特济农掌管!蒙郭勒津由巴尔斯博罗特台吉掌管!对你们这次的叛乱行为,我和大哈敦决定暂不予追究!以后再若不服从,照脱罗干和火筛处置!决不饶恕!"

达延汗阴沉着脸,对帐下跪着右翼三万户万户长和蒙郭勒津的诺颜们下令。

万户长和诺颜纷纷磕头,各个都发誓效忠达延汗和满都海哈敦,接受济农的掌管。

亲率兵三讨瓦剌救大汗

"听说了吗,大汗?"满都海哈敦从外面走进大汗的寝帐,脸被风吹得红扑扑的。

"听说什么?"达延汗正在喝葡萄酒和烧酒。这刚从边关马市上进来的新鲜葡萄酒和烧酒,比马奶酒香醇得多,叫他一喝起来就放不下。达延汗已经喝得微醉,脸颊和鼻子都红通通的。

满都海走上来,一把夺去达延汗手中的酒碗,很不满意地责备说:"又在

蒙古女雄:满都海皇后

喝！又在喝！蒙古人就是要被酒害死！拖雷不是喝酒喝死的吗？说了多少次，叫你不要喝，你就是不听！"

"行了你，有完没完？"达延汗大喊一声。

满都海还在唠叨，达延汗却有些不耐烦起来。

不喝酒，人生的乐趣在哪里？男人的人生乐趣不是就在酒色财气几个字上吗？他已经登上了权力的顶峰，财与气俱全，那色呢？那男人永难满足的女人他却没有福气消受，大哈敦的约法三章他不敢违背，从小被她教育，现在他还是没有胆量公开违抗。虽然有时也偷偷摸摸地尝尝新鲜，可还是难以满足他心底的欲望。所以，只有酒能够叫他忘忧，能够叫他快乐。可她却还要干涉他喝酒，岂有此理！

仗着几分酒劲儿，叫他突然喊了这么一嗓子。

满都海哈敦愣怔了一下。她还没有见过达延汗这么对待她。她突然有些伤心，眼眶竟有些发热。自从图鲁死后，她常常容易激动，有时会毫无原由的突然流泪。过了40岁以后，她知道自己变得唠叨起来。她也想控制住自己，可是经常又控制不住。她爱唠叨，全是因为她的达延汗。

由她一手培养起来的达延汗，她把自己的希望都寄托在他身上的达延汗，自从图鲁死了以后，好像改变了许多。这改变叫她十分不满意。自从打败右翼三万户的叛乱，他大概以为蒙古已经永远太平，竟有些消沉起来。瞧他现在这种样子，她能不说吗？她不能不说！为了他们黄金家族的利益，为了大元，为了大蒙古，她不能不说！

"你这是怎么啦？这么大脾气？厌倦我了？"满都海哈敦勉强抑制着心里的不悦，坐到达延汗身旁，款款地说。

达延汗意识到自己的失态，急忙换上一副笑脸，弄柔自己的声音，说："哪里？看大哈敦说到哪里了？"

满都海叹了口气，说："我来是和你商量大事的，没想到又看见你喝酒，你就不能少喝一点？那马尿就那样好喝？"

达延汗瞪起眼睛，粗声说："又来了，你有完没有完？你不是来和我商量大事的吗？要是没有大事说，我要出去骑马了。"说着，站起身来。

满都海急忙拉着达延汗的衣襟，说："好，我不说了，只说大事。"

这达延汗，近来有了很大变化。这变化，叫满都海说不出来，却切切实实地感受到。他烦躁易怒,很少去她的大帐过夜,常常留在自己的寝帐。他这是怎么啦?图鲁之死的打击他还没有恢复过来?她真想对他大吼一声,把他震醒过来,可是她还不能这么做。大汗的面子她还是要顾及的。这已经不是二十年前的那个小男孩、小青年,任她呵斥。眼下的达延汗,已经进入中年,是一个成熟的蒙古汉子,大蒙古的大汗,大权在握。自己一定要敬重他。

满都海在心里叹了一口气,压抑着自己,温柔地说:"从瓦剌回来的探子报告说,瓦剌发生了内讧。瓦剌太师克舍死了,他的儿子阿沙太师和其弟阿里古多兄弟相争,野思马因陷入孤立。大汗你看,我们是不是可以乘机去打瓦剌,把野思马因彻底消灭?从瓦剌再夺一些地盘和牲畜、人口,彻底征服瓦剌?让瓦剌再没有和我们汗廷和东蒙古抗衡的能力?"

达延汗眼睛放了光彩。

瓦剌总是他的一块心病,虽然瓦剌有时也臣服,但是他们总是心存狼子野心,总想在边界上搞搞事,总想向东扩张他们的地盘势力。这瓦剌不除,他达延汗和满都海哈敦一样,总是夜不安寝。

"是个好机会!"达延汗精神十足,刚才的颓丧一扫而光。

满都海心里高兴。

"我想自己亲自去征讨瓦剌,亲手杀死野思马因。"满都海看着大汗,征询地说。

达延汗想了一会儿,摇着头:"不!上次征讨脱罗干,你不是已经说过是最后一次出征了吗?你已经不年轻了,还是我去吧。"达延汗说着,竟发出了深深的叹息声。

满都海的心震颤了一下。这是第一次听达延汗说起她的年龄。

已经不年轻了,已经不年轻了,这是说她满都海哈敦的吗?

达延汗继续说:"我自己去征讨瓦剌,也会替你消灭野思马因,我会把他带回来,让你亲自处置他,这该行了吧?"

满都海没有听清楚达延汗的话,她心里只响着那一句话:已经不年轻了,已经不年轻了。这句话其实早已隐藏在她自己的内心深处,她却没有勇气去想它,更没有勇气说出口。她尤其害怕大汗有一天说出来。男人四十一枝花,女人四十粪疙渣。他达延汗还不到四十岁,可自己已经接近五十

蒙古女雄:满都海皇后

岁,他开始嫌弃自己了?

满都海愣怔着。

"你说话啊,大哈敦。"达延汗催促着,"行不行啊?"

满都海含糊地应了一声。

"好,就这么说定了。我出征,你管理汗廷事务。"

达延汗率领着队伍出征瓦剌,已经走了半个多月。

满都海哈敦坐在大帐里,听取三儿子巴尔斯博罗特报告蒙郭勒津的情况。巴尔斯博罗特说,蒙郭勒津的事务已经安定下来,二哥协助他已经完全掌管了鄂尔多斯。满都海哈敦很高兴,连连夸赞巴尔斯能干。

年轻的巴尔斯听到大哈敦的称赞,更是一副志得意满的样子,他仰着脖子,说:"大哈敦,你看蒙郭勒津已经完全服从,脱罗干的势力已经完全肃清,我以后就驻守那里,你看如何?"

满都海哈敦想了想,说:"也好,你就驻守那里。不过我讨厌蒙郭勒津部这名称,我看把蒙郭勒津一分为二,叫鄂尔多斯部、土默特部,你看如何?这样,你就拥有两个部落,将来分给你的儿子。"

巴尔斯笑着说:"还是额娘想得周到,就按额娘的指示办。从今以后,废除蒙郭勒津部。"

巴尔斯问起达延汗的进军情况。满都海轻轻皱起眉头,说:"你父亲已经率领部队走了半个多月,信差回来报告说已经到瓦剌的边缘,天山地界了。虽然还没有遭遇瓦剌的军队,不知为什么,我却有些担心,担心你父亲,担心这次出征。唉!还是应该我去的。"

乌鲁斯和巴尔斯一起劝慰母亲,乌鲁斯说:"额娘不必担心,父亲身经百战,勇猛善战,智勇双全,你就放心等捷报吧。"

满都海哈敦摇着头,说:"你说得都对,可我还是放心不下。你父亲这几个月,精神状态不是很好,总是喜欢喝酒,一喝就要喝醉,我担心他被酒误啊。"

巴尔斯想了一会儿,说:"额娘要是放心不下,我率领一部分军队赶去援助,如何?"

满都海眼睛一亮,说:"派一支援军?这是好办法。不过……"她沉吟着说，"你去不合适。蒙郭勒津，不，鄂尔多斯和土默特，还离不开你。你还要坐镇那里，我才放心。也许脱罗干的势力还不死心呢，还会寻找机会东山再起。你不能这时离开。"

"那我去吧。"乌鲁斯说。

满都海哈敦还是摇头说："你留在汗廷里，帮助我处理汗廷事务。"她站起身，在大帐中走来走去。

"我去！"她突然停住脚步，斩钉截铁地说。

巴尔斯急忙走上前，说："大哈敦不能离开汗廷啊。你一走，汗廷事务交给谁啊？万一出了什么事……"

满都海急忙摆着手说："不要说这不吉利的话！汗廷里面我很放心。现在没有什么异己势力，有你们兄弟照应就足够了。就这么决定了！传我的命令！"满都海对在大帐里的侍卫长说："命令那颜千户集合他的部队，随我出征瓦剌！"侍卫长急忙出去传令。

满都海又对乌鲁斯说："去把四弟、五弟、六弟叫来！"乌鲁斯命令侍卫去传唤他的几个弟弟。

不一会儿，三个精壮的小蒙古汉子进来，跪下向母亲请了安。满都海让他们站了起来，自己走下座位，来到他们面前。这三个儿子也都已经长成大人，个个结实剽悍，马术、骑术、箭术精湛，又个个勇猛异常。特别是老四，在每年的祭敖包大会上，常常取得摔跤冠军、射箭冠军。这兄弟五人就好像一支突击队，谁见谁怕。他们武艺高强，驰骋汗廷，没有解决不了的事情。

满都海走到他们面前，一个一个地抚摩着，说："你们已经长大了，以后，汗廷里的事情要依靠你们团结一心，来帮助大汗和我。明天，我率领一支小部队去支援大汗，汗廷里的事情完全交给乌鲁斯，你们几个都是他的同胞亲骨肉，要一心一意协助、帮助他处理好汗廷的事情。万一有什么不轨之事发生，我相信以你们的武艺，没有解决不了的！你们能做到吗？我的小鹰们？"

"能！"

满都海舒心地笑了，虽然觉得自己的耳膜被震得有些痛。

野思马因在自己的大帐踢打着吼叫着："达延汗！你又来找老子的麻烦！巴尔图！巴尔图！你还是不放过我！好！好！来吧！来吧！这一次，

蒙古女雄：满都海皇后

273

我们来个生死了断！不是你死就是我死！老子和你拼了！"

这几年，他野思马因的势力已经非同小可，太师克舍也不敢小瞧他，也得承认他的太师头衔。克舍死了，他的儿子们自相争夺瓦剌太师地位，他也正准备加进去，来个鹬蚌相争，渔翁得利。没有想到，在这个节骨眼，达延汗又来征讨他，找他的麻烦。

达延汗不仅仅是为他而来的，他达延汗是要削弱瓦剌的势力，想征服瓦剌，让瓦剌承认他达延汗的地位。

野思马因嘿嘿冷笑着说："你休想！瓦剌决不会承认你！有朝一日，瓦剌还要恢复也先时代的繁荣，取黄金家族的地位而代之！"

斯钦进到大帐来，说："太师传我？"

野思马因冷冷地说："听说了吧？达延汗来了！怎么办？你这军师，有什么好办法吗？"

斯钦说："达延汗不足畏。听说他已经迷上了酒，一个酒鬼，还有什么威力？你瞧吧，我们一定能够把他打个落花流水！"

"真的？"野思马因疑惑地看了看斯钦，接着把嘴一撇，"不是又在吹牛皮吧？牛皮大王！"

"嗨，太师你这是怎么啦？连老朋友也不相信了？你不是被巴尔图吓破胆了吧？"斯钦也不惧怕野思马因，他们已经成了生死与共的患难老友，他知道野思马因早就离不开他。

"得了，快说说你的计谋，老家伙！"野思马因也不计较他的话，只是催促着。

斯钦把嘴贴在野思马因的耳朵上，悄悄说了一会儿。野思马因大笑起来，说："好！好！就先照你说的办法办！来人！"

达延汗来到哈密草原的边缘地区，马上就要进入瓦剌的势力范围。达延汗心里很高兴，这一次，他抱着必胜的决心，一定要制服瓦剌，生擒野思马因，为他的大哈敦报仇雪恨。他知道自己的大哈敦，除了把辅助他统一蒙古、振兴蒙古作为自己的生平大志外，另一个最大的心愿就是亲手杀死野思马因。这一次，他要满足大哈敦的心愿。

"大汗，你看！"大元帅脱郭齐指着前方小山脚下草原上的几座白色的蒙古包，"看到瓦剌牧民了。我们过去看看，找一个带路人。"

脱郭齐带着侍卫打马奔了过去。过了一会儿，脱郭齐返了回来，报告达延汗："报告大汗！蒙古包里没有人，大汗可以在这里休息一下！"

达延汗和脱郭齐来到蒙古包，下了马，把马拴在蒙古包后面的拴马桩上，命令侍卫警戒，自己和脱郭齐进到蒙古包里休息。

蒙古包里摆设很整齐，地铺的毡毯也很干净。达延汗在大哈敦的熏陶下，喜欢干净，也经常换洗衣服，不顾及蒙古不洗衣服的传统。

达延汗心里喜欢，他四下观望着。突然，他的眼睛一亮。蒙古包门口的桌子上，摆放着几尊好像酒坛一样的青花细瓷罐子。他趋步走到桌前，打开盖子。一股股浓烈的烧酒香气立刻漾满蒙古包。

"啊！烧酒！"达延汗惊喜地喊叫起来。达延汗的脚软了，半个多月没有沾酒，他的心里常常像有小虫子爬似的难受。

达延汗端起酒坛，哗哗，把桌上一个银木大碗倒满，立刻端起酒碗。

大元帅脱郭齐急忙上来劝阻："大汗，打仗中还是先不要喝酒，让侍卫带上，等我们打败了野思马因再来喝。"

达延汗摇着头，脸上流露出贪婪的样子，说："等不及了，先让我喝几口解解谗。"说着端起碗就往嘴里灌。酒顺着他的胡须和嘴角流了下来，大帐里弥漫着一股浓烈的酒香。连脱郭齐也不由得深深地吸了几口。

"好香啊！真是好酒！好酒！"达延汗抹了抹嘴角和胡须，大声赞叹着。

"怎么样？也来一碗？"达延汗看脱郭齐深深地呼吸着，知道他也被酒香吸引了，故意问。

脱郭齐急忙摇头摆手，说："不！大汗！我是大元帅，不敢在打仗前喝酒！"

"那让我再喝一碗！刚才这碗刚好把馋虫引了出来。"达延汗说着，自己动手斟满一碗，坐到地铺上，喝了起来。

脱郭齐上去阻拦，说："大汗！大哈敦吩咐过，不叫大汗喝酒的，希望大汗还是节制的为好！"

达延汗突然发怒，他大声喊道："什么大哈敦？！你居然敢打着她的旗号来管教大汗？你当你是什么东西？滚出去！我要在这里过夜！"

脱郭齐吓得急忙退出蒙古包，去部署在这里过夜的队伍。

蒙古女雄：满都海皇后

达延汗一个人抱着酒坛,淋漓酣畅地喝着,一碗,一碗,又一碗。侍卫为他送来手把肉,他已经满脸通红,眼睛迷离,头重脚轻。在侍卫的服侍下,他勉强吃过一些炒米和手把肉,便一下子歪倒在地铺的毡毯上,呼呼大睡过去。

达延汗喝多了。

脱郭齐不敢大意,队伍在这么一个不摸情况的地方过夜,是出乎他的意料和安排的,可是他如何敢违抗达延汗的命令?他只有加强警戒。

脱郭齐一直不敢入睡,不久前刚刚巡视过一圈,周围没有动静一切平安。可是他还是不敢入睡。他趴伏在几桌上打了个盹,就梦见敌人摸进营地。他打个激灵,"腾"的站了起来。"走,巡视去!"他大喊一声,率领着部下走出自己的营帐。

脱郭齐站在营帐前,注意地倾听着周围的动静。

静静的黑夜,四周黑乎乎一片。黑黢黢山影下好像到处都埋伏着瓦剌敌兵。依稀可辨的几点星光在黑色天幕上挂着,闪烁着,似乎看到什么,却又不说什么。枯草在晚秋的夜风中瑟瑟,发出一阵轻微的响动。营盘里的马匹在圈里呼呼喘气。蒙古包里的士兵有的打着呼噜,有的说着梦呓,有的发出可怕响亮的磨牙声,好像要把谁咬死似的。浓重夜色里的兵营一片恐怖。

"谁?!"突然,他看到前方山下好像有几个黑影晃动。

"谁?"他又大喝一声。黑影消失了。

脱郭齐手按弯刀,带着侍卫,急急走到营帐栅栏外去察看。

哨兵们还在在营盘四周走动着巡视。

一阵风吹过,山脚下半人高的枯草发出沙沙声。

脱郭齐在黑暗中睁大眼睛仔细看着。

黑黢黢的山静静地卧在草原上,山脚下没有动静。

脱郭齐巡视了一圈,转回身向营盘栅栏走去。

突然,草丛中跳出十几个身穿黑衣的彪形大汉,从后面紧紧抱住脱郭齐和他的侍卫。脱郭齐想大声呼叫,可是嘴已经被紧紧捂住。

巡视的哨兵发觉了偷袭的敌人,急忙吹响牛角号报警。呜呜的牛角号声,响亮混浊,震荡在寂静的夜色中,惊醒了熟睡的士兵,营盘里乱了起来。"有人偷袭了!"士兵喊叫着,从睡梦里跳了起来。有人点燃了火把。

野思马因率领着自己的队伍偷偷摸到了山脚下,他们从山的另一面,在达延汗毫不知晓的情况下,摸进他的营盘。

野思马因指挥着自己的军队包围了达延汗的营地。

侍卫长听到营盘里的混乱,他举住火把冲进大汗营帐,达延汗还在酣睡中。

"大汗! 大汗!"他上前推达延汗。达延汗从迷迷糊糊中醒了过来。他揉着眼睛,问:"什么事?"

"不好了! 野思马因包围了我们!"侍卫长张皇失措。

"啊?"达延汗一下子被惊醒过来,他从地铺上跳了起来,大声喊:"大元帅! 脱郭齐!"

侍卫长说:"大元帅被野思马因俘虏了!"

"什么! 大元帅被俘虏了?"达延汗大喊,"这怎么可能? 怎么可能?"他在蒙古包里来回走着,一时不知该怎么办。

"大汗! 快上马吧! 再晚了就走不掉了!"侍卫长催促着,拉着达延汗向蒙古包外走。突然,他们脚下的地毯陷落下去,两个人一起跌进一个深洞。

野思马因指挥着他的部队杀入营盘。达延汗的士兵在顽强地抵抗着。

"到了!"马上的满都海哈敦指着远处罩在蒙蒙晨光中的山峰,欣喜地说。她率领着援军,日夜兼程,赶到哈密草原。

探子快马返回报告说,前边发现有厮杀,是野思马因和达延汗的部队。

"快!"满都海哈敦命令传令官下令,让旗手挥动起黑色大纛指挥军队。自己从腰间抽出弯刀,双腿一夹马肚,勒紧马缰,坐骑四蹄腾空,向前方山脚下飞去。她身后的骑兵奔腾起来,扬起遮天的黄尘。

达延汗的营地里,大汗的士兵和野思马因的士兵厮杀,刀枪迸击,马嘶人喊,杀得难解难分。从半夜打到天亮,野思马因还是没有完全消灭达延汗的人马。成吉思汗的子弟,依然还是那样骁勇,那样顽强,那样难于战胜。草地上,鲜血成河,横七竖八地躺着已经死的,正在死的,和还没有死的双方的士兵。

蒙古女雄：满都海皇后

野思马因和斯钦骑在马上，站在小山坡上观战。突然，斯钦指着远处飞扬的尘土，大喊："太师！你看！那是谁家的队伍？"

野思马因手搭凉棚，望了许久。黄尘遮天，他什么也看不见。"不管他，反正不会是达延汗的部队！"野思马因放下手，说。

斯钦还是不放心，继续手搭凉棚，迎着刺眼的阳光，张望着黄尘中飞驰而来的队伍，一边说："他们越来越近，好像是直朝我们而来。"

野思马因看见自己的队伍越来越多地占据了达延汗的营盘，欣喜地说："我们下去吧。该我们去为达延汗收尸了。他一定正在地洞里呻吟呢！"说着仰天大笑，冲马下山。斯钦也只好跟着他冲下山去。

黄尘已经卷到山前营地旁。黄尘中，一队人马彪出，为首的黑色大纛下，风驰电掣般闪出一员女将。

"满都海！"斯钦惊呼起来。

"巴尔图！"野思马因惊呼着，身体一闪，差点从马背上摔了下来。

满都海并不答话，她挥动着大弯刀，朝野思马因头上劈去。野思马因勒着马缰，避闪过劈来的弯刀，他夹马冲出营地。

满都海紧紧追随着，她的战马冲到野思马因的前面，嘶鸣着，高高扬起前蹄，想把对手的战马压在蹄下。满都海挥舞着大弯刀，又朝野思马因劈去。

野思马因猛勒马缰，战马也扬起前蹄高高站立起来，两匹鬃鬣飞扬的战马高高站立着，前蹄在空中扑打。马上的两个对手互相劈砍着。

满都海眼睛都已经发红，仇人相见，她越战越勇，恨不得一下子劈死野思马因。

没有丝毫心里准备的野思马因却越来越胆怯。他正想勒转马头逃跑，一道寒光在眼前一闪，他从马上跌落下来，失去知觉。满都海的战马踏过来，前蹄重重踏在他的头颅上。一股黄白色的脑浆四下迸裂，散落在碧草上。

满都海看也不看一眼，打马冲进营地，挥舞着大弯刀，大声喊叫着："弟兄们！加油啊！野思马因已经被我打死啦！"

"大哈敦来了！弟兄们！加劲啊！"千户长和士兵听见满都海哈敦熟悉的声音，看到大哈敦勇猛的身影，变得更加勇猛，士气大增，拼杀凶猛。

野思马因的队伍听说太师被打死,立刻乱作一团,有的拼命逃命,有的举手投降,野思马因的部队立刻土崩瓦解。

满都海命令将领收拾俘虏,自己下马寻找达延汗。"大汗呢?大汗在哪里?"她不断询问遇见的每一个士兵和将领,大家都摇头。

满都海来到白色蒙古包前,有士兵告诉他,大汗在这里过夜。她走进已经被马冲撞得东倒西歪的蒙古包。里面一片狼藉,一股强烈的烧酒气味弥漫着。满都海紧紧皱着眉头。烧酒!该死的烧酒!

"大汗!大汗!"

满都海呼叫着。

没有回答!

"大汗!大汗!"

满都海的声音颤抖了。

还是没有回答。

满都海把倒塌的哈那拉扯起来,在蒙古包里乱翻。一声轻微的呻吟从地毡下传来。

满都海急忙拉起倒塌的哈那和毡帐,发现地毡下面有一个深洞。满都海探身向下张望,一边喊:"大汗!大汗!你在吗?"

"我在这里,大哈敦!快把我弄上去!"下面传来达延汗微弱的声音。

"是大汗!是大汗!"满都海激动地喊,"快来人!大汗在地洞里!"

侍卫一拥而上,有侍卫要跳下去。满都海制止道:"用绳子!不要跳下去砸坏大汗!"侍卫七手八脚,把达延汗和侍卫长救了上来。达延汗受了伤,浑身上下血迹斑斑。地洞里立着许多匕首和尖木桩。好在有一个地毡阻挡,达延汗的伤势并不算重。

满都海眼泪汪汪的,跪在达延汗身边,抚摩着他,连声说:"大汗受苦了,大汗受苦了。"

达延汗躺在毡毯上,紧紧拉着大哈敦的手,双眼流泪:"谢谢大哈敦救命!要不是大哈敦及时赶来救援,我达延汗这一次一定没命了!"

满都海深情地抚摩着达延汗,轻声说:"大汗不要这么说。我和大汗早已生死与共,不要说这谢谢的话。只是这酒……"满都海轻轻提示了一下,不再深说。

蒙古女雄:满都海皇后

达延汗羞臊得无地自容,他喃喃地说:"一定戒除!一定戒除!"

满都海收拾了俘虏,率领队伍赶到野思马因的驻营地,全数收拢了野思马因部落的人马、牲畜、财产。据守哈密的瓦剌的阿沙和阿里不勒兄弟,听说太师野思马因全军覆没,连夜率领自己的部落向青海湖逃去。

达延汗和满都海的部队进入哈密。

曾经和达延汗一起平息右翼叛乱的瓦剌将领色古色率领着一些瓦剌部落台吉前来欢迎,把达延汗和满都海接进他的府邸,设盛宴招待达延汗和满都海大哈敦。达延汗和满都海坐在上座,面前摆放着哈密最好的肉食奶食和金黄色的哈密甜瓜。美丽的哈密姑娘在宴前载歌载舞,乐手弹拨着火拨思、胡笳,拉着悠扬的胡琴。

色古色殷勤地招待着达延汗。

达延汗举起酒杯,对全体哈密瓦剌台吉诺颜说:"色古色是一个忠心的瓦剌台吉,我,蒙古可汗,达延汗决定,封他做哈密部领主,世袭不变。"

"来,大家举杯祝贺,祝贺色古色台吉!"达延汗高举酒杯,象征性地抿了一口,没有像过去那样仰脖往喉咙里灌。举座举杯祝贺。

满都海看在眼里,喜在心上,是条蒙古好汉!她在心里赞叹着。

色古色跪倒在达延汗面前,三跪九拜,对天宣誓:"我,哈密台吉,愿意年年向蒙古大汗朝贡,永远效忠于蒙古大汗!"自己宣誓以后,他又率领着全体哈密台吉诺颜宣誓效忠蒙古大汗,朝贡蒙古大汗。

色古色跪在达延汗面前,说:"臣色古色率领的哈密,愿意永远侍奉蒙古大汗,永远忠于达延汗。为了表示我们哈密和蒙古之间的世代友好,我愿意将我的两个女儿送进汗廷,做大汗的小妃,永远侍奉大汗。"

达延汗犹豫了一下:这……

这娶妃子之事,他是不敢做主的,一定要经过大哈敦的批准。再说,她刚刚把他从死地救出,他怎么敢立刻答应娶妃子呢?

达延汗沉吟着,用眼睛巡睃了旁边坐着的满都海。

满都海只是大度地微笑着,心里却火冒三丈:该死的色古色!天杀的色古色!怎么突然用这办法来讨好大汗?可是,她又不能表示出自己的愤怒,这通好瓦剌是关系到大蒙古的大事,她不能以个人的利益影响了大局!

满都海忍隐着自己内心的剧烈波动，保持着自己的微笑。见达延汗用眼光征询自己的意见，她轻轻向他点点头。

达延汗心中一喜：这为了和瓦剌友好的联姻，她满都海哈敦不反对，真是一个通大礼、识大体、心胸宽广的好哈敦。

达延汗放心地说："色古色忠心可嘉。等我返回汗廷之后，略作安排之后，再派人前来迎娶。"

色古色却说："大汗还是一起带她们走的好。小女美丽非凡，准噶尔的台吉太师常常派人前来说媒求婚，我要是常常拒绝，一定得罪准噶尔人，他们势力强大，我害怕他们的报复和骚扰。大汗带她们走了，也就绝了他们的念想，叫哈密有了安全，希望大汗可怜哈密。"

达延汗偷眼看看满都海。

满都海依然微笑着，但是眼睛却流露出几分暗淡和忧郁。

达延汗还想推辞。色古色磕头如捣蒜般，说："大汗一定要马上带她们离开哈密，否则哈密没有安宁日子。那准噶尔台吉和阿沙、阿里古勒兄弟都觊觎我这两个女儿，我实在无力与他们抗衡。"

达延汗捻着胡须，沉吟着。其他瓦剌台吉也都纷纷求情劝说。达延汗只好点头答应下来。

色古色台吉站起了身，走出大帐。过了一会儿，色古色带着自己两个女儿走进大帐，跪在达延汗面前。两个瓦剌打扮的姑娘头上戴着面纱，跪倒在达延汗和满都海面前。达延汗眼睛直勾勾地望着色古色的女儿，怎么也移不开自己的眼睛。达延汗第一次看见这么漂亮的瓦剌姑娘。

满都海轻轻咳嗽了一声，达延汗这才收回自己的目光。

满都海开口说："台吉忠于蒙古大汗的良苦用心，大汗和我都永远不忘。台吉愿意让自己的女儿侍奉大汗，大汗和我都很感动。但是既然是台吉千金，大汗和我也不能怠慢。先随大汗和我回汗廷去，等萨满择一个吉时良日，由我来操办一个盛大的典礼，成全大汗和台吉千金的好事。军旅中仓促成婚，恐怕委屈了台吉和这么漂亮的姑娘。"

色古色急忙称是。达延汗也不便说话。

蒙古女雄：满都海皇后

初识西藏喇嘛

哈密的送亲队伍随达延汗一同回到察哈尔达延汗的驻营地。在送亲队伍里，有一个身穿黄袈裟头戴黄帽的西藏人引起了满都海的注意。

"他是什么人？"有一天，满都海问达延汗。

"西藏喇嘛。"达延汗笑着说，"色古色的福晋是个西藏喇嘛教的信徒，她的女儿从小受她的影响，信喇嘛教。听说我们这里没有喇嘛，就特意送一个西藏喇嘛来陪嫁。"

满都海沉思着问："什么叫喇嘛？喇嘛教和萨满有什么区别？"

达延汗摇着头，说："我也说不清。不过，我知道我们蒙古人还是信我们萨满的多，你看，草原上星罗棋布的敖包，不是我们蒙古牧人的翁衮吗？萨满讲究天理，讲究天数，宣传黄金家族的天定，正符合我们的要求，这就可以杜绝异姓家族图谋不轨。萨满是我们的好帮手。"

满都海摇着头，慢慢说："可是萨满的红祭陪葬等实在太野蛮，总叫我心里不舒服。不知道西藏喇嘛主张什么？要是能结合萨满的主张，又能改变我们蒙古红祭、活祭、殉葬一些恶劣做法，到不妨把西藏喇嘛接到我们蒙古地区来传经。大元时代，世祖忽必烈不是封西藏喇嘛八思巴做帝师吗？我们汗廷除大萨满主祭，没有别的什么帝师，也没有和其他教派有什么联系。"

"是啊，圣主邀请汉人的全真教派道长长春真人丘处机，听他说道教教义。世祖还举行过道教、基督教和喇嘛教的大辩论呢。八思巴大师就是在那次辩论中力挫群雄，受到世祖的欢喜，奠定了他的地位。"

"那我们也把那喇嘛叫来给我们讲讲他们的主张，行不行？要是他们的主张能符合我们的心意，我们也可以把他正式留到汗廷里服务。你看怎么样？"满都海征询着达延汗的意见。

从哈密回来，达延汗一直在想着色古色的女儿，却又不敢向大哈敦提出操办婚事的事。如今见哈敦自己提出了送亲的事，当然心里高兴。他想乘机提醒大哈敦自己说过的话，早日把那两个漂亮的姑娘封成自己的妃子。他正好顺水推舟。急忙说："当然可以，大哈敦去把他叫来吧。他是色古色女儿的陪嫁人嘛，你想什么时候传他都可以。"达延汗故意提出色古色女儿陪嫁这一点。

满都海好像没有听到达延汗的提示似的,故意不理会那个她避讳的事。"那个喇嘛叫什么?"满都海微笑着问达延汗。

达延汗心中不快,但是也不好发作,只是淡淡地说:"丹巴增措。"

丹巴增措在自己的营帐里打坐念经,大汗的侍卫前来传唤,说大汗和大哈敦有请上师去大汗营帐说法。丹巴增措心中大喜。他到瓦剌地区就是为了传法,经过他和他的师父的努力,已经为哈密地区瓦剌部落的一些领主和他们的福晋做了灌顶仪式,把西藏佛教的格鲁派影响扩大到瓦剌蒙古地区。但是这远远不够,回想大元时期,西藏佛教在大元朝廷里的影响和地位,就叫西藏佛教活佛教主羡慕向往不已。虽然八思巴属于萨迦派,俗称花教,丹巴增措属于格鲁派,俗称黄帽子的黄教,可是他们毕竟同属一教。丹巴增措有责任把格鲁派发扬光大。

丹巴增措兴冲冲来见达延汗和满都海哈敦。跪拜之后,达延汗赐座在他的身旁。

达延汗开口说:"大哈敦对佛教有些兴趣,今天特地请大师来,为她讲讲佛教大法。"

满都海微笑着,注视着丹巴增措。丹巴增措仪表堂堂,很有男子汉的魅力。满都海心里已经产生了许多好感,她微笑着说:"大元时代先祖都尊崇佛教,特别是西藏佛教,请大师先给讲讲西藏佛教。"

丹巴增措低下头,打了个佛教手势,清清喉咙,说:"西藏喇嘛教,起源于五百多年前,从吐鲁番传入西藏。一百多年以后,就在西藏各处流传开来,慢慢地形成了几个大的教派。主要有:宁玛派,俗称红教;噶当派,萨迦派,俗称花教;噶举派,俗称白教;希解派,布顿派,还有格鲁派,俗称黄教。"

满都海看着达延汗,笑着说:"都说佛教讲究清静,谁知也这么争权夺利的,搞出这么多派系,一定也不亚于朝廷的派系斗争。"

达延汗也笑着说:"这教派的事,我看和我们朝政的事一样,都是互相利用、互相勾结、互相争斗,要不哪里会分出这么多的派系啊!"

丹巴增措只是傻笑着,不敢反驳。

"你属于什么派的啊?"满都海很有兴趣地看着傻笑的丹巴增措问。傻

蒙古女雄:满都海皇后

笑的丹巴增措好像更有一种男子汉的魅力,满都海微笑了。

丹巴增措赔着笑脸,急忙回答说:"我属于格鲁派,俗称黄教。格鲁派,是这一百年间才发展起来的教派。他的创始人叫宗喀巴,本名叫罗桑扎巴,生在一百二十多年前的青海宗喀。16岁时进入西藏,拜当时非常有名的大师研习佛法,造诣很深,成为前后藏十分著名的佛教大师。当时,他看到萨迦派、噶举派的一些僧人追逐政治权势,积聚财富,生活腐化,戒律松弛,就提倡改革,主张僧人严守戒律,过严格的僧人生活,提倡僧人节俭清净,注重修身养性修习规矩。他的这些主张,受到当时僧人和人民的支持。有许多僧人开始拜他为师,跟从他修行,到处宣传他的主张。后来,宗喀巴大师在当时的西藏阐化王扎巴坚赞的赞助下,在拉萨召开一个传大召的祈愿大会,同年,宗喀巴大师和他的弟子在拉萨东郊60里的旺古儿山下建立了一座甘丹寺,全称叫'甘丹南结林',成了格鲁派的的主要活动地点。于是,格鲁派正式成立。成立以后,发展很快,不久,又在拉萨建立了哲蚌寺、色拉寺,在日喀则建立了扎什伦布寺。汉人王朝还宣他去朝见汉人皇帝。在五台山还修建了五座寺院。哲蚌寺的全称是'吉祥米聚十方尊胜洲',色拉寺的全称是'大乘洲'。甘丹寺、哲蚌寺和色拉寺,是黄教在前藏的三大寺。可是,也有人不喜欢格鲁派,前十来年前拉萨大领主蚌巴控制了拉萨以后,他在去年宣布禁止拉萨的格鲁派的三大寺院的格鲁派僧人参加祈愿大会。所以,我们格鲁派的大师就派我们到青海地区扩大势力和影响。"

"原来是这样。那世祖所信奉的肯定不是格鲁派啦?因为那时格鲁派还没有诞生。"达延汗和满都海都注意地听着,满都海自言自语。

"是的,大哈敦说得十分正确。大元世祖忽必烈宠信的八思巴帝师,是萨迦派,也就是俗称的花教。"丹巴增措很敬佩地望着大哈敦,微笑着解释。

"那世祖以前,蒙哥时期呢?"达延汗也好奇地问。

"蒙哥时期好像比较复杂。开始也是萨迦派受重视,但是蒙哥赏赐了当时的大师一顶黑色镶金边的帽子后,那个大师欣喜若狂,就创立了黑帽子派,叫噶举派。"

"你们格鲁派教的主张是什么?"满都海郑重其事地问。

丹巴增措正了正身体,开始他的长篇说法:"格鲁派的主张都在宗喀巴喇嘛的《菩提道次第广论》和《密宗道次第广论》里阐述出来。格鲁派其实是黑帽子派噶举派的继承和发展。宗喀巴大师小时候就是跟从噶举派四世活佛受戒，7 岁时到甲琼寺跟噶当派的僧人顿珠仁钦出家，学法九年。17 岁到西藏深造，广学佛法。25 岁前，已经学完《慈氏五论》《俱舍论》《集论》《量释论》《戒经》等许多典籍。并且开始在寺院立宗答辩。到他 29 岁时，在南杰拉康寺受比丘戒，开始讲经收徒，系统学习密宗经典，如无上瑜伽部的《集密》《胜乐》《时轮》以及瑜伽部、行部、事部中的多种经典，他也学习萨迦派的'道果法'、噶举派的'大手印法''那饶六法'，及噶当派教法、《菩提道次第》《圣教次第》《中论佛护释》等。他不拘一格，不受教派门户之限，这是他进行宗教改革和创造新的宗教思想体系的基础。宗喀巴喇嘛吸收了许多教派的教义精华，形成了他自己的主张。"

丹巴增措停顿了一下，想换换气。满都海微笑着发问："什么叫喇嘛？"

丹巴增措也笑了笑说："喇嘛是藏语的大师、上师的意思。"满都海点头。

丹巴增措继续讲经："宗喀巴喇嘛的格鲁派主张主要是'缘起性空'说。缘起与性空是互相联系的。尘世间，一切事情都是因缘而起，和合而生，此即为缘生。如果不是从缘起而生，任何事物都是无有。此即谓之性空。性空的全称是'自性空'。尘世间没有不依赖任何条件存在的事物，因此，任何事物都必须有缘起，所以，尘世间，缘起有，自性空。缘起中，最根本的是'业感缘起'，就是善有善报，恶有恶报，业力不失，因果轮回。事情总是轮回变化的。所以，格鲁派说，世间一切烦恼皆由无明起，只有懂得'缘起性空'的道理，才能克服无明达到明。"

"什么是明？"满都海忍不住插嘴问道。

"明就是智慧。有了明，然后才可以超出世外。"

"如何达到明？"满都海又问，她虽然听得有些云遮雾罩，但是也听出了一些朦胧的道理。

丹巴增措不由点头：这蒙古哈敦已经听出一些道道。有门儿，看来，她是可以点化的。达延汗虽然脸上有些不耐烦，但是也还是很有兴趣的样子。他接着解释："要想达到明，办法就是修炼。我们格鲁派叫修持，强调止观并重。在修定中要达到轻安的状态，用修止来控制自己的心思，让心住一境。达到心住一境，就可获得身体的轻安。还要修观，修观是为了抑止，最后达到心与理的合一，可以获得心的轻安。就是心身宁静安详，没有烦恼、忧虑、

蒙古女雄：满都海皇后

285

烦躁。"

满都海听得十分入神，连达延汗也被吸引住了。

"不错，不错。很有意思，很有意思。"满都海连声称赞，"我们蒙古人，好勇善斗，就是因为不懂缘起性空，烦恼太多。看来兴黄教可以安蒙古，叫我们蒙古人不那么好斗。你说呢？大汗？"满都海推了推沉思的达延汗。

达延汗沉思着说："大概是的吧？可是，如果我们蒙古人都信了这黄教，都自己修持起来，都想摆脱自己的烦恼，达到轻安。那蒙古人英勇善战的传统性格不是都失去了吗？那我们还像成吉思汗的子孙了吗？"

"也是。满都海也有些疑惑起来。

丹巴增措又说："佛教主张不杀生，不殉葬，不用活牲畜做红祭，因为杀生要受到佛爷的惩罚。"

"这好，这好。"满都海又连声赞叹。这教义正和她的主张一致，她感到分外亲切。"佛爷是谁？是翁衮吗？"

丹巴增措微微一笑，说："佛教不拜翁衮。佛爷是释迦牟尼，我们祭拜六臂观音菩萨。观音菩萨救苦救难，慈悲为怀，关心天下百姓，在他面前摆放乳、酪、酥油就可以了。"

"哦，是这样。"满都海叹息着，"这当然比红祭好得多，红祭太残酷了。那流泪的黑牛、白马，总叫我心疼。而且，也太浪费了。一年单是各种祭祀，就要杀死多少牛马。"满都海痛心地摇着头。

丹巴增措见满都海哈敦这样向往佛教，趁势劝说："大汗和大哈敦要是有意加入佛教，我就可以择吉日为大汗和大哈敦举行灌顶仪式。"

"这灌顶仪式，是怎么回事？"满都海很好奇地问。

丹巴增措说："这灌顶是归附佛教的仪式。行过灌顶仪式之后，就是一个正式的格鲁派的信徒。当年世祖和哈敦都由帝师主持行了灌顶仪式。大元时代历代君主都信奉佛教，总共任命了 14 位帝师。大汗光复了大元事业，也一定会效法乃祖尊崇佛教的传统。"

丹巴增措鼓起三寸舌，劝说达延汗和满都海接受佛教。他心里暗自期望着：最好能任命我为帝师，像八思巴一样，成为帝师，那可是享不尽的荣华富贵，花不完的钱财金银。

达延汗倒不大以为然。虽然大元崇尚佛教，可是广大蒙古人依然信奉萨满。萨满虽然落后,可是萨满讲究君权天授,这不正好是维护黄金家族合法统治的得力工具吗?干吗要动摇蒙古人的这种信念呢?再说,佛教讲究慈悲为怀,讲究不杀生,这不是要把蒙古人引向柔弱吗?不杀生,蒙古人如何保持他们尚武的民族传统?蒙古人的剽悍勇猛不是要慢慢被消解了吗?大元以后的蒙古人,越来越孱弱,是不是与大元崇尚佛教有一定的关系?

满都海还想问灌顶的事,达延汗却说:"听大师讲法,茅塞顿开。这灌顶之事,且等以后商量。"说着端起手中茶杯。满都海也不好再问下去。

丹巴增措急忙站起身告辞,他顺口问达延汗:"大汗,什么时候举行和色古色台吉女儿的结婚典礼?"

达延汗心中一喜,这问题可是他想问的。他支吾着说:"这事归大哈敦处理,要问大哈敦。"

丹巴增措微笑着向大哈敦问询。

满都海笑着说:"为大汗收妃子,这是大汗汗廷里的大事,从大汗登基到现在,还从没有过,因此,这是汗廷的头等大事,万不可马虎。萨满还没有找到吉时良日,为了蒙古大元的利益,还要等一等。大汗是不是等不及了啊?"满都海一脸嘲笑和调皮的样子,转向达延汗问。

达延汗不好意思,说:"哪里,哪里。"急忙转换话题,让侍卫送丹巴增措出大帐。

蒙古女雄:满都海皇后

第六章　宫闱风云

媳妇察青祸乱后宫

苍白的察青,刚刚满月,来到满都海哈敦的大帐给婆母请安。奶母抱着刚满月的儿子跟在她身后,大哈敦满都海要看看自己的长孙子。

察青心里怀着不安和忐忑。没有了图鲁,她似乎更害怕婆母满都海。自从图鲁死后,她每日都按时来请安,生怕引起婆母的不快。蒙古人的礼节和规矩,她必须遵守。

从 13 岁起就在汗廷里做博斡勒①的察青,是白加思兰的孙女,是满都海攻打白加思兰之后,俘获他的部落带回的俘虏。满都海见她美丽秀气,又很聪明,就把她留在自己身边做使女。想起与白加思兰的关系,满都海哈敦也没有为难这小姑娘。她不是野思马因的女儿,她的父亲是白加思兰的长子,年纪比满都海大得多,也没有欺负过当年的伊克哈巴尔图,所以满都海对这小姑娘也还不错。小姑娘在艰难的生活中竟像草原上的山丹丹花一样开放了,那样绚丽鲜艳。发育丰满的身材像亭亭的白杨一样挺拔,她故意把腰带勒得紧紧的,要比其他蒙古妇女和姑娘更紧,而且更靠近胸脯,这样,便把她丰满高挺的胸脯的轮廓完全显露出来,纤细腰肢分明地勾勒出花瓶似的曲线。瓦剌血统的白皙和红润没有因为艰难生活而消退,那略有些淡蓝的眼睛和一头蜷曲的乌黑秀发,得自她那波斯后裔母亲的遗传。

那一天,被俘获的察青早早起来去湖边打水。她提着水桶了回到大哈敦的大帐,碰到早起去骑马的达延汗。

①博斡勒:蒙古族语,指家养奴隶。

"你是谁?"达延汗看见提水的察青,奇怪地问。这女子楚楚动人,不知为什么,打动了达延汗。

"回大汗,我是新来的博斡勒,叫察青。"察青并不畏惧,直直地望着达延汗说。

"你是从哪里来的?"达延汗好奇地追问。

"回大汗,我是白加思兰的孙女,瓦剌蒙古。"

"哦,原来是这样。"达延汗沉思着,又盯着察青看了一会儿。察青也正用一种脉脉含情的眼光肆无忌惮地望着他。达延汗的心欢快地跳了起来。

"跟我来。"达延汗命令。达延汗抱着察青上了马,正想打马朝草原奔去。

满都海哈敦骑马赶了过来。

"你这是干什么?"满都海哈敦见达延汗正怀抱着自己的使女察青骑马过来,很奇怪地问。

达延汗尴尬地一笑,说:"带这小姑娘出来遛一遛。"

满都海心下明白:这达延汗的毛病又犯了!真是的!人们说,男人都是猫,没有不偷腥的!她还不相信这说法。她的达延汗就极老实,极听她的话,从不胡乱搞女人。可是,就在她频繁坐月子的日子里,达延汗还是耐不住寂寞,把使女揽到了怀里。不过,满都海却从没有挑破这层窗户纸。她不能叫达延汗难堪。年轻时候,她已经教训了他,现在已经今非昔比,自己苍老了许多,不能任由性子叫达延汗生气愤怒。比达延汗大得多,应该像大姐姐或者像慈母一样去对待达延汗,她不能任由自己的性子像普通女人那样在男人面前撒娇发嗲,她应该是个理智的女人,一个成大事的刚强女人。她偷偷地落了几次泪,把一切不满和痛苦都独自化解了。

可眼下,却叫她撞见了。

满都海轻轻皱了皱眉头,马上又舒展开来,粲然笑着:"大汗好兴致!一个使女竟有这样的幸运,叫大汗抱着去溜达。要是叫侍卫和其他大臣看到,也不知他们会怎么议论呢!"

满都海眉头一皱,压低声音对察青说:"还不快下来!"

察青红头涨脸,急忙从达延汗怀里挣脱出来,跳下马,低着头,站到满都海面前。满都海依然低声然而威严十足地说:"还不去干你自己的事?站在这里算怎么回事？"

察青急忙跪了跪，转身跑走。

图鲁和巴尔斯兄弟从对面骑马过来。图鲁一看见察青，眼睛就亮了起来，"瞧这小美人，"他扭转头对巴尔斯说："我真喜欢她，她是我们这里最美丽的姑娘。"

"是吗？我没注意。"说着，巴尔斯定睛看着察青。察青白里透红的肤色一下子吸引了他的目光。他的目光固定在察青的脸上，那一汪秋水似的大眼睛更是叫巴尔斯赞叹不已。

"有眼力，图鲁。她确实是个大美人。"巴尔斯说，"我们过去逗逗她。"

"不许乱来，巴尔斯。"图鲁正色说，"我可是真正喜欢她，我要跟大哈敦提出娶她的。"

巴尔斯诧异地看着图鲁，"是吗？你要娶一个女奴隶？算了吧，她这么漂亮，让我也和她玩一玩嘛。"巴尔斯嬉皮笑脸地说。

"我再正告你，不许你乱来。你才几岁？就想玩女人？"图鲁挥舞着马鞭，警告巴尔斯。

巴尔斯向他吐吐舌头，做了个鬼脸，说道："你放心吧，我不会动你的小美人的。"

"这才是我的好兄弟。"图鲁说完，打马向察青走去，"察青，等等我。我带你去捕百灵鸟！"

察青感觉到大汗和大哈敦都在看着她，她不敢回答图鲁，只是低着头，快步往营帐走。图鲁却掉转马头，勒住马，跳了下来，站到她面前，张开胳膊，拦着她的去路，说："你为什么不理我？察青？"

巴尔斯打马来到满都海身边，见过达延汗和大哈敦，对满都海说："额娘，图鲁说他要娶察青。"

"真的？"满都海略微有些吃惊。一道亮光闪过她的心头：图鲁已经 15 岁，如果他喜欢这察青，就把察青许给他做哈敦，不是可以绝了达延汗的念头吗？

满都海大声吆喝住想躲避图鲁的察青："大台吉同你说话，你没听到吗？"

察青急忙跪下，向满都海哈敦告罪："大哈敦饶恕奴婢，奴婢听见了。"

"既然听见了，就陪大台吉去捕百灵鸟吧。记住，好好伺候大台吉。"

察青答应着。图鲁高兴地朝满都海哈敦一笑，拉起察青，把她抱上马，朝草原驰去。

达延汗看着远去的图鲁和察青，心中产生出一种说不出的惆怅，还搀杂着几分怨恨。他狠狠地哼了一声，自己打马走开，不搭理满都海的呼唤。

几个月以后，满都海哈敦做主，为满16岁的图鲁娶了察青。

满都海哈敦正抱着小儿子玩。察青进来，跪着问了安。满都海把自己的小儿子交给奶母，让察青把她的儿子抱上来。察青从奶母手中接过婴儿，抱到婆母面前。满都海哈敦揭开婴儿的褓褓，露出婴儿粉红小脸。眼泪一下子涌上她的眼眶，她想起生图鲁的情景。她的图鲁，她的头生儿子啊。满都海心里呼唤着。她轻轻抚摩着婴儿的小脸。

要照顾好他，图鲁博罗特留在世上这唯一的骨肉，满都海哈敦想。

"你要照顾好他，他可是图鲁唯一的骨肉。"满都海嘱咐着察青。察青点着头。

"他快要过周岁的生日了，我们要好好给他过个隆重的去发宴，让全汗廷来庆祝一下。你准备给他起个什么名字呢？"满都海抬起眼睛问。

"不知道，图鲁没有说过。"察青小心翼翼地回答。

"我看，就叫博迪吧。"满都海说，口气没有一点商量的意思。

察青心里想：我的儿子还是应该由我来起名的好。可是她却不敢反驳，只是默默的，没有表示同意。

满都海不满意地瞪了察青一眼，接着说："就叫博迪。这名字吉祥如意，长生健康嘛。"

察青还是没有说话。

满都海有些不高兴，沉着脸说："你怎么不说话？是不喜欢这名字吗？"

察青抬眼偷看了看满都海的脸色，婆母脸上已经有了明显的怒意，她的心剧烈跳动起来，她急忙点点头，小声说："我喜欢。"

满都海从鼻子里哼了一声，又接着说："现在博迪已经快周岁了，你把他交过来，由奶母德德玛养育。"

察青心中一惊，急忙说："额娘，博迪还是交由我自己养育的好。我的奶

蒙古女雄：满都海皇后

水很多,能把他养育得白白胖胖,健健康康的。"

满都海的脸上又罩上阴云:"你才几岁啊?你会养育孩子?我们蒙古汗廷的规矩是这样,你想违抗不成?这孩子是将来的大汗,万一有个三长两短,你能担待得起?将来你的兄弟们有了孩子,也都是一样的规矩。"

察青眼泪涌了上来,她急忙掩饰着,但是还是有几滴滴落下来,落在她自己的手背上。

满都海突然发了怒,她压低声音,厉声呵斥着:"哭什么哭?我还没死呢!你想把我们哭死啊?好为你白加思兰家族报仇,是不是?"

察青急忙跪下,说:"大哈敦不要见怪,奴婢只是有些舍不得博迪,绝没有别的意思。"

满都海把博迪交给奶母德德玛,严厉地说:"照顾好他,出了事我要你的命!"

后宫专权一手遮天

出征瓦剌胜利归来已经很长时间,汗廷里也没有什么大事,日子平平静静地流过。满都海哈敦斜倚在卧榻上,使女为她轻轻地捶着腰背。她的脑子却没有闲下,正思谋着眼下汗廷的局势,还有那些叫她很烦心的事。

巴尔斯博罗特济农在鄂尔多斯掌管右翼三万户,一切都很顺利,按时向汗廷交纳赋税,使汗廷的财政收入增加了不少。巴尔斯博罗特住土默特部,收了全部的蒙郭勒津部的牲畜、人口、财产,上缴汗廷许多财物,也大大增加了汗廷的财政,使汗廷富庶了许多。加上收服哈密瓦剌,俘获野思马因全部财产,汗廷的状况呈现前所未有的景气。

满都海哈敦自己却越来越烦心。

达延汗已经很久没有到她的大帐里去过夜了。他总说汗廷事务繁忙,他需要在自己的寝帐里处理一些事务。满都海明白,达延汗在她这里得不到满足,他旺盛的男性精力没有获得充分的发泄。

满都海很烦恼。自己已经感到疲乏,对男女之事明显地缺乏兴趣。她一动不动的姿势,她对他的激情毫无回应,所有这些都明显地表明,她确实衰老了,对男女情爱已经无动于衷。是的,女人已经到了生理的极限,她没有办法使自己兴奋,使自己激动,使自己具有像他那样的激情。相差几乎十岁的年龄差别,她没有办法去弥补。

是不是应该给他娶妃子呢?满都海想,那两个瓦剌姑娘还被她关押在自己的斡耳朵里,不让达延汗去召见她们。为这,达延汗大约也很恼火她。可是她还是不肯让步,她坚决禁止达延汗召见她们。他们是有约法三章的。

满都海想,这么年轻漂亮美貌的女子,一旦进入大汗的寝帐,她满都海还有地位吗?只怕是一天一天地被排挤出去。

不行!坚决不行!满都海轻咬嘴唇,又一次下决心,说服自己坚决不能动摇自己的决心。可是一定要想个办法,让自己能够满足大汗的需要才好,让自己恢复青春。

有什么办法呢?她召见了萨满,萨满给她介绍了一些办法。她学着练习了许多时间。但是收效不大。萨满说,喇嘛有办法,他听人说过。

满都海召见丹巴增措喇嘛。

丹巴增措喇嘛很高兴。虽说是达延汗对喇嘛教还没有表示出多大的兴趣,但是大哈敦已经表现出的热情足以鼓舞丹巴增措继续努力去向满都海宣讲喇嘛教义。他相信满都海对喇嘛教有足够的热情。

满都海确实对喇嘛教有兴趣。另外,她喜欢听丹巴增措喇嘛讲教。自从见过丹巴增措喇嘛后,不知为什么,她总是不由自主地想他。那一表人才的喇嘛,高大健壮,面容黎黑棱角分明,眼睛大而亮,炯炯有神,鼻子高直,嘴唇唇形好看,很有打动女人心的力量。他深沉厚实的声音,好像具有一种穿透力,穿透满都海的胸膛,叫她的心欢快舒坦。

丹巴增措为满都海继续讲喇嘛教义。满都海问:"佛主的法力无边,他有没有让女人不老的法力呢?"

丹巴增措好奇地看了满都海哈敦一眼。

满都海哈敦的脸颊松弛,下颏的赘肉松垮垮的下垂,眼角堆积着皱纹。一眼看去,确实显出了衰老的样子。可是达延汗,丹巴增措想到达延汗,还是很年轻的汉子。丹巴增措心下有些明白:这对夫妇出现了麻烦,怨不得她一直拖延着为达延汗娶妃子的事。

丹巴增措笑着说:"佛主法力无边,他没有做不到的事。他可以叫女人年轻,叫女人具有非凡的能力,使男人永远离不开她。他还可以叫男女夫妻

蒙古女雄:满都海皇后

永远相爱。"

"真的吗?"满都海惊异地问,"大师能不能指点一下?"

丹巴增措说:"喇嘛教有男女双修的秘宗,是不能传于外人的。我只能把一尊欢喜佛献给大哈敦,把一本书敬献给大哈敦。大哈敦先自己揣摩,等揣摩到一定程度,我再为大哈敦指点疑难。"

丹巴增措把一尊黄绸包着的欢喜佛和一本画本敬献给满都海,"千万不能叫大汗看到。"丹巴增措嘱咐着。

满都海解开手中的黄绸,露出一尊黄铜铸成的佛像。满都海很是吃惊:一个赤身裸体的女人仰面半躺着,一个公牛似的男人也同样赤身裸体趴伏在女人身上。她的脸红了,心中怦怦乱跳。她又打开画本,里面全是赤身裸体的男女交合的图画,这是一本房中术画本。

满都海不好意思,急忙挥手打发丹巴增措离开大帐。

满都海已经掌握了喇嘛传授的一些房中秘术,今天要把达延汗请到自己寝帐里来,让他欢喜。找什么借口呢?满都海手托腮帮思考着。对,商谈为乌鲁斯和巴尔斯娶妻的事,这是一个达延汗关心的事情。要先打发掉那两个美貌的瓦剌女子。这要冒险的,也许会叫达延汗极端恼怒。可是,她还是决定这么做。

满都海想。

乌鲁斯博罗特和巴尔斯博罗特,都已经长驻鄂尔多斯和土默特部,难得见他们一次。满都海很想念他们。她知道,他们那里的情况都很好。那两个小子已经长成蓝天翱翔的雄鹰,他们已经不再需要母亲的保护。可是,她还是禁不住去想念他们,他们现在也该娶妻生子了。

是的,该娶妻了。娶哪里的女子呢?满都海想。突然,那缠绕着她心头的那两个女子模样浮现在她眼前:高鼻子,深眼睛,微蓝的眼睛,白皙红润的面庞,颀长的身材,色古色的女儿。她的心微微发痛。她们要是做了达延汗的妃子,达延汗不宠幸她们才怪呢。那么漂亮,那么年轻,她怎么能竞争过她们呢?尽管她一再拖延阻挠,没有让达延汗把她们带回他的寝帐。可是,这拖延终究不是办法,什么才是彻底的解决办法呢?

满都海坐了起来,摆手让使女停止捶打。

"去把色古色的女儿叫来。"她命令大帐侍卫。

色古色的女儿阿伊古丽和古兰丹木正在自己的蒙古包颂经,听说大哈敦来叫,急忙换上漂亮的衣服,戴上镶满珍珠和宝石的姑姑冠,去拜见大哈敦。两个姑娘心里紧张,互相使着眼色,互相安慰着。来汗廷已经几个月,没有人搭理她们。大汗不接见她们,大哈敦不接见她们,她们每天只能待在自己的蒙古包里,被侍卫看守着,不可以随便走动,好像被关起来一样。现在,大哈敦终于要见她们了。是好事还是坏事?她们不知道。

大哈敦满都海端坐在坐榻上,手里端着奶茶。

阿伊古丽和古兰丹木被使女引到她的面前,她们跪到她的脚下,声音颤抖着说:"阿伊古丽、古兰丹木拜见大哈敦!"

大哈敦满都海低垂着眼睛,一小口一小口,慢慢啜饮着奶茶。

阿伊古丽和古兰丹木互相看了一眼,又磕头说:"阿伊古丽和古兰丹木叩见大哈敦!"

满都海哈敦眼睛不抬,继续啜饮着。

阿伊古丽和古兰丹木跪伏在地上,不敢抬头,继续叩头说:"阿伊古丽、古兰丹木叩见彻辰哈敦!"

满都海这才抬起眼睛,看了看眼前的女子,从喉咙里挤出冷漠的声音,慢条斯理地说:"起来吧。"

阿伊古丽和古兰丹木慢慢站了起来,垂手立着。

满都海把手中的银碗交给使女,抬眼睛看了看她们,说道:"走过来,让我看看你们。"

阿伊古丽和古兰丹木往前走了几步。满都海从头到脚打量着她们,慢慢点着头说:"不错,不错。你叫什么名字?"

"阿伊古丽。"

"多大啦?"

"16岁。"

"你呢?"满都海转向古兰丹木。

"古兰丹木,15岁。"古兰丹木战战兢兢地回答。

"你们来多长时间啦?"满都海面无表情地追问着,声音冷钝,充满威势。

"大概有三个多月。"阿伊古丽偷偷看了看满都海,小声回答。

蒙古女雄:满都海皇后

295

"你们来汗廷，时间也不短了，需要安排你们的将来了。"满都海看着面前这两个美丽的女子，继续冷钝地说："你们的父亲要把你们许给蒙古大汗，这忠心可嘉。不过大汗见你们年纪小，怕委屈了你们，叫我重新安排。他要我把你们姊妹许配给我的两个大儿子，乌鲁斯和巴尔斯。你们愿意吗?"满都海直直地盯着她们，目光里充满了威严的命令，没有任何商量的意思。

阿伊古丽和古兰丹木互相望了一眼，不约而同地说："听大哈敦的安排。"

"那好，等一会儿就送你们上路，去鄂尔多斯和土默特。"满都海依然不动声色，冷钝地说，没有一丝商量的余地。

两个奶母分别抱着她的小儿子和孙子博迪进到她的寝帐。

奶母把两个小家伙放到地毯上，两个小家伙挥舞着两只小手，蹒跚着走来走去，嘴里咿咿呀呀地说着什么。

满都海抱起博迪。博迪却好像并不太喜欢这祖母，竟张开口哇哇哭喊着要下地。他在满都海怀里使劲挣扎，扑腾着小脚。满都海哄着他，亲着他，让他安静下来。他却扑腾哭喊得更加欢实。满都海无可奈何，只好把他放到地上。博迪的脚一落地，便停止哭闹，欢笑着张开小手，向他的奶母德德玛扑去。

满都海轻轻摇了摇头，一脸不高兴的样子，说："真不懂事!"她向自己的小儿子张开双手，小儿子便满脸欢笑朝她怀里扑来。满都海一把抱住自己的小儿子，把他紧紧搂在怀里，把自己的脸紧紧贴在他的脸上，连连亲着说："乖乖，真是个乖乖。"她又朝博迪喊："博迪，乖乖，到奶奶这里来。"博迪还是无动于衷的样子，并不嫉妒那个和他一样大的小叔父的得宠。这种故意用不公平待遇来激起部下嫉妒从而更好地控制他们的政界手法在这里全然没有发生作用。博迪蹒跚跑到奶母那里，投入了她的怀抱。

满都海气恼地扭过头，不再搭理这不识抬举的小孙子博迪。"肯定是他额娘教唆的结果!"她恨恨地想。

大殿外的侍卫高声喊："大汗驾到!"

奶母急忙跪了下去。满都海放下儿子，迎到门口。

达延汗见到儿子和孙子，很高兴，弯下腰一边一个抱起两个小家伙。博

蒙古女雄：满都海皇后

迪竟也没有哭闹,还很亲热地把自己的小嫩脸贴到爷爷的脸上,轻轻蹭来蹭去,把达延汗蹭得心里痒痒的,舒坦极了。

满都海很有几分嫉妒的样子,酸溜溜地说:"这家伙,倒挺势力的,见了你这么亲热,我抱他他却又哭又闹的!"

达延汗开心地大笑起来,开玩笑地说:"他也知道你厉害嘛!"

满都海有些不大高兴,脸微微一沉。达延汗急忙把孙子塞到她怀里,说:"叫奶奶抱抱,奶奶就想抱抱你。"博迪很听话的,钻进奶奶怀抱,还把自己的小脸很快地往奶奶脸上贴了一贴,算作对刚才冒犯的道歉。

满都海哈敦开怀大笑起来。

达延汗抱着小儿子坐到卧榻上,满都海抱着孙子博迪坐到达延汗身边。

博迪大约觉得自己已经给祖母以足够的面子,又开始不安分起来,在满都海怀抱里扑腾起来,哼哼唧唧的,闹着要下地玩。那边达延汗怀抱里的小儿子也见样学样,也手脚扑腾。

满都海戳着博迪的额头,说:"你总是不听话。好,下地玩去吧。"说着把博迪放到地上。达延汗也把小儿子放到地上。两个小家伙蹒跚着到大帐前边去玩耍。

满都海望着达延汗,说:"我刚才突然想到一件事。乌鲁斯和巴尔斯都已经该娶妻了,我们什么时候为他们举办大婚?"

达延汗笑了笑说:"还没有商定人家,如何举行大婚?"

满都海也笑了,说:"我们不是已经有了现成的人吗?"

达延汗有些诧异地问:"在哪里?我怎么没有听你说过?"

"我已经安排好了,只等大汗同意。我已经把色古色的女儿许配给乌鲁斯和巴尔斯,她们都没有意见。大的叫阿伊古丽,配给了乌鲁斯。小的叫古兰丹木,配给巴尔斯。一个 16 岁,一个 15 岁,这么年轻,与儿子年岁相当,你看许配给他们有多合适。我想大汗不会不同意吧?"

"什么?"达延汗大声喊了起来,他"腾"的从坐榻上一跃而起。

"你把她们许配给儿子了?好你个满都海,你怎么敢自作主张?你明明知道,色古色可是把她们许给我的啊!"

满都海温柔地笑着,站了起来,伸出手抚摩着大汗的肩膀,说:"大汗可是答应过我的,我们的约法三章,大汗难道忘了吗?"

达延汗一把推开满都海的手，咆哮起来："好大胆！又用这来威胁我！我不管！我不许你把她们许配给儿子！"等了一下，他又喊了起来："来人！去通知礼宾司，马上准备结婚大典，我要纳妃！"

满都海依然不愠不恼，只是轻轻地说："她们已经被送到鄂尔多斯和土默特去了。儿子已经知道这事了。你是不是想叫乌鲁斯和巴尔斯嫉恨你这做父亲的啊？"

达延汗愣怔在原地。

满都海这声音不高的话语，好像一盆冷水，浇灭了他满腔怒火。儿子？两个大权在握的儿子，两个拥有重兵的儿子，他能和他们抢夺女人吗？

"你！我再也不想见到你！"达延汗咆哮着，甩手离开满都海的大帐。

不和谐　达延汗烦恼

达延汗在自己的寝帐里喝酒。面前的矮桌上，摆放着焦黄流油的烤羊腿、炸羊尾，鲜美得叫人看见就免不了涎水长流。各种奶制品，也散发着鲜奶的香味，洋溢在大帐里。乐师拉着马头琴，弹拨着火拨思，悠扬的蒙古长调声中，几个盛装的蒙古姑娘翩翩起舞。

达延汗已经喝得满脸通红，他从头上抓下帽子，散开了发辫。他解开蒙古质孙服，脱掉罩在外面的褡襻，露出黎黑结实的胸脯。

达延汗又仰脖子灌下一碗烧酒。他感到浑身上下燥热异常，就站起身，干脆甩掉身上的蒙古袍，赤裸着上身，支架起胳膊，跳着摔跤步伐，跳到大帐中央。"去！去！"他挥手赶走跳舞的姑娘，朝站在大帐门口的侍卫喊着："过来，我们摔一跤！"

侍卫急忙喊来侍卫长，侍卫长给大汗换上镶着银饰的摔跤褡襻，自己也穿上一件，跳跃着向达延汗逼来，像往常一样比试起来。达延汗心里一烦，就常常这样摆脱烦恼。

达延汗在红地毡上转着圈，寻找合适的进攻角度。侍卫长也跳跃着，围着达延汗转，他只是在寻找着躲避进攻的合适方法。

达延汗突然扑上去，一把抓住侍卫长的腰带，把侍卫长抓离地面，甩到自己的肩头，又顶到头顶上，飕飕地转动着，一连转了十几圈。头顶上的侍卫长被转得头晕眼花，一个劲喊饶命。达延汗才把他从头顶上高高地摔到地上。侍卫长故意高声喊叫着，呻吟着，好像被摔伤了似的。

达延汗得意得仰天大笑了好一阵，心中的火才好像浇灭了一些。他转身回到自己的座位上，让侍卫给他倒酒。侍卫长说："大汗，你喝得够多了，不要再喝了吧？"

达延汗把眼睛一瞪，"倒酒！再啰唆我宰了你！"侍卫长不敢再说什么，默默走过来给达延汗倒着酒。

这样不行，他想，要把大哈敦请来，劝劝大汗才好，侍卫长想。他向一个侍卫使了个眼色，那侍卫急忙偷跑出去。

达延汗一连又灌了几碗，他趴伏在矮几上，呼呼噜噜，烂醉如泥。近来，他常常这样。达延汗经常烦躁，心中总燃烧着熊熊的无明火。他开始憎恨满都海，但是满都海的大度宽容，总压迫着他。她不愧叫彻辰哈敦，她实在聪明得很。她以事业为重，为汗廷着想，更深深压迫着达延汗，叫达延汗既怕又敬，但是爱却越来越少。他想大声吵闹，但是满都海总是微笑。为那两个瓦剌女子，达延汗想废掉她，可是几个儿子的联合势力叫他害怕。他不知道该如何办。40 岁的达延汗陷入极度空虚之中，他又开始喝酒。喝得很凶，常常烂醉如泥。

满都海来到大汗大帐，达延汗正趴伏在矮几上，呼呼大睡，烂醉如泥。满都海上前，推着他，他一动不动。达延汗嘴角污浊的涎水流到矮几上，沾湿了胳膊，沾湿了脸颊。满都海心中突然滋生出一种前所未有的厌恶：这哪像个大汗？这和蒙古人里面那些酒鬼有什么两样？

"把他灌醒！"满都海命令侍卫长。侍卫长急忙找来蒙古醒酒的草药，灌了下去。满都海又命令侍卫提来一桶凉水，泼到他身上。达延汗终于睁开了眼睛。

"你！你像什么样子！"满都海大声呵斥着。

达延汗恼怒地擦着头上脸上的凉水，挥舞起拳头，朝满都海打去。满都海一个趔趄，差点倒在地上，她的使女急忙从左右搀扶住她。

"你！你！"满都海气得一时说不出话来。她双手蒙着自己的脸，抽泣起来。

达延汗一时愣怔在原地,不知该干什么。他从没有打过满都海,他一直敬重这能干的哈敦。这一年多,这哈敦却开始叫他厌恶。特别是阻挠他纳妃以后,他几乎是憎恶她了。但是他没有办法,他不敢采取什么措施来发泄他的愤怒,他那几个如狼似虎的儿子都是支持他们母亲的。

达延汗走到满都海身边,轻轻碰了碰了她的肩头,小声说:"别哭了。"

听到达延汗的劝说,满都海像所有女人一样,反倒大哭起来,满腔的委屈和愤怒,像泛滥的洪水,肆无忌惮地倾泻着。

达延汗扶着她坐到坐榻上。

哭了好一会儿,满都海心中的气愤和委屈才算发泄完毕。她终于抬起头,抽泣着问:"大汗,我是不是很叫你讨厌?要不,我离开汗廷吧。"

达延汗急忙赔着笑脸:"大哈敦说到哪里去了?我达延汗可不是忘恩负义的人。"

满都海红着眼睛看着达延汗。达延汗垂在耳边的发辫里已经搀杂着丝丝白发,他的脸色有些发黄,显出憔悴。他确实有些心力交瘁了。他的颓丧,他的心灰意冷,全都写在他憔悴的脸上。

这样下去,他会垮掉的。满都海心疼地想。看来,她需要让步了。为了大蒙古的利益,为了她多年的征战奋斗和流血流汗,她还是把幸福还给她的大汗吧。是的,自己已经尽了心力,大汗还是得不到满足,只有她做妥协吧。

"大汗不必这样来折磨自己,大汗要为蒙古着想啊。"满都海眼泪汪汪地劝说着。

达延汗垂头丧气地哼了一声。

"大汗的心事我明白,"满都海继续柔声柔气地劝说着,"大汗不是觉得伺候大汗的妃子太少了吗?说实在话,从我们大元历史和汉人历史看,哪个可汗和皇帝不是三宫六院七十二妃嫔?只有大汗你一个这么专一,这么长时期只守着我一个哈敦,我实在应该感谢大汗的厚爱才是。可是我却像小家女人一样不懂事,阻挠大汗纳妃,影响了大汗的形象。我这里向大汗赔罪,请大汗治罪于我。"说着,她慢慢跪到达延汗的面前。

达延汗的心被这一番通情达理的自责软化了。他急忙拉起满都海,连声说:"大哈敦,不要这么说,不要这么说,我们是患难的夫妻,你的大恩大德我终身不敢忘记,说什么治罪啊?"

满都海见达延汗的态度有所转变，心里自是高兴，她掩饰着自己的感情，又说："大汗要是放不下那两个瓦剌女子，我会亲自派人到哈密去，让色古色再为大汗选择两个漂亮的绝色瓦剌女子做妃子。大汗以为如何？"

满都海嘴里这么说，心里却满怀希望地盯着达延汗，希望他能够立刻明确拒绝她的这个提议。

喜悦慢慢爬上达延汗的眉梢，他的嘴角也慢慢挑了上去，掩饰不住的喜悦从他全部面容上流露出来。

达延汗支支吾吾着，既没有表示反对，也不敢太露骨地在大哈敦面前说同意。

满都海心里发凉。她轻轻咬住自己的嘴唇，慢慢说："大汗，你等着，我立刻就派人到哈密去。"

"你太好了！"达延汗一把抱住满都海哈敦，在她的脸颊上狂乱地亲吻着，一边喃喃地说："今晚我回去过夜。"

满都海心里升起深深的悲哀，她以屈辱的让步换来大汗的一次幸临。可是，为了大蒙古的利益，为了她自己的需要，她只好这么屈辱地让步了。

关系冷淡　心灰意冷

察哈尔大沙窝的草原上，达延汗的那一大片斡耳朵已经融在黑乎乎的草原上，只有黑蓝的天幕上挂着几点星星，闪烁空中。

满都海大帐里，点燃着一盏盏酥油灯，把大帐照耀得通明。满都海正跪倒在一个神龛前，喃喃地祷告着："杭爱山不尔罕哈勒图山头，天父腾格里，你保佑我的大汗，保佑我满都海彻辰哈敦，保佑我们永结同好，永不分离。"

满都海从翁衮像前站起，她还是觉得心里有些发虚。翁衮能保佑她吗？她一点把握也没有。是的，翁衮有时也很不灵验。

满都海从自己梳妆台的首饰箱里拿出她珍藏的欢喜佛，欢喜佛也许可以保佑她。她把欢喜佛小心地擦拭干净，然后把他供奉在大帐的神龛里，在他面前点燃香炉，跪了下去，虔诚地伏地叩头：

"保佑我吧，欢喜佛。让大汗继续喜欢我吧。"满都海祷告着。

达延汗走进满都海的大帐。

蒙古女雄：满都海皇后

满都海见达延汗走了进来，急忙站立起来，拜见了大汗。说不出有多么兴奋的她，怀着一颗怦怦乱跳的心，迎接着大汗。她觉得自己好像回到过去，又回到那个刚和大汗结婚的姑娘，每次见大汗来，都忍不住耳热心跳，忍不住满心的喜悦。这种感觉已经多年没有过了。今天居然又回到她的心上，这叫她又惊又喜。

满都海命令使女摆上大汗最喜欢的各种奶食，她自己换上最漂亮的衣服，穿上达延汗最喜欢的那套粉红色的锦缎质孙服，把她发黄的脸色映出了红润。她在梳妆台的银镜前，对着银镜，匀上胭脂涂上汉人的官粉。她早就不用蒙古人的涂抹黄粉的方法打扮自己，官粉和胭脂使她白皙红润，使她还像当年年轻时一样楚楚动人。

满都海觉得自己恢复了青春亮丽。

她从梳妆台前慢慢站立起来，头上戴着镶满珍珠、玛瑙、金银首饰的姑姑冠，摇曳着，发出叮当清脆的声音，很是好听。脖颈上挂着珍珠玛瑙翡翠玉石串，显出她高贵雍容华贵的身份。

满都海对着镜子练习着妩媚的微笑。她已经做了充分的准备，要拿出自己全部魅力和手段来征服达延汗，换回他的回心转意。

满都海哈敦妩媚娇羞的微笑着，扭动着腰肢，尽量展示自己的女性魅力。今天，她决心一改自己以往那果敢粗犷豪放的做派，要把自己展现成一个温柔美丽的淑女，唤回达延汗那一颗开始准备逃逸的心，她要使出浑身解数来取悦她的大汗，也许还能及时地捕捉回他的心。

满都海哈敦把达延汗让到主座上，使女们在左右伺候着。

达延汗沉静地坐在主座位上，看着满都海发红的脸。那脸上虽然已经涂上厚厚的脂粉，却还是掩饰不了那些皱纹，那些松弛的皮肤。他从没有见过满都海哈敦这样打扮，这种做派。

看着面前满都海扭捏作态，达延汗轻轻皱了皱眉头。为什么要来呢？本不该来的，达延汗想。

达延汗躲避着满都海热辣辣的目光，眼睛看着大帐里豪华的陈设，有口无心地随意说："把敖特更和博迪抱来玩一会儿。"

满都海微笑着，给大汗斟上马奶酒，说："他们已经睡了。"

"喔，那就算了。"达延汗有些失望，他原本想找个借口避免单独与满都海在一起，看来没有希望了。他轻轻叹了口气。

"大汗身上不舒服？"满都海关心地询问着，并且走到达延汗身边，伸出手摸着他的额头。

"没什么，只是有些疲乏。"达延汗摇着头，极力避免满都海的抚摩。

满都海却乘机把达延汗揽进自己的怀抱，娇滴滴地说："大汗，有好长时间没有在一起啦，我实在很想，很想……"满都海故意拖着发嗲的声音吞回了后半句话，她把手伸进达延汗的胸膛，轻轻温柔地抚摩着，试图激起他的兴奋。

达延汗心里不舒服，可是依然敷衍着。她答应派人去瓦剌为他寻找妃子，这恩德他不能不报答。她是用自己的妥协换来这最后一夜欢情，他达延汗不管如何，也应该满足她。

满都海拥抱着自己的达延汗，感到十分幸福，这幸福已经很久没有感受到了。她把嘴凑在达延汗耳边，呻吟似的呼唤："大汗，大汗，我的大汗。"

达延汗有些感动，满都海对他的一片深情和恩德，苍天可见，他达延汗会永志不忘。他抱起满都海，把她平放到卧榻上，使女急忙拉上黄色锦绣龙凤缎帐，退到帐外。

满都海呻吟着，紧紧抱住达延汗，身心战栗着，等待那激动人心的时刻。

达延汗把满都海的衣服脱去，自己也宽衣解带。他注视着满都海的胴体，寻找当年的兴奋。

满都海的乳房已经松弛，几乎看不出它美丽高挺的轮廓，它好像两个空瘪的布口袋，耷拉在胸脯上。躺在卧榻上的满都海，此时十分像一只大梨，宽大肥厚的臀部，代替了花瓶似的美丽曲线。

达延汗闭住眼睛，极力避免去看满都海的身体。他努力回想着年轻美丽的满都海，来激发自己的兴奋。

达延汗感到自己有些激动，隐秘处好像有些发热，他轻轻舒了口气，更紧地拥抱住满都海，在满都海赤裸的身体上摩擦着，等待着那最后的兴奋和激动。

达延汗期待着，期待着那消魂的蠢蠢欲动的感觉。

可是，它没有蠕动，没有兴奋，没有勃勃劲发。它依然静静的，疲乏的，软塌塌地躺着。

蒙古女雄：满都海皇后

达延汗羞愧得要死,可它还是毫无动静。达延汗直挺挺地躺在柔软的身体上,一动也不敢动,他头脑里一片空白,充满了惊悸:完了!完了!全完了!这声音好似锥子一样尖锐地扎刺着他的心,又好像沉重的大木棒重重地敲击着他的心。

满都海等待着,等待着,她激动得几乎不能自己。多长时间没有体会到这种兴奋?她都记不起来。大约这种兴奋,只在新婚后一年里存在过,之后是反反复复的怀孕生孩子,把本能感官的愉快感受都掩盖了。人们说,三十如狼,四十如虎,可她40岁以后还是不停的怀孕,然后不知什么时候,她发现自己已经没有了拥抱着达延汗睡觉的兴趣,反而嫌他打扰他,嫌他麻烦。现在,当她反复看那些画本,反复揣摩,懂得了夫妻生活快乐来源,才又焕发出这种激动人心的渴求。

可是,他,为什么还是没有动静呢?满都海摸索着。她的手触到的依然是一团软绵绵凉飕飕的没有一点生气和活力的肉团。

全是因为酗酒。满都海恼恨地想。她一声不响,把达延汗从自己身上推了下来。默默地坐了起来,慢慢地一件一件地穿好衣服。

达延汗羞臊得恨不得找个地洞钻进去,有什么比这更让男人伤心和羞愧的呢?

达延汗不敢看满都海愤怒得好像冰似的脸孔,有什么比这更叫一个女人愤怒的呢?

哈密选美达延汗纳妃

达延汗又在自己的寝帐里喝酒。乐师们用笛、管、筝、琶、火拨思演奏着蒙古长调《牧马歌》《黄骏马》《踏摇娘》等高亢响亮悠扬的歌曲,舞女在乐曲声中边歌边舞。

达延汗又喝醉了,他红着鼻子,红着脸颊,也随着音乐大声地唱着。他的歌声苍劲浑厚深沉,略带沙哑。

满都海站在大帐外,脸色阴郁,听着大汗的歌声,她的眼睛湿润了。大汗声音中的悲凉,叫她心痛。大汗心中的悲哀,她是明白的。但是,她还是十分气恼他的软弱。不是沉溺烧酒中,他达延汗不还是一条响当当的好汉?

全是酒毁了他。酒！酒！你已经毁掉我们许多像拖雷一样的蒙古好汉,毁掉成吉思汗的许多子孙,还要毁掉我们多少蒙古好汉?!

从那最后一夜之后,达延汗已经很久不到满都海的寝帐。他感到羞臊,感到自卑,感到无颜面见大哈敦,他没有面对大哈敦的勇气。

满都海自己也已经很长时间不来达延汗的寝帐。她感到心冷和绝望,她对达延汗已经失去了信心,任由他自己放纵吧。天作孽,犹可活,自作孽,不可活。这是汉人说的。他达延汗现在可是在自作孽啊。

满都海今天来,是为了实践她对达延汗的许诺。她派到瓦剌哈密地区去为达延汗寻找妃子的使者刚刚回来,从哈密色古色那里给他带回一个绝色的瓦剌突厥波斯血统的美女。她带着这美女来见达延汗。

侍卫通报了满都海哈敦的来见,达延汗挥着手,含混不清地说:"不见,不见。告诉她,我没有时间,我正忙着呢。"

满都海哈敦推开侍卫,径直走进大帐。

达延汗还在喝着,唱着。

满都海上去夺掉达延汗手中的酒碗,说:"大汗,不要再喝了！你看,你已经成了什么样子?鼻子红彤彤的,好像酒糟一样。再喝下去,你就完全毁了！"

达延汗瞪着血红的眼睛,咆哮着:"滚出去！谁叫你来教训我！我是大蒙古的大元可汗,我想干什么就干什么！"

满都海深深叹了口气,放低声音,说:"大汗,我答应你的事现在已经办到了。我已经在哈密为你选了一个绝色的妃子,她正在外面等候着见你。看你现在这模样,我看,还是算了吧。"

达延汗睁着朦胧的醉眼,看着满都海,不大相信地问:"真的?给我选了一个妃子?在哪里?"

满都海对侍卫说:"把大汗新选的妃子带进来！"

达延汗从座位上直起身子,瞅着大帐门口。

一个蒙着淡绿色面纱的瓦剌打扮的姑娘施施然走了进来。紫红的镶着珍珠的天鹅绒坎肩,衬着一袭长长的拖地的鹅黄色薄丝绸大裙,好像一朵盛开的山丹花。

达延汗张着嘴,眼睛发直。他的目光好像被那姑娘勾去似的,竟不由自

蒙古女雄：满都海皇后

主随着她的移动而移动。

满都海轻轻咳了一下。

达延汗省过神,收回目光。他放下酒碗,让侍卫把酒桌抬走,换上干净的几桌。

满都海让那姑娘拜见了达延汗。姑娘跪倒在达延汗面前,一头十几条黑色的发亮的长辫子散落在地上,好像黑色的小瀑布。

达延汗突然感到一种激动,心竟欢快地怦怦跳动起来。他心中滋生出一种渴望,想立刻把她揽进自己的怀抱里,去亲吻她,去拥抱她⋯⋯

满都海慢慢说:"大汗,我把她交给你啦。从今以后,她就是你的小哈敦。"说完,她快步走出大帐。她没有勇气去看达延汗和另一个女人的亲热。她感觉到自己的心里正涌动着一股愤怒嫉妒的热流。

达延汗对还跪在他面前的姑娘说:"起来吧。"他指了指自己的旁边说:"坐到这里。"那姑娘谢过大汗的赐座,坐到达延汗的身边。

"你叫什么名字?"达延汗仔细打量着她,问。

"阿伊古丽。"姑娘低着头,小声回答。

"也叫阿伊古丽?"达延汗好奇地问,他想到色古色的女儿。

"是的,我们那里有许多叫阿伊古丽的。"阿伊古丽回答,并且抬起眼睛,瞥了达延汗一眼。这一眼,把达延汗的魂魄勾散。那么漆黑有些蔚蓝的一双大眼睛,在黑密黑密的长睫毛的包围下,里面汪着的秋水足以淹死天下所有的男人。

达延汗感到自己的心跳得更快了,他不由自主伸出自己的手,揭开阿伊古丽的面纱。

多么漂亮的姑娘啊!达延汗惊叹着。蒙古姑娘没有这么漂亮的!这突厥波斯混合血统的阿伊古丽,一下子摄去了他全部灵魂。

达延汗抚摩着阿伊古丽的手,慢慢把她揽在自己的怀抱里。他感到自己的小老弟正在蠢蠢蠕动着。

啊!他还行!达延汗惊喜地从座位上蹦了起来,一把抱起阿伊古丽,向卧榻奔去,把阿伊古丽扔到卧榻上,急不可耐地三下两下剥掉自己的衣服。

侍卫忍着偷笑,急忙把黄色帷幕拉上,全部悄悄地退出大帐。

达延汗进入了幸福的天堂。

浑身酥软大汗淋漓的达延汗仰卧在榻上,十分满足,心里那一股焦躁不安,那说不出的烦躁,那火烧火燎的感觉,全都已经倏然消失。心里只剩下一种说不出的舒坦,说不出的清爽,形容不了的美妙,从未有过的快活幸福,这些感觉那么强烈,叫他毫无来由地感动起来,眼眶里饱含着两汪泪水。

从现在开始戒酒。

达延汗在心里对自己说:要是戒不了,我就不配当成吉思汗的子孙!他握紧拳头,发誓说。生活这样美好,他还要尽情享受这幸福美好的生活,他不能让酒毁掉自己。

受冷落　妒火中烧

满都海睁着警惕的眼睛,注视着达延汗。

达延汗不再喝酒,每天早早起来去草原上驰骋一圈,然后在大帐里接见大臣,接受各部落万户长的朝贡,同大臣商量汗廷里的一些重要事项。下午,他通常都陪着阿伊古丽骑马到草原上玩耍。

达延汗精神焕发,好像换了一个人。

满都海惊奇地发现了达延汗的变化。

这女人有这么大的力量?满都海有些嫉妒地想。原来她以为,失去男性力量的达延汗不会对女人有兴趣,女人也不会再喜欢他,所以她放心地把阿伊古丽交给达延汗。

现在,满都海却痛苦地发现,自己全错了。

为什么?他达延汗为什么会这样精神焕发?满都海思谋着。怎么回事?满都海痛苦地想:为什么达延汗判若两人?

突然,她脑子里灵光一闪,一个可怕的念头涌上她的心头:达延汗假装无能,他在欺骗她,只是为了逃避和她亲热!

满都海的心紧缩起来,痛苦让她的心在流泪,在流血。

达延汗!达延汗!巴图蒙克!巴图蒙克!好一个忘恩负义的家伙!满都海心里呼喊着。

十二月下旬，一场大雪降落，察哈尔草原上一片雪白。蒙古包上的白雪和地上的白雪相连，远看一片白茫茫，分不出毡帐。

达延汗很高兴，早早让侍卫准备好果品、活羊和马奶酒。今天是射草狗的日子，他要和他的阿伊古丽一起射草狗。

侍卫已经在大帐外扫出一块地，铺上红色地毯，把结好的一只狗形草狗和一只人形草人竖在那里。草秆束成的草狗、草人上，布满五彩绸帛，那是用来当作他们的肠胃。侍卫把准备好的弓箭放在红地毯上。

阿伊古丽嘻嘻哈哈，挽着大汗走出大帐。

从哈密来到蒙古大汗的斡耳朵里，受到大汗的宠幸，她感到非常幸福。她从没有像这样得势，达延汗对她言听计从，对她宠爱有加，他寸步不离，在她身前身后关心取悦她。那些侍卫、使女看到大汗如此宠幸她，自然更是无微不至地逢迎她、谄媚讨好取悦她。她感觉到权力的至高无上的光荣和荣耀。但是，她也有些不顺心的事情。作为一个女人，她本能感到大哈敦的威胁和敌意。去拜见大哈敦时，大哈敦总是故意摆出一副盛气凌人的样子，故意冷落，故意使她难堪。

她为什么要受这黄脸婆的气呢？必要时候，应该取而代之。阿伊古丽常常这么想。

存了这样的心，阿伊古丽更是有心讨大汗欢心。

阿伊古丽紧紧依偎着达延汗，把头轻轻靠在大汗的腮帮上，指着草人说："大汗，为什么不给草人穿上衣服呢？穿上衣服就更好玩了。"

达延汗笑着说："小蹄子！这可不是什么好玩的。我们蒙古从元代就流行射草狗，以避邪气。从那时起，就没有人给草人穿衣服的，多亏你脑子鬼机灵，想出这么个鬼点子。也好，就给草人穿上衣服吧。你说，给他穿男人衣服，还是穿女人衣服？"

阿伊古丽娇媚地扭动着身躯，拉着达延汗的手，说："女人衣服好看，还是穿女人衣服吧。"

达延汗正要命令侍卫回去拿衣服，阿伊古丽却让使女递来一套艳丽的蒙古袍，让使女把早已准备好的姑姑冠拿了过来，她吩咐使女把它们穿到草人身上。那鲜艳的粉红色蒙古袍正是大哈敦喜欢穿的衣服，那姑姑冠也是大哈敦喜欢戴的样式。侍卫和使女都发觉，打扮起来的草人竟那么像大哈敦。不过,他们谁也不敢多嘴说什么。

达延汗好像觉得这衣服和姑姑冠有些眼熟,可一时也没有意识到什么。

阿伊古丽看着打扮起来的草人,对达延汗说:"来,大汗先射,射死这老妖婆!"说着竟哈哈浪笑起来。

达延汗射出的利箭,射穿了草人的胳膊,阿伊古丽大声浪笑着呼喊着:"射中老妖婆的胳膊了!给我射!给我射!"

达延汗把弓箭交给阿伊古丽,亲热地捏着她的手,说:"小心点,别射偏了。"

阿伊古丽飞给达延汗一个媚眼,说:"大汗放心,我一定能射中老妖婆的心脏!"说着,她搭弓射箭,"嗖"的飞出利箭,一箭射在草人的心脏上。

哈哈哈!达延汗和阿伊古丽一起大笑起来。

满都海也在自己的寝帐外面举行射草狗的游戏。草狗身上,已经插满利箭,草狗被射得糜烂。满都海在搭弓射箭,瞄准着它。一箭射穿了它的心脏。她的侍卫、使女都欢呼起来。

穿着祭祀衣服的萨满走了过来,扶着满都海到祭祀桌前。桌子上已经摆放好祭祀用品。香烛、马奶酒和羊腿。使女为满都海解下貂皮皮袍,另一个使女急忙为她披上另一件皮袍。满都海把脱下来的皮袍交给萨满,萨满把它恭恭敬敬地放置到供桌上。萨满点燃了香烛,跪在供桌前为衣服念起了祝语:

"杭爱山不尔罕哈勒图山头所生榆树的火神女王,你自开山辟地时出生,你从大地母亲的足迹出生,你是天父腾格里生成,你保佑大哈敦不受邪恶侵扰。"

"好了,好了,明年的邪气已经除尽了。"满都海哈敦微笑着接过萨满递过来的衣服。使女一边为她穿衣,一边指着人形草狗说:"大哈敦,这个草狗射不射啊?"

满都海笑着摆手说:"不射了,我不喜欢射人形草狗。"

使女赞叹着:"大哈敦的仁慈,腾格里天父一定会保佑大哈敦事事如意!"

这时,一个小使女走来,跪拜大哈敦,说:"奴婢从大汗那里过来,汇报大

蒙古女雄:满都海皇后

哈敦,那里的情况。"

"说吧,看大汗那里玩出什么花样。"满都海一边往大帐走,一边漫不经心地说。

"什么!"满都海听完小使女的报告,肺都气炸了,"好一个阿伊古丽! 这小娼妇!"满都海跺着脚大骂。但是她立刻意识到自己的失态,急忙掩饰着:"天这么冷,我的脚都冻疼了,我们回大帐吧。"

满都海回到大帐,又仔细询问了小使女。小使女把刚才在大汗那里看到的射草狗的情况详详细细说了一遍,自然也少不了添油加醋。

满都海脸色铁青,嘴唇轻轻抖动起来,她咬紧牙关极力抑制着自己的愤怒。她把头上的姑姑冠掷到地上,用脚把它踩得稀巴烂。满都海在大帐里走来走去,像头愤怒的狮子。

"走着瞧!"满都海咬紧牙关,从牙缝里挤出三个字。

同病相怜　察青、小妃联合

射完草狗以后,察青骑马来到大汗大帐附近的草原上。也许今天大汗的小妃会单独出来跑马,她希望能够见见她。早就听说来了个瓦剌的小妃,她有心结交这同族姐妹,可是总没有机会。新婚的大汗寸步不离他的阿伊古丽。

穿着貂皮大氅的察青骑着马,只带领着几个贴身使女,在斡耳朵边缘的草原上跑马。

草原上一片银白,明媚的阳光把银白色的雪原上镶上金框。远处雪原,白雪皑皑,平整干净,一串花瓣似的的狐狸蹄印伸向远处。

这脚下的干净的雪原,已经被她的马踏出了杂乱,一圈一圈的跑马痕迹印在雪地上。

察青的貂皮帽上垂着一块面纱,遮挡着耀眼的阳光和刺眼的雪光。察青在马背上张望着斡耳朵。

"来了!"一个使女喊。

几匹快马从斡耳朵里冲了出来。果真是那个瓦剌小妃! 察青惊喜地想。

阿伊古丽也穿着紫色貂皮大氅,戴着貂皮帽,垂着一块面纱,遮着眼睛。

察青急忙迎了上去。

"赛白诺!小哈敦!"察青在马上恭了恭身,响亮地说。

阿伊古丽很高兴,见到一个和她有着同样打扮的瓦剌青年女子。她打马上前,说:"赛白诺,你是大汗斡耳朵里的吗?"

"是啊。我是大汗的大儿媳妇,叫察青,瓦剌蒙古,原瓦剌太师白加思兰的孙女。"

"什么?你是白加思兰的孙女?我怎么不认识你?我也是白加思兰的孙女啊!"阿伊古丽掉转马头,和察青并排骑马,放松缰绳让马在雪原上慢慢行走。马儿喷出的白气在马头上凝结成雪白的霜花。漂亮的马鬃上落着微风吹起的雪花。太阳暖洋洋地照耀着雪原,天气还不算冷。

"你也是白加思兰的孙女?!"这一次轮到察青大吃一惊,"我怎么也不认识你啊?"说着,两人一起哈哈大笑起来。两个有如此相近的血缘关系的人,竟然互不相识,却又在这里相遇。

察青问起阿伊古丽的家庭情况,这才知道,阿伊古丽是白加思兰留在哈密的大女儿的女儿,早年就嫁给哈密的瓦剌千户长。她应该是白加思兰的外孙女,而察青是白加思兰长子的女儿,常年随她的父亲住在河套一带。她随白加思兰回到哈密,也只是流落在哈密边缘一带,根本没有见到过白加思兰其他的亲人。

阿伊古丽从自己的坐骑上翻跃到察青的马背上,一下子搂住察青,亲热地喊:"姐姐,察青姐姐。"她高兴得禁不住流下眼泪。察青更是激动,自从被俘获到汗廷之后,她最亲密的亲人都已经被折磨死,只有她,还算被大台吉看中保存了性命。可是大台吉图鲁死了以后,她又陷入孤独之中。现在居然找到一个亲人。

察青把脸靠在阿伊古丽的后背上,呜呜咽咽哭起来。

阿伊古丽说:"你是大台吉的妻子,日子也过得不错吧?"

这一问,竟又惹得察青心中难过,她禁不住又抽泣了一会儿。她响亮地擤了一下鼻涕,朝地上啐了一口,说:"好什么好?我是达延汗和满都海哈敦俘虏来的,受尽屈辱。嫁给大台吉没多少日子,大台吉被打死,我的好日子就结束了。如今,我自己的儿子我见不到,我总是个受气包。"

蒙古女雄:满都海皇后

憋着一肚子气的察青见到亲人,无所顾忌地吐露着满肚子的怨气。

阿伊古丽同情地说:"这大哈敦确实太厉害、太霸道,像个老妖婆。以后我们姐妹联合起来互相照顾,看她还敢再欺负我们?"

"那太好了。你不知道,我一个人多孤单。以后我们姐妹互相关照,你又有大汗的宠幸,她可能不敢再欺负我们了。"察青擦去脸颊上挂着的泪花,笑着说。

"姐姐,你都有了儿子了? 带我去看看他,行不行?"阿伊古丽心急地说。

"不行的,大哈敦把他交给奶母养育,不允许我随便探望。我每个月只能在规定的时间里,到大哈敦的寝帐去见他一次的。"察青阴沉着脸说。

"怎么会这样? 这老妖婆! 我刚才在射草狗时就诅咒她!"阿伊古丽咬着牙恨恨地说道。

"是啊,我也恨不得她早死去!"察青也恨恨地迎合着阿伊古丽。阿伊古丽给她带来希望。

"你知道那奶母在哪里吗?"阿伊古丽一脸调皮的样子问。她很想见到察青的儿子,她没见过面的外甥。

察青点点头,说:"当然知道,就在我们斡耳朵里,离大哈敦大帐不远。"

"走,我们悄悄去看看他,不让那老妖婆知道就行了。"阿伊古丽很勇敢的样子,鼓励察青。

察青犹豫着说:"万一叫大哈敦看见,可不是闹着玩的。而且,就算是她看不见,她也会知道的。斡耳朵里她的耳目多着呢。别人放个屁,她都知道。到处是巴结、逢迎、讨好的奴才,你瞒不过她的。"

"不管她,有我呢,就算她怪罪下来,还有大汗为我做主。走吧。"阿伊古丽又跳回自己的坐骑,勒着马缰,掉转马头,向斡耳朵方向跑去。察青也掉转马头,紧紧跟随着跑了回去。

满都海哈敦射草狗后,回自己的大帐歇息了一刻,喝过奶茶,这才吩咐侍卫备马,她也要按照习惯到草原上跑一会儿,算是完成射草狗的仪式。

使女为她披上貂皮大氅,戴上貂皮蒙古帽子,走出大帐。天空蔚蓝一片,明媚的阳光照耀着皑皑雪原,小风吹着,真算是一个暖和的冬日。她也需要出去在空旷的雪原上去打马驰骋一番,去把郁积在心中的各种烦闷和不如意全部冲散。

满都海在侍卫的搀扶下上了马。侍卫前后簇拥着，使女左右保护着，满都海让自己的坐骑在雪地上慢慢走向斡耳朵外面。

雪地上杂沓的马蹄，引起满都海的注意，她皱了皱眉头："这是谁已经出去了？"

侍卫长急忙回答："报告大哈敦，小哈敦和大台吉福晋先后出去了。"

满都海警觉地急忙追问："她们一起出去的？"

"不，她们分别出去的。"侍卫长回答。

"喔。"满都海沉吟着眯缝着眼睛，避免强烈雪光的刺激，自言自语："我说她们不认识的。汗廷规矩这么严厉，不许她们私自互相来往的。"

突然，侍卫长指着远处一队人马，说："大哈敦！她们返回来了。"

满都海把手搭在前额上，瞭望着。并排行着的两匹马上，分别坐着阿伊古丽和察青，她们互相说笑着朝斡耳朵跑来。

满都海心中一惊：她们已经认识了。这还了得！都是瓦剌蒙古，会不会勾结在一起，搞出反对我的什么阴谋？那阿伊古丽，已经流露出太多叫她气恼的地方，她很有可能仗恃着她的年轻美貌来独占后宫。刚才使女的报告的情况她还在生气。

"走，我们向那边走，不要和她们相遇。"满都海掉转马头，转向斡耳朵的另一方向。"去！跟着她们，看她们到哪里去。"满都海对一个使女说。使女应了一声，急忙停住马，翻身下马，牵着马走到蒙古包后面，等着她们到来。

满都海勒了勒马缰，双脚一夹马肚，白马便嘚嘚地慢跑起来。

阿伊古丽和察青让马慢慢跑进斡耳朵，她们把马拴在一个马圈里，只带着几个贴身的使女，慢慢朝奶母德德玛的蒙古包走来。

奶母德德玛正在逗小博迪玩耍，不厌其烦地教他说话和走路，"过来，过来，博迪。"德德玛弯着腰，双手前伸着，向她面前几步远处站立的博迪说。博迪大约有些缺钙，已经两岁了，还是不大会走路，也不大说话。他正弯曲着两腿，抖抖索索地向德德玛走来。虽然走得步履不稳当，但是已经能走了。

德德玛喜笑颜开地一边说一边后退："好，博迪，快，到额娘怀里来。"博

蒙古女雄：满都海皇后

迪蹒跚地扑进了德德玛的怀抱。德德玛抱着他亲，"好小子，博迪，真是勇敢的小雄鹰。"

察青和阿伊古丽走进蒙古包。

德德玛抱着博迪吃惊地睁大眼睛，怔在原地，不知说什么好。察青走到德德玛身边，说："德德玛，赛白诺。我来看看博迪。"德德玛这才清醒过来，急忙跪下给察青和小哈敦阿伊古丽请安。

察青从德德玛手里抱过博迪，"叫额娘，博迪。"德德玛在旁边叫。

博迪扎煞着双手，在察青怀里挣扎着，嘴里咿咿呀呀喊出含混不清的声音。察青把自己的脸贴在博迪的脸上亲来亲去。

"叫我抱抱。"阿伊古丽从头上取下面纱，对察青说。察青把博迪交给阿伊古丽，教他说："叫姨，叫姨。"博迪又咿呀学舌，发出含混不清的声音。

"真乖！"阿伊古丽把博迪抱在怀里，亲了亲说。但是她并不大真正喜欢小孩，她把博迪又交给察青，"去找你额娘去吧。"

德德玛慌里慌张跑到蒙古包前，探身朝外张望了一下，又急忙返回察青身边，小心地说："大福晋，请你赶快离开这里，万一被人看到，我可是要受大哈敦的惩罚的。她命令我不许让大福晋来看博迪的！大福晋，求求你，快走吧，快走吧！"说着，就去抱博迪。

阿伊古丽眉头一皱，说："她是博迪的额娘，为什么不能来看看他？岂有此理！大哈敦要是归罪下来，就说是我让她来的。你不用怕！"

德德玛更加慌张，声音抖抖地说："大福晋，求求你，还是快离开这里吧。大哈敦的脾气你不是不知道，要是叫她知道我违抗了她的命令，她会叫人用皮鞭抽死我。求求你，快走吧！"说着，就往外推察青。

阿伊古丽一跺脚，生气地说道："你找死啊！我不是说过，有我吗？她是大哈敦，我是小哈敦，我也有权管理后宫的事情！你竟然对我的话一点也不相信！"

德德玛浑身哆嗦着，她刚才已经看到蒙古包外走来大哈敦的使女，她就在包外站着，偷窥偷听着这里的动静。

德德玛什么也不敢再说。她转向哈那上挂着的翁衮，祈求他的保佑。

察青和阿伊古丽索性坐到卧榻上，抱着博迪，教他说话，教他走路。博迪在母亲的怀抱里，咯咯笑着，十分幸福。母子血缘骨肉，使母子情难以割断。

小妃恃宠惹怒大哈敦

察青来给大哈敦请安。刚走到满都海的大帐附近,就听到一阵阵惨叫声:"大哈敦饶命!大哈敦饶命!奴婢再也不敢了!再也不敢了!"

察青偷偷问从大帐走出来的使女:"这是怎么啦?大哈敦在惩罚谁?"使女脸色惨白,嘴唇哆嗦,摆着手,低着头,什么也不敢说,从察青身边溜了过去。察青料到事情不妙,听那惨叫声,好像正是德德玛。她急忙把身后的一个使女拉了过来,小声交代了几句,使女匆匆向小哈敦的大帐走去。

察青走进大帐。大帐中间,侍卫挥动着蘸了水的牛皮鞭,正一下一下抽着地上的一个女人,那女人发出凄厉的叫声。察青向地上瞟了一眼,被鞭打得浑身血肉模糊的正是博迪的奶母德德玛。

"察青给大哈敦请安!"察青给高坐在坐榻上慢慢啜着热奶茶的满都海跪下请安。满都海白了她一眼,把奶茶碗砰地摔到几桌上,大声喊:"给我用力抽!她还想反天不成!看她今后还敢不敢违抗我的命令!打死她!"

察青跪在大哈敦面前,赔着笑脸,却不敢站立起来。她小声说:"大哈敦息怒!不知德德玛如何触犯大哈敦,让大哈敦这般生气!要是把大哈敦气出个好歹,她一个奴婢可担待不起。请大哈敦看在我的面子上,看在死去的大台吉的面子上,饶过她吧。你的孙子博迪还需要她的照顾呢。"

大哈敦满都海从鼻子里哼了一声,大声说:"这个狐狸精,不给她点颜色,都不知道她是谁了!她要在汗廷里反天了!给我继续抽!"

这时,小哈敦急急走了进来。察青心里松了一口气:德德玛有救了。

小哈敦阿伊古丽向大哈敦行了跪拜礼,满都海哼了一声,把脸别到一边,翁声翁气地说:"起来吧,我可受用不起!"

阿伊古丽站了起来,看了看察青和地上惨叫的德德玛,转向满都海,笑嘻嘻地说:"大哈敦,大清早的,和谁生这么大的气啊?"

满都海哼了一声,并不搭理她。

阿伊古丽讨了个没趣,心下产生了几分怒意:老妖婆,你当你是谁啊?你摆什么臭架子!等着瞧,我也要让你知道我阿伊古丽不是好惹的!

阿伊古丽直直看着满都海,说道:"大哈敦,请你给我点面子。是我想见

蒙古女雄:满都海皇后

博迪,我昨天才知道,他是我的外甥,我这才和察青一起去德德玛那里看望博迪,这和德德玛没有一点关系。希望大哈敦看在大汗的面子上,饶过德德玛。"

满都海扭过头,嘲弄地笑了一下,尖锐地说:"我说呢,她德德玛吃了熊心豹子胆了,居然有这么胆大! 原来是有小哈敦的支持啊! 她当她是谁呢! 她不过是一个奴婢罢了! 居然还敢跟我来说话!"满都海撇着嘴,不屑地说着德德玛。

阿伊古丽的粉脸一下子变得通红! 满都海这话里藏话的侮辱叫她忍受不了,她甩手离开大哈敦的大帐。

"继续给我抽! 打死她! 拖出去喂野狗!"满都海理也不理拂袖而去的阿伊古丽和仍然跪着的察青,对侍卫喊着。

达延汗回到阿伊古丽的寝帐,使女伺候大汗脱去皮袍、帽子,解下腰刀。

"阿伊古丽!"达延汗朝后面寝帐里喊。

寝帐里没有动静,也没有见到阿伊古丽像往常一样咯咯笑着迎出来,搂住他的脖颈撒娇。

"阿伊古丽! 我回来了!"达延汗又向寝帐里喊。他伸着脖子,看着寝帐。他多么盼望黄色锦绣寝帐一掀,满头珠翠、花枝招展的阿伊古丽袅袅娜娜走了出来,她咯咯笑着,摇曳多姿,到他身边,柔软温暖的双手勾住他的脖颈,把她柔软、细腻、爽滑、温暖的脸颊贴在他在外面冻得冰冷的脸颊上,软语温存地问候他:"大汗,冷不冷?"一边说,一边把他冰冷的双手拉进她柔软温暖的胸怀里,然后拥着他走进寝帐,去享受那说不尽的温存幸福。

达延汗一进阿伊古丽的大帐,心就怦怦跳着,渴望着这销魂的一刻。

黄色的绣着龙凤的锦缎帷幕还是静静的下垂着,一动不动。帷幕后却传出轻微的呜咽声。

"阿伊古丽! 阿伊古丽! 你怎么啦?"达延汗心中一惊,三步两步冲进帷幕后,他扑到卧榻上,"阿伊古丽! 我的心肝! 你怎么啦? 谁欺负你啦?"他一把抱住卧榻上的阿伊古丽,心疼地喊着。

阿伊古丽头发蓬乱,花容失色,脸上、眼睛里满是泪水。她一下抱住达延汗大声哭了起来。一时间,哭得肝胆俱裂,哭得日月无光。

达延汗的心被爱妃的痛哭搞得乱作一团。他那一颗刚强的男人心也被这昏天昏地的痛哭撕成碎片。

"爱妃，谁欺负你啦？你说话啊！说出来我替你做主！"达延汗搂着阿伊古丽，抚摩着她的脸颊，大手轻轻地擦拭着她脸颊上的泪水，为她梳拢着蓬乱的头发。

"大汗，你说的可当真？"听到达延汗的话，阿伊古丽抬起婆娑明亮的眸子，盯着达延汗，几颗晶莹的泪珠还挂在脸颊上，"你一定会替我做主？"

达延汗看到阿伊古丽抬起头，便急忙用自己的嘴唇舔着她脸颊和眼眶里的泪水，这咸涩的泪水，突然叫他冲动兴奋起来，他有些按捺不住，一边喃喃说："当然，当然，替你做主，一定，替你做主。"一边用手去摸索着寻找阿伊古丽衣服的扣襻，努力去解开它们。

阿伊古丽轻轻地推动着达延汗的手，想阻止他的进一步行动。

达延汗的手动得越来越快也越来越坚决。

阿伊古丽暗暗发笑：这心急如火燎的时候，正是要挟他的最佳时机。

"大汗！你不答应替我做主，我就……"阿伊古丽坚决推开达延汗的手，翻身到一边。

达延汗急忙抱住她，"爱妃，先让我快活一下，我一定答应你。你说，谁欺负你，我一定惩罚他，替你出气！"达延汗一边说，一边加快手上的动作。

阿伊古丽抓住达延汗的手，娇嗔地说："大汗，你一言为定！你说，你要怎么惩罚她？"

达延汗现在心里只有一个愿望，所以就敷衍着说："你说怎么惩罚就怎么惩罚！一切听凭你的安排！"

阿伊古丽松开达延汗的手，说："大汗一言既出，驷马难追！我就要大汗的这句话。我要大汗废除她的大哈敦地位！"

"好！好！一切听你的！"达延汗有口无心地重复着，开始了他难耐的行动。

达延汗舒服地伸展着四肢，软弱无力地躺在阿伊古丽的身旁。

"大汗！你准备什么时候废掉她？"阿伊古丽娇滴滴地搂住达延汗问。

"废了谁？"达延汗懒洋洋地问。

“当然是大哈敦满都海彻辰哈敦啊，你刚才答应过的嘛。”阿伊古丽嗲声嗲气在达延汗身上扭动着。

“为什么要废掉大哈敦？这可不是开玩笑的事。”满都海严肃地看着阿伊古丽说。

阿伊古丽迷人的一双大眼睛立刻充溢了泪水，水汪汪的，既动人又叫人爱怜。达延汗心痛地说：“又来了，小心哭坏你的眼睛，我可就不喜欢你啦。”

阿伊古丽噘着小嘴，说：“大汗就骗人，你刚才亲口答应我的事，立刻就变卦了。她今天当众羞辱我，还打了我一耳光！”

达延汗翻过身，搂住阿伊古丽，很严肃、很认真地说：“大哈敦脾气不好，这是大家都知道的，但是大哈敦是我十个儿子的亲生母亲，我能随便废掉她吗？以后这种话千万不可乱说。记住啊，我是为你好。”

阿伊古丽沉默了，不敢再说什么。

“这小蹄子，小狐狸精！居然敢挑唆达延汗废掉我大哈敦的地位，真是胆大妄为！我跟她势不两立！”满都海跺着脚，咬牙切齿地发誓说。

满都海走回到翁衮神台前，面对翁衮出神地想着。

整蛊？咒死她？对，不妨先试它一试。小时候，有一天，她打水从外面回来，母亲正从翁衮像后小心翼翼地捧出一个小瓷盖碗，用蒙古刀划破自己的手指，把鲜血滴进瓷碗里，然后对着那瓷碗喃喃自语起来。

“额娘，你干什么？”巴尔图跑过去，拉住母亲滴血的手，心疼地问。母亲急忙把小瓷碗放回翁衮像后，对巴尔图说：“没什么，我在祈祷翁衮保佑你。”

有一天，巴尔图趁母亲出去，她偷偷从翁衮像后拿出那个小瓷碗，揭开盖子，看到一只凶猛硕大的蟋蟀在里面蹦跳，瓷碗里到处是黑色的血迹。这只靠鲜血喂养的蟋蟀，张须，裂目，非常狰狞地向她示威。巴尔图急忙盖上了盖子，把瓷碗放回原处。

巴尔图问母亲，母亲告诉她，这是整蛊，萨满一种古老的诅咒巫术，被整蛊的人，会生病害疮惹祸暴死。从那以后，整蛊在巴尔图心中留下了深刻的印象。

为什么不试试呢？满都海想。“去请萨满萨仁来一趟。”满都海对使女说。

萨仁嫁给大萨满以后,也开始向大萨满学习,做了女萨满。满都海在大儿子乌鲁被害以后,就把大萨满贬回家去,而且没收了他全部财产、牲畜和家奴,不再用他。当时她想杀了他,给儿子报仇,达延汗劝阻了她。

满都海倒还没有忘记萨仁当年那把剪刀的帮助,常常召萨仁来,给自己和儿子看看病,说说话,做一些萨满仪式。征服哈密以后,一个叫马赫迪的回回人来到汗廷,专门给大哈敦看病,萨仁就很少被召见了。

萨仁见大哈敦差人来找她,十分高兴。看来大哈敦对萨满还是忘不了。可不是,这萨满是蒙古人的灵魂,怎么能疏远呢?

萨仁萨满急匆匆来见满都海大哈敦。"拜见大哈敦。"萨仁跪在满都海的脚下。

"起来吧。"满都海懒洋洋地说,指了指下面的一个座位。萨仁急忙爬了起来,低头哈腰坐到座位上。

"大哈敦传奴婢来,可是玉体欠安?"

满都海摇要头,看着萨仁说:"我传你来,是想问问萨满整蛊的事,你可知道?"

"知道,知道,我知道。我多次替人做过整蛊的事。"萨仁一脸讨好,向前欠着身体。

"你要替我做个整蛊,但是一定要保密,不能叫任何人知道。你能做到吗?"满都海把使女都喝退下去,对萨仁说。

萨仁又是点头,又是连声说是,一副受宠若惊的慌乱的样子。

"如果灵验的话,我会重重赏赐你的。"满都海慢慢然而很严厉地说,"要是走漏风声,小心你和大萨满的脑袋!到时候,我新账老账一起算!"

萨仁心惊胆战。惶惶不可终日的大萨满总担心大哈敦的报复,虽然有大汗的庇护,大哈敦丧子的痛苦是不会消失的。这次要是她不能满足大哈敦的要求,他们夫妇这下算是要玩完了。

萨仁浑身发抖,她哆哆嗦嗦地说:"大哈敦放心,放心,我一定照大哈敦的话办。"

"灵验不灵验?"满都海沉着脸问。

"灵验的,肯定会灵验的。"萨满萨仁喃喃地说,其实,她的心里一点底也没有。灵验不灵验?她怎么知道?不过,为了她和丈夫的生命,她一定有办

蒙古女雄:满都海皇后

319

法叫她灵验。萨满装神弄鬼的办法多的是。可是大哈敦到底要给谁整蛊呢？萨仁心里七上八下，她小心问：“大哈敦要整蛊，但是整蛊一定要知道那人的姓名和生辰才好。不知道大哈敦要整谁的蛊？”

大哈敦四下看了看，说：“你过来，我告诉你。”萨仁急忙弯腰弓背，趋步到满都海身旁。满都海伏在她耳边小声说：“小哈敦阿伊古丽！”

萨仁惊吓得向后一缩：“我的妈呀！”她在心里喊：这不是要我的命吗！阿伊古丽可是大汗的新宠，是大汗的心肝宝贝，大哈敦居然要她去整蛊她！这该怎么办？答应还是不答应？要是不答应，大哈敦能放过自己？大哈敦这些年是越来越暴躁，越来越残忍了。德德玛的下场叫多少侍卫、使女和汗廷里当差的人害怕和寒心啊。她萨仁不敢去得罪大哈敦。

“怎么啦？想变卦？”满都海见萨仁不说话，很有些不高兴，脸上聚起了阴云，声音透出极大的不满。

“不！不是！”萨仁急忙分辩，脸上挤出谄媚讨好的微笑，“我正在想办法呢。”

“好！那我们就算是说定了。来人！”满都海朝大帐外面喊。使女急忙进来。“赏赐萨仁萨满银锭一个，绸缎一匹！”

萨仁感恩戴德地跪了下来，连连磕头。

萨仁回到自己的蒙古包，把大哈敦的意思和大萨满说了说，大萨满说：“那你就赶快开始整蛊吧。去捉那最厉害的蜈蚣、蛐蜓、蝎子一类的毒虫，越毒越好，做整蛊最有效。”

萨仁愁眉苦脸地说：“有效个屁！我还不知道？这整蛊也不是做过一次两次，什么时候见过效了？开始我也相信这事，可是我整过几次，白白流了那许多鲜血，也没把那偷我们牲畜的邻居整死。不是我偷偷在他们的草里掺了醉马草，他们哪会死？”

“那你说咋办？”大萨满如今已经是没有了一点神气和办法，成了一个衰老的蒙古老头，再也没有当大萨满时的精神劲儿，更没有了过去那种趾高气扬的气势。

“办法还是有的。我当然要表面上整蛊，但是还是要暗中做一些手脚的。”萨仁撇着嘴，瞟了大萨满一眼，很轻蔑的样子。

"你可不能乱来啊。那可是大汗最心爱的女人,你要是把她整蛊整死了,大汗怎么办?"大萨满慌张地说,摆手摇头,想阻止萨仁出现的可怕念头。

"大哈敦可说了,要是不灵验,她要和你我一起算新账老账。到时候,她能放过你?能放过我吗?真是老糊涂!我这还不是为了保你我的老命?"萨仁唠叨着,无情地呵斥着大萨满。

大萨满深深地叹了一口气,不敢再多说什么。失势的老虎不如鸡!他在心里感叹着,摇晃着离开萨仁,到蒙古包外去喂养他剩余不多的牛羊,还要去制造奶酪和奶皮子,现在只能他来干这些粗活。

祭敖包大会后妃争位

天高云淡,辽阔的察哈尔草原上,打着五彩旗幡的马队从四面八方驰骋着向大沙窝的平坦草原奔来,这里正要举办汗廷每年一次最盛大的祭敖包大会。一座高大圆形高台插着五彩绸缎旗幡,在蓝天白云映照下,坐落在绿草原上,附近13座大敖包环绕着,敖包上也插满各色旗幡,在秋风中招展。敖包上的尖顶上插着神物苏鲁锭,成吉思汗的长矛,上面挂着红、黄、白、绿、蓝禄马旗,在风中飘荡。

达延汗和小妃阿伊古丽骑着马,从汗廷的斡耳朵出发,在金黄色的罗伞盖下,并排小跑。前面,汗廷仪仗官身穿朝仪质孙服,带着佩剑,开道引路。八个盛装的仪仗士兵手举苏鲁锭护卫着黑色大纛,四十八名仪仗侍卫分两行随行。达延汗和小妃的后面,是各路王爷,接着,大队的骑卫仪仗队打着旗幡,扛着刀枪剑戟,和汗廷的全部官员们一起去参加祭敖包。

达延汗的队伍出发以后,斡耳朵里又飞出另一支队伍,张着黄色罗伞,打着旗幡,仪仗队扛着刀枪剑戟,侍卫、使女的马队紧紧跟随在后面。满都海带领着的侍卫、使女、赛手队伍也向草原跑去,去参加汗廷举办的这每年一次的祭敖包大会。

天高云淡,草原上的秋季是最美的季节。满都海的心情,也和这秋天的天空一样,湛蓝,深远平静。她的赛手,个个精壮剽悍武艺高强,年年都夺取祭敖包大会上各项比赛的第一名,这叫她很得意。今天,她又怀着这种志在必得的豪迈志向前来参加祭敖包。

满都海在使女、侍卫的簇拥下,登上五彩绸缎搭起的高看台。

达延汗在祭拜了敖包以后,和小妃阿伊古丽已经登上为大汗搭的大看台,侍卫扶着达延汗来到绣着金龙的黄色伞盖下,坐到高大的大汗的龙椅上,阿伊古丽坐在他的右边。

满都海在绣凤罗伞的护卫下,慢慢登上看台。侍卫们高声呐喊:"满都海彻辰哈敦到来!"台上站立着的官员都曲右腿向大哈敦行礼。

满都海矜持地微笑着向官员点头,慢慢抬起眼睛,扫了正中伞盖一眼。

她的眼睛暗淡了:绣凤罗伞是她用的吗?小哈敦阿伊古丽的头上张着金黄色绣凤罗伞。不像话!

满都海冷峻地扫了阿伊古丽一眼。阿伊古丽却装作没有看见的样子,满脸欢笑,偏着头,用手指着草原的什么地方向达延汗说着什么。

小狐狸精!满都海心头升起一股怒火。她竭力压抑着自己的愤怒,走到达延汗面前,双腿曲了下去,向达延汗行礼:"大汗,诺,赛白诺!"

达延汗微笑着说:"大哈敦,赛白诺!请入座吧。"

满都海正要向左边位置上坐,这才发现阿伊古丽坐的正是左边。

满都海脸色大变,她怒目圆睁,正要发作。达延汗发现了阿伊古丽的错误,急忙扯了一下阿伊古丽,小声说:"你坐过来。"他指了指自己的左边。

阿伊古丽不满地瞪了满都海一眼,嘟囔着:"这不是我的座位吗?我不是一直坐在这边吗?"达延汗又扯了她一下,她只好站起来,嘟囔着坐到右边座位。

满都海阴沉着脸,一言不发,坐到大汗左边座位上。

祭敖包的第一项运动是跳驼。士兵拉来一只高大健壮的骆驼。夏天的骆驼脱毛,身上棕褐色的毛一块一块地脱落,像个衣衫褴褛的叫花子。秋天一到,它们身上长出毛茸茸的新毛,穿上柔软、整洁、光滑的毛皮,骆驼显得漂亮、精神。这只高大的骆驼身上披着红色毛毯,脖颈上系着白色绸带,挂着一串铜铃铛,高大的驼峰耸立,高昂着头,神气活现,一步一步,肥大肥厚的驼蹄发出踢踏踢踏的沉稳的脚步,不紧不慢地走进比赛场。观看的人们为它欢呼起来。

士兵拉着骆驼把它横过来,指挥它卧下。骆驼曲下四条腿卧了下去。

赛手们穿着鲜艳的比赛服,站在骆驼的远处,等待比赛开始。裁判举起手中的小旗,向下一甩,第一个赛手向骆驼跑来。他飞跃过来,从骆驼的驼峰之间跳了过去。

"好啊!巴特尔!"台上的达延汗高声叫好,周围的观众也都发出欢呼。赛手一个接一个,跳过了骆驼。

跳驼之后,是马术表演。各路马术队伍在看台前表演着马背倒立、马肚藏身、马上射箭。

马术表演之后,是蒙古人最喜欢的摔跤比赛。

穿着漂亮的摔跤手上场了。参加比赛的32名摔跤手穿着牛皮褡裢,褡裢上镶着颗颗银钉,背后装着圆形银镜,绣着吉祥花纹,下身穿大裆裤,套着绣着花卉图案的白色套裤,腰间系着红蓝黄三色绸围裙,脚蹬翘头的牛皮马靴。席地而坐的观众放声高唱起挑战歌,唱过两遍之后,两个摔跤手摇头晃臂,跳跃着上了场,右手轻轻放在胸前,微微鞠躬,说:"赛,赛白诺!"向观众致意问好。

"瞧,我们的小巴图上场了!"满都海微笑着,指着摔跤场上一个刚上场的摔跤手。

达延汗笑了,说:"好小子! 今年你还要靠他夺取摔跤冠军了。"

巴图是汗廷有名的摔跤手,他每年都作为满都海的赛手参赛。

巴图跳跃着,上了场,摔跤手都认识他,轮到与他摔,都小心翼翼不想战胜达延汗的小儿子。

几个回合,巴图便摔倒许多对手。全场响起热烈的欢呼声。

看台上,满都海大哈敦得意地微笑着,侧过头,对达延汗说:"大汗,你看,今年我们的巴图又要得冠军了。"

达延汗哈哈笑着说:"巴图! 好小子! 要五次蝉联冠军了!"

"可不是,大汗,你看,最后一个摔跤手也败下阵了! 巴图! 好小子!"满都海拍着手,大声呼喊着从座位上站了起来,挥舞着拳头高声喊叫,兴奋得好像一个小女孩。

达延汗也很高兴,回过头去吩咐侍卫长:"快! 去准备冠军的奖品! 今年奖他一峰白骆驼,十匹纯种大苑马!"

满都海笑着说:"我也要重奖他! 真是个好小子! 为我们长脸!"

场上的巴图，高昂着头，高举着双手，脸上挂着得意的不可一世的高傲的微笑，绕场走着，接受大家的祝贺。冠军已经成了定局，他当然高兴。他是汗廷里最好的摔跤手！真是打遍草原没对手！

巴图还没有绕完全场，一个新的摔跤手跳跃着来到摔跤场的中央。这人长得魁梧高大，虎背熊腰，敞开的褡襻里的胸脯饱绽着一块一块的铁块似的肌肉，胳膊上的大块肌肉上下滑动着。

"好壮的勇士！"达延汗赞叹着："这是谁的摔跤手？"达延汗偏转过脸，问满都海。

满都海摇了摇头，说："没见过这人，不认识。"她又回过头去问自己的侍卫长。侍卫长急忙派人去打听。

阿伊古丽却微笑着，专注地看着自己从瓦剌带来的摔跤手，他一定会战胜巴图，她想。

巴图撇着嘴角乜斜着眼睛看着新来的挑战者，心里却不由自主地沉了一下。对手那一副大块头，叫他倒也不敢轻视，巴图开始跳跃着围着他转圈。对手也不动声色，架着胳膊，两个人互相跳跃着逼视着，寻找动手的机会。巴图终于看中一个时机，扑了上去，抓住对手的褡襻，脚下又绊又勾，想把对手摔倒在地。对手却像一个黑铁塔，任巴图勾绊，脚下却似扎根似的纹丝不动。巴图低下头，弯下腰，把全身力量压在双手上，想用双臂的力量把对手拉动，然后来个背布袋，把对手从后背扔到地上。对手感觉到巴图脚下的松动，突然大吼一声，一把揽住巴图的腰，麻利迅速地把巴图扛了起来，双手高举着，在头上转着，转着。

满都海伸长脖子专注地看着场上的摔跤手，看着这里，她脸上喜悦的微笑凝固了，脸色逐渐阴沉起来。"这是什么人，居然这么大胆！"

她看到那摔跤手把巴图高举起来，一下子从座椅上站了起来。愤怒地大声喊道："大胆！快放下巴图！"

达延汗却微笑着拉了她一把，说："大哈敦，不要紧张！摔不坏的！我们蒙古摔跤手都懂规矩的！"

场中的巴图被旋转得头昏脑胀。那摔跤手又大吼一声，把巴图轻轻放到草地上。按照摔跤的规定，他伸出手，把巴图拉了起来。观众爆发出一阵又一阵热烈的掌声和欢呼声。从巴图参加摔跤起，观众就没有看到这么精彩的摔跤了。

达延汗笑着看了看满都海，说："我说没什么吧。我们蒙古人要是害怕摔跤还怎么能征服别人啊？你不是经常劝我南下去征服明朝吗？我是没有这雄心壮志啦，将来就只能靠他们兄弟。你这么心疼娇宠他们，只怕也要惯坏他们的。"

"太好了！太好了！"阿伊古丽却从座位上站了起来，响亮地拍着手，又跳又高声叫好。

满都海阴沉着脸，转过头寻找侍卫长，侍卫长正匆匆赶过来。他伏到满都海耳边轻轻说了几句。满都海仇恨的目光在阿伊古丽脸上扫了一下。

达延汗很高兴，对阿伊古丽说："这摔跤手不错，要重重奖赏他！走，我们下去发奖品！"说着拉着阿伊古丽走下看台。

原来大汗知道这摔跤手是阿伊古丽的赛手！满都海愤愤不平地想，觉得自己又上当了。

接下来的赛马，赛手要奔跑上百里来决定胜负，满都海没有心情去看。她走下看台。使女、侍卫急急跟随着她。

天高云淡，恰是祭敖包的好时候。

女萨满萨仁跪在敖包前，等待着为参加祭敖包的牧民主持祭敖包仪式。时间还早，牧民都忙着观看和参加祭敖包的各项活动，来祭祀敖包的还不太多。只有一个衰老的老太婆跪在敖包前，请求萨满为她找寻丢失的马匹。萨仁为她主持了仪式之后，她乐颠颠地走了，心满意足地回家等待走失的马匹归来。

萨仁等这老太婆走了以后，四下看了看，没有人前来祭祀敖包。远处祭敖包正热闹着，欢呼声四起，谁舍得在这赛马的高潮时刻离开那里呢？

四周静悄悄的，只有凉风卷起敖包上的五色旗幡飒飒地响。她在敖包前点燃了香烛，从敖包的石头缝里掏出一个小盒。她用一根细针把自己的指尖刺了一下，一滴圆圆的鲜红的血珠渗了出来。她把它轻轻地滴到蜈蚣身上，口里喃喃地祷告着。她正在祈求敖包，求这萨满精灵的保佑。

"你在干什么？"一个冷钝的声音从她身后响起。

萨仁惊吓得"哎哟"一声，一屁股跌坐在草地上。她从草地上爬起来，回

蒙古女雄：满都海皇后

过头去寻找说话的人。

满都海站在她身后。她从看台上下来,决定到大敖包前来拜拜敖包。

"哎哟,我的妈!大哈敦,你可吓死我了。"萨仁惊魂未定,呼呼喘着粗气,颤抖着声音说。

"事情办得怎么样?"满都海厌恶地别转脸去。她讨厌这些不洗澡的萨满,她身上的羊膻味实在叫她难以忍受。萨仁自从嫁给老萨满以后,也沾染了老萨满的恶习,把在她身边的好习惯全都丢掉了。

"正办着呢。"萨仁谄媚地满脸堆笑,点头哈腰,小心地说。

满都海不大满意地说:"已经一个月了,怎么还没有动静?"刚才发生的事情,叫她更加忍受不了阿伊古丽,必须尽快除去她。

萨仁急忙解释:"蜈蚣还没有长大,所以还没有见到效果。大哈敦,你放心,一定会有作用的。你就等着吧。"

"要抓紧时间,快点办理!"满都海严厉地说,"要多使用一些办法。"她小声加了一句。

"是,是,大哈敦!"萨仁一边回答,一边琢磨。

多使用一些办法?是的,恐怕要多使用一些办法。这整蛊,恐怕效力有限得很。

"再加一种针刺偶像,大哈敦,你看行不行?"萨仁眼巴巴地看着满都海说。

"什么叫针刺偶像?"满都海问。

"针刺偶像,就是把一个人的生辰八字写在一张铰成人形的黄表纸上,然后,用针刺这个纸人。"萨仁说。

"哦,是这样,是我们萨满的仪式吗?"满都海好奇地问。

"不是,这是汉人民间流传的一种诅咒方法。"萨仁有些不好意思地解释。

"灵验吗?"

"很灵验的。一个人被人针刺偶像以后,就会失魂落魄,会发疯甚至死掉的。"萨仁急忙说,生怕大哈敦不相信,便弄出一脸的急切真诚。

"你做过吗?"满都海还是不大相信,继续追问。

萨仁不敢撒谎,只好摇了摇头。

满都海不大满意,白了她一眼,冷冰冰地说:"那你还说什么?你还是再找一些可靠灵验见效的办法。听见没有?见效!"

萨仁赶快弓腰点头答应下来。

"我要祭祀敖包了,你来为我主持吧。"满都海说。

使女把酒祭和火祭的供品摆到敖包前。萨仁在敖包前点燃干牛粪火堆,供上祭品。满都海走近火堆,口中念着自己的名字,然后把羊肉丸子投到火堆上。羊肉丸子在火里发出噼噼啪啪的响声,慢慢燃烧起来,越烧越旺。

圣洁的火啊,光明和力量的象征,给我力量吧!满足我的心意吧!满都海心中呼喊。

萨满萨仁念着咒语。满都海和她的使女、侍卫,围着敖包,从右向左,慢慢绕行三圈,完成了祭祀敖包的仪式。

可怜小妃香消玉殒

阿伊古丽近来经常恶心吐酸水。她从哈密带来的回回大夫检查以后,恭喜她说,是有喜了。达延汗喜笑颜开,一把抱住爱妃,把她搂在怀里,又亲又摸。"要是你生个男孩,我一定把最肥美的草原赏赐给他!我还要亲自给他举行周岁生日的去发宴,摆它个蒙古国最大的宴席,让左右所有部落的台吉都来庆贺,让他们送来最好的礼物!"达延汗向往地说。他的眼睛流露着喜悦和慈爱的光芒,好像已经沉浸到那盛大的喜宴上。

"大汗,什么是去发宴啊?"阿伊古丽摇晃着达延汗的手,娇滴滴地问。

"怎么?你不懂我们蒙古的规矩啊?你们瓦剌不过去发宴?"达延汗有些吃惊地问。

"我好像没听说过。"

达延汗摇着头,却也耐心地给阿伊古丽讲解蒙古的去发宴:"去发宴就是过周岁生日。这一天,蒙古人要把自己的亲戚朋友都请来。主人要早早起床,把蒙古包打扫干净,准备接待客人。当听到狗叫铃响,就是骑马的客人来了。女主人要抱着孩子,到马桩前去迎接客人,请客人进蒙古包。客人要把带来的礼物献给主人。等客人都到齐了,就要开始剪发。一把剪刀,缠

蒙古女雄:满都海皇后

了红布,放在银盘里。男主人端着银盘,女主人抱着孩子,来到年纪最大、辈分最高的最尊贵的客人面前,说:'请大人赐下十指之恩、七指之技,为我家孩儿开剪去发。'这老者就右手拿剪刀,左手从盘子里取一点鲜奶,抹在孩子头发上,拉长声调唱起来。"

说到这里,达延汗也模仿着唱了起来:

"诞生在天地的怀抱,

这个小小孩童,

考察他出生的日子,

推算他落地的时辰,

是腾格里保佑着的幸运人。

张开金制的剪刀,

剪掉你的胎毛,

按照祖先的习惯,

祝福你命长寿高。

张开银制的剪刀,

剪掉你的胎毛,

按照蒙古传统,

祝福你长生不老。

张开铁制的剪刀,

剪掉你的乳毛,

按照孛尔只斤的风俗,

祝福你吉祥安好。"

"挺有意思的。"阿伊古丽拍打着达延汗的手背,哧哧地艳笑着:"还有呢?"

达延汗亲热地捏了一下阿伊古丽的脸颊,接着讲:"老者祝贺以后便从婴孩头顶中间剪一小撮头发。然后,大家欢呼着,等男女主人走过来,便你一下他一下,每人从孩子头上剪下一小撮头发。剪下的头发,还要从老者开始,每人都要蘸着盘里的酥油,把它们揉成团儿,头发变成一团毛球。女主人把它夹扁,穿上一条牛皮筋,挂上一些碧玉、松绿石、翡翠、琥珀、珍珠或者金银铃铛,给孩子挂在脖子上。"

"真好玩。那大汗一定要给我们的孩子过一个蒙古国最盛大的去发宴。大汗说话可要算话啊。"阿伊古丽紧紧抱着达延汗亲昵地摇晃着,把达延汗的心都摇碎了,摇得融化了。

"请萨满萨仁来!"达延汗吩咐自己的侍卫。

萨仁精心打扮了一番,穿上崭新的蒙古袍,戴上姑姑冠,随侍卫来到达延汗的寝帐。"萨仁叩见大汗。"

达延汗满脸笑容,说:"萨满请起。今天请你来,是要你给小哈敦做仪式,为她祈求平安。她已经有喜了。"达延汗说着,温柔地揽住身旁坐着的阿伊古丽。

萨仁抬头看看小哈敦阿伊古丽,急忙再叩头:"恭喜大汗,贺喜大汗。小哈敦这么美丽,将来一定生一个像大汗一样英勇聪明、像小哈敦一样漂亮美丽的小台吉!"

"好了,去为小哈敦做仪式吧。"达延汗说。

达延汗和阿伊古丽在侍卫的护送下,出了斡耳朵,来到草原的大敖包前。萨仁指挥着侍卫摆放好祭桌,摆放好供品。萨仁换上了萨满服,戴上高高的铜帽,披上五色萨满服,围上五色绸短裙,手执铜铃和羊皮鼓,在点起的火堆旁,边跳边祝。达延汗和阿伊古丽跪在祭桌前,点燃香烛,向敖包祭洒马奶酒,面向敖包九叩首,请求天神腾格里和地神的庇护。

阿伊古丽是伊斯兰教的信奉者,她不相信萨满。可是为了讨达延汗的欢心,她也只好遵从萨满的规矩。其实,她只相信真主的保佑。虽然她的母亲是个喇嘛教的教徒,可是她还是接受了伊斯兰教。

萨仁闭着眼睛,跳来跳去,急速地摇晃着铜铃,口里咿咿呀呀念着祝语,祈祷天神、地神、火神的保佑。然后,她睁开眼睛,继续摇晃着铜铃,带领着达延汗和阿伊古丽,绕着敖包,走了三圈,完成了仪式。

达延汗和阿伊古丽乘坐着帐舆回斡耳朵。萨仁自己留在敖包前,她悄悄掏出小盒子,用自己的血喂养蛊虫蜈蚣。

萨仁求见满都海。"萨仁拜见大哈敦。"

"什么事?"满都海正在看着奶母教博迪和自己的小儿子走路,见跪到面

蒙古女雄:满都海皇后

前的萨仁,抬起眼睛,冷冷地问。

"奴婢前来报告大哈敦一件事。"萨仁媚笑着说。

"说吧。是不是见效了?"满都海眼睛一亮。

"小哈敦怀孕了。"

"什么?"满都海猛然站了起来,这消息好像晴天霹雳,当头猛轰了她一下。

这可不得了。争夺大汗的继承权从来是大元各皇帝的大事。从成吉思汗以后,大汗位置几经辗转,从窝阔台系转向拖雷系,中间死了多少成吉思汗的骨肉。拖雷的儿子们为了大汗的继承权,争得你死我活,阿里不哥还不是在忽必烈的压制下走向毁灭?她一直对达延汗放心,因为不管将来达延汗把大汗位置定给谁,那都是自己的亲骨肉。按照达延汗和她商量的办法,这大汗位置是传给长子系,图鲁死了,这大汗位置给图鲁的长子,几个儿子都没有意见,也都发誓说不会与图鲁系争夺大汗。所以,她一直很放心。

可现在,情况却发生了变化。这阿伊古丽小狐狸精,正得宠于达延汗,她要是生个儿子,这大汗的继承权会不会转移到她儿子那里?这可真说不定。现在达延汗那么宠幸她,难道不会用可汗位置去讨她的欢心?即便达延汗自己不提及此事,那小狐狸精还不自己想方设法在达延汗面前说这事?达延汗能抵抗住小狐狸精的枕边风?怕是不行。

绝不能让她的儿子生下来!满都海紧咬嘴唇,想。

满都海走下座位,来到萨仁面前。她一把抓住萨仁的衣襟,压低声音,从牙缝里挤出一声咆哮:"你这废物!这么长时间,一点效果也没有,居然还让她怀孕了!"说着,把她推倒在地,大声喊:"侍卫!把她拉出去!"

萨仁扑到满都海的脚下,大声说:"大哈敦息怒!我正是有了好办法,才来向大哈敦请示的!"

满都海怀疑地看了看她,摆摆手制止侍卫,说:"去,先下去。"她又对使女说:"你们也下去。"弯腰凑向萨仁说:"说!"

萨仁仰起头,谄媚地说:"小哈敦怀孕以后,大汗一定要叫太医给她号脉调养。这是一个机会,大哈敦只要叫太医给她开药,然后……"她伏在满都海的耳边嘀咕了几句。

满都海直起身,冷冷的面孔若严冬一般,在大帐中走了几步,她停住脚

蒙古女雄:满都海皇后

步,转过身,逼视着萨仁,压低声音,问:

"谁去做?"

萨仁爬到满都海的脚下,说:"萨仁愿意为大哈敦效劳!"

"好,事成之后,奖赏你十匹马,十峰骆驼。不过,要是再做不成,"满都海不再说下去,只用手做了个砍杀的动作。

萨仁浑身颤抖着说:"大哈敦放心,奴婢一定会完成大哈敦的重托,也一定会做得不露一点痕迹,绝不会走漏风声。"

"好,起来吧。限你一个月里尽快办好。来人!打赏萨满!"满都海大声喊。

使女从后面出来,托着一个银托盘,上面放着一锭白银和一匹锦缎。萨仁千恩万谢。

乐颠颠回来的萨仁一进蒙古包,就高声吆喝:"朝日格图!格图!"老萨满朝日格图急忙从羊圈里走了出来,他正在打扫羊圈。

"什么事啊?萨仁?"

萨仁厌恶地看了一眼老萨满,老萨满身上沾着干草,脚下一双破旧的蒙古靴上沾满羊粪蛋,浑身散发着羊粪的臭气。她皱了皱眉头,撇着嘴说:"看你这一身晦气。你就不能再去做萨满,挣回过去的荣耀?"

老萨满嘟嘟囔囔:"什么荣耀?我现在不挺好吗?你做萨满就够了,何必两个人一起去骗人?"

萨仁白瞪了他一眼,命令着:"你快去河谷草原上,给我挖一些醉马草回来。"

"要醉马草干什么?那东西太危险,万一被马啃了,会要马匹命的。要是叫人误食了,也会要人命的。我不去。"

萨仁一把拉过老萨满,把手中的银锭和绸缎塞到他怀里,说:"去吧,这是打赏你的。快去吧。只有你能找到醉马草。要是我能找到,我才不把这些好东西给你呢。老东西!别敬酒不吃吃罚酒!"

老萨满怀疑地看了看萨仁,问:"这是哪来的?你要干什么?"

萨仁勃然大怒,她把老萨满推了一下,说:"老东西!你去不去?你要是不给我找来醉马草,你就别想进包,别想吃饭!"

蒙古女雄:满都海皇后

老萨满只好佝偻着腰,从马圈里牵出一匹老马,爬上马背,驱马到草原去。

萨仁到阿伊古丽的大帐去给小哈敦问安。

太医正在给阿伊古丽把脉。阿伊古丽慵懒地斜倚在卧榻上,察青坐在一旁安慰着她。阿伊古丽对怀孕和生孩子怀着深深的恐惧。"不用怕,女人都会有这一关的,能平安度过去的。大汗那么体贴你,你就只管放心好了。"

阿伊古丽还是面露难色,摇着头。

回回太医给阿伊古丽开了安胎保胎药方,叮嘱阿伊古丽好好休息保养。阿伊古丽把药方交给使女,让使女去太医院抓药。使女急匆匆走了。

萨仁走到阿伊古丽卧榻前,忙着为阿伊古丽倒奶茶伺候她。阿伊古丽见是萨满妈妈来到,也就任她在大帐里走动。

察青看了看萨仁,问:"萨满妈妈,小哈敦的胎气如何?"

萨仁谄媚地说:"小哈敦命大福大,又有大汗这真龙天子的龙津庇佑,这胎气安然平和,没有任何异常。小哈敦就等着小太子的出世吧。"

察青抚摩着阿伊古丽说:"你看,有萨满妈妈的关照,你大可不必担心。生孩子嘛,哪个女人不要过这一关?"

萨仁急忙安慰说:"小哈敦命大福大,我会祈祷腾格里保佑小哈敦的。"

这时,抓药的使女回来,把药交给察青。萨仁说:"让我看看回回太医都给小哈敦开了些什么药?"察青顺手把药包递给萨仁。

萨仁拿着药包走到大帐的神龛前,打开药包。她回头小心地看了看,阿伊古丽和察青还在说话,她们都没有注意她。萨仁从自己怀里掏出一个小药包,把里面的草末抖进药包。萨仁拨弄着,把草末搅进药里。她小心地把它们搅匀,直到看不出一点痕迹。

萨仁回过头,笑嘻嘻地说:"回回太医开的药方和我们蒙古太医的不大一样,这些药我也认不得。"说着,把药包包好,交给察青。阿伊古丽让使女拿去煎药。

萨仁见自己大功告成,笑着对阿伊古丽说:"小哈敦还有什么事情没有?要是没有,奴婢告辞,明日再来给小哈敦请安。"

阿伊古丽挥了一下手,萨仁急忙跪下告退。

半夜里，大汗派人来请大萨满和萨满妈妈，说小哈敦阿伊古丽情况不好。大萨满急忙爬了起来拉着萨仁，跟着侍卫去见达延汗。

阿伊古丽小哈敦的寝帐里灯火通明。达延汗站在寝帐中央，满脸怒气，面前跪着回回太医，正浑身颤抖向达延汗解释他给小哈敦看病的情况。

帏帐后面，阿伊古丽凄惨的叫声一声高过一声。达延汗脸上流露出难以忍受的痛苦表情。

大萨满一进大帐，达延汗不等他们下跪，就跑过来，拉住大萨满的手说："大萨满，快救救小哈敦！"说着，眼眶里的眼泪已经流了出来。

大萨满心里十分难受，看到达延汗这一副痛苦的神色，叫他心痛。他和萨仁急忙走到帏帐后面。

卧榻上的阿伊古丽披头散发，捂着肚子，在卧榻上翻腾着打滚，痛苦的哭号声凄厉怕人。抱着她的几个使女用尽全身气力，都无法制止她痛苦的挣扎。

大萨满急忙跪到腾格里面前，大声祷告起来。

萨仁心中暗喜，极力压抑心中的喜悦。大哈敦交给的她的任务已经完成，大哈敦许诺的奖赏，那白花花的银锭、黄灿灿的元宝好像已经堆到她的面前。她看了看老萨满，眼睛满是亮光。

老萨满看见眼睛放光的萨仁，心中充满怀疑。他奇怪地看了看萨仁，轻声呵斥道："快祈祷吧。"他全身趴伏在神龛前，祷告着。萨仁也跪倒在神龛前，十分虔诚地祷告起来。

卧榻上，阿伊古丽的喊叫声越来越弱。

"快！快！大萨满，快给小哈敦驱鬼！"达延汗喊道。

大萨满犹豫着。萨仁却站了起来，说："大汗，让我来，这鬼让我来驱。"说着，便散发执剑，在卧榻前跳了起来。

达延汗扑到卧榻上抱起阿伊古丽，把她紧紧搂在怀里。阿伊古丽已经气息奄奄，她躺在达延汗怀里，浑身抽搐着。

达延汗把自己的脸紧紧贴在阿伊古丽的脸上，泪流满面，他大声呼喊着："阿伊古丽！阿伊古丽！"

阿伊古丽勉强睁开眼睛，看着达延汗，断断续续地说："大汗，我怕是不行了。大汗，你要多……保重！"剧烈的疼痛叫她止不住全身痉挛和抽搐，踢

蒙古女雄：满都海皇后

腾着双腿,双手在空中抓挠,扭曲的脸面狰狞可怕。她又号叫哭喊起来,凄厉的声音叫人毛骨悚然。

达延汗极力抱住她,想尽方法平息她的痛苦。"快行萨满法术啊!行法术啊!"达延汗嘶哑着喉咙,对着大萨满喊,眼睛可怕地圆睁着。

大萨满急忙站立起来,摇晃着铜铃,扭动着,身上的五彩裙翻飞,口中大声呼唤着天神、地神、火神,为小哈敦驱鬼。

阿伊古丽的声音慢慢弱了下去,身体在达延汗怀里慢慢停止了抽搐。突然,她全身一挺,喉咙里咕噜一声,头慢慢垂了下去,手从达延汗身上慢慢跌落下来,在空中晃荡着。

"阿伊古丽!阿伊古丽!"达延汗大声呼喊着,摇动着怀抱里的阿伊古丽。

阿伊古丽的痛苦的脸慢慢舒展开来,好像还绽开了幸福的微笑。她听到达延汗的呼喊,听到达延汗撕心裂肺的痛苦哭泣,她明白了达延汗对她的一片爱心,她在最后时刻感到了无比的幸福,那幸福驱走了全部的痛苦。

大萨满和萨仁继续摇动着铜铃,扭动着身体,大声呼喊着天神、地神、火神。

达延汗的哭声像失去狼崽的母狼的号叫,痛苦绝望伤心。突然,达延汗从阿伊古丽怀抱里抬起泪水横流的脸大吼道:"滚!全滚出去!"他怒睁着血红的眼睛,对还在跳来跳去的大萨满喊。

大萨满和萨仁急忙跑了出去。

达延汗的哭声又响了起来。

这哭声在夜空里回荡,惊醒了大汗斡耳朵每个大帐里酣睡的人。

位于前列的满都海的寝帐,亮着全部的灯光。

满都海从卧榻上抬起头,睡眼蒙眬地询问使女:"出了什么事?"

侍卫在帏帐外报告说:"报告大哈敦,小哈敦刚才断气了。"

满都海轻轻地笑了一笑,又倒头睡去。

知真相　达延汗愤怒

达延汗已经几天水米不沾。小妃阿伊古丽的死叫他万念俱灰。汗廷里一切事情都要由满都海哈敦做主。

满都海哈敦心里对达延汗还是放不下,她不愿意看到达延汗毁掉自己。她来到大汗的寝帐。达延汗还是一动不动地躺在卧榻上。

"大汗好些了吗?"满都海问跪见的侍卫长。侍卫长摇着头,伤心地流着泪说:"大汗还是不肯吃东西,谁也劝不了。大哈敦,想想办法吧。这样下去,大汗就……"

满都海眼睛一瞪,说:"大汗就怎么样?"

侍卫长急忙扇着自己的耳光,说:"奴才该死!奴才该死!奴才胡呲!奴才胡呲!"

满都海挥了挥手说:"下去吧,我来看看大汗。"

满都海来到大汗的卧榻前,踏上金踏凳,使女轻轻掀开金黄的盘龙帏帐,把帏帐挂在两旁的黄金挂钩上。满都海侧身轻轻坐到达延汗的身旁。

"大汗,大汗。"满都海伸出手轻轻抚摩着一动不动的达延汗的脸颊。他消瘦了,满都海心疼地想。

盖着金黄色盘龙锦缎貂皮被的达延汗脸朝外躺着,一动不动,眼睛紧紧闭着,脸色蜡黄。

"大汗,大汗。"满都海又轻轻呼唤着,用手轻轻拉了拉貂皮被。

达延汗呼地翻过身去,面向里。

满都海有些不知所措。达延汗蜡黄的脸色叫她心里荡漾起怜悯同情,就好像达延汗小时候那样,叫她经常滋生出这种感情。这时,她对达延汗没有一丝的愤怒。她的眼眶里溢满了同情的泪水。"大汗,你不要这样,这样糟践自己的身体,我们大蒙古可怎么办啊?你难道忘记自己在圣主灵位前的誓言了吗?背叛誓言可是欺骗腾格里啊。"

满都海款款地说。

"大汗可以不顾及我,怎么可以不顾及大业不顾及儿子呢?他们需要你,大蒙古需要你,圣主的事业需要你啊。"

蒙古女雄:满都海皇后

说到伤心处,满都海轻轻抽泣起来。

达延汗身子轻轻动了一下。

满都海把头轻轻抵到达延汗侧卧的身体上,呜咽着说:"大汗胸怀光复圣主事业的雄心壮志,如今大业已经奠定,正需要大汗进一步拓展大蒙古的疆域,大汗万万不能在这个时候撒手不管啊!"

达延汗的身体动了一下。

满都海拍着达延汗的肩膀继续说:"大汗重情有义,小妃一定感激不尽。但是小妃她也不会喜欢大汗这样糟践自己。她希望大汗在心里永远记住她,可不会喜欢大汗为她的缘故让全蒙古唾骂。大汗这样……这样做,可是要为她招来万世骂名啊!"

达延汗发出一声深深的叹息。

满都海暗喜,达延汗已经开始动心了。

"大汗是不知道,已经有人在骂阿伊古丽,说全是她,把大家尊敬喜爱的大汗害成这般模样。你看,你这不是害了她吗?她在地下咋能安生啊?"

达延汗发出一声勉强抑制而抑制不住的呜咽。

满都海慢慢扳过达延汗,达延汗泪流满面。满都海朝侍卫、使女招了招手,使女端来热奶茶。满都海把达延汗抱进自己的怀抱,亲自拿起小匙,慢慢喂他喝。达延汗终于咽下阿伊古丽死之后的第一口食物。

使女搀扶着达延汗走出大帐。灿烂的阳光刺痛了他的双眼,他已经有些日子没有走出大帐。温暖的阳光照着他,生命的活力从他的体内升了起来。阿伊古丽死亡的悲痛和忧伤,已经被灿烂的阳光扫去了许多。阿伊古丽虽然走了,可是生活还像这阳光一样灿烂,大蒙古的事业还要继续下去,要不就实在对不起圣主,对不起成吉思汗的黄金家族,对不起那些随他征战几十年的战士,也对不起大哈敦满腔的希望。这些日子大哈敦日夜守护在他卧榻前,人都熬瘦了许多。她这么做不都是为了成吉思汗的事业吗?自己才44岁,正是年富力强的时候,他还能够建功立业,还能够继续扩展他的疆域。是啊,也许应该向西方扩张,把疆域扩大到成吉思汗时代的钦察汗国去。也许还要扩张到长城里面?是的,有些困难。朱元璋的后代皇帝已经把长城修建起来,可以抵挡他的骑兵的进攻。而且,他知道,蒙古人实在适应不了长城里面的生活。他们应该在草原上建立自己的帝国,在草原上驰骋。

达延汗在大帐前的草地上慢慢踱步,抬头望了望蓝天。草原的蓝天分外蓝,几朵白云飘过,一只展翅飞翔的雄鹰,大约是发现了草原上跑过的一只野兔,它盘旋着,突然一个俯冲,朝绿草地冲来,又冲上蓝天,锐利的爪子抓着挣扎的野兔。它的姿势那么矫健,那么美丽,叫达延汗呆呆地看了好一阵。他的心有些激动,他不是常常自诩为草原帝国的雄鹰吗?这雄鹰如今却耷拉着翅膀,在巢穴里卧着不动。他这是怎么啦?一个女人竟叫他如此失魂落魄?一时间,达延汗觉得自己的热血在涌动。生命重新回到他的体内,豪气充溢了他的全身。

达延汗看着湛蓝天空中翱翔的雄鹰渐渐远去,消失在天际。

几声熟悉的马的嘶鸣把达延汗的目光从蓝天拉了回来。达延汗听到他的小白的呼唤。拴马桩上拴着他心爱的坐骑小白。

达延汗快步向拴马桩走去。

他的小白看见主人过来,十分兴奋,它昂起脖颈,前蹄在地上刨着,望着主人咴咴地叫,好像在倾诉它近来的思念。

达延汗一下子觉得自己精神了许多,他快步走到小白身边,抱住小白的脖颈,把头靠在它的脸颊上喃喃地说:"老朋友,你好啊。"

小白昂起头,鬃鬣飘扬,发出一声仰天长啸,回答达延汗。这通人性的生灵,用它的方式表达它的思念,向它的主人倾泄了它无尽的思念。

达延汗感动地抚摩着它油光发亮的鬃鬣。小白把自己的头拱到主人的怀抱里,甩动着尾巴,嘴里发出咴咴的声音,继续表达它的思念。

达延汗对侍卫长说:"它在催我呢!快给我备马!"

侍卫长劝阻说:"大汗身体刚刚恢复,还很虚弱,还是先不要骑马了吧。"

达延汗摇头:"没关系,我想到草原上奔跑一圈,我的精神会更好。小白,你可想死我了。"小白好像听懂了似的,伸过它的嘴,在达延汗的脸上轻轻地舔着。

达延汗精神焕发地跨上他的小白,一抖缰绳,向斡耳朵外的草原驰去。侍卫长急急率领着侍卫跟上去。大病初愈的大汗一刻也离不开他们的照顾和保护。

蒙古女雄:满都海皇后

老萨满四下看看，周围安安静静。他蹑手蹑脚走回自己的蒙古包。近来，他发觉这老婆萨仁总是鬼鬼祟祟的，好像有什么大事瞒着他。究竟是什么大事呢？她是不是又在借做萨满仪式干什么坏事呢？小哈敦临终前她放光的眼睛总在他眼前闪动。小哈敦的死和她有没有关系？

不行，我要弄个明白。老萨满想着，轻手轻脚地摸回了蒙古包。

懒惰的老婆萨仁还在地铺上呼呼大睡，嘴角流着一股白色的涎水。老萨满来到萨仁身边，萨仁毫无觉察，依然呼呼地睡着。

老萨满轻轻揭开她的羊皮被，小心翼翼地看了看她的脸。萨仁酣睡的脸上毫无动静。老萨满放心地把手伸进萨仁的怀里，小心摸了一会儿，从她的怀里摸出一个小荷包，这小荷包小心藏掖在她贴身衣服的最里边。

老萨满把它捏在自己手里，又慢慢为她盖好羊皮被，轻手轻脚走到蒙古包外。

老萨满打开荷包，小心掏出里面的东西，放在自己的手掌上辨认着。"醉马草！"老萨满看着手掌心里的干草粉末，不由得惊叫起来。那粉末状的干草末，他一下子就认了出来，确实是晒干的醉马草。

老萨满一切都明白了。他冲回蒙古包，一把把萨仁从被窝里拖了出来，发疯似的喊叫着："你这老母狗！你说，你荷包里的醉马草是咋回事？你说！小哈敦是不是你害死的？你说啊！"

萨仁双手抱着头，躲避着大萨满的追打。她一句话也不说。

老萨满从她的神态里已经明白了一切。"你这母狗！你这么歹毒！你下毒害死了小哈敦，你！"老萨满从哈那上抽出蒙古弯刀，挥刀向萨仁砍去。"我替大汗报仇！"

萨仁绕着哈那在蒙古包里逃窜。老萨满伸出手，企图抓住萨仁，萨仁敏捷地躲避着老萨满的追捕。

老萨满挥舞大弯刀，追赶着，连连劈砍着逃跑躲避的萨仁。萨仁边跑边求饶，但是老萨满已经完全疯狂。他红着一双眼睛，疯狂地喊着："我劈了你！劈了你！"

萨仁喊着："你这老东西，你不看几十年夫妻情，一定要置我死地，我也就顾不到你了。"说着，从蒙古包门口的桌子上拿起锋利的蒙古刀，抵挡着老萨满的进攻。

老萨满终于抓住萨仁的袍子,把萨仁拉到自己面前,举刀砍去。萨仁一刀刺向大萨满。老萨满"哎哟"大叫一声,捂住自己的胸口。鲜血从他的指缝里流了出来,他慢慢倒了下来。

萨仁急忙穿好衣服,抓起一些奶豆腐、奶皮子,抓起一皮囊马奶子,逃出蒙古包,跳上马,向草原奔去,向土默特方向奔去。大哈敦满都海带着喇嘛到土默特去看望乌鲁斯和巴尔斯,主要是去看望生病的孙子阿拉坦,她最喜爱的孙子。

浑身血迹的老萨满,挣扎着爬了起来,跟跟跄跄追出蒙古包,在草地上又追了一段,终于因为流血过多,倒在草原上。

达延汗骑着小白,被部下簇拥着,来到草原上。小白高抬腿轻落脚,四蹄在草地上自在地交替着,走成两条直线,叫背上的达延汗感觉不到一点颠簸和震动,踏出一种很叫人舒服的轻微的节奏和节拍。初夏的太阳晒在身上暖洋洋的,初夏的小风温暖又清爽,没有沙尘,没有落叶,没有草屑,一阵一阵青草的香气沁入肺腑。

达延汗深深地呼吸着草原上的清新草香,五脏六腑都感受到那清香的滋润。达延汗舒展着上肢,精神焕发,精力也一下子充沛起来。自从阿伊古丽死后,他一直待在自己的大帐里,借酒浇愁,怀念他心爱的小哈敦。今天的好天气,给了他难得的好心情,叫他暂时忘掉失去阿伊古丽的悲哀,又唤起他的豪情壮志和舒坦的心情。

达延汗骑在小白的背上,漫无目的的任随小白溜达。美丽的草原风光,不时扑入他的眼睛,他的目光散漫地流过草原。

"那是什么?"草地中间一团黑乎乎的东西吸引了他的目光。他用马鞭漫不经心地指着说:"去看看。"

侍卫急忙打马过去。"躺着一个人,大汗。"侍卫大声喊着报告情况。

"下马看看!"达延汗喊着,打马过来。

侍卫下马走到大萨满身边,他看了看,喊了起来:"报告大汗,是老萨满,他被人捅刀了。"

达延汗跳下马,急忙来到他身边。"老萨满,老萨满。"达延汗轻轻呼喊着。

老萨满勉强睁开眼睛，看着面前的达延汗。气息奄奄的他，拉着达延汗的手，泣不成声，请求大汗原谅。

"什么事情啊？原谅你什么啊？"达延汗不明白地问。

"都是那老母狗萨仁，都是她害死了小哈敦。"气息奄奄的老萨满断断续续地说出小哈敦死亡的真相。

达延汗呆呆地站着。他的脑筋竟一时转不过弯来。萨仁毒死了阿伊古丽？他几乎不敢相信。可是生命垂危的老萨满是不会欺骗他，他说的话叫他不能不相信。可是，萨仁为什么要这么做？一定得到什么人的命令。萨仁没有得到命令，她敢这么做？什么人的命令？萨仁是大哈敦的心腹，她愿意为大哈敦做一切事情。是不是大哈敦？她最痛恨阿伊古丽。她能这么做吗？为什么不能？汗廷里勾心斗角阴谋诡计什么事都做得出来。下毒除去亲人的事，他知道得太多了。成吉思汗的子孙互相残杀，八思巴史官给他讲过许多。他的父亲，他的亲人，满都鲁汗，不都是例子吗？

是她！只能是她！达延汗想。

"回去！"达延汗大喊，掉转马头，向斡耳朵奔去。他要去找大哈敦问个明白，去给小哈敦报仇！

达延汗直奔满都海大哈敦的大帐。他跳下马，大哈敦的侍卫跪接，他进入大帐。"满都海！"他大声喊。总管急忙出来迎接他。

"大哈敦呢？"达延汗怒气冲冲地喊。

"大哈敦到土默特去了。"总管跪在大汗面前，回复说。

达延汗这才想起来，是他劝大哈敦到土默特去一趟。几天前，济农巴尔斯的使者前来报告说，济农巴尔斯的二儿子阿拉坦，满都海最喜爱的孙子，达延汗自己也很喜爱的聪明伶俐的阿拉坦，生病了。见大哈敦满都海忧虑、担心、愁眉不展，加上连日照顾自己的夙夜不寐，他就劝她亲自去看望看望，同时休息休息。满都海还有些犹豫，她放心不下达延汗。可是，禁不住达延汗的极力劝说，更禁不住对心爱孙子的担忧和思念，她这才下定决心起身到土默特去了。盛怒中，他忘了这回事。

达延汗转身返回自己的大帐，召集了侍卫长，命令他立刻组织护卫队集合。侍卫长也不敢询问原因，只好命令传令官立刻传令集合军队。达延汗亲自率领着草草集合起来的几百人的侍卫队向土默特出发。

他要去抓回大哈敦满都海。

恩断义绝 软禁达延汗

萨仁拼命向土默特奔去。穿过大青山山口,她几乎就要从马上摔下来。她勉强支撑着自己,坚持着来到敕勒川。

山脚下一马平川的绿色草原上,一条河流从山里弯弯曲曲流过草原,向南边的平原流去。河流旁那一大片白色毡帐,黑色高车,一定是济农的斡耳朵了。

萨仁打马向白色毡帐群落奔去。她要找到满都海大哈敦向她报告这紧急情况。萨仁跳下马,歪歪斜斜地拖着跟跄的步伐跌跌撞撞向位于毡帐群落最前边的大帐跑过去。

"喂,你找谁?"栅栏前两个荷枪的武士横过长枪拦住萨仁。

"我找满都海彻辰哈敦。"萨仁上气不接下气地说,身子一歪,倒在武士的脚下。几天马不停蹄的驰骋,她已经没有一点力气。

萨仁醒过来,发现自己正躺在蒙古包里。几个使女模样的蒙古姑娘,围着她。"醒了,醒了。"一个说。"快拿奶子来。"另一个说。一个使女把她抱起来,在她身后塞了个靠枕,一个喂她喝热腾腾的奶子。

"我这是在哪里?"几口热奶子下肚,萨仁感觉自己有了力气。她看着周围几个使女,迷惑地问。

一个使女笑了:"看你,自己跑来,却不知道自己在哪里。这里是济农诺颜的地盘。"

萨仁一拍额头:"看我这老糊涂。我要见大哈敦满都海,她在不在这里?"

使女说:"已经派人去请大哈敦了。她带着小台吉们去草原骑马,一会儿就回来。"

正说着,满都海大哈敦与两个孙子衮必力克墨尔根与阿拉坦一起走进大帐。两个年轻的孙子像他们的父亲巴尔斯济农一样健壮魁梧,都是土默特出名的武士和摔跤手,武艺高强,能征善战。特别是阿拉坦,更像他的爷爷达延汗。满都海拉着阿拉坦的手,说笑着走了进来。满都海尤其喜欢阿拉坦,这名字就是她给起的。"他将来要帮助可汗,就叫他阿拉坦吧,辅佐大汗的意思。"满都海对巴尔斯说。她来了之后,阿拉坦的病很快好了起来,她就带着他们到草原骑马。小雄鹰需要到草原上锻炼,她经常这么教导她的孙子。

"谁从汗廷来啊?有什么事情?也不叫我歇一歇,我正想和孙子在这美丽的土默特好好快活快活,就有人来找我。真烦人。什么事啊?"满都海嘟囔着,唠叨着,走了过来。

"奴婢拜见大哈敦。"萨仁急忙翻身跪倒在地,向大哈敦行礼。

"怎么是你?萨仁?有什么事情?"满都海大哈敦吃惊地问。

萨仁扑到大哈敦的面前:"奴婢该死!奴婢坏了大哈敦的大事!"

满都海哈敦急忙挥手让使孙子和使女都退了出去,她拉起萨仁:"慢慢说,什么事情?"

萨仁哭诉了事情经过。

"大萨满呢?他死了没有?"满都海着急地问。

萨仁说:"我不知道,我扎了他一刀,他还在后面追我。"

满都海说:"要是死了,一切便罢了。万一死不了,要是传到大汗那里,可就有麻烦了。行了,萨仁,你也不必回去了,就在土默特住下来吧。事已至此,也容不得我们吃后悔药了。只好等着看事情的发展了。"萨仁跪在地上千恩万谢。

满都海步履沉重地走出蒙古包,一边思考着回到自己的大帐。

济农巴尔斯前来探望母亲。"什么事?母亲?"巴尔斯给满都海请安之后,问。

满都海摇摇头。她叹了口气,看着巴尔斯,问:"要是大汗问罪于我,你可愿意助我一臂之力?"

巴尔斯笑了:"母亲说哪里去了?这怎么可能呢?"

满都海叹了口气:"这恐怕是可能的。你父亲为了那个小妃,已经和我恩断义绝了。那小妃一死,他就已经疯狂了。要是再听到一些传言,他一定会带兵来讨伐我的。"

正说着,济农的探子前来报告说,达延汗带领着几百护卫已经穿过大青山坝口子,向营地驰骋而来。

巴尔斯看着母亲:"这可如何对付啊?"

满都海摇着头,说:"你可以把我交给他,任由他处理。这样,就不会伤你们父子的和气。"

巴尔斯瞪大眼睛:"这怎么行? 我可不会坐视不管,让他来伤害母亲。我想和他好好谈谈,让你们化干戈为玉帛。"

满都海连连摇头:"不可能了,他已经疯狂了。为了那个小狐狸精,他一定要亲自杀了我。"

"那我们怎么办?"巴尔斯慌张地说。

满都海想了想,说:"他对你是没有一点戒心的。如果你愿意帮助我,只能由你出面,先把他接到你的济农大帐去招待他。然后想办法把他软禁起来。对外面,宣布说达延汗生了病,然后在适当的时候召开忽里勒台,宣布你来接替大汗位置。你看怎么样?"

巴尔斯想了想,说:"也只好先听母亲安排。不过,我可不想伤害父亲。"

满都海满面忧伤,眼睛红了,说道:"你当我就想伤害他? 是我一手把他拉扯大,为他,为蒙古的黄金家族,我付出多少血汗? 我把我全部的关心都给了他,可是,他却违背了当年在圣主圣母陵墓前的誓言,变了心。为了一个小妃,他忘记我们几十年的恩爱。他这么绝情,把我逼到无路可走。但是,你放心,我不会伤害他的。他是你们的亲生父亲,我怎么能下毒手? 不是他追杀过来,我们其实还是很好的夫妻。我把他从心灰意冷中劝慰过来,我把他从绝食的死亡中不分黑夜白天的照顾过来,他却带着兵追杀过来。"满都海喃喃着,眼泪从她的面颊上流了下来。

巴尔斯走到母亲身边,用手轻轻擦去她脸颊上的泪水,说:"母亲,你放心,有我在,他不敢伤害你的。"

满都海拉着巴尔斯的手,说:"你要是真心爱我,就照我的话去做。要不,你不但保护不了我,反而可能连累到你,使你失去济农的地位。也许他会撤了你的济农职位,给乌鲁斯的。"

巴尔斯沉默了。这济农位置,原本是要给乌鲁斯的,因为母亲的干预,才给了他。母亲的话打动了他的心,他可不愿意失去济农的职位。

"那好,听母亲吩咐。"巴尔斯说。

满都海沉思着说："你马上去安排接待他的大帐。在大帐后面藏起几个士兵，等他到来之后，把他请到大帐中去，然后把他捆绑起来，软禁在营地一个秘密的蒙古包里，严密看守，千万不能走漏一点风声。把他带来的全部护卫一个不留，全部杀掉。我立刻返回汗廷去，那边需要我来宣布大汗病重的消息，我暂时做监国。等过一段时间，我们就宣布召开忽里勒台。你看如何？"

巴尔斯点点头："就照母亲吩咐。"

"我现在就动身回汗廷。"满都海说，立刻命令自己的侍卫长准备马匹和食物。"这里的一切就全靠你了，儿子。"满都海看着巴尔斯，语重心长地说："你可要周密部署，万一失败了，你我性命不保啊。"

巴尔斯忧伤地一笑："我明白，这不是儿戏。既然我已经答应了母亲，我就会把一切事情办妥。只是母亲不想再见见父亲，和他谈谈？"

满都海坚决地摇着头说："没有必要了。再见无益，只能引起我的伤心。他是绝不会改变主意的，他宁愿死，为那个小狐狸精而死。"

巴尔斯无话可说。

满都海低下头，想了想，又说："把他严密地看管起来，不过，千万不要虐待他，要好好照顾他，他毕竟是你的亲生父亲，我还是很心疼的。"

巴尔斯点了点头："你放心，母亲，我不会为难他的。"

"好吧，我要走了。把阿拉坦叫来，我要和他告别。"

阿拉坦跑着进来，坐到满都海的旁边。满都海抚摩着他的头发，说："跟奶奶告别吧，奶奶要回察哈尔去了。以后再来看你。"

探父病　儿子查真相

远在鄂尔多斯的乌鲁斯听说父亲病重的消息，几次请求满都海，想回汗廷去探望生病的父亲。满都海不答应，说达延汗暂时不能见人。

为什么母亲拒绝自己回汗廷去看望父亲呢？这里有什么阴谋呢？是不是母亲准备把汗位给巴尔斯？他可是听说近来巴尔斯经常出入汗廷。巴尔斯已经代替自己做了济农，这大汗应该由他接替父亲做。不行，他不能这么束手待毙。他要回去看看情况。

乌鲁斯擅自回到察哈尔可汗斡耳朵。他去见满都海。

"你怎么回来了,乌鲁斯?"坐在可汗大帐帐殿的满都海吃惊地从大帐高台上的坐床上站了起来。乌鲁斯跪在台下,拜见了满都海。他站了起来,说:"母亲,我实在太担心父亲的病,我回来探望他一下,马上再返回鄂尔多斯。父亲,他现在情况咋样?我要去看看他。"

满都海有些愠怒,不过她没有发作,只是冷冷地说:"他在养病中,不见任何人,包括他的儿子。你还是赶快回去的好。"

乌鲁斯恳求满都海:"母亲,还是叫我看看他吧。不然,我绝不返回鄂尔多斯!"乌鲁斯态度强硬起来。

满都海恼怒地瞪了他一眼,乌鲁斯也正毫不示弱地看着她。她十分勉强地说:"好吧,你先住下,等可以叫你探视的时候我会叫人通知你。你还是先参加我们为大汗举办的安代舞,祈求大汗的康复。"乌鲁斯谢过满都海,离开帐殿。

满都海命令侍卫叫巴尔斯。

巴尔斯急匆匆地来见满都海。

"母亲,有事吗?"巴尔斯问。

满都海挥手让所有的侍卫退下,面露忧色,心事重重,看着巴尔斯,语气很沉重地说:"乌鲁斯回来一定坚持着要见你父亲。这可如何是好?我有些担心事情要露馅儿。"

巴尔斯想了一会,说:"让他见一见也可以。只要不让他们交谈,不让他接近他,就不会露馅儿的。"

满都海有些不明白,满脸疑惑:"这怎么可能?只要一见面,就恐怕纸里包不住火,怎么能不露馅儿?"

巴尔斯有些得意:母亲这么聪明的一个人,智谋多端,居然也有向我请教的时候。他狡黠地一笑,说道:"母亲,你可是聪明一世,糊涂一时啊!这么简单的事情,你就想不明白?"

满都海脸上露出愠色,不高兴地嘟囔着:"行了,这可显你聪明了。快说吧,还轮不到你来教训老娘。"

巴尔斯见母亲不高兴,急忙说:"是这样的,我躺在床上,假装生病的父

蒙古女雄:满都海皇后

亲。让乌鲁斯远远地看一眼，不让他接近卧榻，他能分出谁是谁啊。"

满都海沉思着点点头说："我知道了。好，就交给你，你来演这出戏吧。可是，千万不要演砸了。要是演砸了，说不定会引起什么大事，那可就麻烦了。"

巴尔斯很自豪骄傲地说："母亲，你只管放心看我演戏，绝对能演好这出戏。不过，你可一定要阻止他到卧榻近旁。"

满都海点头。

每天一次的安代舞开始了。满都海哈敦率领着汗廷里伺候达延汗的使女、侍卫一起围到大哈敦寝帐外面。

萨仁萨满穿着萨满服装，围着五彩的裙子，手敲铜鼓，摇着铜铃，带领着满都海和全部人员跳起了安代舞。大家都手甩五彩绸帕，和着铜鼓和铜铃的节拍手拉手跳了起来，边跳边唱：

> 大雁飞过草原，
> 带来了平安祥和，
> 蒙古人的父亲，
> 亲爱的可汗达延汗，
> 感冒了风寒。
> 腾格里保佑你，
> 祝愿你早日康复。

乌鲁斯加入到跳舞的圈子里，为达延汗祈祷健康。

跳着，跳着，乌鲁斯的眼睛一亮。对面一个美丽妩媚的年轻女人，吸引了他的目光。那是谁啊？这么漂亮迷人？

乌鲁斯注意地看着她。那女人风姿绰约，舞姿婀娜，一投手一举足，姿势都有一种说不出的迷人的地方，叫乌鲁斯的目光舍不得放开。

"察青！你来带领着大家跳。"满都海跳了一会儿，感觉有些疲累，说。

乌鲁斯这才认出来，这漂亮女人原来就是自己的嫂子察青。乌鲁斯心里笑话着自己：连自己的嫂子都不认识了，这汗廷真是来得太少了。

她怎么还没有被收继？这继婚可是蒙古人的传统风俗。为了不叫家庭的财产流失到外人那里，蒙古人同北方大部分民族一样，允许兄弟之间，父子之间互相收继他们的寡妻妾的。图鲁死了这么久，为什么没有人收继他的寡妻呢？

乌鲁斯好奇地想。

乌鲁斯跳着，继续胡思乱想。父亲病重，如果万一父亲去世，母亲要遵照父亲的安排，把大汗位置传给图鲁的儿子博迪，那察青就是皇太后。谁要是收继了这皇太后，不是也就掌握了汗廷许多大权？

想到这里，乌鲁斯有些兴奋。他是不是可以考虑，把察青娶来？

乌鲁斯看着跳得很认真的察青，想，这是一个间接当大汗的办法。

乌鲁斯在跳舞的圈子里慢慢地移动着，向察青靠拢过去。"赛白诺！察青嫂子！"乌鲁斯终于接近了察青，小声打招呼。

察青愣了一下，没有立刻认出乌鲁斯。"赛白诺！你是……"察青望着乌鲁斯，一脸迷惘。

"你不认识我啦？我是你的二弟乌鲁斯啊！"乌鲁斯笑着说。

"乌鲁斯啊？你什么时候回来的？你可变化太大了，我都一时认不出来。"察青妩媚地笑着，并不停下脚步，继续踏着音乐节拍，跳着安代。

这一笑，叫乌鲁斯心旌摇荡。这女人真是太妩媚迷人了。

乌鲁斯来到满都海大哈敦的大帐。在这个熟悉的大帐里，他度过他幸福的童年、少年，在这里，父亲、母亲常常看着他们弟兄们玩耍。这大帐里，到处都是父母亲熟悉的气息，到处都是父亲的往日身影。可现在，他马上要见到的却是病危的父亲。

眼泪涌上乌鲁斯的眼睛。

满都海站在卧榻前，金黄色的龙凤锦缎帷幕低垂着。龙涎香的淡淡青烟缭绕在大帐中，散发出令人心醉的好闻气息。

满都海说："大汗刚刚入睡，你还是不要惊动他的好。"

乌鲁斯说："我只想看看他，等他醒来再来问候他也行。"

满都海走到卧榻前，轻轻撩起金黄锦缎帏帐。乌鲁斯走过来，跪到在卧榻前，给达延汗跪下，轻轻地说："父亲，儿子来探望你，希望你老人家龙体早日康复。"说着，他不断地磕头，竟忍不住轻声抽泣起来。

"好了，你还是先出去吧。"满都海放下帷幕，对乌鲁斯说。

蒙古女雄：满都海皇后

乌鲁斯泪眼婆娑，抬头看着满都海："母亲，让我再看一眼父亲。"他跪着往前挪了几步，手扶住了卧榻前的金脚凳，伸手去拉帷幕。

满都海有些慌张，急忙弯腰捉住乌鲁斯的手："不要打搅他，他不能说话。"

满都海声音里慌里慌张的语气引起乌鲁斯的奇怪：母亲这是怎么啦？为什么这么慌张？他抬起头，注意地看了看满都海。

满都海脸上流露出一丝慌乱。

乌鲁斯盯着满都海的眼睛，满都海急忙移开自己的目光，连声说："你还是先出去吧，你不能惊醒他，他醒过来就又要咳嗽喘气翻滚，痛苦得很。"

"不！我要看他一眼！哪怕只有一眼！"乌鲁斯坚持着说。

帷幕后面，响起痛苦的咳嗽喘气，难受得似乎要断气似的。

"你看！你这不孝的家伙！你把他惊醒了吧？你这不是要把他害死吗？滚！还不快滚出去！"满都海勃然大怒，跺着脚，怒喝着，推搡着乌鲁斯后退。

乌鲁斯听着帷帐里的咳嗽。不对，这不是父亲达延汗的声音！虽然他离开汗廷到鄂尔多斯去，多年没有听到达延汗的声音。可是，小时候少年时候达延汗的声音一直藏在他的心中，这声音的记忆，要比形象的记忆还深刻难忘，它终生不会忘记。人的外形发生大变化，可是，他的声音几乎是永不改变的。

这不是达延汗的声音！

乌鲁斯慢慢站了起来，嘴里说："母亲息怒，我这就走！"说着，却突然扑到卧榻前，一把扯开金黄锦缎帷帐。卧榻上，一个人被金黄锦缎貂皮被严严实实地裹着，只露出两只眼睛。骨碌碌转动着，做出剧烈咳嗽的样子。见到乌鲁斯冲了过来，那眼睛惊慌地闪动着，急忙缩回被子里。

乌鲁斯大声喝问着："你是谁？"一把扯开被子，把那人拖下卧榻。

乌鲁斯楞住了："你？怎么是你？你为什么要假装父亲？父亲他怎么啦？"乌鲁斯揪住巴尔斯的胸襟，厉声问。

巴尔斯惊慌失措地看着乌鲁斯，嘴里支吾着，不知说了什么。

乌鲁斯把巴尔斯摔到地上，转过头，看着满都海，愤怒的眼睛充满了血红问道："你？你把我父亲弄到哪里去了？"

满都海很快镇静下来。她伸手上前想抚摩乌鲁斯。乌鲁斯把身体猛的一甩,避过满都海的手。满都海愣怔了一下,她的脸色变得严厉起来。她转身,坐到坐床上,冷冷地说:"你父亲已经过世了。为了安定,我一直瞒着这消息。"

"不可能!他才44岁!那么年轻!我不相信!不相信!"乌鲁斯咆哮着。

"信不信由你!那你说他哪里去了?你说!"满都海冷着脸逼问着乌鲁斯。

乌鲁斯被反问住了,一时不知道如何回答。等了一会儿,他才红头涨脑地喊着:"我哪知道?我要问你啊!问他啊!"他回过身,指着巴尔斯大喊。

满都海看了看巴尔斯。

巴尔斯已经从慌乱中清醒过来,他走到挂着弯刀的哈那那里,背靠着哈那站着,好像害怕乌鲁斯一样。

满都海收回目光,沉着脸,阴沉带着忧郁说:"事情已经至此,你生气也无济于事。你父亲已经过世,你看我们是不是该商量着以后的情况。我们是不是要考虑召开忽里勒台,确定可汗的接班人啊?"

乌鲁斯横着眼睛,挥舞着拳头,说:"在我不知道父亲的死因以前,我绝不同意召开忽里勒台!"

巴尔斯突然从哈那上抽出弯刀,大喊着冲了过来,"你同意也得同意!不同意也得同意!"说着,朝乌鲁斯劈了过来。

"巴尔斯!不许胡来!"满都海"腾"的站了起来,挡到乌鲁斯身前。

愤怒的巴尔斯看见母亲挡在中间,也不敢造次,把弯刀放了下来,自己退到哈那边去了。

乌鲁斯手中没有武器,他的目光在大帐里巡睃,想找一件可以防身的武器。满都海冷冷地说:"我这里只有这把弯刀,这是你父亲送给我的,我用它救过你的父亲。"

乌鲁斯垂头丧气,嘟嚷着问:"你们想怎么办?"

满都海说:"先由我监国,以后再宣布消息举行忽里勒台选举新可汗。"

乌鲁斯问:"大哈敦准备让谁当新可汗?"

满都海支支吾吾:"这个,还没有决定,还是要忽里勒台决定嘛。"

巴尔斯那边听得不高兴:为什么母亲支吾起来?是不是她想变卦?他

蒙古女雄:满都海皇后

349

狠狠地看着乌鲁斯。

乌鲁斯高声说："上一次，大哈敦把原本应该属于我的济农位置给了他，"乌鲁斯回头戳了一下巴尔斯，继续说："这一次，大汗的位置可该给我了吧？"

满都海愣了一会儿，她看看巴尔斯。巴尔斯脸色铁青，大声喊叫着："为什么就该给你？我才是当大汗的！济农接替大汗顺理成章、名正言顺！"

乌鲁斯冷笑了几声，说："好一个济农！人心不足蛇吞象！从我手中抢去当了济农，还想当大汗？也不撒泡尿照照自己的德行，也配做大汗！"

巴尔斯又冲了过来，挥舞着拳头，向乌鲁斯咆哮："你的德行好！看看你那熊样！"

满都海大喝一声："给我住嘴！小羔子们你们再骂，就骂到你老娘头上啦！"

巴尔斯恶狠狠地瞪了乌鲁斯一眼，退到后面。

乌鲁斯转向满都海："这可汗的位置，父亲当年已经说过，是准备给长子图鲁和他的后裔的，现在既然大哈敦不愿意给我，给他我又坚决不服从。我看，还是按照过去大汗的决定，给侄子博迪吧。"

巴尔斯大声喊了起来："博迪才多大点个东西，他能当好可汗？母亲，你不怕他把你和父亲奋斗的事业给毁了？"

满都海连连挥手，说："这事先不要说了，你们吵得我头疼！让我好好想想，以后再决定！现在，我还是监国，你们没有什么不放心的！你们也不必争来斗去。只是，你，"满都海指着乌鲁斯严厉地说，"你要保密，绝不能把大汗的消息透露出去。你听到没有？"

乌鲁斯含糊地答应了一声。

巴尔斯满怀狐疑地看看乌鲁斯，又转脸看着满都海。满都海的脸色很阴沉。

"好吧，我看，你先回鄂尔多斯去。等什么时候公开宣布大汗去世的消息时，你再来。"满都海挥了挥手，对乌鲁斯说。

乌鲁斯很不情愿地告退。

巴尔斯看着乌鲁斯的背影走出大帐。他小声对满都海说："你看他那阴沉的样子,我总有些不放心。他会不会把这事捅出去?"

满都海轻轻咬着嘴唇,没有说话。

巴尔斯又说:"万一他把这事泄露出去,让其他台吉知道,那可就麻烦了。"

满都海站了起来,拿不定主意,在大帐里走来走去。"你的意思是?"她站在巴尔斯面前,问。

巴尔斯什么也没有说,用手在自己的脖子上抹了一下。

"不行!"满都海严厉地说,"他和你一样,都是从我肚子里生出来的!我不许你胡来!"

"可是……"巴尔斯心有所不甘,他还想说什么。

"不行!我警告你!不许对乌鲁斯下毒手!他是你的哥哥!"满都海直瞪着巴尔斯。

"好,好吧。"巴尔斯喏喏着,算是答应了满都海的要求。

真是的!巴尔斯想。为了你自己的利益,你连大汗都软禁了,我还顾及什么亲兄弟?我们蒙古人说一个锅里煮不下两个羊头,汉人说一山不容二虎,不除去乌鲁斯,我的可汗就没有指望,你许诺我的大汗位置很可能成泡影。不给博迪,按照蒙古人的习惯就要给乌鲁斯。将来这恐怕会成为许多台吉王爷的看法。他们在忽里勒台上一定会这样说的。要趁他在这里的时候动手,否则等他回到鄂尔多斯,就好比放虎归山,那事情就难办了。

满都海看着巴尔斯沉吟的样子,又放缓语气叮咛着:"巴尔斯,你要听话啊,千万不要乱来!你父亲的事,就已经叫我寝食难安,我可不想看到你们兄弟互相争斗,自相残杀。我们蒙古这些年的衰落,不是就因为成吉思汗的子孙自己的互相争斗和残杀吗?我和你父亲为了恢复成吉思汗的事业,征战几十年,才算赢得了今天这统一繁荣的局面。我们可不能再把它败坏了。我已经50多岁了,已经老了,大蒙古的明天全靠你们兄弟团结一致,齐心协力,共同奋斗。虽然我们把大蒙古划分成六个万户,给你们划分了各自的领地。但是,我不希望你们兄弟各守一个山头,像山大王似的,互相斗来斗去。你们要齐心协力,共同治理大蒙古。你还记得你小时候,我给你和乌鲁斯讲过的诃额伦哈敦为圣主成吉思汗兄弟们分箭的故事吗?"

巴尔斯白了满都海一眼,不耐烦地说:"行了,行了。还不是那分箭折箭的事吗？知道，一支箭一下子就折断了，把箭捆在一起，就折不断。"

"知道就好。"满都海看看巴尔斯，不再说什么。

"母亲，要是没有什么事情，我想返回土默特。大汗那里我有些放心不下。"巴尔斯沉默了一会儿，突然说。

满都海想了想说："也好。汗廷里暂时没有什么事情。你先回去安排安排，下个月再返来，那时我们就可以宣布大汗去世的消息，然后准备召开忽里勒台。"

巴尔斯点头。他那骨碌转动的眼睛里，已经酝酿出一个计策。

土默特小弟害兄长

巴尔斯走出满都海大帐，直接到乌鲁斯驻营地去见乌鲁斯。

"不见！"乌鲁斯对前来报告的护兵喊。

巴尔斯已经径直走进乌鲁斯大帐。

"你来干什么？难道还想追杀我不成？"乌鲁斯冷着脸说。

巴尔斯笑着说："我来向哥哥请罪。刚才我在情急之下，冒犯了哥哥，请哥哥原谅。同时诚意邀请哥哥在返回鄂尔多斯的路途中，去土默特寒舍小住几日，算我赔罪。"

乌鲁斯沉着脸说："我受用不起。你不拿弯刀追杀我，我就感激不尽了。"

巴尔斯满脸赔笑："哥哥还在生小弟的气啊。小弟当时也是情急之下，没有办法的办法。大哈敦命令我一定要瞒住消息，我也没有办法啊。"

乌鲁斯想了想，问："父亲的事为什么要瞒着我们兄弟？大哈敦为什么不瞒着你？"

巴尔斯想了想说："既然哥哥相问，我也只好说实话。可汗是在他的小妃死了之后悲伤过度去世的。大哈敦不想让外人知道这情况，她觉得很没面子，所以想瞒着我们。我正好来汗廷，才知道这情况的。"

乌鲁斯半信半疑，看着巴尔斯说："是这样？"

"当然是这样。"巴尔斯见乌鲁斯不大相信的样子，害怕他继续追问，故意做出生气的样子说，"我知道哥哥不是小气量的人，所以才来负荆请罪，邀请哥哥去土默特小住几日。想不到哥哥也变得这样小肚鸡肠。哼！算了！算我自作多情。"

乌鲁斯见巴尔斯生气，倒有些不好意思，他改变了刚才的神态，语气温柔了一些，问："你准备什么时候回土默特？"

巴尔斯说："按照大哈敦的意思，她暂时还不准备公布大汗去世的消息，我住在这里也没有事情，我准备立刻就动身回土默特。你呢？你还准备在汗廷里住下去？"

乌鲁斯想了一会儿。巴尔斯拔刀相向的情景叫他愤怒。不过，他对达延汗的死还是满肚子狐疑。凭直觉，他觉得这里有阴谋，而且这阴谋一定与巴尔斯有关。去他的土默特看看走走，也许能找到点什么蛛丝马迹。

"好吧，我本来就是违背大哈敦的意思自己回来的，再住下去，只能惹大哈敦不高兴，那我就随你去土默特住几日吧。"

从察哈尔回到土默特，巴尔斯把乌鲁斯安置在一个大帐里。大帐豪华，是专门招待客人的驿馆，它位于巴尔斯营地的西北角落。乌鲁斯的侍卫被安置在左右的小蒙古包里。

乌鲁斯在大帐里仔细检查了一遍，走出大帐。大帐靠近河流，不远处有一大片树林，直通山脚，绵延到大青山的山坡。树林里小鸟啾鸣，倒是很幽静美丽。

乌鲁斯命令护兵加强警戒，便带着两个护兵骑马走进树林去打猎。

平原上的树林是一片沙枣林，一面银白一面碧绿的沙枣叶。在微风中一会儿翻着银浪一会儿翻出绿浪，十分好看。春天隐藏在树枝茂叶中的银白小花，只有小米一样大小，一簇一簇地开放着，散发出香甜清馨的香气。乌鲁斯很喜欢这清醇的香气，每当他走到沙枣林，就禁不住深深地多吸几口，让他最喜欢的香味沁入肺腑，令他心旷神怡。秋天一到，在他的鄂尔多斯高原上，沙枣便结出一簇簇银绿色的小指头肚大小的沙枣果，成熟以后，牧人采摘它的果实，把它当作美味的水果，有的用它酿酒。他和鄂尔多斯人都喜欢这不起眼的沙枣。现在正是中秋时分，沙枣已经成熟，挂满枝头，一簇簇的，黄黄的，散发出诱人的光彩和清香。

乌鲁斯信手从沙枣树低垂的枝头摘下一串成熟的沙枣果，放进嘴里咀

嚼着,品尝着它的清香,不一会儿,他颊齿留香。

乌鲁斯放松马缰,让马在林间慢慢走,他自己好慢慢地欣赏这土默特的林间美丽的秋景风光。树林里,杨树叶金黄色,白桦树叶浅黄色,榆树叶枯黄色,夹杂着红色的枫树叶,黑绿的松树,几棵还绿着柳树,把一片树林涂染得绚烂多彩,真像一幅美丽的秋景图画。树叶时不时地从树枝上翩翩落下,发出沙沙的声音。马蹄踏过厚厚的干枯金黄的落叶,发出飒飒的声音,他们偶尔的说话声,坐骑的喷鼻声,汇集成一首秋天的交响乐,打破了幽深树林的宁静。栖息在树梢上的一群小鸟扑棱棱地飞向蓝天,树丛中的野兔窜过小径,树林深处,跑过几只敏捷的野鹿。

"这里是个有鹿的地方。"乌鲁斯赞叹着,从背上箭囊里抽出箭矢,搭到弓弦上,"嗖"的射了出去,树丛中的一只小梅花鹿中了箭。小梅花鹿的前腿趴伏到地上,鲜血滴到绿草上。

"射中了!"乌鲁斯高兴地喊。他打马冲过去。

小梅花鹿从地上摇摇晃晃地站了起来,向树林深处跑去。

乌鲁斯紧追。树林越来越密,他和护兵都下了马,把马拴到树上,朝树林浓密处走去,去寻找他射中的那只梅花鹿。乌鲁斯走在幽深的树林中,用手拨开茂密的树枝树叶,小心仔细地寻找着受伤的梅花鹿。

"它一定跑不远,我们分开去找。"乌鲁斯命令他的护兵。

乌鲁斯向正北方向走去,那里通向山脚。树林越走越暗,树木越来越大,枝繁叶茂,交叉横亘着,遮蔽了天空和阳光。脚下的野草和藤蔓缠绕着,攀缘在树干树枝上,阻挡着乌鲁斯。

乌鲁斯抽出弯刀,砍去阻挡在面前的枝蔓。好一棵古老的大榆树!看来有几百年历史。苍老的树皮如蟒蛇皮似的粗糙,粗大的树干足足要几个人合抱。他跑到大树下,在大树后面,树林最深处,隐藏着一顶黑色小蒙古包。

这里还有人住?乌鲁斯奇怪地走了过去。

小蒙古包很小很小,没有窗户,一个木门被牛毛绳子拴得牢牢的。这蒙古包是干什么用的?里面有人吗?

乌鲁斯悄悄走到蒙古包前,耳朵贴在蒙古包哈那上仔细听了一会儿。里面静悄悄的,好像没有声音。他又仔细地听着,却好像听到里面发出很轻微地叹息声。

"里面有人吗？"他轻轻地问。

里面又发出一声微弱的呻吟声。确实有人。乌鲁斯解开门上的绳子，打开木门。里面很黑，乌鲁斯探身向里面望去，什么也看不见。

"有人吗？"乌鲁斯探身到蒙古包里，又问。

里面传出轻微的哼哼声。

乌鲁斯摸着黑小心走了进去。他蹲下身子，在地上摸索着。他的手触摸到一堆软绵绵的东西。乌鲁斯吓了一跳，喊着："谁啊？你？"

地上的东西动了一下，又发出微弱的哼唧声。

"来人！"乌鲁斯大声喊，护兵赶了过来。"把哈那毛毡卷起来！"乌鲁斯咆哮着，和两个护兵一起卷起蒙古包哈那外的毛毡。亮光射进蒙古包。地上一堆皮袄中，蜷曲着一个人。

乌鲁斯急忙拉开地上皮袄。皮袄下一颗披散着花白头发的头，动了一下。乌鲁斯急忙让护兵把那人翻过来。一张瘦削蜡黄的脸，长满乱草似的花白胡须，一双无神的眼睛睁开一下，又紧紧闭了起来。

"大汗！父亲！"乌鲁斯大喊一声，扑过去抱住地上的人。

达延汗听到这熟悉的喊声，勉强睁开眼睛。他看到熟悉的儿子的面容。一行热泪从达延汗的眼睛里流了出来。他抽搐着嘴角，却什么也说不出来。

巴尔斯把乌鲁斯安置在驿馆里，便急忙去布置新大帐。他准备在新大帐里实施他的计谋。他命令士兵在大帐中间挖一个大坑。坑里栽满铁蒺藜。只要掉了下去，任是谁也是插翅难飞。

一切准备停当，他派人去请乌鲁斯。

侍卫很快就回来，报告说："报告济农诺颜，乌鲁斯台吉去树林打猎，还没有回来。"

"什么？去树林了？"巴尔斯一惊，"走！我们到树林去！"说着快步跑出大帐，翻身上马，向营地外西北树林跑去。

乌鲁斯紧紧抱着达延汗，泪流满面，说："父亲，出了什么事情？谁把你囚禁在这里？"

达延汗衰弱地紧闭着眼睛。他已经十几天没有吃东西了。巴尔斯去察哈尔以后，就没有人给他送东西吃。临走前送来的奶食早就吃完了。他想诉说他的悲哀，可是他却没有力气说一句话。何况他的心已经死了，在他心爱的小妃死去时，就已经同时死去了。被软禁这几个月，他更是认识到人心的险恶。他是被他自己的亲生骨肉软禁起来的，他还有什么生的欲望呢？他早就绝望了。

达延汗紧闭着眼睛，用力依偎着儿子乌鲁斯。他全身发冷，从皮肤冷彻全身，冷彻全部器官。他的血液正在凝固，生命正一点一点从他身上消退。

乌鲁斯紧紧搂抱着达延汗，大声呼喊着："父亲！父亲！你要坚持住！"他抱起达延汗往回来的方向跑。

快一点！再快一点！乌鲁斯拼命在林子间奔跑。茂密的树枝阻拦着他。树枝划破他的脸，刺伤他的手，他脸上手上流着鲜血，继续在林子里跑，向他拴马的地方跑去。他感觉到，怀抱里的达延汗正在死去，他的身体越来越凉，身体四肢开始发僵发硬。

突然，他听到树林里传来马蹄声和人说话声。他稍微停下脚步，倾听着树林里的动静。"快点！千万别让他跑了！"一个声音高声喊着。

巴尔斯！乌鲁斯听出来了。乌鲁斯看看抱着的达延汗，热血冲上他的心头。去问一问他，为什么这么残忍，为什么要暗害自己的亲生父亲？但是他马上冷静下来。巴尔斯带着人马是来追踪我的！他发现我来到树林，知道自己的事情败露，他要来杀人灭迹了。不能出去！

乌鲁斯急忙命令两个护兵准备抵抗，自己抱着达延汗一转身钻进树林中茂密的矮丛中躲避起来。

巴尔斯看到乌鲁斯的坐骑，说："他们进到林子深处了！走！我们下马进去！在林子里看见的活人，一概杀死！"巴尔斯命令自己的的士兵。巴尔斯和他的士兵下马，把马交给一个士兵看守，交代道："看好我们的马！也看好他们的马！"自己带着他们走进树林深处。

巴尔斯在树林里搜索着。他们来到囚禁达延汗的小蒙古包前。巴尔斯气愤地用弯刀劈砍着蒙古包的哈那。"快给我搜！一定要找到他们！"

"在这里！"一个士兵高呼。

蒙古女雄：满都海皇后

巴尔斯心中一喜,拨开树枝,跑了过去。乌鲁斯的两个护兵正挥舞着弯刀乒乒乓乓地抵抗着。没有看见乌鲁斯。"继续搜索!"巴尔斯命令其余士兵,自己也挥舞着弯刀加入战斗。乌鲁斯的两个护兵终于寡不敌众,先后倒在血泊中。

干掉两个护兵,巴尔斯率领着士兵拨拉着树丛,继续向树林深处搜去。"跑不了! 乌鲁斯! 出来吧!"巴尔斯大声喊叫着,在树丛中胡乱戳弄着,砍劈着,慢慢前进。

乌鲁斯藏在不远处的树丛中,大气不敢出。好歹毒的巴尔斯,今天一定要置他于死地。他低下头,看着怀抱中的达延汗。达延汗已经完全断了气。乌鲁斯流着眼泪,等外面的动静听不到,他才把达延汗轻轻放到树丛里,在他身上堆积起树枝树叶,喃喃地说:"父亲,你先在这里歇息吧,等我逃出去,我再来为你报仇! 再来带你回去!"他把达延汗用树枝、树叶小心掩盖好以后,拨拉开树枝,四下望了望。巴尔斯和他的士兵已经走到树林深处。

乌鲁斯急忙钻出树丛,弯着腰朝自己的坐骑方向跑去。他的身体挂断树枝,发出噼啪的声音。

"在那里!"有人大声喊。

乌鲁斯急忙又钻进树丛,趴伏在地上,一动不敢动。

巴尔斯率领着士兵,急忙折过身,朝这里追来。"哪里去了? 听见动静的!"士兵们说着,在树丛中拨拉着。

巴尔斯暴躁地咒骂着,扇了那个喊叫的士兵一个响亮的嘴巴,生气地喊道:"胡喊什么!"他又往树林深处走去,士兵也紧跟着他。

听不到一点动静,乌鲁斯这才钻出树林,小心翼翼地拨拉着树枝,不让它发出声响,慢慢朝树林外面移动。

乌鲁斯听到自己坐骑发出的咻咻声音。他加快脚步,朝坐骑跑去。看守马匹的士兵听到脚步声,他抽出弯刀,"谁?"他大声呵斥着,警惕的四下走动,寻找声音来源。

乌鲁斯从他背后冲了出来,一刀捅死了他,跳上自己的坐骑,向树林外面冲去。

"跑了! 跑了!"有人大声喊叫着。

巴尔斯急忙命令士兵折回来,纷纷上马,朝乌鲁斯追去。

"你跑不掉的!"巴尔斯恶狠狠地喊着,率领着士兵紧追了上去。

马上的乌鲁斯回头看着紧追不舍的巴尔斯,双方的距离越来越近。一马平川的土默特平原,哪里能够藏身?乌鲁斯掉转马头,向山脚跑去。山坡上有大片的桦树林和松树林,他也许能够躲过巴尔斯的追踪?

乌鲁斯打马跑进山坡上的树林。

巴尔斯追到山脚下,他勒住马,望着树林,嘿嘿冷笑了几声:"你跑不掉的,火神要惩罚你的!"他命令士兵,拿出火镰,在树林边上打火。士兵们从腰间掏出自己的火镰,下了马,抱来干树枝和树叶,堆积起来,乒乒打着火石。火星火花四溅,渐渐点燃了树叶和树枝,一堆堆烈火燃烧起来,慢慢蔓延开来,小树点着了,大树也燃烧了。火焰很快在秋天的树林里蔓延开来。

巴尔斯冷笑着:"你永远跑不出这火海! 走! 我们回去吧!"巴尔斯率领着士兵向土默特奔去。

躲在树林密处的乌鲁斯听到没有追兵的动静,就下了马,自己靠在一棵大树下面休息。他又累又饿,慢慢睡了过去。

火舌正慢慢地蔓延着,燃着了低矮的灌木丛,又慢慢舔噬着原始森林高大的松树、桦树、杨树和榆树。一群群麻雀、老鸦被火舌吞噬,一群群麋鹿、野兔、狐狸从林间狂奔出来,四处逃窜。但是却逃不出漫天的火焰,一只一只在被火红的火舌吞噬着。这一片无边的原始森林里弥漫着火焰浓烟和刺鼻的气息。

火舌慢慢地静悄悄地爬到乌鲁斯的脚下,腾地掀起一团火红,把他裹了进去。

巴尔斯回到土默特,继续去寻找达延汗。他们终于在树丛里发现了达延汗的尸体。巴尔斯把达延汗的尸体抱上马,驮回营地。然后把那些随他寻找乌鲁斯的士兵全都悄悄杀害,一个不留。

巴尔斯派自己的儿子衮必力克墨尔根和阿拉坦一起率领着土默特的部队到鄂尔多斯去接管鄂尔多斯。

巴尔斯装载着达延汗的尸体悄悄回到土默特。

"什么？乌鲁斯死了？怎么死的？"满都海从自己的坐床上"腾"的站了起来。

汗廷的探子回答说："土默特的人报告说，是死在路途上，好像是被山火烧死的，没有人看到他的尸体。"

"鄂尔多斯现在怎么样？"沉默了许久的满都海哑着声音小声问。

"鄂尔多斯已经由济农巴尔斯派出的军队接管。衮必力克墨尔根和阿拉坦率领着的军队渡过黄河，很顺利地接管了。"鄂尔多斯派来的使者说。

满都海沉默了，她的心里翻腾起来。巴尔斯啊巴尔斯，你好狠毒！你怎么可以这么做呢？乌鲁斯可是你的亲兄弟啊！满都海心里流着血，眼里流着泪。

可是，她又怎敢公开责备巴尔斯呢？所有这一切都是她自己一手造成的，她是这内讧的始作俑者。

满都海双手捂住自己的脸，混浊的泪水沾湿了她的双手。

蒙古女雄：满都海皇后

第七章　辅　政

遵遗嘱立孙登基

安葬了达延汗以后，满都海彻辰哈敦又做了监国。

满都海哈敦并不是很留恋那监国的权力。自从达延汗亲政以后，满都海就远离了权力。权力的诱惑和魅力，不知让多少人迷恋。满都海克服了这诱惑，心甘情愿地退居幕后，为达延汗生儿育女，尽心尽力地帮助他治理朝政。可是，为了大蒙古的利益，她又不能把大蒙古拱手送给她不放心的人，她绝不能亲眼看着她亲手开创的事业毁于一旦。

但是这监国毕竟还是权宜之计。她不可能长期做监国，她有那么多的儿子，儿子们都会要求她让出监国位置，选新可汗的。确定谁做新可汗呢？这问题一直萦绕在她的心头，叫她寝食难安。接班人选择不好，就会把她和达延汗开创的事业全葬送了，这问题不能不慎重。

她曾经答应过巴尔斯，但那是权宜之计。政治家是不能拘泥于自己说过的话的，轻许诺，多许诺，少践诺，甚至不践诺，是一切政治家的共同特点。政治家哪能像江湖人把诺言放在心头？那样如何成就大事？政治家在需要的时候，要指天踏地发大誓发宏誓，让对方信以为真，从而为你赴汤蹈火在所不辞。但是事过境迁，应该也需要翻脸不认人甚至过河拆桥，这才是真正的政治家，才是有魄力的政治家。

满都海同天下所有母亲一样，对自己的儿女有偏心偏爱，她偏心过巴尔斯，把济农的位置给了他，没有给乌鲁斯。巴尔斯能干，嘴甜，乖巧，顺从，能投她的喜好，讨她欢心。其实她也看出巴尔斯野心太大，权力欲望太强。达延汗就这么跟她说过。可是，被母爱、被母亲的偏心蒙住眼睛的她不承认这一点。不想当可汗的儿子不是好儿子,她在达延汗面前这么为他辩护。有权力欲望,说明他有强烈的上进心。有野心,说明他有才干。她这么对达延汗说。达延汗无话可说,只好同意了她的要求,把济农职位给了巴尔斯。

可是,这巴尔斯,竟这么残忍,亲手杀害了自己的兄长。她怎么放心把可汗的位置交给他?他当了大汗以后,其他兄弟有没有活路?巴尔斯没有听自己的吩咐,没有照顾好达延汗,叫她生气。巴尔斯没有听自己的话,他暗害了乌鲁斯,而且接管了乌鲁斯的鄂尔多斯领地。这巴尔斯太心狠手辣。

她不情愿立刻让位给巴尔斯。可是,她又不敢公开自己的态度。那巴尔斯凭借他济农的地位,很可能在汗廷里掀起一股巨浪,把汗廷搅得天翻地覆。

满都海决定召见永谢部、察哈尔和喀尔喀台吉,她的四子、五子和六子。只要有这几个万户的支持,就不必担心巴尔斯了。

满都海私下分别召见了他们,把达延汗去世的消息通知了他们。然后她就把自己的想法开诚布公地谈了出来,征求他们的意见。满都海和其他儿子达成了一致决定:按照达延汗的既定方针,遵从达延汗的遗志,立长子的嫡裔长孙博迪为新可汗。

巴尔斯震惊的眼睛瞪得溜溜圆,他吃惊地张大嘴巴,直瞪瞪地望着面前宣读满都海彻辰哈敦旨意的汗廷使者。汗廷使者手捧着黄色锦缎圣旨,朗朗地宣读着:

> 大蒙古达延汗监国满都海彻辰哈敦昭曰,大蒙古忽里勒台定于本月月底在察哈尔汗廷斡耳朵召开,宣召土默特万户台吉巴尔斯博罗特即日觐见。监国命令,前去参加者,无论何人,只允许带十个随从,余等闲杂一律不可随从入见。

这是为什么?为什么事前母亲竟一点消息也不透露给自己?为什么特意传旨不允许带部队呢?情况不妙,看来母亲的心思有了变化,她可能已经变卦了。

他早就预感到这一点。母亲在隆重盛大地安葬了大汗以后,只字不提召开忽里勒台的事。他几次暗示,甚至明说,母亲总顾左右而言他,总支吾其辞不置可否。他心里着急生气,却也无可奈何。监国不提议召开忽里勒

蒙古女雄:满都海皇后

台,台吉王爷就不会参加新大汗的选举。

巴尔斯大喝一声:"滚出去!"一脚踢翻面前的几桌。汗廷使者从没有遇到这样的礼遇,惊吓得脸色发白,急忙收拾了圣旨,退了出去。

巴尔斯暴躁地在大帐里走来走去,踢着跪在面前的侍卫。

怎么办?是去?还是不去?不去,就是公开向母亲宣布自己脱离她的领导。去,却一定要屈从母亲的安排。

去?还是不去?

巴尔斯烦躁地解开自己的蒙古袍。不去?会有什么后果呢?成吉思汗死了以后,他的子孙术赤和察合台的儿子不是也拒绝参加选举窝阔台为新汗的忽里勒台吗?他们不是也没什么吗?母亲大怒一场,拉倒,她还能发兵来进攻我?她已经50多岁,没有了当年的虎威,也没有了当年的气概。她不会发兵进攻我的。即使她想进攻,她也要掂量掂量我土默特的实力。可是,这大汗就永远和我巴尔斯家族无缘了。不行!自己不能放弃这机会!

还是去吧,他开始自己劝说自己。屈从一下又何妨?大丈夫能屈能伸,适当的退步是为了进攻。暂时忍让一下,小不忍则乱大谋嘛!去了,才能见机行事,说不定还有机会!

巴尔斯大喊:"来人!"侍卫长进来,巴尔斯说:"赶快去为我做准备,我要马上带十个卫兵进察哈尔。这十个卫兵一定要身强力壮武艺高强的。命令大元帅把队伍布列在察哈尔边缘一带,如果需要,可以立刻开进察哈尔!"

"反了他!这小羊羔崽子!"满都海听着使者回来讲述他在土默特的情况,拍着面前的几桌,愤怒地喊。

满都海站起身,背着手,在大帐中走了一会儿。这巴尔斯,是个反骨崽,他已经心生不满,看来要有所提防才好。

"来人!"满都海大声喊。侍卫长上前。"传大元帅、四台吉来!"

四台吉阿尔苏博罗特刚被满都海任命为汗廷大元帅,统领汗廷军队。他来到满都海大帐。"母亲,什么事情找我?"阿尔苏博罗特和巴尔斯博罗特很相像,都很壮实,个子不算太高,从小骑马,稍微有些罗圈腿。

满都海拉着阿尔苏坐到坐榻上,把巴尔斯的事情讲了一下。

阿尔苏想了一想,看着满都海,说:"我以为济农不会做出什么蠢事。他是母亲所生,难道还想杀母篡位不成？谅他也没有这个胆量！他要是敢对母亲做出什么举动,我们弟兄几个一定会严厉惩罚他！母亲只管放宽心好了。"

满都海看了看阿尔苏,点着头,说:"我也这么想。可是,我们还是要有些防备才好。万一他铤而走险,在忽里勒台上搞出事情,扰乱了大会,那时我们就被动了。我看,还是要有所防备的好。首先,要陈兵在他来的道路上,以防他带兵进察哈尔。其次,他来之后,要严防他在弟兄中间搞串联。第三,要把博迪严密保护起来,不要让他接近博迪,以防不测。"

阿尔苏说:"好吧,母亲部署得很周密,具体事情交给我去办理。"阿尔苏告辞。

满都海传侍卫长,让侍卫长把察青和博迪叫来见她。

察青在自己的大帐里闲坐。阿伊古丽死了以后,她又陷入孤独无援的地位。自从传出达延汗病重的消息,她就处于心神不宁的景况。满都海大哈敦做了监国,她更加担心自己和儿子博迪的安全。在蒙古历史中,为了争夺可汗的位置演出了多少亲人兄弟自相残杀的悲剧。她担心满都海大哈敦嫉恨自己,害怕大哈敦迫害自己,也害怕满都海那些如狼似虎的儿子觊觎博迪作为可汗继承人的地位。达延汗一死,她的担心更厉害。可是她又没有什么办法来防御。生活在担心中的察青显得有些憔悴。

博迪走了进来。"母亲,赛白诺。"

看到博迪,察青所有的担忧都一扫而光。博迪已经长成一个敦实的少年,像他父亲图鲁一样壮实,已经像她一样高。这就给了她足够的安慰和力量。看到博迪,她察青就忘记了自己的一切烦恼和委屈。博迪就是她的希望。

"过来,博迪。"察青喜眉笑眼,招呼着。博迪走到察青的坐榻旁,察青拉他坐了下来。"今天巴可什教了你什么?"察青问。

"《蒙古秘史》和蒙古文字。"博迪拉过察青的手,轻轻抚摩着。从小失去父亲,他把母亲当父亲看。

"背一段秘史给我听听。"

"铜铸的额颅,

蒙古女雄：满都海皇后

凿子似的嘴，
锥子似的舌，铁的心。
他们以环刀做鞭，
饮露御风而行。
在厮杀的日子里，
他们嗜食人肉，
在战斗的日子里，
他们以人肉为粮。
他们挣脱了铁索，
自由自在地来了，
欢天喜地，
嘴里流着唾液！”

博迪铿锵地背诵着《蒙古秘史》中的一段。

“这是说的什么啊？这么可怕？”察青问博迪。

“你连这都不知道？”博迪很有些轻蔑地看着察青。

察青有些不好意思，说：“瞧你，我不是没有学过《蒙古秘史》吗？”

“这是写成吉思汗圣主的四个大将的，人们叫他们四狗。”博迪骄傲地向母亲解释。

“真不错，看我儿子多有学问，你可要好好学啊。将来当可汗，可是需要许多知识的。我听达延汗说过，马上得天下，不能马上治天下。你可要好好学习。”

“这话我知道。”博迪高兴自己又有在母亲面前显示自己才学的机会。“这话是窝阔台太宗的长髯人巴可什耶律楚材对太宗说的。他对太宗说：天下虽马上得之，不可以马上治之。所以太宗就听从他的建议，在上都设学校，请汉人的儒生讲儒学，还开始举行考试，优秀的给官当。”

“看我儿子多渊博。”察青听得眉开眼笑，嘴都合不拢，连声夸赞着：“我儿子将来一定是一个有为的可汗。像你爷爷一样，把我们大蒙古治理得繁荣昌盛。”

博迪噘着嘴说：“谁知道我能不能当可汗？大哈敦当监国，就好像太宗窝阔台大帝去世以后，大哈敦脱列哥那并没有按照太宗的遗愿把可汗传给他的长孙蒙哥,而是传给了大哈敦自己的长子贵由。满都海大哈敦像脱列哥那一样厉害,也许她要把可汗之位给哪个叔父呐。"

"不许胡说!"察青急忙用手捂住博迪的嘴。

博迪说出了她的担心,可是她却不敢流露出自己的担心,以防招来杀身之祸。"小孩子家,万不可说这话,记住了没有?"

博迪点点头。

正在这时,大哈敦派来的侍卫来报告,说大哈敦传她们母子去。察青的心不安地跳动起来。

博迪架着胳膊,走着摔跤一样的步伐来见祖母满都海。博迪像他母亲察青一样,有些害怕满都海。从小就害怕满都海,一见她就大哭的博迪,实在从小没有讨到满都海的欢心。

察青和博迪跪见了满都海彻辰哈敦。满都海挥手示意,让他们坐到旁边的座位上。满都海看了看察青。察青已经成熟老练多了,眉眼之间有些哈敦的威仪。但是满都海还是看不上她,总看到她的委琐的举止。不是为了断绝达延汗的贼心,她才不会让图鲁娶她做媳妇呢。

满都海向博迪招招手说:"过来,坐这里。"她指了指自己坐榻。尽管不喜欢察青,但是满都海还是很心疼博迪。这孩子,从一生下来就失去父亲,所以她特别怜惜他。要是博迪像阿拉坦那样亲热她,她会更喜爱这长子长孙。

博迪小心翼翼地看了看察青。

满都海心里顿时涌上一些不痛快:这孩子,什么事情都要看他额娘的眼色。这么大了,都已经 15 岁了,怎么还像一个小孩子?他能当好可汗?他能治理好大蒙古?满都海突然对自己的决定犹豫起来。

察青笑眯眯地轻轻点了点头,她真得很得意,很高兴,博迪这么听她的话,叫她心里很舒服。尽管蒙古汗廷规定不让可汗的大小哈敦自己喂养孩子,博迪从小是由奶母养大的。但是毕竟血比水浓,母子深情是永远隔不断的,长大的博迪很亲近她。

博迪起身走过去坐到祖母身旁。满都海拉着他的手,轻轻抚摩着,对察青说:"看我们博迪,像他祖父一样剽悍了。想祖父吗?"她转回头,问博迪。

博迪点点头,小声说:"想。"说着,眼眶竟红了起来,眼泪充满了眼眶。

"瞧,这孩子,这么多情善感。"满都海给他擦着眼泪,笑着说:"将来当了大汗,可不能这么说哭就哭。我们蒙古大汗都是铁打的汉子,坚强不屈。记住了没有?"满都海用指头轻轻戳着博迪的额头,责备地说。

"是啊。我说过他多次,可就是改不了这毛病。听我讲故事,也好流个眼泪,是个多情的种。"察青看着满都海,微笑着说。

满都海瞥了察青一眼,眼光里没有多少慈爱。她正了正身子,把语气弄得严肃一些说道:"叫你们来,是想告诉你,马上就要召开忽里勒台,在忽里勒台上,确定博迪的大汗位置。为了确保博迪顺利登上汗位,希望你们母子在忽里勒台召开期间要注意自己的举动,不要随便见你那些叔父们。他们都要来开忽里勒台。我担心人多嘴杂,怕你们,主要是怕博迪有什么意外发生。"

察青高兴得差点没有跳起来!她真想跑过去抱住满都海。但是她抬头看了看满都海,满都海端坐着,满脸严肃,充满肃杀的威严,眼睛里流露出的神情叫她敬畏。察青张了张嘴,不敢造次,只是连声说:"感谢大哈敦!感谢大哈敦!"一时间,对满都海生出许多敬意。满都海没有违背达延汗的意愿,还是按照达延汗的安排,把大汗的位置给了博迪。察青在达延汗生病和死亡以后,一直很担心自己和儿子的安全。满都海会不会像窝阔台的大哈敦脱列哥那,在窝阔台死后,凭借自己监国的地位,运用权势,操纵忽里勒台,擅自改变窝阔台传位于长孙的遗愿,把自己的儿子贵由扶植到大汗的位置上。

"跪下!博迪!感谢大哈敦的关心!"察青对博迪说。

博迪听话地站了起来,正要下跪,满都海却按住博迪,说:"不用了,还是坐下吧,你只要记住我刚才的话就行了。"

"大哈敦,请放心,我和博迪一定按照你老人家的安排行事,任是哪个阿叔来拜访,我们都不见。"察青急忙替博迪向满都海表态。

"你呢,博迪?听话不听话?"满都海亲热地问博迪。

博迪点点头,慢慢说:"既然母亲说了,我就按照母亲和祖母的话去做。祖母尽管放心。我和那些叔父们素无来往,他们都各自在自己的领地里居住,我几乎都不认识他们。"

"好,这我就放心了。"满都海看了看察青。察青的脸上挂出兴高采烈的微笑,虽然极力掩饰,可是还是从嘴角眉梢泄露出她内心的喜悦。这喜悦,像一道灿烂的光辉照亮了察青年轻的脸,为她原本就清秀美丽的面容又增添了几分妩媚。

这女人还是相当漂亮的,满都海带着些微的嫉妒想。但愿她不会给汗廷带来危害。

怀鬼胎　巴尔斯觊觎汗位

巴尔斯温顺地见过满都海。

满都海放心了。毕竟是自己的亲骨肉,巴尔斯如期来参加忽里勒台,没有表示任何的不满和愤怒。满都海嘘寒问暖之后,巴尔斯告退。

巴尔斯在来汗廷的路途中,已经看到沿途部署了新的兵营驻地,把守着通向土默特、鄂尔多斯以及科尔沁各部的驿路。满都海确实很精明,巴尔斯感到自己还不是母亲的对手。既然断绝了他造反捣乱的路,他只有老老实实参加忽里勒台,接受满都海监国的人事安排。不过,既然他已经把最有可能接替大汗的乌鲁斯搞掉,他也就放心得很,汗廷里新选的任何新可汗都将不再是他的对手,汗廷里将不大会有真正强有力的可汗人选与他抗衡。满都海虽然按照达延汗生前的安排,把博迪扶到大汗的位置上。但是,博迪不会在可汗位置上坐很久,他坚信。屁大点的东西,会当大汗? 他在心里笑骂。总有一天,他会取而代之。他安慰着自己,极力平息了自己心里的怒火,让自己做出顺从的样子来参加母亲安排的忽里勒台。

走出满都海的大帐,他漫步在大帐附近的草地上。

一个身材丰满、面容白皙红润的年轻女人走出一个大帐。摇曳的身姿,吸引了他的注意。

这是谁呢? 巴尔斯一下没有认出来。

察青看到了巴尔斯。她袅娜地走了过来,在巴尔斯面前低下头,把手轻按在胸口,向巴尔斯问安:"巴尔斯济农,赛白诺!"

"你是⋯⋯"巴尔斯犹豫不决地问。

"济农不认识我这可怜的女人啊?"察青娇滴滴地说着,不自觉地向巴尔斯丢了几个媚眼。

巴尔斯的心有些动荡起来。这女子很有几分姿色,而且看来对我还很有几分意思。瞧她的眼光,不是明显在勾引我吗?巴尔斯心里胡思乱想起来。察青一个下意识的媚眼叫巴尔斯想入非非。可见,男人是抵挡不住那些主动进攻的女人的诱惑的,何况这女人又有姿色,声音十分好听。

察青早就暗暗喜欢这小叔子。她曾经想嫁给他,可惜达延汗和满都海都不答应。现在,她知道自己应该拉拢一些属于自己的人马,好维持博迪的大汗位置。图鲁死得早,她和博迪没有自己的势力,势单力孤。只要能把这巴尔斯济农拉拢到自己的麾下,她和博迪就可以放心了,从此就可以不必担心其他弟兄觊觎博迪的大汗位置。

察青微笑着,眼睛里流露着一种敬佩迷恋光芒,目不转睛地看着巴尔斯。"济农,可是越来越风采照人了。"察青好像是无意,其实是诉说着心里话。

巴尔斯心花怒放。听到一个漂亮的女人这么由衷地夸赞自己,大约没有几个男人能不自鸣得意而对那女人一下子就心生万分的好感。

"大福晋!"一个从旁边经过的使女向察青曲腿敬礼。

巴尔斯明白了,这不是图鲁的妻子察青吗?多年不见,她竟还是这么迷人,这么娇媚。当年他就喜欢这漂亮的察青,他们兄弟三个经常围着她,想博得她的青睐。后来听说满都海大哈敦把她许给图鲁,他和乌鲁斯还很是忿忿不平了许久。

"察青嫂子!原谅小弟眼拙,没有认出嫂子来。嫂子这是越发动人漂亮了。"巴尔斯笑着说。

"济农可羞煞我了。我已经老了,老太婆了,还说什么迷人啊!听说济农的福晋,才是一个比一个漂亮,那哈密的瓦剌姑娘,可是叫济农温柔乡里出不来啊。"察青调笑着。

"咳,别提那些黄脸婆了,她们要有嫂子一分姿色,我就心满意足了。"巴尔斯故意皱着眉头,十分厌恶的样子,连连挥手说。

察青用手中的绸手帕捂着嘴,发出一阵压抑的笑声。那笑声,很得意,又充满着诱惑和逗引。这时,前边走过来一些官员模样的人。察青不敢在大帐前久留,急忙回转身,向自己的大帐走去,边走边回头笑着对巴尔斯说:

"济农什么时间来我这里看看你的侄子,他可是要靠济农你的支持了。"

巴尔斯在大帐外怔怔地站了好一会儿。这不是一个接近博迪的好机会吗?他有些欣喜地想。

巴尔斯来到察青大帐的附近,装作散步的样子在那里溜达,希望能够遇上察青,更希望能被她邀请到她的大帐里去。也许,这能够实现他的计谋,让博迪永远不能登上大汗的宝座。

博迪从自己的大帐出来,到察青的大帐来给她请安。

巴尔斯急忙喊住他:"博迪,赛白诺。"

博迪看了看巴尔斯,问:"你可是济农,巴尔斯叔叔?"

巴尔斯高兴地说:"好小子,还认识济农叔叔。走,跟济农叔叔骑马去。"

"我要给额娘请安。请安以后,祖母和大元帅还要请巴可什教我大汗礼节呢,我就要当大汗啦。"博迪高兴地说,脸上一片阳光灿烂。

"走吧,你看天气多好,你去给你额娘请过安,我们就去骑马。"博迪想了想,说:"好吧,我去跟额娘请安,然后去骑马。不过,时间不能太长。"

"好,听你的。我在营地外等你,你可要来啊。"巴尔斯嘱咐着。

"你放心吧,我说到做到,一定会来的。"博迪大为不满地说着,瞥了济农一眼,你可太小瞧人啦,他的目光说。

巴尔斯急忙拉马来到斡耳朵外面的草原上等待博迪,他一手搭在马背上,另一只手捻着上唇的髭须,很悠闲的样子,心里谋划着:河谷里有许多形状怪异的山石和树木,马很容易受惊。把博迪引进河谷,然后想办法把他摔下马,淹死在河水里。

巴尔斯得意地微笑着,注视着斡耳朵的动静。

博迪骑着一匹白马,从斡耳朵里走了出来。蒙古人尚白,都喜欢像圣主那样骑一匹白马。这是一匹纯种的大苑白马,高大、健壮,毛色纯白,不像蒙古马那样矮小,身躯粗短。

巴尔斯十分羡慕地看着博迪的大苑白马,赞叹着:"真是一匹好马!"

博迪看着巴尔斯的坐骑,很景仰的样子,问:"济农叔叔,你这蒙古马快还是我的大苑马快?"

蒙古女雄:满都海皇后

巴尔斯笑着说："当然是你的大苑马快,大苑马的速度可不是蒙古马能比的。"

博迪急忙跳下大苑马,把马缰绳递给巴尔斯,说："济农叔叔,那把大苑马给你骑吧,这大苑马好,我愿意把它给你。"

巴尔斯很有点感动:这侄子,很尊敬我这叔叔呢。他笑着说："傻小子,自己的马自己骑,马通人性的,它已经成了你的亲人,不能换。你没听说过吗? 好马不鞴双鞍,它也不会叫我换马的。我们蒙古人慷慨大方,可是在马上却很小气呢,没有人愿意把自己调教出来的马送给别人骑的。"

博迪说："你是我最亲的叔叔嘛,我想让你也有大苑马。那好吧,等以后,等我做了可汗以后,就把汗廷里的大苑马送济农叔叔一些。"

巴尔斯心里有些感动:这小羊羔,还挺关心我。他仔细看了博迪一眼,从博迪脸上看到当年图鲁的模样。这小子,这么像图鲁。他的脑海里出现了当年的情景,图鲁的死一直叫巴尔斯感到内疚,他总是觉得自己没有尽力救图鲁。要是自己不那么快撤退,也许图鲁死不了。突然,他心中闪过一丝不安,对自己产生的不轨企图有些动摇。不行! 他告诫着自己,急忙跳上马说："上马吧,我们走。"博迪翻身上了马。两个人慢慢向河谷走去。

"巴尔斯叔叔,你为什么不骑大苑马? 大苑马和蒙古马哪个好?"上了马的博迪继续缠着巴尔斯问。

巴尔斯有些不想搭理博迪,害怕与他交谈多了会动摇自己的决心,故意装作没有听见的样子。

博迪却不肯罢休。"巴尔斯叔叔,济农叔叔,你说话啊。"博迪声音甜甜的,撒娇似的说。

巴尔斯不禁微笑了。这小子,很喜欢我哩。当年他的儿子阿拉坦就喜欢骑在马上向他问这问那。

巴尔斯只好微笑着解释说："现在,汗廷以大苑马为荣,你可知道,大苑马虽然速度快,但是耐力不行,它远远比不上我们的蒙古马。我们这些经过饥饿和吊起来锻炼培养出来的蒙古马,耐力极好。十天半月的奔驰根本累不倒它。当年圣主成吉思汗就是靠它们驰骋半个欧亚大陆的。你别看它身材矮小短粗,可是它奋勇,毅力坚忍,对饮食有节制,跑起来稳妥。它和我们蒙古人一样,是草原的儿子,用一样的泥土造成的,是同样气候和同样土地养育起来的,经受着同样的锻炼。你看,蒙古马像不像我们蒙古人?我们虽然个子不高,身材矮小,但是我们骨头硬,肩宽背厚,坚韧顽强,具有不可战胜的力量,具有不可思议的抵抗力和战斗力,是不是?所以,可不要小瞧它啊!"巴尔斯亲热地拍着自己坐骑的脖颈。"你不知道,我为了训练这匹马,下了多少工夫?"

博迪以敬佩的神情注视着巴尔斯,连声说:"是的,是的。巴可什给我上课时也是这么说的。"他仔细看着蒙古马,确实,它粗颈,小腿肥大,厚毛,外型比不上大苑马。但它确实载着蒙古人雄霸过世界。

他学着巴尔斯的样子拍了拍蒙古马。"巴尔斯叔叔,说说你是怎样驯马的,好吗?"

巴尔斯笑了:这侄子还挺崇拜自己,心里不禁涌上一些爱怜。是啊,这孩子,从小失去父亲,总把他的这几个年纪大一些的叔叔当作自己的父亲一样崇拜。可怜的孩子!

"说给你听,让你也学点驯马术。要不然,你以后什么也不会。"巴尔斯笑着,放松了马缰,让坐骑缓步慢行。

"首先,要选一匹烈性的马驹,性子越烈越好,不要那些听话的,那是为女人、娃娃准备的。从马驹两岁开始,从马群里分出来,单独关在专门的马厩里。它面前的马槽要不断加高,让它时时刻刻都必须昂起头吃料。这样,将来它才会昂首挺胸,前驱高大健壮,给人一种挺拔和雄伟的美感。马厩里的马粪还不能扫去。"

"那多脏啊。"博迪插嘴说。

"别乱插嘴。"巴尔斯呵斥,"马蹄要靠马粪滋养。扫去马粪以后,马蹄就会长成骆驼蹄子一样的扁片,不但样子难看,而且跑不出路。马粪能让马蹄丰圆饱满。但是,平常却不能让粪尿沾到它身上。到三岁以后,四蹄打了掌,就要正式训练。先要让它学会走。"

"哪匹马不会走啊?"博迪又忍不住插嘴打断巴尔斯的话。

巴尔斯瞪了博迪一眼说:"你再打岔,我就不讲了。"

博迪吐了吐舌头说道:"我不打岔了,巴尔斯叔叔。"

巴尔斯微笑了:这侄子还真听我的话。他接着讲他的马经:"别小看这走,骏马的走也是学会的。你看春天一到,许多牧民就骑马在草滩上来来去

蒙古女雄：满都海皇后

371

去,那就是教马走呢。把嚼子勒住,让它走,不让它随心所欲跑起来。看它走得慢走得疲沓,要赶快放松一点,让它走快一点走得精神一点。就这么一松一紧,经过不知道多少次训练,它才学会走。过了一段时间,在地上不远不近摆放许多木棍,让马从上面经过。马怕碰腿,就把前蹄高高抬起,蹄掌向里面弯得很深,几乎可以挖着自己的胸脯,才腾空向前迈出去。这样,就慢慢训练出它高腿大步的走路习惯。这时,马快走起来,从侧面欣赏,真是好看极了。动作娴熟敏捷,踏步都好像是弹奏胡琴一样,合拍押韵。开始的时候,它走的步子叫四方步,四个蹄子落地成一个四方形。接着,它就走错落步。继续训练,它走出流水步态,蹄子落地成两条直线。走起来,就好像飞一样,骑在马上回头望去,只见马蹄如飞,同时溅起十三朵蹄花。你看。"说着,巴尔斯一勒嚼子,一抖缰绳,他的坐骑就高抬腿平稳地走了起来,哒哒哒,轻快地敲打着地面,真好像乐师弹拨火拨思一样动听。白马四蹄错落,抬起落下,叫人眼花缭乱,留下两条直线,真是蹄下生花。

"怎么样?好看吧?"巴尔斯勒住马,回过头,问刚赶上来的博迪。

"真美。巴尔斯叔叔,这就训练好了吧?"

"还没有哩。驯马还要训练马的气。第一次骑驯马时,不可以让它跑得太猛,要不就放了大劲。要在它跑得正得意的时候从背上跳下来,让它恢复和增加体力。驯马和牛驼一起跑的时候,千万不能让它受惊,当它超过牛驼,就要在它没有放过大劲之前滚鞍。这养气还包括培养它的锐气和争强好胜的气。这样,将来主人一放号令,它就会奋蹄扬鬃,力气倍增,冲锋陷阵,势不可当。等以后年岁大一点,骨骼变硬,脾气更加强悍,就成为我们蒙古人冲锋陷阵、驰骋疆场的最好战士。成吉思汗爷就是靠这些宝贝驰骋我们蒙古草原,建立起那么大的蒙古国。"

博迪听得如痴如醉:"巴尔斯济农叔叔,你懂得真多。要是你老和我在一起,该多好。可惜,你在土默特。"博迪叹了口气,又问:"巴尔斯叔叔,土默特草原漂亮吗?"

巴尔斯哈哈大笑,豪迈地说:"土默特是最漂亮的草原,它很富庶。你知道吗?它是匈奴人的故土。阴山山脉阻挡着北方的冷风,黄河滋润着它的土壤,叫它草肥地肥,那里的草壮草美,把匈奴人养育得十分剽悍健壮。可是,当匈奴人失去了阴山地区的敕勒川,匈奴人就失去了养分。所以古时候

蒙古女雄:满都海皇后

的匈奴人过阴山就要大哭。那里流传着两首民谣,要不要我唱给你听?"

博迪高兴得在马上手舞足蹈,连声说:"要听,要听。快唱唱吧。"突然,他的大苑马颠簸了一下,博迪在马背上剧烈地晃动着,差点摔下大马。

巴尔斯哈哈大笑:"你的骑术可真不怎么样,还不坐好,抓紧马缰,控制住它。"

博迪听话地照他的话做了。

巴尔斯看着听话的博迪,突然生出一种他几乎从没有过的羞愧:这么听话、这么喜欢又这么崇拜他的侄子,自己刚才却在计谋着如何害他。他这个叔叔却正要把他引向死亡?他这个叔叔要把博迪引到河谷,想把他推下马?

"快唱啊,济农叔叔!"博迪催促着。

巴尔斯从惶惑中回过神,他清了清嗓子,用沙哑高亢的声音唱了起来:"敕勒川,阴山下,天似穹庐,笼盖四野。天苍苍,野茫茫,风吹草低见牛羊。"接着他又用另一种怆凉的悠远高亢的蒙古长调唱了起来:"祁连山,大青山,草肥水美禽兽繁。失我祁连山,使我六畜不蕃息。失我大青山,使我匈奴无家园!"巴尔斯很动情地唱着。

博迪连声说好听,还小声哼哼着学唱。

两匹坐骑慢慢走进河谷地带,哗啦啦的流水声像奏乐一样欢迎着他们。河谷两岸耸立着参差的巨石,河滩上河岸边生长着一些形状古怪的古老的榆树、柳树,粗壮的树干盘曲,结疤累累,虬枝丫杈,横卧竖盘,远看好像一群张牙舞爪的怪兽。

博迪的大苑马开始不安起来,它喷着响亮的鼻息,甩动着马尾,警觉地注视着河滩。突然,河谷草丛中跑出几只野狗,飕飕地迎面冲了过来。大苑马大大吃一惊,猛然跳了起来,颈上的鬣鬃飘扬,前蹄离开地面,仰天长啸,站立起来。

博迪正在悠然地欣赏河谷风光,突然被大苑马掀了起来,在马背上颠簸。

博迪用劲拉紧缰绳,嘴里安慰着大苑马:"别紧张,没什么可怕的。"他轻轻拍着大苑马的脖颈。

怕得要死的大苑马长嘶一声,甩动着长鬣,在空中扑腾着前蹄,然后突然掉转马头,把背上的博迪颠簸地离开了马鞍。

蒙古女雄:满都海皇后

373

博迪恐惧地大声呼喊着："济农叔叔,快救救我!"

巴尔斯打马上前去,甩出套马索。大苑马却疯狂地奔跑起来。博迪大声哭喊着："济农叔叔,济农叔叔,快来救我!"

博迪惊恐的哭声惊醒了巴尔斯。巴尔斯的眼前闪过一双美丽的眼睛,那眼睛脉脉含情,叫他心动。那是这孩子额娘的眼睛。如果这孩子有什么意外,这双美丽的眼睛一定要哭瞎哭肿。这女人一辈子就守着这孩子过活,这孩子就是那女人的生命。而且,这孩子是他的同一血脉的亲人,叫他叔叔!

巴尔斯打马追了上去,拉住拖在地上的马缰绳。奔腾的大苑马把拉着缰绳的巴尔斯拖着摔下马来。大苑马疯狂地在河滩上拖拉着巴尔斯,跑上草地。马上的博迪哭喊着,巴尔斯拼命拉住马缰绳死不放手,大声喊叫着："抓紧马鞍! 抓紧马鞍! 千万别松手!"

大苑马狂奔着,巴尔斯死死抓住马缰,一点一点往前移动。最后,他接近了大苑马,一跃跳到马头前,死死抓住马嚼子,终于制服了狂奔的大苑马。

精疲力尽的大苑马无可奈何地长啸一声,停止奔跑。

巴尔斯急忙从马背上抱下被惊吓得面如土色几乎失去了知觉的侄子,未来的大汗博迪。博迪浑身瘫软,倒在巴尔斯的怀里,就像依偎在自己父亲温暖的胸怀里一样。他紧紧搂抱着巴尔斯,喃喃地叫着："父亲! 父亲!"

巴尔斯的眼睛发热,一股暖流涌上心头。一种从未有过的喜悦和幸福体验温暖了他的全身。他手上被马缰绳勒破的疼痛竟完全感觉不到。他觉得自己幸福极了,觉得自己完美极了,觉得天空中有一道亮光照亮了他的全身,这么美妙的感觉,这粗鲁的汉子想。

"回去不要对任何人讲。"巴尔斯嘱咐着。

察青太后争权

察青坐在博迪大汗的旁边,接受汗廷官员的朝拜。看着官员们九跪九叩,行着大礼,察青心里真是说不出的感慨。那舒坦,那得意,那自豪,那不可一世,各种感觉、各种感受都涌上心头。激动之中,眼泪已经涌上眼眶,她几乎不能自持。多少年的屈辱,多少年的忍辱负重,总算熬到尽头,她总算有了出头之日。

察青尽可能控制自己的激动,高昂着头,面容严肃、冷峻地望着高台下她的脚下匍匐着的官员。嘴角、眉梢渐渐显露一些笑意,得意之色写到脸上。

察青看了看地上匍匐着的济农和大元帅,她的两个小叔子,更是感到无比的得意。她想到了满都海哈敦。她现在的地位已经高踞于满都海哈敦之上,她现在是皇太后,满都海哈敦只是一个赋闲的太皇太后。历史上的太皇太后全是不管理后宫事务的老太婆,而皇太后却是有实权的人物,她要完全掌管后宫事务。

她满都海现在也得听我安排了。三十年的媳妇终于熬出了头,成了有职有权的婆婆。看我如何收拾你吧,老东西!这些念头不由自主多次涌上心头。

她的被俘,她的家族被消灭,野思马因的被杀,都一时涌了出来,像鲜明的画面一样在她脑海里闪现。她血液里的瓦剌成分,她的家族和满都海的深仇大恨都自然地涌现在心头。她,察青,作为瓦剌的成员,是不是应该替瓦剌复仇呢?

察青看着叩头完毕站了起来的大元帅和济农,轻轻摇去了自己头脑中的荒唐想法。瓦剌已经覆灭了,现在自己是蒙古大汗的母亲,当然还是要极力维持住儿子的地位才是首要任务。为瓦剌复仇?那是根本不可能的事情。眼前这两位虎狼大汉,不会坐视不救的。博迪年纪幼小,根本没有力量和他们对抗。到是该想一想,怎么才可以拉拢他们,让他们为自己和自己的儿子卖力才是。

察青看了看巴尔斯,巴尔斯也正目不转睛地盯着察青,眼光里泄露着火辣辣的毫不掩饰的热情。

察青觉得自己的脸有些发热。这济农,永远叫她心动。

满都海坐在自己大帐里,端着茶杯,看着自己的总管,问:"到了请安的时间了吧?"总管一惊。这几天,他就怕满都海哈敦问这句话。

"是,是的。快到了,快到了。"总管额头上已经开始渗出细密的汗珠,他含混不清地嘟囔着。

满都海狠狠地白瞪了总管一眼："你是不是老糊涂了？已经过了请安时辰了。"

"是，是，已经过了，已经过了。"总管又嘟囔着。

"怎么又没来？"满都海沉着脸冷冷地问。

总管知道满都海哈敦问的是什么，却故意装不明白的样子，小声咕噜着："谁，谁？谁没来？"

满都海"砰"的一声，把茶杯墩在面前的几桌上："你装什么糊涂？再装糊涂，我把你交侍卫处置！"

总管急忙跪下叩头请罪："奴才该死！奴才该死！"

满都海不耐烦地说："算了吧，起来起来。你说，为什么今天又没来请安？"

总管不敢站起来，跪着回答满都海："回大哈敦，察青哈敦的总管前来回话说，察青哈敦身体不适，改日再来问安。"

"这已经是第几天啦？"满都海沉着脸问。

大总管嗫嚅着："可能是第三天，不，第四天。唔，五天吧？"

满都海一挥手，把几桌上的茶杯胡拉到地上。茶杯哗啦一声，摔成碎片。"八天了！"满都海哈敦咬着嘴唇怒喝着。低沉喑哑的声音里，满是勉强压抑着的愤怒。

察青端坐在自己的大帐里，她把她的一个妹子叫到汗廷里来。她们正在商量给博迪选哈敦的事情。

总管过来跪下，请示说："到了去给大哈敦请安的时间了，皇太后可立即动身？"

察青变了脸色，厉声呵斥："你没看见我正忙着吗？"

总管小声劝说着："皇太后已经有几天没去给大哈敦请安了，这请安可是圣主大札撒定的规矩，望皇太后还是去一趟为好。"

"好个奴才！竟敢用祖宗的大札撒来压我！来人！拉出去！给我抽他五十大鞭！"侍卫跑了进来，架起总管向外拖去。总管凄厉地喊叫着："皇太后饶命！奴才这是为皇太后好！望皇太后饶恕！"

察青妹子，瓦剌的一个诺颜福晋，急忙劝说察青："姐姐还是饶过他这次吧！我看他确实是好意，只是提醒你一下，总管是很忠心的。"

察青怒气还没有全消，气呼呼地看了看她的妹子，勉强点了点头，对侍卫说："放了他！饶过你这一次！以后再这么放肆，定不饶恕！去吧，去向那老太婆说我不舒服，以后再去请安。"

总管急忙爬了起来，战战兢兢退了下去。

察青对她妹子说："这次叫你来，是想和你商量商量博迪的婚事。我想把你的女儿许配给他，让我们亲上加亲。"

察青妹子眉开眼笑，连声道谢："那当然太好了。太感谢姐姐的安排，我的女儿也算瓦剌的一个美女，配博迪可算是天作之合！只是这事你能做主吗？大哈敦那里能通过吗？"

察青撇着嘴，不高兴地说："怎么连你也这么怕她？我儿子的婚事，自然应该是我这亲额娘做主，她还要插手不成？"

察青妹子微微红了一下脸说："不是我怕她，我只是担心你不和她商量，她不同意，我们这里就白操心白忙活了。她是监国，是太皇太后，有权过问大汗的婚事的。我可不想看到你得罪于她，影响到博迪的汗位。"

察青撇了撇嘴，很不以为然的样子，说："你的好意我心领，只是你过虑了。这大汗也不是她说不让当就不能当的，大汗是忽里勒台选举出来的。再说，她这监国，在新大汗选举出以后，就没有权力了。"

"像你说的，我就放心了。你知道，我家诺颜的祖上是也先可汗，我常听他们说起那时汗廷里的明争暗斗，所以我才给你提个醒。"

察青满不在乎地说："那时是那时，现在是现在。"

"既然如此，我这就回去，准备准备。你把彩礼送去，我就送女儿来。还有，你自己的事情如何，还是一个人？还没有选中一个可意的人？这么多年，可是太苦了。"察青妹子关切地望着察青。

察青脸一红，说："倒是看中了一个，只是一直没有机会向他暗示。"

察青妹子急忙拉着察青的手，连声追问："他是哪一个？说出来叫我听听，也给你参谋一下。"

察青想了想说："就是博迪的三叔，济农巴尔斯。"

察青的妹子拍着手："太好了，阿姐可是真有眼光，真有头脑。这济农可是博迪的有力保护啊。你要是打动了他的心，让他死心塌地和你好和你一

蒙古女雄：满都海皇后

377

心,那你就不用担心害怕大哈敦的干涉了。那你可要抓紧时机,赶快行动才好。事不宜迟。"

察青点了点头。

察青派人去约请巴尔斯济农。

"察青哈敦请我?"巴尔斯几乎不相信自己的耳朵。高高在上的察青已经拿出了皇太后的架子,使巴尔斯已经断绝了自己的非分之想。他正准备收拾车帐回土默特去。

"察青要见我!察青要见我!"巴尔斯挥舞着拳头,在大帐里跳跃着狂呼高喊,心花怒放。从博迪汗登基那天见到盛装的察青以后,总是没有机会见到她。向她的使女打听过几次,使女说她生病起不了床,不能接见任何人。几次找理由去她大帐附近徘徊,却被侍卫呵斥。巴尔斯知道她在拿架子。这些女人啊!手中有了点权力,就变了模样!这几天,他真是有些坐立不安。一想到离开汗廷见不到察青,他巴尔斯心里就不好受。

真是天无绝人之路!巴尔斯急忙吩咐护兵为他找来最漂亮的衣服,重新梳理了头发辫子,自己精心打扮了一番,前来察青大帐。

巴尔斯怀着一种急切忐忑的心情走进大帐,察青正在大帐里等着他。巴尔斯急忙上前正要单腿下跪请安。高台上的察青娇滴滴地说:"济农免礼了。"

巴尔斯抬起眼看了看察青,今天的察青真正是美若天仙。

察青今天打扮得那么漂亮。头上戴着一顶姑姑冠,已经完全不是传统的蒙古样式。那金银相间的姑姑冠经过改造,顶端镶着一颗耀眼的红色大宝石,周围配着几圈大珍珠,下面垂着各色宝石流苏,头一晃动,就发出清脆的叮当声,晃出五彩的光芒,真是美不胜收。察青的圆脸上精心地搽过官粉胭脂,比平时还要白皙、细腻、红润,那双经过描画的眼睛黑白分明,顾盼自如,汪着一潭深不可测的秋水,叫巴尔斯觉得一接触到就有没顶之灾,会被活活淹死在里面。

"巴尔斯济农,快请坐。"察青从自己的座位上站立起来,袅娜地扭动着苗条的腰肢,走下高台,来到巴尔斯的身边。巴尔斯急忙单腿跪下,向皇太后请安。这大札撒规定的礼数,巴尔斯总是不折不扣地执行。对于可汗的母亲,他一定要以礼相待。

察青走到巴尔斯身边,伸出一双手亲手扶起巴尔斯。那双手,是那么温润,那么柔软,那么滑腻,它们在巴尔斯粗糙的手背上滑过,同时也就划破了巴尔斯的心。

巴尔斯的心乱了,怦怦地跳动起来。这个杀人不眨眼的男人从没有在一个女人面前产生过这种奇怪的感受。"孬样!你这是怎么啦?"巴尔斯心里咒骂着自己,狠狠地掐了一下自己的大腿。他在战争中不知俘获过多少女人,俘获来的女人,只要他看上了,就会拉到大帐里和她睡觉,然后把她分配给士兵做奴隶,然后连她们的模样都想不起来。他自己的福晋,也有好几个,可是也没有哪一个叫他产生这种奇怪的感觉,这女人是不是腾格里派来的女妖?

巴尔斯惶惑地不知所措地站立在原地,感受、品尝着心里那种奇怪的舒服的滋味。

察青拉着巴尔斯,巴尔斯机械地移动着脚步,这时候,他只感觉到自己粗糙的手上那滑腻和温润,只觉得体内的一股热流在翻腾着上升,他觉得自己有些眩晕。

察青把巴尔斯送到位于自己身旁的座位上,轻轻地把他按到座位上,说:"巴尔斯济农,请坐吧,别像个木头人似的啊。"察青咯咯地笑着,把手放到巴尔斯的肩头,轻轻揉搓着。

巴尔斯的心被揉成了碎片,他一把抓住察青的一双玉手,把它们拉到自己的脸上。察青就势装作站立不稳的样子跌坐到巴尔斯济农的怀里。巴尔斯把她紧紧拥抱在自己的怀抱里,然后抱了起来,朝低垂的帷幕后走去。

"你是不是练过什么房中功夫啊?"巴尔斯大汗淋漓气咻咻地问。

察青浪笑起来。巴尔斯不大明白,图鲁已经死了十几年,她和哪个男人修炼功夫?察青贴他的耳边悄悄说:"瓦剌蒙古受喇嘛教的影响比较大,大部分女子都受过喇嘛的教导,学练过欢喜功。男女双修才能成佛嘛。"

"你信喇嘛教?"巴尔斯大吃一惊。藏传佛教在蒙古地区已经绝迹了多年,萨满又成为蒙古的信仰。而哈密地区瓦剌蒙古,有些继续保持喇嘛教的信仰,而有些开始转信伊斯兰教。

蒙古女雄:满都海皇后

"是的,我额娘是黄教信徒。"察青说。

"原来如此。"巴尔斯明白了。察青暗中修炼欢喜功,怨不得她能保养得这样好。

"巴尔斯济农,愿意收继我吗?"卧榻上,紧紧搂住巴尔斯不放的察青娇滴滴地问。

"当然愿意。依我的意思,图鲁一死,我就想收继你,可是大哈敦不让,她要保证博迪将来的大汗地位,她全是为你和博迪好。"

察青默然。过了一会儿,察青翻身抱住巴尔斯,说:"博迪虽然登上可汗位置,但是还需要帮助,济农会不会全力去辅佐他呢?"

巴尔斯让自己赤裸的胸脯紧紧贴在察青丰满的胸脯上,享受着那销魂的感觉,有口无心地说:"会的,会的。"

察青立刻翻身下地,拉着巴尔斯说:"那我们到腾格里面前发誓。"

巴尔斯急忙狡辩着:"发什么誓啊?我你还信不过?我说话可是最算话的,你只管放心好了。"说着从自己的蒙古袍腰带上解下一块碧绿的翡翠玉坠交给察青,说:"这玉坠是我的心意,你完全可以信赖我。"

察青接过玉坠,把它挂到自己的脖子上,抚摩着它。光滑、温润、细腻的玉坠给了她一些信心。"不行!"察青想:还是要在腾格里前发誓可靠!察青继续拉着巴尔斯起身,说:"不行,只有到腾格里前发过誓,我才放得下心。"

巴尔斯被她纠缠不过,只好披衣下地,和察青一起跪到神位前,向腾格里发誓:"我,巴尔斯济农,在腾格里面前发誓,今后一定全力帮助博迪。如若食言,愿意接受腾格里惩罚!"

察青拉着巴尔斯的手,双眼泪垂:"济农愿意帮助博迪,叫我察青感激不尽。要不是为了博迪,我早就应该改嫁,何苦守着他艰难度日?你不知道,一个人的日子有多难捱?为了博迪,我把一切都忍了过来。可是,我还是不放心。汗廷里为争夺汗位,经常斗得你死我活。我们孤儿寡母,如何能斗过别人?济农如果拔刀相助,博迪这汗位才可能有保证。"

察青这一番肺腑之言,深深感动了巴尔斯,也彻底打消了他争夺博迪汗位的心思。"今后,要是有人抢夺博迪的汗位,我一定要和他拼命!"他暗自下决心。

满都海、察青婆媳斗法

第十天的早晨,察青才来给满都海哈敦请安。

满都海哈敦盛装,满身珠宝,穿着大汗大哈敦的质孙服,端坐在大帐高台上的镀金坐床上,眼睑低垂,看也不看脚下跪着请安的察青。

察青一肚子气,却也不敢发作,只好强忍着,继续下跪。只要满都海哈敦不说话,她就得跪下去,十几年都是这样过来的。

跪了足足有一个时辰,满都海才微微抬了抬眼睑。察青急忙叩头,说:"察青给大哈敦请安,祝大哈敦健康长寿。"

满都海从鼻子里发出哼声,冷笑着,从嗓子眼里挤出几个冷冰冰的字:"不敢当!察青大哈敦!"

察青赔着笑脸:"大哈敦说哪里话?察青不敢,只是因为这几天身体不舒服,起不了床,没有按时来给大哈敦请安,还请大哈敦饶恕!"

满都海冷笑了一声,说道:"你如今已经是皇太后了,用不着向我这死老太婆请安了。是不是?啊?"

察青又解释了一番。满都海不耐烦地说:"算了吧,理由是不难找的。没有心,说什么也没有用。站起来吧,你如今也是皇太后了,老跪在这里算怎么回事?知道的,说你孝顺,不知道的,说我这老太婆不近情理。"

察青谢过,急忙站了起来。她已经跪得双膝生疼。

满都海让察青在下面坐下,面沉似水,说:"博迪已经做了可汗,这选取哈敦的事情可就要及早解决了。你看,有没有合适的蒙古姑娘,贤淑端庄、美丽温柔,带来我看看,然后你也看看,我们一起决定谁当哈敦。"

察青心里早就窝着一肚子火。心里说:为什么要叫你先看?博迪是我的儿子,自然应该我先看才好。她嘴里却说:"大哈敦关心博迪,叫我这做额娘的很感动。可是,我这做额娘的还没有想好,自然不好先劳烦大哈敦。等我看中了之后,一定先向大哈敦报告!"

满都海从察青这不软不硬的话里听出了她的话外音。

好一个察青,真是今非昔比了。做了皇太后,竟也变得伶牙俐齿了。瞧她这几句话,藏山露水的,我说了一句,她竟说了这么多!她不就是要告诉

蒙古女雄:满都海皇后

381

我,她是博迪的亲额娘,他的婚姻大事不用我管吗？ 好一个察青！ 看来这权力这东西确实厉害,有了它,就可以把一个人完全变了个样！ 翻天覆地的变样！ 卑微变成高大,低贱变成高贵,卑鄙变成伟大,小人变成伟人,贫穷变成富有,肮脏变成纯洁,黑的变成白的,错误变成正确,谬误变成真理,婊子变成圣女,窃贼变成领袖,乌龟变成伟人！

不过,你别太得意,尽管你是博迪的亲额娘,但是他的婚姻大事,还一定要我来管！ 不信,我们斗斗看！

满都海不动声色,冷冷地看着察青。

"怎么样？ 博迪的婚姻大事你准备得怎么样了？"满都海依然不动声色,问察青:"已经过了半个多月,这事不能再拖了。"

察青急忙说:"我已经为他选了一个哈敦,请大哈敦看看合适不合适？"

"哦？ 已经选了一个？ 不错嘛,到底是他的亲额娘,比谁都关心他。说出来,看看能不能通过我这一关？"满都海声音很平静,但是里面蕴含着谁也抗拒不了的力量,这是积她几十年的威风和威望形成的威势。

察青很不情愿,却也不得不按照她的话来做,她还没有积聚起足以反抗和对抗的力量和勇气。"那是我的一个妹妹的女儿,我见过的,漂亮温柔、贤惠端庄,很合适博迪。"

"是嘛——"满都海拉着一个长长的不肯定的疑问腔调。

"是的,是的。"察青急忙加以肯定。

满都海心里冷笑着:还是没有勇气和我对抗吧？ 你这不是说明你担心我不同意吗？

满都海看了看察青,继续问:"那她一定是瓦剌蒙古了？"

察青有些底气不足了,她犹豫不决地回答:"是,是的,是瓦剌蒙古。可她……"

满都海一挥手,毫不客气地打断察青的辩解:"你不用再说了！ 这博迪的第一个哈敦,你也知道,就是我们的大哈敦,是要主持大汗后宫事务的。绝不能是瓦剌蒙古！ 这个不行！"

察青还想说什么,满都海却挥手不让她再说下去:"你不要说！ 我绝不同意！ 你最好再重新选！ 下一次,可要由我来选了！ 去吧！ 过几天我们再来商议！"

察青气呼呼地回到自己的大帐。博迪前来问安。

"额娘，你这是怎么啦？为什么脸色这么难看？和谁生气了？"

察青遮掩着："没什么，只是使女不听话，惹我生气罢了。"

"哪个使女惹额娘生气？让我来教训她！"博迪说。

"祖母想叫你赶快迎娶大哈敦，你可愿意？"察青试探着问。

"愿意啊。迎娶一个大哈敦，可以为额娘分担一些后宫的事务，叫额娘歇息歇息，那多好啊。"博迪高兴地说。这个小可汗，还没有完全脱离孩子气。没有父亲的男孩子，总要比同龄的男孩子多几分孩子气，多几分温柔。

"那你喜欢什么样的姑娘呢？"察青拉着博迪坐到自己身边，继续试探着问。

"像额娘一样美丽漂亮的。"博迪想也不想，脱口而说。

"这孩子！"察青又高兴又有些不好意思。她顺手捏了捏儿子的脸，亲昵地呵斥着："都是大汗了，还这般孩子气。好，我们说正经的。你也见过你那个哈密的表妹，你觉得如何？"

博迪想了一想："好像记得一点，好像挺漂亮的。额娘做主吧，我没意见。"

察青叹了口气："要是你没意见，你就要亲口对你祖母说出你的想法，你要坚持你的意见，让祖母同意才好。"

博迪满不在乎地说："那没有什么，祖母一直很喜欢我，她会听我的。"

察青微笑着说："但愿如此吧。"

"主意定了没有？"满都海抬眼瞥了察青一眼，懒洋洋地拖着长腔问。

跪在满都海面前的察青知道满都海问的事情，自然是她最关心的博迪迎娶大哈敦的事。她迟疑了一下，抬眼看看满都海，小心翼翼地说："这事情恐怕得博迪说了算。"

"为什么？"满都海奇怪地问，"他一个小孩子，哪能决定这等大事？从来这婚姻大事就是由母亲和祖母为他们选定的。没道理！"满都海白瞪了察青一眼：不知道你又要耍什么幺蛾子！

察青见事情已经挑明，反倒不再有那么多的担心。她说："博迪见过他的那个表妹，喜欢得不得了，他说非她不娶！"

"啊？有这等事？"满都海惊诧地说，"快把他叫来，我到要看看这么个小羊羔子，还有多少幺蛾子？我就不信他有这么个心思！"

"这，这，等以后再问他不迟。"察青想支吾遮掩过去，急忙说。

"算了吧！你！"满都海不满地白了察青一眼，心里说：别跟我耍幺蛾子！你那点谎话还想骗过我？"你起来吧。"满都海大哈敦挥挥手，对察青说，然后提高声音说："来人！请博迪大汗来大哈敦大帐议事！"满都海大哈敦向自己的总管发布指示。总管急急向大帐下站着的侍卫传令。

博迪大汗匆匆走了进来，前来给祖母满都海请安。满都海拉着他的手，让他坐到自己身旁，说道："来，博迪，和祖母坐到一起。博迪，我问你，你想不想迎娶一个哈敦啊？"

"当然想了。迎娶哈敦可以分担额娘和祖母的后宫事务嘛。"博迪很乖巧地加上了祖母一说。

"好小子！孝顺的小子！看来祖母没有白疼你一场！"满都海感动地亲吻了博迪一下。

"你想迎娶一个什么样的大哈敦呢？"满都海又问。

博迪犹豫了一下，看看母亲，搔了一下头皮，没有立刻回答。

察青轻轻地咳嗽了一下，提醒儿子。博迪想起母亲的话，就慢慢地说："我想迎娶我的一个表妹，她可漂亮了。"

满都海的脸色阴沉了下去，察青却显得兴高采烈起来，她抬起放光的眼睛，看着满都海。目光问："怎么样？我没说错吧？"

满都海看着博迪，微笑着，十分慈祥地说："你的表妹，你见过了？"

博迪又看了他母亲一眼，不很肯定地说："好像，好像见过的。我好像记不太清楚了。"

"什么时候？什么地方？我怎么不知道？"满都海追问着。

博迪看看察青，不知道如何回答。

察青急忙说："有几年了，他那时还小。"

"既然年纪还小，就不会有什么印象。我看，博迪见了面都认不出来。是吧，博迪？"博迪支吾着不说话。

"这样吧，"满都海转向察青，"我派人去把她接来，同时，我再选一些女子，让博迪自己来选。选中哪个算哪个，好不好？"

　　博迪急忙说："我愿意听从额娘的安排，既然她已经选中了我的表妹，就让她做大哈敦吧。"

　　满都海尖锐地看了博迪一眼：才十几岁，就这么不听话，长大如何？这孙子白叫她疼了。"你听谁的？听我的？还是听你额娘的？"满都海还是笑眯眯地问。

　　博迪汗脸上浮起调皮的笑容，说："这问题我也问过我母亲，她说当然要听她的，因为她是皇太后，说祖母不过是太皇太后，太皇太后是该养老的，不该过问朝政。"

　　"好你个察青！"满都海勃然大怒。

　　察青变了脸色，急忙离座，跪到满都海面前，分辩着："大哈敦，千万不要生气。他一个小孩子，经常胡说八道。"

　　博迪汗却十分天真地问："祖母为什么生这么大的气？母亲和祖母的话我都听，行了吧？"

　　满都海听了博迪的话，忍不住微笑起来，看着博迪，说："还是我的博迪懂事，会说话，是个乖孩子。博迪，你自己迎娶大哈敦，自然还是由你自己挑选好。是不是啊？"满都海抚摩着博迪的肩膀，慈爱地说。

　　察青想说什么，满都海哈敦严厉地瞥了她一眼。

　　博迪嗫嚅着："是的，祖母说得很对。博迪也想自己选哈敦，可是额娘希望我坚持自己的看法，来说服祖母同意我迎娶表妹。"

　　满都海大哈敦哈哈笑了起来，说："到底还是小孩子，自己还不能给自己做主。那以后这国家朝政大事恐怕还得我这老太婆多操一些心啊。是不是啊？博迪？"

　　博迪天真地说："那当然，那当然。"

　　察青心中大惊：这可了不得！绝不能让老太婆找借口继续过问朝政大事。"啊。不，不，大哈敦，博迪还嫩着呢，需要好好锻炼锻炼。可是您老年纪大了，自然该多休息休息的好，哪赶劳烦大哈敦？"她急急地插嘴说。

　　满都海大哈敦从鼻子里哼了一下，冷冷一笑，故意气她说："没关系的。我愿意为博迪多劳动一些。"

蒙古女雄：满都海皇后

385

察青苦着脸，一时说不出话来。满都海看着她苦楚着脸的模样，冷笑着。

废孙汗位　自揽大权

满都海吩咐传见大元帅阿尔苏。

"大哈敦传我？"阿尔苏跪见满都海。

"起来吧。"满都海从镀金坐榻上站了起来，走下高台，来到阿尔苏的面前。阿尔苏垂手肃立在一旁，看着母亲。母亲已经显露出衰老，金银姑姑冠下垂在肩头的发辫已经白多黑少，官粉已经遮掩不住嘴角、眼角的皱纹。从侧面看去，下垂的双层下巴和松弛的脸颊，使她更显老态龙钟。阿尔苏心里感慨不已。这岁月真是不饶人，马上驰骋的女英雄当年的雄风已经不再。

"今天叫你来，是为了安排为博迪选哈敦的事。"满都海说。

阿尔苏说："这事何需大哈敦亲自安排？这让察青皇太后主持不就行了吗？"阿尔苏颇不以为然地说。

"你居然能说这种话？"满都海顿时停住脚步，在阿尔苏面前挥着手，厉声呵斥着："亏你说得出这么糊涂的话！这选哈敦，可是大事，万一选一个祸水女人，很可能把我们的蒙古搞乱，我能不管吗？"

阿尔苏驯服地垂下眼睛，接受满都海大哈敦的训斥。这时候，他觉得母亲又恢复当年的虎威。"大哈敦的意思是什么呢？"他柔顺地问。

满都海轻轻拍了拍阿尔苏的肩头，对这个柔顺的儿子，她还是很喜欢的。这次，把他从喀尔喀调回来当大元帅，就是看中他的柔顺和听话，叫她放心。他不像巴尔斯那样暴躁，更没有巴尔斯那样野心勃勃。

满都海说："从你的喀尔喀万户、土默特万户、鄂尔多斯万户、察哈尔万户的诺颜家里，各选三名女子，把她们打扮起来，让博迪自己选，选中哪个算哪个。"

"好，我立刻去办。"阿尔苏说着就要离去。

"等一等。"满都海回过身，拉住阿尔苏，"这事要做得十分秘密，不能走漏一点风声。直到一切准备工作全都做好之后，让博迪开始挑选时，再告诉他和察青皇太后。"

满都海高坐在博迪大汗的右边,察青坐在他的左边。察青心中虽然不大高兴,但是却不敢表示出一点不满意的神情。博迪大汗穿着可汗的夏季金锦服,腰带上缀着大珠和宝石,头戴宝顶金龙珠子卷云冠笠,端坐着。他很高兴,今天他得到大哈敦的允许,来亲自挑选自己喜欢的哈敦。

大元帅命令侍卫带上一排盛装的蒙古姑娘。她们跪拜了高台上的可汗和大哈敦太皇太后和皇太后以后,被命令站了起来,走到高台前边。

博迪睁大眼睛,看着面前的姑娘。这些姑娘各个都很漂亮,穿着各色鲜艳的蒙古袍,头上的姑姑冠珠佩叮当摇曳,好像都差不多似的。

满都海大哈敦笑着对博迪可汗说:"博迪,你自己挑选吧,你喜欢哪个就挑选哪个。这里也有你的表妹,你喜欢她你就挑选她吧。"

博迪看了看察青,察青一脸迷惘。哪个是自己的外甥女,她根本不知道,她是刚刚才得到消息的。哪个是自己的外甥女?察青睁大眼睛仔细打量着眼前这十几个模样打扮都差不多的蒙古女子。她相信自己能够找到自己的外甥女。瓦剌女子和中部、东部蒙古女子有很大的差别。

察青一个一个地寻找。

没有,没有她的外甥女,她敢肯定。这满都海瞒天过海,欺骗她和博迪。

博迪看到母亲迷惘的样子,知道她也难于分辨。管什么表妹,眼前这些姑娘都貌若天仙。只要他看中了,就选她做大哈敦。

博迪一个一个地看。一个身穿粉红蒙古袍的姑娘稍微摇动了一下身体,头上的珠玉摇动起来,发出清脆好听的叮当声。那姑娘抬起眼睛,悄悄看了看高台上的人。博迪的目光遇到她的目光,俩人的目光撞击在一起,仅仅是一瞬间,却好像迸出了火花。博迪心头颤动了。"就是她!"博迪脱口而出。

满都海微笑了。她对那姑娘招了招手说:"上前来。"那女子向前走了一小步,总管急忙上前去翻看她的名牌。

"不!不要!"察青突然大声说。大帐中的人全都愣一下。

满都海的脸拉长了。她偏转过头,低声而威严地说:"察青,你要干什么?!"

察青并不理会满都海的威胁,小声对博迪说:"她不是你的表妹,不要选她!"

博迪看着察青,也压低声音问:"哪个是我的表妹?"

察青摇头。博迪看看满都海,又看看察青,小声说:"我就喜欢她。"

满都海沉着脸,严厉地看着察青,说:"你不要乱来。他喜欢哪个就让他选哪个。这是你说的,为什么你出尔反尔?你想干什么?这也是我们蒙古大札撒的规定,难道你想反对不成?"

到了这关键时刻,察青好像忘记害怕,她只是想着如何保护自己的利益。她站了起来,声音虽然不高,却十分坚决地说:"大哈敦不必用大札撒来威胁我!我就是不同意他选这个女子!走,博迪!我们走!"察青走到博迪身边,拉着博迪离开坐榻。

博迪恋恋不舍地望着那女子,嘴里小声反驳着"我不走嘛。"察青还是拉着他走下高台。

"反了!"满都海站了起来,猛然怒吼起来。这声音犹如一声大炸雷,在大帐里炸开,高台前的女子吓得一下子全都趴伏到地上。

拉着博迪往大帐外走的察青也怔在原地。

"从今以后,博迪大汗暂时歇息,由阿尔苏监国。等博迪大汗身体康复以后,再看情况恢复他的大汗位置!"压抑不住的满都海突然做出了这样的临时决定。她凛然站着,一副气势昂然的样子。"要是有人胆敢反对,圣主的大札撒等待着他!"满都海一字一顿的从牙缝里挤出每一个字,这每一个字的分量如同千钧,在场的官员全都跪伏在地上,连声应答,没有一个人敢说个不。

逃离汗廷　察青求援

博迪被满都海大哈敦严密地保护起来,说是让他安心养病。每日里还率领着侍卫、使女和萨满为他跳安代舞祈祷康复。

察青见不到博迪。怎么办?俯首帖耳听从满都海哈敦的操纵?

察青在自己的大帐里走来走去,烦躁不安地思谋着办法。有什么办法呢?阿尔苏已经在行使他监国的权力。她察青的皇太后的身份实际已经被取消,她就这样承认自己的失败甘心被满都海取消皇太后的封号吗?

察青的心腹使女宝日勒代托着银制托盘,给察青送来奶茶和奶酪。察青烦躁地摆着手说:"放到几桌上吧,我哪有心思吃东西啊?"

宝日勒代把托盘放到几桌上,柔声劝慰着:"皇太后还是要爱惜身体才是啊,留得青山在不怕没柴烧。皇太后吃过早餐,听奴婢说个办法。"

"啊?你有办法?死蹄子,还不快说!"察青一把抓住宝日勒代的手,极不可耐地说。

"皇太后还是先吃过早餐,奴婢再说。"宝日勒代狡黠地说。

"死蹄子!你竟敢要挟我!是不是也看我失去了皇太后的权力?"察青阴沉着脸,不满意地看着宝日勒代。宝日勒代扑通跪了下去,急忙磕头求饶道:"奴婢不敢!奴婢不敢!太后千万不要多心!奴婢真心是想叫太后吃东西,奴婢怕太后饿坏了身体从此没有了依靠!"

"算你忠心!起来吧!"察青懒洋洋地说,走到几桌前,坐了下来,端起奶茶,轻轻啜了一口。宝日勒代爬了起来,趋步上前,伺候太后察青用餐。

"说吧。"察青斜了宝日勒代一眼。

"奴婢想,太后可以去土默特请巴尔斯济农帮助。"宝日勒代小声说。

"我当什么锦囊妙计呢?"察青把嘴一撇,很不以为然的样子,"你当我没想过?我已经想了不知几十次了。可是,派谁去土默特?我敢把这事交代给谁来办?我这里已经被那个老不死的监视得严严密密,我如何能出去?再说,就是有人去到土默特,济农如何相信?济农愿不愿意帮助?这都是未知数。"察青摇着头。

"这事只能由太后亲自出马,亲自到土默特去说服巴尔斯济农,才有希望。"宝日勒代四下看了看,小声说。

"我怎么能出这斡耳朵?那老太婆的耳目到处都是,而且我还要每天去向她请安,哪能走得开?"察青啜着奶茶。

"我已经计谋过了。请安已经被破坏,以后皇太后称病不去给她请安,她也无可奈何。只要有人装成皇太后,每日躺在大帐里称病,就能瞒过每日前来探视的大哈敦的总管,不会露出任何破绽。然后太后化装成一个使女,带领着一两个使女骑马出去,说到敖包给皇太后祭祀求安。只要皇太后出得汗廷,就立刻化装成男人,马不停蹄到土默特,也不过几天,便可到土默特。半个月后赶回来,也不会被发现的。"

察青默默喝着奶茶,心里琢磨着宝日勒代的提议:倒是值得一试,与其这么坐着等死,不如孤注一掷试它一试!

"找谁来替代我?"察青抬眼看了看使女宝日勒代。

宝日勒代急忙跪到察青面前,说道:"奴婢是皇太后拉扯大的,奴婢的生命属于皇太后,要是皇太后不嫌弃相信奴婢的话,奴婢愿意为皇太后分忧解难。"

察青很感动,急忙拉过宝日勒代,说:"要是你帮我渡过这个难关,以后你就是我的亲妹子!"

宝日勒代感动地啜泣起来,"奴婢愿意为皇太后赴汤蹈火!"

"好,既然你这么忠心,我们就这么办! 不过你这里可要一定得应付住大哈敦总管的盘问。"察青看着宝日勒代那机灵镇静的脸面,想:这蹄子是值得信赖的,她能应付一切事情。

蒙古女雄:满都海皇后

斡耳朵的守卫拦住三个使女,问:"干什么去?"

为首穿绿色蒙古袍的使女戴着一顶宽大的姑姑冠,几乎遮住她的半个脸,她走上前,笑着说:"守卫大哥,我们是皇太后的使女,我们要去敖包祭祀,望大哥放行。"

"监国和大哈敦有命,说最近一切人不许随意出入汗廷。"守卫说着,用长枪拦着她们的去路,一个低下头仔细打量着这使女。

另一个穿红衣的使女急忙走上前,挡住绿衣使女,对守卫笑着说:"皇太后近来身体不适,我要带领她们到敖包去为皇太后祈祷。这难道也不放行吗? 要是耽误了皇太后的病情,恐怕你们担待不起。"说着,从怀里掏出一锭白银,塞到守卫手中。两个守卫互相看了一眼,同时竖起手中的长枪。

绿衣使女急忙牵着马走出栅栏,翻身上马,随行的两个使女同时上马,打马朝奔了出去。

监国阿尔苏正走出大帐,看到几个骑马女人的背影,走到守卫前厉声发问:"那几个女人干什么出斡耳朵?"

守卫急忙回答:"那是皇太后的使女到敖包去祭祀,皇太后生病需要祭祀。"

"病了?"阿尔苏哼了一声,不再理会。

出了汗廷,察青和两个使女,快马加鞭,向土默特的方向飞驰而去。

巴尔斯在自己的大帐里喝酒,舞女在音乐声中翩翩起舞。模仿挤奶的舞蹈是巴尔斯自己和他的福晋一起编排的。"不对!"巴尔斯对舞女喊着:"笨蛋!这个动作不对,应该是这样的。"一边说,他一边站起身来走下座位,自己在舞女前做了一个示范动作。"看清楚了没有?重来!"

音乐再起,舞女继续跳了起来。

"报告!"一个护兵走了进来,甩去马蹄袖,单腿跪下报告。

"什么事啊?真扫兴!"巴尔斯很不高兴。

"有几个士兵要见济农。"护兵报告。

"什么士兵?见我何事?"巴尔斯放下酒碗,问。

"他们不肯说,坚持要见济农。为首的一个说,济农见了他一定会很高兴的。他让我把这个交给济农。"侍卫双手捧上一块碧玉玉坠,交给巴尔斯。

巴尔斯接过玉坠,急忙说:"快把他们接进大帐!你们都退下!"他挥着手,把舞女赶了出去。

巴尔斯心里有些忐忑:难道是她来了?不可能!她怎么会随便出汗廷?可能是她派人有什么事情来见吧?巴尔斯的心剧烈地跳动着,胡乱猜测着,快步走到大帐门口,等着见他日思夜想的人的派来的使者。

三个士兵装扮的蒙古青年走了进来。为首的小伙子见到济农,急忙给济农下跪:"奴才拜见济农诺颜!"

巴尔斯觉得这声音有些耳熟,十分奇怪。他走到那青年面前,说:"起来吧,说说皇太后派你来干什么?"

那青年站了起来,抬起头,看着巴尔斯。巴尔斯突然认了出来,正要喊叫,察青向他使了个眼色,巴尔斯走到门口,命令护兵放下大帐毡帘,把所有护兵撵出大帐,让他们退到大帐外面守卫。

巴尔斯急忙返身回到大帐中间,一把抱住察青,连声说:"你可想死我了。你怎么跑到土默特来?有什么事情吗?"

察青未能说话,已经跌倒在巴尔斯的怀抱里,失去了知觉。

巴尔斯急忙把她抱到帷幕后自己的卧榻上,让跟随察青来的女扮男装的使女从几桌上端来奶茶和马奶酒,他自己搂抱着察青,亲自喂她喝。多日马不停蹄的劳累叫察青一下子晕倒在巴尔斯的怀抱里,现在,偎在巴尔斯的怀抱里,几口热奶茶下肚,察青恢复了知觉,她睁开眼睛,感觉到精神和力量又回到自己的体内。她目不转睛地看着巴尔斯，眼泪溢满了眼眶，她紧紧握住巴尔斯的手。

"告诉我，你为什么来土默特？出什么事情啦？"巴尔斯心疼地催促着。

察青心头一热，眼睛一红，止不住的泪水顺脸颊流了下来，一滴一滴滴落在巴尔斯的手背上，她哽咽着说："济农可记得自己的誓言？"

巴尔斯点了点头，说："当然记得。"

察青把巴尔斯的手拉到自己的脸颊上，说："我来请济农帮助。博迪已经被大哈敦软禁起来，她让阿尔苏当了监国，看来大哈敦准备让他代替博迪做可汗。济农，你可要帮帮我和博迪啊！"说完，察青放声大哭。

"什么？阿尔苏做监国？"巴尔斯咆哮起来。同许多男人一样，他见不得女人的啼哭。女人一哭，就哭乱了他的心，叫他六神无主。他抱着察青，心里乱作一团。愤怒和心疼混合在一起，搅得他心里烦躁。

"是的，看来是这样。"察青抽泣着说。

"他算什么东西？凭什么让他代替博迪？！"巴尔斯问察青："究竟为什么让大哈敦做出这样的决定？"

察青添油加醋，把她和大哈敦为博迪选妃子的事叙述了一遍。

巴尔斯沉思了。怎么办？他想：帮助察青一定要得罪母亲，不帮助察青，自己可是要得罪腾格里天神，何况，叫阿尔苏代替博迪做大汗，他最不服气，最不甘心。与其他阿尔苏代替博迪，还不如他巴尔斯自己登大汗位置。这大汗谁不想做？

巴尔斯望着察青，犹豫着。

察青轻轻哭了起来，抽噎着："早知道济农这样软弱，不敢得罪大哈敦，我就不必白跑这一趟了。我的心腹使女宝日勒代就劝我说，不要白跑了，济农不会为你去得罪大哈敦的，他害怕大哈敦。可是我却不相信她的话。我说，济农当日是在腾格里面前发过誓的，他辜负我也不敢欺骗腾格里。再说，济农是当今蒙古的英雄，他敢说敢当，他主持正义，他为人公道，他会替博迪讨要回公道，他会捍卫达延汗的决定。看来，我错了。"察青一边哭诉，一边从卧榻上起身。

"你要干什么？"济农巴尔斯扶着察青，问。

"既然济农不肯帮忙，我还留在这里何用？我要赶回汗廷，去和博迪死在一起!"察青又高声哭了起来。

"不要这样,不要这样!"巴尔斯手足无措地安慰着察青。

"我好命苦啊!"察青哭诉着,一头钻到巴尔斯的怀抱里,在他的怀抱里揉搓着,一会儿,把巴尔斯的心火揉搓了起来。他把察青撂倒在卧榻上。

"你答应帮我,我才答应你!"察青不失时机地坐了起来,把巴尔斯推到一边。心如火燎的巴尔斯急不可耐,含混地说:"答应!答应!明天我就带兵到汗廷去!"

率兵逼宫　母子交锋

"这怎么可能?他巴尔斯怎么知道这消息?我已经命令严密把守汗廷,不让任何人出入汗廷,他怎么知道这消息?"满都海大哈敦从自己的坐榻上"呼"的站了起来,走下高台,走到阿尔苏的面前,满脸怒气,咆哮着。

阿尔苏张口结舌,不知道怎么回答。满都海更加生气:"看你那个死样!没有一点刚强样!"满都海突然对阿尔苏大发脾气。这些儿子,除了大儿子图鲁和三儿子巴尔斯具有她自己的刚强以外,全都染上他们父亲的柔弱天性。这可怎么好?

阿尔苏被母亲呵斥着,更有些手足无措、六神无主。他嗫嚅着,说不出一句完整的话。

"越说你越死样!"满都海在阿尔苏的面前挥舞着拳头。

阿尔苏懊恼地小声说:"巴尔斯已经率领着队伍驻扎到斡耳朵的边缘,扬言要踏平汗廷,现在你光埋怨我也没有用处啊。"

"反了!反了!"满都海挥舞着拳头,气急败坏地咆哮着。她没想到,她喜欢的巴尔斯会起兵来反对她,他的母亲。

"逆子!逆子!"怒不可遏的满都海跺着脚,咆哮着,在大帐里走来走去。看来,这权力真不是好东西,它硬是把亲人变仇人,把朋友变敌人,把亲密变疏远,把热情变冷淡,把淡泊变利欲熏心。如今,可汗的权力使她的亲生儿子起兵来反对她。

走了一会儿,满都海慢慢冷静下来。长期斗争养成的遇事不发慌的秉性叫她制止了自己的暴怒。她慢慢在大帐里踱步,紧张地思考着对策。

蒙古女雄:满都海皇后

393

"这么办,阿尔苏。"满都海在阿尔苏面前停住脚步,说:"你带领人马出去迎接巴尔斯,以最高礼节欢迎他回汗廷。然后把他接回汗廷,把他的部队安置在外面。他来汗廷之后,我再想办法说服他。"

"要是他不听,怎么办?"阿尔苏犹犹豫豫地问。

满都海白瞪了他一眼,心里骂:真没用!嘴里却不由自主重复着他的问题:"不听?不听!找机会把他武力拿下来见我!我就不信这小羊羔子会连亲生母亲的话也不听?"

阿尔苏嘟囔着:"要是听话,他就不会带兵前来了。既然带兵前来,还会听你的话啊?"

满都海不好说什么。她阴沉地看着阿尔苏,问:"要是打起来,我们胜利的把握有多大?"

阿尔苏摇头,叹了口气,说:"多年打仗,我们的军队早就厌恶了打仗。这几年的平静日子,已经把我们的士兵养懒了。他们喝酒、玩乐、打猎、娶妻养子,打仗的功夫不行了。"

满都海无可奈何地摇头,也深深叹口气,说:"是这样的,我们蒙古人确实是被酒灌坏了,连你父亲都是这样。"说着,她又踱起步来。

"只好我出面了。走!我们一起去迎接他!"满都海果断地挥着手,向大帐门口走去。

满都海大哈敦率领着盛大的仪仗队伍出了斡耳朵。

"传令!队伍驻扎在这里!"马上的巴尔斯看着眼前这辽阔的草原,下令说。马上就到汗廷所在地,他不能直接把队伍开进去。面对的毕竟是生他养他的亲母亲,他不愿意兵戎相见。先把队伍驻扎在距离汗廷几十里的地方,等待着满都海大哈敦派来的使者和他谈判。

"为什么停下来?济农?"察青打马赶了上来,勒住马缰,和巴尔斯并排,大声问。

"在这里等待大哈敦派人谈判。"巴尔斯欣赏着察青,马上的察青很漂亮,脸蛋被风吹得红彤彤的,很迷人。

"要是满都海大哈敦不理睬你,怎么办?"察青很不放心他的这种部署,从土默特来,一路上都在嘀咕不停。

"你放心,大哈敦一定会来迎接我的,她一定要先说服我退兵。不到万不得已,她决不会轻易动武。她打了一辈子仗,却从来都是厌恶战争的。何况现在,她是更不愿意和自己的亲生儿子打仗的。"巴尔斯胸有成竹地说,拍拍察青的坐骑,安慰她。

巴尔斯下了马,士兵们都下马开始动手安营扎寨。察青也下了马,站到巴尔斯身边,饶有兴致地看士兵支蒙古包。

士兵从马背上卸下折叠的哈那,把它们竖在平坦的草地上,在四周打桩拉起牛毛绳,固定了哈那。士兵又从马背上卸下黑色毛毡,围住哈那,铺在哈那顶上。士兵七手八脚,很快建造起一个很大的蒙古包。这是济农巴尔斯的大帐。士兵们又在里面铺上厚厚几层地毡,把必须的摆设都放置就绪。护兵前来报告,请济农入帐歇息。

巴尔斯携着察青的手,进入大帐。

"报告!"巴尔斯和察青斜倚在地铺上歇息,侍卫进来喊。

巴尔斯坐了起来,"说!"

"前面来了一支人马,好像汗廷仪仗队。"

"哦?"巴尔斯站了起来,"有多少人?"

"看不清楚,好像很多!"侍卫报告。

"快集合!"巴尔斯大声命令,自己一跃而起,冲出大帐。察青也急忙跑了出去。集合的牛角号呜呜响了起来。士兵们从各自的蒙古包冲了出来,跳上自己的战马,集合在各自的旗帜下。百户长、千户长骑马召集着自己的部下。

巴尔斯跳上护兵牵来的战马,打马跑到一个高岗上,向远处瞭望。草原上一支浩浩荡荡的人马旗帜飘扬着向他的方向奔驰而来。

大哈敦发兵来攻?巴尔斯心中忐忑地猜测着。

他可不想和自己的母亲刀对刀地打个你死我活!他之所以发兵,一是为了免受察青的纠缠,讨察青的欢心,这女人太叫他销魂了。二是想向母亲显示一下他的不满。她凭什么把大汗的位置从博迪手中夺过来给阿尔苏?但是到现在为止,他还并没有真心和母亲打仗的心思。母亲,你可不要逼我和你打一仗!他在心里祷告。打起仗来,真刀真枪的,万一伤了母亲怎么办?对母亲,他还是爱多于不满的。

蒙古女雄:满都海皇后

395

远处的队伍从绿色地平线上升了起来，越来越清楚。马上飘扬的旗帜越来越清楚。旗帜上的图案也越来越清楚。那是汗廷的大纛旗在前面迎风招展，似乎可以听到它在风中猎猎作响。

大纛旗下的白马上端坐着身板挺直的大哈敦。满都海大哈敦穿着质孙服，身后是仪仗队，旗幡飘扬，仪仗队的伞盖在阳光中闪耀。

啊，大哈敦率领着仪仗队来迎接他。巴尔斯有些激动。大哈敦依然念母子情，那自己也绝不可逼母亲太甚。只要把阿尔苏的监国拉下来，恢复博迪的大汗位置，也算对得起察青的厚爱就行了。

巴尔斯急忙命令士兵放下武器，下马列队迎接满都海大哈敦。他自己急忙跳下马，吆喝着察青下马，跪伏于地，等待迎接大哈敦。

满都海的马队来到巴尔斯的营地前，侍卫和仪仗队分成两列，左右分开，保护着大哈敦。满都海的白马缓辔上前。一个侍卫来到马前，弯下腰。满都海在侍卫的搀扶下踩着那人的背下了马。如今的满都海已经发福，骑马已经大不如以前灵便。

巴尔斯跪着上前迎接母亲。满都海来到巴尔斯面前，和巴尔斯行了抱见礼，向巴尔斯伸出手，慈爱地说："起来吧，济农。我带领着汗廷仪仗队前来欢迎你，欢迎济农回到汗廷。"仪仗队鼓乐齐鸣，鸣鞭官清脆的甩鞭声在晴空里响了九声。

巴尔斯伏地连声告罪："孩儿惊动大哈敦，真该死！请大哈敦饶恕孩儿！"

满都海大哈敦扶起巴尔斯，嗔怪地说："我们母子情深，说什么饶恕不饶恕！你想回来，只消派使者回汗廷说一声，我就会立刻召你回来的，用不着这样兴师动众的，这多劳军伤财啊！"

巴尔斯垂头肃立在满都海大哈敦面前，什么话也不敢说。

跪在地上的察青惊吓地浑身发抖，她正缩着身子，想退回到士兵的行列里，不让满都海发现。满都海瞟了地上跪着的察青，转向巴尔斯，指了指，奇怪地问："这女人是你哪个福晋啊？"

巴尔斯满脸通红，结结巴巴："她，她是皇太后察青啊。"

"哦？察青？她不是生病多日了吗？怎么会和你在一起？"满都海惊诧地看着地上缩作一团的察青。原来全是她通风报信！这死蹄子！满都海狠狠地瞪了她一眼，恨不得马上宰了她。满都海咬住嘴唇，把一腔怒火压了下去。现在不是发泄怒气的时候，这巴尔斯还没有制服，不能为她坏了大事！小不忍则乱大谋。

"起来吧，皇太后！"满都海大哈敦冷冷地说，摆了摆手。察青急忙站立起来，退到后面。

"我率领着仪仗队专程来欢迎你回汗廷去。我看你还是回去住，让你的队伍驻扎在这里。走吧，我们一起回去！"满都海不由分说，拉着巴尔斯，回过头命令侍卫："牵济农的坐骑来！"

巴尔斯回头在士兵队列里找到察青。察青满脸忧虑，可怜巴巴地看着他，轻轻摇了摇头，眼神里流露乞求的神色，好像在说："千万不要跟她回去。"

巴尔斯征求满都海的意见，说："让察青也一起回去吧。"

满都海看看了察青，不满地垂下眼睛，鼻子里哼了一声。巴尔斯向察青招手，大声喊："大哈敦允许我们一起回去！"察青只好从队列里走了出来，让自己的使女牵来坐骑，和巴尔斯一起跟随大队回汗廷去。

满都海和监国大元帅阿尔苏密谈。"我已经把巴尔斯单独带了回来，你看如何处置他？"满都海抬眼问阿尔苏。阿尔苏迟疑着，不知如何回答母亲的问题。

其实，满都海自己也不知道如何回答这问题。

囚禁巴尔斯？还是秘密处决巴尔斯？她根本拿不定主意。最主要的是她下不了狠心。想她这一生里，杀人无数，可那都是敌人。亲口下令去处决自己的亲生儿子，她断下不了这决心。怀胎十个月生下的亲骨肉，她怎么能狠心下令去处决他？她愿意听一听阿尔苏的意见，如果阿尔苏与他势不两立，如果阿尔苏决心要与他比个高低，他们一定要兵戎相见，那她，一定要当机立断，不能让兄弟相争，影响蒙古的安定团结。

阿尔苏不安地扭动着身体，用手挠着头皮，惶惑地望着母亲，喃喃说："母亲的意见是什么？我听从母亲的安排。"

满都海深深地叹了口气，平静地说："你们都是我的亲生骨肉，我是不忍心看你们中的任何一个有个三长两短。可你应该明白，在你们兄弟二人中，

397

蒙古女雄：满都海皇后

我还是偏爱你的。但是巴尔斯比你能干，比你野心大。他这次带兵前来，用心险恶，简直就是造反。我很恼怒。你看如何处置他才好？我不愿意看到你们兄弟相残，但是我更不能允许你们兵戎相见破坏蒙古的统一和安定。所以，我把他单独带回汗廷，给你一个机会，具体怎么处置，交给你安排。"

阿尔苏急忙说："感谢母亲的厚爱。巴尔斯带兵前来，声称是要替博迪收回可汗位置。他主要是针对我来的，如果我不相让，不知道他会做出什么事情。假如我辞去监国，恢复博迪的位置，我想他就不会再生事端。所以，为了蒙古的利益，我看我辞去监国，恢复博迪的可汗，不给他借口。我不想在兄弟之间兵戎相见叫母亲伤心。"

满都海点头："难得你这么宽厚大度，我真是害怕看见你们兄弟自相残杀。不过……"满都海停顿了一下，站了起来，走下高台，来到阿尔苏的面前，看着阿尔苏，说："不过，巴尔斯的为人，你应该知道，他也许不这么想。万一你放过他，他不放过你，你如何是好？"

阿尔苏想了一会儿说："没有多大关系。有母亲在，他不敢把我怎么样的。我的领地在喀尔喀，实在不行，我回喀尔喀去，他是不会打到喀尔喀的。到是现在和他兵戎相见，即使我们软禁他，或者把干掉，但是他的衮必力克墨尔根和阿拉坦兄弟，已经是驰骋土默特和鄂尔多斯的两员虎将，我们种下仇恨的种子，他们能不为他们的父亲报仇血恨？那将还是蒙古的灾难。"

满都海频频点头："不错，是这样。衮必力克墨尔根和巴尔斯的感情极好，他不会善罢甘休的。万一处置了巴尔斯，那还真要召来我们蒙古的灾难，他们可能更不念什么骨肉情。那你说怎么办？"

阿尔苏苦笑着说："我看，母亲还是和巴尔斯谈判一次，看他具体有什么要求，尽量满足他。我不在乎什么，只要利于蒙古的安定和统一，我愿意恢复博迪的可汗位置。"

"只好先这么办。"满都海说，走回自己的坐榻，"传见巴尔斯！"她大声说。

巴尔斯进到满都海大帐，拜见满都海大哈敦。"起来吧。"满都海平静地说："坐到右边吧！"她指了指右边座位。

满都海坐在高台上的镀金坐榻上，神色凝重。她知道，和济农巴尔斯博罗特的这次谈话越早越好。

"济农这次带兵前来，不知为了何事？能不能说出来，让我了解一下？"满都海开门见山，直截了当地问巴尔斯。

巴尔斯看了看对面坐着的阿尔苏，毫不犹豫，大声说："为了勤王。听说博迪的大汗被阿尔苏取代，我们觉得这不合理。博迪的大汗，是忽里勒台决定的，是先汗的遗愿。谁也没有权力随意改变！"巴尔斯强硬地说，并且抬起眼睛看着满都海，一点都没有退缩的畏惧。

满都海心里有些气愤。他还有脸提先汗？先汗不是你害死的吗？你这么狠心！可是她却不敢提起此事，也不敢为这件事指责他。她只是冷冷地反问："我也没有这权力吗？"

巴尔斯语塞，他张口结舌，半天说不出话来。

满都海不想把场面搞僵，便放缓语气说："这任命阿尔苏为监国，是我的旨意。这原是为了惩罚察青，给博迪一点教训，并没有废掉博迪可汗的意思。你前来勤王，忠心可嘉，只是稍显性急一些。做大事的人急躁不得。"满都海慢吞吞地说。

阿尔苏看着巴尔斯，开了口："三哥济农可能误会了。事情确实如母亲所说，这监国只是临时措施，并没有替代博迪大汗的意思。博迪年纪还小，许多事情没有主见，母亲确实是想给他一些教训，让他更加成熟起来。他的大汗之位，还是他的，没有人抢夺，也不可能有人替代。济农大可不必这么兴师动众劳师远行。不过，济农既然来了，还是像过去一样，在汗廷里多住几日，我们可以陪母亲去围猎，母亲多年没有去围猎了。是吧？母亲？"

满都海微笑着说："是的，有几年没有参加围猎了。自从没有你父亲以后，我就没有这兴致了。"满都海眼睛一红，声音有些哽咽。她突然产生了一种深深的内疚：要是达延汗还活着，她原本可以不用操这心的，他们兄弟还是很听达延汗的话的，可是她把他害死了。

巴尔斯沉默着，什么也不说，只是支棱着眼望着满都海。虽然他知道自己现在孤身一人处于汗廷中，自己的性命就握在满都海和阿尔苏的手中，但是他没有一点胆怯。他的军队就驻扎在汗廷外面，必要时，他们会动手的。他的衮必力克墨尔根能够替代他指挥军队的行动。他的墨尔根战无不胜攻无不克所向披靡。更主要的是，他巴尔斯具有一种天生的不怕一切的本性。

蒙古女雄：满都海皇后

他有一种不要命的野蛮性格。

满都海看着巴尔斯的样子,心里叹着气。这个儿子的野蛮性格经常叫她吃惊。瞧他那副满不在乎的横样,真是没有办法制服他的。满都海微笑着,问:"你说你是勤王,我看你是别有用心吧?"

"什么别有用心?"巴尔斯有些恼羞成怒,"腾"的站了起来,脸红脖子粗,支棱着脖子喊叫,脖子上的青筋都暴露出来。

满都海仰天大笑起来。这笑声,充满自信,充满力量,充满着为自己的正确而自鸣得意的豪气。

巴尔斯被母亲的笑声威慑了,他像泄了气的皮球,慢慢地萎缩了。他慢慢低下眼睛,慢慢坐回座位,慢慢垂下了头。

满都海慢慢收敛了笑声,停顿了一会儿,突然说:"我满足你的心愿,怎么样?"

巴尔斯吃惊地抬起头,望着母亲,满脸迷惘地说:"满足我的心愿?"

满都海肯定地点了点头说:"是的,满足你的心愿。"

巴尔斯惊喜地又从座位上站了起来,把身后的座椅带动着倒了下去,"真的?!"他说话的声音充满急切、期望和不可抑制的惊喜。那声音出卖了他,暴露了他的真实想法。

满都海冷笑了一下:这就是你的所谓勤王。她想。

"真的。"满都海肯定地说,"我满足你的愿望,那你准备如何处置察青?我讨厌她一当皇太后,就摆出一副皇太后的架子,我不愿意她成为皇太后。你说吧,我满足你的愿望,你如何满足我的愿望?"

满都海给巴尔斯出了一个大难题。巴尔斯挠着头皮,不知道如何解决眼前的难题。

"大哈敦想我怎么办?"为难了好一阵,巴尔斯只好反问。

满都海哈敦冷峻地说:"这事要是搁在我年轻的时候,我根本不会原谅她的傲慢和自大。"满都海用手做了个断然的动作。"不过,我还是同情她年纪轻轻就守寡十几年。不管怎样,她都是图鲁的妻子博迪的额娘,看在图鲁和博迪的份上,我不想太为难她。你看着办,我只是不想再见到她。"

巴尔斯又挠着头皮,他的脑海里展开了激烈的斗争。干掉察青? 不,母亲都下不了这决心,他更下不了这毒手。察青妖媚、漂亮、深情的眼睛在他面前闪动,脉脉含情的楚楚动人的。不行! 巴尔斯断然否定自己这荒唐的想法。该怎么办才能叫满都海满意? 从而完成这交易?

"母亲,能不能给我几天考虑的时间?"巴尔斯问。

"当然可以。你尽管在汗廷里安心住下来,什么时间考虑好了,什么时候来答复我。"

满都海慈祥地微笑着,转向阿尔苏说:"大元帅,现在天气这样好,我们安排一次围猎如何? 我确实很怀念我们的围猎。让汗廷里的官员一起去参加。"

见母亲已经安抚了巴尔斯,阿尔苏很高兴,他站起身来,说:"我这就去安排。安排好之后,我们好好围猎,痛痛快快地玩几天。"

走出大哈敦的大帐,巴尔斯想:该去看看察青了,他很想念她。她现在的处境如何? 大哈敦如何处置她? 她安全吗? 一回到汗廷,大哈敦满都海就命令侍卫长把察青带回她自己的大帐,巴尔斯再也没有见到她。

一定要亲自见她一面,巴尔斯一边想,一边向察青的大帐走去。看到察青那绣着美丽图案的大帐,垂着绣着牡丹、梅花的毡帘,巴尔斯心中一阵狂喜。他不由自主加快了脚步,正要过去,从大帐四周走过来几个挎刀的侍卫,拦住他的去路。其中一个严厉地呵斥着:"站住! 不许过去!"

巴尔斯吃了一惊,转而愤怒。他走到他们身边,威严地说:"你不认识我吗? 狗奴才! 我是济农!"

侍卫急忙单腿跪下,说道:"拜见济农!"巴尔斯看也不看他们,抬脚向大帐走去。几个侍卫急忙站了起来,齐齐挡住巴尔斯的去路,说:"济农恕罪! 大哈敦下旨,命令我等守卫这里,任何人不得靠近入内! 还望济农见谅!"

"混蛋! 狗奴才! 居然敢借大哈敦的命令来阻拦济农的行动! 你们想不想活了?"巴尔斯故意大声吵闹着,想惊动大帐里的人。

巴尔斯的努力没有白费。察青大帐的绣花毡帘一掀,走出使女宝日勒代。她代替察青在大帐里装病躺了一个月,人被捂得白胖了许多。

"谁在这里吵闹? 皇太后正在睡觉,搅扰了她,你们谁担待?"她站在大帐前大声说。

侍卫急忙向她拱拳,说:"宝日勒代,不要生气,是我们在这里和济农诺

蒙古女雄:满都海皇后

颜说话,没想到惊扰了姐姐,不要见怪,不要见怪。"

宝日勒代走了过来,向巴尔斯行礼:"济农诺颜,赛白诺!"

巴尔斯急忙小声问:"你女主人可好?"

宝日勒代说:"还好。"

"能不能让她出来见见我?"

宝日勒代摇头说:"大哈敦不让她走出大帐,有人监视着她。"

巴尔斯挠着头皮,想了一会儿,小声说:"过几天要去围猎,我会想办法让她去。告诉她,围猎时注意我的举动。"

宝日勒代点头说:"他们过来了,我要回去了。济农,再见!"她故意高声告辞,急忙返了回去。

趁围猎叔嫂双双逃离

黄羊群在草原上安闲地啃着初冬的枯草。领头羊站在高坡上,一边吃草一边警惕地聆听着周围的动静。它的耳朵不停地向四方摆动着,倾听着身边细微的声响。它时而抬起头,高高的昂起头颅,一动不动地凝视着远方;时而摆动着头颅,侦察着四周草原上的情况。它作为领头羊,有责任保护它的群落的安全。

周围草原很安静,只有清风吹过,卷起枯黄的干草,响起轻微的悉悉索索的声音。蓝天下,盘旋着几只海冬青,它们在草原上寻觅着食物。一只矫健的猎鹰像箭一样俯冲下来,从草丛中叼起一只小野兔,箭一样向高空冲去。远处草原笼盖着四野,只有野兔、野鹿、羚羊群时而出没。

领头羊美丽的眼睛看了看它的同伴,它们都专心啃吃着牧草。一切都很平静。它放心地低下头,继续啃吃着干枯却还有汁液的牧草。天气已经冷了,很快就要有大雪覆盖住草原,到那时,它们就吃不到这么肥美的牧草了。它们需要在大雪到来之前,拼命多吃一些干草,让干草在体内转化为脂肪,去抵御大雪纷飞季节的严寒和饥饿。

领头羊机警地又一次抬起头,一动不动地凝望着远处,美丽的大眼睛转动着,竖起耳朵。它好像听到远方传来阵阵踏地的马蹄声。可是当它谛听时却又什么也听不见。围猎的蒙古人十分狡猾,它知道他们的一切把戏。

蒙古女雄:满都海皇后

要提高警惕,它告诫自己,继续努力谛听。

在等候鹿群和羚羊群的长期埋伏里,蒙古人和一切游牧人一样学会了各种狡猾的捕猎手段。他们在他们的阵地之前安置好一道无声的和看不见的侦察线,他们躲在那看不见的侦察线上窥探着猎物。当他们窥探到猎物出现,他们就会突然从埋伏地跳了出来,快马轻骑,从两翼包抄过来,把猎物包围到他们的埋伏圈里。他们几乎是齐头并进,把猎物紧紧包围起来,把猎物从草丛中追赶出来,撵到开阔地带。弓箭手射出如飞蝗一样密集的箭簇,张皇失措的猎物纷纷倒下。没有被射中的猎物继续奔跑逃亡,终究还是被包抄过来的围猎人捕获。这种围猎,是黄羊、青羊、羚羊、鹿群的毁灭性捕获。草原野生动物的许多种群都是这样被消灭的。

领头羊走上高坡高处,昂起长长的脖颈高高的头,瞭望远方。草丛里的鼯鼠不知什么时候,从地洞里钻了出来,它们站立起来,昂着头,长长的耳朵灵活地转动着,倾听着周围的动静。鼯鼠好像发现了什么,发出尖锐的叫声,迅速放下前爪,全都迅速缩回地洞。

好像确实有动静,领头羊想。还是躲避一下为妙。三十六计,走为上。领头羊向它的部落发出一声呼唤。草丛中吃草的黄羊全都抬起头,美丽的眼睛注视着它们的首领。领头羊又呼喊了一声,抬起四蹄,跑下高坡,向东方跑去,所有的黄羊全都跟随着领头羊奔跑起来。

突然,在它们奔跑的方向,传来一阵响亮的牛角号声。草原草丛里窜出凶恶的牧羊犬,吐着鲜红的舌头迎面跑来。趴伏的蒙古士兵和蒙古马从草丛中跃起,他们在大纛旗的指引下,形成一个半圆形的队形以迅雷不及掩耳的速度迅速包抄过来。

领头羊大吃一惊,急忙掉转方向,向西方奔去。蒙古士兵的飞蝗般的飞箭射中了它的一些同伴。它的群落张皇失措四下逃窜。领头羊悲叹一声。这一慌乱,正中了蒙古围猎人的奸计。慌乱了的兽群,将是围猎人个个射击的好对象,蒙古人围猎的威力就在这里。它已经没有回天力量,只有独自逃窜保命去了。

满都海大哈敦驰骋着,追赶着四散逃窜的黄羊,心里真高兴。这是她惯用的围攻战术。这战术是她的祖先成吉思汗习惯使用的。她所追击的敌人经常如眼前这四下逃窜的黄羊,她从两翼把他们包围在中间,他们被机动骑

蒙古女雄:满都海皇后

403

兵的突袭和奇袭惊吓得张皇失措、四下逃窜,然后她就率领着她的士兵一个一个去消灭他们。她那些可爱的蒙古神射手可以在四百米外射中他们,百发百中。假使她的敌人有力量能够抵抗,她的蒙古骑兵则不坚持,让队伍自行分散,好像被打败四下逃亡。当敌人松弛了他们的警惕,她却率领着她的蒙古铁骑却突然从四面集结起来,回过头追击上来,把敌人围堵起来全部消灭。她最喜欢迷惑敌人,让他们去追击假装撤退的蒙古骑兵,那么敌人是自投罗网,追击的敌人会在没有路的草原上迷失方向,走进自己的蒙古骑兵的埋伏圈,在那里,他们将被包围起来,像眼前这黄羊一样被打死,被砍杀。假如把敌人诱到比较远的地方,射箭不能解决战斗时,她便命令中央的骑兵挥舞着蒙古弯刀向前冲锋,砍杀全部敌人。她率领的队伍忽而出现,忽而消失,在敌人没有意料的时候,突然包围过来,展开围攻,封闭了四界,在死一样的沉寂中马蹄小跑,包围过来,没有呐喊,只看大纛旗指引方向。忽然间,他们发起冲锋,所有的蒙古士兵都呼啸着、呐喊着,发出地狱一般的喊叫,向敌人直冲过去。这种围猎式的战术使敌人疲乏、恐惧、精疲力竭,终于被大规模的屠杀。

满都海回味着过去的战役,回味着以往胜利的喜悦。

察青终于被允许参加围猎。她在马上寻找着巴尔斯。在汗廷里,她没有机会见他。围猎发动时,她到处张望。终于,她看到巴尔斯的白马坐骑。察青的心跳了,现在她的希望、她的生命都完全寄托在巴尔斯身上。

一定要去见他,察青想。她回头看看满都海。满都海在侍卫的簇拥下正在专心致志地追赶一头黄羊。察青看看周围。所有的人都正吆喝着打马向草原中间地带包抄过去,准备包围中间地带的黄羊群。没有人注意她,察青勒住马,慢慢退出围猎的队伍,向巴尔斯靠拢过去。

巴尔斯也拍马赶了过来。他高举着弓箭,向察青摇晃着打了个招呼。这时,所有的人都在追赶着各自选定的目标,没有人注意他们。巴尔斯和察青一前一后向围猎场外的一个敖包奔去。

他们奔到敖包的后面,同时下马。巴尔斯接过察青的马缰绳把马拴在一块大石头上。察青从巴尔斯身后紧紧抱住了他,把自己的脸紧紧贴到他宽厚的脊梁上。巴尔斯拴好马,回转身体,把察青一把搂进自己的怀抱里。

两个火热的嘴唇紧紧贴到一起。

察青喃喃说道："巴尔斯,可想死我了。"巴尔斯也说："想死我了。"察青从巴尔斯的怀抱里挣脱开来,搂着巴尔斯坐到干草地上,着急地问："大哈敦准备如何处置我?"

巴尔斯摇了摇头说："大哈敦很宽容,没有想把你怎么样。"

察青摇头说："我不相信,她不会放过我的。我一回来就等于被软禁起来。我的使女已经被她的侍卫带走了,现在生死不明。她现在是怕你和你的军队,所以暂且忍耐着,没有对我怎么样。等你一撤兵,我恐怕就性命不保了。"察青说着,双眼垂泪。巴尔斯心头一热。他正准备把大哈敦的谈话告诉她,但是转念一想,又把到嘴边的话咽了回去,不能告诉她实情。

"大哈敦如何对你?她没有为难你吧?"察青任巴尔斯替她擦干脸上的泪水,关切地问。

巴尔斯摇头说："她对我很好,我毕竟是她的亲骨肉嘛。"

"那你现在准备怎么办?你独身一人在汗廷,军队驻扎在外面,恐怕是难以有所作为了,我的博迪看来没有指望了。"说到这里,察青控制不住自己的感情,放声大哭起来。

察青的痛哭,哭乱了巴尔斯的决心,动摇了他自己取代博迪的想法。巴尔斯急忙把她搂进自己的怀抱,用嘴唇舔着她的泪水,说："不要哭,小心被人听到。他们还在那边围猎,万一被他们发现我们不在,就会来寻找的。"

察青收敛了自己的哭声,问巴尔斯："你准备怎么办?还打算不打算逼大哈敦恢复博迪的汗位?"

巴尔斯迟疑着,没有立刻回答。

察青看着巴尔斯迟疑的样子,眼泪又像喷泉似的涌了出来。她痛哭着,一边哭一边数落着："看来济农变卦了,我的博迪没有希望了。济农啊济农,你骗了我。"

巴尔斯把察青搂进自己的怀里,说："你不要这么说嘛。谁说我变卦了?我当然还要恢复博迪的汗位。不过,你想想,大哈敦那么专权的人,你马上让她自己宣布恢复博迪的位置,不是等于让她自己承认她的决定是错误的吗?她肯这么干嘛?"

察青摇了摇头,说："她才不会这么干。她绝不承认自己有错。"

蒙古女雄:满都海皇后

"是啊,这么一来,可能会叫她死不认错。我想,要想个办法,给她一个下台的台阶,让她不难堪,能够保存她的面子。这样,她才不会为难你,不会坚决与你作对。你说呢?"

察青点头。"有什么办法呢?"她仰起脸,信任地问。

巴尔斯想了想,说:"我暂时也想不出什么好办法。"

察青说:"我想,你还是先回到自己的军队,才有主动权。要不,你会被大哈敦软禁起来,像博迪一样,那就没有任何办法可想了。"

巴尔斯看着察青:"你说得对,要想逃离汗廷,只有现在这一个机会。走,我们马上动身。"巴尔斯拉起察青,"走,我们走。"

察青犹豫着,说:"我逃离汗廷,对博迪会不会有危害?"

巴尔斯声色俱厉,催促着:"现在顾不得那许多了。我想大哈敦不会加害博迪,她很亲这长孙的。我们还是快走,一会儿被发现,想走也走不脱了。"说着,站起身,解开马缰绳,自己翻身上马。他把马缰绳递给给察青,催促着说:"快上马吧,你听,那里的围猎已经快结束了,他们马上就会发现我们不见了。草原这么开阔,他们很容易看到我们,等他们追了过来,我们就跑不脱了!"说着,巴尔斯双脚一夹白马马肚,白马腾起四蹄,飞奔起来。察青顾不得多想,急忙翻身上马,跟随巴尔斯奔驰而去。

拉网似的围猎队伍慢慢合拢在一起。惊慌的黄羊群已经被追逐得十分疲乏、恐惧,四下逃窜,被围猎的队伍包围着,然后一只一只被射杀。汩汩的鲜血从倒毙的黄羊身上流了出来,染红了干枯的牧草。刚才还活蹦乱跳的领头羊也躺在枯草中,大睁着无神的眼睛,望着湛蓝的天穹。身上插着利箭,身下淌着一道鲜血的小流,染红了枯草。

满都海大哈敦在马上欢笑着,吆喝着阿尔苏和其他将领收拾战利品。同时,她向四处张望着,问阿尔苏:"巴尔斯呢?"

阿尔苏在马上说:"他不是一直跟随着你吗?"

满都海继续寻找着,"是啊,刚才他还在我的身边呢,怎么一下子就不见啦?你们谁见济农了?"满都海问身旁的将士。大家都摇了摇头。骑马追逐野兽,大家都奋力争先,谁也无暇顾及其他人的动静。

"坏了!"满都海咬着嘴唇,低沉地呻吟了一下,说:"他跑了!察青呢?"

她在马上寻找着察青。"你们谁看见察青了?"满都海问。将士又摇头。

满都海紧紧皱起了眉头:他们一起逃跑了!

"我去那边找找,也许他们在那边。"阿尔苏说着,打马向敖包方向跑去。

满都海望着阿尔苏的背影,等待他回来报告好消息。

他们跑掉了,他们逃离了汗廷,回到他的军队中去了。内心的直觉告诉她,他们不会在那边的人群里。

好你个巴尔斯!没良心的羊羔崽子!满都海心里骂着。

果然,阿尔苏摇着手跑了回来:"他们不在那边!"阿尔苏喊。

满都海的眉头皱得更紧了。她阴沉的脸色告诉阿尔苏,事情不大妙。

"赶快收兵!"满都海命令阿尔苏。

辽阔的草原上空响起了雄浑的牛角号声,向远方传去,宣告着这残酷围猎的结束。

子发兵逼母让大权

"到了!"马背上的巴尔斯看到自己的营帐,高兴地说。察青回头看看草原上,没有看到追兵,她这才长长舒了口气。

巴尔斯跳下马背,把马交给护兵,和察青一起走进大帐。"你准备怎么办?"察青问巴尔斯。巴尔斯摇头,"我还不知道该怎么办。总之,私自逃离汗廷,肯定是惹大哈敦非常气愤了。"

察青说:"事已至此,济农还是要当机立断,当断不断,优柔寡断,可能要招来杀身大祸。也许大哈敦开始要组织队伍进攻你了。"

巴尔斯点头,说:"看来,只好孤注一掷了。"他转身命令:"去!传令叫各千户长们集合部下!"护兵得令跑了出去。不一会儿,营地里响起响亮的呜呜的牛角号声。披甲的队伍立刻集结起来。

巴尔斯立即披挂起来,走出大帐,翻身上马,挥舞着弯刀对集结起来的士兵命令:"立即出发!向汗廷进军!"具有绝对服从天性的蒙古士兵,立刻翻身上马,向汗廷驰骋而去。

巴尔斯的队伍包围了汗廷的斡耳朵,派使者进了汗廷。

盛装的满都海高坐在大汗大帐的镀金龙床宝座上，右边坐着阿尔苏。已经发福的满都海更显威风凛凛。满都海没有想到巴尔斯来得这样快，她还在犹豫着要不要派使者去科尔沁几个部搬救兵，巴尔斯都已经包围了汗廷斡耳朵。满都海虽然有些惊慌，但是依然控制着自己的情绪。毕竟对手是儿子不是敌人，她还不惊慌失措。

"带进来！"满都海命令侍卫长。

使者进来，甩掉马蹄袖，双腿跪下，参见满都海。满都海冷然问道："你的统帅有什么话要说？"

使者抬起头，响亮地说："统帅要我转告大哈敦，他发兵前来，没有造反的意思，只是想敦请大哈敦恢复博迪的大汗位置，撤消监国。只要大哈敦做到以上两点，统帅就立刻撤军，绝不会扰乱汗廷。"

"要是我不答应呢？"满都海面若冰霜，压低声音问。

"统帅说，要是大哈敦不答应，他就指挥军队，长期包围汗廷，直到大哈敦答应为止。"

满都海拍案而起，大声怒斥："反了他！不肖子！告诉他，我绝不答应他！"

使者喏喏，起身正要退下。满都海却放缓了语气，说："你回去转告他，我还是答应他原来的条件。"

巴尔斯在自己的营帐里等待使者带回消息，察青紧紧跟随着他。

使者走进大帐，单腿跪下。

"大哈敦怎么说？"巴尔斯走到使者面前，着急地问。

"大哈敦坚决不同意统帅提出的条件。"使者回答。

巴尔斯和察青对视了一下。

"大哈敦还说什么？"巴尔斯又问。

"大哈敦说，她还是答应原来的条件。"

巴尔斯沉思着，挥手让使者退下。察青拉住巴尔斯，急切地追问："原来的条件是什么？"巴尔斯没有回答，自己挣脱察青，在大帐里走来走去，脑海里剧烈地翻腾着。果然如自己所料，母亲坚决不答应，也不怕自己的军事威胁。自己该怎么办呢？果真长期包围汗廷？还是打进汗廷去，占领汗廷？

他问自己。不行的,他在心里否定自己。他只能借包围来要挟母亲,但是他绝不可以长期包围汗廷。他的其他兄弟听说消息以后,一定会立刻发兵前来救驾,他抵抗不了那么多的兵力。再说,他的儿子阿拉坦也不会同意他打满都海大哈敦的。这儿子可是一员虎将,连他都惧怕他一分。他需要很快决定自己的战略,否则,会有大麻烦的。儿子衮必力克墨尔根和阿拉坦兄弟都在鄂尔多斯,他是瞒着他们偷偷起兵的。万一他们听到消息回到土默特的后院里搞出什么事情来,他将是有家不能归了。

巴尔斯走来走去。察青的目光紧张地追随着他,心里很焦急,也很忐忑。她很想知道大哈敦所说的原来的条件是什么,可是又不敢过于追问。这些蒙古汉子都很暴躁,说变脸就变脸。

大哈敦答应原来的条件,巴尔斯想,答应她?说我同意?这可是自己当大汗的好机会。全蒙古的可汗,这多诱人啊!自己不是也曾梦想过、羡慕过吗?当时对大哈敦的食言不是也曾耿耿于怀吗?现在为什么不趁此好时机去实现自己的愿望呢?

对!就怎么办!答应大哈敦的条件!

巴尔斯用右手攥着的拳头在自己的左手掌里狠狠砸了一下,下了决心。"来人!"他朝站在门口传令官喊,"传使者来!"

使者急忙进来。巴尔斯说:"去见大哈敦,告诉她,我答应她原来的条件!"

"什么条件?你答应大哈敦什么条件?"察青急忙追问着。巴尔斯没有回答。轻轻揽住她纤细的腰肢,甜蜜地微笑着说:"没什么,没什么,你放心好了。"察青满心狐疑地看着巴尔斯。

满都海大哈敦让使者退下以后,自己和阿尔苏商量着。满都海忧虑地问阿尔苏:"你看这该怎么办?巴尔斯答我的条件,由他做可汗,你觉得怎么样?"

阿尔苏说:"我知道大哈敦的难处。大哈敦尽管放心,我一切听从母亲的安排。母亲不愿意让博迪当可汗,主要是为了不恢复察青皇太后的身份。可是巴尔斯又逼宫太紧,看来只有让他当可汗这一个办法,既可以叫母亲满意,又可以叫巴尔斯满意。这是唯一两全的办法。"

"只是委屈你了,你的职务是要取消了。"满都海有些怜悯,目光忧郁地看着阿尔苏。

阿尔苏勉强笑着,说:"母亲说哪里去了?只要汗廷没有意外,我没有什么委屈的。只是巴尔斯这样逼宫有些过分!"阿尔苏有些气愤。

满都海亲昵地拍着阿尔苏的肩膀,"真是我的好儿子,孝顺儿子。巴尔斯有你这样的品格就好了。"她沉默了一会儿,说:"那就传旨,让巴尔斯代替博迪即可汗位吧。另外,对外就说博迪身体不好,年纪幼小,暂时不适宜管理国事。"

阿尔苏勉强地笑着,答应着。沉默了一会儿,他说:"我想,我还是赶快离开汗廷,回喀尔喀去。我离开喀尔喀也太久了。"

满都海尖锐地看了看阿尔苏,缓慢地点了一下头,慢慢说:"也好,你先回去吧。"她不再说什么。阿尔苏看着满都海,好像下了决心似的,语气坚定地说:"我现在就走。"

满都海有些忧郁地问:"你不等巴尔斯即位以后再走?"

阿尔苏摇头:"不!我要立刻动身!"

"也好!早回早办事!我这里传旨让巴尔斯即位。汗廷要立刻安定才好。"

无望皇太后察青欲自裁

巴尔斯高高兴兴,带领着自己的侍从,回汗廷去拜见大哈敦满都海,然后举行即位大典。汗廷里张灯结彩,阵阵鼓乐声,宣告新可汗即位的鸣鞭声,都传进斡耳朵外巴尔斯驻军的营帐。

察青在自己的营帐里痛哭流涕。巴尔斯即位当了可汗,她不知道是高兴还是失望。自己的儿子博迪没有恢复汗位,她的皇太后的身份也就成了泡影。没有想到,巴尔斯口口声声答应自己的事,却原来只是实现他自己野心的一个借口。

为什么会是这样?她哭诉着。博迪被软禁在汗廷里,不知是死是活?她连一面都见不到。她自己被阻在汗廷之外,不能进入汗廷。也许以后连巴尔斯也见不到,她以后的日子可怎么过?

察青埋头在卧榻上哭诉,她的使女宝日勒代在一旁劝慰:"主子,不要哭坏身体。留得青山在,不怕没柴烧,主子只要讨得巴尔斯可汗爷的欢心,还是有享不尽的荣华富贵。"

"有什么荣华富贵?荣华富贵对我有什么用处?我见不到我的博迪,我恢复不了达延汗的愿望,我有什么脸面?我上不能为父母祖先雪耻,下不能为儿子挽回属于他的可汗位置,我算什么人啊?"察青哭泣着,诉说心头的创伤和痛苦。

"为什么大哈敦就容不下我?"察青站了起来,跪到翁衮面前,"长生天啊!为什么?为什么我的命这样苦?大哈敦?为什么你就这样狠心?杀了我的父亲,灭了我们的部落,还容不下我?"

宝日勒代搀扶起哭泣不止的察青,替她擦干眼泪。察青对宝日勒代说:"替我梳妆打扮打扮,我今天还没有打扮呢。"

宝日勒代为察青摆上梳妆台,把梳妆镜打开,为她解开发辫,替她梳头。使女要给她编起两条发辫,她却制止了她,说:"编成十几条小辫。"这是蒙古姑娘的发式,也是瓦剌妇女喜欢的的发式。宝日勒代听话地为她梳理着头发。十几条黝黑的小发辫垂到了脑后肩头,察青对着镜子甩来甩去,好像回到了当年少女时代,回到她自己的瓦剌的家里。宝日勒代从箱笼里拿出几顶姑姑冠,供她挑选。她指着那顶镶满宝石和珍珠的银姑姑冠,说:"就这顶吧。"这是巴尔斯送给她的。宝日勒代把她的辫子收拢起来,塞进姑姑冠。察青对着镜子照了照,说:"把辫子从姑姑冠里取出来,让它们垂在肩头脑后,这样好看一些。"宝日勒代照着她的指示办。戴好姑姑冠,察青又端详着镜子里的自己。姑姑冠银光闪耀,珍珠宝石闪烁,顶上的大红宝石发出耀眼的光芒。垂下来的珍珠、宝石、璎珞叮当清脆,光彩闪闪。可是姑姑冠下没有涂抹脂粉的脸略显苍白,需要脂粉装点一下。

"拿脂粉来。"她对宝日勒代说。

宝日勒代拿出胭脂官粉。察青对着镜子仔细地匀着。镜子里的她,还是那样明媚动人,白皙,红润,眼睛明亮,充满魅力。她久久凝视着镜子里的她,一动不动。这么美丽动人的她要到哪里去呢?她问自己。

站在察青身后的宝日勒代,望着镜子里沉思的察青,连大气也不敢出,只是泥塑木雕般地呆站着。大帐里静得没有一点声音。

"替我换衣吧。"很久，很久，察青才小声说。

宝日勒代急忙从箱笼里取出她的各色绸缎蒙古袍，供她挑选。这些衣服都很漂亮，橘黄色，湖蓝色，嫩绿色，桃红色，玫瑰色，全是她喜欢的颜色。她穿哪一件上路呢？

察青拿起每一件色彩艳丽的服装，在自己身上比试着。最后，她选定了那件巴尔斯送给她的嫩绿的锦缎袍子，外罩上橘黄的锦缎比肩，忽必烈大哈敦察比设计的样式，把自己打扮起来。宝日勒代为她系上腰带。

"皇太后真漂亮！"她赞叹着。

"是吗？"察青苦笑了一下，在镜子前扭动着身躯，欣赏着自己的身姿。是的，确实很漂亮。她的身段颀长窈窕，站在镜子前，还是那般亭亭玉立，好像姑娘一样苗条，没有蒙古妇女的臃肿、肥胖和健壮。

察青很有点舍不得自己。这么年轻，这么漂亮，是不是不该这么早就走？

她动摇了自己的决心。可是，活着又有什么意义呢？那可恶的满都海，她容不下自己。活着忍受屈辱，何必呢？

察青慢慢合上镜子，来到大帐哈那上，取下上面张挂着的弓弦，慢慢走到大帐帷幕后面的卧榻上。"你出去吧。"她对跟随身后的宝日勒代说。

宝日勒代满怀狐疑地看了看她手中的弓弦，慢慢退了出去。

巴尔斯退了朝，兴冲冲地回到斡耳朵外的军队营地。他如今已经是全蒙古大汗，这威风已不是当年的他了。他回来是要把察青安置好。大哈敦满都海坚决不允许察青回汗廷去，他不能不服从。但是他舍不得察青，他需要她，需要她的销魂的双修术，那双修术给他力量和活力。

巴尔斯已经想了个万全之策。把察青就留在汗廷外这营地里，这里做他的行宫。土默特的福晋暂时还留在土默特，等以后正式册立大哈敦时再说。

巴尔斯把自己的白马交给侍卫长，自己穿着可汗的答纳都纳石失质孙服，戴着可汗的宝顶金龙冠笠，威风凛凛、神气活现地走进察青大帐。他希望察青和他共同分享他的幸福和喜悦。

侍卫替巴尔斯掀开毡帘。

"察青！察青！"巴尔斯急不可耐地呼喊着,寻找着察青。

察青没有坐在她的坐榻上。她在哪里?

巴尔斯冲到帷幕后面。察青躺在卧榻上,脖子里绕着一根弓弦,舌头吐在嘴唇外面,还在轻微地抽搐着。

巴尔斯吓得魂飞魄散,扑了上去,用手拽住弓弦。"来人啊！"他大声喊。使女和侍卫都涌了进来。大家七手八脚把察青脖子里的弓弦慢慢解开。好在弓弦还没有缠绕得太紧,时间也还不长,察青的胸脯还在微微跳动。巴尔斯解开察青的衣服,让她平躺着。

察青慢慢睁开了眼睛,巴尔斯的朦胧模糊的脸面渐渐清晰起来,察青认出了巴尔斯,她无限幽怨地看了他一眼,又闭上了眼睛。

"察青,你这是干什么啊?"巴尔斯双眼垂泪,紧握住察青的手,问。

察青长长地叹了口气,慢慢睁开眼睛,声音微弱地说:"你为什么要救我啊?让我离开你,有多好。我已经活够了。"

巴尔斯说:"你看我已经是全蒙古的可汗,我会给你享不尽的荣华富贵,你这是干什么啊。"

察青别转脸,不想再看巴尔斯。他已经欺骗了她一次,她不愿意再上他的当。

"什么?察青想自尽?"满都海慢慢地啜着奶茶,慢吞吞地问着前来报告的总管,"什么时候?昨天?死了没有?没有?"

满都海和总管有一搭没一搭地说着。

"罪过！罪过！"满都海放下奶茶碗,很不屑地说,"丹巴增措,你说,佛爷对这种罪过有什么惩罚?"

喇嘛丹巴增措恭腰曲背上前,回答大哈敦的问话。自从随阿伊古丽来到蒙古汗廷,他就一直留在这里。阿伊古丽死了以后,他回到西藏一段时期以后,又来到汗廷,满都海大哈敦把他留在身边。近来,大哈敦满都海更是经常召他到身边,询问一些佛教道义。

喇嘛丹巴增措赔着笑脸说:"这种行为要受到佛爷的惩罚。这种人死后要下地狱,受十八地狱的折磨,下刀山,入火海,被油炸,永远不能超生。"

满都海的脸上流露出些微的恐怖。丹巴增措急忙说:"大哈敦不必担心，地狱魔鬼只惩罚那些不相信佛祖的人。"

满都海转过脸，问侍卫长："可汗现在可在大帐？"

侍卫长回答："可汗出了汗廷，到他的驻地去了，还没有回来。"

满都海大哈敦很生气地说："胡闹！可汗怎么可以这么随便出去？不像话！"她想了一下说："我们派出去到各部传达新可汗登基消息的人都到了没有？"

侍卫长掐着指头算了一算，说："都走了四天了，估计已经到了。"

满都海说："阿尔苏也快到了，但愿他们都服从这决定。咳！我是老了，实在不想再看到汗廷有什么变故了。只希望巴尔斯能够管好这蒙古，让我过几天清闲日子。跟着丹巴增措喇嘛，学习一下佛教，修修来生，就心满意足了。"

丹巴增措急忙凑上去说："大哈敦这么看重奴才，奴才一定尽心尽力，为大哈敦服务。"

侍卫长也说："大哈敦尽管放心，各部的台吉诺颜都是大哈敦的儿子，他们一定会遵从大哈敦的旨意的。"

满都海却直摇头，"难说啊。成吉思汗圣主的子孙，都不是省油的灯，不是那么听话的。分家以后，这各自都独立了，好像这蒙古的约束力就不大了。人人都怀着野心，这野心一旦膨胀起来，谁知他们会做出什么事情？难说啊！人心叵测，儿子也不一定听老子的话！我们蒙古人啊，也有这窝里斗的习惯，也许分家分坏了。"满都海说着，不断地叹息。

"走，我们去看看博迪。"满都海叹息了一会儿，想起什么似的，站起身，说。

博迪在自己的大帐里，巴可什正在教他学习《蒙古秘史》和蒙古札撒。博迪有些困倦，打着哈欠，站起身，在大帐中走来走去。他故意走到门口，想用手掀开毡帘。巴可什急忙大喊："博迪可汗，别出去，大哈敦不让你迈出大帐一步！要不，她又要叫人惩罚你啊！"

博迪只好放下手，走了回来。这种被囚禁的日子已经过了好长时间，他多渴望走出大帐，到草原上驰骋，去额娘大帐里给额娘请安，同时和额娘亲热一会儿，在额娘面前撒撒娇。可是，大哈敦祖母却不允许他出去。他曾经

蒙古女雄：满都海皇后

趁巴可什不注意,偷跑出去几次,可总是被外面守卫带了回来。有一次被大哈敦满都海祖母撞见了,被她狠狠敲了一顿脑壳,差点被她用牛皮鞭抽屁股。那可是疼极了的惩罚,他害怕这惩罚。

博迪从哈那上取下弯刀,在大帐里挥舞起来,发泄自己的愤怒。他不明白满都海大哈敦为什么取消了他的可汗,还把他关在大帐里。他很生气,可是又没有一点办法。

博迪挥舞着大刀,嘴里喊着杀啊杀的,到处乱砍。挥舞了一顿,他觉得有些疲劳,把刀挂回原处。

巴可什说:"可汗,该学习了,一会儿大哈敦就要来检查了,小心惹她不高兴。"

博迪磨磨蹭蹭,慢慢踱到几桌前,嘟囔着:"我还不高兴呢。"

巴可什笑着:"你是个小孩子,不高兴也要听话。"

巴可什等博迪坐了下去,拿出蒙古札撒,说:"今天学习札撒,这是圣主成吉思汗为我们蒙古制定的规矩,每个蒙古人都要遵守的。你给我背诵一下昨天学习的那一节。"

博迪哼唧着背诵。

"不错嘛,博迪。"满都海走了进来,大声夸赞着。

巴可什和博迪急忙站了起来,跪下向大哈敦请安行礼。满都海走到博迪的座位,坐到右首,拉着博迪,慈爱地问:"学习进步了没有?"博迪说:"当然进步了。大哈敦,什么时候叫我出去?我都快要闷死了、憋死了。"

满都海宽厚温和地笑着:"只要你好好学习,掌握了一个做可汗的本领,我就叫你出去,还叫你做可汗。"

"真的?什么时候?"博迪仰脸看着大哈敦,不大相信地问。

"真的,快了,再过几天吧。"满都海抚摩着博迪的头,说。

博迪还有些不相信,他睁大吃惊的眼睛,又问:"可是真的?祖母不是骗我吧?总说是快了快了,却总不见让我出去,我都快憋出病来了。"

"只要你保证以后能够事事听我的话,我就很快让你出去做可汗。怎么样?博迪?以后听不听祖母的话?"

"听!一定听!"博迪恨不得立刻飞出去,急忙说,"要是祖母不相信,我可以跪在翁衮面前向长生天发誓!"博迪现在只有一个心思就是要赢得祖母

蒙古女雄:满都海皇后

的信任,好走出这牢笼一般的大帐。

"不必了。小孩子还是不要乱发誓的好。"满都海笑着说,"你再好好学习几天,我就会让你出去当可汗。不过,你一定要学会管理、治理蒙古才行,这样,我和你爷爷才放心。"

"我会的,巴可什已经教会我许多治理蒙古的知识,从《蒙古秘史》和札撒里,我也学到许多治理蒙古的知识。"博迪自豪地说。

满都海笑了。不过笑容有些苦涩。

母迫子放弃汗位

满都海大哈敦的侍卫长进来通报:"阿尔苏大元帅求见大哈敦。"

满都海大吃一惊,他不是回喀尔喀去了吗?怎么又回来了?她的心一沉,发生什么严重事情?她直觉地意识到阿尔苏一定带回了重要情报。

满都海站了起来,走到大帐中间,等待阿尔苏。

阿尔苏屏退了所有的人,有些紧张地对满都海说:"大事不好了。我从科尔沁部听说,五弟、六弟几个对巴尔斯接替可汗之位极为不满,他们几个已经互相联合起来,正在指挥军队向汗廷赶来,他们打出旗号是推翻巴尔斯。他们说,如果巴尔斯当可汗的话,他们不服气。他能当,我们个个都能当!他们说,父亲定的规矩是给图鲁和他的后裔,其他人不能当可汗。如果巴尔斯破坏了这规矩,他们个个都想破坏,只好靠武力来解决。我害怕蒙古大乱,急忙赶回来给母亲报信。母亲,你要赶快想办法,要不蒙古大乱的局面马上就会出现。如果我们兄弟互相打起来,这蒙古国恐怕是要……"阿尔苏没有说下去。

一向镇定的满都海也有些慌张起来,说:"真有这么严重?"

"哎呀,母亲,都到了这种时候,你还不相信我?不是这么严重,我为什么不回喀尔喀去?"阿尔苏满脸着急和忧虑,"听说他们已经集结起军队了,大概几天以后就可以到汗廷。"

"他们想怎么办?"满都海站了起来,走到阿尔苏的面前,疑惑地看了看阿尔苏,问:"你说他们想干什么?"

阿尔苏掉转目光,不愿正视满都海锐利的目光,口气有些游移,吞吞吐吐说："他们也不想干什么。他们说，只要巴尔斯让出可汗的位置，他们就退回去。"

满都海锐利的目光一直逼视着阿尔苏，口气有些嘲弄地问："让出来，给谁？你？还是老五、老六？"

阿尔苏语塞了。

满都海摇了摇头，垂下头，慢慢地踱回自己的座位。她看着阿尔苏，说："不管给谁，另外的弟兄都会闹事的。是不是，阿尔苏？给了你，巴尔斯闹事。给了老五，老六闹事。总之，这兄弟情谊已经被可汗的权势完全破坏了。也罢，你让我想想，看到底给谁合适。"说着，她挥挥手，说："你先回去休息吧。不过，不要让巴尔斯知道你回来。要不，他可能比你还无情！"

阿尔苏答应着，退下。

满都海陷入深深的痛苦之中，怎么会这样？她该如何处理眼前这新情况？告诉巴尔斯？他会不会铤而走险，和兄弟们打起来？要是这样，她毕生为之奋斗的统一的蒙古马上就会分崩离析，这是她宁愿死也不愿意看见的局面。只有寻找一个折中的方法，让几个儿子都找不到理由来反对。

"巴尔斯，你可要听话啊！"满都海心里说，"要不，你可不要怪我无情。我要为大蒙古国的利益着想，顾不得母子之情了！"

巴尔斯按照每日的习惯，前来给母亲满都海大哈敦请安。满都海满面笑容，接受了巴尔斯的跪拜。"起来吧，可汗。"满都海说，指了指旁边的座位，叫巴尔斯坐下。

巴尔斯见满都海大哈敦满脸红光，满面慈祥的微笑，心想：今天大哈敦心情不错，可以借机把察青的事情说出来，请求大哈敦的原谅和赦免，让她回到汗廷来和博迪团聚。

巴尔斯看着满都海大哈敦，正要说话，大哈敦却先开口说："巴尔斯，你可知道，你的四弟带来一个惊人的消息？"

"什么惊人消息？阿尔苏不是已经返回喀尔喀去了吗？"巴尔斯很惊讶地问。心里想：母亲还在控制着汗廷，这些事情，自己居然不知道。

满都海微笑着，心平气和地说："他听到一个惊人的消息，就返回来报告我。你看，他多为我们大蒙古国的利益着想啊。"

巴尔斯心里很不高兴,却也不便发作,只是嘿嘿冷笑了一声,算作对母亲的答复。"什么惊人的消息?"他嘟囔着又追问一句。

满都海站起身,走到帷幕前,从帷幕缝隙里看了看。后面侍卫长布置的刀斧手一个个都手按弯刀,虎视眈眈地站立着,等待她的命令。

满都海放心地走了过来,把手轻轻按到巴尔斯的肩头,慢慢而温柔地说:"巴尔斯,你知道我一向偏爱于你,为了我的偏爱,阿尔苏和其他弟弟都有意见。我把济农给了你,你知道,这本应该给乌鲁斯的。现在,我又按照你的条件,把应该给博迪的可汗位给了你,你是不是应该报答我的偏爱?"

巴尔斯不知道满都海要干什么,只好含含糊糊地哼着。

"现在,额娘遇到一个大难题,要请你帮助解决,不知你有没有孝心为额娘排忧解难?"

巴尔斯有些不耐烦,他把眼睛一瞪,粗声粗气地说:"大哈敦,你不是说有惊人消息吗?怎么又扯远了话题?"

满都海还是不急不躁,慢慢地说:"你先别着急,我这就会说到正题上的。你先回答我,你愿意不愿意替我排忧解难?"

"需要的话,我当然愿意为大哈敦排忧解难。"巴尔斯嘟囔着,似乎很不情愿的样子。

满都海大哈敦轻轻摇了摇头:这儿子,看来是不好商量的。

"你好像不大愿意?是不是,巴尔斯?"满都海微微提高声音,但是语气已经变得有些严厉了。

巴尔斯心中有些纳闷:大哈敦生气了?为什么?她今天到底要说什么?要干什么?

正在胡乱猜测中,大哈敦说了话:"你的几个兄弟已经联合起来,正向汗廷挺进,你看,怎么办?"

"什么?为什么?"巴尔斯从座位上一跃而起,吃惊地喊。

"为什么?和你出兵汗廷的理由一样,逼迫你交出可汗之位!"满都海冷冷地说,转身离开巴尔斯,回到座位。

"那不行!坚决不行!我现在是蒙古的可汗!我有权,我可以不让他们当台吉!"巴尔斯气急败坏地大声喊叫起来,挥舞着拳头,跑到满都海大哈敦的面前。

"坐下去！"满都海大喝一声。

这声音镇住了巴尔斯，巴尔斯的手停留在空中，没有敢再向满都海面前挥舞。

"你现在没有权力那么做！你听到了没有？他们的台吉是我和达延汗，你父亲分给的！你有什么权力废掉？"满都海怒不可遏，从自己的座位上站了起来，用手指点着他的前额，大声说："以后再让我听到你说这样的话，小心我抽你的筋！"

巴尔斯愣在原地，看着盛怒的满都海，不知道说什么，更不知道该做什么。过了一会儿，见满都海坐了下去，他才垂头丧气回到自己的座位，坐了下来。

"他们说，只要你放弃可汗位置交与博迪，他们就返回去，你听见没有？"满都海冷冷地说，口气没有一点游移和商讨。

巴尔斯反问："那你同意吗？你不是不想让博迪继承可汗吗？"

满都海冷笑了一声，说："那是过去的情况，现在不一样了。此一时彼一时，没有什么好说的！"

怒气冲上巴尔斯的脑门：这算什么事？此一时彼一时？这叫说话不算话！他"腾"的一下又从座位上冲了起来，大声喊道："你不能这么搞！我不同意！坚决不同意！"说着，抬脚就往门口走，一边走，一边喊："他们有兵，我也有兵！我们就比试比试吧，谁厉害谁做可汗！"

满都海"腾"的站了起来，大喝一声："来人！给我拿下！"

帷幕后的刀斧手一拥而出，七手八脚捉住巴尔斯，把他带到满都海面前。

巴尔斯气得满脸通红，他挣扎着大喊："你们胆敢捉拿可汗，你们不要命了！"

满都海让刀斧手放开巴尔斯，冷冷地看着他，一字一顿地说："你不要责怪他们，这是我的命令。我这么做，全是为了蒙古的利益！我绝不能让你们兄弟自相残杀，破坏了蒙古的统一！你给我听着，今天你要是乖乖地让出了可汗之位给博迪，就能够避免你们兄弟之间的争斗和自相残杀。那样，我感激你，你父亲也感激你！虽然你对不起他。而且，我还会宣阿拉坦进汗廷，让他辅佐博迪一起治理汗廷！要是你不答应，你就别想活着走出我这大帐

蒙古女雄：满都海皇后

419

一步！为了蒙古利益,我宁愿牺牲你!"

满都海坐了下去,"你考虑考虑吧。"她指着座位说道:"坐下来,慢慢考虑。你们先退后去。"满都海挥了挥手,让手握弯刀的侍卫退回帷帐之后。

大帐里恢复了刚才的平静,却充满着死一般的寂静。

巴尔斯垂头丧气地缩在座位上,紧张地想着对策。现在是无路可走,也没有任何对策可想,唯一的出路是乖乖交出大元可汗的玉玺,放弃可汗之位。否则,他真是别想活着走出这大帐。母亲的脾性他是知道的,她一旦下了决心,就会勇往直前绝不回头,坚定不移地实施自己的行动。

不知过了多久,巴尔斯慢慢抬起眼睛,看了看满都海大哈敦。满都海大哈敦正悠闲地啜饮着奶茶,看也不看他一眼。这额娘,可真厉害!自己远不是她的对手!

巴尔斯叹了口气,底气不足地问:"我同意了,他们能放过我吗?"

满都海把银碗往桌子上一放,很不满意地说:"你看我什么时候食过言!你是我的儿子,我能叫他们祸害你吗?问这种问题!"

巴尔斯抬眼看看满都海,又小心翼翼地问:"那博迪做了可汗,察青不是又成了皇太后了吗?"

满都海白了他一眼,说:"这正是我要跟你谈的第二个条件。我虽然同意恢复博迪可汗的称号,但是绝不同意也绝不允许察青做皇太后。你可以带她回土默特,我现在允许你收继她,做你的一个小福晋,你看怎么样?要是同意了,就这么办。要是你不同意,我自会另外处置!"

另外处理?巴尔斯心头一颤,打了个激灵。大哈敦要对察青下毒手了,此时只有他巴尔斯能拯救她的生命。要是自己不答应大哈敦的条件,这察青怕是难以活下去。巴尔斯想起察青可怜巴巴、楚楚动人的样子,心头一热,他不能见死不救。

"好吧,我答应,我全都答应。"巴尔斯声音发颤。

"来人!"满都海大声喊道。侍卫长忙跑了进来。满都海厉声命令:"马上带人到济农那里取来大元玉玺!然后立刻护送巴尔斯济农和察青回土默特!不许走漏任何风声!"

"你过来!"满都海对侍卫长说。侍卫长走到满都海身边,满都海小声交代着:"你亲自送他们去,多带些侍卫。同时,带着我的旨意,宣阿拉坦进汗廷,我要让他辅佐博迪一起治理汗廷。"

巴尔斯垂头丧气地听任满都海大哈敦的安排。

情系爱孙　关怀备至

"阿拉坦呢？今天为什么没有见他？"眯着眼睛打坐的满都海问身边的侍卫长和丹巴增措。侍卫长和丹巴增措互相看了一眼,忍不住偷偷地笑。刚才他们两个打赌说,要是大哈敦今天不问阿拉坦,丹巴增措要给侍卫长一锭银子。

"一会儿就来,一会儿就来。"侍卫长笑着说。

"我来了。"随着响亮的声音,走进一个魁梧壮实的年轻人。

"大哈敦正念叨小爷你呢。"侍卫长和喇嘛一起说。

年轻英武的阿拉坦单腿跪下,给满都海请安。

"阿拉坦,你叫我好想啊。今天怎么来这么晚？汗廷里有大事要处理吗？"

一见阿拉坦,满都海就禁不住喜笑颜开。阿拉坦很像年轻时候的达延汗。满都海拉着阿拉坦坐了下来,慈爱地摸着孙子的手,问了一连串的问题。

阿拉坦笑着,回答满都海的问题:"不是的,博迪大汗今日没有召集我去。只是修建圣主陵墓的主管有些事情来汇报,所以给祖母请安来晚一步。"

满都海大哈敦拍拍额头说:"看我这记性,我近来把这事全给忘记了。陵墓修建得如何？圣主的陵墓按照我的指示早年就迁移到伊金霍洛,只是还是按照过去在起辇谷的形式安置在毡殿里。这毡殿总不是永久办法,难免会损坏,所以我曾经让你乌鲁斯二叔想办法改建,谁知他……"说到这里,满都海声音有些哽咽。

阿拉坦急忙岔开话题,说:"现在衮必力克墨尔根和我正接着来完成它呢,祖母你就放心吧。"

"是啊,有你们我就放心了。现在进展如何？"满都海叹息了一声。这是一个一直萦绕在她心中的事情,几十年前,去朝拜圣主墓地时提出的这件

蒙古女雄：满都海皇后

事，一直还没有实现。修建圣主陵墓的工作持续了几十年，总没有完成。现在，把这事情交给了阿拉坦来办，她是可以放心了。

阿拉坦说："陵墓园地已经基本修建好了，完全仿造原来的样子修建的，不过把毡帐改建成汉人的永久性的宫殿，完全是我们蒙古包的毡帐样式，高大圆形的蒙古包样子的宫殿。瞧，我找了个汉人画师给画了一张图画，专门拿来给祖母看。"说着，阿拉坦把一张大画展开在满都海面前。画面上鲜艳细致的工笔一下子吸引住满都海。

"这么漂亮啊！这陵墓设计得这么漂亮！"满都海赞不绝口。

"瞧这画，画得好似真的一样！"满都海抚摩着画面又啧啧称赞着。

"真难为你想得这样周到！"满都海抬起白发苍苍的头，禁不住夸赞着孙子。阿拉坦见祖母这么高兴，也很兴奋，说道："祖母等修建好以后，一定请你去主持圣主安放仪式，让你亲眼看看这雄伟壮观的成吉思汗陵墓。"

满都海眯缝着满是皱纹的眼睛，慈祥地笑着说："那可是我的心愿，只怕你修好了，我的寿命也到了，只怕我没有那般福气。"

阿拉坦笑着说："祖母别说这丧气话。祖母是我们蒙古的女英雄，连阎王也惧怕三分呢，他哪敢随便叫祖母啊。"

满都海开心地哈哈笑了起来："你这小犊子还挺会哄人的！"祖孙二人嘻嘻哈哈说笑着。

"哎，你从哪里找来这好的能工巧匠啊？"满都海大哈敦想起什么似的，拉住孙子的手问。

"我们土默特有不少从长城里面跑过来的汉人，其中不少能工巧匠，铁匠、木匠、石匠、泥瓦匠什么都有，我就把他们带到鄂尔多斯伊金霍洛去，专门修建圣主陵墓。那些汉人工匠很巧的，都是老巴可什。"

"汉人为什么要往我们蒙古地区跑？"满都海好奇地询问。她喜欢和阿拉坦闲聊。

"这些跑过来的汉人，大多数都是大同一带的。我们和他们通贡以后，汉人朝廷限制不了他们和我们蒙古人的交往，汉人和我们一些蒙古人成了好朋友。他们在关里生活很苦，有的受不了地主官僚的欺压，有的被官府通缉，有的没法维生，就偷跑过来，来到土默特地区投靠我们。"

"你们收留他们？你们不怕他们汉人多了以后，会影响我们蒙古的纯

蒙古女雄：满都海皇后

洁?"满都海有些担忧地问,"大元的教训你全忘了?"

"这,这个,我没有考虑过,反正他们是零散的,没有多少人。"阿拉坦挠着头皮说。

"这样不行。"满都海断然说,"汉人那么多,他们要是慢慢都偷跑过来投靠我们蒙古,我们蒙古会慢慢受他们影响的,他们汉人就有这个能耐。别看他们武力对抗时打不过我们,可是他们具有一种战胜不了的风俗习惯,那些风俗习惯会慢慢传播开来,一点一点影响我们,让我们慢慢发生改变,让我们在不知不觉中受到影响,叫我们慢慢丧失了蒙古人的特点,叫我们失去我们蒙古人的剽悍、勇猛,变成和他们一样柔弱文雅的人,这是很可怕的。我们应该注意不要让他们影响我们,更不能让他们同化我们。所以,你最好把那些投奔过来的汉人集中在一起,建立专门的地区让他们居住,不要让他们和我们蒙古人住在一起。另外,不能让他们开垦草原去种地,开垦草原种地,那样就会慢慢破坏我们赖以为生的草原。我们当年去征瓦剌时,经过天山地区的大戈壁,就体会到这一点。现在那些寸草不生的不毛之地,全都是因为汉人朝廷屯垦戍边时,开垦成农田造成的。"

"是吗?种地有这么严重的后果啊?"阿拉坦惊讶地问。

"是啊。草原变成农田以后,我们这里的强劲大风就会把土壤吹跑,干燥的大风会慢慢把土壤变成沙砾,大风又把远处的沙丘吹了过来,这样,草原就会慢慢变成沙漠。那我们的牲畜怎么办?我们自己怎么生活?我们靠什么维生?草原是我们蒙古人的生命,是我们蒙古人的家园。我们一定要世代保护我们赖以为生的家园。"满都海慢慢地说,声音里充满对草原的感激。

"原来是这样,我真还没有想到,"阿拉坦说,"听巴可什讲蒙古历史,讲到太宗时,他还特意提到耶律楚材建议太宗允许汉人种地的英明。这么说,耶律楚材错了?"阿拉坦不解地问。

满都海笑了,说:"你小子可把我问住了,我记得巴可什讲过这段历史。但是,那是当时的情况,此一时彼一时,情况不一样,就没有办法生搬硬套具体的做法。当时的情况是,太宗想把汉人地区变成草原,让那些祖祖辈辈种地的汉人也像我们蒙古人一样去放牧养牲畜。这恐怕是不行的,汉人怎么会放牧呢?把农田变成草原也是不行的。所以,耶律楚材才建议太宗,要允

蒙古女雄:满都海皇后

许汉人种地,汉人好好种地,朝廷才会有税收,朝廷才富裕。另外,汉人的土地适宜种庄稼,并不一定适宜长草。所以,太宗要求汉人地区改成草原来放牧,也不合适吧?你看,这是两回事吧?"

"是这个道理,真没想到,祖母,你懂这么多。"阿拉坦很敬佩地看着满都海。

"是吗?没想到?你小子没想到的还多着呢!"满都海笑着,爱昵地拍打着阿拉坦的手。"所以,你以后治理土默特时,一定要注意这一点。记住了没有?"

"记住了。那么,我以后不再收留那些跑过来的汉人,祖母,你看,行不行?"阿拉坦征抬起眼睛询满都海。

"我看,不行。"满都海摇着白发苍苍的头。

"为什么?我们不收留他们,他们就无法在土默特安身了。"阿拉坦感到不解。

"通贡以后,蒙古和汉人的来往密切,恐怕是禁不了的。汉人具有许多先进的技术文化,我们蒙古人还少不了他们的帮助。你看,你建造成吉思汗陵不是靠了些汉人工匠吗?我们制造武器、制造铁器、织造绸缎、酿酒等都少不了汉人的帮助。所以,不收留汉人也不是好办法。我想,你可以把他们安置在专门的地区,不让他们和我们蒙古人混居在一起,避免他们的影响。"满都海沉思着,慢慢地说。

"对,这是办法。把那些汉人板升(注:蒙古人说的百姓)集中起来,叫他们住在他们自己的板升里。"阿拉坦敬佩地看着满都海,恭敬地回答。

"那好,就把他们住的地方叫板升吧。在土默特建几个板升给他们住。"

阿拉坦连连点头说:"祖母,你说得太好了,你可真有眼光,真有眼光!"阿拉坦抱着满都海的胳膊摇晃着,像当年小时候一样。

满都海心满意足地笑了,她亲昵地戳着阿拉坦的额头说:"傻小子,在你的眼睛里,我这么个不中用的老太婆一定是什么也不懂的吧?"

"哪里,哪里?谁不知道祖母是叱咤蒙古的女英雄啊?我可从来不敢小看奶奶!"阿拉坦抱着满都海的胳膊撒娇似的说。

"瞧我孙子,真会说话。"满都海抚摩着阿拉坦的手高兴地朗笑起来。在满都海的心里,认定将来的阿拉坦是大蒙古的另一个英雄,像她和达延汗一

蒙古女雄:满都海皇后

样的英雄，所以，她总是利用一切机会，给他多讲述一些达延汗的故事和她自己的经验。

"对啊，今天你来，顺便也听听丹巴增措喇嘛讲黄教佛教的教义。黄教宣扬世间一切烦恼皆由无明起，缘起性空，很对我的心意。"满都海对阿拉坦说。她希望将来孙子能在蒙古推广佛教，她自己觉得心有余力不足，所以她专门叫丹巴增措喇嘛为他讲解喇嘛教义。

"是啊，我们萨满教主张红祭，主张殉葬，确实很不好。"阿拉坦听着喇嘛解释喇嘛教以酥油敬献佛爷的做法，点头称道。

"以后，我们要逐渐废除这些陈规陋习。"满都海对阿拉坦说，"这要靠你了。"

阿拉坦说："是的，我听祖母的话，将来我要说服父亲在土默特和鄂尔多斯逐步引进喇嘛教的一些做法。"阿拉坦沉思地说。"祖母，我还有个请求，现在汗廷里一切事物都很正规，我还想回到土默特去，父亲身体不大好，我想回去扩张土默特的势力，可能的话，向南发展，把我们蒙古势力慢慢向长城脚下推进。"

满都海长叹了一口气，摇着头说："向南扩展，是我和达延汗的多年的愿望，但是，我和达延汗早就放弃了。汉人的长城阻挡了我们蒙古的发展。自从与汉明朝通贡以来，我们和汉人朝廷还算和平共处。我看，你还是继承达延汗的方针好，不要去骚扰明朝边界，让蒙汉和平共处吧。"

阿拉坦说："我看我有能力扩展我们蒙古的势力。将来，还是要向南发展，汉人那里有许多我们需要的东西。铁器、武器、布匹、绸缎、粮食，汉人官府总想办法在双方的交易中剥削我们蒙古人，不肯真心实意与我们搞边境贸易，我们土默特气坏了。"

"是啊，汉人官府实在太可恶，不光欺压他们的百姓，还总想剥削我们蒙古人。你看着办吧，我是老了，管不了那么多了。"满都海叹息着说。

博迪可汗来给大哈敦满都海问安。博迪已经长成了一个很具威仪的蒙古可汗。

"大哈敦，赛白诺！"博迪手按在右胸口鞠躬行礼，一面说。

"博迪可汗，赛白诺。"满都海回礼。"坐过来，博迪可汗。"满都海指了指

蒙古女雄：满都海皇后

自己上手的位置,对博迪可汗说。

博迪听话地走过来,坐了下去。

"今天,我正想和你商量点事情。"满都海说。

"什么事情,大哈敦?你说吧,凡是大哈敦说的,我都同意。"博迪顺从地说。不管大哈敦商量什么事情,他都准备答应。他柔弱,顺从,到现在为止,也没有学会对满都海大哈敦说个不字。第一次登上可汗位置不久被大哈敦解职的教训,叫他学会了听话,尤其是听大哈敦的话。

满都海责备地说:"你看你,你是可汗,汗廷里的事情应该由你决定,我说的事情都只不过提个建议,你怎么能什么也不问就同意了呢?作为蒙古可汗,你应该有自己的主见才好啊。"

博迪急忙点头,连声说:"大哈敦所言极是,孙儿记住大哈敦的教训。"

满都海轻轻摇头:这孙子,真是!这么柔弱!怎么回事?他什么时候才能具有她自己和达延汗的剽悍果断呢?为什么我们蒙古民族的勇猛剽悍不能继承下去?

"大哈敦,到底是什么事情啊?"博迪问。

"哦,是这样的,我觉得阿拉坦在辅佐汗廷和可汗你的事务中,做出了很大的贡献,你应该封赏他,才算赏罚分明,才能更好发挥他的积极性和聪明才智。你说呢?"满都海目光直直地看着博迪可汗。

博迪可汗急忙说:"一切听从大哈敦吩咐,大哈敦准备封赏他什么?"

"我看封赏他一个小汗如何?"满都海商量着说。

"小汗?可是我们汗廷还没有这个先例啊?"博迪鼓起勇气试着和满都海商量。

"没有先例?什么先例不是人开的?怎么能用没有先例来搪塞我?"满都海的脸沉了下来,声音语气里已经流露出极大的不满。

博迪偷眼看了看满都海的脸色,急忙改口说:"是,是,大哈敦所言甚是。"

"那就这么决定了?"满都海使用着商量的语气,但是腔调里却是完全的不容质疑和命令。

"好,好,就这么决定,就这么决定。"博迪连声说。

"就赏赐给阿拉坦一个辅佐可汗的小可汗吧,封为阿拉坦可汗,让他名实相符,你看如何?"

"没意见,没意见。"博迪可汗又连声说,额头已经沁出细密的汗珠。

满都海舒心地微笑了,她总算又完成了一桩心愿,把她最心爱的孙子推上了更显贵的地位。(注:《明史》称俺答汗。)

伴青灯度晚年岁月

阿拉坦和博迪一起前来探望满都海。侍卫长摇头,今天满都海同往常一样不想见他们,她只想和她的佛爷静静地待在一起。

满都海大哈敦跪在佛堂的佛像面前,准备给佛爷上香。喇嘛丹巴增措在佛像前倒上酥油,点燃了酥油灯。祈祷完毕,慢慢站了起来。丹巴增措急忙上去扶住她。喇嘛教为什么会区分成好几个教派呢?她看着喇嘛头上那顶大公鸡鸡冠似的黄帽子,就感到好笑。"丹巴增措喇嘛,你说这喇嘛教为什么分这么多教派呢?"

丹巴增措暗自发笑,这问题给她讲了不知有多少次,可是大哈敦她总是记不住。咳,真是老了,他暗自感叹着。只有再一次为她解释。

"大哈敦,什么时候为你行灌顶仪式啊?"丹巴增措不失时机地问。

满都海大哈敦还是那样回答:"心中有佛祖,就行了,何必要做那些仪式呢?不必了,不必了。"

丹巴增措无可奈何地摇了摇头。这固执的老太婆!

满都海为佛像上了香,坐在佛像前默默地念《金刚经》。

在佛像前打坐的满都海,满头银发,下颏低垂着一团虚囊的松肉团,两颊两团松弛的赘肉垂到下颏,眼睑下鼓着大大的眼袋,脸上虽然皱纹不多,但是从臃肿肥胖的身子和脸颊上还是可以看出,她已经很衰老了。

满都海闭着眼睛,嘴唇微微翕动,默默颂念经文。

闭着眼睛的满都海,脑子并不清静,习惯于不断思考的她还是禁不住要考虑汗廷的情形。博迪做了大汗,虽然是遵照了达延汗的遗愿,但是她对博迪总不够满意。博迪的软弱已经是无可改变的事实,她只能让阿拉坦尽可能地帮助他。博迪对他的几个叔叔的管辖能力是很有限的。远处的几个万

蒙古女雄:满都海皇后

户，像左翼的喀尔喀三个万户，像科尔沁，几乎已经成了独立的蒙古王国。汗廷附近的右翼三个万户已经被济农巴尔斯紧紧控制着，也几乎成了独立的王国。汗廷只能控制着察哈尔地区，这种状况叫她不满意，可是又无能为力。

有时候，满都海也很怀疑，不知道自己所做的一切有没有意义。她费尽心计，结果怎样呢？越活越不知道为什么活着，年轻时的雄心壮志现在想起来，只是感到可笑。究竟是为什么？为什么人们要争来斗去？没有人能回答她这深奥的哲学问题。

她努力奋斗，她打了一辈子仗，杀了无数的人，她登上权力的顶峰，她无比的辉煌荣耀，享尽荣华富贵。可是她也失去了许多，失去了丈夫，失去了儿子，失去了丈夫的爱。到底这一生是得还是失？这一生值还是不值？

满都海头脑里很混乱，她理不出头绪，她找不到答案。

满都海有时很失望。她终生为蒙古的大一统而不懈奋斗，好像实现了目标，可是，目前的蒙古却又陷入了实际的分裂，蒙古的大一统还是没有完成，而且又走到了尽头。她和达延汗浴血奋战，把四分五裂的蒙古统一起来，为了保持蒙古的统一，他们把蒙古分给儿子，可是却又把蒙古送上了分裂。这做法，究竟是对还是错？她自己回答不了这问题。

她是按照圣主成吉思汗的做法做的，可是结果如何？圣主不也是很快就导致了他不可战胜的草原帝国的分崩离析吗？她是不是与圣主犯了同样的错误？可是，不依靠儿子，又能依靠谁呢？蒙古分家的传统是不是导致了帝国事业的失败？现在，自己建立起来的帝国不也是出现分崩的端倪了吗？右翼三万户的相对独立，已经把察哈尔蒙古大汗的势力削弱了一半。那么很快，就会影响到左翼，除了察哈尔万户以外，喀尔喀万户因为距离汗廷遥远，很快就会出现独立的局面。兀良哈万户也因为大兴安岭的阻隔，失去控制。独立的科尔沁兀鲁思，汗廷更是没有控制的力量。她奋斗了毕生的统一局面，能维持多久？有分家传统的蒙古，很快又陷入四分五裂。大汗也就失去了控制整个蒙古的能力。达延汗和她自己一生的努力也就到此为止了。恢复大元天下、恢复大元时的蒙古已经成为永远的历史。

满都海轻轻叹了口气，不过，她的脸上很安详，没有愧疚。她已经为蒙古的复兴尽了她的努力，她全部的心血。蒙古在她的努力下进入了成吉思

蒙古女雄：满都海皇后

汗以后的最后的繁荣，蒙古历史会记住她，蒙古人会记住她。但愿她的后代儿孙能够永远保持现在的状态，那就可以瞑目了。再说，她和达延汗已经开辟了和明朝通贡的路，她已经开始把蒙古送进了大中华的疆土里。这功绩，也是值得后人景慕的。她已经尽了她的心力和努力，她有功于中华大地，至于以后，是不用她操心的了。儿孙自有儿孙福，她不必也不能为他们操心。

坐在她身旁的丹巴增措喇嘛偷偷睁开了眼睛，他总是担心，因为只有他知道，满都海衰老了，也许在哪一天的静静地打坐时，就会在佛爷前永远闭上眼睛。

丹巴增措伸出手，轻轻地放在满都海的鼻子前，试了试她的气息。

满都海衰老的脸上流露出淡淡的微笑。

丹巴增措摇了摇头，又闭上眼睛，颂念着那念不完的经文。

满都海继续颂念着，为她，为她额娘，为她死去的父亲，为达延汗，为她的图鲁和乌鲁斯。有时，她也为白加思兰和野思马因颂念一番，希望他们超生。

佛爷前的酥油灯闪烁着，冒着青烟，伴随着叱咤风云的蒙古女英雄满都海大哈敦的晚年岁月，那平静的岁月。

有一天，丹巴增措喇嘛像平时那样伸出手去试满都海大哈敦的鼻息，他骤然停住手，白发苍苍的衰老的大哈敦，已经没有了一点鼻息，他蓦然发觉，一世英雄的白发苍苍的满都海彻辰哈敦已经静静地坐化了。满都海彻辰哈敦的灵魂已经化作一缕青烟飘向天国，去寻找她那些亲人，特别是那个她一生最爱的男人。

参考资料

[1]蒙古史研究论文集[M].北京:中国社会科学出版社,1984.

[2]蒙古族通史编写组.蒙古族通史:上中下[M].北京:民族出版社,1991.

[3]道润梯步.新译简注蒙古秘史[M].呼和浩特:内蒙古人民出版社,1979.

[4]周良霄.忽必烈[M].长春:吉林教育出版社,1986.

[5]韩儒林主编.元朝史:上下[M].北京:人民出版社,1986.

[6]《中国北方民族关系史》编写组.中国北方民族关系史[M].北京:中国社会科学出版社,1987.

[7]史卫民.元代社会生活史[M].北京:中国社会科学出版社,1996.

[8]黄时鉴.元朝史话[M].北京:北京出版社,1985.

[9][法]勒尼·格鲁塞.草原帝国[M].魏英邦,译.西宁:青海人民出版社,1991.

[10]白翠琴.瓦剌史[M].长春:吉林人民出版社,1991.

[11]苏日巴达拉哈.蒙古族族源新考[M].北京:民族出版社,1986.

[12]准葛尔史略编写组.准葛尔史略[M].北京:人民出版社,1985.

[13]王赋仁、陈庆英.蒙藏民族关系史略[M].北京:中国社会科学出版社,1985.

[14]尹湛纳希.成吉思汗演义:上下[M].北京:中国戏剧出版社,1992.

[15](元)李志常、耶律楚材.成吉思汗封赏长春真人之谜[M].北京:中国旅游出版社,1988.

[16]郭雨桥.蒙古通[M].北京:作家出版社,1999.